CAROLINE GRAHAM

Der Neid des Fremden
Die Rätsel von Badger's Drift

Der Neid des Fremden

Rosa Gilmour ist eine beliebte Radiomoderatorin beim Londoner City Radio. Sie ist glücklich verheiratet, hat zwei Kinder, liebt ihren Beruf und ist rundum mit ihrem Leben zufrieden. Aber es gibt jemanden, der ihr dieses Glück neidet. Jemanden, den sie ohne es zu wissen hat abblitzen lassen und der sich nun rächen will. Der in ihren Sendungen anruft und Morddrohungen gegen sie ausspricht. Rosa kann es erst nicht fassen, dass ihr irgendjemand etwas Böses will, aber der anonyme Anrufer scheint entschlossen, ihr das Leben zur Hölle zu machen, und zieht immer engere Kreise um sein Opfer – bis Rosa in einer tödlichen Falle sitzt.

Die Rätsel von Badger's Drift

Badger's Drift ist ein verschlafenes Nest mitten in einer englischen Idylle. Bis ein merkwürdiger Todesfall die Ruhe im Ort jäh zerstört. Miss Emily Simpson, eine freundliche ältere Dame, wird beim Spazierengehen im Wald Zeugin eines Vorfalls, der besser unentdeckt geblieben wäre – besser vor allem für Miss Emily. Als sie stirbt, findet der Arzt zwar keinen Hinweis auf einen unnatürlichen Tod, doch Miss Emilys Freundin Lucy Bellringer ist misstrauisch. Hartnäckig setzt sie dem unwilligen Chief Inspector Barnaby so lange zu, bis dieser den Fall schließlich untersucht. Tatsächlich entdeckt er bald, dass in dem Ort langjährige Rivalitäten, alte Affären und neue Skandale unter der Oberfläche schwelen. Und dann geschieht ein zweiter Mord …

Autorin

Caroline Graham wurde 1933 in Warwickshire geboren. Sie hat neben ihren zahlreichen Kriminalromanen und zwei Kinderbüchern auch mehrere Hörspiele sowie Drehbücher für das Fernsehen verfasst. »Die Rätsel von Badger's Drift« wurde von der *Crime Writers Association* unter die 100 besten Kriminalromane aller Zeiten gewählt.

Von Caroline Graham außerdem bei Goldmann lieferbar:

Blutige Anfänger. Roman (44261)
Ein böses Ende. Roman (45006)
Ein sicheres Versteck. Roman (44698)
Treu bis in den Tod. Roman (44384)
Requiem für einen Mörder. Roman (45269)

Caroline Graham

Der Neid des Fremden

Die Rätsel von Badger's Drift

Zwei Romane in einem Band

GOLDMANN

Die Originalausgabe von
»Der Neid des Fremden«
erschien 1984 unter dem Titel »The Envy of the Stranger«
bei Century Hutchinson Ltd., London

Die Originalausgabe von »Die Rätsel von Badger's Drift«
erschien 1987 unter dem Titel »The Killings at Badger's Drift«
bei Century Hutchinson Ltd., London

Umwelthinweis:
Alle bedruckten Materialien dieses Taschenbuches
sind chlorfrei und umweltschonend.

Einmalige Sonderausgabe Juni 2002
»Der Neid des Fremden«

Umschlaggestaltung: Design Team München
Umschlagfoto: W. Huber
Druck: Elsnerdruck, Berlin
Titelnummer: 13323
AB · Herstellung: sc
Made in Germany
ISBN 3-442-13323-8

www.goldmann-verlag.de

Der Neid des Fremden

Roman

Aus dem Englischen
von Doris Jahnsen

Für meine Freundin
Shirley Gee

PROLOG

So hatte er sich das nicht vorgestellt. Natürlich hatte er daran gedacht, sie zu töten (seitdem sie in sein Leben getreten war, hatte er kaum an etwas anderes gedacht), doch in seiner Vorstellung und seinen dunklen Träumen war alles ganz anders abgelaufen.

Das Messer war dasselbe; das, welches er jetzt in der Hand hielt, mit dem er zustach, Schnitte zog, das er auf sie niedersausen ließ. Das er während seiner langen Proben benutzt hatte, wenn er im Auf- und Abgehen Pläne schmiedete, Strategien entwickelte und die tödlichen Stöße übte. Damals waren seine Bewegungen behände, war die Klinge hell und flink wie ein Silberfisch gewesen.

Zwangsläufig hatte er auch seine Emotionen eingeübt: wenn er seine Scheinangriffe führte oder einen Satz nach vorn machte, spürte er sie *in nuce*; wie ein Schauspieler auf dem Weg zum vollen Verständnis seiner Rolle, wenn Herz und Talent noch nicht vollends entfaltet sind.

Während dieser Scheinangriffe hatte er sich immer vollkommen unter Kontrolle. Natürlich war er erregt gewesen, natürlich voller Begierde und in gehobener Stimmung, doch nie hatte er das Gefühl gehabt, der Rolle des Scharfrichters nicht vollkommen gewachsen zu sein.

Aber jetzt war alles schrecklich schief gelaufen. Plötzlich hatte es ihn überkommen, und zwar keineswegs so, wie er erwartet hatte. Zunächst war die Umgebung anders. Obwohl sein eigenes Zimmer Schauplatz seiner Vorübungen gewesen war, hatte er sich immer vorgestellt, dass der eigentliche

Mord an einem anderen, nicht näher bestimmten, möglicherweise leicht ausgefallenen Ort stattfinden würde.

Zudem hatten sich seine Gefühle verändert. Ursprünglich waren wohl Lust, Erregung und Stolz im Spiel gewesen, doch war er nicht auf den überwältigenden Wandel seiner geistigen und körperlichen Empfindungen vorbereitet, der eintrat, nachdem er den ersten Schnitt gemacht hatte. Es war, als wäre tief in seinem Innern ein Licht angegangen, als wäre die Spannung rapide angestiegen. Die so entfesselte Energie war in nichts mit dem vergleichbar, das ihn durch seine Übungen und seine tägliche Routine gebracht hatte. Es war eine schwarze, kochende Flutwelle, die ihn mit sich fortriss, ihn zu immer größerer Raserei trieb, sodass er, als sie sich gelegt und ihn auf dem dunkelroten Bett zurückgelassen hatte, um sich sah und seinen Augen nicht trauen wollte.

Aber vor allem war sie anders. Die Tatsache, dass sie einfach aufgetaucht war. Sich ihm fast angeboten, seine Hand geführt hatte. Und ihr Körper war anders. Er hatte darauf geachtet, dass das Messer immer so scharf geschliffen war wie eine glänzende Rasierklinge, und er hatte sich vorgestellt, dass es in ihren Körper eindringen würde, als wäre er aus Butter. Doch Scheinangriffe und Sprünge durch die Luft waren eine Sache, Fleisch und Blut eine ganz andere. Verschiedenes kam ihm in den Weg: Knorpel und Sehnen und harte weiße Knochen. Er wusste nicht, welcher Stoß sie getötet hatte. Es schienen so viele nötig zu sein.

Regungslos kauerte er über ihrem Körper. Seltsamerweise war es völlig still. Niemand klopfte gegen die Decke, um sich zu beschweren, niemand kam die Treppe herauf, um an der Tür zu rütteln. Zitternd stand er jetzt auf, wusch sich die Hände, stopfte einige Sachen in eine Tasche, zog sich die Jacke an. Mit der wirklichen Welt kehrte allmählich auch das Gefühl für die Richtigkeit seines Tuns zurück. Er hatte nur getan, was zu tun war. Und wenn das Glück auf seiner Seite war, konnte dies nur ein weiteres Zeichen dafür sein, dass er richtig gehandelt hatte. Er ging zur Tür, ohne sich umzuwenden. Das alles lag jetzt hinter ihm. Er öffnete die Tür und trat auf den Flur.

Bis zum nächsten Mal.

I

Er hatte lange gebraucht, bis er die Fotos beisammen hatte. Anfangs war er überhaupt nicht wählerisch gewesen. Jedes einigermaßen bekannte Gesicht war ihm recht. Er hatte selbst solche Leute an die Wand geheftet, die allein dafür berühmt waren, berühmt zu sein: Leute wie Bianca Jagger. Aber schon bald hatte sich dieses Verfahren als äußerst unbefriedigend erwiesen. Zum einen waren sie so schwer zugänglich. Bianca Jagger bekam man nie zu sehen. Sie trat weder im Fernsehen noch im Kino auf. Und niemals im Radio. Gelegentlich gab es Fotos von ihr, die sie in einer bestimmten Bar oder Disco im Kreise gänzlich unbekannter Leute zeigten. Deshalb musste Bianca fort.

Er fand ein gewisses Vergnügen daran, sie von der Wand zu nehmen. Diejenigen, die es nicht ganz geschafft hatten. Gewöhnlich riss er ihre Gesichter ganz langsam in zwei Hälften, manchmal verbrannte er sie in einer Untertasse, wobei er beobachtete, wie der Teil eines Lächelns oder eine Korkenzieherlocke zusammen mit einer glänzenden Pupille erst hellbraun, dann schwarz wurde und in graue Flocken zerfiel.

Manchmal dauerte es einige Zeit, bis die leere Stelle wieder gefüllt war. Er hatte keine Eile. Nach und nach gestaltete er die drei Wände genauso, wie er es sich vorgestellt hatte. Die vierte war bis auf einige Regale, auf denen er eine Sammlung äußerst ungewöhnlicher Bücher untergebracht hatte, von der Tür eingenommen. Auf gewisse Weise war die dem Fenster gegenüberliegende Wand die befriedigendste. Sicherlich die glanzvollste. Ein Odeon der Stars. Auf »Odeon« war er stolz.

Er war in einer amerikanischen Zeitschrift darauf gestoßen, und es schien ihm das treffendste Wort für seine glitzernde Pracht zu sein. Jetzt benutzte er es ständig, ohne sich seiner Herkunft zu erinnern. Unbekannte Wörter übten eine starke Anziehung auf ihn aus, deshalb hatte er immer ein kleines Notizbuch für seine »Aufzeichnungen« bei sich. Viele der Fotos waren signiert, einige sogar mit einer Widmung versehen. »Alles Gute, Burt Reynolds«. »Mit den besten Wünschen, Faye Dunaway«. Und sein Name war erwähnt. Sein wirklicher Name, auf den er getauft war. Als er das letzte Mal jemanden in sein Zimmer ließ, hatte sich die Besucherin das Foto von Robert Redford angeschaut (»Für Fenn – mit den besten Wünschen«) und behauptet, die Unterschrift sei lediglich aufgedruckt. Es hatte keinen Zweck, darüber zu streiten. Er wusste, dass es einem einfühlsamen Menschen wie Robert Redford, der für seine Bemühungen um aussterbende Tierarten bekannt war, nicht im Traum einfallen würde, so unaufrichtig zu sein. Das Mädchen hatte nie erfahren, wieso er es später zum Weinen gebracht hatte.

Die zweite Wand war eindeutig von minderer Qualität. Theater- und Fernsehschauspieler, die meisten von dieser Seite des großen Teiches. Ihre Ausstrahlung musste zwangsläufig schwächer sein. Hollywood war nun einmal einzigartig. Da gab es Ian McKellan, dessen kantiges Gesicht und funkelnde dunkle Augen eine mühsam beherrschte, fiebrige Energie verrieten. Fenn bewunderte solche Menschen: Er konnte ihre Gefühle nachvollziehen. Da gab es Schauspieler aus *Die Profis* und *The Sweeney*, und Dennis Waterman in *Minder*. Niemanden aus dem leichteren Genre. Er sah sich nie Komödien an. Hatte er es doch einmal versucht, dann hatte er in einem Zustand höchster Verwirrung das Fernsehen abgeschaltet. Sie schienen immer von Versagern zu handeln. Zwielichtige alte Männer, die sich mühsam durchschlugen, Pläne, die zu nichts führten. Ein junger Amerikaner (Herrgott, wenn er doch die Chancen eines Shelley gehabt hätte) ohne Arbeit. Dumme Frauen, die nicht einmal ein anständiges Essen kochen konnten und sich dann wunderten, wieso sie einsam waren.

Die dritte Wand war den Persönlichkeiten vorbehalten. Mit anderen Worten, Leuten ohne besondere Fähigkeiten oder Talente, die im Gegensatz zu ihm allerdings den Durchbruch geschafft hatten. Leute wie Esther Rantzen und Nicholas Parsons, Terry Wogan und Anna Ford. Genau in der Mitte der Wand war eine leere Stelle, ein Viereck von dreißig Zentimetern Durchmesser.

Einer der Vorteile, die das Leben in London mit sich brachte, war der, dass man die Berühmtheiten leibhaftig zu sehen bekam. Einmal, als er die St. James Street entlanggeschlendert war, hatte er Kenny Everett in einer Drogerie verschwinden sehen. Er war ihm sofort gefolgt, und sie hatten nebeneinander am Tresen gestanden. Als die Verkäuferin auf sie zukam, hatte er, ohne dass sie sich an ihn gewandt hätte, prompt gesagt: »Ich glaube, dieser Gentleman war vor mir dran«, als wisse er um alles in der Welt nicht, wer der Herr neben ihm war. Kenny hatte ihn angesehen, ein bisschen die Stirn gerunzelt, als frage er sich, ob er ihn von irgendwo kannte, und sich dann bedankt. Ein anderes Mal war er bei Harrods zusammen mit Janet Street Porter im Aufzug gewesen.

Mit den Filmstars war das natürlich eine ganz andere Sache. Sie lebten hinter hohen Mauern, die durch Alarmanlagen gesichert waren und an denen uniformierte Männer mit Dobermännern patrouillierten. Sie verbrachten ihre Zeit damit, braun gebrannt ihre Bahnen durch tiefblaues Wasser zu ziehen oder mit einem eisgekühlten Drink und einem Haufen ungelesener Manuskripte neben sich am Swimmingpool zu liegen. Abends kamen sie wie schillernde Paradiesvögel in Gruppen zusammen, tranken Champagner und sahen, wie die Götter in Walhalla durch ihren Ruhm und ihre Schönheit gefangen, durch riesige Panoramafenster auf die Landschaft von Beverly Hills. Und so musste es auch sein. Er konnte es nicht ertragen, wenn in einem seiner Fanzeitschriften ein Artikel darüber erschien, wie gewöhnlich der eine oder der andere Star tatsächlich war. Wenn sie beim Glasieren eines Kuchens oder bei der Gartenarbeit gezeigt wurden. Danach konnte er ihr Bild nicht mehr an der Wand sehen. Nachdem sie sich erniedrigt hatten.

Das leere Quadrat an der dritten Wand war ihm selbst vorbehalten. Das Foto hatte er zwar bereits, aber er wollte es nicht anbringen, nicht einmal zur Probe an die Wand halten, bevor er es geschafft hätte. Das wäre nicht richtig, und zudem war er abergläubisch. Er war sich vollkommen sicher, dass ihm ein Platz am Sternenhimmel gebührte, doch hatte es keinen Zweck, das Schicksal auf die Probe zu stellen. Das Bild war von einem Kerl in der Great Portland Street gemacht worden, der sich auf Bühnenfotos spezialisiert hatte. Er war auf ziemlichen Umwegen an die Adresse gekommen.

Alles hatte damit begonnen, dass er beschloss, ein berühmter Schriftsteller zu werden. Im Radio hatte er gehört, dass viele gefeierte Autoren ihre Notizbücher jederzeit bei sich hätten, und da er bereits dasselbe tat, schien es ihm ein gutes Omen zu sein: eine Art Fingerzeig, für die Zukunft. Doch trotz ernsthafter Prüfung gaben seine Notizen weder den Stoff für einen Roman noch für ein Filmskript her, und allmählich kam er zu dem Schluss, dass die bekannten Schriftsteller ganz anderen Menschen in sehr viel interessanteren Teilen der Welt zugehört und zugeschaut haben mussten.

Auch die Schauspielerei hatte ihn in eine Sackgasse geführt. Er hatte Unterlagen von den verschiedensten Schauspielschulen angefordert, beschlossen, dass lediglich das *Central* und die *Royal Academy of Dramatic Arts* die Mühe wert waren, und dann erfahren, dass seine Eltern nicht bereit waren, die Studiengebühren zu bezahlen. Sein Vater hatte seinen Plänen schon immer ablehnend gegenübergestanden, doch seiner Mutter war es gewöhnlich gelungen, den alten Geizkragen herumzukriegen. Diesmal hatten ihre Bemühungen nicht gefruchtet, und am nächsten Tag war er trotz ihres Gejammers und ihrer flehentlichen Bitten von zu Hause weggegangen und nie wieder zurückgekehrt. Wie er erfuhr, vergaben beide Institutionen Stipendien – aber das Problem, ein geeignetes Stück für die Vorsprechprobe und das Geld für einen Lehrer zu finden, der ihn auf die Prüfung vorbereiten könnte, hatte sich als viel zu schwierig erwiesen. Zudem hatte er im Salisbury Square einen Schauspieler namens Brett getroffen, der an der *Royal Academy of Dramatic Arts* der Beste seines Jahrgangs gewesen war und jetzt bei Selfridges als Weihnachtsmann arbeitete, was er als »künstlerische Ruhepause« bezeichnete. Und fünf Jahre nach seinem Abschluss machte der Kerl noch immer jeden Morgen Sprechübungen und verwandte jeden Pfennig, den er erübrigen konnte, auf Theater- und Tanzkurse. Brett hatte ihm erzählt, dass mehr als die Hälfte seiner Kollegen jeden Tag damit rechnen müssten, arbeitslos zu werden, dass man nur als Mitglied der Schauspielergewerkschaft Arbeit finde und dort aufgenommen zu werden, unglaublich schwer sei. Dann hatte er Fenn vorgeschlagen, sich als Fotomodell zu versuchen, und ihm die Adresse in der Portland Street gegeben.

Anfangs war der Fotograf begeistert gewesen. Er hatte sein Modell sorgfältig vor dem schwarzen Samtvorhang platziert und mit verschiedenen Lampen hantiert, wobei er immer wieder ausrief: »Diese Wangenknochen sind ein wahres Vergnügen, mein Lieber.« Doch je länger die Sitzung dauerte, desto missvergnügter schien er zu werden. Er versuchte, Fenn davon abzubringen, direkt in die Kamera zu sehen, hatte seinen Kopf in diese und jene Richtung gewandt und dabei ständig geredet.

»Wir sind heute so ernst. Was ist denn los? Spielt deine Freundin die ewige Jungfrau? Kann ich mir nicht vorstellen. Wir sind doch göttlich wie Adonis. Vielleicht liegt's an der Atombombe – ich weiß doch, dass ihr jungen Leute euch deswegen ins Hemd macht ... Nein? Dann liegt's wohl am Wetter. Oder sind wir heute mit links aufgestanden? Wenigstens auf einem dieser Bilder will ich ein Lächeln sehen. Modelagenturen und Theaterleute wollen alle Gesichtsausdrücke sehen, die der Künstler aufbringen kann, und je größer die Verwandlungsfähigkeit, desto wahrscheinlicher ist es, dass du einem von ihnen ins Auge fällst. Bis jetzt bist du ein bisschen langweilig gewesen, wenn du weißt, was ich meine. Ich sag' all meinen Kunden, dass sie an etwas Schönes denken sollen. Auf das Leuchten in den Augen kommt es an – viel mehr, als auf die Beleuchtung, die ich benutze. Denk einfach an jemanden, der dir wirklich etwas bedeutet ... komm schon, dir wird doch irgendjemand einfallen. Was ist mit deiner Familie ... Du liebe Zeit, wie sich da der Blick verfinstert – entschuldige meine Worte: Wie steht's mit Freunden – bist du noch nicht auf die Richtige gestoßen?«

Er hockte sich hinter die Pentax und seufzte. Unempfindlich wie der Hintern eines Straßenarbeiters und doppelt so hartnäckig. Der Junge sagte: »Sie sind mir wärmstens empfohlen worden. Von einem bekannten Schauspieler.«

»Das glaub' ich dir, mein Lieber«, log der Fotograf. Nachdenklich zog er an seinen Tiroler Hosenträgern. »In meiner Kabine hab' ich eine Menge bekannter Gesichter abgelichtet. Wir haben noch immer kein Lächeln im Kasten. Komm schon – tu's mir zuliebe. Hm – jetzt fletschst du die Zähne zu sehr. Wir sind hier noch nicht auf der Vorsprechprobe bei Hammer, weißt du.« Mein Gott, wenn er sich nicht irrte, würden jetzt ein weiteres Stirnrunzeln und ein beleidigter Schmollmund folgen. Nun ja, er hatte sein Bestes getan. Man konnte nicht hervorzaubern, was nicht vorhanden war. Dann sagte er etwas, das er jedes Mal am Ende einer Sitzung anbrachte. Die Idee war ihm vor etlichen Jahren gekommen und schien schon längst keine Offenbarung mehr zu sein, doch er brachte sie trotzdem immer wieder an. »Natürlich sieht das Modell auf den guten, professionellen Fotos immer so aus, als hätte es den Durchbruch schon geschafft.« Er sah auf und unterbrach seinen Redefluss. Der Junge war wie verwandelt. So hätte ein Flüchtling aussehen können, dem gerade das Visum für das gewünschte Land überreicht worden war. Und nur noch zwei Fotos auf dem Film. Er machte sie schnell, mit Leichtigkeit. War es zuvor unmöglich gewesen, etwas Licht und Leben auf das Gesicht des Jungen zu zaubern, schien er sich jetzt nicht mehr beherrschen zu können. Seine Augen glitzerten, als stünden sie voller Tränen, das Blut pulsierte und hinterließ einen warmen roten Fleck auf seinem Gesicht, selbst sein erstaunlich rostbraunes Haar wirkte lebendiger. Es schien einen knisternden Strahlenkranz um seinen Kopf zu bilden. Jegliche Unsicherheit war aus seinem Lächeln verschwunden; ebenso jede Spur von Verletzlichkeit. Lawrence hatte das Lächeln Hunderter hoffnungsvoller junger Männer fotografiert, sie beobachtet, während sie sich über den Probeabzügen den Kopf zermarterten, weil sie wussten, dass das eine, welches im Spotlight erscheinen würde, ihr Leben verändern könnte. Und immer hatte eine Spur von Zerbrechlichkeit um den Mund gelegen, wie großspurig oder hübsch das Gesicht sonst auch sein mochte. Hier war das nicht der Fall. Als Lawrence aufblickte, strahlte ihn der Junge immer noch an. Ihm wurde klar, dass er das Stirnrunzeln vorzog. »Das wär's«, sagte er.

Jetzt kniete Fenn in seinem Zimmer vor einem Stapel von Fotos. Dieser schwule Fotograf hatte versucht, ihn von seiner Entscheidung abzubringen. Von dem Foto, auf dem er direkt in die Kamera sah. Hatte gesagt, es würde ein wenig herausfordernd wirken: Zum Glück konnte Fenn sich vorstellen, was er im Sinn hatte. Solche Versager hatte er längst durchgeschaut. Neidische Kerle, die einen behinderten, wo sie nur konnten. Wie dieser Typ im Salisbury Square. Er musste gewusst haben, dass dieser Lawrence Soundso ein kleiner Scheißer war. Vielleicht arbeiteten sie ja zusammen, und der Schauspieler bekam Prozente. Sei's drum – nächstes Jahr um diese Zeit wären es Bailey oder Litchfield. Er breitete die Fotos aus. Obwohl er sich einer leichten Enttäuschung nicht erwehren konnte, ermutigte ihn die Vielfalt der Bilder, schien sie ihn in seinen Träumen zu bestätigen. Er nahm sie in die Hand, breitete sie fächerartig aus, schob sie dann wieder zusammen, bog sie leicht zurück und ließ sie wie bei einem Kartenspiel zurückschnellen. Das war schon viel besser. Die schnelle Abfolge der weißen, silbernen und schwarzen Bilder ließ sein Gesicht lebendig wie in einem Film erscheinen. Farbfotos hatte er nicht haben wollen, denn er ahnte, dass sie, so professionell sie auch gemacht sein mochten, immer banal und effekthascherisch wie Urlaubsfotos wirken würden. Und er hatte Recht gehabt.

Er hörte Mr. Christoforou – seinen Vermieter und Besitzer des Oasis-Imbisses – von unten rufen: »Post.« Er wartete einen Moment, bevor er die Tür öffnete und nach unten ging. Beim Geruch des abgestandenen Fetts zog sich ihm der Magen zusammen. Auf der vierten Treppenstufe lag ein Brief, dessen rotes BBC-Zeichen in der oberen linken Ecke ihn anzuspringen schien. Das würde wohl die Einladung zu einem Bewerbungsgespräch beim Fernsehen sein.

Er hatte sich die Zeitschrift *Contacts* gekauft und sofort alle regionalen Anstalten und Privatsender durchgesehen. Er hatte keineswegs die Absicht, aus London fortzugehen oder sich von irgendeinen windigem Unternehmen ausnehmen zu lassen, um bekannt zu werden. Er beschloss, sich einen Tee zu kochen und den Brief nicht zu öffnen, bis er fertig war. Spüle, Kocher und Teekessel befanden sich hinter einer Trennwand in einer Ecke seines Zimmers. Dort hatte er auch ein Schränkchen mit ein wenig Küchengeschirr angebracht. Eine Tasse mit Untertasse, zwei Tumbler, einen Teller, einen Kochtopf, eine Bratpfanne. Er hatte zwei schöne Gläser, denn als er sich selbstständig gemacht hatte, war ihm eingefallen, dass man einem Mädchen ein Glas Wein oder irgendeinen anderen Drink anbieten musste. Teil des Vorspiels, wie seine Bücher es nannten. Aber es hatte nicht ganz geklappt. Entweder konnten sie es kaum abwarten, oder sie waren, egal wie viel man ihnen einflößte, zu nichts anderem in der Lage, als sich zu zieren und Gründe zu finden, wieso sie nicht konnten. »Wobei sich die Frage stellt«, wie er einer von ihnen auf, wie er fand, durchaus vernünftige Weise erwidert hatte, »wieso wir überhaupt hierher gekommen sind.«

Außer der Trennwand standen in seinem Zimmer ein schmales Bett mit einem altmodischen Kopfteil aus Eiche, ein Tisch, ein Holzstuhl, eine Kommode, an der zwei Griffe fehlten, und ein Schwarzweißfernseher. Alles war von peinlichster Sauberkeit. Das Licht kam von einer nackten Birne. Er hatte es mit einem Lampenschirm aus Papier versucht, doch das war nur ein weiterer Staubfänger. Er war mit dem Zimmer nicht unzufrieden. Es war ja nur übergangsweise. Ein Vorzimmer. Nur einen Schritt entfernt von dem Drama, das bald beginnen und seinem Leben einen neuen Sinn verleihen würde. Ähnlich dem Ankleideraum eines Schauspielers, dem Ort, an dem er sich seinen Text ins Gedächtnis ruft, sich schminkt und sein Kostüm anlegt, während er über den Lautsprecher den Fortgang des Stücks verfolgt.

Fenn wartete also und bereitete sich darauf vor, berühmt zu werden. Er wusste, wie wichtig es war. Die Zeitungen waren voll von Berichten über junge Leute – einige sogar jünger als er selbst –, die plötzlich im Rampenlicht standen und unfähig waren, mit dem Reichtum und der Bewunderung umzugehen, die darauf folgten. Berühmte Leute waren einer besonderen Luft ausgesetzt, deren Reinheit einen umwerfen konnte, wenn man nicht daran gewöhnt war. Es war, als stehe man auf einem hohen Gipfel, ohne den Aufstieg gemacht zu haben. Dann fing die Nase an zu bluten, und die Adern schwollen an. Ihm würde das nicht passieren. Er ließ sich nicht leicht beeinflussen. Abneigung oder Zuneigung anderer Menschen ließen ihn gleichermaßen kalt. Auf Angst reagierte er schon anders. In der Schule hatten sich einige Mitschüler vor ihm gefürchtet, und das hatte ihm gefallen. Sobald sie Angst hatten, taten die Leute alles, was man von ihnen verlangte.

Er schüttete das kochende Wasser in seine kleine braune Teekanne, legte den Deckel auf, setzte sich und starrte auf den Brief, wobei er sich fragte, wie viele Menschen ein solches Maß an Selbstkontrolle aufbrachten. Die meisten wären die Treppe hinuntergerannt, hätten den Brief an sich gerissen und ihn aufgemacht. Er hatte sich für keine bestimmte Position beworben, denn er war überzeugt, dass es, sobald er beim Fernsehen arbeitete, nur noch eine Frage der Zeit war, bis man auf ihn aufmerksam würde. Offensichtlich würde er eine Grundausbildung machen müssen; zweifelsohne würde man sich gewisse technische Tricks aneignen müssen, aber letzten Endes kam es doch auf die Persönlichkeit an. Auf Aussehen und Persönlichkeit. Er stellte sich vor, was er bei seinem Bewerbungsgespräch tragen würde. Eine hellbraune, engsitzende Trevirahose. Sein beiges Jackett mit den modischen Aufschlägen aus wunderbar weichem Mohairmaterial. Seine hellbraune, seidenglänzende Krawatte, in deren Schnörkelmuster sich die Farbe des Jacketts fortsetzte, und sein hellbraunes Hemd (Nylon) mit unifarbenen Streifen. (Bei Cecil's Gee hatte ein Verkäufer ihm gesagt, es gebe nichts Vornehmeres als mehrere Abstufungen ein und derselben Farbe.)

Er schenkte sich Tee ein, gab ein wenig Kondensmilch und einen halben Teelöffel Zucker hinzu und setzte sich mit dem Brief an den Tisch. Er öffnete den Umschlag, schlitzte ihn behutsam mit einem Messer auf. Zunächst zog er sein Foto heraus, dann einen Brief, der nicht sehr lang war. Es war die Rede von Ausbildung und Erfahrung von Hintergrundwissen und akademischen Abschlüssen. Man lehnte sein Ersuchen um ein Bewerbungsgespräch ab. Er runzelte die Stirn und begann von vorn zu lesen, sehr langsam und aufmerksam, als habe er bei der ersten hastigen Durchsicht einen wichtigen Punkt übersehen. Er prüfte Namen und Adresse, denn er hoffte, dass der Brief für eine andere Person bestimmt und ihm aus Versehen zugeschickt worden war. Doch die Adresse stimmte. Und es war sein Foto. Er nahm es in die Hand und fühlte sich, als habe ihm jemand in den Magen getreten. Kalter Schweiß trat ihm aufs Gesicht. Er stieß einen langen, zittrigen Seufzer aus. Er hätte wissen müssen, dass der Laden die falsche Adresse war. Man musste nur die richtigen Leute kennen, dann bekam man alles auf einem silbernen Tablett serviert. Er las den Brief noch einmal. Einen akademischen Abschluss, du liebe Güte. Einen akademischen Abschluss, um vor der Kamera zu sitzen und einen Haufen Scheiße zu erzählen oder die Top Ten vorzustellen. Einen Abschluss in was? Geographie? Englisch? Mathematik? Geschichte? Er ging jedes Fach durch, das er sich nur denken konnte, und bemerkte erstaunt, dass der Brief zu einem Haufen Papierfetzen zusammengeschrumpft war und das Messer in seiner Hand zitterte. Er kehrte die Papierfetzen ordentlich zusammen und ließ sie wie Schneeflocken in einen Plastikeimer unter der Spüle rieseln.

Danach fühlte er sich besser. War in der Lage, die Dinge in einem vernünftigeren Licht zu betrachten. Er erinnerte sich, im *Standard* gelesen zu haben, dass das Fernsehen Opium fürs Volk sei – da mussten sie ja Tausende von Briefen erhalten. Seiner war in dieser Menge einfach untergegangen. Er war den entscheidenden Leuten einfach nicht unter die Augen gekommen. Wahrscheinlich hatte irgendjemand am Fuße der Rangleiter, der Assistent eines Assistenten, die Antwort verfasst. Jemand, der gerade von der Universität kam, der mit Ach und Krach einen Job beim Fernsehen bekommen hatte und jetzt dafür sorgte, dass kein anderer es schaffte. Wahrscheinlich war er übergewichtig und unattraktiv. Fenn erkannte jetzt, dass es ein Fehler gewesen war, das Foto beizulegen. Er bemerkte, dass er noch immer das Messer in der Hand hielt, und drückte den Verschluss. Die Klinge sprang zurück, und er schob das Messer in seine Tasche. Sein Tee war kalt geworden. Er goss ihn in den Abfluss, spülte die Tasse aus und kehrte zum Tisch zurück, um die nächsten Schritte zu planen.

Es hatte keinen Zweck, an die anderen Anstalten zu schreiben. Die Abteilungsleiter und die Leute an den Schaltstellen der Macht würden seinen Brief ohnehin nicht zu sehen bekommen. Das war ihm jetzt klar. Es würde immer einen Untergebenen geben, der sich ihm in den Weg stellte. Er würde zu anderen Methoden greifen müssen. Aber er würde behutsam vorgehen müssen. Es war wichtig, die Leute nicht zu verstimmen (natürlich nur die, auf die es ankam); auf der anderen Seite musste er zu ausgefallenen Mitteln greifen, um ihre Aufmerksamkeit zu erlangen, wenn das auf dem üblichen Weg nicht möglich war. Nicht zum ersten Mal verfluchte er seine Eltern. Andere Leute, deren Aussehen und Stil nicht im Mindesten an seine Qualitäten heranreichten, waren ganz oben, nur weil sie in die richtige Familie geboren waren. Berühmtheiten waren ein selbstverständlicher Teil ihrer Kindheit, lasen ihnen Gute-Nacht-Geschichten vor, wurden Schwiegereltern und ließen ihre Beziehungen spielen, wenn es soweit war. Und er erkannte niemanden. Doch, dieser Gedanke kam ihm langsam zu Bewusstsein, hatte er es jemals wirklich versucht? Nicht in den richtigen Kreisen aufgewachsen zu sein, hieß noch lange nicht, dass es unmöglich war, sich mit anderen Mitteln Gehör zu verschaffen. Man musste nur clever sein. Psychologisch vorgehen. Berühmte Leute hatten gewisse Bedürfnisse, oder? Sie wollten bewundert werden, wollten hören, dass sie jung waren und von Tausenden geliebt wurden, warum hätten sie sich sonst die Mühe gemacht, berühmt zu werden? Und all das konnte er tun. Zumindest solange es nötig wäre, sich einzuschmeicheln. Hätte er einmal den Fuß im Geschäft, wäre das alles kein Problem mehr.

Er stand auf und ging zu der Wand mit den Persönlichkeiten. Männlich oder weiblich? Auf beide Geschlechter wirkte er attraktiv. Männer hatten ebenso oft wie Mädchen versucht, ihn aufzureißen. Ein älterer Mann wäre vielleicht keine schlechte Wahl, doch dürfte er keinen Sohn haben, was Parkinson von vornherein ausschloss – er hatte drei. Andererseits konnte man beim Fernsehen nicht wissen, welche Leute schwul waren. Im Unterschied zu Malern und Schriftstellern ließen sie sich nichts anmerken. An die wirklichen Spitzenleute würde man wohl schwerlich herankommen; andererseits würden die kleineren Fische nicht nur weniger Einfluss haben, sondern selbst noch auf dem Weg nach oben sein. Es war wichtig, so wichtig, alles richtig zu machen.

Er ging zur anderen Seite des Zimmers. Aus dieser Perspektive schien die Frage der Auswahl überwältigend. Aus der Nähe betrachtet, erinnerte ihn jedes einzelne Viereck an seine eigene Erfolglosigkeit; schien ihn fast dafür tadeln zu wollen. Jetzt schienen sie ineinander zu verschwimmen, schien jedes Gesicht ebenso unwichtig wie das nächste. Er erkannte, dass es ihm unmöglich war, die richtige Wahl zu treffen. Keiner dieser Leute war ihm persönlich bekannt.

Wie sollte er da einen gegen den anderen abwägen können? Ebenso gut könnte er sich mit verbundenen Augen ein Bild herauspicken. Er erinnerte sich, dass seine Mutter allwöchentlich einen Lottoblock spielen durfte, und wie sie ihre Zahlenkombinationen jedes Mal blind mit einer Stricknadel ermittelt hatte. Damals hatte er ihr Verhalten als unsinnig empfunden, doch jetzt erkannte er den Reiz der Sache: den Reiz, sich dem Schicksal auszuliefern. Und warum sollte es ihm nicht freundlich gesinnt sein? War er nicht endlich an der Reihe? Hatte er nicht lange genug gewartet? Und das Schönste daran war, dass er nicht verantwortlich wäre. Was immer auch geschehen mochte, niemand konnte mit dem Finger auf ihn zeigen und fragen: »Warum gerade ich?«

Er zog das Messer aus seiner Tasche und ließ es aufschnappen. Plötzlich schien seine Hand verlängert. Eine zusätzliche, silbern glänzende Klaue war hervorgesprungen, funkelte im Licht. Er liebte das Gefühl des Messers in seiner Hand. Es war so anschmiegsam, immer warm und weich. Er kannte das genaue Gewicht des Messers, hätte es auf dem kleinen Finger balancieren können. Er nahm den Arm zurück, verlagerte das Gewicht auf sein hinteres Bein und verharrte einen Moment in dieser Stellung. Dann schloss er die Augen und warf das Messer.

»Sehen wir uns heute die gefrorenen Teddys an? Bei Marks and Spencer's?«

»Nein. Heute musst du zum Zahnarzt.«

»Dann morgen.«

»Am Samstag. Am Samstag gehen wir zu Marks and Spencer's.«

Kathy biss sich wütend auf die Unterlippe. Rosa beugte sich über das Durcheinander auf dem Frühstückstisch und berührte ihre Hand. »Bis dahin sind's nur noch drei Tage, mein Schatz.«

Sie versuchte sich daran zu erinnern, wie lang drei Tage sein konnten, wenn man sieben Jahre alt war.

Kathys Bruder unterbrach für einen Moment sein Frühstück. Bis jetzt hatte er bereits Würstchen, Tomaten, ein Ei, etliche Toasts mit Marmelade, zwei Mandarinen, etwas Müsli und einen halben Liter Orangensaft verschlungen.

»Kann ich etwas Kaffee haben, Mom?«

»Ich wüsste nicht, was dagegen sprechen sollte. Du hast von allem anderen auf dem Frühstückstisch gekostet.«

Er ging zur Kaffeemaschine. »Willst du noch eine Tasse?«

»Gern.«

Vorsichtig füllte er den Kaffee in große italienische Tonbecher. Durch das Kellerfenster fiel kaltes Sonnenlicht auf sein dichtes, blondes Haar. Für seine dreizehn Jahre war er ziemlich groß und dünn, und die Unmengen an Essen, die er verschlang, schienen irgendeinem unersättlichen Gott in seinen Eingeweiden zum Opfer zu fallen: Sie bemerkte die leichte Vertiefung in seinem Nacken, der noch ebenso weich und zart war wie in seiner Babyzeit, und fragte sich, wann sich das ändern würde. Und ob das dann ein Anzeichen dafür wäre; dass er tatsächlich erwachsen war.

»Möchtest du einen Kaffee, Dad?«

Die *Times*, Leos Schutzschild für den Frühstückstisch, raschelte ein wenig. Er gab einen unverbindlichen Laut zwischen einem Grunzen und einem Murmeln von sich.

»Was glaubst du, was er meint?«

»Ich glaube, er meint …«, und Rosa ahmte den Laut perfekt nach. Sie und Guy prusteten los. Kathy lächelte ein wenig unsicher. Durch Beobachtung der anderen hatte sie gelernt, dass es in Ordnung war, sich über Dad lustig zu machen, aber sie hatte nicht den Mut, es ihnen gleichzutun. Die *Times* bewegte sich, war bereit zu sprechen. Guy flüsterte: »Ruf das Orakel an.« Rosa schüttelte den Kopf. Beide wandten sich ihrem Kaffee zu.

Leo sagte: »Ich wünschte, du würdest ein Müsli finden, das nicht losspritzt, sobald man Flüssigkeit darübergießt.«

»Wir haben uns überall danach erkundigt!« Pause. Keine Antwort. »Boots and Sainsbury's. Fine Fare und Teseo's. Selbst in dem kleinen griechischen Laden auf der –«

»Schon gut, Guy, schon gut. Iss dein Frühstück auf.«

»Ich hab' schon zu Ende gefrühstückt.«

»Schon? Normalerweise gibst du nicht so schnell auf. Du sitzt erst seit einer halben Stunde am Tisch. Ich hoffe, du bist nicht krank.« Leo senkte die Zeitung, und Rosa fragte sich zum hundertsten Mal, wie ein so freundlicher Mann dermaßen Furcht erregende Gesichtszüge haben konnte. Als sie sich zum ersten Mal begegnet waren, hatte sie an einen bösen Märchengeist denken müssen. Schwarze Brauen, die oberhalb des Nasenrückens fast zusammengewachsen waren, und dunkle, sehr dunkle Augen. Ein schön geformter Mund mit ein wenig herabgezogenen Mundwinkeln, die seinem Gesicht in Ruhepausen einen traurigen, fast säuerlichen Ausdruck verliehen. Doch jetzt lächelte er und wirkte sehr viel jünger als achtunddreißig.

»Mom, muss ich wirklich zum Zahnarzt?«

Guy sagte: »Mervyns Mutter hat ihm zum fünfzehnten Geburtstag ein Gebiss versprochen.«

»Unsinn.« Leo faltete die Zeitung zusammen. »Geh und hol deinen Mantel. Und iss dein Ei auf, Kathy.«

»Kann ich es nicht Madgewick geben?«

»Er wird es nicht fressen, mein Schatz. Du kennst ihn doch. Er hat gestern schon ein Ei gehabt.« Rosa versuchte sich einzureden, dass die Appetitlosigkeit ihrer Jüngsten nur eine Phase war und sie sich nicht von der Tatsache beirren lassen sollte, dass diese Phase bereits seit zwei Jahren andauerte.

»Im Übrigen meint Madgewick, er hätte heute früh auf Huhn Appetit.«

»Stimmt nicht.« Guy war schonungslos offen. »Katzen haben ein äußerst beschränktes Vokabular. Du musst lernen, deine Fantasie zu zügeln.«

»Warum haben Katzen kein falsches Gebiss? Sie putzen sich nie die Zähne. Warum müssen Katzen nicht zum Zahnarzt?« Kathy warf einen wütenden Blick auf Madgewicks Korb, der neben der Anrichte stand. Er öffnete ein Auge und blinzelte sie verschlafen und gleichgültig an.

Guy hatte ihn eher tot als lebendig, mit gebrochenem Bein und Schwanz, in einem erbärmlichen Zustand vor einer Boutique (Madgewick's Damen- und Herrenmoden) in einer Mülltonne gefunden. Gerettet, gereinigt, gepflegt und unter großen Mühen zusammengeflickt, hatte Madgewick es ihm weniger mit Dankbarkeit als mit einem erstaunlichen Maß an Herablassung und Erhabenheit vergolten. Er hatte einen Schildpattfleck über dem linken Auge, ein weißes Ohr; einen schwarz-weißgefleckten Körper, rötlich-gelbe Pfoten und einen gestreiften Schwanz. Von Natur dazu geschaffen, den Narren zu spielen, mimte er mit absoluter Überzeugung den König und schien sich nicht daran zu stören, dass man ihm eher mit Respekt und Bewunderung als mit liebevoller Zuneigung begegnet?

Leo erhob sich. »Da du mit Kathy zum Zahnarzt gehst, nehme ich Guy mit.«

»Ach, Liebling, würdest du das tun?« Sie küssten sich flüchtig auf die Wange. Ein Tageskuss, dachte sie und erinnerte sich an die intimen Küsse dieser Nacht. Fünfzehn Jahre kannte sie diese Küsse schon und immer noch verspürte sie Spuren dieser aufwühlenden Erregung, der sie ausgeliefert gewesen war, als sie vor dem Krankenhaus von Middlesex auf ihn gewartet hatte.

Als Medizinalassistent hatte er immer müde ausgesehen. Damals waren sie oft in die nächstgelegene Pizzeria gegangen, hatten sich das billigste Gericht bestellt und den Genuss so lange wie möglich hinausgezögert, ohne das Essen kalt werden zu lassen. Leo hatte häufig unter Stress gestanden und während des Essens über seine Sorgen geredet. Manchmal bedrückte ihn die Haltung seiner Kollegen; obwohl sie in seinem Alter waren, wirkten sie bereits bitter und abgebrüht. Doch meist ging es um einen sterbenden Patienten: »Sie sehen einen an, als könnte man noch irgendetwas für sie tun. Als könnte man ihren Tod verhindern. Die Dinge ungeschehen machen. Als wäre man Gott. In solchen Momenten weiß ich nie, was ich sagen soll.« Da sie ihn liebte, zeigte sie sehr viel Mitgefühl, doch oft fiel es ihr schwer, seinen Worten zu folgen. Sobald sie sein hoffnungslos lichter werdendes Haar betrachtete und beobachtete, wie er mit seinen schlanken, aber kräftigen Fingern gestikulierte und die Gabel umfasste, wurde ihr Verlangen nach seinem Körper so stark, dass ihr kaum noch Energie für etwas anderes blieb. Sechs Wochen lang hatte er auf der Kinderstation mit Patienten gearbeitet, die an einer tödlichen Krankheit litten, und damals hatte sie geglaubt, er würde aufgeben. Von einem Treffen zum nächsten schien er blasser, älter und erschöpfter zu werden. Aber damals hatten sie bereits gewusst, dass sie heiraten und Kinder haben würden, und es war ihr schwer gefallen zu verstehen, wieso ihm das keinen Trost bereitete.

Jetzt stand er, nach einem teuren, unaufdringlichen Parfüm riechend, in seinem vornehmen Nadelstreifenanzug vor ihr. Er hatte um die zwanzig Pfund zugenommen, ohne dass es seiner Attraktivität geschadet hätte. Seine Schultern waren etwas breiter, und um die Hüfte war er fülliger geworden, das war alles. Guy kam aus der Diele die Treppe hinunter; er trug einen Anorak und hatte einen Sportbeutel in der Hand. Als Leo nach seiner Aktentasche griff, streckte Rosa impulsiv die Hand aus: »Leo –«

»Hm?« Er war zerstreut, in Gedanken bereits im Krankenhaus, doch er hielt inne und sah sie erwartungsvoll an.

Rosa fühlte sich unsicher. Sie hatten beide wenig Interesse an erinnerungsträchtigen Gesprächen, denn eigentlich waren sie in ihrer gegenwärtigen Situation sehr glücklich. Zudem warteten die Kinder. »Wird es heute spät werden?«

»Ich glaub' nicht. Ich ruf' dich an. Komm schon, du Riesenbaby.« Gemeinsam mit Guy ging er die Treppe hinauf. Gewöhnlich traf sich Guy um halb vier mit Kathy an deren Schule, und Rosa holte die beiden dort ab. Sie hörte ihn mit seinem Vater reden.

»Warum haben wir keinen Porsche, Dad?«

»So wie du isst, können wir uns glücklich schätzen, dass wir nicht auf Fahrräder umsteigen müssen.«

»Mervyns Vater hat einen Porsche.«

»Mervyns Vater ist ein Gauner.«

»Ist er nicht – überhaupt nicht! Er ist ein Unternehmer: Dick im Geschäft!«

Als die Haustür ins Schloss fiel, erschienen wieder Rauten farbigen Lichts auf dem Dielenteppich. »Iss deinen Toast auf, Schatz. Ich bin gleich wieder da.« Rosa rannte in das große Wohnzimmer im Erdgeschoss hinauf. Der Citroën stand quer gegenüber auf einem Parkplatz für Anlieger. Sie beobachtete, wie Leo, nachdem er nach rechts und links gesehen hatte, mit dem Arm um die mageren Schultern seines Sohnes die Straße überquerte. Er öffnete die Beifahrertür, und Guy warf erst seinen Turnbeutel, dann sich selbst in das Polster. Leo nahm auf dem Fahrersitz Platz. Keiner von beiden drehte sich um. Warum sollten sie auch? Gewöhnlich stand sie nicht da und winkte; und sie wusste auch nicht, warum sie es heute Morgen tat. Einen Moment lang versuchte sie, den Grund herauszufinden. Wieso sollte sie nach langen Jahren ruhiger Zufriedenheit ihr eigenes Glück plötzlich so eindringlich empfinden? Eigentlich neigte sie nicht zur Selbstbeschau, und ihr mit Arbeit und Familienpflichten ausgefüllter Alltag ließ ihr ohnehin wenig Zeit zum Nachdenken. Vieles nahm sie als Selbstverständlichkeit hin. Leos Beständigkeit, Gesundheit und Wohlergehen ihrer Kinder, ihre eigene Gesundheit und ihr Durchhaltevermögen, die finanzielle Sicherheit. Was würde geschehen, wenn es diese Dinge nicht mehr gäbe? Tagtäglich wurde das Lebensgefüge anderer Menschen auseinander gerissen, warum sollte sie dagegen immun sein? Ihre frühere Zufriedenheit kam ihr jetzt wie dumme Selbstgefälligkeit vor. Sie streckte die Hand aus und berührte das glänzende, weiße Holz des Fensterrahmens.

»Mom?« Sie sah auf die Standuhr. Noch fünfzehn Minuten bis zum Zahnarzttermin. Der Alltag hatte begonnen, nahm dankenswerterweise ihre ganze Aufmerksamkeit in Anspruch.

»Moooom …?«

»Ich komm' ja schon, Schatz.« Sie eilte aus dem Zimmer.

Fenn ging hinüber zur vierten Wand. Zunächst war er sich nur einer tiefen Enttäuschung bewusst. Das Messer steckte, immer noch vibrierend, zwischen zwei glänzenden Lippen. An der Direktheit des Wurfs war nicht zu zweifeln; da konnte er sich nichts vormachen. Er packte das Messer am Schaft und zog es aus der Wand, dann ging er in die Hocke, bis sein Gesicht auf gleicher Höhe mit dem Foto war.

Sie hatte wunderschöne Augen mit langen, zweifellos falschen Wimpern. Und trotz des feinen Risses, der sich durch ihre Schneidezähne zog, schien sie zu lächeln. Bei ihrem Erfolg und Reichtum war das auch nicht verwunderlich. Seltsam, dass ihm der Rundfunk nicht früher in den Sinn gekommen war, doch jetzt, da die Entscheidung nicht mehr in seinen Händen lag – je länger er darüber nachdachte, desto sinnvoller erschien ihm seine Wahl. Die Enttäuschung ließ allmählich nach, als er über die positiven Aspekte dieser schicksalshaften Änderung seiner Pläne nachdachte. Beim

Rundfunk würden sich weniger Leute um die Jobs drängeln, das stand außer Frage, und hätte er sich dort erst einmal etabliert, dürfte es nicht schwer fallen, zum Fernsehen überzuwechseln. Man brauchte nur an Wogan und Jimmy Saville zu denken, um nur zwei Beispiele zu nennen. Er könnte als DJ anfangen – jeder Idiot konnte Platten auflegen und dazu ein paar müde Witze machen – oder Leute interviewen, wozu wahrscheinlich ein wenig Übung nötig wäre, doch der Sender würde ihn sicherlich zu Fortbildungsseminaren schicken.

Er näherte sein Gesicht der hübschen Frau auf dem Foto und lächelte. Er lächelte über den Gegensatz zwischen ihrer Ahnungslosigkeit und seiner Gewissheit. Die Tatsache, dass er im Gegensatz zu ihr um die baldige Änderung in ihrem Leben wusste, genoss er wie einen neuen, erlesenen Geschmack. Er wollte nach draußen laufen, die U-Bahn nehmen und zu ihrem Sender, dem City Radio, fahren. In ihr Büro gehen, dort Platz nehmen und ihr etwas über seine Person erzählen, ihr erklären, wie er dazu gekommen war, gerade sie auszuwählen; aber das würde er natürlich nicht tun. Leute wie sie wollten, dass man sich an die Regeln hielt, selbst wenn viele von ihnen durch ein Hintertürchen an ihren Job gekommen waren. Und was sollten ein paar Tage mehr oder weniger schon ausmachen?

Er nahm ihr Bild von der Wand (jetzt erschien es ihm unangemessen, es unter den anderen Fotos zu belassen) und trug es zum Tisch. Dann verließ er sein Zimmer, um einen Kugelschreiber, elegantes blaues Briefpapier und passende Umschläge zu kaufen. Zwar hatte er zu Hause noch Papier und Stifte, aber die waren jetzt in seinen Augen verdorben, weil er sie dazu benutzt hatte, Briefe zu schreiben, die nicht zu den gewünschten Resultaten geführt hatten.

Er setzte sich an den Tisch, stellte das Foto auf und zog einen seiner neuen Briefbögen hervor. Er entschied sich für eine einfache Anfrage. Über seine Zukunftspläne würden sie bei ihrem ersten Zusammentreffen reden können. Er schrieb seine Adresse mit äußerster Sorgfalt, achtete darauf, dass der Zeilenabstand gleichmäßig war, und setzte das Datum darunter. Plötzlich schien es entscheidend, den ersten Versuch nicht zu vermasseln. Das unberührte Papier fühlte sich frisch und glatt an. Als ihm bewusst wurde, wie verkrampft er den Stift hielt, lockerte er seinen Griff. Mit der anderen Hand nahm er ihr Foto vom Tisch.

Dieser Mund gefiel ihm tatsächlich. Ihre geöffneten Lippen vermittelten einen Eindruck von Schutzlosigkeit. Um so besser. Eine abgebrühte Karrierefrau könnte anfangs Schwierigkeiten bereiten. Er brachte sein Gesicht so nah an das Foto heran, dass die Konturen verschwammen, und ein bekanntes, erregendes Gefühl der Verwirrung ergriff ihn. Es würde ihn nicht wundern, wenn ihre Gefühle bei ihrem ersten Zusammentreffen ähnlich wären. Ja. Er nickte und lachte auf, als sein Blick auf das Bücherregal fiel. Wenn alles so lief, wie er es sich vorstellte, würde er ihr einiges beibringen können. Ihr wirklich die Augen öffnen. Aber er vergeudete seine Zeit. Er nahm den Stift fest in die Hand und begann zu schreiben.

»Liebe Rosa …«

Als Rosa das Büro betrat, schaltete Sonia Marshall das Diktiergerät ab, schwang sich auf ihrem Stuhl herum und legte die Hände ruhig in den Schoß. Sie wusste, wie sehr ihre geschäftige, nervlich angespannte Vorgesetzte es schätzte, wenn an ihrem Arbeitsplatz Ruhe herrschte.

»Guten Morgen, Mrs. Gilmour. Ein schöner Tag heute, nicht wahr?« Rosa hatte es aufgegeben, Sonia davon zu überzeugen, sie beim Vornamen zu nennen. »Dieser Hosenrock ist einfach umwerfend. Er ist doch neu, oder?«

Außer dem Hosenrock trug Rosa eine cremefarbene Seidenbluse, eine hellgraue Kaschmirjacke mit einem zimtfarbenen, geflochtenen Ledergürtel, eine Perlenkette und rötlich braune Stiefel. Ihr langes Haar, das sie nachlässig mit einem elfenbeinfarbenen Kamm auf dem Kopf festgesteckt hatte, begann sich bereits zu lösen.

»Nein. Ich habe ihn letztes Jahr im Winterschlussverkauf bei Harvey Nichols erstanden.« Sie griff nach dem Brieföffner und nahm den Postberg in Angriff, der auf ihrem Schreibtisch lag. Sie hatte Sonia zu überreden versucht, in der Redaktion zu arbeiten, war sich zugleich aber sehr wohl bewusst, dass die anderen Journalisten Sonia dazu ermutigten, in ihrem Raum zu arbeiten. Zur Zeit hatten sich die Journalisten durchgesetzt.

»Ich liebe diese Jahreszeit, Sie nicht? Diese Herbsttage haben so etwas Frisches an sich, nicht wahr? Man möchte geradezu in sie hineinbeißen. Morgens springe ich aus dem Bett …«

Morgens, ja? Gütiger Himmel, dachte Rosa, ermahnte sich aber zugleich, nicht gehässig zu werden. Mit dem Brieföffner konnte sie ziemlich viel Lärm machen, wenn sie ihn auf den Schreibtisch sausen ließ. Nach kurzer Zeit bemerkte sie, dass Sonia sich wieder ihrer Maschine zugewandt hatte, ihre hageren, von einem wenig attraktiven Ausschlag verzierten Handgelenke ausstreckte und zu tippen begann. Doch sie hörte nicht auf zu reden. Der Raum war erfüllt von unsäglich kitschigen Phrasen, die nur vom dumpfen Geräusch des Brieföffners unterbrochen wurden. Das alles wäre ja nicht so schlimm, dachte Rosa, wüsste sie nicht, dass ihre Sekretärin sie nicht mochte.

Sonia war zwar ehrgeizig, schwieg sich über ihre Pläne jedoch aus. Ihre jetzige Position erachtete sie lediglich als ein Sprungbrett für ihre Karriere, war jedoch entschlossen, ihre Arbeit gründlich zu machen, solange sie darauf angewiesen war. Scharfsinn und Humor waren ihr gänzlich fremd, sie war nicht sehr intelligent und wäre erstaunt und erschüttert gewesen, hätte sie gewusst, wie durchschaubar ihre Zukunftspläne waren. Rosa, die die bemitleidenswerten Waffen sah, mit denen sich Sonia dafür rüstete, die schwindelnden Höhen der Verwaltungshierarchie zu erklimmen, betrachtete sie mit einer Mischung aus Mitleid und Verärgerung. Die allmorgendliche Verärgerung gewann die Oberhand. Sie unterbrach Sonia mitten in der volltönenden Beschreibung des gestrigen Sonnenuntergangs.

»Bei den meisten dieser Briefe genügt eine Standardantwort, Sonia. Die Kennziffer habe ich jeweils angeheftet. Den Rest erledige ich zu Hause, und am Freitag bringe ich das Band mit.«

»Soll ich die Standardbriefe wie gewöhnlich unterschreiben, Mrs. Gilmour?«

»Ja, das wäre nett.«

Es trat eine unangenehme Pause ein. Briefe waren eine heikle Angelegenheit. Vor einigen Wochen hatte Rosa, der es zur Gewohnheit geworden war, einen ganzen Stapel Briefe auf einmal zu unterschreiben, ohne sie zu lesen, einen Absatz entdeckt, der ihr unbekannt vorgekommen war. Sie hatte den Brief überprüft und sich dann den ganzen Stapel vorgenommen. Fast allen Briefen war eine kurze Notiz, eine Art Moralpredigt, hinzugefügt worden, die die Adressaten darauf aufmerksam machte, dass sie sich ihre Schwierigkeiten möglicherweise selbst zuzuschreiben hätten, sich zusammenreißen und etwas mehr Eigeninitiative beweisen sollten. Wie so viele sentimentale Menschen, strömte Sonia vor Freundlichkeit nicht gerade über. Es war zu einer äußerst unangenehmen Auseinandersetzung gekommen: Sonia hatte tränenreich darauf bestanden, dass man sie bei ihrem Bewerbungsgespräch dazu ermutigt hätte, eigenverantwortlich zu arbeiten, und Rosa hatte darauf erwidert, dass sie, so gern sie sich auch Sonias Vorschläge anhörte (das stimmte nicht), erwartete, dass die von ihr diktierten Briefe mit einem gewissen Maß an Korrektheit niedergeschrieben würden.

Sie stopfte etwa neun Briefe in ihre Aktentasche und ließ drei, jeweils mit einer Papierklammer zusammengeheftete Stapel auf ihrem Schreibtisch zurück. Der erste bestand aus Briefen von Leuten, die glaubten, sie verteile Eintrittskarten für eine Karriere beim Rundfunk; der zweite aus ziemlich eindeutigen Verbraucherproblemen, die sie beantwortete, indem sie dem Absender empfahl, sich an die nächste städtische Beratungsstelle oder Konsumentengruppe zu wenden..

»Kurz bevor Sie gekommen sind, hat die London Library angerufen. Das Buch, das Sie bestellt haben, ist jetzt da.«

»Ach, wie schön.« Rosa arbeitete an einer Biografie über den Tenor Michael Kelly und war fast eine Woche aufgehalten worden, weil sie auf *The Libertine Librettist* von April Fitzlyon warten musste.

»Wie geht's voran? Mit Ihrem Mr. Kelly?«, gurrte Sonia. Sie gab sich sehr interessiert und klang wie eine besorgte Mutter, die sich über den Kinderwagen beugt. Rosa widerstand der Versuchung, ihr zu antworten: »Unser Kleiner hat schon wieder ein neues Zähnchen, und er hat fast zwei Pfund zugenommen.«

»Ich bin zufrieden. Ähem ... warum bleiben Sie nicht und erledigen Ihre Arbeit hier, während ich weg bin? Hier haben Sie viel mehr Ruhe als in der Redaktion. Sie werden wahrscheinlich schneller mit der Arbeit vorankommen.« Duffy und seine Leute würden das zu schätzen wissen. Vielleicht würden sie ihr denselben Gefallen tun, wenn ihr Büro nicht besetzt war, was ziemlich oft vorkam.

»Ach nein – danke. Ich habe gern Leute um mich. Ich versteh' einfach nicht, wie sich jemand von seinen Mitmenschen zurückziehen kann. Ich meine ... Menschen sind doch dazu da, einander zu helfen.«

»Nun, ganz wie Sie wollen.«

Als Rosa das Büro verlassen hatte, ging Sonia zum Fenster hinüber und stellte sich, von außen nicht sichtbar, hinter die Jalousien. Sie beobachtete, wie Rosa den schwarzen Golf zurücksetzte und ein deutlich sichtbares, großes weißes RG zum Vorschein kam. Doch auch jetzt blieb sie stehen. Es war oft vorgekommen, dass Rosa kurz vor dem Ausgangstor seitlich ausscherte, auf die Bremse trat und zum Büro zurückrannte, weil sie etwas vergessen hatte. Sie brauchte wirklich eine persönliche Assistentin. Sonia hatte, allerdings erfolglos, versucht, diese Aufgabe zu übernehmen. Keiner ihrer kleinen Gedächtnisstützen war Beachtung geschenkt worden. War sie Rosa mit Sachen, die diese vergessen hatte, hinterhergelaufen, hatte sie nur verärgerte Reaktionen erhalten. Im *Standard* hatte sie sogar eine Anzeige für ein persönliches Nummernschild mit den Initialen RG 100 gesehen, dort angerufen, sich nach den Einzelheiten erkundigt und Rosa eine Notiz ins Fach gelegt. Als sie den Zettel gelesen hatte, war Rosa in Gelächter ausgebrochen und hatte gesagt, sie wisse jetzt, an wen sie sich wenden müsse, wenn ihr die Arbeit beim Sender nicht mehr reiche.

Der Golf war verschwunden. Sonia ging zu Rosas Schreibtisch und setzte sich in den Drehstuhl. Sie schlug den Terminkalender auf. Dieses Jahr hatte Rosa den von EMI behalten und die restlichen zwanzig weggeworfen. Zu Weihnachten schickten die meisten Plattenfirmen und einige der Vertragsagenten Werbegeschenke, was Sonia unverständlich war, da Rosa nicht einmal als DJ arbeitete. Bezeichnenderweise fand sie für diese Woche keinen Eintrag. Rosa hatte in ihrer Handtasche einen schäbigen Notizblock, in den sie ihre Termine eintrug, und im Büro flogen immer einige Briefumschläge herum, die über und über mit Bemerkungen bekritzelt waren. Sonia biss sich auf die Lippen und seufzte. Sie hatte getan, was sie konnte. Wer konnte mehr verlangen?

Sie richtete sich auf und griff nach Rosas dickem, nüchternem Füllfederhalter. Sie zog den Stapel mit den Briefen der Stellenjäger und die entsprechenden Antwortformulare zu sich hinüber. Hinter dem »Liebe/r« hatte man einen Platz freigelassen, in den der Name des Bittstellers eingetragen wurde. Einige Unterschriften waren nicht zu entziffern, doch der Absender des ersten Briefes, den sie aufnahm, hatte auf sehr ausgefallene Weise unterschrieben und seinen Namen zusätzlich in Druckschrift darunter gesetzt. Sonia lächelte ein wenig herablassend und begann, das Antwortformular auszufüllen.

»Du dummes –!« Zähl bis zehn, dachte Rosa und holte tief Atem. Ein korpulenter Mann war direkt vor ihr auf die Straße getreten und winkte einem Taxi zu ihrer Rechten. Sie hatte sofort gebremst, und er war um ihren Wagen herumgegangen, wobei er mit seiner Aktentasche auf ihre Kühlerhaube geschlagen hatte.

»Die Straße gehört nicht dir allein, weißt du?«

Zähl lieber bis hundert. Schwerfällig ließ er sich ins Taxi fallen. Halt lieber den Mund, sagte sich Rosa, als ihr kindische Phrasen wie »Verdrück dich, Dickerchen« durch den Kopf schossen. Sie rollte ihr Fenster herunter und streckte ihren Kopf hinaus. Alles, was sie sehen konnte, waren zwei kürbisähnliche Rundungen, die von glänzendem blauen Leinenstoff zusammengehalten wurden. Sie begann zu kichern. Die Kürbisse verschwanden aus ihrem Blickfeld und wurden durch ein Gesicht ersetzt, das sie wütend anstarrte, als das Taxi davonfuhr. Rosa legte den ersten Gang ein und folgte ihm. Sie hasste es, im Stadtverkehr zu fahren, war heute aber wegen Kathys Zahnarzttermin dazu gezwungen. Der Besuch in der Bibliothek hatte die Heimreise noch zusätzlich erschwert. Sie fuhr die High Holbourn hinunter, kam dann über die St. Giles High Street zur Tottenham Court Road.

Sie beschloss, durch den Park nach Hause zu fahren. An den Bäumen hingen zwar noch vereinzelt Blätter, doch der Novemberhimmel war kalt und grau. Sie kam an dem metallenen Skelett der Voliere mit ihrem straff gespannten Drahtnetz vorbei und warf einen Blick auf die Giraffen, die hochmütig über die Koppel staksten und sich auf köstliche Weise über die Leute lustig machten, die vor dem Zaun standen. Es war an der Zeit, dass sie und Leo wieder mit den Kindern in den Zoo gingen. Der letzte Zoobesuch lag bereits drei Jahre zurück. Vielleicht würden sie es am Sonntag schaffen.

Die Prince Albert hinunter und über die Primrose Hill. Als sie in ihre Wohngegend kam, entspannte sich Rosa zusehends. Leo und sie hatten schon immer im Norden von London gewohnt. Zu Beginn ihrer Ehe hatten sie im Dachgeschoss eines Mietshauses zwei kleine Zimmer bewohnt. Das Royal Free, das Krankenhaus, in dem Leo arbeitete, lag zehn Minuten Fußweg entfernt. Im Flur war ein Münzfernsprecher angebracht, den sie gemeinsam mit den Mietern der unter ihnen liegenden Wohnung benutzten. Ein oder zwei Möbelstücke waren von ihrer Mutter, den Rest hatten sie in einem Second-Hand-Laden in Gospel Oak erstanden. Leos Eltern, die aus unerfindlichen Gründen gegen die Ehe waren, hatten ihnen einen lächerlich pompösen Besteckkasten von Harrods geschenkt: ein zwölfteiliges Besteck mit einem kunstvollen Muster, das über die Griffe rankte. Sie benutzten es täglich, denn Rosa war es ein Vergnügen, das Besteck neben ihrem angeschlagenen, hässlichen Geschirr liegen zu sehen und es danach in das alte Emaillebecken zu werfen. Meist schrubbte sie es dann mit Vim und einem billigen Topfschwamm ab, aber es blieb unerträglich blank und bewahrte sein respektierliches Aussehen. Sie hatten ein verbeultes Küchenutensil, das einer Paellapfanne mit einem langen Griff ähnlich sah, von Leo jedoch einfach als »der Topf« bezeichnet wurde. In dieser Pfanne schmolzen sie Käse, kochten sie Sprotten, machten sie Pfannkuchen, brieten sie Würstchen und Bohnen an. Für Kartoffelpüree musste sie ebenso herhalten wie für Backobst, und im Sommer hatten sie den grünen Salat darin angemacht. Eines Abends, als Rosa Leo die Teekanne an den Kopf geworfen hatte, hatten sie sogar Tee darin gekocht. Sie fragte sich, wo die Pfanne jetzt wohl sein mochte, und ob ein Liebespaar in einem Second-Hand-Laden darauf gestoßen war und sie mit nach Hause genommen hatte, in ein schäbiges Zimmer mit einem Babyphon gleich neben der Spüle und einem Küchenschrank, dessen eine Schublade ständig klemmte. »Um Himmels willen, Rosa, was ist mit dir los?«, murmelte sie vor sich hin. »Sie muss schon seit Jahren hinüber sein.« Ihr fiel ein, dass Leo immer gesagt hatte: »Die guten ins Töpfchen, die schlechten ins Kröpfchen.«

Sie hatten gegessen, wann immer es gepasst hatte. Zwischen zwei Krankenhausschichten, kurz vor Leos Frühdienst. Sie erinnerte sich, wie sie eines Morgens um Viertel vor drei aufgewacht war und er mit zwei Tellern Currysuppe und einem Stapel Cornedbeefsandwiches neben ihr auf dem Bett gesessen hatte. Ihr gemeinsames Glück war von einer Intensität, wie sie sich gewöhnlich nur angesichts eines bevorstehenden Unglücks einstellt; Streitereien waren selten und von kurzer Dauer, aber sehr geräuschvoll. Hinterher, wenn sie sich geliebt hatten, war ihnen der Anlass des Streits immer unglaublich albern vorgekommen. Manchmal konnte sich Rosa nicht einmal an ihn erinnern. Jetzt kam es nicht mehr zu Auseinandersetzungen. Warum sollte es auch? Sie hatten beide, was sie wollten. Genug Erfolg, um die mageren Zeiten vergessen zu können, doch nicht so viel, dass das Familienleben darunter litt. Genug Geld, um ein angenehmes Leben zu führen, doch nicht so viel, dass Schuldgefühle aufkamen. Und genug Schlaf. Endlich. Sie erinnerte sich, wie sie das Kino in der Nähe ihrer Wohnung in South End Green besucht hatten. Ein seltener Genuss. Es wurde *Jules et Jim* gezeigt. Um sich herum sah Rosa die Mädchen ihre Köpfe auf zeitgemäße Weise gegen die Schultern ihrer Freunde legen. Im nächsten Augenblick hatte Leos Kopf auf ihrer Schulter gelegen, und kurz darauf war er fest eingeschlafen. Um es ihm so bequem wie möglich zu machen, hatte sie ihm den Mantel um die Schultern gelegt und sich den Film allein angesehen.

Zu der Zeit hatte sie im letzten College-Semester französische Geschichte studiert. Sie hatte mit *cum laude* bestanden und hätte um nichts in der Welt ihr recht chaotisches Eheleben gegen ein möglicherweise besseres Prädikat eintauschen wollen (wozu sie auch heute noch stand).

Camden Highstreet: fast zu Hause. Gleich nach dem Abschluss hatte sie bei einem Historiker, der in The Albany wohnte, eine Stelle als Forschungsassistentin angenommen, die mit wenig Außendienst verbunden war. Eine ideale Beschäftigung für eine Frau, die zu Hause auf ihr Baby aufpassen musste. Er war von ihrer Arbeit beeindruckt und hatte sie seinem Neffen weiterempfohlen, der an einer Fernsehdokumentation über den Burenkrieg arbeitete und jemanden suchte, der das in den Bibliotheken bereits vorhandene Filmmaterial durchsah: sie war scharfsinnig, arbeitete schnell und gründlich; er empfahl sie weiter, und die nächsten zwei Jahre vergingen auf angenehme und anregende Weise. Dann hatte Leo seine Ausbildung abgeschlossen und gleichzeitig eine Erbschaft gemacht.

Eine unverheiratete Tante, die in Kent lebte und die er seit, seiner Kindheit nicht mehr gesehen hatte, war gestorben und hatte ihm die Hälfte ihres Vermögens hinterlassen. Die andere Hälfte hatte sie einem Tierheim für Esel vermacht. Das Komische dieser Situation verfehlte weder auf Leo noch auf Rosa ihre Wirkung, und sie verbrachten eine ausgelassene halbe Stunde damit, herauszufinden, für was sie das Geld verwenden würden, wenn das Tierheim ihnen gehörte. Obgleich ungewöhnlich, war ihre Liste umfassend: sie reichte von Hufeisen (bei schlechtem Wetter Gummistiefel) über wasserfeste Hüte zu Pudding mit Schlagsahne, von künstlichen Gebissen für die älteren Tiere bis zu beruhigender Musik für Esel, die aus kaputten Elternhäusern kamen. Bei Begriffen wie Eselei, Eselsbrücke oder Eselsserenade hatten sie sich vor Lachen kaum halten können, und obwohl er nichts verstand, hatte Guy in seinem Bettchen glücklich vor sich hin gegluckst. Natürlich lachten sie manchmal noch gemeinsam, dachte Rosa ein wenig verteidigend, als sie vor ihrem Haus parkte, doch weniger häufig und bestimmt nicht über solchen Unsinn. Jeder musste irgendwann erwachsen werden.

Sie schloss den Wagen ab, blieb einen Moment auf dem Bürgersteig stehen und sah sich ihre Straße an. Selbst vor zwölf Jahren hatten diese Häuser teuer ausgesehen. Für die Anzahlung hatten sie Leos gesamtes Geld verwandt und dennoch eine beträchtliche Hypothek aufnehmen müssen. Obwohl er als Arzt und sie bei City Radio tätig war, wäre es ihnen heutzutage unmöglich, sich in Gloucester Crescent einzukaufen. Vor einigen Wochen war in ihrer Nachbarschaft ein Haus für hunderttausend Pfund verkauft worden.

Sie ging zu dem griechischen Geschäft an der Ecke und kaufte sich ein Kebab zum Mitnehmen. Es war köstlich mariniertes Lammfleisch, gewürzt mit Oregano, in weiches Pita-Brot eingeschlagen, das mit Zwiebeln, Salat und Tomaten garniert und mit herrlich duftendem grünen Olivenöl besprenkelt war, dessen Geruch an die verbrannte Erde und die erbarmungslose Sonne Griechenlands erinnerte.

Als sie die Haustür aufschloss, spürte sie sogleich, dass sie allein war, und fühlte sich erleichtert. Manchmal machten ihr die Anwesenheit von Mrs. Jollit und deren Alltagsgeschichten über die Leute von Finsbury nichts aus; doch heute war es anders. Sie hatte das Buch, auf das sie so lange gewartet hatte, und wollte anfangen zu arbeiten. Sie ging in die Küche hinunter. Die Überreste der gemeinsamen Frühstücksschlacht der Gilmours waren wie durch ein Wunder verschwunden. Der Boden glänzte und die Küche war aufgeräumt und makellos sauber. Sie nahm ein großes Kelchglas von dem Holzregal neben dem Fenster, holte eine Flasche Perrier aus dem Kühlschrank, schnitt eine Zitrone auf, träufelte etwas von dem Saft über ihren Salat und gab ein Stück zusammen mit einigen Eiswürfeln in ihr Glas. Nachdem sie das Mineralwasser dazu gegeben hatte, riss sie ein Tuch von der Küchenrolle und stellte alles zusammen auf ein Tablett. Sie sah auf die alte Küchenuhr. Noch eine Viertelstunde, dann ging's an die Arbeit. Genug Zeit, um kurz in den *Guardian* zu sehen. Sie biss in das saftige Fleisch.

Sie begann die Frauenseite zu lesen und fragte sich nicht zum ersten Mal, warum Polly Toynbee, mit der sie sich über fast alles einig war, sie so irritierte. Vielleicht lag es daran, dass ihre Artikel jeden Humor vermissen ließen, vielleicht musste jemand, der so sehr davon überzeugt war, die richtige Meinung zu vertreten, einfach irritierend wirken. Madgewick sprang schwerfällig auf ihren Schoß, ließ ein zufriedenes Schnurren vernehmen und schnupperte an ihrem Mittagessen.

»Du bist ein Schwein, Madgewick. Und du wirst es nicht mögen – es sind Zwiebeln dran.« Er warf ihr einen überheblichen Blick zu, hörte auf zu schnurren und sprang von ihrem Schoß.

Das Mineralwasser hatte einen frischen, klaren Geschmack. Am Tage nahm sie nur wenig zu sich, und Alkohol rührte sie erst am Abend an. Das lag zum einen daran, dass sie ihr Gewicht unter der kleidersprengenden Grenze von hundertvierzehn Pfund halten wollte, und zum anderen konnte sie besser arbeiten, wenn sie ein leichtes Hungergefühl verspürte: als rege ein körperliches Gefühl der Leichtigkeit und Leere ihr Denken an. Sie beendete ihre Mahlzeit und stand auf, um einen Kaffee zu kochen. Da sie allein war, bereitete sie ihn mit einem Tauchsieder zu; dann öffnete sie ihre große Leinentasche.

Es war eine Art Seesack mit etlichen Innentaschen, Wasser abweisend und geräumig. Sie kramte einige Tonbänder hervor. Wie alle Kollegen mit einer eigenen Sendung wurde Rosa – obwohl ihr Programm fast keine Musik enthielt – von Solomusikern und Gruppen von Demobändern bombardiert. Neunundneunzig Prozent waren unerträglich: völlig unmusikalische Imitationen dessen, was den Durchbruch an die Spitze der Charts geschafft hatte. Das fehlende Prozent schien nie auf ihrem Schreibtisch zu landen. Die Bänder wurden zusammen mit einer kurzen Notiz und einer Liste der bekanntesten Plattenfirmen an die Absender zurückgeschickt. Guy hörte sich alle an.

»Man kann ja nie wissen, Mom. Vielleicht ist ein zweites Spandau Ballet dabei.«

Was Rosa betraf, war ein Spandau Ballet bereits zu viel. Sie drückte den Tauchkolben hinunter und schenkte sich Kaffee ein. Er roch köstlich. Die Oberfläche war von einer leicht öligen Schicht überzogen. Sie fügte ein wenig Kaffeesahne hinzu, nahm das Buch unter den Arm und verließ die Küche.

Als sie die Treppe hinaufging, spürte sie die ersten Anzeichen einer emotionalen Wandlung, die ihre angenehme Wirkung nie verfehlte. Diese Wandlung erreichte ihren Höhepunkt, sobald sie sich in ihrem Arbeitszimmer an ihren Schreibtisch gesetzt hatte. Es begann mit dem allmählichen Abstreifen ihrer öffentlichen Persönlichkeit. Wie eine Schlange bei der Häutung legte sie mit jedem Schritt auf dem dicken Teppich ein Stück von Rosa Gilmour, Rundfunkmoderatorin und Mutter zweier Kinder ab, entledigte sich ihrer Rolle als Kindermädchen, Küchenchef, Chauffeuse und Vorsteherin einer »Bedürfnisanstalt«. Als sie an die glänzende weiße Tür kam, bebte sie vor Erwartung. Sie drückte die Klinke und betrat ihr Arbeitszimmer.

Dieser Raum war allein ihr vorbehalten. Leo kam selten hierher. Die Kinder nie. Am Fenster stand ein riesiger Nussbaumschreibtisch mit acht Schubladen und einer grünen Schreibtischunterlage aus Leder, deren Ränder mit einem griechischen Friesmuster aus Gold verziert waren. Darauf stand eine schimmernde Vase von orientalischer Schlichtheit. Sie war mit getrockneten Judassilberlingen, Buchenzweigen und ein paar zerfledderten Mohnblumen gefüllt. Rosa setzte sich mit dem Rücken zum Fenster und trank einen großen Schluck Kaffee. Bevor sie das Buch aufnahm, zögerte sie einen Augenblick, um den Raum, der wie eine Tarnkappe wirkte und ihr anderes Ich unsichtbar machte, in sich aufzunehmen.

Obwohl sie ihn vor sieben oder acht Jahren mit verschiedenen Möbelstücken eingerichtet hatte, die entweder selbst gekauft oder Erbstücke waren und aus völlig verschiedenen Epochen stammten, machte er einen ruhigen und harmonischen Eindruck. Einige der Stücke (einen viktorianischen Spiegel mit Laubsägearbeiten oder einen silbernen Fotorahmen aus der Zeit Edwards II.) hatte sie in der Einkaufspassage von Camden erstanden, bevor sie wieder modern geworden waren. Hand in Hand war sie mit Leo durch die Geschäfte geschlendert, während Guy, in einem Tragetuch an ihren Körper geschmiegt, seine Zustimmung zu ihren Funden lauthals bekundet hatte. Ihre Mutter hatte ihr einen gemütlichen Sessel und einen großen, schmalen Mahagonischrank geschenkt, in dem sie ihre Bücher aufbewahrte.

Es war ein dunkler Raum – sie hatte ihn schokoladenbraun gestrichen –, der jedoch durch elfenbeinfarbene Fenstersimse und einen Perserteppich aufgehellt wurde, den sie an dem Tag, an dem sie ihren ersten Vertrag beim Rundfunk unterschrieb, bei Liberty's gekauft hatte. Seine ockergelben und aprikosenfarbenen, seine zitronengelben und beigen Schattierungen wirkten vor dem unbenutzten Kamin wie glühende Asche. In einer Ecke des Zimmers hatte sie unauffällig eine Stereoanlage platziert, deren Lautsprecher an zwei sich gegenüberliegenden Wänden angebracht waren. Als sie die auf dem Flohmarkt von Portobello erstandenen Vorhänge zu Hause voller Begeisterung vorführte, hatte Leo, nachdem er einen Blick auf den dreckverkrusteten Chenillestoff geworfen hatte, gemeint, sie ähnelten einem Haufen Elefantenmist. Doch als sie sie etliche Male sorgfältig gewaschen und gespült hatte, war ein weiches Muster aus zarten rostbraunen, rosaroten und hellgrünen Farbtönen zum Vorschein gekommen. Dann hatte sie das Zehnfache ihres Werts bezahlt, um sie säumen zu lassen.

Sie trank den Kaffee aus und stellte die Tasse neben einem gerahmten Foto ihrer Eltern auf den Tisch. Ihr Vater, den sie nie kennen gelernt hatte, wirkte in der Uniform eines Oberleutnants der Luftwaffe stolz und ein wenig unsicher; ihre Mutter sah durch ihren dichten weißen Schleier bewundernd zu ihm auf. Fünf Monate später war sie nach einem Luftangriff über den Niederlanden Witwe geworden.

Rosa legte ihr Buch in die Mitte des Schreibtischs. Es beschrieb das Leben von Lorenzo da Ponte, Mozarts Librettisten und Freund von Michael Kelly. Die Biografie, an der sie gerade arbeitete, war Rosa aus etlichen Gründen wichtig. Sie empfand es als erfrischend, sich in die freie und harmonische Welt der Aufklärung zu versetzen, in die Männer wie Newton, Voltaire und Mozart eine so köstliche Ordnung gebracht hatten; und es befriedigte ihren natürlichen Wissensdurst. Sie spürte hartnäckig den Fakten nach und hatte ein gutes Gespür für Querverbindungen, denn in Briefen und Tagebucheintragungen stieß sie auf Anspielungen, die einem weniger aufmerksamen Leser wahrscheinlich entgangen wären. Es machte ihr Spaß, längst verstorbene Figuren zum Leben zu erwecken, sich ihre Lebensweise, ihre Kleidung und ihre Kunstwerke in Gedanken vorzustellen, bis sie meinte, die Straßen von Wien und London förmlich riechen zu können.

Die Diskrepanz zwischen dem, wie die Menschen sich selbst in den verschiedenen Briefen und Memoiren darstellten, und dem, was ihre Freunde (und Feinde) über sie sagten, stellte sie vor Probleme, die sie voller Begeisterung in Angriff nahm, und da ein großer Teil ihres Materials auf Französisch war, frischte sie zugleich ihre Sprachkenntnisse auf. Die Zeit, die sie auf diese Arbeit verwenden konnte, war begrenzt, doch das erschien ihr nebensächlich. Sie beschäftigte sich mit einer Sache, die ihr ausgesprochen ernst war und die ihr in vielen Jahren des Studiums entwickeltes akademisches Interesse wach hielt. Einige ihrer Freunde in den Medien und in der Werbung erkundigten sich bei jedem Zusammentreffen mit einem teils wehmütigen, teils ablehnenden Gesichtsausdruck nach ihrer Arbeit, den Rosa bald einzuschätzen wusste. Sie redeten von den Romanen, die sie bald schreiben, von den Dramen und Radierungen, mit denen sie beginnen würden, sobald das leer stehende Zimmer aufgeräumt oder das jüngste Kind in der Schule sei. Aber im Laufe der Zeit, während Rosa mit ihrer Arbeit vorankam, sprachen sie immer von ihren Plänen, als seien sie leidtragende Eltern, die es nicht ertragen konnten, an ihre gesunden Nachkommen zu denken.

Sie nahm einen Reisewecker aus der linken oberen Schreibtischschublade, stellte ihn auf Viertel nach drei und legte ihn wieder zurück. Kurz bevor sie sich an die Arbeit machte, dachte sie daran, wie ruhig und harmonisch ihr Leben doch verlief. Sie fühlte sich wie ein Jongleur, der, durch lange Übung geschult, leuchtende Orangen mit großem Geschick zwischen seinen Händen hin- und herwandern ließ. Lagen

Michael Kelly und die Arbeit beim Rundfunk in ihrer gewölbten Hand, so entließ sie Leo und die Kinder in die Welt der Arbeit und der Schule, nur um sie zum geeigneten Zeitpunkt mit der anderen wartenden Hand aufzunehmen.

Sie beugte den Kopf über ihr Buch. Tatsächlich, dachte sie, besteht das größte Glück darin, eine Arbeit zu tun, die das vollkommene Vergessen der eigenen Person einschließt. Voller Zufriedenheit legte sie ihren Schreibblock neben das Buch, nahm einen Stift in die Hand und begann zu lesen.

2

»Und wie werden Sie auf dieser einsamen Insel zurechtkommen, Fenn? Sind Sie praktisch veranlagt? Könnten Sie sich eine Schutzhütte bauen?«

Fenn war sich nicht sicher, wie er auf diese Frage antworten sollte. Er konnte sich vorstellen, dass die Leute ihn für einen Trottel halten würden, wenn er zugab, dass er ein guter Heimwerker war. Auf der anderen Seite wollte er nicht den Eindruck erwecken, einer dieser schwächlichen Typen zu sein, die sich in einer Notsituation nicht zu helfen wussten. Schließlich hatten seine Zuschauer jetzt die Möglichkeit, etwas über den wahren Fenn zu erfahren. Der gefeierte Star sollte aus der Reserve gelockt werden. Gewöhnlich entschied er sich dafür zu erwidern: »Nun, Roy – ich würd's auf jeden Fall versuchen. Für das Ergebnis kann ich allerdings nicht garantieren.« Dem würde er ein Lachen folgen lassen, das den Zuschauern bewies, wie problemlos das Ganze für ihn eigentlich war.

»Und Sie dürfen einen Gegenstand mitnehmen – der allerdings keinen praktischen Wert hat.«

Auch diese Frage hatte ihm zunächst Kopfzerbrechen bereitet. Er schwankte zwischen einer völlig sinnlosen, aber ausgefallenen Sache wie einem Paar Ski und einem Gegenstand, der die Neugierde des Publikums erregen würde. Ihnen einen kleinen Eindruck von seinem Lebensstil vermitteln würde.

»Du bringst mich hier ganz schön in Verlegenheit, Roy. Ich kann mir kaum vorstellen, den Tag ohne meinen seidenen Morgenmantel zu beginnen.« Oder sollte er lieber Kaffee von Fortnum's nennen? Nein – das ging nicht. Schleichwerbung war bei der BBC verboten. Ein paar Flaschen von meinem besten Rotwein? Ja, das war in Ordnung. Ziemlich brillant sogar. Er hatte sich gegen Champagner entschieden, weil ihm das zu gewöhnlich vorkam.

»Und wie steht's mit einem Buch? Auf der Insel sind bereits die Bibel und eine Shakespeare-Ausgabe.«

»In dem Fall, Roy, ist ein anderes Buch gar nicht mehr nötig, oder? Er ist ein großartiger Schriftsteller. Manchmal denke ich, dass nichts der Erwähnung wert ist, was Shakespeare nicht schon einmal in irgendeiner Form gesagt hat.« Bei der Bibel musste man vorsichtig sein. Einige seiner Fans würden enttäuscht sein, was immer er auch sagte. »Was die Bibel angeht ... sie ist ebenso Teil unseres englischen Erbes wie die Gebäude und Gärten Unserer Majestät. Ich bin mir sicher, dass sie wie alle großen Kunstwerke für jeden von uns etwas anderes bedeutet.«

Mit seiner Antwort auf die Buchfrage war er ausgesprochen zufrieden. Soweit er wusste, war bislang kein anderer auf eine so glänzende Lösung gekommen. Damit würde er seine Originalität beweisen. Natürlich würde Roy ihn drängen, ein weiteres Buch zu nennen, und er hatte bereits beschlossen, das zu wählen, welches jeweils an der Spitze der Bestsellerliste stand. Er war wahrhaftig kein begeisterter Leser und konnte – bei dem Gedanken prustete er los – schwerlich ein Buch aus seiner Spezialsammlung vorschlagen.

Für Musik interessierte er sich ebenfalls nicht. Die eine

Hälfte der Titel würde er aus den gegenwärtigen Top Ten beziehen, die andere setzte sich aus dem Klassikervorrat der Bibliothek zusammen. Vor einigen Tagen hatte er sich vier davon notiert, und er hatte vor, seine Liste jeden Monat zu verändern. Er nahm an, dass es bei klassischer Musik ebensolche Trends gab wie bei Popmusik, und wollte auf dem Laufenden sein.

Ständig bereitete er sich auf die verschiedenen Situationen vor, mit denen er konfrontiert sein würde, sobald er berühmt wäre, doch *Desert Island Discs* war ihm am liebsten. Die Sendung bewies, dass man es wirklich geschafft hatte. Er wurde nicht müde, seine Antworten auf Roys Fragen immer wieder durchzuspielen. Er hatte Eltern, Schule, Freunde erfunden. Da gab es einen Lehrer, der schon früh sein außergewöhnliches Talent erkannt hatte und ihn adoptieren wollte. Dazu eine ganze Menge Freunde, »die alte Gang«, die ihm keineswegs den Erfolg neideten und mit denen er sich gelegentlich zu einem Streifzug durch die Kneipen traf.

Es wurde allmählich Zeit für den Briefträger. Er änderte die Poptitel auf seiner Plattenliste und legte sie in den Aktenordner, der alle Einzelheiten seines neuen Lebens enthielt. Das ist das wahre Leben, dachte er und presste den Ordner fest an seine Brust. Was man sich selbst schafft. Das ist die Wahrheit. Er hatte das eigenartige Gefühl, dass in dem Aktenordner auf undefinierbare Weise sein eigenes Leben aufgehoben war. Es war, als habe er durch die Auflistung von Erfahrungen und die Zusammenstellung von Namen wie ein Alchimist das gewöhnliche Metall, aus dem seine Persönlichkeit geschmiedet war, in pures Gold verwandelt. Er kam sich vor wie eine dieser Figuren in den Zeichentrickfilmen, die zusammenschrumpften und in den Seiten eines Buches verschwanden; als habe er sich, rein gewaschen vom Schmutz des Versagens und der Hoffnungslosigkeit, in den Aktenordner verflüchtigt, bis der warme Glanz des Erfolgs ihn zu neuem Leben erwecken würde. Dann würde er sich, angetan mit einem strahlenden Körper, wunderschönen Kleidern und einer engelsgleichen Stimme, erheben und endlich zeigen können, was in ihm steckte.

Er öffnete die Tür. Der Geruch des Bratfetts störte ihn nicht mehr. Er würde nicht mehr lange hier sein. Heute war wieder keine Post gekommen. Vor vier Tagen hatte er ihr geschrieben. Er durfte nicht ungeduldig werden. Eine Frau in ihrer Position wurde bestimmt mit einer Flut von Briefen überschwemmt. Vielleicht war ihre Sekretärin krank geschrieben, und die Post stapelte sich auf ihrem Schreibtisch. Er wollte nicht unvernünftig sein. Er sah auf den Kalender. Montag, der Siebzehnte November. Bis Dienstag würde er ihr Zeit lassen.

An diesem Dienstag hieß das Thema ihrer Sendung »Wohnungssuche«. Rosa war wie immer davon gerührt, wie viele Menschen zu glauben schienen, dass sie Wunder vollbringen und ihnen eine Wohnung (oder ein Krankenbett oder sonstiges) beschaffen könne, wenn die Stadtverwaltung versagt hatte. Die Anrufe waren vorhersehbar. Klagen über jahrelange Wartelisten; über andere, meist weniger verdienstvolle Mitmenschen, die bevorzugt behandelt wurden. Und immer wieder der verständliche Hass auf die Boat People und andere verzweifelte Flüchtlinge. Wie schnell doch das Verständnis für die Außenseiter, dieser angeblich so unumstößliche Bestandteil des britischen Charakters, nachließ, wenn Arbeit und Wohnungen knapp wurden! Rosa fragte sich manchmal, wie lange ihr eigenes Mitgefühl, das niemals ernsthaft auf die Probe gestellt worden war, vorhalten würde, wenn sie weder Arbeit noch ein Dach über dem Kopf hätte.

Die Sendung war fast zu Ende. Der Vogelmann hatte angerufen und hielt gerade eine kleine Moralpredigt: »... sollte ihre Nestgewohnheiten untersuchen. Man sollte große Gebiete als eine Art Menschenschutzgebiete zur Verfügung stellen und den armen Leuten Material an die Hand geben, mit dem sie sich ihre Nester bauen könnten – nur übergangsweise. Wenn dann wieder Wohnungen frei werden, könnte man diese Nester abbauen. Oder sie ausbauen und für arme Familien stehen lassen.«

Rosa hatte nicht gewusst, ob sie lachen oder weinen sollte, als der Vogelmann begann, regelmäßig an ihrer Sendung teilzunehmen. Aber seine unerschütterliche Überzeugung, dass alle gesellschaftlichen Missstände durch Beobachtung und Nachahmung der Vögel gelöst werden könnten, hatte das Interesse ihrer Hörer geweckt, und wenn er sich einmal, was selten vorkam, nicht gemeldet hatte, erhielt Rosa eine Flut von Briefen, in denen man sich nach seinem Wohlbefinden erkundigte. Er war immer höflich, hielt sich ziemlich kurz, und Rosa hatte ihn noch nie wegen unflätiger Bemerkungen unterbrechen müssen.

»Meinen Sie so etwas wie Fertighäuser?«

»Genau! Sie wissen immer, was ich meine, Mrs. Gilmour. Es spricht nichts dagegen, Schlamm zu verwenden. Er ist reichlich vorhanden, und unsere Freunde, die Schwalben, kommen gut damit zurecht.«

»Und wenn es regnen sollte?« Rosa bemühte sich, ernst zu bleiben. Gerade hatte sie Louise entdeckt, die hinter der Scheibe zum Kontrollraum das Zwitschern eines Vogels nachahmte.

»Natürlich muss man ihn mit Stroh mischen.«

»Natürlich. Entschuldigen Sie – daran habe ich nicht gedacht.« Impulsiv fügte sie hinzu: »Sie haben so oft zu der Sendung beigetragen, und wir kennen nicht einmal Ihren Namen.«

Sie wünschte, er würde seinen Namen mit Mr. Schwan oder Mr. Sperling angeben, wusste aber, dass ein solcher Zufall zu schön wäre, um wahr zu sein.

»Wenn es Ihnen nichts ausmacht, Mrs. Gilmour, möchte ich meinen Namen nicht nennen. Ich sehe mich nicht in der Lage, auf eine Flut von Briefen zu antworten.«

Sieh mal an, dachte Rosa und machte den Fehler, wieder zum Tonraum zu sehen. Louise stand jetzt mit erhobenen Armen hinter der Scheibe. Sie schlug sie auf und ab, wobei sie mit dem Mund ein lautes Kreischen imitierte.

Der Vogelmann hatte die Flatter gemacht. Eine Frau aus dem sechsundzwanzigsten Bezirk begann über ihre Tochter zu reden, die seit sechs Jahren auf der Warteliste für Sozialwohnungen stand und immer wieder übergangen wurde, »weil sie dieses kleine persönliche Problem hat«. Zusammen mit Tausenden von Radiohörern horchte Rosa gespannt auf, doch der Stundenzeiger der Studiouhr rückte vor und ließ sie für immer über Anna Maries Makel im dunkeln. Vielleicht war es besser so. Rosa hatte oft den Eindruck, dass »da draußen« ein hochexplosives Gemisch aus Frustration und Verzweiflung vor sich hin brodelte, und war dankbar, in dem abseitigen und schalldichten Senderaum zu sitzen.

Sie verabschiedete sich von ihren Hörern, bedeutete Louise mit einem Zeichen, den Musikabspann und die Ansagerin einzuschalten und verließ das Studio in Richtung Kontrollraum. Die nächste Sendung war schon auf Band. Louise überprüfte die Tonstärke, ließ das Band ablaufen und nahm ihre Kopfhörer ab. Rosa lächelte sie an.

Louise fragte: »Was meinst du, wie er heißt?« Sie kramte in ihrer Tasche und zog einen Marsriegel hervor.

»Keine Ahnung. Eigentlich will ich's auch nicht wissen. Armer alter Kerl.«

»Vielleicht ist er gar nicht so alt.«

»Oh – da bin ich mir sicher. Wahrscheinlich wohnt er im Osten von London in einer kleinen Sozialwohnung mit Balkon. Bestimmt achtet er auf ein sauberes und gepflegtes Aussehen und wechselt jeden Tag das Hemd.«

»Und in seinem Bad wird immer etwas Wäsche hängen.«

»Bei gutem Wetter wird er sie an einer Wäscheleine auf seinem Balkon trocknen. Vielleicht hält er sich dort sogar in einem Verschlag ein Kaninchen.«

»Aber auf keinen Fall Vögel in einem Käfig.«

Louise hatte selbst etwas Ähnlichkeit mit einem Vogel, dachte Rosa. Ihr kanariengelbes Haar fiel, weich wie das Gefieder eines Jungvogels, auf ihre Schultern, und ihr Körper war zartgliedrig wie der eines Spatzen. Wie immer trug sie eine außergewöhnliche Kombination aus verschiedensten Kleidungsstücken: bunte Stiefel (ein Rautenmuster aus vielfarbigen Wildlederstreifen), zwei Röcke – der eine war aus ockerfarbenem Samt und reichte ihr bis an die Stiefelspitzen, während der andere, übersät mit winzigen Spiegeln und ausgefallener Stickerei, nicht länger war als eine Schürze. Dazu trug sie einen Pullover mit weiten Ärmeln aus spitzenähnlichem Stoff und eine Patchworkweste mit flatternden Bändern. Anmutig biss sie in einen Marsriegel.

»Der wievielte ist das heute?«

»Der fünfte. Nein, ich hab' gelogen, der sechste.«

»Es ist erst zwölf Uhr.«

»Ich hatte zwei zum Frühstück.«

»Ich hab' gedacht, du wolltest dich einschränken.«

»Ich hab' mich eingeschränkt. Gestern hatte ich drei zum Frühstück.«

»Ahhh …«

»Und ich habe entdeckt, dass man eine umwerfende Zuckersoße machen kann, wenn man sie in einem Turmtopf schmilzt.« Bei der Erinnerung leuchteten Louises Augen auf. »Man kann sie über alles gießen. Wie Bratensaft.«

»Wenn du vierzig bist, wirst du das bereuen.«

Das einzige Problem war, dass Louises Haut glänzte wie das Innere einer Muschelschale und sie in der Taille neunzehn Zoll maß. Ein Zoll für jedes Jahr. Warum sollte sie glauben, dass weitere zwanzig Jahre sie in eine mütterliche Matrone verwandeln würden? Rosa dachte daran, wie sie sich mit neunzehn Jahren gefühlt hatte. Man war sich nicht nur sicher, dass man nie im Leben vierzig würde, sondern fühlte sich unsterblich.

»Kommst du zum Mittagessen mit in die Kantine, Rosa?«

»Nein. Ich hab' noch ein paar Einkäufe zu erledigen. Außerdem vergeht einem der Appetit, wenn man dir beim Mampfen zusieht.«

»Schade ... Der arme Duffy.«

Mike Duffield, Nachrichtensprecher und Sportreporter, hatte eine Schwäche für Rosa, von der alle beim Sender wussten. Das hieß, alle außer Rosa, die seine romantischen Sticheleien und feurigen Blicke über den Rand eines Kaffeebechers aus Plastik für einen Scherz hielt. Manchmal hatte sie es satt, manchmal bemerkte sie es kaum, doch sie hatte ihn nie ernst genommen.

»Seine schmachtenden Blicke werden heute wohl unerwidert bleiben müssen. Es scheint ihm nicht viel auszumachen. Apropos, wie steht's denn um dein Liebesleben?«

»Ach ... weißt du. Ein bisschen eintönig ...«

Als eintönig konnte man Louises Liebesleben eigentlich nie bezeichnen. Als Rosa sich einmal über die erstaunliche Fluktuation von Louises Liebhabern geäußert hatte, war die Antwort gewesen:

»Na ja, es ist halt wie mit Büchern, oder? Hat man sie einmal gelesen, will man nicht wieder von vorn anfangen. Man sucht sich ein anderes.«

Mit neunzehn war Rosa seit sechs Monaten verheiratet. Sie sah zu, wie Louise mit geschickten und einfühlsamen Fingern das Kontrollpult bediente, und dachte, wie schön es wäre, wenn das Mädchen ein bisschen mehr Ehrgeiz entwickeln würde. Sie hatte eine heitere, offene Persönlichkeit, war intelligent und sprühte vor Energie, begnügte sich aber damit, von einem Tag zum nächsten zu leben, ohne sich Gedanken um ihre Zukunft zu machen. Rosa kam nicht umhin, sie mit Sonia zu vergleichen, die zwar viel Ehrgeiz entwickelte, aber nichts hatte, mit dem sie ihm gerecht werden könnte. Als habe sie ihre Gedanken erraten, meinte Louise:

»Hast du heute schon Rebecca von der Sunbrooke Farm gesehen?«

»Nein. Und ich werde mich schleunigst davonmachen, bevor es dazu kommen kann. Außerdem hat sie genug zu tun.«

»Dann geh lieber nicht in dein Büro. Ich habe gehört, wie Duffy zu ihr sagte, in deinem Zimmer wäre das Arbeiten sehr viel angenehmer als in der Redaktion.«

»Dieser Mistkerl!« Rosa musste lachen. »Dann mach' ich mich jetzt auf den Weg.«

»Bis bald.«

Louise zog ihren siebten Marsriegel aus der knisternden, braunen Verpackung, als Rosa die filzbeschlagene Tür aufstieß. Gleich um die Ecke stieß sie auf Sonia und machte sich auf einen ihrer zuckersüßen Wortschwälle gefasst, doch Sonia wandte sich ab, als habe sie Rosa nicht gesehen. Sie trug ein Tablett mit einer Kaffeetasse und war ziemlich rot im Gesicht.

Der Brief war gekommen. Diesmal war er nicht ruhig geblieben, sondern hätte vor lauter Ungeduld fast den Umschlag zerrissen. Ungläubig starrte er jetzt auf das Stück Papier in seiner Hand und setzte sich auf einen Stuhl. Er konnte es einfach nicht glauben. Sie hatte sich nicht einmal die Mühe gemacht, ihm persönlich zu antworten. Es war ein vorgedrucktes Formular, in das mit Tinte sein Name eingesetzt war. Sie hoffte, er hätte »Verständnis für eine so unpersönliche Antwort«, doch die »überwältigende Postmenge« mache es ihr leider unmöglich, jeden Brief persönlich zu beantworten, so gern sie es auch wollte.

So gern sie es auch wollte! Was für ein Quatsch! Er umschloss den Brief so fest, dass seine Knöchel weiß hervortraten. Obwohl sie clever war. Sehr geschickt, wie sie ihn auf die Wichtigkeit ihrer Person hinwies. Wie sie ihm vorzumachen versuchte, dass sie sich vor Fanpost kaum retten könnte und ihr Leben aus lauter wichtigen Dingen bestand. Wirklich verdammt geschickt!

Er ging zu seinem Tisch hinüber und starrte ihr Bild an. Vor Wut und Enttäuschung schossen ihm Tränen in die Augen. Und jetzt konnte er nichts mehr ändern. Die Würfel waren gefallen, wie man so schön sagte. Als das Messer seine linke Hand verlassen hatte, war seine Entscheidungsfreiheit mit ihm gegangen. Er war wie ein Bittsteller, der sich vor das Orakel gekniet und darauf gewartet hatte, dass ihm sein Schicksal kundgetan wurde; dass ihm der Weg gewiesen wurde. Und sie war sein Schicksal.

Er nahm wieder auf dem harten Stuhl Platz. Er zwang sich, ruhiger zu atmen und die Muskeln zu entspannen. Die Finger seiner rechten Hand waren gekrümmt wie die Fänge eines Raubvogels. Einzeln streckte er sie aus. Der Brief fiel zu Boden. Er hob ihn auf und glättete ihn. Und dann fiel ihm etwas auf.

Die Ablehnung hatte ihn so überwältigt, dass er versäumt hatte, den Brief bis zu Ende zu lesen. Als er jetzt den letzten Absatz überflog, bemerkte er, dass der Brief überhaupt nicht von Rosa Gilmour stammte. Zwar kam er aus ihrem Büro, aber unterschrieben hatte ihn jemand anders. Schon wieder das Gleiche. Genau wie bei der BBC. Irgendeine Sekretärin hatte es auf sich genommen, den Brief abzufangen und ihm eine Antwort zu schicken. Rosa hatte ihn nicht einmal zu sehen bekommen. Er war erleichtert. Er sah sich die verkrampfte kleine Unterschrift näher an: »Sonia Marshall«.

Sonia Marshall sollte sich lieber vorsehen. Hätte er sich einmal bei City Radio etabliert, würde sie sich nach einer neuen Stelle umsehen müssen. Er strich das Papier glatt und notierte sich Rosas Anschrift und Büronummer, dann warf er den Brief in seinen grauen Mülleimer. Er zog den Stuhl an den Tisch, holte ein neues Blatt Papier hervor und versuchte sich zu konzentrieren. Wie sollte er weiter vorgehen? Hauptsache war, mit Rosa Kontakt aufzunehmen. Er würde es im Studio versuchen. Sollte er sie dort nicht erreichen, würde er bei ihr zu Hause anrufen. Oder sollte er ihr lieber schreiben? Ja – das war die Lösung. Wenn er ihr nach Hause schrieb, würde sie den Brief auf jeden Fall erhalten. Und in einem Brief konnte er sich präziser ausdrücken. Welchen Eindruck würde es denn machen, wenn das Telefon ständig piepste, weil er mit den Münzen nicht nachkam? Und sie würde ihn vielleicht von vornherein ablehnen, weil er kein privates Telefon hatte. Würde wahrscheinlich denken, er hätte nicht das richtige Format. Er kramte sein Kleingeld hervor. Drei Zehner und ein Fünfziger. Das müsste reichen. Es war ja nur ein Ortsgespräch.

Mit dem Notizblock in der Hand rannte er in die Diele hinunter. Oberhalb des Münzfernsprechers hing eine riesige Werbung für karibische Softdrinks. Eine große schwarze Frau mit einem Turban schwenkte einige Ananas wie Handgranaten gegen einen tiefblauen Ozean. Ihre Zähne waren weiß wie der Sand. Einige waren mit Tinte vollgeschmiert, auf anderen standen Telefonnummern. Der rissige Linoleumfußboden unter dem Telefon starrte vor Dreck. Er legte sein Notizbuch auf den Münzfernsprecher, warf Geld nach und wählte. Tut. »Hier City Radio.«

»Könnte ich bitte Rosa sprechen?«

»Wen bitte?«

»Rosa.« Nachsichtig und leicht amüsiert fügte er hinzu: »Rosa wie in Gilmour.«

»Oh. Ich glaube, Mrs. Gilmour ist nicht im Haus, aber ich werde Sie mit ihrem Büro verbinden.«

Mrs. Gilmour? Er hatte nicht damit gerechnet, dass sie verheiratet war. Aus irgendeinem Grund missfiel ihm das. Es knackte ein paar Mal in der Leitung.

»Nein. Tut mir Leid. Versuchen Sie's doch am Freitag nach der Sendung. Zu Ende ist sie um ...«

»Ich weiß, wann ihre Sendung zu Ende ist. Hören Sie – vielleicht hätte ich es Ihnen schon früher erklären sollen. Ich rufe in einer Privatsache an. Rosa ist eine gute Freundin von mir.«

»Nehmen Sie's mir nicht übel, aber Sie sind wohl eher derjenige, der nicht verstehen will.« Jetzt war es an der Telefonistin, Nachsicht zu üben. »Mrs. Gilmour ist nicht hier. Ich kann sie auch nicht herzaubern.«

Verdammtes Miststück. Er wusste nicht, was er sagen sollte. Bei diesen Leuten wusste man nie, wann sie einem Lügen auftischten: Auf der anderen Seite hatte es keinen Zweck, sie zu diesem Zeitpunkt unnötig zu verärgern.

»Nun gut. Okay ... ich ... hm ... werde sie zu Hause anrufen.«

»In Ordnung. Vielen Dank für Ihren Anruf. Auf Wieder –«

»Einen Moment.«

»Ja?«

»Würden Sie mir bitte ihre Nummer geben?«

»Ihre Privatnummer?«

»Genau.«

»Aber ... haben Sie die denn nicht, Sir? Ich meine – Sie sind doch mit ihr befreundet.«

Die Kanaille. »Wie ist Ihr Name?« Das hatte gesessen. Eine Pause. Im Hintergrund hörte er ein gedämpftes Flüstern. Es hörte sich an wie ein Schluchzen. Dann sagte irgendjemand etwas, das er nicht verstehen konnte. Es musste jemand bei ihr sein. Er hatte recht. Ein zweites Mädchen kam ans Telefon.

»Kann ich Ihnen behilflich sein?«

»Ich glaube, Ihre Kollegin hat Ihnen die Situation bereits erklärt. Ich hätte gern Mrs. Gilmours Privatnummer.«

»Tut mir Leid. Es ist uns nicht gestattet, Privatnummern weiterzugeben.«

»Oh.« Er musste gestehen, dass das ein Rückschlag war. Am besten kam er auf die Idee mit dem Brief zurück. »Und wie steht's mit ihrer Adresse? Ich will ihr eine kurze Nachricht hinterlassen.«

»Das geht leider auch nicht. Wenn Sie an *Rosas Karussell* schreiben, wird sie den Brief sicher bekommen.«

»Wissen Sie, ich hab' mein Adressbuch verlegt. Ich habe Rosa versprochen, dass ich sie heute anrufe. Sie wird sauer sein, wenn ich's nicht tu.«

»Mrs. Gilmour wird morgen im Studio sein. Wenn Sie mir Ihren Namen und Telefonnummer geben, werde ich sie an Mrs. Gilmour weiterleiten.« Den Teufel würde sie tun. Seine Nachricht würde da landen, wo sein Brief bereits war: bei irgendeiner blöden Sekretärin. Sie fügte hinzu: »Ich würde meinen Job verlieren, wenn ich Ihnen diese Art von Information geben würde.«

Er dachte schnell nach. »Um ehrlich zu sein, werde ich heute Abend bei ihr zum Abendessen erwartet, und ich schaff' es zeitlich einfach nicht.« Das war gut. Sehr einfallsreich. Es kam darauf an, blitzschnell zu schalten. Das unterschied den Mann vom Jungen. »Offensichtlich muss ich ihr also absagen.«

»Ich verstehe.« Pause. Damit hatte sie nicht gerechnet. »In dem Fall wird es mir ein Vergnügen sein, sie zu Hause anzurufen und ihr die Nachricht mitzuteilen. Würden Sie mir bitte Ihren Namen nennen?«

Ein Piepsignal kündigte das Ende des Telefonats an. Kurz bevor die Leitung unterbrochen wurde, hörte er die beiden idiotisch kichern. Er war versucht, den Hörer gegen die Wand zu werfen, legte ihn aber sanft, fast zärtlich auf die Gabel zurück. Selbstkontrolle war sein oberstes Gebot. Immerhin konnt er Rosa für das Geschehene nicht verantwortlich machen. Die Tatsache, dass ihm an jeder Ecke Steine in den Weg gelegt wurden, hatte nichts mit ihr zu tun. Und irgendwann, sagte er sich, würden die Mädchen für ihn dasselbe tun. Würden ihn vor begeisterten Fans abschirmen. Und dafür würde er ihnen dankbar sein. Vielleicht würde er sie sogar an den heutigen Vorfall erinnern. Sie würden sich peinlich berührt fühlen, bis sie sahen, dass er lachte.

Aber das brachte ihn auch nicht weiter, dachte er, als er die Treppe hinaufging. Wieder am Tisch, strich er hastig seine Notizen durch: Rosa kontaktieren (Büro/Studio). Rosa kontaktieren (zu Hause). Dann starrte er lange auf seinen Block.

Er schien vor einem unüberwindlichen Hindernis zu stehen. Er hatte sich immer für einen Menschen gehalten, der in schwierigen Situationen am effektivsten war. »Widrigkeiten bringen meine besten Seiten zum Vorschein«, hatte er immer behauptet. Tatsächlich hing über seinem Waschbecken ein Spruch, der es weitaus besser, als er je könnte, auf den Punkt brachte: »Unmögliches erledigen wir sofort. Wunder brauchen etwas länger.«

Er holte den Brief aus dem Mülleimer. Er musste versuchen, ihn mit mehr Abstand zu lesen. Alles persönlich zu nehmen bereitete ihm nichts als Kopfschmerzen. Vielleicht kam ihm beim Lesen eine Idee. Er strich das Papier glatt. Unter der Unterschrift stand noch etwas. »Persönliche Sekretärin«. Zwischen »Sonia Marshall« und »pp. Rosa Gilmour« hatte sie »Persönliche Sekretärin« geschrieben. Das war eine Verbindung, die es zu verfolgen galt. Hatte man erst mal die Sekretärin, kam man auch an die Chefin heran. Es war ja so einfach. Es wäre ein Kinderspiel. Und ein unterhaltsames dazu. Wieder las er sich die aalglatten Phrasen durch, die sie ihm in ihrer Gleichgültigkeit geschickt hatte. Eigentlich war es zum Totlachen. Ja, er war Sonia Marshall etwas schuldig. Aber sie wäre diejenige, die bezahlen müsste.

Rosa bemerkte sehr wohl, dass Sonia in der einen Ecke des Raumes hockte, als habe sie einen Besen verschluckt. Vom morgendlichen Biss in den knackigen Herbsthimmel konnte heute nicht die Rede sein. Auch die vertraulichen Erkundigungen nach Michael Kelly oder Rosas Privatleben fielen aus. Was blieb, war ein kühles »Guten Morgen, Mrs. Gilmour« zur Begrüßung und dann das anhaltende, unpersönliche Rattern der Schreibmaschine. Das war zwar äußerst ungewöhnlich, kam Rosa aber nicht ungelegen.

Sie war ohnehin zu spät dran, denn heute hatte sie nicht vor Mrs. Jollit und deren so genanntem täglichen Schnelldurchgang flüchten können. Rosa war erst ein- oder zweimal Zeuge dieses Wirbelwinds gewesen und hatte, wie von einer unbekannten Zentrifugalkraft an die Wand gepresst, tatenlos zugesehen, bis sich der Sturm gelegt hatte. Sie hatte an den Walt-Disney-Cartoon »Der Zauberlehrling« denken müssen, in dem sich Besen und Mops wie aus eigener Kraft an die Arbeit machen. Mrs. Jollit schien die verschiedenen Putzgeräte weniger zu benutzen, als sie magisch anzuziehen. Gewöhnlich blies sie ihre von aufgeplatzten Äderchen durchzogenen Wangen auf und stieß zischend den Atem aus, bevor sie sich an die Arbeit begab.

Heute Morgen hatte Mrs. Jollit ein Krebsgeschwür im linken Knie. Als sie vor drei Jahren zu Rosa gekommen war, hatte sie über schreckliche Schmerzen in der Schulter geklagt und behauptet, es sei Krebs. Rosa hatte sofort Mitleid gehabt. Wie viele Frauen neigte sie dazu, bei der geringsten Andeutung über einen Schmerz unbekannter Herkunft oder über unerklärliche Beschwerden das Schlimmste zu befürchten, deshalb hatte sie Mrs. Jollit zu ihrer beider Beruhigung zu ihrem Hausarzt geschickt und die Röntgenkosten übernommen. Die Röntgenaufnahme zeigte eine vollkommen gesunde Schulter. Seitdem hatte Mrs. Jollit Krebsgeschwüre in der Lunge, dem Herzen, den Nieren und der Milz gehabt. An den Nerven, in der Wirbelsäule, in der Leber und in der Gebärmutter. Bislang war der einzige wichtige Körperteil, der sich nicht dem Krebs gebeugt hatte, das Gehirn gewesen, und wie Leo sagte, würde jede Krankheit, die Mrs. Jollits Gehirn ausmachen könne, in die Geschichte der Medizin eingehen. Die unablässige Saga ihres regen Innenlebens wurde nur durch Geschichten über Gavin, ihrem jüngsten Enkel, unterbrochen, auf den die Polizei es aus ihr unverständlichen Gründen irgendwie abgesehen hatte. Ihre angesichts der apokalyptischen Enthüllungen monotone und gleichgültige Stimme folgte Rosa bis zur Tür.

»Heute hab' ich schon tausend Ängste ausgestanden, das können Sie mir glauben.«

Rosa sah flüchtig die Post durch. Eine halbe Stunde verging. Nur zwei Briefe waren ein wenig komplizierter und erforderten die Durchsicht gewisser Akten und ein Telefongespräch. Sie beschloss, einen Kaffee zu machen. Nachdem sie sich monatelang gewünscht hatte, Sonia würde mit dem Geplapper aufhören, damit sie in Ruhe nachdenken könne, begann das Schweigen des Mädchens sie jetzt seltsamerweise zu irritieren.

»Ich mache einen Kaffee. Möchten Sie auch einen?«

»Nein danke, Mrs. Gilmour.« Ratter, ratter. Kling, kling.

»Ganz wie Sie wünschen.« Rosa holte eine Tasse und eine Tüte Milch. Sie hasste Instantmilch und hatte deshalb einen kleinen Kühlschrank in ihrem Büro stehen. Darin bewahrte sie auch eine Flasche Wein und ein paar Gläser auf. Sie nahm an, dass Sonia sie mit ihrem ablehnenden Verhalten dazu auffordern wollte, Fragen zu stellen und sich zu erkundigen, was los sei. Nun, sie dachte nicht im Schlaf daran, sich provozieren zu lassen. Vielmehr würde sie die Ruhe nutzen, um mit ihrer Arbeit voranzukommen. Lange konnte das Schweigen ohnehin nicht mehr dauern. Als der Kaffee seinen Duft zu entfalten begann, war die Atmosphäre bereits unerträglich.

»Sonia, was ist los mit Ihnen?«

»Was soll mit mir los sein, Mrs. Gilmour?« Ratter, ratter. Kling, kling. Bäng. Sonia bediente den Transporthebel mit solcher Wucht, dass Rosa sich nicht gewundert hätte, wenn der Wagen abgehoben hätte und durch das Fenster geflogen wäre. »Herrgott. Was könnte denn schon mit mir los sein?«

Rosa schenkte sich einen Kaffee ein, nahm den Aktenordner mit den Rentengesetzen zur Hand und begann darin zu blättern. Sie konnte sich nicht konzentrieren, und ihr Blick wanderte wieder zu Sonias Rücken. Die Ablehnung war förmlich spürbar, schien um Sonias Schultern zu liegen wie Ektoplasma um einen Zellkern. Rosa setzte gerade zu einem zweiten Versuch an, als Sonia zu sprechen begann.

»Tut mir Leid, dass ich heute nicht in der Redaktion bin, Mrs. Gilmour. Die anderen sind alle im Außendienst, und Mr. Winthrop nutzt den Raum für Bewerbungsgespräche.«

Das war es also. Rosa erinnerte sich, Sonia begegnet zu sein, als sie neulich den Kontrollraum verlassen hatte. Ihr fiel ein, dass Sonia eine Tasse Kaffee auf ihrem Tablett stehen hatte. Sie nahm ihre Pflichten als Sekretärin sehr ernst, war oft zuvorkommender als nötig. Rosa hatte ihr mehr als einmal klarzumachen versucht, dass sie nach ihrer Sendung keinen Kaffee bräuchte. Sie musste vor der Tür zum Studio gestanden haben und losgelaufen sein, sobald sie hörte, dass sich Rosa von ihren Hörern verabschiedete.

Rosa fühlte sich erbärmlich. Ihr schlechtes Gewissen setzte ihr zu. Louise und sie hatten zusammen gelacht, daran erinnerte sie sich genau. Sie hatten darüber gelacht, dass sich die Reporter und Rosa Sonia gegenseitig zuzuschieben versuchten. Voller Mitleid blickte sie auf Sonias magere Schultern. Wie erniedrigend musste es sein, sich als einfache Frau ohne besondere Fähigkeiten gegen die stärkste Konkurrenz behaupten zu wollen und zu glauben, man werde von den anderen Menschen nur akzeptiert, wenn man ständig eine gute Laune an den Tag legte, und sei sie noch so gekünstelt. Und dann zwei Frauen über sich lachen zu hören, die bereits alles erreicht hatten, nach dem man strebte, und es sich leisten konnten, unfreundlich zu sein, ohne den Kürzeren zu ziehen?

Das Schweigen zog sich in die Länge. Rosa fühlte sich von ihren Gedanken in die Enge getrieben. Was konnte sie schon machen? Entschuldigte sie sich, würde sie der verletzten Sonia nur eine Beleidigung mehr zufügen. Ein besonders nettes und zuvorkommendes Verhalten würde (zu Recht) als ein unaufrichtiges Eingeständnis von Schuld aufgefasst werden. Sie konnte nichts daran ändern, dass sie sich mies fühlte. Aber sie fragte sich, ob sie irgendetwas sagen oder tun könnte, das Sonia helfen würde, sich besser zu fühlen. Sie schloss den Aktenordner, legte den Kopf in die Hände und dachte nach.

Es war nicht schwer, sich etwas einfallen zu lassen, mit dem man ihr einen Gefallen tun konnte. Seit Rosa sie kannte, hatte Sonia immer wieder mehr oder weniger direkt auf ihre ungenutzten Talente hingewiesen. Sie sparte nie mit Hinweisen auf das, was sie tun könnte, wenn man sie nur ließe. Die meisten ihrer Vorstellungen gingen weit über ihre Fähigkeiten hinaus, doch bei der *Saturday Show* war das nicht der Fall. Diese Sendung wurde am ersten und dritten Samstag des Monats ausgestrahlt und bestand im Wesentlichen aus Musik, Interviews und Gesprächen mit einem jungen Studiopublikum. Obwohl sich das Sendepersonal größtenteils aus Technikern und Moderatoren zusammensetzte, wurden zusätzlich immer ein paar Mädchen gebraucht, die die Gäste begrüßten, gute Laune verbreiteten, Kaffee machten und Drinks servierten. Diese Mädchen, die man auch als Studiohäschen bezeichnete, rekrutierten sich aus den Sekretärinnen und Vorzimmerdamen des Senders. Sie erhielten keine Bezahlung, denn man ging davon aus, dass die Möglichkeit, eine Stunde oder länger die gleiche Luft wie ein Popstar einatmen zu dürfen, als Belohnung völlig ausreichte. Die Konkurrenz war groß. Sonia hatte sich verschiedentlich beworben, war aber nie ausgewählt worden. Rosa beschloss, sich an Toby Winthrop zu wenden.

Vor einigen Jahren hatte Tobys Frau Jill nach der Geburt ihres zweiten Kindes plötzlich starke Depressionen bekommen. In diesen sechs Monaten hatte Rosa sehr viel Zeit mit ihr verbracht. Sie waren gute Freundinnen geworden. Toby war ein schroffer, nicht sehr gesprächiger Mann, doch Rosa wusste, wie dankbar er ihr war. Wie die Dinge standen, hatte sie bei ihm etwas gut; jetzt war die Zeit, es einzulösen.

Sie verließ ihr Büro und eilte zur Redaktion. Toby, der zwischen den Vorstellungsgesprächen gerade eine Pause einlegte, stand mitten im Durcheinander der Redaktion zwischen klappernden Fernschreibern, unbenutzten Schreibmaschinen, fleckigen Plastikbechern, überquellenden Aschenbechern und einigen Pflanzen, die in der verrauchten Luft zu ersticken drohten. Sie brachte ihr Anliegen vor.

»Das ist nicht der Moment, mich mit deinen makabren Witzen zu belästigen, Rosa. Ich bin schon den ganzen Morgen mit Schleimscheißern konfrontiert. Das reicht, um einem Mann den Wind aus den Segeln zu nehmen.«

»Bitte, Toby. Ich mein' es ernst. Warum kann sie nicht mitmachen? Es geht doch nur um die nächsten zwei Sendungen.«

Sie beobachtete Tobys Nase, die Louise einmal, weil sie ständig in Bewegung war, mit einem Wackelpudding mit Himbeergeschmack verglichen hatte. Kaum röter als der Rest seines Gesichts, schien sie dennoch ein Eigenleben zu führen. Erfahrene Mitarbeiter erachten Tobys Nase als ein Barometer, an dem die Stärke des bevorstehenden Wutanfalls abzulesen war. Der Rest seines Körpers wirkte wie ein durchwühltes, nicht gemachtes Doppelbett.

»Wie würde dir das gefallen, he? Als empfindsamer junger Mann im zartesten Alter biste nach 'ner durchsoffenen Nacht, in der de dich an deiner Gitarre verausgabt hast – von den diversen Mädels ganz zu schweigen –, gerade erst aufgewacht, kannst kaum aus den Augen gucken, und schon biste mit diesem Ausbund an Tugend, mit diesem moralinsauren Kühlschranklächeln konfrontiert. Das zieht dir doch in Null Komma nix den Schmelz von den Zähnen.«

Rosa schwieg. Es wäre taktlos, ihn jetzt darauf hinzuweisen, dass er als Sendeleiter Sonias Lächeln und ihren Kalenderweisheiten ausgesprochen selten ausgesetzt war. Seine riesigen, pinkfarbenen Nasenlöcher schlossen sich, und rötliche Haarbüschel kamen zum Vorschein. Tobys Nase wirkte unnachgiebig.

»Das gezierte Lächeln einer albernen Schnepfe.«

Rosa schwieg noch eine Weile und sagte dann ruhig: »Es sind immer mindestens sechs Mädchen da, Toby. Wie in Gottes Namen soll sie da überhaupt auffallen?«

»Sie? Auffallen? Sie wird den Leuten verdammt noch mal ins Auge springen wie 'ne verfluchte Zuckerrübe in 'nem Hochzeitsstrauß.« Doch seine Wut hatte sich gelegt. »Wen haben wir am Samstag auf dem Programm?«

»Dave Winch als Moderator. Ein paar Kids aus der Schauspielschule im Holland Park und das Straßentheater von Brixton. Und Viridiana.«

»Viridiana? Ist das nicht Heavy Metal?«

»Ich glaub' schon. Du weißt doch, das ist nicht ganz meine Richtung.«

»Mein Sohn steht auf Heavy Metal. Ist sozusagen unerbittlich. Ich sehe nicht ein, wieso die nicht mal zur Abwechslung leiden sollen.«

»Oh, danke, Toby. Das ist sehr nett von dir.«

»Aber sicher bin ich nett, meine Süße, sicher. Nur weiß das keiner zu schätzen.«

Es war nicht so einfach, wie er sich das vorgestellt hatte. Fenn saß, tief in seinen Sessel gedrückt, am Ende der zweiten Reihe. Ursprünglich war ihm die Idee, zur *Saturday Show* zu gehen, einfach genial vorgekommen. Zusammen mit den anderen Zuschauern würde er in das Gebäude gelangen und sich dann, wenn die Menge dem Studio zuströmte, absetzen, um Rosa Gilmours Büro zu finden. Er nahm an, dass an den Bürotüren Namensschilder angebracht wären: Ansonsten müssten kleine dreieckige Plastikschilder auf den Schreibtischen verraten, wer in dem jeweiligen Zimmer arbeitete. Doch alles war gründlich schief gelaufen.

Zunächst waren zig Leute um die wartende Menge geschlichen und hatten sie argwöhnisch bespitzelt. Bespitzelt war das richtige Wort dafür. Als er schließlich im Gebäude war, hatte er versucht, sich einen Sitzplatz in der Nähe des Ausgangs zu ergattern, war aber gebeten (nun, eher gezwungen) worden, sich weiter vorn hinzusetzen. Als das Publikum Platz genommen hatte, war er aufgestanden und hatte dem Kerl an der Tür gesagt, er müsse zur Toilette. Der hatte ihm den Weg gewiesen, doch als er die Toilette verlassen hatte, war der Kerl immer noch da gewesen, um ihn zum Studio zurückzubegleiten. Widerwillig hatte er Platz genommen, und schon bald hatte ihn unendliche Langeweile überkommen. Schon vor Beginn der Show war ein übergewichtiger Idiot mit einer Dauerwelle und Tonnen von Tönungscreme im Gesicht auf die Bühne gekommen und hatte sich als »Ihr netter Stimmungsmacher von nebenan« vorgestellt. Mit dem Mikro in der Hand war er auf- und abgehüpft, hatte Fragen ins Publikum gestellt und schlechte Witze gerissen. Er war in Schweiß gebadet. Wenn er sich über die Leute lustig machte, lachten sie unterwürfig, um ihm zu beweisen, wie dankbar sie waren, hier sein zu können. Speichellecker, dachte Fenn. Er verzog keine Miene, warf dem Witzbold aber einen verächtlichen Blick zu. Der Mann hielt sich auf Distanz.

Die eigentliche Show war auch nicht viel besser. Kleine Leuchten, die wiederum andere kleine Leuchten vorstellten, schraubten ihre transatlantischen Stimmen in hysterische Höhen, als könnten sie ihre Studiogäste damit in Leute verwandeln, denen zuzuhören sich lohnte.

Die Reaktion der weiblichen Zuschauer auf Viridiana widerte ihn an. Die Mädchen machten sich vor Begeisterung förmlich ins Hemd. Dann fand auf der Bühne eine Konfrontation zwischen einer Theatergruppe aus dem East End und ein paar Kids von einer richtigen Schauspielschule statt, die anfangs viel versprechend wirkte. Das Straßentheater betonte, wie wichtig ihnen die Verbindung von Drama und wirklichem Leben sei, weshalb sie versuchen würden, die Wut und die Angst der Menschen zum Ausdruck zu bringen, und die Schauspielschüler erwiderten darauf, das wahre Theater der Leute sei der Fernseher, und zudem komme kein Schauspieler ohne Übung, Disziplin und Hartnäckigkeit aus. Plötzlich meinte einer von ihnen, jeder Idiot könne sich mit einer Pappnase auf den Marktplatz stellen und die Trommel schlagen, was einen schwarzen Jungen vom Straßentheater wiederum dazu veranlasste, die anderen als einen Haufen Wichser zu bezeichnen. Fenn merkte auf, doch Dave Winch hatte die Wogen innerhalb kürzester Zeit geglättet, sodass die Show ungestört weitergehen konnte.

Fenn war durchaus nicht damit einverstanden, dass Schwarze in Rundfunk oder Fernsehen auftraten, wusste aber, dass sich die Mitarbeiter der Medien unvoreingenommen geben mussten, und hatte sich darauf eingestellt, das mitzumachen. Zumindest solange er keinen von diesen Schwarzen berühren musste. Allein bei dem Gedanken überlief es ihn kalt. Er sah auf seine Uhr. Noch zehn Minuten.

Die aufmüpfigen Schauspieler waren verschwunden, jetzt wurde ein junges Mädchen mit dreifarbigen Zöpfen interviewt. Sie hatte vor kurzem ihre erste Single herausgebracht und war in den Charts bereits auf Platz siebzehn. Sie erklärte, dass sie sich zum Alleinunterhalter ausbilden lassen wolle, Schauspiel- und Tanzstunden nehme und sich in Hatha Yoga unterweisen lasse, um ihre obere Tonlage zu verbessern. Fenns Blicke und Gedanken schweiften von der Bühne ab. Er bemerkte den Kontrollraum. Dort saß ein Mann, der abwechselnd ins Publikum und (vorgeblich) auf eine unsichtbare Schalttafel sah. Ein zweiter, hinter ihm stehender Mann hielt ein Klemmbrett in der Hand. Beide trugen Kopfhörer. Im Hintergrund standen einige Mädchen herum. Er fragte sich, ob seine Karriere dort ihren Anfang nehmen würde. Im Tonraum. Er sah sich bereits am Ende einer Sendung das Band zurückspulen: »Das war's für heute, Jungs und Mädels – und vielen Dank. Eine großartige Show.«

Um ihn herum begannen die Leute zu reden. Sie standen auf, zogen sich die Mäntel an. Er erhob sich ebenfalls. Einige Zuschauer gingen über die Treppe zum Ausgang, andere wandten sich der Bühne zu. Ein Teil der Chromabsperrung war zur Seite geschoben worden, und die Leute gingen auf den Moderator und seine Studiogäste zu. Der Kontrollraum war jetzt leer, und auf der Bühne tummelten sich Techniker, Musiker, Schauspieler und ein Teil des Publikums.

Fenn gesellte sich zu ihnen. Er wusste nicht genau, warum, doch immerhin gab es ihm die Möglichkeit, sich ein wenig länger in dem Gebäude aufzuhalten. Er beobachtete die Jugendlichen, die sich um die Musikgruppe drängten, und warf ihnen einen verächtlichen Blick zu. Der Leadsänger, Mel Cazalis, dessen tätowierte Brust seine japanische Ledermontur zu sprengen drohte, hatte die Mädchen wie Medaillen um den Hals hängen. Aus seinem üppigen roten Bart drangen hin wieder undeutliche Laute:

»Yeah ... ich meine ... das ist ja ... hervorragend ... ganz richtig ... absolut.«

Unauffällig näherte sich Fenn der Gruppe. Er spürte, wie Enttäuschung und Ärger langsam nachließen. Er begann sich heimisch zu fühlen. Geborgen. Fast bildete er sich ein, bereits zur Elite, dem kleinen Kreis der Erwählten, zu gehören, den er durch dicht gedrängte Schultern und leuchtende Haarsträhnen erspähen konnte.

Im hinteren Teil des Studios waren – abgetrennt durch ein Seil – einige mit Blumen, Sandwiches und Wein gedeckte Tische aufgebaut. Einige Mädchen spielten nervös mit den Gläsern und rückten immer wieder die Vasen zurecht. Mit ihrem wirr gekämmten Haar, den glänzenden Lippen und den geschminkten Wangenknochen hätten sie aus einem seiner Sexmagazine stammen können. Diesem Eindruck entsprach auch ihr zweideutiges Gebaren: diese Mischung aus aufforderndem und mimosenhaftem Verhalten. Einige trugen hochgeschlossene, von den Oberschenkeln bis zum Hals geknöpfte Kleider, die jedoch wie eine zweite Haut anlagen; andere wiederum hatten so tief ausgeschnittene, weite Kleider an, dass man sich fragen musste, was sie überhaupt bedecken sollten. Alle sahen immer wieder zu Mel Cazalis hinüber. Mit heißen, lüsternen Blicken. Dann sah er ein Mädchen in einem einfachen Kostüm, das abseits stand. Sie wirkte älter als die anderen und gab sich gleichgültig. Er dachte, sie sei wahrscheinlich für die Mädchen verantwortlich.

Woher kamen diese Mädchen? Der Sender würde doch sicher keine Flittchen beschäftigen! Nein, sie sahen zwar erwartungsvoll aus, wirkten aber ganz und gar unprofessionell.

Die Zuschauer wurden aus dem Studio gedrängt. Die Teilnehmer der Show strebten gemeinsam der Abtrennung zu. Sehr schnell tat sich zwischen beiden Gruppen eine Lücke auf. Er blickte zu den Saalordnern hinüber. Sie standen im Mittelgang und hatten ihre Aufmerksamkeit auf die Ausgangstüren gerichtet. Die Zuschauer verließen das Studio, ohne zu murren. Die Gruppe derjenigen, die an der Sendung teilgenommen hatten, war ziemlich groß, und der Studiogast ebenso wie der Moderator waren damit beschäftigt, sich möglichst vorteilhaft darzustellen. Alle redeten, keiner hörte zu. Fenn löste sich allmählich von dem hinausstrebenden Publikum. Er hatte keinen genauen Plan; er wusste nur, dass er jetzt im Gebäude war und es zu verlassen einer Rückkehr zum Ausgangspunkt gleichkam. Er war unter den letzten zehn, die sich durch die Gänge schoben. Er gab vor, etwas fallen zu lassen, bückte sich und murmelte eine Entschuldigung, als sich die letzten Zuschauer an ihm vorbeidrängten; er sah sich kurz um, durchquerte dann den freien Raum zwischen den beiden Gruppen und schloss sich der Gefolgschaft des magischen Kreises an, indem er in deren Beschwörungsformeln einstimmte.

»Das Video war vollkommen daneben.«

»Vollkommen daneben.« Das hörte sich gut an. Am besten wiederholte er alles, was er hörte.

»Natürlich wird es geschnitten werden müssen. Zumindest der Teil mit dem Kindersarg – ich mein' –, die BBC wird das niemals akzeptieren.«

»Nie im Leben.«

»Ich meine – sie haben ›Serene in Saratoga‹ gerade so durchgehen lassen. Und dann mussten wir die Selbstmordszene kürzen.«

»Stimmt.«

Wein wurde herumgereicht. Fenn nahm sich ein Glas, berührte es aber kaum mit den Lippen. In Ausnahmefällen trank er kleine Mengen, und heute war es besonders wichtig, einen klaren Kopf zu behalten. Er bahnte sich einen Weg zum Büfett, denn die Aufregung hatte ihn hungrig gemacht. Auf den Tellern lagen bunt dekorierte bräunliche Streifen, die mit kleinen Appetithäppchen gefüllt waren. Mit Oliven, Gürkchen, Paprika.

»Hm. Sieht gut aus.« Er bediente sich und lächelte das Mädchen an, das hinter der Theke stand, bereit, ein Glas nachzufüllen, einen Appetithappen anzubieten oder einem Mann zu helfen, sich zu entspannen. Es war eine von der zugeknöpften Sorte. Sie lächelte ziemlich ungewiss zurück. Das ärgerte ihn, denn er wusste, dass sie ihn, nachdem sie ihn taxiert und sich nach seinem Status gefragt hatte, den unteren Rängen zuordnete, ihn vielleicht sogar für einen Mitläufer hielt. Hätte er den Durchbruch erst einmal geschafft, würde er Mädchen wie sie zum Frühstück vernaschen. Und sie wäre als Erste dran. Plötzlich strahlte sie. Der Leadgitarrist näherte sich mit einem leeren Glas in der Hand, von dem Fenn wusste, dass es vor zehn Sekunden noch randvoll gewesen war. Schwarz getuschte Wimpern legten sich wie rußiges Gefieder auf glühende Wangen. Ihre Brüste stemmten sich gegen die Brokatjacke. Wenn Brüste sich nach innen biegen könnten, dächte Fenn, würde sie mit ihnen gewinkt haben. Sie leerte den Inhalt der Flasche in das Glas des Musikers, das aber auch jetzt erst halb voll war. Sie wandte sich um und rief nach hinten: »Sonia? Ist noch etwas von der Miger's Milk da?«

Das Mädchen im dunklen Kostüm kam auf sie zu. Fenn wandte sich um und tauchte in der Menge unter. Aus der Entfernung sah er sie sich genau an. Er befahl sich, ruhig zu bleiben. Es gab mehr als eine Sonia auf der Welt, und selbst bei City Radio würde mehr als eine Sonia arbeiten. Sie kuschte, daran konnte kein Zweifel bestehen. Aber vielleicht war das nur von Vorteil. Er würde das Ganze vereinfachen. Sie sah aus, als würde sie für jeden Gefallen dankbar sein, und sei er noch so klein. Er ging zu der anderen Gruppe hinüber, wo eine der umhergehenden Kellnerinnen gerade einige Happen herumreichte. Er bediente sich, der

Appetithappen schmeckte ein wenig nach Fisch und war so zäh, dass er nachgab, wenn man in ihn hineinbiss.

»Ich bin wie verrückt nach Ihrer neuesten Platte.« Die Kellnerin sah zu Cazalis auf. »Ich hab' sie schon tausendmal gehört.« Eine Pause, wie sie bedeutungsschwerer nicht sein konnte. »Besonders, kurz bevor ich schlafen gehe.«

»So?« Er legte den Arm um sie und spielte mit ihrer nur leicht bedeckten Brust, die vor den Augen der Gruppe dankbar reagierte. »Bevor *ich* schlafen gehe ...« Er beugte sich über sie. Gefolgt von einer Lachsalve ging Fenn zur nächsten Gruppe. Es war das Gehege der weniger großen Leuchten, und es fiel ihm leichter, die Aufmerksamkeit des Mädchens auf sich zu lenken.

»Was seh' ich da – das da hinten ist doch Sonia Marshall, oder? Die in dem dunklen Kostüm?«

Das Mädchen folgte seinem Blick. »Stimmt.«

Um vollkommen sicher zu gehen, fügte er hinzu: »Rosa Gilmours Sekretärin?«

»Hm.« Sie wandte ihm den Rücken zu und ließ Fenn damit Zeit, diesen glücklichen Zufall zu verdauen. Er bemühte sich, seine Fantasie zu bremsen, die ihm vorzugaukeln versuchte, in diesem äußerst vorteilhaften Zusammentreffen liege bereits die Antwort auf seine Schwierigkeiten. Er musste sehr, sehr vorsichtig sein. Er ging zum Büfett zurück.

»Ich hoffe, es stört Sie nicht, wenn ich diese hier zurückgebe?« Er stellte den Teller mit den zwei Appetithäppchen auf den Tisch. »Ich fürchte, das Essen ist bei diesen Meetings immer dasselbe.« Das war geschickt. Erweckte einen Eindruck von Zugehörigkeit. »Ich bin mir sicher, dass ein einziger Großlieferant die meisten dieser Veranstaltungen beliefert.« Er machte eine Pause, fügte dann, einer plötzlichen Eingebung folgend, hinzu: »Wahrscheinlich Dunlop.«

Sonia blickte ihn an, ohne eine Miene zu verziehen. Seit ihrem Eintreffen vor zwei Stunden hatte sie sich gefragt, wieso sie sich so lange danach gesehnt hatte, an der *Saturday Show* teilzunehmen. Sie hätte wissen müssen, wie es bei solchen Veranstaltungen zuging. Sie hatte in der Umkleidekabine gesessen und war von den anderen Mädchen kaum beachtet worden, obwohl sie tagtäglich mit ihnen zu tun hatte. Sie trug eine weiße Bluse aus englischer Spitze und ein schwarzes Kostüm, das sie für ausgesprochen elegant hielt.

Das Kostüm hatte sie bei Brown's ein Vermögen gekostet. Sie gab einen großen Teil ihres Gehalts für Kleidung aus, doch die Wirkung war nie perfekt. Nie sah sie annähernd so gut aus wie Louise, die in der Portobello Road nicht mehr als einen Fünfer ließ und aussah, als habe sie den ganzen Tag bei Yves St. Laurent verbracht. Bei Sonia war das Gegenteil der Fall.

Als sie sich zu den Tischen aufgemacht hatten, war sie sich ihrer Wirkung mit grausamer Klarheit bewusst geworden. Sie wirkte wie das hässliche Entlein in einer Schar von Schwänen. Diese Erkenntnis hatte ihr den letzten Rest an Selbstbewusstsein geraubt, und sie hatte sich vorgenommen, im Hintergrund zu bleiben, bis alles vorbei war und sie sich in die sichere Sphäre ihrer Fantasie zurückziehen konnte. In den Glauben, dass eines Tages die große Verwandlungsszene kommen würde und alles anders wäre. Und jetzt war einer der Gäste auf sie zugekommen, um für heute seine gute Tat zu tun, da er sie in ihrer Einsamkeit bemitleidete. Sein Tonfall war eindeutig herablassend. Und sein gutes Aussehen trug nur zu ihrer Verwirrung bei.

»Ich weiß nicht. Ich bin nicht oft bei solchen ›Meetings‹, wie Sie es bezeichnen. Das Hilfspersonal setzt sich meist aus Schreibkräften zusammen. Diesmal war es nur so, dass eines der Mädchen im letzten Augenblick wegen Krankheit ausgefallen ist und ich mich angeboten habe einzuspringen.«

Natürlich durchschaute er ihre Lüge. Doch er wusste ihre defensive Haltung zu schätzen. Irgendwie musste er sich ihr

Vertrauen sichern. Im Moment gehörte er offensichtlich zur anderen Seite. Er beschloss, ein kalkuliertes Risiko zu wagen. Er setzte auf ihr Gefühl von Einsamkeit und Verlassenheit und auf ihre Vorstellung von Anstand.

»Es tut mir schrecklich Leid. Ich ... ich war ein wenig verwirrt. Mädchen wie die da ...«, er wies mit dem Kopf nach hinten, »so bunt aufgemacht und so abweisend. Ich finde sie ziemlich verwirrend. Ich fürchte, ich bin ein Stück zu weit gegangen.« Mit trockenem Mund wandte er sich ab.

»Oh! Bleiben Sie doch.« Dankbar für das Eingeständnis seiner Verletzlichkeit lächelte Sonia ihn an. »Ich bin es, die sich entschuldigen muss. Immerhin bin ich als Hostess hier, und bislang habe ich mich kaum um Sie gekümmert. Ähem ... darf ich Ihnen noch einen Appetithappen anbieten?«

Er wandte sich ihr zu. Sie hatte bereits seinen Eröffnungssatz vergessen, was darauf hindeutete, dass sie verwirrt war: ein gutes Zeichen. Das Blatt begann sich zu seinen Gunsten zu wenden.

»Eigentlich nicht.« Er lächelte zurück. »Trotzdem vielen Dank.«

»Ein Glas Wein ...« Er hatte sein Glas auf einem anderen Tisch stehen lassen. »Sie scheinen noch keinen zu haben.«

Er zögerte. »Wenn Sie mich so fragen ... aber nur ein halbes Glas ... Um ehrlich zu sein, ich trinke selten.«

»Ich auch. Ich meine ... ich auch nicht.«

Das war weit gefehlt. Daheim, in ihrer kleinen Wohnung, der Notwendigkeit entledigt, immer freundlich tun zu müssen, sinnierte Sonia oft einen ganzen Abend lang – und einmal in der Woche ein ganzes Wochenende – vor sich hin und leerte eine Flasche, bevor sie ins Bett ging. Froh darüber, sich vor der Sendung ein paar Gläser Wein genehmigt zu haben, schenkte sie jedem von ihnen ein halbes Glas ein.

»Hätten Sie etwas dagegen, wenn wir uns irgendwo hinsetzen würden?«

Sonia sah sich um. Die meisten Stühle waren besetzt, doch die Treppe zum Podium war mit einem dicken Teppich ausgelegt und von Topfpalmen umgeben und ermöglichte deshalb ein ungestörtes Gespräch. »Wie wär's mit dort drüben?«

»Wunderbar.« Er folgte ihr, und sie setzten sich mit ihren Gläsern auf die Treppe. Sie taxierten einander: Sonia verstohlen, Fenn ruhig und freundlich.

Er fragte sich, wie alt sie wohl sein mochte. Ihr Alter musste sich irgendwo zwischen achtundzwanzig und fünfunddreißig bewegen. Sie hatte dünnes Haar, das sich, obwohl offensichtlich erst vor kurzem sorgfältig gemacht, bereits löste und in Strähnen zerfiel. Auf ihrem Kragen lagen Schuppen. Ihre Augen waren haselnussbraun. Ihr Lippenstift war viel zu hell, und sie hatte den Fehler gemacht, ihre schmalen Lippen weiter zu schminken, ohne sie vorher aufzuhellen, was den Eindruck erweckte, als hätte sie zwei Münder. Sie trug ein schwarzes Kostüm und eine Spitzenbluse, die ihre, soweit er es beurteilen konnte, praktisch nichtexistenten Brüste bedeckte.

Sonia war ihrerseits froh, dass sich ihr erster Eindruck von seinem guten Aussehen auf den zweiten Blick nicht ganz bestätigte. Seine eng beieinanderliegenden Augen hatten eine äußerst ungewöhnliche Farbe. Die bernsteinfarbenen Pupillen hatten eine längliche Form. Sie fühlte sich an Ziegenaugen erinnert. Seine Nase zog sich wie das Nasenstück eines römischen Helms in einer geraden Linie von den Augenbrauen zum Mund hinunter. Seine Unterlippe war sehr voll, gab ihm einen mürrischen Ausdruck, und sein Nacken war von Aknenarben übersät. Hals und Hände waren feuerrot, als würde er sie häufig und unnachgiebig schrubben. Seine Fingernägel waren erfreulich sauber, und er strömte einen süßlichen, antiseptischen Geruch aus.

Seine Kleidung war für jemanden, der zur Rockszene gehörte, äußerst ungewöhnlich. Hemd und Krawatte waren farblich aufeinander abgestimmt, er trug eine Trevirahose, und aus seiner Jackentasche ragte ein sorgfältig arrangiertes Taschentuch. Natürlich könnte das der neuste Schrei sein (wie die neuerdings wieder so beliebten Leinentapeten), doch das wagte sie zu bezweifeln. Er strahlte nicht die Selbstsicherheit und erst recht nicht die exzentrische Überheblichkeit aus, die der Avantgarde zu eigen war. Nein. Was die Kleidung betraf, lag er vollkommen daneben.

Sobald er das Studio betreten hatte, war Fenn aufgefallen, dass die meisten Radioleute Jeans oder Cordhosen trugen, die sie mit uni- oder regenbogenfarbenen Pullovern und Lederjacken kombinierten. Als er bemerkte, wie Sonia ihn taxierte, erriet er ihre Schlussfolgerung. Es schmerzte ihn, zugeben zu müssen, wie falsch er mit seiner Kleidung lag, doch er musste sich damit abfinden, um ihren falschen Eindruck so weit wie möglich korrigieren zu können.

»Ich hoffe, Sie denken nicht, dass ich immer so herumlaufe.« Angewidert zeigte er auf seine Trevirahose. Er hätte sie gern so weit wie möglich von sich gewiesen.

»Na ja …« Sonias unansehnliche Haut rötete sich, als ihr bewusst wurde, dass er ihre Gedanken erraten hatte. Dabei überzog sich ihr Gesicht allerdings weniger mit einer leichten Röte als mit ungleichmäßig verteilten roten Flecken. In diesem Zustand der Verwirrung schien ihre Nase noch länger zu werden, als sie ohnehin schon war.

»Ich bin auf einer Vorsprechprobe gewesen. Hab' diese blöde Rolle gespielt. Wissen Sie … so 'nen miesen kleinen Typen, der immer der Zeit hinterherhinkt.« Das tat weh, aber er musste überzeugend wirken. »Ich hab' mir gedacht, ich hätte mehr Chancen, wenn ich wirklich so aussehe.«

»Ach … Sie sind *Schauspieler*? Aber wie kommen Sie dann hierher?«

»Es ist eine Übergangssache …« Fenn sah zum Rest der Gruppe hinüber, der sich, benommen vom Alkohol und dekoriert mit weiblichem Fleisch, auf den Weg zu den Türen machte, die zu den verlassenen Büros führten. Er winkte. Der zweite Gitarrist hob eine Faust in der Größe eines Schinkens und rief ihm etwas Unverständliches zu.

»Kenton ist ein Freund von der Schauspielschule. Er hat mich gebeten, ihnen bei der Öffentlichkeitsarbeit zu helfen.«

Sonia, die nun vollkommen perplex war, befasste sich intensiv mit den Hortensien. Doch das war ein Fehler. Kaum von den großen blauen Blüten verdeckt, hatte Mel Cazalis seine Hand jetzt in den Ausschnitt eines unerhört aufreizenden Mädchens gesteckt. Weit davon entfernt, ihn von sich zu stoßen, grinste sie vor Vergnügen, als habe sie zwischen der Seide und ihrer Haut ein seltenes Insekt gefangen. Als sie bemerkte, dass ihr Begleiter ihrem Blick gefolgt war, wandte sich Sonia hastig ab. Fenn sagte:

»Ich kann das alles nicht ausstehen. Dope, Sex, Alk ... sie sind jetzt schon vollkommen ausgebrannt. Was werden sie noch zu bieten haben, wenn ihnen das richtige Mädchen über den Weg läuft?« Er sah sie gequält an. »Tut mir Leid. Das klingt wahrscheinlich schrecklich altmodisch.«

»Sie brauchen sich nicht zu entschuldigen. Mir gefällt's, dass es noch Leute gibt, die so denken.«

»Ich glaube, ich könnte mit einem Mädchen nur ins Bett gehen, wenn ich es absolut ernst meinen würde ...« Aus den Augenwinkeln beobachtete er, wie Sonia an ihrem Ärmel zupfte, um den Hautausschlag zu verbergen. »Aber ich rede die ganze Zeit nur von mir. Erzählen Sie mir etwas von sich. Ich weiß nicht einmal Ihren Namen.«

»Sonia. Sonia Marshall. Und da gibt's nicht viel zu erzählen. Ich bin bloß Sekretärin.« Verdammt! Warum hatte sie das gesagt? Es konnte auf keinen Fall stimmen. Sie war die persönliche Assistentin einer Menge interessanter Leute.

»Ach, kommen Sie schon, Sonia. Man sieht Ihnen doch auf den ersten Blick an, dass Sie mehr als eine Sekretärin sind.«

»Nun ja.« Erfreut, weiter ausholen zu können, fügte sie hinzu: »Tatsächlich arbeite ich bei *Rosas Karussell* mit. Sammle Hintergrundinformationen. Erledige die Pressearbeit. Beschäftige mich mit den Agenten ... Sie wissen schon.«

»Aber ich mag *Rosas Karussell.* Es ist eine meiner Lieblingssendungen. Sie müssen mir mehr darüber erzählen. Was für ein Mensch ist sie?«

Das kam gar nicht gut an. Er spürte, dass Sonia einen leichten Rückzieher machte. Also konnte sie ihre Chefin nicht besonders gut leiden. Diese Information merkte er sich, um später darauf zurückzukommen. Das könnte sehr nützlich sein.

Sie zuckte mit den Schultern. »Sie ist ganz in Ordnung. Wie viele berühmte Leute. Ziemlich durchschnittlich, wenn man sie kennen lernt.«

»Und wie sind Sie zu Ihrem Job beim Radio gekommen?«

Mehr war tatsächlich nicht nötig: eine beiläufige Frage und ein aufmunterndes Kopfnicken. Die nächsten zwanzig Minuten redete Sonia ununterbrochen. Als sie mit ihren Ausführungen am Ende war, waren fast alle anderen gegangen. Sofort begann sie sich Sorgen zu machen, dass sie zu viel geredet hatte, ihn gelangweilt hatte. Aber er wirkte genauso interessiert wie vorher.

Er meinte: »Ich frage mich ...« Dann unterbrach er sich und schaute weg. »Nein ... es spielt keine Rolle ... Sie werden mich albern finden.«

»Nein. Werd' ich nicht. Sagen Sie schon ...« Plötzlich fiel ihr ein, dass er sie zum Essen einladen könnte. Der Magen zog sich ihr zusammen. Was sollte sie bloß sagen? Wie sollte sie darauf reagieren? Seine nächsten Worte beruhigten und enttäuschten sie zugleich.

»Ich komme mir wie ein dummer Fan vor ... um was ich Sie bitten wollte ...« Wieder unterbrach er sich, und es gelang ihm, scheu, erwartungsvoll und aufgeregt zu wirken. Ich hatte gar nicht so Unrecht, dachte er, als ich mich als Schauspieler vorgestellt habe. »Ich würde so gern sehen, wo Sie arbeiten. Wo das *Karussell* tatsächlich seinen Anfang nimmt.« Mit einem Blick auf ihren Gesichtsausdruck fügte er hinzu: »Ich wusste, Sie würden mich albern finden.«

»Natürlich nicht.« Als sie sich erhob, sah sie sein Gesicht und seine seltsamen Augen aufleuchten. Ihn abzulehnen, wäre ihr vorgekommen, als würde sie einem Kind eine Bitte abschlagen.

Er folgte ihr hinter die Vorhänge auf den Flur. Der Aufzug war klein. Fenn stand dicht neben ihr, und es gelang ihm, wortlos anzudeuten, dass er gern noch dichter gestanden hätte. Als sie den Aufzug verließen, bog sie nach links ab und ging gleich darauf wieder nach links. Leicht zu merken. An der Tür hing kein Namensschild.

Als sie den Raum betraten, war er zutiefst enttäuscht. Was für ein unaufgeräumtes kleines Loch! Er hatte kostbare Teppiche, einen riesigen Schreibtisch und vielleicht noch einen bequemen Sessel erwartet. Stattdessen bestand die Einrichtung aus einem abgeschabten braunen Teppichboden, einem schäbigen grauen Aktenschrank, zwei einfachen Schreibtischen, Stapeln von Nachschlagewerken und einem Pinnbrett mit Urlaubskarten und Notizzetteln. Alles in allem ein ganz gewöhnliches Büro.

An der Wand hing eine riesige Vergrößerung von Rosa (es war allerdings nicht das Foto, das er zu Hause hatte). Sie sah schön aus. Der Wind hatte ihr eine Haarsträhne über den Mund geblasen. Mit einem Mikrofon in der Hand beugte sie sich vor, um mit einem Kind zu reden. Sie lächelte, und das Kind lachte zurück. Irgendjemand hatte auf dem Foto unter ihrem Mund einen gelockten Faschingsbart angebracht.

»Sollten Sie den nicht abnehmen … bevor sie am Montag zur Arbeit kommt?«

»Oh, der hängt schon ewig da. Duffy aus der Redaktion hat ihn drangemacht. Als ich ihn abnehmen wollte, hat sie gemeint, ich sollte ihn hängen lassen. Sie hält es für eine Verschönerung.«

Beide blieben stehen und starrten, durch ihren gemeinsamen, doch unterschiedlich motivierten Groll kurzfristig vereint, das Foto an. Sonia fragte sich, wie eine Frau um ihr Aussehen so unbekümmert sein konnte, dass sie einen schwarzen Bart witzig fand, und Fenn begann zu zweifeln, ob es nicht doch Rosa gewesen war, die Sonia aufgefordert hatte, den Brief an ihn zu schreiben.

»Kümmern Sie sich auch um die Hörerpost?«

»In Gottes Namen, ja. Bei den ausgefallenen Briefen macht sie sich natürlich die Mühe, selbst zu antworten, aber die meisten gibt sie einfach an mich weiter. Dieses ganze Mitgefühl, das in der Sendung vermittelt wird ... wenn man hier arbeitet, lernt man, es nicht allzu wörtlich zu nehmen.«

Fenn hatte nichts anderes erwartet. Man müsste schon ein Trottel sein, um diese Versager, Aussteiger und Nichtsnutze ernst zu nehmen. Aber jetzt hatte er gehört, was er wissen wollte. Sonia hatte den Brief auf eigene Faust losgeschickt. Rosa wusste nicht einmal, dass er geschrieben hatte. Beim nächsten Mal würde er sie direkter ansprechen müssen. Wenn Sonia mit dem Ganzen so vertraut war, wie sie andeutete, müsste Rosa in ihrem Adressbuch stehen.

»Jetzt zufrieden?« Mit geneigtem Kopf sah sie ihn schelmisch an.

»Na ja ... um ehrlich zu sein, ich find's ein bisschen enttäuschend. Eigentlich hab' ich was Vornehmeres erwartet.«

»Bei den Medien ist es wohl immer ein Fehler, hinter die Kulisse zu sehen.« Sonia klang herablassend, denn sie befanden sich auf ihrem Terrain. »Bei Film und Fernsehen ist es genau dasselbe. Die Orte, an denen wirklich gearbeitet wird, sind meist ziemlich erbärmlich.«

»Da haben Sie sicher recht.« Als ihm plötzlich wieder sein angeblicher Beruf einfiel, setzte er hinzu: »Beim Theater ist es genauso. Hinter den Kulissen geht's ziemlich erbärmlich zu.«

Als sie zur Tür gingen, fasste er sie am Arm. »Sonia – ich weiß, es ist Samstag, und Sie haben sicherlich etwas vor ... und ich weiß, es kommt ziemlich kurzfristig, aber ...« Den Rest des Satzes stieß er unbeholfen hervor: »Ich frage mich, ob ich Sie zum Abendessen einladen dürfte.«

Sie wandte sich ab. Ihr schnürte sich der Hals zusammen, und sie wurde rot. Sie musste sich beherrschen, nicht zu schnell einzuwilligen. Schließlich wurde man danach beurteilt, wie man sich gab. Sie wollte ihm gegenüber nicht den Eindruck erwecken, als habe sie nichts geplant. Andererseits bestand natürlich die Gefahr, dass er sie nicht noch einmal fragen würde, wenn sie jetzt zögerte, oder, was noch riskanter wäre, dankend ablehnte.

»Na ja ...« Sie holte tief Luft, um sich zu beruhigen. »Es ist ein bisschen kompliziert ...« Ohne es zu bemerken, hatte sie die Hände zu einer Faust geballt. Fenn beobachtete, wie die Knöchel hervortraten. »Es handelt sich um eine längerfristige Verabredung ...«

Fenn wusste, dass sie die imaginäre Verabredung wahrscheinlich absagen würde, wenn er noch ein wenig wartete. Andererseits war ihr das Schweigen offensichtlich unangenehm.

»Könnten Sie nicht absagen? Ihn anrufen? Erfinden Sie doch irgendeine Ausrede.« Er machte einen Schritt auf sie zu. »Bitte.«

»Sie machen's mir wirklich schwer. Er wird nicht gerade erfreut sein, aber ...« Sie breitete die Arme aus, um anzudeuten, dass er sie überredet hatte. »... einverstanden.«

»Großartig! Schreiben Sie mir Ihre Adresse auf. Ich werde Sie gegen halb acht abholen.«

Aber nicht in diesem Aufzug, dachte er, als er eine halbe Stunde später ein Herrenbekleidungsgeschäft in der Nähe des Piccadilly Circus betrat. Der Trick mit der Vorsprechprobe hatte einmal gewirkt, aber das war noch lange kein Grund, heute Abend in derselben Kleidung bei ihr aufzukreuzen. Aufgekratzt lief er durch die hohen Räume aus Chrom und Glas.

Er entschied sich für eine enggeschnittene, dunkelbeige Cordhose, einen weichen, kamelhaarfarbenen Pullover mit einem runden Ausschnitt und einem Firmenzeichen von Pringles und für einen modischen Blouson aus Antilopenleder. Den Verkäufer in der Herrenabteilung bat er, die Jacke und die Hose mit ins Untergeschoss nehmen zu dürfen, um sich einen passenden Pullover auszusuchen, und der Dame in der Strickabteilung erklärte er, er werde den Pullover mit nach oben nehmen, um zu prüfen, ob er farblich zu der Jacke passe. Beide stimmten mit einem zuvorkommenden Lächeln zu.

Er ging in eine Ankleidekabine, trennte mit einem Messer die Sicherungsplaketten ab und zog die neuen Kleidungsstücke an. Sie saßen perfekt. Sie ließen ihn größer erscheinen. Selbst seine Haut schien eine andere Tönung anzunehmen, wirkte weicher, fast ein wenig gebräunt. Er steckte Geld, Messer und Schlüssel in die Tasche seiner neuen Hose und schlug den Vorhang zurück.

Samstag war ein guter Einkaufstag. In den Geschäften waren viele Leute unterwegs. Er schob den Vorhang weiter auseinander. Er konnte nur einen Verkäufer sehen, und der versuchte gerade, zwei Kunden gleichzeitig zu bedienen. Fenn holte tief Atem und trat aus der Kabine. Er ging quer durch den Geschäftsraum. Neben der Treppe hing ein Spiegel. Falls ihn irgendjemand beobachtet hätte, könnte er so tun, als habe er sich nach einem Spiegel umgesehen, in dem er sich bewundern konnte. Als er beim Spiegel angelangt war, hielt unmittelbar daneben ein Lift. Die Türen öffneten sich. Zusammen mit einigen anderen Kunden schlich er sich hinein, und zwei Minuten später fand er sich auf der Straße wieder.

Es war ein großartiges Gefühl. Obwohl er leicht schwitzte (er spürte, wie die Schweißperlen auf seiner Oberlippe abzukühlen begannen), fühlte er sich wie im siebten Himmel. Und er trug sehr elegante Kleidungsstücke im Wert von – er kramte die Preisschilder aus seiner Tasche – dreihundertsechsundneunzig Pfund.

Er war von seinem neuen Aussehen so hingerissen, dass er sich kaum davon abhalten konnte, einem Taxi zu winken. Bei diesem Tempo würde sein Stempelgeld nicht lange vorhalten. Bei dem Gedanken, jetzt in die heruntergekommene und schäbige Gegend zurückzukehren, in der er wohnte, empfand er nichts als Abscheu; die Zeit bis zu seiner Verabredung mit Sonia wollte er sich anders vertreiben. Er verlangsamte seinen Gang. Er stand vor der Royal Academy. Ein Aufenthalt dort wäre warm und kostenlos, aber langweilig. Und auf der gegenüberliegenden Seite? Die Uhr von Fortnum's schlug zwei, und die berühmten Figuren zockelten vor und zurück. Er überquerte die Straße. Ein Aufenthalt bei Fortnum's wäre warm und kostenlos und alles andere als langweilig. Er betrat das Gebäude.

Als er über die weichen Teppiche ging, atmete er tief und genüsslich den reichen, ambrosischen Duft ein. Im Erdgeschoss war es ein Gemisch aus reifen Früchten und Kaffee, aus Schokolade und Gewürzen und honigsüßen Leckereien, und über alldem lag ein unbestimmbarer Geruch, ein Destillat aus allem, was exklusiv, außergewöhnlich und teuer war. Der Geruch des Geldes.

Hinter der Tür stand gleich zu seiner Rechten ein großer Obstkorb. Scheinbar achtlos waren die Früchte darin arrangiert. Pfirsiche mit schimmernder, flaumiger Haut, vollkommen geformte Nektarinen. Sie lagen auf frischen Farnen und Gräsern. Daneben stand ein Korb mit Walderdbeeren von der Größe eines Daumennagels. Er fragte sich, woher diese Köstlichkeiten im November wohl kommen mochten.

Er ging zur Weinabteilung hinüber. Dort waren Schreibtische und vornehme Stühle bereitgestellt; ein übergewichtiger Mann in einem Nadelstreifenanzug besprach seine Weinliste mit einem jungen Mann, der sich in tadelloser und höflicher Manier mit ihm beschäftigte – obwohl er in der dicken Zigarrenwolke seines Kunden fast ersticken musste.

Fenn schlenderte an kunstvoll aufgebauten Gläsern mit eingemachtem Ingwer und Honig entlang, die mit einem chinesischen Muster aus Drachen und Blumen bemalt waren. Er passierte die Lebensmittelabteilung, glasierte Pasteten in jeder erdenklichen Form (aus einigen staken kleine Füßchen hervor) und die Charcuterie. Tee und Kaffee waren in graubraune Büchsen gefüllt, die aussahen, als wären sie hier, seitdem das Geschäft eröffnet worden war. Obwohl es geschäftig zuging, herrschte keine Eile. Ein Mann in einem Cutaway fragte Fenn, ob er ihm behilflich sein könne, und nachdem seine Anfrage ablehnend beschieden worden war, zog er sich mit einer Geste des Willkommens zurück, als wolle er Fenn bedeuten, dass er sich bei Fortnum's wie zu Hause fühlen solle und der Gast sei, den sie schon lange erwartet hätten.

Fenn ging einige Stufen hinauf und fand sich in einer Patisserie wieder. Reihen von federleichtem Gebäck wurden dargeboten; Zuckerwatte, Karamel und frische Sahne. Eine Frau in einem hellen Nerzmantel wies mit dem Finger auf verschiedene Auslagen, und die Verkäuferin hantierte so geschickt mit ihrer silbernen Gebäckzange, dass die Dekoration weder zerstört noch aus der Form gebracht wurde. Sie legte das Gebäck so ehrfurchtsvoll in eine Kuchenschachtel, als handele es sich um die Kronjuwelen. Der Mops der Frau, dessen gestreifte Fettwülste aus dem Halsband hervorquollen, schob seine ledrige Unterlippe vor und knurrte Fenn an.

Er begab sich in den zweiten Stock. Hier roch es anders. Offenkundig weiblich, fast wollüstig. Make-up, Kleider, Accessoires. Reine Seide und echte Spitze; Alligatorhandtaschen und französisches Parfüm. Er berührte ein Nachthemd und ein Negligé glitzernde Wasserfälle aus reiner, weißer Seide. Er stellte sich die Frau vor, die diese Nachtgewänder tragen würde: eine schlanke Frau mit hohen, kleinen Brüsten und einer Haut, die immer leicht golden schimmerte. Sie hätte langes, gewelltes Haar, das, kunstvoll getönt und mit Strähnchen versehen, über ihre samtigen, jugendlichen Schultern fallen würde. Er ging hinüber zur Parfümabteilung.

Hinterher, als er darüber nachdachte, konnte er kaum fassen, was er getan hatte. Auf jeden Fall hatte er es in dem Moment nicht vorgehabt. Hinter der Theke stand eine Verkäuferin, die sich mit großer Ernsthaftigkeit über eine ältere Dame gebeugt hatte und abwechselnd an deren sommersprossigen Handgelenken roch. Fenns Hand schloss sich über einem zellophanverpackten Kästchen, er sah sich um, ließ die Hand sinken und ging weiter...

Diesmal hatte er keine Angst. Er wusste, dass ihm nichts passieren konnte. Er fühlte sich so sicher, dass er nicht einmal versuchte, diesen Stock zu verlassen, sondern sich mit dem Kästchen in der Tasche langsam auf den Weg zum Erdgeschoss machte. Hinter ihm waren das Klappern von Besteck und lautes Stimmengewirr zu hören. Er wandte sich um und ging auf den Eingang der Kaufhausbar zu. Die Tische waren besetzt, aber an der Bar waren noch ein oder zwei Plätze frei.

Plötzlich überkam ihn der unwiderstehliche Drang, dort zu sitzen, berechtigterweise zu der Menge zu gehören, die bei Fortnum's einkaufte oder sich dort die Zeit vertrieb. Er hatte vier Pfund und etwas Kleingeld, und das musste bis Dienstag reichen. Es war verrückt, auch nur einen Teil davon für etwas so Banales wie einen Kaffee auszugeben. Er bahnte sich einen Weg durch den dicht gedrängten Raum, wich den Päckchen und Taschen aus, die neben den Tischen der Wohlhabenden lagen, bis er einen der Barhocker erreicht hatte. Er war schockiert, als er in den Spiegel sah. In seiner neuen Kleidung fühlte er sich bereits so wohl, dass er sich ihrer nicht mehr bewusst war.

Das Mädchen hinter der Theke, das einen Wuschelkopf hatte und eine Nelke im Knopfloch ihres Overalls trug, lächelte ihn an.

»Ich hätte gern die Speisekarte.« Plötzlich kam er sich albern vor. Da sie kaum Menüs führten, war es dumm gewesen, sie nach einer Speisekarte zu fragen. Vielleicht hätte er eher um die Getränkekarte bitten sollen.

Aber sie lächelte ihn wieder an und sagte: »Aber sicher, mein Herr.« Dann reichte sie ihm eine große Karte.

Er schlug sie nicht sofort auf, sondern beobachtete im Spiegel das Restaurantpublikum. Es schienen schrecklich viele Kinder da zu sein, die sich mit Genuss über den Kuchen und das Eis hermachten. Einige trugen Schuluniformen, andere Jeans und Sweatshirts in leuchtenden Farben. Ein Kind hatte eine Baseballkappe und einen Fingerhandschuh bei sich, ein anderes trug ein Mickey-Maus-T-Shirt und eine große behaarte Horrorhand aus gummiähnlichem Material, von deren Fingernägeln Blut tropfte. Unter den Erwachsenen befanden sich Japaner, Araber und ein lautstarker Amerikaner undefinierbaren Geschlechts, der eine karierte Melone trug.

»Haben Sie bereits gewählt?«

»Tut mir Leid … nein …« Er überflog die Speisekarte. Er beschloss, keinesfalls etwas so Gewöhnliches wie einen Kaffee zu bestellen, so köstlich er hier auch zubereitet sein mochte. Er hatte die Auswahl zwischen allen möglichen Eis- und Gebäcksorten und getoasteten Sandwiches. Er war ziemlich verwirrt, beschloss aber, seine Ratlosigkeit zu kaschieren.

»Ich hätte gern ... eine Granita.«

»Al caffé?«

»Ja. Ja, gern.«

Er fühlte sich versucht, den Preis nachzusehen, entschied sich aber dagegen. Wie hieß es doch so schön? Fragt man nach dem Preis, kann man es sich eigentlich nicht leisten. Mit einer hastigen Handbewegung schlug er die Karte zu und reichte sie der Bedienung. Kurz darauf stellte sie ein hohes Glas mit braunschwarzen Kristallen vor ihn, auf denen ein Klecks Sahne schwamm. Daneben lagen ein langer Silberlöffel, eine Serviette und die Rechnung. Letztere ließ er unbesehen in seine Tasche gleiten.

Er senkte den Löffel in die Sahne und spürte, wie sich die Kristalle am Rand des Glases rieben. Dann zog er den halb mit Granita, halb mit Sahne gefüllten Löffel heraus. Einen Moment lang sah er sich das Gebilde an – die Sahne hatte bereits die Farbe des Eises angenommen und war jetzt kaffeebraun –, dann schob er es in den Mund.

Nie zuvor hatte er etwas gekostet, das dieser Granita auch nur im Entferntesten gleichkam. Sie schmeckte bitter und süß zugleich, und der Genuss wurde durch den Duft der frisch gerösteten Kaffeebohnen noch gesteigert. Die Sahne hatte einen leichten Vanillegeschmack, der das Kaffeearoma der Granita betonte. In seiner warmen Mundhöhle blieben die verschiedenen Zutaten nur einen Moment getrennt, dann verschmolzen sie zu einer köstlichen Mischung, die sich ebenso schnell auflöste, wie sie entstanden war. Er nahm einen zweiten Löffel. Dann noch einen. Jetzt war noch eine kleine hellbraune Pfütze am Boden des Glases übrig, an die er nicht herangekommen wäre, ohne das Glas zu kippen, wozu er sich niemals herablassen würde. Er legte den Löffel neben das Glas.

Überwältigt von den Essgeräuschen und dem Stimmengewirr, hatte er jegliches Gefühl für seine eigene Aufgeschlossenheit verloren. Er fühlte sich wohl und behaglich. Dann erinnerte er sich plötzlich und aus unerfindlichen Gründen an den Kleiderstapel, den er im Ankleideraum zurückgelassen hatte. Irritiert versuchte er, das Bild aus seinem Kopf zu vertreiben. Es gehörte nicht in diese vollkommene Gegenwart. Aber es ließ sich nicht verdrängen. Es nagte an ihm wie die ersten Geräusche des Tages am Ohr des Schläfers, und allmählich ließ das wohlige Zugehörigkeitsgefühl nach. Ihm wurde kalt, und er zog die Rechnung aus seiner Jackentasche.

Großer Gott! Er legte etwas Kleingeld in die Untertasse, bezahlte an der vergitterten Kasse und ging hinaus auf die Jermyn Street, die in strömendem Regen lag. Er sah auf das Wechselgeld in seiner Hand. Irgendwie musste er nach Chalk Farm kommen, Sonia zum Abendessen ausführen und nach Kings Cross zurückkehren. Und das alles mit weniger als zwei Pfund.

3

»Wie das hier riecht! Einfach großartig!«

Das Wetter war trostlos. Ein bleierner Novemberhimmel; schwarze, entlaubte Platanen. In Rosas Büro lag allerdings ein frühlingshafter Duft. Ein warmer, grüner, frischer Geruch, der an aufgehende Blumen und blühende Pflanzen erinnerte.

»Oh ...«, sagte Sonia wie beiläufig, obwohl sie vor Freude errötete. »Mögen Sie es?«

»Es ist göttlich. Wie heißt es denn?«

Sonia legte ihre Stirn in Falten, als müsse sie jeden Morgen zwischen fünfzig verschiedenen Parfüms wählen.

»Hmm ...«, sie drehte ihr Handgelenk um und schnupperte an der schuppigen Haut. »Joy ... glaub' ich ...«

»Joy! Mein Gott. Wie machen Sie das bloß? Ich glaube, wir müssten eine zweite Hypothek aufnehmen, bevor ich mir Joy leisten könnte.«

Sonia sah Rosa kalt und abweisend an. Die Bemerkung über die Redaktion hatte sie noch nicht verwunden, und Rosa sollte sich ja nicht einbilden, sie durch einschmeichelnde Bemerkungen ungeschehen machen zu können.

»Du meine Güte, Mrs. Gilmour, Sie glauben doch wohl nicht, dass ich mir meine Parfüms selbst kaufe?« Das entsprach tatsächlich der Wahrheit. Nachdem sie Miete und Fahrgeld bezahlt, sich Kleider und ein oder zwei Flaschen Wein gekauft hatte, blieb für solche Extras nicht viel übrig. »Mein Freund hat es mir geschenkt. Am Samstagabend, um genau zu sein.« Sie kramte in ihrer Tasche. »Möchten Sie es vielleicht probieren?«

Wie beiläufig reichte sie das Fläschchen hinüber. Rosas Gesicht! Dieser Anblick allein war den Tropfen Parfüm schon wert. Rosa nahm das Fläschchen zögernd entgegen.

»War es ein Geburtstagsgeschenk?«

»Oh, nein. Es lag kein besonderer Anlass vor. Er hat's mir einfach so geschenkt.« Ihr Tonfall suggerierte eine endlose Reihe von kostbaren Geschenken. Affen, Elfenbein und Pfauen. Edelsteinbesetzte Kleider und Sandelholz. Seidenstrümpfe von Cathy.

Rosa entstöpselte das Fläschchen. »Meinen Sie es ernst?«

»Bedienen Sie sich nur.« Sonia begann zu tippen.

Rosa tröpfelte ein wenig Parfüm auf ihr Handgelenk und verschloss das Fläschchen wieder. Sie rieb ihre Handgelenke aneinander und stellte den kleinen Flacon auf Sonias Schreibtisch zurück.

»Das ist sehr nett von Ihnen. Er muss wirklich wohlhabend sein.«

»Wer?«

»Ihr Freund natürlich.«

»Das glaub' ich nicht. Er wohnt über einem Schnellimbiss in Islington. Warum – ist es so teuer?«

»Wollen Sie mich auf den Arm nehmen? Eine Flasche wie diese hier muss ihn ein paar hundert gekostet haben.«

Sonia hörte auf zu tippen. Sie schluckte und sah Rosa an. »Pfund?« Sie krächzte nur noch.

»Wussten Sie das denn nicht?«

Sonia, die jetzt blass geworden war, schüttelte den Kopf. Kein Wunder, dass Fenn nicht in der Lage gewesen war, sie zum Abendessen auszuführen.

Er war fast eine halbe Stunde zu spät gekommen. Zu dem Zeitpunkt war sie bereits seit einer Stunde fertig gewesen, nachdem sie alles, was sie in ihrem Kleiderschrank hatte, mindestens zweimal anprobiert hatte. Sie hatte gebadet, sich das Haar hochgesteckt, es gelöst, wieder hochgesteckt und sich die Fingernägel lackiert. Dann hatte sie aus Angst, dass er früher kommen könnte, ihre Seidenstrümpfe angezogen, bevor der Nagellack trocken war, mit dem Ergebnis, dass sie ihn entfernen und von neuem auftragen musste. Gegen halb neun war sie zu der Überzeugung gekommen, dass er die Verabredung nicht einhalten würde, hatte eine Flasche Wein geöffnet und bereits den besten Teil des zweiten großen Glases geleert, als es an der Haustür klingelte.

Sie erkannte ihn kaum wieder. Sie war überzeugt, sich sein Bild bei ihrem Abschied fest eingeprägt zu haben, doch jetzt stand ein vollkommen anderer Mann vor ihr. Er wirkte größer, sah besser aus und trug wunderschöne Sachen.

Nachdem er sie einen Moment angelächelt hatte, fragte er: »Wollen Sie mich nicht hereinbitten?«

»Oh, aber sicher.« Bemüht, ein, wie sie wusste, erleichtertes Grinsen zurückzuhalten, öffnete sie die Tür, und Fenn trat ein. »Ich hole nur rasch meinen Mantel.«

»Sonia – warten Sie einen Moment.« Auf halbem Weg zum Badezimmer hielt er sie zurück. »Hören Sie – es tut mir schrecklich Leid, aber –«

»Sie können nicht bleiben.« Sie wandte sich ab, bevor er ihren Gesichtsausdruck sehen konnte. Diesen Ausdruck, der zu sagen schien: »Ich hätte es wissen sollen.«

»Dummerchen.« Er ging auf sie zu. »Natürlich kann ich bleiben. Es ist nur so, dass ... oh, bevor ich es vergesse.« Er gab ihr eine kleine, in Zellophanpapier eingeschlagene Flasche. »Eine kleine Aufmerksamkeit.«

»Fenn!« Ihre Hände zitterten, als sie das Papier entfernte. »Wie liebenswürdig.« Sie führte das Fläschchen hinter ihr Ohrläppchen. Ein kleines Rinnsal lief in ihren Ausschnitt. Gelassen nahm sie es mit dem kleinen Finger auf und versuchte dann, das Parfüm hinter sein Ohr zu tupfen, doch er trat schnell zur Seite. »Das riecht einfach fantastisch. Du bist so gut zu mir.« Sie klang, als hätten sie bereits eine jahrelange Beziehung hinter sich. »Nun sag schon – was ist es, das dir so Leid tut?«

»Nachdem wir uns getrennt hatten, bin ich rasch zu Fortnum's gegangen, um eine Kleinigkeit zu essen und dir etwas Nettes zu kaufen. Ich hab' das gesamte Bargeld ausgegeben, das ich bei mir hatte. Und natürlich sind die Banken geschlossen, und ich hab' meinen Euroscheck überzogen und ... alles in allem, ich kann dich nicht zum Essen ausführen.«

»Das ist alles? Du großer Gott – ich hab' noch Geld.«

»Ach nein – das wäre mir peinlich. Lass uns nicht ins Restaurant gehen. Was würden die Leute von mir denken?«

Diese Einstellung gefiel ihr. Es bewies, dass er empfindsam war. Doch seit diesen schrecklichen Appetithappen hatte sie nichts mehr gegessen, und jetzt, da die Angst verflogen war, fühlte sie sich wie ausgehungert.

»Ich verstehe.« Sie ergriff seine Hand. »Wir können ja hier essen. In der Nähe sind ein paar Restaurants mit Außer-Haus-Verkauf. Und ein Falafel- Restaurant.«

»Aber nur, wenn du mich alles zurückzahlen lässt.«

Jetzt war es an ihr zu sagen: »Dummerchen.« Sie zog einen Mantel mit Schottenmuster an, holte eine Einkaufstasche und kramte Portemonnaie und Schlüssel aus ihrer Handtasche.

»Hey …« Er winkte sie zu sich heran und küsste sie leicht auf den Mund. »Bleib nicht zu lange.«

Sonia fühlte sich wie im Traum und berührte gelegentlich sanft ihre Lippen, als sie sich in die Reihe der Wartenden stellte. Beladen mit Artischockenpaste, Bifteki, Pita-Brot, Salat, Oliven, einer großen Flasche Frascati und Lokum, das mit Puderzucker bestäubt war und nach Rosen roch, kam sie nach Hause zurück.

Sie nahmen vor dem gasgespeisten Kamin Platz, er auf dem Sofa, sie zu seinen Füßen, und fütterten sich gegenseitig mit Oliven und Lokumstückchen. Die Fleischbällchen waren heiß und stark gewürzt, und das Brot dippten sie in die Artischockenpaste und das Olivenöl. Fenn trank nur wenig Wein, Sonia eine ganze Menge.

Das musste der Grund dafür gewesen sein, dachte sie im Nachhinein, dass sie ihm solche Freiheiten gewährt hatte, und das an ihrem ersten gemeinsamen Abend. Bei dem Gedanken an die Form, die diese Freiheiten angenommen hatten, überlief Sonia ein Prickeln. Man musste ihm allerdings zugestehen, dass er es nicht soweit hatte kommen lassen wollen. Er war schrecklich besorgt gewesen und hatte sie geknickt gefragt, was sie jetzt von ihm denken musste. Nach ihrem Dafürhalten war es bei einer solchen Angelegenheit ohnehin Sache der Frau, die Bremse anzuziehen, und wenn sie nicht so viel getrunken hätte, wäre sie dazu durchaus in der Lage gewesen.

Er war nicht so lange geblieben, wie sie gehofft hatte (sie hatte sich schon darauf gefreut, ihm von ihrer unglücklichen Kindheit erzählen zu können), war wahrscheinlich aus reiner Verlegenheit so früh gegangen. Aber sie würde ihn bald wiedersehen. Das hatte er ihr versprochen.

Sie merkte, dass Rosa sie erwartungsvoll ansah. »Wie bitte?«

»Ich habe Sie gefragt, was er beruflich macht.«

»Er ist Schauspieler. Ich meine – eigentlich. Im Moment hat er kein Engagement und macht für eine Rockgruppe die Öffentlichkeitsarbeit.«

»Na ja.« Rosa stand auf und begann, Briefe und Aktenordner in ihre geräumige Tasche zu stecken. »An Ihrer Stelle würde ich mich weiterhin an ihn halten. Wenn er Joy wirklich so großzügig verschenkt, haben Sie einen guten Fang gemacht.«

Das hätte ich mir nie träumen lassen, dachte sie, als sie in der U-Bahn nach Hause fuhr. Wie eigenartig, dass Sonia ihn nicht früher erwähnt hatte. Rosa hielt sie durchaus nicht für einen Menschen, der einen gut aussehenden jungen Mann im Hintergrund verschweigen würde. Es war schon ernüchternd, wie sehr man sich täuschen konnte. Offensichtlich hatte er einen guten Einfluss auf Sonia. Heute Morgen war nicht eine Spur von dem üblichen süßlichen Vogelgezwitscher zu hören gewesen. Und zweifellos begann das Eis zwischen ihnen zu schmelzen. Sie hatte vergessen, Sonia danach zu fragen, ob ihr die *Saturday Show* gefallen hatte. Sie war froh, dass Toby sie akzeptiert hatte. Und sie hatte sich geschworen, über Sonia in Zukunft nichts Unfreundliches mehr zu sagen. Rosa spürte, wie sich die letzten Überreste ihres Schuldgefühls in Luft auflösten.

In Camden Town wagte sie sich in den eisigen, peitschenden Wind hinaus und wich den nassen Kohlblättern, den von zerbrochenen Kisten stammenden Holzstückchen und den verfaulten Früchten ans, die sich auf der Inverness Street auf dem Bürgersteig angesammelt hatten. Mit einem verfrorenen Gesicht, das sich wie ein Eisblock anfühlte, betrat sie schließlich die Diele ihres Hauses. Sogleich spürte sie die Wärme. Sie ging über den dicken Teppich. Die Standuhr ließ aus dem Esszimmer ein gleichmäßiges Ticken vernehmen. Heute waren Diele und Treppe das Objekt von Mrs. Jollits Schnelldurchgang gewesen. Der weiße Lack glänzte, und es roch leicht nach Pinienholz. Rosa streifte ihren Mantel ab und ging in die Küche hinunter, um sich einen Kaffee zu machen. Es war angenehm, wieder zu Hause zu sein.

Fenn hatte beschlossen, Mr. Christoforou, seinen Vermieter, zu fragen, ob er dessen privates Telefon benutzen könne, um Rosa anzurufen. Er hatte sich bereits im Studio erkundigt und erfahren, dass sie sich vor einer Stunde auf den Heimweg gemacht hatte. An ihre Nummer zu kommen war einfacher gewesen, als er erwartet hatte. Fast einfacher, als an Sonia heranzukommen, und das sollte etwas heißen. Als sie hinausgegangen war, um das Essen zu besorgen, hatte sie zwar ihr Portemonnaie und ihre Schlüssel mitgenommen, doch die Handtasche hatte sie zurückgelassen. Darin hatte er ihr Adressbuch gefunden. Auf die Rückseite war ein Snoopy gedruckt, was angesichts ihres Alters ohnehin schon erbärmlich genug war, doch als er das Buch aufschlug … Aufgelistet waren die Adresse eines Ehepaars, von dem er annahm, dass es ihre Eltern waren, die Nummer der Zugauskunft von Euston (das Paar lebte in den Midlands), eine nahe gelegene chemische Reinigung, eine in Tulse Hill wohnende Frau, das National Theatre, ein Supermarkt und die Anschrift von Rosa. Das karge Gerüst eines einsamen Lebens. Er schrieb sich Rosas Namen und Adresse ab und steckte das Buch in die Tasche zurück.

Er hätte sich davonmachen können, bevor sie zurückkam,

aber da war ja noch sein Plan. Sonias Brief hatte er weiß Gott nicht vergessen, auch wenn er ihn sofort vernichtet hatte. Er würde sehr zuvorkommend sein, den Liebhaber spielen, herausholen, was er konnte, und dann, wenn sie wirklich in ihn verliebt war (was, nach Samstagabend zu urteilen, nicht mehr lange dauern konnte), würde er sie fallen lassen wie eine heiße Kartoffel. Der Gedanke daran, wie er vorgehen und wie sie reagieren würde, ließ sein Herz aufgehen wie beim Anblick eines kleinen Goldklumpens. Wenn er jetzt morgens erwachte, überkam ihn zunächst ein wohliges Gefühl, über das er lächeln musste, sobald er den Grund identifiziert hatte.

In den letzten Wochen hatte er unterdessen abwechslungsreich gegessen – soll's nächstes Mal chinesisch oder indisch sein – und rücksichtslos Liebe machen können. Wie er vermutet hatte, war sie fast vollkommen unerfahren. Er erinnerte sich lebhaft an den' Ausdruck des Erstaunens in ihrem Gesicht und an das runde O ihres Munds, als er das erste Mal in sie eingedrungen war. Und so viel Entgegenkommen! Mit Sonia könnte er sein gesamtes Bücherregal durchgehen, und sie hätte immer noch nicht genug. Allerdings beunruhigte ihn der Gedanke, dass er ihr fast verraten hatte, wo er wohnte. Es war nicht seine Art, unvorsichtig zu sein, aber in dem Moment war er abgelenkt gewesen (er hatte mit seiner Zunge nach dem Puderzucker geschleckt, der ihr in den Ausschnitt gefallen war). Natürlich hatte er ihr nicht seine ganze Adresse verraten, und zudem glaubte er nicht, dass sie wirklich zugehört hatte. Sie hatte ihn einfach dämlich und abgöttisch angelächelt. Dennoch war es ihm eine Warnung, sich zu konzentrieren.

Bevor er sein Zimmer verließ, ging er zum Tisch, um sich Rosas Foto anzusehen. Zärtlich legte er seine Fingerspitzen zwischen ihren glänzenden Lippen an die Stelle, an der das Messer einen Riss hinterlassen hatte. Wie verletzlich sie wirkte. Er liebte solche Frauen; sie waren schön und erfolgreich, hatten sich aber weder in skrupellose Karrierefrauen verwandelt noch von der Wirklichkeit abgewandt. Er wusste, dass sie miteinander auskommen und Freunde werden würden. Er sah auf die Uhr. Jetzt müsste sie zu Hause angekommen sein. Er rannte in die Diele, nahm Mr. Christoforou zuliebe den Hörer von der Gabel, stieß verzweifelte Laute aus und ging in den Laden.

»Das Telefon ist kaputt, Mr. Christoforou. Ich muss ein ziemlich wichtiges Gespräch führen. Könnte ich Ihr Telefon benutzen? Ich lege das Geld auf den Tisch.«

»Aber sicher.« Es war ja nicht so, als wäre es dem Jungen zur Gewohnheit geworden. Er hatte zuvor noch nie darum gebeten. »Haben Sie's gemeldet?«

»Ja. Ich hab' den Stördienst angerufen.«

Fenn hasste Mr. Christoforous Wohnzimmer und betrat es nur in Ausnahmefällen. Man fühlte sich, als wäre man in einer buntbemalten, stickigen Kiste eingeschlossen. Die Wände waren mit primitiven Gemälden und Christusbildern in den verschiedensten Stadien der Kreuzigung überhäuft. Die Christoforous waren griechisch-orthodox. Auf den buntgemusterten und schichtweise ausgelegten Teppichen lagen obendrein noch Brücken und Läufer; silbern ziselierte Weihrauchschwenker hingen, zu Lampenschirmen umfunktioniert, von der Decke. Bücher gab es keine. Ein riesiger Fernsehapparat beherrschte den Raum, der ohnehin schon zum Bersten mit Brokatmöbeln und Nippes voll gestopft war. Das Telefon stand auf einer Cocktailbar aus Chrom und Gold, gleich neben einem glänzenden kleinen Zug, dessen offene Waggons mit Erdnüssen, Oliven, After Eights und sonstigen Knuspereien gefüllt waren. Fenn schloss die Tür.

Rosa war mit ihrer Arbeit an dem Punkt angelangt, an dem Michael Kelly in London einen Weinladen eröffnen wollte.

Sein Freund, Richard Brinsley Sheridan, hatte vorgeschlagen, seinem Namenszug auf dem Schaufenster die Bezeichnung »Weinkomponist und Musikimporteur« folgen zu lassen. Das gefiel Rosa. Sie dachte, dass der Tenor ein sehr angenehmer Zeitgenosse gewesen sein musste, wenn man einen Menschen tatsächlich nach der Zahl und den Eigenschaften seiner Freunde beurteilen konnte. Je mehr sie mit ihrer Arbeit vorankam, desto leichter fiel es ihr, sich in seine Epoche zu versetzen.

Ein guter Biograf musste die Vorstellungskraft eines Romanciers und die Disziplin eines Historikers haben, und Rosa war sich ständig der Notwendigkeit bewusst, einen Balanceakt zwischen beiden zu vollführen. Ließe sie ihrer Fantasie freien Lauf, würde sie nicht ernst genommen werden; wäre ihr Sprache zu trocken, würde kein Mensch ihr Buch lesen wollen.

Die schnatternde Menschenmenge, der Pfeifenrauch, der Geruch nach frischem Gebäck und heißer Schokolade und das Rascheln der Zeitungen, mit anderen Worten, die ganze Szene war ihr so gegenwärtig, dass ihr das Klingeln des Telefons erst nach einigen Sekunden bewusst wurde. Zunächst ignorierte sie es und versuchte, sich weiter auf die Kaffeehausszene zu konzentrieren, denn sie hoffte, dass der Lärm des zwanzigsten Jahrhunderts sie nicht mehr lange belästigen würde. Aber es hörte nicht auf zu klingeln. Ihr Anrufer ließ auch dann noch nicht locker, wenn die meisten Leute schon längst aufgegeben haben würden. Und dann – oh, mein Gott! – es musste die Schule sein …

Der nächste Apparat stand im Wohnzimmer. Sie rannte die Treppe hinunter und flog förmlich ans Telefon.

»… Hallo …«

»Rosa?«

»Ja … ich bin am Apparat … Worum geht's? Was ist passiert?«

»Rosa. Wir kennen uns zwar noch nicht, aber vor einigen Wochen habe ich Ihnen geschrieben.« Erleichtert ließ sie sich in den Sessel fallen. Es war nicht die Schule. Die Stimme fuhr ruhig fort. Sie versuchte sich zu konzentrieren. Der Ärger über die Unterbrechung war verflogen. Jetzt war sie nur noch erleichtert. Den Kindern war nichts passiert.

»... und als ich die Unterschrift gesehen habe, ist mir natürlich aufgefallen, dass sie nicht von Ihnen stammte.« Ein kurzes Lachen. »Da hab' ich mir gedacht, ein persönlicher Anruf wäre angebrachter. Von Mann zu Mann. Oder eher«, die Stimme nahm einen leicht verschlagenen Tonfall an, »von Mann zu Frau.«

»Es tut mir schrecklich Leid. Was wollen Sie von mir?«

»Haben Sie denn nicht zugehört?«

»Ich habe gearbeitet, als das Telefon klingelte. Es dauert immer eine gewisse Zeit, bis ich mich gesammelt habe.« Rosa fühlte sich jetzt frischer. Sie hatte sich an den Gedanken gewöhnt, dass ihre Kinder in Sicherheit waren. Sie wusste, dass in den nächsten Minuten wieder der Ärger die Oberhand gewinnen würde. Der Mann begann von vorn. Nach kurzer Zeit unterbrach sie ihn.

»Ich kann Ihnen versichern, dass alles, was aus meinem Büro kommt, von mir stammt, selbst wenn meine Sekretärin unterschrieben hat.«

»Beantwortet sie denn nicht Ihre Post?«

»Ganz bestimmt nicht.«

Er schwieg einen Moment und sagte dann: »Das ändert die Sache erheblich. Das lässt alles in einem anderen Licht erscheinen.«

Rosa blickte auf ihre Uhr. Noch eine halbe Stunde, bevor sie fort musste. Jetzt hatte es ohnehin keinen Zweck mehr, wieder an die Arbeit zu gehen. Sie würde mindestens zehn Minuten brauchen, um sich wieder in die Szene einzuarbeiten.

»Wenn Sie tatsächlich bei City Radio arbeiten wollen, würde ich an Ihrer Stelle einen Brief ...«

»Ich habe bereits einen Brief geschrieben.«

»– an Toby Winthrop schicken. Er ist der Sendeleiter und kann Ihnen eher weiterhelfen als ich.«

»Das geht nicht, Rosa. Dazu ist es jetzt zu spät. Das Los ist auf Sie gefallen. Es gibt keine Möglichkeit, zurückzugehen und von vorn anzufangen. Sie sind diejenige, die mir behilflich sein wird. Wann kann ich bei Ihnen vorbeikommen?«

Gütiger Himmel. Rosa versuchte, Geduld zu bewahren. Der arme Kerl schien nicht ganz beisammen zu sein.

»Hören Sie, es tut mir wirklich Leid, aber ich kann tatsächlich nichts für Sie tun. Ich bin nur eine Rundfunkangestellte. Ich habe beim Sender keinerlei Einfluss. Ich habe keine Entscheidungsgewalt. Weder darüber, ob jemand angestellt, noch ob er gefeuert wird. Ich mache nur zweimal wöchentlich meine Sendung.«

»Tun Sie nicht so, Rosa. Ich bin nicht einer Ihrer üblichen Hörer. Eines Tages werde ich dort sein, wo Sie bereits sind. Und wie die Dinge stehen, liegt dieser Tag in nicht allzu weiter Ferne, das kann ich Ihnen flüstern. Verschonen Sie mich bitte mit diesem Unsinn über Ihr Moderatorendasein. Ich bin *au fait* mit der Medienszene. Ich weiß, was da gespielt wird.« Als sie schwieg, fuhr er fort: »Wie wär's, wenn ich am Freitag nach der Sendung zu Ihnen ins Studio käme? Wir könnten uns einen kleinen Aperitif genehmigen.«

»Es hat keinen Zweck, diese Unterhaltung fortzusetzen ... Ich habe Ihnen geholfen, soweit es in meinen Kräften steht. Wollen Sie mich jetzt bitte entschuldigen?«

Rosa legte auf. Erst als sie eine halbe Stunde später mit dem Auto vor der Schule stand, begann sie sich zu fragen, wie um alles in der Welt der Mann an ihre Telefonnummer gekommen war.

Fenn wusste nicht mehr, wie er es geschafft hatte, den Hörer auf die Gabel zu legen, sich bei Mr. Christoforou zu bedanken und in sein Zimmer zurückzukehren. Seine Knie, sein ganzer Körper zitterten. Er bewegte sich wie ein alter Mann. Er schäumte vor Wut. Es war, als würde er von einem Hurricane erfasst und unerbittlich durch die Luft gewirbelt. Er konnte sich nicht dagegen wehren. Im Vergleich hierzu glich seine frühere Verärgerung über Sonia einem zahmen Tier.

In der Mitte des Raums sank er auf die Knie und wartete, bis sich der Aufruhr gelegt hatte. Es konnte keine Rede davon sein, die verschiedenen Emotionen zu entwirren oder sich über seine Gefühle klar zu werden. Sobald er die Augen schloss, sah er sich von einer roten Flutwelle bedroht, die bereit war, auf ihn niederzustürzen und ihn zu zermalmen. Ihm war übel. Die Zeit schien stillzustehen. Sein Hirn war allein von Emotionen beherrscht. Er war nicht in der Lage, vernünftig zu denken.

Als sich der Sturm endlich gelegt hatte, an ihm vorbeigezogen war, setzte er sich auf – und war erstaunt, dass er nicht erschöpft und zerschlagen war, sondern sich konzentriert und kalt und stark wie eine Klinge fühlte, die gerade in der Esse geschmiedet worden war.

Unten im Wohnzimmer hatte er, kurz bevor der Sturm ausgebrochen war, einen Augenblick wirklicher Harmonie zwischen Rosa und sich selbst erlebt. Ein wahres Zusammentreffen von Gefühlen. Er wusste, dass Rosa es ähnlich empfunden hatte; das hatte er genau gespürt. Sie hatte es vorgezogen, diesen Augenblick zu vergessen. Sie hatte ihn zurückgewiesen, und jetzt war alles zu spät. Das hatte sie sich selbst zuzuschreiben. Es würde ihr nichts nützen, in Zukunft auf diesen Moment zurückzukommen. Ihn anzuflehen: »Bitte, Fenn – erinnerst du dich nicht daran, wie es war, als wir zum ersten Mal miteinander geredet haben ... Gib mir noch eine Chance ... *bitte* ...«

Als er sich von den Knien erhob, fühlte er sich wie ein junger Krieger, der kurz vor einem Feldzug vom Priester den Segen erhalten hatte. Er glühte vor Begeisterung für die Sache der Gerechtigkeit, fühlte sich zugleich aber demütig. Er stand unter dem Schutz der göttlichen Allmacht. Sein Leben, sein Geist entwirrten sich auf wundersame Weise. Er ging zum Tisch hinüber und nahm vorsichtig, fast zärtlich, Rosas Bild in die Hand. Er war sowohl sexuell als auch emotional erregt, hatte aber alles unter Kontrolle. Tief in seinem Innern lag ein Zentrum bar jeglichen menschlichen Gefühls, das seine Handlungen dirigierte. Dieser Autorität übergab er sich ohne Zögern, fast mit Erleichterung. Jetzt war er frei von Verantwortung. Was sein sollte, würde sein.

Er legte das Foto auf den Tisch, befestigte es an allen vier Ecken mit Reißzwecken, zog sein Messer hervor und machte den ersten Schnitt. Einen schwungvollen Schnitt, mit dem er ihr ohne Zögern und im vollen Bewusstsein seiner Stärke durch die Kehle fuhr.

»Immer sagst du, du hättest keine Zeit.«

»Weil ich nie Zeit habe.«

»Du bist genauso gebaut wie wir anderen auch, Rosa. Manchmal muss man auftanken, sonst kommen die Räder zum Stillstand.«

Duffy hockte auf dem Rand von Rosas Schreibtisch und schwang in einer Hand den Brieföffner. Sie leerte die Umschläge und sortierte die Briefe in verschiedene Stapel.

»Wenn ich jetzt mit dir in die Kantine gehe, werden wir erst zu Mittag essen, dann einen Nachtisch zu uns nehmen, dann einen Tee trinken, uns dann ein bisschen unterhalten und dann ist es drei Uhr. Wenn ich mir zu Hause etwas zurechtmache, habe ich um diese Zeit bereits anderthalb Stunden gearbeitet.«

»Dieser verflixte Michael Kelly. Er weiß nicht zu schätzen, wie viel Zeit und Liebe du auf ihn verwendest. Er ist seit Jahren tot. Wohingegen jetzt an deiner Seite das Herz eines lebendigen Menschen pulsiert, ein reifer Mann, der vor Bewunderung für dich entbrannt ist, voller Bedürfnisse und Sehnsüchte steckt und sich nichts sehnlicher wünscht, als dir sein Herz zu Füßen zu legen.«

»Das hört sich ziemlich verwirrt an.«

Lächelnd sah sie Duffy an. Sie konnte nicht einschätzen, wie ernst seine Beteuerungen gemeint waren, wusste aber, dass es in jeder Hinsicht ein Fehler wäre, ihn ernst zu nehmen. Alles wäre wesentlich einfacher, wenn sie ihn tatsächlich nicht leiden könnte. Er hatte einen trockenen Humor, den sie als erfrischend empfand, und war eigentlich sehr freundlich. Wäre ihre Liebe zu Leo nicht, würde sie ihn wahrscheinlich sehr anziehend finden; was auf andere Frauen aus dem Studio unbestritten zutraf. Er hatte honiggelbes Haar, das sich an den Schläfen lichtete und in einem seltsamen Kontrast zu seiner Haut stand, die durch die vielen Außenaufnahmen eine gleichmäßige, karamelfarbene Tönung angenommen hatte. Seine hellblauen Augen waren erstaunlich klar, wenn man bedachte, welche Unmengen von Irish Whisky er bei eben diesen Außenaufnahmen als so genannte Anwärmer in sich hineinkippte. Er hatte einen leichten irischen Akzent, der dankenswerterweise nicht zu dem typischen manierierten Journalistenslang verkommen war. Über sein Privatleben wusste sie wenig – Louise meinte, er habe eine Frau –, und ihr lag nichts daran, das zu ändern. Sie führte ihr eigenes glückliches und gut organisiertes Leben, das genau ihren Vorstellungen entsprach, und war darum bemüht, es nicht zu zerstören.

»Wie ich gehört habe«, flüsterte Duffy ihr verführerisch ins Ohr, »gibt es Sandwiches mit Lachsfrikadellen.«

»Sandwiches mit was?« Rosa wandte gereizt den Kopf ab. Duffy zog sich sofort zurück.

»Mit gebackenen Bohnen natürlich. Mit was sonst?« Er machte eine Pause. »Du kommst nicht mit, oder, Rosa?«

»Nein.« Sie war beim letzten Brief angelangt. Ein merkwürdig quadratischer Umschlag. Das Papier raschelte, als sie ihn öffnete. Darin lag eine steife, elfenbeinfarbene Karte. Auf der Vorderseite waren die Worte »In Memoriam« eingraviert, und die Kanten waren schwarz umrandet.

»Duffy –«

»Hm?« Duffy, der bereits an der Tür stand, wandte sich um. »Hast du deine Meinung geändert?« Er lächelte.

»Sieh dir das an.« Rosa hielt ihm die Karte entgegen, und er kam zurück und nahm sie an sich.

»Eine Urlaubskarte? Wenigstens ist das mal etwas anderes als diese strahlenden jungen Damen und die kleinen Männer mit den geknoteten Taschentüchern auf dem Kopf. Wer hat sie dir geschickt?«

»Ich hab' keine Ahnung!«

»Steht nichts dabei? Das Wetter ist hier, ich wünschte, du wärst wunderbar?« Er drehte die Karte um. »Oh.«

»Was ist denn das?« Er reichte ihr die Karte zurück. Auf der anderen Seite stand: »Erwartungsvoll, Dein F.«

»Ist einer deiner Bekannten vor kurzem gestorben, Rosa?«

»Wie bitte? ... Nicht dass ich wüsste ... Was für eine merkwürdige Idee.«

»Na ja, wenn du eine schwarze Krawatte borgen willst, brauchst du mich nur zu fragen.«

»Aber es ist keine Todesanzeige. Es ist eine von diesen Karten, die man an den Kranz steckt. Und was meint er mit ›erwartungsvoll‹? Das klingt fast, als wäre die Person noch nicht gestorben.«

»Ich würd' mich nicht unnötig aufregen. Es kann doch keiner von deinen Bekannten sein, oder? Sonst hätte sich, wer immer diese Karte auch geschickt haben mag, schon vorher bei dir gemeldet. Auf dem üblichen Weg.«

»Wahrscheinlich hast du recht.«

»Irgendein Idiot, der sich einen Spaß erlauben will.« Als Rosa weiter mit gerunzelter Stirn auf die Karte sah, streckte er die Hand aus, griff nach der Karte und zerriss sie. Die beiden Hälften ließ er in den Papierkorb fallen. »Siehst du, da gehört sie hin.«

Rosa warf den Umschlag ebenfalls weg, drehte ihre Hände um und betrachtete ihre Fingerspitzen. Sie prickelten, als habe sie gerade etwas Warmes, Vibrierendes berührt. »Prickeln im Finger ...« Wie ging der Spruch weiter?

»Ich werd' nicht zum Mittagessen bleiben, Duffy, aber einen Kaffee könnte ich jetzt vertragen.« Sie kam sich kindisch vor, doch sie wollte die Heimfahrt und das Alleinsein so lange hinauszögern, bis das unangenehme Gefühl vergangen war, das die Karte hervorgerufen hatte.

»Fantastisch.« Er legte einen Arm um ihre Hüfte und hob sie förmlich aus ihrem Stuhl. »Hol deine Tasche und komm.«

Duffys gute Laune, sein offensichtliches Vergnügen an ihrem Beisammensein und seine Alltäglichkeit würden, so dachte sie sich, auch das letzte bisschen Unruhe vertreiben, und tatsächlich bestätigte sich diese Vermutung, bis sie einige Stunden später ihr Arbeitszimmer betrat und sich an den Schreibtisch setzte, um zu arbeiten.

Sie saß schon eine Weile da, doch die Welt von Michael Kelly, in die sie sich gewöhnlich nach einem kurzen Anspannen ihrer Vorstellungskraft hineinversetzen konnte, schien sich ihr heute zu entziehen und substanzlos geworden zu sein. Nachdem sie ein wenig gelesen hatte, schob sie das Buch beiseite. Die Atmosphäre ihres Arbeitszimmers wirkte heute eher bedrückend als beruhigend. Nichts als Düsterkeit. Dunkle Wände, schwere Möbel, und der bleierne Himmel vor dem Fenster verstärkte diesen Eindruck noch. Selbst ihr geliebter Teppich schien seine Leuchtkraft verloren zu haben. Sie machte das Licht an.

Sie musste dieses Zimmer verändern. Sie würde nicht mehr ruhig in ihm arbeiten können, bevor sie das tat. Unmittelbar nachdem Rosa diese Entscheidung gefällt hatte, fühlte sie sich besser. Natürlich wollte sie vieles behalten. Die meisten ihrer Möbelstücke; den Teppich. Aber sie wollte die Wände hell streichen, frühlingshafte Vorhänge (vielleicht irgendetwas mit Mohnblumen) anbringen und neue Drucke oder sogar Poster aufhängen. Morgen würde sie gleich zur Air France gehen. Vielleicht bekam sie da ein Poster von der Provence. Vor ihrem inneren Auge sah sie verbrannte Erde und geschwungene Ziegeldächer; weiße Möwen und Olivenbäume gegen einen strahlend blauen Himmel. Sie begann sich wohler zu fühlen. Danach könnte sie zur Designer's Guild oder zu Harvey Nichol's gehen, um Stoffe auszusuchen.

Sie begann, die Kupferstiche abzunehmen. Zunächst würde sie sie im Abstellraum unterbringen. Sie stapelte sie auf ihrem Schreibtisch und kramte gerade in einer der Schubladen nach einer Schnur, als ihr der Satz einfiel, nach dem sie vorher vergeblich gesucht hatte.

»Prickeln im Finger …«, sie hielt inne, und laut wiederholte sie den zweiten Teil des Sprichworts: »… verheißt Gutes dir nimmer.«

»Kann der Vogelmann fliegen?«

»Natürlich nicht, du dumme Kuh.« Rosa fragte sich, ob sich Guy seinen Mitschülern gegenüber ebenso herablassend verhielt, und hoffte, dass ihm jemand den Kopf zurechtrücken würde, wenn das der Fall wäre. »Menschen können nicht fliegen.«

»Warum heißt er dann Vogelmann?«, beharrte Kathy.

Guy brauchte für seinen herablassenden, ältlichen Seufzer so lange, dass Rosa ihm zuvorkommen konnte. »Weil er ein leidenschaftliches Interesse an Vögeln und ihren Gewohnheiten hat. Und daran, sie mit Menschen zu vergleichen.«

Kathy erwiderte: »Man kann Menschen nicht mit Vögeln vergleichen. Sie sind vollkommen unterschiedlich.«

»Oh, da wär' ich mir nicht so sicher.« Guy hatte beschlossen, seinen Seufzer zu Gunsten des unmittelbaren Genusses abzukürzen, den eine schlagfertige Antwort ihm einbrachte. »Beide haben zwei Beine, und einige Menschen, die nicht mal 'ne Million Meilen entfernt von hier leben, haben vogelähnliche Gehirne.«

»Wart nur, bis ich erst zwölf bin. Dann wirst du nicht mehr so mit mir reden.«

»Schlecht geschaltet, Spatzenhirn. Wenn du zwölf bist, werde ich siebzehn sein.«

»Du lügst! Du lügst! Oder, Mom?«

Guy lachte. Leo raschelte mit seiner Zeitung. Tränenüberströmt wandte Kathy sich an ihre Mutter. Rosa nahm ihre Hand.

»Er hat Recht, mein Liebling, aber es wird anders sein, als du dir vorstellst. Du wirst dann so erwachsen sein, dass du ganz anders mit ihm umgehen kannst. Es wird dir nichts ausmachen. Ehrlich.«

»Versprichst du mir das?«

»Ich versprech's dir.«

»Neulich hat Guy gesagt, er wird zwölf bleiben, bis ich ihn eingeholt habe.«

»Das war nicht besonders nett von ihm.« Sie sah zu ihrem Sohn hinüber. »Du bist alt genug, um es besser zu wissen.«

»Frech und dumm.« Kathy wischte sich die Tränen vom Gesicht und strahlte alle an.

»Ich hab' nicht den ganzen Tag Zeit, mir das Gewäsch von dummen Weibern anzuhören.« Guy schob seinen Stuhl zurück. »Kann ich Madgewick den Rest von meinem Hühnchen geben?«

Rosa sagte: »Es sind nur noch Knochen übrig, und du weißt, dass er die nicht anrührt.«

»Sie werden ihm im Hals stecken bleiben, und er wird sterben. Daddy – Guy versucht gerade, Madgewick umzubringen.«

»Holt eure Sachen, Kinder.« Leo faltete seine Zeitung zusammen und lächelte Rosa an. »Guten Morgen, mein Schatz.«

»Guten Morgen, Leo.«

Vor einer halben Stunde waren sie sich kurz mit verschlafenen Gesichtern im Badezimmer begegnet, doch jetzt, nach einigen Tassen starken kolumbianischen Kaffees und ein paar Leitartikeln fühlten sie sich frisch und bereit, den Alltag anzugehen. Leo kam auf das Gespräch der vergangenen Nacht zurück.

»Bist du dir sicher, dass du in diesem Haus das Unterste zuoberst kehren und es mit Leitern, Farbeimern, Tapeten und Männern in weißen Overalls vollstellen willst, die uns den letzten Tropfen Alkohol wegtrinken werden? Ich dachte, das hätten wir hinter uns.«

»Sei nicht albern, Leo. Es geht nur um mein Arbeitszimmer.«

»Aber dein Arbeitszimmer ist wunderschön. Es hat dir immer gefallen.«

»Na ja, jetzt gefällt's mir eben nicht mehr. Es wirkt so bedrückend.«

Tatsächlich war es ihr weniger schlimm vorgekommen, als sie heute Morgen auf einen Sprung hineingeschaut hatte, um ihre Tasche zu holen, aber es widerstrebte ihr, sich von der sprühenden Verwandlungsszene zu lösen, die am Vortag ihren Stimmungswechsel herbeigeführt hatte, obwohl sie das Gefühl der Angst, das ihre schlechte Laune ausgelöst hatte, nur noch schlecht nachempfinden konnte.

»Es kann nicht schaden, sich ein paar Musterstoffe und Tapetenbücher zu besorgen. Wer weiß, ob ich etwas damit anfangen kann?«

»Hoffentlich nicht.« Leo mochte es, wenn alles seinen geregelten Lauf nahm. »Eigentlich passt es nicht zu dir, launisch zu sein, Rosa.«

Rosa schwieg. In ein paar Minuten würden sie sich trennen, um zur Arbeit zu gehen, und es hatte keinen Zweck, jetzt einen Streit vom Zaun zu brechen, aber dennoch … »launisch« … Das Wort charakterisierte die Art von Frauen, die sie am wenigsten mochte: sie gurrten oder schmollten, verlangten kleine Überraschungen und Aufmerksamkeiten. Es waren Frauen, die glaubten, ein Tag auf der Sonnenbank oder beim Friseur sei ein sinnvoller Tag gewesen.

Leo zog seinen dicken Mantel an und setzte seine echte russische Pelzkappe auf. Als er letztes Jahr in Moskau auf einem Ärztekongress gewesen war, hatte er Rosa einen sibirischen Wolfspelz und den Kindern Fellmützen mitgebracht. Seine Kappe war aus schwarzem Persianer, und als Rosa einen kurzen Blick auf sein Profil warf, das scharf und bedrohlich wie das eines Habichts war, machte ihr Herz einen Sprung.

Die Kinder waren eingemummelt wie Eskimos. Leo öffnete die Haustür, trat mit ihnen in den peitschenden Hagelsturm hinaus, dann waren sie verschwunden. Rosa fütterte Madgewick, ohne daran zu denken, dass sie das bereits beim Zubereiten des Frühstückstees getan hatte. Er erinnerte sie nicht daran, sondern stopfte das Futter mit einem einnehmenden Blick über den Rand des Fressnapfes in sich hinein.

Sie überprüfte den Inhalt ihrer Tasche und schenkte sich eine weitere Tasse Kaffee ein. Heute hieß das Thema ihrer Sendung »Kommunikation«. In einigen Tagen würde *Rosas Karussell* bereits zwei Jahre alt sein. Früher hatte sie sich wahrhaftig nicht vorstellen können, mit dreiunddreißig Jahren beim Rundfunk zu arbeiten. Eines Tages war sie gebeten worden, Hintergrundmaterial für eine einstündige Abendsendung über die großen Londoner Streiks des neunzehnten Jahrhunderts zusammenzustellen. Sie hatte mehrere Arbeitstreffen mit dem Moderator und Toby Winthrop gehabt, der ihren Arbeitsstil und die Art bewunderte, auf die sie ihr Material präsentierte. Sie hatte eine angenehme Stimme und einen freundlichen, doch nicht überheblichen Umgangston, deshalb hatte er sie gebeten, nach der Sendung an einem Hörergespräch teilzunehmen. Sie war so überzeugend gewesen, dass man ihr einen Halbjahresvertrag angeboten hatte, der jetzt bereits zum dritten Mal erneuert worden war.

Rosa konnte ein gewisses Maß an Eitelkeit nicht abstreiten und war deshalb erfreut und aufgeregt auf den Vorschlag eingegangen, eine eigene Sendung zu moderieren. Zudem hatte sie tatsächlich den Wunsch gehabt, Menschen zu helfen. Doch die ständig wiederkehrenden Themen vieler Anrufe und ihre Unfähigkeit, einmal gemachte Kontakte weiterzuverfolgen (sie wusste nicht, ob sie seit Beginn der Sendung einem einzigen Menschen tatsächlich geholfen hatte), hatten sie allmählich an der Berechtigung ihrer Arbeit zweifeln lassen. Zudem war ihr durchaus bewusst, dass sich in viele ihrer Antworten eine gewisse Unverbindlichkeit – fast Zungenfertigkeit – eingeschlichen hatte und dies kein gutes Zeichen war, so sehr sie sich auch bemühte, es auszumerzen. Falls Toby ihr im nächsten Monat eine Vertragsverlängerung vorschlagen sollte, und das war sehr wahrscheinlich, war sie fast entschlossen, das Angebot abzulehnen. Sie würde ihre Arbeit über Michael Kelly zum Abschluss bringen und sich dann Gedanken über ihr weiteres Berufsleben machen. Sie sah auf die Uhr und stand hastig auf. Gleich kommt Mrs. Jollit mit dem Leiden des Monats zur Tür herein.

»Es würd' mir sofort besser gehen, wenn ich Doktor Gilmour um Rat fragen könnte, meine Liebe«, hatte sie zu Rosa gesagt. »Geben Sie's doch an ihn weiter. Ich fürchte, es ist Rückenmarkskrebs.«

Aber Leo hatte nur abgewunken: »Sag ihr, sie soll darauf achten, dass es ihr nicht in den Kopf steigt.« Er hatte gelacht.

Rosa hatte in sein Lachen eingestimmt, sich dann aber geschämt. »Und wenn es wirklich etwas Ernstes ist?«

»Unsinn. Ihr armer Arzt muss das reinste Nervenbündel sein. Sie wird uns alle überleben.«

In ihrem Büro hatte Rosa, auf wundersame Weise von Sonia befreit, eine halbe Stunde Zeit, sich auf den möglichen Verlauf ihrer Sendung vorzubereiten. Sie notierte sich einige Stichwörter. »Die Rolle der Medien für die Kommunikation. Hat größeres und leichter zugängliches Kommunikationsnetz der Medien weniger Kontakt zwischen Einzelpersonen zur Folge? Warum fällt die Kommunikation in der Gruppe leichter als ein Gespräch unter vier Augen? Oder mit einem Fremden?« Vielleicht wäre es möglich, auf die Themen aktueller Filme und Theaterstücke Bezug zu nehmen ... Sie schrieb: »Mangel an K.« Fragezeichen. Sie überflog ihre Notizen noch einmal und ging dann ins Studio. Die Sendung bot keine Überraschungen. Der Vogelmann meldete sich acht Minuten vor Ende der Sendung zu Wort.

»Unsere hoffnungslose Unfähigkeit, uns miteinander zu verständigen, Mrs. Gilmour, liegt an unserer mangelnden Aufrichtigkeit. Wir haben zu viele Möglichkeiten, unsere wahren Gefühle zu verbergen, auch wenn wir vorgeblich das Gespräch mit dem anderen suchen. Wir müssen lernen, unsere Methoden zu verfeinern, uns der scheinbar belanglosen Missverständnisse zu entledigen, bis wir eine Umgangsform gefunden haben, die so klar und unmissverständlich ist wie die der Vögel.«

»Meinen Sie ihren Gesang?«

»Ihre Füße! Ihre Füße!«

»Wie bitte?«

»Wissen Sie, die Fußspuren der Vögel sind wie Hieroglyphen. Natürlich ist uns der Zugang zu diesem Geheimnis verwehrt. Wenn einer von uns beiden einen Vogel herumhüpfen sieht, was denken wir dann, was sie da tun?«

»Sie hüpfen herum?«

»Genau. Aber für einen anderen Vogel bedeutet es etwas völlig anderes.«

Ich glaube nicht, dass ich das noch lange ertragen kann, dachte Rosa und sah erleichtert, dass der Zeiger der Studiouhr auf fünf vor zwölf vorrückte. Sie wechselte einen Blick mit Louise, die ihre peruanischen Wollsocken ausgezogen hatte, sie sich über die Hände stülpte und damit über dem Kopf einen wilden Ohrentanz veranstaltete. Irgendwie gelang es Rosa, sich das Lachen nicht anmerken zu lassen.

»Aber die Menschen benutzen ebenfalls Signale. Ihre Körpersprache.«

»Menschen sind hinterhältig und betrügerisch, Mrs. Gilmour. Ihre Körpersprache, wie Sie so grob sagen, benutzen sie nicht nur, um ihre wahren Gefühle darzustellen, sondern auch, um die anderen Menschen zu täuschen.«

»Lesen alle Vögel gegenseitig ihre Signale?«

Eine lange Denkpause. Dann sagte er betrübt, als habe diese Entdeckung ihn einen Teil seines Lebens gekostet: »Ich fürchte, nein. Wissen Sie, das ist auch nicht nötig. Aber es ist eine schöne Vorstellung, nicht wahr? Nein. Ein Vogel kann nur die Fußspuren seiner eigenen Artgenossen lesen. Jedes weitere Wissen wäre überflüssig, und wie wir wissen, verabscheut unser Schöpfer jegliche Verschwendung.«

Das ist Meinungssache, dachte Rosa, als die Kontrolllampe aufleuchtete. Sie betätigte den Schalter.

Louise meinte: »Noch einen Anruf.«

»Die Sendung ist gleich zu Ende.«

»Er sagt, er wolle sich kurz halten.«

»Das wird er wohl müssen. In Ordnung – stell das Gespräch durch.«

Rosa bedankte sich beim Vogelmann und blendete ihn aus. Sie nahm den letzten Anrufer auf ihre Leitung. Eine sanfte, höfliche Stimme. Fast zu höflich. Farblos, aber voll scheuer Beharrlichkeit. So viele Hörer hatten eine ähnliche Stimme. Die Tatsache, dass sie nichts Originelles oder nur wenig Interessantes zu sagen hatten, hielt sie allerdings nicht davon ab, sich in die Sendung einzuschalten. Sie belästigten die Telefonmädchen so lange mit Anrufen, bis diese sie durchstellten, boten ihre Feld-Wald-und-Wiesen-Vorurteile und fadenscheinigen Clichés dann mit einer Überzeugungskraft dar, die Rosa die ersten Male als rührend empfunden hatte.

»Die Leitung ist jetzt frei.«

»Es geht ... um einen Todesfall.«

Rosa gelang es gerade noch, ein gereiztes »Tsk« zurückzuhalten. Erst vor einigen Wochen hatte sie eine Sendung über Trauerfälle gemacht; wieso hatte er da nicht anrufen können? Sein Satz rief eine Pawlowsche Reaktion hervor: Informationen über verschiedene Hilfsorganisationen schicken, vielleicht die Samariter vorschlagen, die üblichen Fragen stellen. Entsetzt wurde sie sich plötzlich ihrer Kategorisierungen bewusst. Wo war ihr Mitleid geblieben?

»Das tut mir Leid. Jemand, der Ihnen nahe gestanden hat?«

»Nein. Nichts Persönliches.«

Eine merkwürdige Stimme. Nicht natürlich. Die Worte waren ein wenig zu vorsichtig gesetzt, und sie hörte einen Londoner Akzent heraus, von dem sie vermutete, dass er gewöhnlich sehr viel stärker war. Eine künstliche Stimme also, aber sie würde nie erfahren, ob er sie nur für den Anruf angenommen hatte oder ob sie ihm zur zweiten Natur geworden war. Zudem kam sie ihr bekannt vor.

»Ich verstehe nicht ganz. Geht es um einen Zeitungsartikel, der Sie erschüttert hat? Um einen Mordbericht? Um einen Vorfall in Nordirland?«

»Oh, ich bin ganz und gar nicht erschüttert.« Jetzt konnte sie das Lachen hören, das hinter seinen Worten lag, hervorzubrechen und sie zu zerstören drohte.

Sie fragte schroff: »Warum rufen Sie dann überhaupt hier an?«

Aus den Augenwinkeln sah sie, wie Duffy, der im Kontrollraum wartete, sich neben Louise stellte. Sie spürte, dass beide sie ansahen.

»Ich hab' mir nur gedacht ... da der Tod noch nicht eingetreten ist ... sollte ich es jemandem erzählen.«

Rosa seufzte. Das war bestimmt nicht ihr bester Tag. Sie hatte kaum ihr zweites Frühstück verdaut und schon etliche unsinnige Anrufe erhalten.

»Wollen Sie damit sagen, dass Sie eine Art Hellseher sind?«

»Hab' ich das etwa gesagt?«

»Bis jetzt haben Sie so gut wie nichts gesagt.« Rosa wusste, wie gereizt sie klang. Ja – offensichtlich hatte sie es satt. Wenn sie so schnell die Geduld verlor, wurde es Zeit, vom Karussell abzuspringen. »Und jetzt bleiben Ihnen weniger als fünfzig Sekunden, um loszuwerden, was Ihnen auf dem Herzen liegt.«

»Sehen Sie, ich muss jemanden umbringen. Das ist alles, was ich Sie wissen lassen wollte.«

Rosa setzte sich auf. Ihre Ungeduld war verflogen. »Wie bitte?«

Louise hatte sich erhoben und stand vorgebeugt mit den Händen auf der Kontrolltafel. Duffy, der direkt hinter ihr stand, rührte sich nicht, hatte seinen Blick aber mit der Aufmerksamkeit eines Apportierhundes auf Rosa gerichtet. Ein Gefühl von angespannter Aufmerksamkeit schien die drei zusammenzuschweißen. Rosa bedeutete Louise wortlos, ihn am Apparat zu halten.

»... da Sie davon betroffen sind ...«

Louise unterbrach die Studioleitung und zeigte Rosa mit

dem Daumen an, dass sie ihn noch am Apparat hatte. Der große Zeiger sprang auf zwölf Uhr, und Rosa begann, sich von ihren Hörern zu verabschieden, wusste aber, dass sie Unsinn redete. Mit dem Nachrichtentext in der Hand verließ Duffy den Kontrollraum.

»... das war's für heute von *Rosas Karussell*... bis Freitag ... falls ich dann noch lebe ... Tschüs, sagt Ihre ...«

Louise ließ den Musikabspann laufen. Rosa nahm ihre Kopfhörer ab und gab sie an Duffy weiter, der sich jetzt in ihren Sessel gleiten ließ und fragte: »Was wirst du jetzt tun?«

»Ich weiß es nicht.«

Was sollte sie tun? Ohne Eile ging sie auf den Kontrollraum zu. Die Aufregung ließ schnell nach. Sie war allein durch die Erstmaligkeit des Vorfalls hervorgerufen worden, wie sie jetzt erkannte. Das Team, das in der Telefonzentrale die Anrufe entgegennahm, hatte bislang die Verrückten und die komischen Käuze herausgefiltert, und sie (mit Ausnahme des Vogelmanns) nicht in die Studioleitung gelassen.

Louise hielt ihr den Hörer entgegen, wobei sie sich bedeutsam an die Stirn tippte. Rosa zögerte. Ihre Abneigung gegen die Fortsetzung des Gesprächs war rein instinktiv. Sie lag in dem natürlichen menschlichen Impuls begründet, sich von jeglicher Deformation abzuwenden, war dem Wunsch verpflichtet, Gedanken- und Verhaltensmuster, die sich auf so vollkommen unverständliche Weise von den eigenen unterschieden, nicht anzuerkennen. Aus Vernunftsgründen würde sie das Gespräch doch fortsetzen. In den letzten zwei Jahren war sie gut dafür bezahlt worden, sich als eine aufmerksame Gesprächspartnerin mit einem offenen Ohr für die Sorgen ihre Mitmenschen zu präsentieren. Und diese Grundvoraussetzung hatte sie nie in Frage gestellt. Trotz der unvermeidlichen Unannehmlichkeiten mit einigen ihrer Hörer hatte sie nie das Gefühl gehabt, das Geld zu Unrecht angenommen zu haben.

Aber war sie je darum gebeten worden, irgendwelche Verpflichtungen einzugehen? Es lag in ihren Händen, wie lang die Anrufe waren, denn sobald sie genug hatte, blendete sie die Leute aus. Konnte man das als einfühlsam bezeichnen? Jetzt bot sich die Gelegenheit, einem anderen Menschen tatsächlich zu helfen. Statt einfach die vorgedruckten Antwortbriefe auf die Post zu bringen oder weiterführende Adressen zu nennen, könnte sie ihm eine Weile zuhören und versuchen, ihn zu verstehen.

Doch ihre instinktive Abneigung ließ sich nicht unterdrücken. Als sie den Hörer entgegennahm, zitterte sie am ganzen Körper, überkam sie ein ungutes Gefühl.

»Hallo? Sind Sie noch am Apparat?«

»Oh, ja.« Seine Stimme war wie Samt. Als fließe durch die Leitung Öl in ihr Ohr. Sie wusste, dass sie einen Fehler gemacht hatte. Indem sie das Gespräch mit ihm fortsetzte, ihn ernst nahm, regte sie ihn zu weiteren Fantasien an. Wäre es ein obszöner Anruf gewesen, hätte sie nicht mit ihm gesprochen. Und was konnte obszöner sein als der Gedanke, einem anderen Menschen absichtlich das Leben nehmen zu wollen?

»Ich würde Ihnen gern behilflich sein … wenn ich das überhaupt kann.«

»Oh, das können Sie.«

Er lachte. Es war ein schreckliches Lachen. Unschuldig und fröhlich wie das eines Kindes. Louise, die sie beobachtet hatte, stand auf und deutete an, ihr den Hörer aus der Hand zu nehmen, doch Rosa winkte ab. Sie spürte, wie sich hinter ihr die Tür öffnete und Duffy in den Raum trat. Sie sagte:

»Und wie? Würde es Ihnen helfen, ein bisschen darüber zu reden?«

»Ich wüsste nicht, warum wir uns nicht ein bisschen unterhalten sollten. Fürs Erste.«

Rosa schnürte sich die Kehle zusammen. »Was meinen Sie damit … fürs Erste?«

Duffy sprang vor und nahm ihr den Hörer aus der Hand, bevor sie ihn abhalten konnte. »Hören Sie. Es gibt Spezialisten, die Leuten wie Ihnen weiterhelfen können. Geben Sie uns Ihren Namen und Ihre Adresse, und wir werden Sie an jemanden weiterleiten.« Alle hörten das Klicken, als die Leitung unterbrochen wurde. »Vielen Dank für Ihren Anruf.«

»Das hättest du nicht tun sollen, Duffy.«

»Sieh dich doch an. Weiß wie die Wand. Ich kann nicht einfach dastehen und zusehen, wie du dir diesen ganzen Unsinn anhörst.«

»Vielleicht hätte ich ihm helfen können.«

»Unsinn – er ist ein Spinner. Wenn er tatsächlich Hilfe wollte, würde er zu einem Arzt gehen. Sich nicht hier melden, um dich zu quälen. Wie zum Teufel ist er überhaupt durchgekommen?«

Louise erwiderte: »Er ist sehr geschickt vorgegangen. Dem Mädchen, das die Anrufe entgegennimmt, hat er erzählt, er würde eine Encounter-Gruppe leiten, die sich auf wortlose Kommunikation spezialisiert hätte. Kurz vor Ende der Sendung hat sie vollkommen aufgelöst bei mir angerufen. Sie hat Angst, ihren Job zu verlieren.«

»Ich werd' zu ihr gehen und mit ihr reden. Es wird schon alles in Ordnung kommen.« Rosa klang zuversichtlicher, als sie sich fühlte.

»Ich wette, Toby meint nicht, dass alles in Ordnung ist.«

»Um Himmels willen, Louise. Das ist das erste Mal, dass so ein Anruf durchgestellt worden ist. Für menschliches Versagen muss doch selbst Toby Verständnis haben.«

»Bevor du Fiona erzählst, dass sie sich um ihren Job nicht zu sorgen braucht, würde ich an deiner Stelle erst mit ihm reden.«

Duffy nahm Rosa am Arm. »Ich hab' das Gefühl, ihr macht euch Sorgen über nichts und wieder nichts. Aber lass uns sehen, wie die Sache steht.«

Sobald sie auf den Flur kamen, war klar, dass die Neuigkeit bereits die Runde gemacht hatte. Alle Mitarbeiter, denen sie begegneten, sahen Rosa neugierig an; einige Sekretärinnen, die vor dem Aufzug standen, unterbrachen ihr Gespräch, sobald sie sie sahen. Einer der Reporter steckte gleich neben Toby den Kopf aus der Tür, hielt sich die Hand an die Kehle, verdrehte die Augen und gurgelte: »Ich will jemanden umbringen, Schätzchen ...«

»Du machst dich, Colin«, kommentierte Duffy, als sie die Tür passierten. »Für einen Moment hast du richtig menschlich ausgesehen.«

Rosa lächelte Duffy an – oder versuchte es zumindest. Sie klopften an Tobys Tür.

»Herein.«

Noch bevor sie im Zimmer stand, war Toby aus seinem Stuhl aufgesprungen und kam auf sie zugerannt. Er strahlte.

»Meine Liebe – da bist du ja endlich. Mach's dir bequem. Wie ich sehe, hast du einen aus deiner Gefolgschaft mitgebracht. Mach dich davon, Duffield.«

Duffy nahm Platz. Toby führte Rosa zu seinem großen Ledersofa. »Komm und mach's dir auf meiner Besuchercouch bequem. Möchtest du einen Drink?«

Rosa war verwirrt und misstrauisch. »Wieso?«

»In Ordnung.« Toby sprach über die Schulter, ohne Duffy anzusehen. »Mach dich ein bisschen nützlich. Im Kühlschrank sind ein paar Gläser. Mach den Sancerre auf. Zwei große, bitte.« Als Duffy den Wein entkorkte, fuhr er fort: »Hör zu, Süße. Ich glaub', wir sind hier einer großen Sache auf der Spur. Die Zentrale kann sich vor makabren Anrufen kaum retten. Hast du nach der Sendung mit dem Kerl geredet?«

»... Ja ...«

»Was hat er sonst noch gesagt?«

»Er hat nur wiederholt, was er in der Sendung bereits gesagt hat.« Rosa brachte es nicht über sich, seine Worte wiederzugeben. »Dann hat er gesagt, ich könnte ihm helfen.«

»Großartig! Genau das wollte ich hören.« Duffy reichte Rosa ein Glas. »Wirst du mit ihm Kontakt halten?«

»Ich weiß nicht. Duffy hat mir den Hörer aus der Hand genommen, und er hat sofort aufgelegt.«

»Du blöder Hund. Was musst du dich auch immer einmischen?« Toby wandte sich mit hochrotem Kopf der Getränkebar zu. »Hey! Was zum Teufel hast du da zu suchen?«

»Ich trink' meinen Wein.« Duffy senkte sein Glas und sah ihn enerviert an.

»Die beiden Gläser waren für Rossi und mich bestimmt!«

Rosa hasste es, wenn er sie Rossi nannte. Gewöhnlich folgten darauf nichts als Unannehmlichkeiten.

»Jetzt pack dich aber.«

Duffy schenkte ein drittes Glas ein. »Warum diese schrecklich gute Laune, Toby? Warum diese scheußliche Grimasse, die für ein Grinsen herhalten muss?«

»Nimm dir nicht zu viel raus, Duffield. Sportreporter gibt's wie Sand am Meer, hörst du. Karrieresüchtige Sportlehrer... Unkultivierte Stammtischstrategen mit dem Verstand eines Kängurus.«

Neben seiner Arbeit beim Rundfunk schrieb Duffy für eine anspruchsvolle Sonntagszeitung, und er hatte Chancen, zum Sportreporter des Jahres gewählt zu werden. Beide wussten, dass ihm sein Arbeitsplatz sicher war. Jetzt zog er den zweiten Stuhl zu sich heran und stellte die Flasche auf den Schreibtisch. Toby ignorierte ihn.

»Verstehst du denn nicht, meine Liebe, wie solch ein Vorfall die Einschaltquoten in die Höhe treibt.«

Duffy gab ein angeekeltes Grunzen von sich. Rosa sah Toby erst verwirrt, dann ungläubig an.

»Aber Toby, wenn ich dich richtig verstanden habe, kannst du nicht meinen, was du da sagst.«

»Wieso kann er das nicht?«

»Blas dich nicht so auf und tu, als wüsstest du von nichts. Dies ist ein knallhartes Wettbewerbsgeschäft, und es hat keinen Zweck, das abzustreiten. Wir stehen in Konkurrenz zu Radio London und Capital, von der guten alten BBC ganz zu schweigen; tu nicht so altjüngferlich und zeig's ihm.«

»'ne alte Jungfer würde kaum –«

Toby ging über Duffys Zwischenbemerkung hinweg. »Aus dieser Sache können wir wirklich etwas machen, Rossi. Okay – wenn's hart auf hart kommt, wird dieser Kerl wahrscheinlich gar nicht in der Lage sein, jemanden umzubringen.« Toby klang wirklich betrübt, fast bekümmert. »Aber wenn wir ihn dazu bringen, dich wieder anzurufen, können wir daraus wirklich was machen. Ich hab' mich schon mit der Presseabteilung in Verbindung gesetzt.«

»Großartig. Wenn's an der Zeit ist, können wir ihn ja bitten, ins Studio zu kommen. Vielleicht erklärt er sich ja bereit, sein Opfer zu erwürgen, während die Sendung läuft.«

»Wenn du schon darauf bestehst, dich hier ungebeten festzusetzen, Duffy, dann versuch wenigstens, ein paar praktische Vorschläge zu machen.«

»Oh – ich hab' nicht gemeint, dass wir ihn sein Werk vollenden lassen sollten. Nur ein oder zwei Gurgellaute, dann stürmen die Keystone-Cops das Studio und halten ihn zurück. Auf dem Bildschirm würde das natürlich noch besser wirken.«

Toby, der dreinblickte wie ein Engel, dessen Geduldsgrenze überschritten ist, wandte sich wieder an Rosa: »Ich hab's nicht selbst gehört, Rossi ... wie immer Arbeit bis zum Geht-nicht-Mehr –« Er strich sich mit der Hand über die Stirn. Duffy grinste hämisch. »Aber meine Sekretärin hatte die Lautsprecheranlage an und hat gemeint, es hätte sich ziemlich ... na ja ... persönlich angehört. Was hat er eigentlich genau gesagt?«

»Dass er jemanden umbringen müsste und mich das wissen lassen wollte.«

»Ich frag' mich, wieso er gerade auf dich gekommen ist.«

»Er ist ein Fall für den Psychiater«, meinte Duffy. »Er ist nur durch Zufall auf sie gekommen.«

»Er hat gesagt, ich wäre persönlich davon betroffen.«

»Er versucht, dir Angst einzujagen, Rosa. Dieser verdammte Wichser!«

»Moment mal... wenn überhaupt jemand, dann entscheide ich, wer sich hier einen abwichst.« Toby, der spürte, dass seine Autorität zu schwinden begann, sah beiden abwechselnd fest in die Augen. »Was hat er hinterher gesagt? Bevor dieser vorwitzige Clown hier ihn abgewimmelt hat?«

»Ich hab' ihn gefragt, ob es helfen würde, wenn er ein bisschen darüber redet –«

»Gut! Braves Mädchen!«

»– und da hat er gemeint, es würde ihm nichts ausmachen, sich fürs Erste ein bisschen mit mir zu unterhalten.«

»Fürs Erste? Das klingt viel versprechend.«

Duffy stand abrupt auf, zögerte einen Moment, schenkte dann Wein nach. »Du bringst mich zum Kotzen.«

»Also hängt alles davon ab, dass er weitermacht. Und ich bin mir sicher, dass er nicht aufgibt. Vor allem, wenn die Presseabteilung aktiv geworden ist. Diese Idioten lieben es, sich wichtig zu machen und im Mittelpunkt zu stehen. Du wirst schon sehen, er wird sich nicht aufhalten lassen.«

Rosa fuhr zusammen. Dann fiel ihr etwas ein. »Ich frage mich, ob die Karte etwas damit zu tun hat, die ich neulich bekommen habe.«

»Was? Welche Karte?«

Rosa beschrieb die Beerdigungskarte und die Nachricht, die darauf gestanden hatte. Toby reagierte sofort. »Da haben wir's. Mein Gott, der Mann ist ein Künstler. Geh und hol sie her, Rosa – ich will sie mir ansehen.«

»Na ja … Ähem …«

Duffy sagte: »Ich hab' sie zerrissen.«

»*Du hast was?* Jetzt reicht's aber.« Toby stand auf, ging schwerfällig zum Fenster und zeigte verletzt, aber bebend vor Wut auf seinen leeren Stuhl. »Vielleicht möchtest du ja dort Platz nehmen und den Laden schmeißen.«

»Das sollte tatsächlich jemand tun.« Duffy ging zu Rosa hinüber. »Komm, Rosetta.« Er nahm sie am Arm.

»Ich bin noch nicht ganz fertig.«

»Was gibt's jetzt denn noch zu besprechen? Bis er sich wieder meldet, können wir ohnehin nichts unternehmen. Und es hat keinen Zweck, das Ganze endlos durchzukauen. Siehst du denn nicht, wie sehr du sie aufregst?«

»Leute mit einem empfindlichen Gemüt sollten lieber nicht Reporter werden.« Dann, als er Duffys veränderten Gesichtsausdruck sah, lenkte er ein: »Okay. Okay. Lass es gut sein.«

Duffy sah über die Schulter zurück, als sie das Büro verließen. Toby, der wieder hinter dem Schreibtisch Platz genommen hatte, sah aus wie ein unbekannter, wenig erfolgreicher Schauspieler, dem soeben die Hauptrolle in einem Spielberg-Film angeboten wurde. Er würde nicht so schnell lockerlassen. Duffy wiederum hoffte, dass der Mann nicht wieder anrufen würde.

»Mom?«

»Hm?«

»Wenn du Guy oder mich weggeben müsstest, für wen würdest du dich dann entscheiden?«

Rosa wünschte sich, dass Leo sich etwas mehr oder überhaupt am morgendlichen Ritual beteiligen würde. Sie musste sich ohnehin schon darum kümmern, dass das Frühstück zubereitet und serviert würde, die Kinder die richtigen Schulbücher mitnahmen und ihre Kleidung einigermaßen in Ordnung war, und jetzt sollte sie zusätzlich noch unsinnige Fragen beantworten. An diesem Morgen war irgendetwas anders als sonst. Obwohl alles so normal zu sein schien. Die Kinder konnten sich nicht entscheiden, ob sie kichern oder quengeln sollten. Die *Times* war aufgeschlagen und kam somit ihrer üblichen Abschirmungsfunktion nach. Das Durcheinander auf dem Tisch unterschied sich nicht von anderen Tagen. Madgewick räkelte sich majestätisch in seinem Körbchen neben der Anrichte. Man kam sogar in den Genuss einer blassen Novembersonne, die dem Geschirr auf der Anrichte einen kühlen Glanz verlieh. Aber all dies hatte nicht die übliche Wirkung auf Rosa. Statt ihr, wie üblich, als Sprungbrett für ihren Tag zu dienen, begannen Leos Gleichgültigkeit und das Gezänke der Kinder sie zu reizen.

»Wie kommst du darauf?«

Kathy erwiderte: »Wir alle fragen unsere Eltern danach. Ich hätte dich schon gestern fragen sollen, aber ich hab's vergessen.«

»Ich würde mich nicht entscheiden können. Ich hab' euch beide gleich gern.«

»Das sagen alle Eltern. Außer Francescas.«

»Und was haben ihre Eltern gesagt?«

»Sie haben gesagt, sie würden sich für Francesca entscheiden, denn sie hätten sie viel lieber als ihren großen Bruder oder das neue Baby oder alle anderen Kinder auf der Welt.«

Rosa lächelte. »Haben sie das wirklich gesagt?«

»Aber keiner hat ihr geglaubt. Sie erzählt immer solche Lügen.« Kathy sah Guy herausfordernd an, doch der füllte auf dem Cornflakespaket einen Bestellschein aus und hörte nicht zu. Rosa fragte sich, welche Werbesendung demnächst im Briefkasten sein und auf dem Berg landen würde, den die vier Wände seines Zimmers gerade noch fassen konnten. Zum ersten Mal fühlte sie sich nicht veranlasst nachzufragen.

»Vergiss nicht, einen Apfel mitzunehmen.«

Die Kinder rutschten von ihren Stühlen. Der von Kathy schabte über die gelbbraunen Fliesen. Die *Times* wurde auf halbmast, dann zögernd auf Tischhöhe gesenkt. Leo nahm die Zeitung nie mit zur Arbeit. Während des Tages hatte er keine Zeit zum Lesen, und Rosa hatte den Verdacht, dass er oft ohne Mittagessen bis zum Abend durcharbeitete. Wenn er dann nach Hause kam, war er zu müde, um etwas anderes zu tun, als sich zu entspannen, zu essen und sich auf halbherzige Weise mit den Kindern zu unterhalten. Sie verhielt sich also ziemlich selbstsüchtig, wenn sie ihm die relativ ruhige Zeitungslektüre am Frühstückstisch missgönnte. Aber sie wollte, dass er spürte, wie anders dieser Morgen war. Er sollte wissen, dass nicht alles in Ordnung war.

Jetzt beugte er sich über sie und küsste sie zwischen Augenbrauen und Ohr. »Fährst du heute zum Sender? Oder ist Michael Kelly an der Reihe?«

»Ich bitte dich, Leo.« *Rosas Karussell* lief jetzt bereits seit zwei Jahren, und er hatte immer noch keine Ahnung, wie ihre Woche eingeteilt war. »Mittwochs bin ich nie beim Sender.«

»Schon gut. Tut mir Leid.« Er hockte sich, sodass ihre Gesichter auf gleicher Höhe waren. »Was ist los mit dir?«

Offensichtlich hatte er ihre Unterhaltung von gestern Abend vollkommen vergessen. Sie hatte gewartet, bis die Kinder im Bett waren und den Anruf erst erwähnt, als er auf der Couch schon fast eingeschlafen war. Den ganzen Abend hatte sie daran gedacht, und das schien ihre Angst so gesteigert zu haben, dass sie völlig angespannt war, als sie das Thema aufbrachte. Leos Antwort hatte sie schockiert, obwohl ihr gesunder Menschenverstand ihr sagte, dass sie hätte beruhigt sein sollen. Er hatte fast beiläufig reagiert.

»Du hättest halt nicht berühmt werden sollen, Liebling.« Ein kurzer, zärtlicher Kuss. »Mach dir keine Sorgen. Wahrscheinlich meldet er sich jeden Tag bei einer anderen Berühmtheit. Weißt du – montags ist halt Gilmour dran.«

»Es war nicht am Montag!«

Leo schwang die Füße vom Sessel, stand auf und zog sie an sich. Er strich ihr Haar zurück und fuhr mit dem Finger die angespannten Falten auf ihrer Stirn und ihren Schläfen nach. »Du bist vollkommen aufgelöst. Ich mach' dir einen Drink. Vorm Schlafengehen sollte man nicht weinen.«

Sie hatten aneinandergeschmiegt in ihrem großen, weichen Bett gesessen, Kakao getrunken, sich dann langsam und zärtlich geliebt, und die Welt hatte sich verflüchtigt, wie es in Leos Armen immer geschah. Danach war sie in einen traumlosen, zufriedenen Schlaf gesunken, nur um mitten in der Nacht aufzuwachen und auszurufen: »Leo, wir sind in Sicherheit, oder? Was immer auch geschieht, wir sind in Sicherheit?«

Er hatte nicht die Augen geöffnet, sondern seinen Arm um ihre Schultern geschlungen, und den Rest der Nacht hatte sie mit dem Kopf auf seiner Brust, unangenehm träumend, vor sich hin gedöst.

Jetzt erwiderte sie in Antwort auf seine Frage: »Nichts, Liebling. Ich bin nur ein bisschen müde.«

Als er zusammen mit den Kindern, die die Treppe hinunter gepoltert kamen, das Haus verlassen hatte, nahm Rosa den Kaffee mit in ihr Arbeitszimmer. Sie wollte sich dort in Sicherheit bringen, bevor Mrs. Jollit eintraf. Zwischen ihnen galt es als abgemacht, dass sie dann arbeitete und nicht gestört werden wollte. Sie setzte sich an den Schreibtisch und sah ihre Notizen vom Vortag durch. Sie hatte bereits drei Seiten gelesen, als ihr auffiel, dass sie nichts davon behalten hatte. Deshalb schob sie die Arbeit beiseite.

Im ganzen Raum verteilt stapelten sich auf verschiedenen Stühlen Textilmuster, Farbtabellen, Tapeten- und Teppichbücher. Sie ging zum nächstgelegenen Stapel und sah sich die Vorhangskollektion von Warner an. Eigentlich hatte sie das nicht vorgehabt. Sie wollte schreiben; sich in die vernünftige, aufgeklärte Welt des achtzehnten Jahrhunderts hineinversetzen, doch sie konnte sich nicht konzentrieren. Die disziplinierte Energie, auf die sie sich sonst so mühelos und unhinterfragt verließ, wollte sich heute nicht einstellen.

Sie stand am Fenster und blätterte durch die Baumwoll- und Chintzmuster. Sie hielt sie gegen das Licht, um zu sehen, wie die Farben bei Tageslicht wirkten. Am besten gefiel ihr ein Stoff mit großen Blumentupfern. Kräftige, leuchtende und aggressive Farben. Sie hatte genug von den zarten Farben und den kleinen, süßen Müsterchen. Sie nahm ein paar Farbproben in die Hand. Das zarte, hochglänzende Mimosengelb gefiel ihr besonders gut. Sie wollte einen Sofabezug aus einfarbigem Segeltuch und Massen von Kissen in leuchtenden Farben. Mit bestickten Hüllen oder Gobelinbezügen, oder sollte sie sich für diese hübschen Applikationen aus wattierten Satinwolken und kleinen, lustigen Schäfchen entscheiden? Ja. »Raff dich auf, Gilmour«, sagte sie sich und begann nach dem Bandmaß zu suchen.

Unten hörte sie das Schlagen der Haustür. Mrs. Jollit. Rosa stand auf einem Stuhl, um den Faltenwurf des Vorhangs auszumessen. Auf einem Stück Papier notierte sie sich die Maße. Aus der Küche drangen klappernde Geräusche, ein Knall und dann eine schrille Sopranstimme, die der Welt verkündete, dass die Sängerin es auf ihre Weise machte.

Rosa wandte sich wieder den Wandfarben zu. Weiß würde zu kalt wirken, andererseits müsste die Farbe wegen der gelblackierten Tür, der Holzarbeiten und des Vorhangs, den sie ausgewählt hatte, ziemlich dezent sein. Grautöne kamen aus demselben Grund nicht in Frage. Vielleicht ein helles Braun … oder Eierschale. Ocker wäre zu dunkel, blassgelb zu gewöhnlich, und die Wandflächen waren ein wenig zu groß, als dass Beige gewirkt hätte. Schließlich entschied sie sich für Eierschale mit einem Stich Gelb. Ihre bedrückte Stimmung ließ fast unmerklich nach. Jetzt zum Teppich.

Das Dunkelbraun des jetzigen Teppichbodens war viel zu bedrückend. Zunächst hatte sie Grün ins Auge gefasst, entschied dann aber, dass es zusammen mit den Blumen und den Wänden den Eindruck erwecken könnte, als arbeite man in einem öffentlichen Park. Es gab da ein helles Schokoladenbraun mit cremefarbenen Tupfen. Aus einem tweedähnlichen Material. Sie kniete sich und maß den Boden aus. Obwohl sie alles bestellen müsste, und es zweifellos Wochen dauern würde, bis das Material einträfe, hatte sie zumindest einen Anfang gemacht.

Die Vorhänge hätte sie telefonisch bestellen können, doch sie beschloss, zur Designer's Guild zu fahren und gleichzeitig die Muster zurückzugeben. Auf dem Rückweg könnte sie dann Farbe kaufen. In ihrem großen Adressbuch müsste die Telefonnummer eines freischaffenden Designers und dessen Tochter stehen, die im vergangenen Sommer das Obergeschoss des Nachbarhauses perfekt gestrichen hatten. Wahrscheinlich waren sie für die nächsten Monate bereits ausgebucht, aber es war einen Versuch wert.

Sie setzte sich an ihren Schreibtisch, holte das Buch aus der Schublade, schlug es bei M, dann bei D auf und suchte schließlich unter F – Freischaffend – nach. Sie hatte kein Glück. Wahrscheinlich hatte sie ihn dummerweise unter seinem Namen eingetragen, den sie natürlich prompt vergessen hatte. Sie seufzte. Es war ein dickes Buch, in dem sie jede Adresse und Telefonnummer verzeichnet hatte, die ihr je von Nutzen sein könnte. Freunde (diese Eintragungen gingen Jahre zurück), Verwandtschaft, Geschäftsadressen. Sie fing auf der ersten Seite an und war gerade bis Arundell (Fran) gekommen, als das Telefon klingelte. Mist. Nun kam sie Mrs. Jollit nicht mehr aus. Sie lief nach unten.

»Hallo, Rosa.« Sie schwieg, konnte nicht antworten. »Es war gestern nicht besonders nett von dir, das Gespräch zu unterbrechen.«

»Das stimmt nicht – das war nicht ich.«

Es freute sie, dass ihre Stimme so ruhig klang. Nichts darin ließ auf den Aufruhr schließen, der in ihrem Magen herrschte. Oder darauf, als wie viel bedrohlicher sie es empfand, mit ihm zu reden, wenn sie allein war.

Was hatte sie gestern beschlossen? Dass sie versuchen würde, ihm zu helfen? War das nicht ihre Aufgabe? Aber was konnte sie schon tun? Psychisch gestörte Menschen brauchten professionelle Hilfe. Und Duffy hatte gemeint, dieser Mann hätte zum Arzt gehen müssen, wenn ihm tatsächlich an Hilfe gelegen wäre. Aber vielleicht hatte sein Arzt ja kein Verständnis für seine Probleme, und es fiel ihm leichter, mit einer Fremden darüber zu reden. Währenddessen hatte der Wortschwall am anderen Ende der Leitung nicht aufgehört. Sie konnte nicht einmal die einzelnen Silben unterscheiden.

Der weiße Hörer drohte ihr aus der Hand zu rutschen. Gelegentlich drang eine Phrase durch den Nebel an ihr Ohr: »Dienst an der Menschheit … eine absolute Null … Dinge in Ordnung bringen …«

Und dann das erste Anzeichen dafür, dass wieder Leben in sie kam: ein Prickeln in den Fingerspitzen. Sie knallte den Hörer auf die Gabel und ging in ihr Arbeitszimmer zurück, ohne auf den Ruf aus dem Erdgeschoss zu achten, der wohl so viel wie »Guten Morgen« heißen sollte.

Sie ging im Zimmer umher und griff hastig nach den Textilmustern und ihrer Handtasche. Sie musste an die frische Luft. Musste in Geschäfte gehen, mit ruhigen, vernünftigen Menschen ruhig über vernünftige Dinge reden. Wie viele Orangen machen ein Pfund, und ist das englische Lammfleisch schon ausverkauft? Guy brauchte unbedingt ein Paar graue Socken. Beim Griechen müsste es eigentlich frischen Koriander geben. Dann, auf ihrem Weg durch die Diele, hielt sie inne.

Er hatte sie zu Hause angerufen. Aber sie stand nicht im Telefonbuch. Wie leicht konnte man eine solche Nummer in Erfahrung bringen? Sie wusste, dass es Journalisten gelegentlich gelang, aber es war ihr nie in den Sinn gekommen, sie zu fragen, wie sie vorgegangen waren. Sie ging ins Wohnzimmer und nahm den Hörer von der Gabel, dies jedoch mit solchem Widerwillen, als sei er noch immer in der Leitung und warte auf ihre Stimme. Dann dachte sie, wie anfällig sie doch war. Sie hatte Angst, ihr eigenes Telefon zu benutzen. Sie wählte die Nummer der Auskunft, gab ihren Namen und ihre Adresse an und fragte nach der Telefonnummer. Nach einem kurzen Zögern sagte das Mädchen: »Tut mir Leid, aber diese Nummer darf ich Ihnen nicht geben.«

»Aber es ist wirklich dringend.«

»Ich fürchte, wir können Ihnen da nicht weiterhelfen.«

»Ich muss einfach mit Mrs. Gilmour sprechen. Es ist ungeheuer wichtig. Absolut unerlässlich.«

»Wir dürfen diese Nummer unter keinen Umständen herausgeben. Es tut mir Leid.«

»Nicht einmal an die Polizei?«

»Sind Sie von der Polizei?«

Rosa zögerte: »...Ja...«

»Wenn Sie mir Namen und Adresse geben, wird mein Vorgesetzter Sie zurückrufen.«

Rosa legte auf. Es war also nicht ganz so einfach. Sie fragte sich, ob der Mann ein Angestellter des Fernsprechamts sein könnte. Dieser Gedanke beruhigte sie ein wenig. Wenn sie ihn bei seinem nächsten Anruf dazu bringen könnte, seinen Namen zu nennen, würde man ihn auf jeden Fall ausfindig machen können.

Aber gleich darauf schoss ihr ein anderer Gedanke durch den Kopf. Wenn er ihre Telefonnummer wusste, kannte er sicherlich auch ihre Anschrift. Mit einem Frösteln wurde ihr bewusst, wie viel gefährlicher dieses Wissen war. Sie durchquerte den Raum und sah aus dem Fenster, trat aber hinter die Vorhänge, als sie merkte, wie exponiert sie dastand.

Doch es schien niemand auf der Straße zu sein. Langsam näherte sie sich wieder der Scheibe. Da war das übliche Gedränge der Wagen, die Stoßstange an Stoßstange geparkt waren, darunter ihr eigener Golf, der direkt unter dem Fenster stand. Die Bäume, deren volles Blätterdach vor einigen Monaten noch ein Gefühl der Geborgenheit vermittelt hatten, schienen sich jetzt mit ihren kahlen, windgepeitschten Ästen in den Himmel zu krallen. Sie sah, wie Jonathan Miller, ein großer, hagerer Mann, eingehüllt in Mantel und Schal aus seinem Haus trat. Als Nächstes kam ein Mann vorbei, der einen städtischen Müllkarren hinter sich herzog. Sie hatte fast erwartet, dass er hochblicken würde, und meinte, eine erste Hürde genommen zu haben, als er weiterging, im Rinnstein nach Abfall stocherte und um die Ecke verschwand.

Wieder klingelte das Telefon. Zwischen dem ersten Schellen und dem Augenblick, in dem sie eine halbe Minute später den Hörer abnahm, ging in Rosa eine Veränderung vor. Sie wurde wütend. Sie entwickelte einen Hass gegen diesen Unbekannten, der das ruhige Gleichmaß ihres Lebens zerstörte; der jedes konzentrierte Arbeiten unmöglich machte, und ihr, wie es schien, selbst das Vergnügen an ihrer Familie nahm. Sie ließ ihm nicht die Möglichkeit, auch nur ein Wort zu sagen.

»Hören Sie. Wenn Sie noch mal hier anrufen, benachrichtige ich die Polizei. Sie gehören in eine psychiatrische Klinik. Ich habe keine Lust, mir Ihre krankhaften Fantasien anzuhören, und es interessiert mich nicht, was in Ihrem kaputten Hirn abläuft. Leute wie Sie sollten eingesperrt werden. Lassen Sie mich in Ruhe, haben Sie verstanden? *Lassen Sie mich in Ruhe*.«

»... Rosa?«

»Oh, mein Gott.« Zitternd ließ sie sich in den Sessel fallen. Ihr Ärger war verflogen. »Duffy.«

»Was zum Teufel ist mit dir los?«

»Er hat wieder angerufen. Hier.«

»Wann?«

»Erst vor ein paar Minuten.«

»Was hat er gesagt?«

»Ich weiß es nicht.«

»Was soll das heißen, du weißt es nicht?«

»Ich glaube, ich hab' einfach abgeschaltet. Nur ein paar merkwürdige Phrasen … die hab' ich mitbekommen …«

Es trat eine Pause ein, dann sagte Duffy: »Was hast du jetzt vor?«

»… hm …, ich wollte mich in der Sloane Street nach einem Vorhang umsehen.«

»Ich wollte gerade zur Kasse gehen, um meine Spesen abzurechnen. Ich kann mir nichts Besseres vorstellen, als sie dafür zu verwenden, dich zum Essen auszuführen.«

Als sie wie gewöhnlich Einwände zu erheben begann, sagte Duffy: »Ich bitte dich nicht darum, Liebling, sondern es ist beschlossene Sache. Kennst du den Gay Hussar?«

»Ja.«

»Sei kurz vor eins da.«

»Hör zu, Duffy –«

»Es hat keinen Zweck, mit mir zu streiten.«

»Ich wollte gar nicht mit dir streiten. Ich wollte mich nur bei dir bedanken.«

»Und du tust gut daran. Bis dann. Oh, noch etwas, Rosa –«

»Ja?«

»Geh vorher noch zum Fernmeldeamt. Lass deine Nummer ändern.«

Das letzte Mal musste sie vor zehn Jahren im Gay Hussar gewesen sein, doch es schien sich nichts verändert zu haben. Duffy war bereits da, als sie eintraf. Sie nahm auf einem der gepolsterten Stühle Platz, blieb einen Moment mit geschlossenen Augen sitzen und lauschte auf das Klappern des Geschirrs, auf das Gewirr der Stimmen im Hintergrund und auf den Regen, der gegen die Scheiben klatschte. Duffy schwieg, bis sie die Augen öffnete, und dafür war sie ihm dankbar.

»Hallo.« Er schenkte ihr ein Glas Maygar ein. Er hatte eine goldgelbe, fast grünliche Farbe. Die mit dem kalten Wein gefüllten Gläser beschlugen sofort. »Ich habe Kirschsuppe bestellt.«

»Servieren sie immer noch Kirschsuppe?«

»Spezialität des Hauses.«

Das Restaurant machte einen gemütlichen, fast heimeligen Eindruck. Die Vorhänge schlossen das graue Herbstlicht aus, und etliche Kellner waren damit beschäftigt, dampfende Schüsseln auf schneeweiße Tischdecken zu stellen. Das Licht war gedämpft. Rosa sog genüsslich den Duft ihres Weins ein. Der erste Gang wurde serviert. Zunächst war sie ein wenig verwundert, dass Duffy an einem solchen Tag eine kalte Suppe bestellt hatte, doch die Kombination aus Kirschen und saurer Sahne schmeckte köstlich, und der leicht herbe Geschmack wurde durch den blumigen, honigähnlichen Wein abgemildert.

Duffy schien sich wohl zu fühlen. Sie war so daran gewöhnt, ihn in sportlicher Kleidung oder in Cordhose und Pullover zu sehen, dass ihr der dreiteilige Anzug mit den schmalen, grauen Nadelstreifen wie eine Art Offenbarung vorkam. Sein Hemd war aus weichem Baumwollmaterial und ebenfalls in einem blassen Ton gehalten. Sie konnte nicht entscheiden, ob es weiß oder grau war, und fragte ihn danach.

»Der Verkäufer bei Turnbull & Asser meinte, es wäre blau. Halt's also, wie du willst, mein Schatz.« Ein Lächeln überzog sein Gesicht, dessen hagere, gebräunte Wangenknochen durch das gedämpfte Licht weicher wurden.

Rosa lächelte zurück. »Ich hasse Nylonhemden, du auch?«

»Mein Gott, ja. Sie scheinen zu Netzunterhemden, Krawatten und Taschentüchern zu passen.«

»Und zu Männern, die zu Sandalen Socken tragen.« Doch hätte sie sich vorher jemals überlegt, welche Hemden Duffy trug, wäre sie davon ausgegangen, dass sie aus Nylon waren. Für einen alleinstehenden Mann waren sie praktisch, man brauchte sie nur mit der Hand durchzuwaschen und im Badezimmer zum Trocknen aufzuhängen. Vielleicht wohnte er nicht allein. Vielleicht gab es ein oder sogar mehr als ein Paar Hände, das nur allzu bereitwillig seine Turnbull & Asser-Hemden wusch und bügelte. Ihr wurde bewusst, dass sie für ihn kein Mitleid mehr empfand. Ein gefährliches Zeichen.

»Ich nehme Gulasch. Und du?«

»Ein Omelette, bitte. Während des Tages esse ich nie sehr viel. Wir essen ... na ja, später.« Plötzlich wurde sie schüchtern, als habe sie einen Fauxpas begangen, indem sie ihr Familienleben in die Unterhaltung einbezogen hatte.

Aber Duffy fragte nur: »Welches Omelette?«

»Ein Eieromelette.« Sie lachten beide herzlicher, als der schwache Witz verdient hatte.

Das Omelette, das dann serviert wurde, war üppig, locker und mit Mohn bestreut. Dazu aß sie einen Salat. Duffys Gulasch roch nach Paprika und zartem Fleisch und wurde mit Reis und Okra serviert. In freundlichem Einvernehmen begannen sie zu essen.

Nicht nur Duffys Kleidung war anders als sonst. Im Studio hatte sie immer das Gefühl gehabt, dass er sich in Pose warf. Den rauen, aber herzlichen Sportreporter spielte, der auf Rosa Gilmour ein Auge geworfen hatte. Es war ihr vorgekommen, als seien seine Annäherungsversuche und Einladungen zum Mittagessen lediglich ein Teil dieses Spiels gewesen. Jetzt hatte er diese Rolle abgelegt, und obgleich sie das grundsätzlich als angenehm empfand, war sie verwirrt. Sie stellte fest, dass sie begierig war, ihm Fragen zu stellen. Seinen Hintergrund auszuleuchten, von dem sie so wenig wusste, und herauszufinden, auf welchem Wege er zu City Radio gekommen war. Und wie seine Zukunftspläne aussahen.

Sie versuchte sich sein Zuhause vorzustellen. Wahrscheinlich lebte er in einer Appartementwohnung. Sie fragte sich, welche Bücher und Gemälde er wohl hatte – wenn überhaupt. Dann fiel ihr auf, wie herablassend dieser Zusatz war. Warum sollte ein Sportreporter keine Gemälde besitzen? Duffy war ein ausgezeichneter Journalist. Wahrscheinlich hatte er eine Bibliothek, die die ihre in den Schatten stellte. Vielleicht würde er sie nach dem Mittagessen bitten, mit in seine Wohnung zu kommen. Natürlich würde sie ablehnen. Sie hoffte, er würde ihr kein solches Angebot machen. Es war so angenehm, in ihm einen Freund und Verbündeten zu haben. Mit allem anderen wollte sie einfach nichts zu tun haben.

»Keine Angst.«

»Wie bitte?« Sie wurde rot.

»Du weißt, was ich meine.«

»Nein, wirklich nicht.«

»Komm schon, Liebling. Ich kann dich lesen wie ein offenes Buch. Schau her –« Er hob seine Hände auf Schulterhöhe und wandte ihr die Innenflächen zu. »Ich habe nichts zu verbergen.«

Sie lächelte. »Tut mir Leid.«

»Ich liebe dein Lächeln, Rosetta. Ich kann's nicht ertragen, wenn du mich mit diesem eiskalten Blick ansiehst.« Er unterbrach sich. »Haha.«

»Das tut weh.«

Er wechselte schnell und geschickt das Thema: »Du fragst dich sicher, wieso ich angerufen habe. Ich wollte mir von dir ein Band für meinen Kassettenrecorder stibitzen. Morgen früh bin ich mit dem Ü-Wagen auf der Oxford Street.«

»Gern. Solange du es zurückstellst.«

Duffy spielte die empörte Unschuld. »Ich hab' sie bislang immer zurückgestellt.«

»Duffy – du stellst sie *nie* zurück. Um welches Thema geht es denn?«

»Ladendiebstahl. Ich frag' die Leute, ob sie jemals in Versuchung gekommen sind. Ob es sie ärgert, dass sie mehr bezahlen müssen, um die Verluste auszugleichen. Das Übliche. Du solltest es mal versuchen.«

»Keine Angst. Ich versteck' mich lieber im Studio. Will mit der verrückten Menge da draußen nichts zu tun haben.«

Das war das Stichwort. Der perfekte Anlass, sich über den eigentlichen Grund ihres Zusammentreffens zu unterhalten. Rosa hätte ihn über ihre interessanten Überlegungen zu Duffys Persönlichkeit für einen Moment vergessen.

Er fragte: »Hast du deine Nummer ändern lassen?«

»Es ist in Bearbeitung. Bis dahin blockieren sie die Leitung. Es dürfte nicht mehr als ein oder zwei Tage dauern.«

»Großartig. Er wird sich nicht mehr während der Sendung melden – so viel ist sicher. Natürlich könnte er's wieder auf dem Postweg versuchen. Wir hätten den Umschlag von dieser grässlichen Karte behalten sollen. Dann würdest du seine Handschrift wiedererkennen und könntest die nächsten Briefe unbesehen in den Papierkorb werfen.«

»Aber wenn er jetzt an meine Privatnummer gekommen ist, wird er die neue wahrscheinlich auch herausfinden können.«

»Daran habe ich auch schon gedacht. Wer hat eigentlich deine Privatnummer?«

»Oh – ein paar gute Freunde. Die jeweilige Schule der Kinder, das St.-Thomas-Krankenhaus, Leos Eltern, meine Mutter. Das Studio, Sonia –«

»Ich will dich ja nicht entmutigen, aber das sind ziemlich viele Leute.«

»Aber die kommen ohnehin nicht in Frage. Könntest du

dir vorstellen, dass meine Mutter, die Gilmours oder selbst das Krankenhaus unsere Nummer an einen Fremden weitergeben?«

Vielleicht ist es gar kein Unbekannter, dachte Duffy, würde das aber um nichts in der Welt laut sagen wollen. »Bist du dir sicher, dass du dich an nichts von dem erinnern kannst, was er gesagt hat? Ich weiß, dass du nicht gern darüber redest, aber vielleicht fällt dir etwas ein, was uns weiterhelfen könnte.«

Sie wollte tatsächlich nicht darüber reden. Innerhalb von Sekunden kam es ihr vor, als würde sich das anzügliche Wispern durch das Restaurant schlängeln, die weißen Tischdecken beschmutzen und sich in das Lächeln der hinausgehenden Gäste schleichen.

»Er hat irgendetwas über den Mord an einem Landstreicher gesagt. Und dass viele Leute um ihn trauern würden.«

»Bist du dir sicher? Ich meine, das klingt nicht gerade stimmig.«

»Nein, ich bin mir nicht sicher!« Ihre Stimme wurde schrill und laut, klang verzweifelt. Die Leute am Nebentisch unterbrachen ihr Gespräch und starrten sie an. »Ich hab' versucht, nicht hinzuhören, ihm nicht meine ungeteilte Aufmerksamkeit zu schenken.«

»Ganz ruhig, Liebling.« Er streckte ihr seine Hand entgegen, und ohne nachzudenken, hielt Rosa sie fest.

»Ich habe Angst, Duffy.«

Er versuchte nicht, sie mit den banalen Sätzen zu beruhigen, die sie hören wollte: »Mach dir keine Sorgen« oder »Wahrscheinlich ist er vollkommen harmlos« oder »Es wird schon alles in Ordnung kommen. Ich pass' auf dich auf.« Er bedeckte einfach mit seiner freien Hand ihre ineinander verschränkten Hände.

»Ich weiß nicht, warum du dich so um mich kümmerst.« Sie wies auf den Tisch, meinte aber viel mehr als nur das Essen. Sie spürte einen Druck auf ihrer Hand, der so leicht war, dass sie sich hinterher fragte, ob sie sich ihn nur eingebildet hatte.

Dann sagte er: »Das weißt du genau, Rosa.«

Als sie sich gegen einen Kaffee entschieden hatte, winkte er dem Kellner, um zu bezahlen.

Als sie vor die Tür traten, schwand innerhalb von Sekunden das Gefühl der Geborgenheit und der Sicherheit. Der beißende Wind nahm ihnen den Atem. Als sie lächeln wollte, schienen ihre Mundwinkel eingefroren zu sein. Selbst ihre Augen schmerzten. Sie trug ihren Mantel und eine dazu passende Mütze.

Duffy barg sein Gesicht im Pelzkragen neben ihrem Ohr. Ihr Herz machte einen Sprung, als sie ihn näher kommen sah und sein Gesicht unscharf wurde. Er schrie gegen den Wind an. »Du siehst aus wie die Schneekönigin.«

»Wie wer?«

Er schüttelte den Kopf. »Ich wink' dir ein Taxi.« Mit erhobenem Arm trat er auf die Straße.

Als sie sich ins Taxi setzte, fragte sie ihn: »Kommst du nicht mit? Ich kann dich irgendwo rauslassen.« Sie wollte sich nicht von ihm trennen und erkannte entsetzt, dass ihre Angst vorm Alleinsein nicht der einzige Grund dafür war.

Im Restaurant hatte sie sich wohl, fast sicher gefühlt, im stürmischen Wetter neben ihm schon weniger sicher; jetzt, als das Taxi davonfuhr, fühlte sie sich nicht nur unsicher, sondern auf merkwürdige Weise verlassen. Er hatte nicht versucht, sie zum Abschied zu küssen, hatte ihr nicht einmal einen freundschaftlichen Kuss auf die Wange gegeben. Als sie durch die Heckscheibe zurückblickte, sah sie ihn durch den strömenden Regen davongehen.

4

Mitten im Gespräch war ihm plötzlich aufgefallen, dass sie ihm nicht mehr zuhörte. Diesen Eindruck hätte er nicht näher begründen können. Er hätte nicht gedacht, dass man den Unterschied am Telefon heraushören könne: es war anders, als wenn man sich gegenübersaß. Er wusste, dass sie nicht den Hörer aus der Hand gelegt, sondern einfach abgeschaltet hatte. Zunächst war er jedoch zu ihr durchgedrungen. Sie hatte die Luft angehalten. Offensichtlich war sie verwirrt gewesen, doch dann hatte sie sich ihm auf irgendeine Weise entzogen.

Aber eines Tages würde sie ihm zuhören müssen. Dafür würde er schon sorgen. Sie sollte wissen, was passieren würde. Keiner sollte ihm hinterher vorwerfen können, dass er sie nicht fair, außerordentlich fair behandelt hatte, obwohl man das von ihr nicht gerade behaupten konnte. Erst hatte sie ihn zum Narren gehalten, dann hatte sie ihn im Stich gelassen.

Und wahrscheinlich war er nicht der Einzige. Wie viele Menschen mochten ihr schon geschrieben oder sie angerufen haben, nur um wie ein Stück Dreck behandelt zu werden? Der Schlag, den er ihr versetzen würde, wäre auch im Namen dieser Leute geführt. Im Namen all derer, die zur falschen Zeit am falschen Ort geboren waren, denen das Glück nie zugeflogen war. Wieder verspürte er die reinigende Wirkung dieser moralischen Gewissheit. Es war befriedigend zu sehen, dass Gerechtigkeit geübt wurde, aber das Werkzeug dieser Gerechtigkeit zu sein …

Er zog das Notizbuch zu sich heran. Er würde seinen Beitrag zu ihrer Unterhaltung wiederholen müssen, diesmal aber sicherstellen, dass sie ihm zuhörte. Das würde ihm gelingen, wenn er alles niederschrieb, oder, besser noch (sie würde den Brief nach den ersten paar Sätzen vielleicht in den Papierkorb werfen), es auf Band aufnahm. Ihm war klar, dass er damit ein größeres Risiko einging, da andere Leute das Band mithören könnten, doch das durfte ihn jetzt nicht bekümmern. Ihr seine Vorstellungen in aller Klarheit darzulegen, war unerlässlicher Bestandteil seines Gesamtplans, und es gab keine Möglichkeit, sich dem zu entziehen, ohne unehrenhaft zu wirken. Auf keinen Fall würde er ihr das Band durch die Post zustellen, damit es zusammen mit den anderen unerwünschten Briefen im Papierkorb landete. Nein. Er würde die Nachricht auf ihr eigenes Tonband sprechen. Das würde sich schwieriger gestalten, aber Schwierigkeiten waren ohnehin dazu da, überwunden zu werden.

In Blockschrift notierte er sich: NACHRICHT ÜBERMITTELN. Dann: 1. ZUGANG ZUM STUDIO VERSCHAFFEN. Er kannte die Architektur des Gebäudes, wusste genau, wo sich ihr Büro befand. Und wie der Empfangsdienst organisiert war. Diesmal würde er nicht blind durch die Gegend tappen. Er musste sich nur noch einen vernünftigen Grund einfallen lassen, um ungehindert in das Gebäude zu gelangen. Kein Termin – der würde sofort überprüft werden. Er dachte angestrengt, aber gelassen nach. Er fühlte sich zuversichtlich, denn er wusste um die Richtigkeit seines Tuns, wusste, dass er eine Lösung finden würde.

Ihm fiel ein, dass ein so kleiner Sender wie City Radio wahrscheinlich keine nennenswerte Wartungsmannschaft hätte. Wenn irgendetwas zu reparieren war, bestellten sie wahrscheinlich eine Firma von außerhalb. Zudem würde das Mädchen am Empfang einige Zeit brauchen, um herauszufinden, wer den Handwerker bestellt hatte. Er könnte also einfach mit seiner Werkzeugtasche aufkreuzen und sagen: »Klempner … ist schon in Ordnung, ich weiß, wo ich hin muss.« Wenn er einen kühlen Kopf bewahrte und einfach weiterging, müsste es damit getan sein. Er würde sich ein wenig verkleiden müssen. Für den Fall, dass jemand von der *Saturday Show* am Empfang saß, sollte er sich vielleicht einen Bart ankleben. Nichts Ausgefallenes, denn er wollte nicht auffallen.

Mr. Christoforou bewahrte in dem Schränkchen neben dem Münzfernsprecher eine alte Leinentasche mit Werkzeug auf. Es dürfte nicht schwer fallen, sie hinauszuschmuggeln und wieder zurückzustellen, bevor ihr Fehlen bemerkt würde. Er bräuchte keine spezielle Arbeitskleidung zu tragen. Bei diesem Wetter war es ohnehin selbstverständlich, dass man etwas überzog. Seine alte Seemannsjacke und ein paar Jeans würden reichen.

Er musste sicherstellen, dass sich Sonia zu der Zeit nicht im Gebäude aufhielt. Sie war die Einzige, die ihn erkennen könnte. Aber das war kein Problem. Er würde sich mit ihr vor der U-Bahn-Station Holborn verabreden und sie bitten, sich etwas früher freizumachen. Die blöde Kuh würde ewig auf ihn warten, selbst wenn er ihr vorschlagen würde, sie auf der Überholspur der M 1 zu treffen. Er hatte genug von Sonia. Die kurze Zeit ihrer Bekanntschaft hatte gereicht, um sie wie seine Mutter werden zu lassen. Ständig fragte sie ihn, ob er sie auch liebe und sie sich am nächsten Tag wiedersehen könnten. Obwohl sie unglaublich gefügig war. Zum ersten Mal bekam er alles, was er wollte, und konnte die verschiedenen Variationen ausprobieren. Als er letzte Nacht eines seiner Bücher mitgenommen hatte, war Sonia zwar von Kopf bis Fuß rot geworden, hatte sich aber tapfer an drei oder vier der weniger verrenkten Stellungen versucht. Sie musste zugeben, dass es nicht weiter wichtig war, was zwei Menschen miteinander machten, wenn sie sich nur liebten und (noch entscheidender) bald heiraten würden.

Leo kam erst spät von der Arbeit. Rosa hatte zusammen mit den Kindern vor dem Fernseher gesessen und sah jetzt auf die

Küchenuhr. Sie hatten einen Zeichentrickfilm angeschaut, in dem ein Hund mit einer Nase wie ein lakritzfarbener Golfball zeitweise als Hausmeister arbeitete, wenn er nicht gerade irgendein Verbrechen löste, das die Polizei von fünf Kontinenten vor ein Rätsel gestellt hatte.

Sie fühlte sich besser. Das lag einerseits an dem Mittagessen mit Duffy, andererseits an der alltäglichen Selbstverständlichkeit, mit der sie die Kinder von der Schule abgeholt, ihrem Geplapper zugehört und den Tee aufgesetzt hatte. Jetzt hackte sie Stangensellerie, Walnüsse und Paprika für einen Salat klein. Das Hühnerfleisch hatte den ganzen Tag im Schnellkochtopf in einer Soße aus Wein, Brühe und Kräutern vor sich hin geköchelt. Sie hatte Lust auf ein Glas Wein, schenkte sich jedoch keinen ein, weil das gewöhnlich das erste war, was Leo tat, wenn er nach Hause kam. Die erste Stufe des sich allmählich entwickelnden Rituals ihrer gemeinsamen Abende. Er hätte schon vor einer halben Stunde zu Hause sein müssen. Guy kam an die Küchentür.

»Wo ist Dad denn?«

Rosa wunderte sich über die Zuversicht der Kinder. Wo ist mein Biologiebuch? Wo sind meine Fußballschuhe? Die längste Brücke der Welt? Der Mars?

»Er kommt bestimmt bald nach Hause.«

»Gleich ist Kathys Schlafenszeit. Vielleicht muss sie ja ins Bett, ohne dass er ihr gute Nacht sagt.«

»Sei nicht so frech. Außerdem würde er zu ihr gehen, sobald er nach Hause käme, auch wenn sie dann schon schlafen würde.«

Guy schien diese Zurechtweisung nichts auszumachen. »Ich weiß.«

Gleichzeitig hörten sie die Tür. »Das ist er.«

Er rannte die Kellertreppe hinauf, und sie hörte Kathy vom oberen Stockwerk kommen. Während Leo seinen Mantel ablegte, redeten die beiden unaufhörlich auf ihn ein. Die Stimmen wurden schwächer, als er mit ihnen ins Wohnzimmer ging, und zehn Minuten später kam er zu ihr in die Küche. Er stellte sich hinter sie und schlang einen Arm um ihre Taille.

»Hier riecht's aber gut.« Er küsste sie auf den Nacken. »Hm – das bist du.« Er zog sie einen Augenblick an sich und ließ sie dann los. »Was möchtest du trinken?«

»Einen Rheinwein, bitte, Liebling.« Dann, als Leo ein schlankes Glas aus dem Schrank holte, fügte sie hinzu: »Und ein bisschen Mineralwasser. Ich hab' zum Mittagessen ziemlich viel Wein getrunken.«

»Tatsächlich?« Leo stellte das Glas zurück und griff nach einem Cognacschwenker. »Das sieht dir gar nicht ähnlich.«

»Ich bin im Gay Hussar gewesen.«

»Das wird ja immer merkwürdiger.«

»Im Kühlschrank stehen eine angebrochene Flasche Whisky und etwas Wasser.«

Leo füllte den Schwenker halb mit Wein, öffnete eine kleine Flasche Perrier, spritzte den Wein und brachte das Glas und den Rest des Mineralwassers hinüber zur Anrichte, an der Rosa gerade den Salat zubereitete. Er schenkte sich einen doppelten Whisky mit etwas Wasser ein.

»Und wer hat dich dorthin entführt?«

Rosa sträubte sich innerlich gegen seine Vermutung, dass sie weder allein in den Gay Hussar gegangen war, noch mit einigen Freunden zu Mittag gegessen hatte, ohne eingeladen zu sein. Ihr Unwille wurde noch größer, als Leo ihre Antwort nicht einmal abwartete.

»Tut mir Leid, dass ich so spät bin. Ich hab' versucht, dich anzurufen, aber das Telefon scheint nicht in Ordnung zu sein. Ich sollte es gleich dem Stördienst melden.«

»Oh –« Plötzlich schien der ganze Vorfall wieder auf sie einzustürzen. Sie hatte vorgehabt, ihm später am Abend von dem Anruf zu erzählen, wenn die Kinder zu Bett waren. »Ich fürchte, das ist meine Schuld.«

»Was?«

»Ich habe einen unangenehmen Anruf bekommen. Der Mann, von dem ich dir erzählt habe, hat sich hier gemeldet. Ich weiß nicht, wie er die Nummer herausgefunden hat. Deshalb bin ich zum Fernmeldeamt gegangen, um sie ändern zu lassen.«

Leo starrte sie an. »Einer meiner Privatpatienten ist in einem sehr kritischen Zustand. Ich kann jederzeit ins Krankenhaus zurückgerufen werden. Vielleicht sogar mitten in der Nacht. Und da erzählst du mir, dass man mich nicht erreichen kann, weil du das Telefon hast abstellen lassen?«

»Ich hab' gedacht, es wäre dir angenehm.«

»Angenehm? Natürlich ist es mir nicht angenehm.«

»Ich meine, dass ich nicht mehr von solchen Anrufen belästigt werde.«

»Wenn er noch mal versucht hätte, dich anzurufen, hättest du nur den Hörer auflegen müssen. Davon hätte er sehr schnell die Nase voll gehabt. Stattdessen musst du alles durcheinander bringen – wir werden die Nummer wieder an alle anderen Leute weitergeben müssen –«

»Nicht an alle. Ich hab' mir gedacht, wir sollten vorsichtig sein, bis er geschnappt ist.« Ihre Stimme bebte vor Wut. »Um deine Privatpatienten scheinst du dir mehr Sorgen zu machen als um mich. Was ist denn mit deinen armen Kassenpatienten? Bekommen die deine geneigte Aufmerksamkeit ebenfalls zu spüren?«

»Es besteht kein Grund, sich über meine Privatpatienten lustig zu machen. Immerhin haben sie uns lange den Kohl fett gemacht, wie du weißt.« Leo unterbrach sich und sagte dann, offensichtlich in dem Bemühen, die Spannung abzumildern: »Was hat er denn eigentlich gesagt – dieser Kerl?«

»... Hallo, Rosa ...«

»Na ja, das klingt ja nicht allzu bedrohlich.« Leo lächelte.

Mein Gott, wie überheblich er ist, dachte Rosa. Wieso

ist mir das früher nie aufgefallen? »Dann hat er irgendetwas über einen Dienst an der Menschheit erzählt…, dass man die Dinge in Ordnung bringen müsste… oder etwas Ähnliches…«

»Hat er dich nicht bedroht?«

»Ich glaube nicht. Ich habe versucht, nicht hinzuhören.«

»Ich hab' immer gedacht, die wirksamste Art, nicht hinzuhören, wäre, den Hörer aufzulegen.«

»Sicher.« Wie sollte sie ihm die Lähmung erklären, die ihren ganzen Körper erfasst hatte? Ebenso wie Leo kam sie sich selbst jetzt dumm und schwach vor.

»Kann man noch von hier aus anrufen?«

»Ja.«

»Das ist ja schon mal was. Ich werde im Krankenhaus anrufen und erklären, was passiert ist. Und dann werd' ich das Fernmeldeamt bitten, jeden Notruf durchzustellen. Haben sie dir gesagt, wie lange es dauern wird, bis wir die neue Nummer bekommen?«

»Nein.«

»Das ist ja herrlich. Ich hoffe, du bist dir darüber im Klaren, dass er in der Lage sein wird, sich die neue Nummer zu besorgen, wenn er die alte schon herausgefunden hat.«

»Ja, Leo, der Gedanke ist mir auch schon gekommen, aber trotzdem vielen Dank, dass du mich darauf hingewiesen hast. Das hebt wirklich meine Laune.«

Als sich Rosa wieder mit zitternden Händen dem Salat zuwandte, ließ Leo die Küchentür krachend ins Schloss fallen. Beim Abendessen wechselten sie kaum ein Wort. Gewöhnlich erzählte er, was ihm am Tag zugestoßen war, machte eine Bemerkung über das Essen, erkundigte sich nach ihrer Arbeit, und sonst unterhielten sie sich über die Kinder. Als sie sich heute Abend nach Guys Hausarbeiten erkundigte, erwiderte er kurz angebunden: »Biologie. Damit hat er nie Schwierigkeiten«, und fuhr fort zu essen.

Schweigend aßen sie das Huhn und den Naturreis. Zum Nachtisch hatte Rosa beim Griechen etwas türkischen Honig geholt. Normalerweise schmeckte er ihr ganz vorzüglich, doch heute kam ihr die Mischung aus Nüssen und Honig so widerlich vor, dass sie das meiste auf ihrem Teller liegen ließ. Ihre Streiterei schien Leo nicht sonderlich aufzuregen, zumindest kam es ihr so vor, als sie beobachtete, wie er seinen Nachtisch verputzte und sich eine zweite Tasse Kaffee einschenkte. Sie hatte nicht gewusst, dass er dermaßen gefühllos sein konnte. In Gedanken kehrte sie zum Mittagessen im Gay Hussar und zu Duffys Reaktion auf ihren Anruf zurück. Sie schien ihn wieder über den Tisch hinweg anzusehen, wie er mit erhobenen Händen dasaß und lächelte und sie auch ohne Worte verstand. Diesmal schob sie das Bild nicht beiseite.

Fenn stand an der Kreuzung von Southampton Row und Great Ormond Street. Es herrschte reger Verkehr, und die vorbeifahrenden Autos wirbelten das schmutzige Wasser aus dem Rinnstein auf. Nur langsam sickerte es ab, und der Himmel hing immer noch voll dicker Regenwolken, wirkte wie eine graue, mit Wasser vollgesogene Decke. Er beobachtete sich im Schaufenster eines Herrenausstatters. Er hatte eine flache schwarze Kappe mit einem Plastikschirm auf und sich einen kleinen, blonden Schnurrbart angeklebt. In der Hand trug er Mr. Christoforous Werkzeugtasche. Gelegentlich blickte er zum Eingang von City Radio hinüber. Langsam wurde es Zeit.

Er hatte gerade begonnen, sich Sorgen zu machen, als er Sonia herauskommen sah. Schnell trat er in die Schaufensterpassage zurück. Er beobachtete, wie sie in Richtung der vereinbarten U-Bahn-Station davonging. Sie trug eine schwere Einkaufstasche und eine Plastiktüte von Victoria Wine. Gut. Wenn er sie schließlich abholen würde, könnte er also mit einem üppigen Essen und ein oder zwei Gläsern Wein rechnen. Er freute sich schon darauf.

Es bestand kein Grund, noch länger zu warten. Er schloss sich der triefenden, übel gelaunten Menge an, die an der Fußgängerampel wartete, und überquerte schließlich die Straße. Als er sich der Drehtür näherte, bemühte er sich, das Gefühl von Verantwortung und Selbstsicherheit wiederherzustellen, das ihn bei der Planung so überwältigt hatte. Er spürte, dass ihm nichts passieren konnte, wartete aber dennoch auf einen Schicksalswink, der ihm bedeutete, dass das Glück auf seiner Seite war. Durch die Tür konnte er die großen Palmwedel, den polierten Schreibtisch aus Glas und Messing und den dichten, dunklen Teppich sehen. Er zwang sich weiterzugehen. Jetzt anzuhalten, wäre fatal. Die Treppe hinauf. Über den Teppich.

Das Mädchen an der Rezeption war jung und sehr hübsch. Er konnte nicht umhin, sie mit Sonia zu vergleichen. Wären die Umstände anders gewesen … Sie hatte sich sehr einfallsreich geschminkt; und das blonde Haar fiel ihr in Hunderten von kleinen, mit Perlen oder Glitterstaub verzierten Zöpfen auf die Schultern. Sie hatte Ähnlichkeit mit einem Engel.

Als er an ihr vorbeiging, sagte er: »Klempner … Herrentoilette im Keller …«

Sie erhob sich und setzte an, sich weiter zu erkundigen: »Einen Moment –«

»Schon in Ordnung. Ich weiß Bescheid. War schon öfter hier.«

Dennoch kam sie hinter ihrem Schreibtisch hervor und ging auf ihn zu. Und da bekam er den Wink, auf den er gewartet hatte. Ein großer, wichtigtuerischer Mann in einer Kamelhaarjacke kam durch die Drehtür und rief:

»Louise? Was machst du denn hier?«

»Ich warte auf Felicity, Mr. Winthrop. Ich vertrete sie hier, während sie ihren Mantel holt.«

»Ist Val Berry schon da?«

»Ich werd' für Sie nachsehen.« Das Mädchen beugte sich mit schwingenden Zöpfen über das Buch auf dem Schreibtisch.

Zu dem Zeitpunkt war Fenn bereits durch die zweite Tür auf den Flur gelangt. Er wusste, dass sich das Mädchen nicht mehr danach erkundigen würde, ob irgend jemand einen Klempner bestellt hatte. Ebenso wie er wusste, dass er seine Nachricht ungestört übermitteln könnte. Die Zeichen standen günstig. Der Waschraum war leer. Er hatte überlegt, mit dem Schraubenschlüssel am Abfluss herumzuhantieren oder am Spülkasten herumzubasteln, während er wartete, doch es bestand immer noch die Möglichkeit, dass derjenige, der für die Handwerker zuständig war, den Raum betrat. Es hatte keinen Sinn, sein Glück auf die Probe zu stellen.

Er ging in eine der Kabinen und verstaute seine Werkzeugtasche außer Sichtweite hinter dem Spülkasten. Irgendjemand hatte die *Sun* liegen lassen, mit der er sich die restliche Zeit vertreiben konnte. Er schlug die dritte Seite auf. Er fand es widerwärtig, dass diese Mädchen sich dazu hergaben, jedem dahergelaufenen Spanner, der das Geld für eine Zeitung hatte, alles zu zeigen, was sie vorzuweisen hatten. Für Geld taten manche Leute alles, was man von ihnen verlangte. Sollte eines seiner Mädchen je auf die Idee kommen, etwas Ähnliches zu tun, würde er sie zurechtstauchen, dass ihr Hören und Sehen verginge.: Er stellte sich vor, wie Sonia, mit nichts als einem Bikiniunterteil bekleidet, an einem Eis lutschte, begann zu kichern und fing sich erst wieder, als jemand den Waschraum betrat.

Er wusste, dass das Büropersonal um halb sechs, also in fünf Minuten, Feierabend hatte, und plante, sich eine weitere Viertelstunde versteckt zu halten, bis alle gegangen wären. Von Sonia hatte er allerhand Informationen bekommen. Er wusste, wo die Studios waren, in denen bis Mitternacht gearbeitet wurde. Ihre Abneigung gegen Rosa war tatsächlich von Vorteil gewesen. Eine Unmenge an Informationen und unfreundliche persönliche Bemerkungen sprudelten nur so aus ihr hervor. Er brauchte nur zu fragen: »Und wie ging's unserer Madame heute?« – und schon legte sie los.

Klospülungen wurden betätigt. Hände wurden gewaschen. Zwei Männer verbrachten endlose Zeit mit der Planung eines Abendessens, wobei der Erste eine nicht endenwollende Liste von Dingen aufzählte, die seine Frau nicht vertrug, weil sie schwanger war. Der Zweite stimmte ihm seufzend zu und unterbrach ihn nur, um zu sagen: »Das brauchst du mir nicht zu erzählen!« Der Rauch einer teuren Zigarre zog in Fenns Kabine. Dann wurde es still.

Mit der Werkzeugtasche in der Hand verließ er den Waschraum. Auf dem Flur schien niemand zu sein. Einige Meter entfernt war der Aufzug. Er drückte auf den Knopf und zog sich – für den Fall, dass jemand im Aufzug war – wieder auf die Toilette zurück. Die Türen öffneten sich geräuschlos; der Aufzug war leer. Er sprang blitzschnell hinein und drückte auf den Knopf für den vierten Stock. Als der Aufzug hielt, konnte er sich trotz der überwältigenden Gewissheit, dass das Glück auf seiner Seite war, eines momentanen Angstgefühls nicht erwehren. Falls ihm jetzt, sobald er auf den Flur trat, jemand begegnete, würde er seine Anwesenheit schwerlich erklären können. Im vierten Stock hatte ein Klempner wenig zu suchen. Aber niemand war zu sehen. Er ging direkt auf Rosas Büro zu.

Sonia hatte ihm verraten, wo der Kassettenrecorder aufbewahrt wurde, als er in einer seiner scheinbar so naiven Fragestunden wieder einmal vorgegeben hatte, alles über ihren Arbeitsalltag wissen zu wollen: »Damit ich mir vorstellen kann, wie du arbeitest, mein Schatz.« Er setzte sich an Rosas Schreibtisch, streifte sich Handschuhe über und stellte den Kassettenrecorder vor sich auf den Tisch. Er hatte alles aufgeschrieben, was er sagen wollte, zog jetzt den Zettel hervor und strich ihn glatt, obwohl er wusste, dass das überflüssig war. Die Wörter hatten sich ihm unauslöschlich eingeprägt. Er begann zu sprechen.

Sonia wartete bereits seit einer Dreiviertelstunde. Zunächst hatte sie sich drinnen in der Nähe der Fahrkartenschalter aufgehalten, um nicht nass zu werden, doch dann war ihr eingefallen, dass Fenn zur Station kommen und wieder gehen könnte, wenn er sie draußen nicht entdeckte. Dieser Gedanke jagte ihr einen solchen Schrecken ein, dass sie alle drei bis vier Minuten auf die Straße lief, um nach ihm Ausschau zu halten, und jetzt war sie so nass, als hätte sie die ganze Zeit im Regen gestanden.

Sie hatte das »Wenn-dann«-Stadium erreicht. Wenn ich meine Augen schließe und bis zwanzig zähle und sie vorher nicht öffne, so gern ich es auch möchte, wenn ich das tue, wird er der Erste sein, den ich sehe. Sie zählte bis zwanzig und öffnete die Augen. Ein blonder junger Mann bahnte sich seinen Weg durch die Menge. »Fenn! Hierher –«

Aber aus der Nähe sah er Fenn gar nicht ähnlich. Als er einige Münzen in den Fahrkartenschalter warf, glitt sein Blick fast geringschätzig über ihren Körper. Er zog zwei Tickets und verschwand wieder in der Menge. Er gesellte sich zu einem ziemlich auffälligen Mädchen in einem Lederoverall, das eine silbern glänzende Perücke im Afro-Look trug. Er flüsterte ihr etwas zu, woraufhin sie sich umwandte, Sonia anstarrte und beide laut zu lachen begannen. Oh! – wie sehr sie sich wünschte, dass Fenn bereits hier wäre, sodass sie ihn am Arm nehmen und über diese Leute die Nase rümpfen könnte. Sie gab vor, nichts bemerkt zu haben.

Am Nachmittag war er auf einer Vorsprechprobe gewesen, aber er hatte nichts darüber gesagt, dass es spät werden könnte. Vielleicht hatte er warten und noch einmal spielen müssen. Es wäre wunderbar, wenn er eine Stelle bekäme, obwohl Sonia nicht umhin konnte, sich über die Schauspielerinnen Gedanken zu machen, mit denen er zusammenarbeiten würde. Weitere zehn Minuten vergingen. Und wenn er einen Unfall gehabt hatte, überfahren worden war? Oder sogar überfallen worden war? Das konnte sie sich allerdings kaum vorstellen. Er hatte diese gewisse Ausstrahlung. Zwar wirkte er nicht direkt unzerstörbar, aber er vermittelte eine überlegene und geheimnisvolle Selbstsicherheit, als wisse er etwas, das dem Rest der Welt nicht zugänglich war.

Als Sonia an ihre wenigen Zusammentreffen dachte, fragte sie sich, wie ihre Beziehung innerhalb so kurzer Zeit ein solch fortgeschrittenes Stadium erreichen konnte. Er hatte seine Schüchternheit abgelegt; und obwohl er sich nicht direkt dazu geäußert hatte, war Sonia zu der Überzeugung gekommen, dass er sie verlassen würde, sollte sie ihm je einen seiner »körperlichen Wünsche« abschlagen. Sie wünschte sich oft, er wäre ein wenig zärtlicher, aber das würde sich vielleicht im Lauf der Zeit ergeben. Sie war sich sicher, dass er sich als Vater ändern würde. Und wenn alles so lief, wie sie es sich vorstellte, würden sie auf jeden Fall Kinder haben. Als Erstes wollte sie ein Mädchen mit Fenns Gesichtsfarbe und ihrem eigenen freundlichen Wesen. Und hübsch sollte es sein. Wenn man hübsch war, konnte man auf Freundlichkeit verzichten.

»Hallo.«

Er war von hinten auf sie zugekommen. Als sie sich ihm in die Arme warf, überzog ein erleichtertes Strahlen ihr Gesicht. Ihre Weinflasche traf ihn am Knie.

»Oh. Komm schon, gib mir einen Kuss, Sony.«

Er nannte sie manchmal Sony, weil sie, wie er behauptete, so schnell umschalten konnte. Sonia verstand zwar nicht, was er mit dieser Bemerkung eigentlich sagen wollte, freute sich aber über den Kosenamen: Es war eine freundliche Geste und brachte ein Zusammengehörigkeitsgefühl zum Ausdruck. In der U-Bahn kuschelte sie sich an ihn.

»Liebling«, sie fuhr ihm leicht übers Gesicht, »deine Oberlippe ist ja ganz rot.«

Er zuckte zurück. Es hatte ihn nicht gestört, dass sie ihn im überfüllten Schalterraum geküsst hatte, doch hier waren sie auf peinliche Weise den Blicken der anderen ausgesetzt. Ihm kam der Gedanke, dass alle im Wagen glauben mussten, sie wäre das Beste, was er kriegen könnte.

»Das ist Mastixgummi. Diese Rolle, von der ich dir erzählt habe, na ja, ich hab' einen von diesen Oberschullehrern gespielt. Weißt du, die mit den Schmalzstimmen. Deshalb hab' ich diesen kleinen Schnurrbart getragen. Einen hellen. So 'ne Art Edward Fox.«

»Dann war es also altmodisch?«

»Was?«

»Das Stück. Ich meine, heute trägt doch kaum noch jemand einen Schnurrbart.«

»Ja. Es hat in den dreißiger Jahren gespielt.«

»Was für eine Rolle hattest du?«

»Nichts Großartiges. Obwohl ein oder zwei gute Szenen dabei waren.«

»Wovon handelt das Stück?«

»Wie soll ich das wissen? Man bekommt nur ein paar Seiten zu lesen. Nicht das ganze Stück.« Mein Gott, war er hungrig. Richtig ausgehungert. Jetzt, wo er alles hinter sich hatte, könnte er gut und gern ein Abendessen mit zehn Gängen verdrücken. »Was hast du denn in deiner Tasche, Sony?«

Sie richtete die Pasta an. Gestern Abend, als sie sich nicht getroffen hatten, hatte sie eine Fleischsoße zubereitet, alle Zutaten sorgfältig klein geschnitten und geduldig zugesehen, wie sie langsam vor sich hin köchelten. Ihr Glück war ihr in dem Moment mit neuer, außerordentlicher Kraft zu Bewusstsein gekommen.

Um ihr Glücksempfinden zu steigern, rief sie sich manchmal die Abende vor ihrer Bekanntschaft ins Gedächtnis, erinnerte sie sich daran, wie trist sie gewesen waren. Ein Ei oder ein Fleischpastete, die sie nicht vor halb neun gegessen hatte, um sich den Abend aufzuteilen. Um sich die Zeit zu vertreiben, hatte sie ferngesehen und Unterwäsche gewaschen, die noch gar nicht schmutzig war. Und die langen staubigen Sommerabende, an denen sie vor dem Schlafengehen Spaziergänge gemacht hatte, wobei sie die Augen von den im Park liegenden Paaren und den Gruppen junger Menschen abwandte, die im letzten Sonnenlicht lachend und trinkend vor den Kneipen saßen.

Sie tranken einen Rioja – den Wein des Monats, wie ihr der Verkäufer versichert hatte –, und er war tatsächlich köstlich. »Fruchtig« war das Adjektiv, mit dem er ihn bezeichnet hatte.

»Nicht so fruchtig wie du, Liebling«, meinte Fenn, bevor er mit dem begann, was er seine kleinen Tricks nannte. Wie gewöhnlich trank er sehr wenig, eins auf ihre vier Gläser. Als sie sich gehorsam dem schmalen Einzelbett zuwandte, nahm er ihre Hand und führte sie zu einem Stuhl.

»Komm schon ... nein, setz dich nicht, Dummerchen ... hier ... so ...«

Er sah ihr in die Augen und bewegte sich schnell. Sie stieß einen kleinen Schrei aus, der sich bei angehaltenem Atem in die Höhe schraubte. »Entschuldige, ich muss mir unbedingt die Fingernägel schneiden.«

Doch er hörte nicht auf. Ihre Augen verdunkelten sich. Träumereien, die von etwas anderem überlagert wurden, von einem schwermütigen Verlangen, zu dem sich dunkle Befürchtungen und beginnende Angst gesellten. Das steigerte seine Lust ungeheuerlich, war fast ein Ausgleich für ihr mangelndes Entgegenkommen. Dann, in einem kurzen Moment der Nüchternheit, erkannte er, dass ihn gerade ihr fehlendes Entgegenkommen stimulierte.

Mein Gott – so war es besser –, es war erstaunlich, dass die Rückenlehne nicht brach. Was die Leute unter ihnen denken mussten. Entzückt lachte er in ihr verwirrtes Gesicht und änderte ihre Position für seinen letzten Stoß.

Louise saß in Rosas Büro und trank einen Filterkaffee. Sie war zu Rosa gekommen, um mit ihr ihre Zukunft zu besprechen. Man hatte ihr einen Kurs angeboten, der ihr, sollte sie ihn erfolgreich abschließen, die Beförderung zur Regieassistentin ermöglichte, und sie glaubte, ein Gespräch würde ihr helfen, ihre Gedanken zu klären. Da es ihr Spaß machte, im Kontrollraum zu arbeiten, war sie sich nicht sicher, ob sie die Stelle wechseln sollte. Doch ihr Gespräch wurde abrupt unterbrochen, als Sonia sprudelnd vor Begeisterung hereinkam und die Ausgabe der *Sun*, die sie in der Hand hielt, wie ein Apportierhund seinen Stock vor Rosa auf den Tisch legte.

Tobys Pressekonferenz war ziemlich enttäuschend verlaufen, denn die anspruchsvolleren Zeitungen hatten sich entweder gar nicht erst blicken lassen oder seinen sensationellen Enthüllungen nur einen kurzen Abschnitt auf der letzten Seite gewidmet. Doch die Boulevardzeitungen waren ein wenig entgegenkommender, und so stand hier über einem Pressefoto von Rosa die düstere, in schwarzen Lettern gedruckte Schlagzeile: RUNDFUNKSTAR MIT MORD BEDROHT. Der Artikel darunter brachte nichts, was sie nicht schon wussten, war aber mit dunklen Andeutungen geladen.

Louise sagte: »Ich glaube, Toby macht einen Fehler. Er fordert die Exhibitionisten geradezu heraus, wenn er sich an die Zeitungen wendet.«

»Das ist seine Absicht. Gut für die Einschaltquoten.«

Louise verzog das Gesicht: »Nicht gerade angenehm für dich. Und auf jeden Fall hat er ihnen absichtlich falsche Informationen gegeben. Es klingt, als wärst du persönlich bedroht worden.«

»Oh, das ist einer der Vorteile, die dieser Job mit sich bringt, wusstest du das nicht? Man kann sich seinen eigenen kleinen Irren halten.« Rosa war wütend, weil Sonia die *Sun* mitgebracht hatte. Heute hatte sie sich besser gefühlt: gut gelaunt und ziemlich zuversichtlich. Die Zeitung hatte sie zurückgeworfen.

Zwischen Rosas Büro und dem Flur lag ein kleiner Raum. Darin standen drei Regale mit selten benutzten Akten, ein Drehstuhl und ein ziemlich großes Kunststoffregal, das zur Not auch als Schreibtisch dienen konnte. Sonia zog sich immer demonstrativ in diesen Raum zurück, wenn Louise oder Duffy ins Büro kamen, um mit Rosa zu reden. Jetzt wählte sie diese Rückzugsmöglichkeit und zog die Tür fest hinter sich zu. Rosa öffnete sie mit derselben Bestimmtheit und ließ sie einen Spalt breit offen stehen. Ihr missfiel die unausgesprochene Annahme, sie und Louise könnten ein Gespräch führen, in dem unfreundliche Bemerkungen über ihre Sekretärin fielen.

»Morgen wird die Zeitung den Imbissen nur noch als Einwickelpapier dienen, Rosa. Noch ein paar Tage, und sie ist wieder da, wo sie hingehört. In der Gosse.«

»Nicht wenn Toby seinen Willen durchsetzen kann.« Rosa gab ihrer Abneigung Ausdruck. »Er versucht, das Ganze groß aufzuziehen. Wird er oder wird er nicht, weißt du? Schlendert sein zukünftiges Opfer jetzt noch selig durch Londons Straßen, nicht ahnend, dass sein Leben schon bald ein mörderisches Ende nehmen wird? Bei dem Gedanken daran wird mir übel.«

»Es muss natürlich eine Frau sein.«

»Natürlich. Wo bliebe die Spannung, wenn ein Mann einen anderen Mann umbringen würde?« Rosa knüllte die Zeitung zusammen und stopfte sie wütend in den Papierkorb. »Diese blöde Kuh. Entschuldige, Lou – wir wollten eigentlich über deinen Job reden.«

Louise öffnete ihre Tasche. »Das ist schon in Ordnung. Ich glaube, ich habe mich bereits entschieden. Man sagt immer, man bräuchte einen Rat, und dann tut man doch, was man schon die ganze Zeit vorgehabt hat, oder?« Sie zog zwei der bekannten Riegel aus ihrer Tasche. »Willst du ein Mars?«

»Nein danke.« Rosa brachte es nicht über sich, zur üblichen Routine zurückzukehren. »Es sind nur noch zehn Minuten bis zum Mittagessen.« Dann fügte sie impulsiv hinzu: »Duffy hat mich gestern in den Gay Hussar eingeladen.«

»Das war also der Grund.«

»Hat er denn darüber gesprochen?« Rosa war enttäuscht, unbegründet, wie sie wusste.

»Nein. Aber ich hab' ihn um halb sechs gesehen, und da hat er wie eine vornehme Katze ausgesehen, die mindestens ein halbes Dutzend Kanarienvögel, gefolgt von Schlagsahne, verschlungen hat.«

»Er ... er scheint mich sehr zu mögen.«

»Das erzähl' ich dir schon seit ewigen Zeiten.«

»Ich weiß, aber ich hab' immer gedacht, es wäre nur ein Spiel. Eine Art Witz. Ich nehme an, es hat mir gepasst, das zu glauben. Schließlich hat das Ganze doch keinen Zweck, oder? Und ich möchte ihn nicht unglücklich machen.«

Louise sagte: »Um Duffy würde ich mir keine Sorgen machen. Männer sind sehr gut darin, vor allem an sich selbst zu denken.«

Sonia betrat den Raum und holte ihren Mantel hinter der Tür hervor. »Ich mache jetzt Mittag, Mrs. Gilmour. Bin um Punkt zwei zurück.«

Das sagte sie immer. Rosa konnte sich nicht entscheiden, ob es eine Zusicherung oder eine Ermahnung sein sollte. Als die Tür ins Schloss gefallen war, sagte sie zu Louise: »Sonia hat einen Freund, der ihr Joy schenkt.«

»Wow! Selbst in meinen besten Tagen bin ich nie über Rive Gauche hinausgekommen.«

»Da sieht man's mal wieder. Es gibt offensichtlich ungeahnte Möglichkeiten.«

»Vollkommen verschüttete, würde ich sagen.«

»Hör auf damit. Ich will nichts Unfreundliches über Sonia sagen. Das hab' ich mir geschworen.«

»Nun, das hab' ich nicht getan. Sie muss es wert sein –« Louise sprach mit vollem Mund. »Vielleicht geht sie ja auf den Strich.«

Die Vorstellung, dass Sonia auf den Strich gehen könnte, war so komisch, dass sie beide losprusteten. Louise fuhr fort: »Gehst du jetzt nach Hause, um zu arbeiten?«

»Nein, ich glaube nicht.« Noch vor kurzer Zeit hätte sich Rosa nicht vorstellen können, lieber in ihrem Büro zu bleiben, als nach Hause zu gehen. »Ich muss noch eine Menge Post erledigen.«

Louise stand auf. »Wie kommst du mit Michael Kelly voran?«

»Schlecht.« Sie zog den Kassettenrecorder zu sich heran. »Das ist ja merkwürdig.«

»Was ist merkwürdig?« Louise hielt an der Tür inne.

»Bevor ich neulich nach Hause gegangen bin, habe ich eine neue Kassette eingelegt, und irgendjemand hat sie benutzt.«

»Vielleicht hat dir Toby eine Nachricht hinterlassen.«

»Er hinterlässt meist eine kurze Notiz. Oder schickt eine seiner Tippsen. Wie seltsam!«

Louise kam zurück und setzte sich. »Dann mal los, spiel's ab!«

Als sich Rosa noch immer nicht bewegte, reichte Louise zum Kassettenrecorder hinüber, betätigte erst den Rücklauf und dann den Startknopf.

»Hallo, Rosa ...« Ihre Hand schnellte nach vorn, um den Recorder abzuschalten. Sie sahen einander an.

»Ist Duffy hier?«

Louise nickte. »Er ist in der Redaktion.«

»Sag ihm bitte, er möchte hochkommen, Louise. Ich glaube nicht, dass ich mir das allein anhören kann.«

Louise reagierte nicht beleidigt auf den Hinweis, dass ihre Anwesenheit so gut wie nichts galt, doch als sie zurückkam, brachte sie außer Duffy noch Toby Winthrop mit. Rosa war enttäuscht.

»Worum geht's, Rossi? Was ist los?«

Louise warf Rosa einen verständnisvollen Blick zu und hob die Schultern. »Toby war in der Redaktion. Tut mir Leid.«

»Ist es wieder dein Exzentriker, Liebling? Oder sollte ich lieber Irrer sagen?«

»Wo liegt da der Unterschied?« Duffy klang angriffslustig, als sei er zu allem bereit.

»Oh, natürlich in der Klassenzugehörigkeit. In der herrschenden Klasse und der oberen Mittelschicht sind's Exzentriker, in der unteren Mittelschicht und der Arbeiterklasse Irre.«

»Jemand hat auf dem Recorder eine Nachricht für mich hinterlassen.« Mit einem unwohlen Gefühl im Magen drückte sie auf den Startknopf.

»... Rosa. Wie unhoflich von dir, zu Hause einfach aufzulegen. Aber du siehst, wie beharrlich ich bin. Und wie gerissen. Ich bin in deine kleine Hochburg eingedrungen. Erstaunt dich das nicht? Wie gern würde ich jetzt dein Gesicht sehen! Was also diesen Tod betrifft: ich will ganz offen darüber reden, Rosa. Ich denke, du solltest wissen, warum. Tatsache ist, dass du wie die meisten berühmten Leute nichts als ein Haufen Scheiße bist, hab' ich recht – menschlich gesehen? Eigentlich denke ich, dass wir auf den Begriff Mensch ganz verzichten können. Haben wir das erst mal aus dem Weg geschafft, wird alles viel einfacher. Ich meine, jeder, der einen Haufen Scheiße beseitigt, tut einer ganzen Menge von Leuten einen Gefallen, Rosa. All denjenigen, die du hast abblitzen lassen. Leuten wie mir, die sich an dich gewandt haben, weil sie diesen ganzen Mist geglaubt haben, den du übers Radio ausspuckst. Ich gehe davon aus, dass du mich für eine dieser Nullen gehalten hast. Wie alle anderen, die du dir vom Halse gehalten hast. Das war dein großer Fehler. Man könnte sogar sagen, dein letzter. Vor mir steht ein Foto von dir, Rosa. Eine Schönheit. Wenn ich mit dir fertig bin, wirst du nicht mehr so aussehen. Du wirst froh sein, wenn's vorbei ist. Ich will dich jetzt nicht länger aufhalten. Ich habe noch Pläne zu schmieden, und du wirst deine Angelegenheiten in Ordnung bringen wollen. Um offen und ehrlich zu sein: Ich kann dir nicht versprechen, vorher noch einmal Kontakt mit dir aufzunehmen. Ich meine, vor dem entscheidenden Tag. Ich denke, wenn ich dir meine Warnung in dieser allgemeinen Form übermittelt habe, bin ich so fair wie möglich gewesen. Wir wollen den Spieß doch nicht umdrehen, oder? Auf Wiedersehen, Rosa.«

Das Schweigen dehnte sich in die Länge. Rosa saß zusammengesunken in ihrem Stuhl und hoffte, dass irgendjemand die Stille unterbrechen würde. Schließlich sagte sie mit trockenem Mund: »Schalt ihn ab.«

Duffy reichte hinüber und betätigte den Knopf. Toby sagte: »Abgesehen davon, dass er die körperlichen Funktionen ein wenig durcheinander zu bringen scheint, war er ziemlich geradeheraus.«

»Um Himmels willen, Toby.« Duffy setzte sich auf eine Ecke des Schreibtischs und nahm Rosas Hand. Ihr Gesicht war leichenblass. »Hol etwas Wasser, Lou.«

»Es ist alles in Ordnung. Mir geht's gut.«

»Natürlich geht's ihr gut.« Toby blies sich auf, sprühte vor Vergnügen. »Mit so etwas wird sie spielend fertig – unsere Rossi, oder? Diese Verrückten tun meistens sowieso nichts. Sie sind wie diese Flugzeugentführer, die ständig drauf und dran sind, das Flugzeug in die Luft zu jagen oder die Passagiere niederzuknallen, ohne es je in die Tat umzusetzen.« Er betätigte den Rücklauf.

»Du wirst das nicht noch einmal abspielen!«

»Denk dran, mit wem du redest, Louise, und achte auf deinen Ton.« Toby wartete, bis das Band zurückgespult war und nahm es aus dem Recorder. »Das werde ich mitnehmen –« Er ließ das Band in seine Tasche gleiten. »Und ich werd's, natürlich entsprechend gekürzt, der Presse übergeben, die, wie ich sagen muss, meinen ersten heißen Tipp ein bisschen zu gleichgültig aufgenommen hat. Vielleicht wird sie das aufmuntern.«

»Wenn du schon dabei bist, kannst du dich gleich mit der Sicherheitsabteilung in Verbindung setzen«, sagte Duffy. Louise sah ihn erstaunt an. Sie hatte ihn noch nie so wütend gesehen. Er war fast ebenso weiß wie Rosa.

»Sicherheitsabteilung?«

»Da er anscheinend ins Gebäude gekommen ist, sich bis zu Rosas Büro durchgeschlagen hat, dort den Recorder benutzt hat und dann wieder herausmarschiert ist, ohne dass ihn irgend jemand bemerkt hätte, kann man wohl davon ausgehen, dass die Sicherheitsabteilung die Stelle ist, bei der man anfangen sollte.«

»Du hast recht.« Zum ersten Mal zeigte Toby Anzeichen einer gewissen Beunruhigung. »In diesem Gebäude stehen verdammt teure Geräte herum.« Er sah auf die Uhr hinter Rosas Schreibtisch. »Acht vor. Eigentlich müsste ich es noch in die Nachrichten kriegen.«

»Zu schade, dass du die Kassette in der Hand hältst, nicht wahr?« Toby, der bereits an der Tür war, sah ihn verständnislos an. Duffy fuhr fort: »Das hindert dich daran, dir die Hände zu reiben.« Dann wandte er sich an Louise. »In meiner Jackentasche steckt ein Flachmann – in der Redaktion. Würdest du ihn bitte holen, meine Süße?«

Nachdem sie den Raum verlassen hatte, sagte er: »Es tut

mir Leid, dir das sagen zu müssen, aber diesmal hat Toby recht. Ich weiß, wie schrecklich es sein muss, sich diesen Kerl anzuhören, aber meistens tun solche Leute wirklich nichts.«

Sie saß regungslos in ihrem Sessel und sah eher ungläubig als verängstigt aus, wie es oft bei Leuten der Fall ist, die eine schreckliche Nachricht bekommen, sie aber noch nicht ganz verarbeitet haben. Mit ruhiger, vernünftiger Stimme sagte sie: »Manchmal tun sie's doch, Duffy.«

Ja. Manchmal taten sie es doch. Die Stimme hatte schrecklich unnachgiebig geklungen. Offensichtlich hielt er sich für einen gottgesandten Racheengel. Und es gab keine Möglichkeit, an solche Leute heranzukommen, an die Verrückten, die glaubten, eine Mission zu haben. Duffy versuchte, sich diese Befürchtungen nicht anmerken zu lassen, als er sagte: »Wir müssen die Polizei verständigen.«

»Das müssen wir wohl, obwohl ich mir nicht vorstellen kann, was sie tun sollte.«

Ein Anruf bei der Polizeistation von Southampton Row führte dazu, dass ein Sergeant in Begleitung einer jungen Polizistin zum Sender kam. »Um alles in der Welt«, wie Rosa Leo später erzählte, »als würden sie mir einen Sterbefall mitteilen wollen.«

Sie waren in Tobys Büro gegangen, hatten sich dort das Band angehört und saßen jetzt mit Rosa und Duffy zusammen und tranken Kaffee aus Plastikbechern, die sie im Getränkeautomat im Flur gezogen hatten. Die Polizistin hatte einen Notizblock und einen Stift bei sich. Rosas Wangen waren ein wenig gerötet, seit sie sich großzügig von Duffys Glenlivet bedient hatte.

»Hören Sie, Mrs. Gilmour«, sagte der Sergeant, der einen glänzenden, kastanienfarbenen Schnurrbart hatte, »für Sie ist das sicher unangenehm, aber für uns ist das eine Routinesache. Ich weiß nicht, ob Sie sich mit Ihren Kollegen aus den Medien bereits darüber unterhalten haben –«

»Sie hat wohl kaum Zeit gehabt, sich mit irgendjemandem zu unterhalten«, warf Duffy ein.

Der Sergeant nippte an seinem Kaffee und tupfte sich seinen Schnurrbart vorsichtig mit einem blütenweißen Taschentuch ab. »– aber wenn Sie das tun, werden Sie wahrscheinlich herausfinden, dass den meisten von ihnen zu dem einen oder anderen Zeitpunkt etwas Ähnliches zugestoßen ist. Obszöne Telefonanrufe, Drohungen, Geldforderungen, das scheint zu einem solchen Job dazuzugehören. Öffentliche Persönlichkeiten müssen lernen, damit zu leben. Diese Leute machen ihre Drohungen nur selten wahr.«

Ihm persönlich kam das Ganze nicht geheuer vor. In dieser Stimme hatte echtes Vergnügen gelegen. Es würde ihn nicht wundern, wenn der Kerl ein Psychopath wäre. Aber es hatte keinen Zweck, diese Bedenken jetzt schon zu äußern.

»Aber Sie müssen doch irgendetwas unternehmen können. Der Mann hat sich doch wohl strafbar gemacht.«

»Das hat er tatsächlich, Sir.« Der Sergeant empfand eine Abneigung gegen Duffy. Auf einen Sir Galahad und auf hitzige, stichelnde Bemerkungen konnte er durchaus verzichten. Er mochte es, wenn die Dinge ihren gewohnten Gang nahmen. Aus den Augenwinkeln sah er zudem, dass Police Constable Palmer jede einzelne Silbe mitschrieb, die gesprochen wurde. Er würde hinterher mit ihr reden müssen. Wie sich herausstellte, steckte dieser Tag voller Überraschungen, deren geringste nicht war, dass es einen noch schlechteren Kaffee gab als den in der Polizeikantine. Vorsichtig setzte er den halb leeren Becher auf der Kante von Rosas Schreibtisch ab und wiederholte: »Das hat er tatsächlich. Eine Drohung stellt eine Form von Angriff dar. Aber wir haben wenig Anhaltspunkte. Natürlich werden wir das Empfangspersonal befragen.«

»Ich bezweifle, dass er an der Rezeption Name und Adresse hinterlassen hat.« Duffy wusste, wie unvernünftig er war, konnte aber nicht davon ablassen. So groß war der Unterschied zu diesem verdammten Bullen gar nicht. »Könnten Sie nicht nachsehen, ob er Fingerabdrücke hinterlassen hat?«

»Ja«, bestätigte der Polizist mit der Miene eines Geduldsengels. »Aber ich bin nicht sehr zuversichtlich. Seitdem die Kassette bespielt wurde, haben sich mindestens drei Leute an dem Recorder zu schaffen gemacht, und wenn der Kerl nur halb so clever ist, wie er meint, dann wird er Handschuhe getragen haben.« Er wandte sich an Rosa. »Wann könnte das Band Ihrer Ansicht nach aufgenommen worden sein? Schreiben Sie das bitte mit, Constable Palmer.«

Die Polizistin schreckte auf, errötete und hörte auf zu schreiben.

»Ich bin gegen drei gegangen. Meine Sekretärin ist wegen eines Zahnarzttermins etwas früher als gewöhnlich gegangen, gegen fünf nach fünf. Gewöhnlich hat sie um halb sechs Feierabend.«

»Trifft das für das gesamte Büropersonal zu?«

»Ja. In diesem Stockwerk dürfte gegen Viertel vor sechs niemand mehr sein. Natürlich ist im Erdgeschoss und in den Studios nach Betrieb. Wir senden bis Mitternacht.«

»Und morgens?«

»Sonia – meine Sekretärin – kommt um neun Uhr. Aber der Sender ist bereits um sieben Uhr offen.«

»Bevor ich gehe, werde ich ein Wort mit ihr reden. Haben Sie keine Ahnung, wer dieser Mann sein könnte?« Rosa schüttelte den Kopf. »Haben Sie den Recorder in einem Schrank aufbewahrt?«

»Nein. Jeder, der die Tür öffnet, würde ihn sehen.«

»Aber man müsste wissen, welche Tür zu öffnen wäre. Draußen ist kein Schild angebracht. Was auf eine gewisse Kenntnis der Architektur dieses Gebäudes schließen lässt.«

»Ja.« Rosa machte eine Pause. Constable Palmers Stift, der

wieder mit Lichtgeschwindigkeit über den Notizblock geflogen war, lag einen Moment reglos in ihrer Hand. »Er hat sich schon vorher mit mir in Verbindung gesetzt. Ich habe eine Karte bekommen. Und er hat mich zu Hause angerufen.«

»Das könnte sehr nützlich sein. Dürfte ich die Karte bitte sehen?«

»Ich fürchte, ich habe sie weggeworfen. Damals habe ich sie nicht für wichtig gehalten. Eine Beerdigungskarte. Schwarz umrandet mit einem Kreuz in der Mitte.«

»Sehr geschmackvoll. Was hat er gesagt, als er Sie zu Hause angerufen hat?«

»Ich weiß es nicht. Ich weiß, das klingt unwahrscheinlich, aber als ich seine Stimme hörte, habe ich irgendwie abgeschaltet. Ich bin nicht im Telefonbuch verzeichnet. Ich kann mir nicht vorstellen, wie er an meine Nummer gekommen ist. Jetzt habe ich sie ändern lassen.«

»Haben Sie das der Polizei mitgeteilt?«

»Ja, der für unser Gebiet zuständigen Polizeidienststelle. Sie meinten, sie könnten da nichts weiter unternehmen.«

»Ich werde veranlassen, dass sie uns die Angaben zuschicken.«

»Das klingt verdächtig. Als würden Sie erwarten, eine Akte anlegen zu müssen.«

»Nicht im Geringsten.« Der Sergeant lächelte, als er sich erhob. Ein leicht überlegenes Lächeln, das dazu bestimmt war, Galahad und seine Lady zu beruhigen. »Wahrscheinlich haben wir heute zum letzten Mal von ihm gehört. Trotzdem ist es sinnvoll, sämtliche Informationen an einem Ort aufzubewahren.«

»Natürlich.« Rosa lächelte zurück. Sie fühlte sich ermutigt. Er wirkte so zuversichtlich und gelassen. Und es gab Tausende wie ihn. Ein ganzes Arsenal von Männern, Wagen und Ausrüstungen. Gerichtsmedizinische Institute. Computer. Fernmeldetechnik. Waffen.

»Es hört sich an, als sei Ihre Sekretärin aus der Mittagspause zurückgekommen.«

»Ja, tatsächlich.« Rosa hatte gehört, wie die Außentür ins Schloss gefallen war. »Würden Sie gern mit ihr reden?«

Sie ließ Sonia zurück, die, bebend vor Aufregung und freudiger Erwartung, Fragen beantwortete, und ging in die Kantine. Die Nachrichten wurden scheppernd über einen Lautsprecher an der Wand übertragen.

»Rosa Gilmour, Moderatorin der beliebten Hörersendung *Rosas Karussell*, hat eine Morddrohung erhalten. Wie wir Ihnen jetzt mitteilen können, ist diese Nachricht, die auf eine Kassette aufgenommen und auf geschickte Weise ins Gebäude geschmuggelt wurde, die letzte in einer ganzen Reihe von äußerst unangenehmen Angriffen auf diese bekannte und beliebte Persönlichkeit.«

Gegen ihren Willen begann Rosa zu schmunzeln. Wie typisch für Toby! Statt ihre Unruhe zu steigern, wirkte diese melodramatische Ansage seltsamerweise beruhigend. Die Übertreibungen schienen auf sie eine umgekehrte Wirkung zu haben, denn sie ließen das Band nicht wichtiger, sondern unwichtiger erscheinen. Natürlich war sie meilenweit davon entfernt, es als einen Witz zu nehmen. Das würde sie nie können. Doch der Polizist hatte wahrscheinlich recht. Es war ein armer kleiner Perverser, der verzweifelt um Aufmerksamkeit kämpfte, und sie gewählt hatte, um sich an ihr abzuarbeiten. Was hatte Leo noch gesagt? Wenn es ein Montag ist, muss es Gilmour sein? Sie stand auf und setzte sich schnell wieder hin. Duffys Whisky, den sie auf leeren Magen getrunken hatte, hatte sie schwindelig gemacht. Sie hatte gerade noch Zeit, sich den Magen mit Sandwiches und Fischfrikadellen zu füllen, bevor sie nach Hause fuhr. Sie fragte sich, ob Duffy noch im Gebäude war, und beschloss, in der Redaktion nachzusehen, bevor sie ihre Bestellung aufgab.

Als Fenn am nächsten Morgen aufwachte, wusste er sofort, dass er einen Fehler gemacht hatte. Als er sich letzte Nacht schlafen gelegt hatte, hatte ihn, der eigentlich vollkommen ruhig sein müsste, eine nicht näher benennbare Angst erfasst, die an seinem Hirn zu nagen schien. Er hatte sich den gestrigen Tag in allen Einzelheiten ins Gedächtnis gerufen. Alles schien äußerst zufriedenstellend abgelaufen zu sein. Er hatte seine Mission im Studio mit kühler Gelassenheit durchgeführt; er hatte sehr gut zu Abend gegessen, wenig getrunken, viel gefickt und Sonia mehr oder weniger erledigt zurückgelassen. Eigentlich war alles perfekt gelaufen. Doch als er schließlich eingeschlafen war, hatte sich seine Unruhe nicht gelegt, war im Gegenteil in der Nacht noch größer geworden, sodass er sich jetzt nicht erfrischt, sondern unerträglich angespannt fühlte.

Er stand auf, zog sich an und machte sich einen sehr starken Instantkaffee. Er setzte sich an den Tisch und holte seinen Plan hervor. Zum x-ten Mal ging er ihn sorgfältig durch. Er war sich sicher, dass ihn das Mädchen an der Rezeption auf Grund der Schlägermütze und des Schnurrbarts nicht wiedererkennen würde. Sonia, die einzige, der das möglich wäre, war nicht im Gebäude gewesen. Obwohl er nicht im Vorstrafenregister stand und seine Fingerabdrücke nicht aktenkundig waren, hatte er Handschuhe getragen: Sicherheit stand bei ihm an erster Stelle. Was hatte er also vergessen? Nichts. Warum dann dieses überwältigende Gefühl der Angst?

Als er darauf stieß, schien es ihm so offensichtlich. Es traf ihn wie ein heftiger Schlag aus dem Hinterhalt oder wie eine kalte Dusche. Er konnte sich nicht rühren. Er saß einfach da, während er den Schlag zu verkraften suchte. Er war verloren. Aufgeschmissen. Schlimmer noch, er stand kurz vor der Festnahme. Denn sobald Sonia das Band hörte, würde sie seine Stimme wiedererkennen. Das Ausmaß seiner Dummheit war fast mehr, als er ertragen konnte. Wieso hatte er nicht daran gedacht? Er ballte die Faust und schlug sich immer wieder gegen die Stirn, denn er hatte das Bedürfnis, dieses schwache Hirn zu zerstören, das ihn so schnöde im Stich gelassen hatte.

Und sie hatte seine Telefonnummer. Einmal hatte er sie vom Münzfernsprecher in der Eingangshalle aus angerufen, und um weiterschwafeln und ihn bezirzen zu können, hatte sie ihn zurückgerufen. Damals hatte er sich darüber keine Gedanken gemacht. Münzfernsprecher waren nicht im Telefonbuch aufgeführt, deshalb würde sie seine Adresse nicht herausfinden. Doch das würde der Polizei gelingen. Sie müssten jetzt schon benachrichtigt worden sein. Es war fast halb drei.

Er musste bis zum Mittag geschlafen und dann länger an seinem Tisch gesessen haben, als ihm bewusst war. Er erhob sich und begann, wie wahnsinnig im Zimmer herumzulaufen. Selbst wenn Sonia ihn nicht verpfeifen wollte, würde sie sich selbst verraten, sobald sie das Band hörte. Er klammerte sich an diesen Strohhalm. Vielleicht würde sie allein sein, wenn sie es zum ersten Mal hörte. Sie hatte ihm erzählt, dass sie manchmal Antwortbriefe tippte, die Rosa zu Hause auf Band gesprochen hatte. Vielleicht hatte Rosa den Recorder einfach weiterlaufen lassen, ohne das Band zurückzuspulen. In dem Fall hätte sie die Nachricht noch nicht erhalten und die Polizei nicht informieren können. Es war eine kleine Chance. Natürlich könnte Sonia es selbst der Polizei gemeldet haben, aber das hielt er für unwahrscheinlich. Sie wüsste, dass ein solcher Anruf das Ende ihrer Beziehung bedeuten würde. Sein Kopf schmerzte von den vielen Faustschlägen und den wirren Spekulationen.

Die Vorstellung, dass Sonia ihn in der Hand haben könnte, verursachte ihm Übelkeit. Sie würde sich an ihn klammern und jammern und Andeutungen über Flitterwochen, dreiteilige Anzüge und, das war am widerlichsten, Babys fallen lassen. Und hinter ihren Worten würde dieser andere, unausgesprochene Hinweis liegen, der fast eine Drohung darstellte. Nein. Das würde er nicht verkraften können. Er würde sich einfach aus dem Staub machen müssen. Andere Leute taten das auch. Er würde sich in einen Zug setzen und in eine andere Stadt fahren. Nach Birmingham oder vielleicht nach Bristol. Er würde sich schon irgendwie durchschlagen. Er könnte irgendeinen Gelegenheitsjob annehmen. Und eine andere Frau finden, die ihn vergötterte und ernährte. Das wäre keine Schwierigkeit. Aber oh! – die schwarze Welle der Enttäuschung kam wieder hoch und drohte, ihn zu überrollen –, er musste seinen großartigen Plan fallen lassen. Rosa Gilmour würde ungeschoren davonkommen. Aber das brauchte ja nicht immer so zu bleiben. Er war jung. Seine Bandaufnahme würde bald in Vergessenheit geraten. Und dann würde er zurückkommen. Und zuschlagen.

Hastig zog er eine Reisetasche aus Leinen unter seinem Bett hervor. Zuerst packte er ein halbes Dutzend seiner kostbarsten Bücher ein; darauf legte er seine neue Kombination und etwas Unterwäsche. Dann zog er den Mantel an und suchte sein gesamtes Geld zusammen. Er beschloss, von der Paddington Station einen Zug in westliche Richtung zu nehmen, so weit zu fahren, wie er mit seinen elf Pfund kam, und den Rest der Strecke nach Bristol per Anhalter zurückzulegen. Er verließ sein Zimmer und entdeckte, dass die Tür zur Feuertreppe abgeschlossen war. Er würde sich einfach auf sein Glück verlassen und die Treppe benützen müssen.

Er war drei Stufen hinuntergegangen, als das Telefon klingelte. Mr. Christoforou ging durch die Eingangshalle. Er nahm den Hörer ab. Das Glück, das ihn den ganzen gestrigen Tag begleitet hatte, schien ihn heute nur noch höhnisch anzugrinsen. Er stellte seine Tasche hinter sich außer Sichtweite auf dem Treppenabsatz ab und machte Anstalten, sich zurückzuziehen, doch es war bereits zu spät.

Mr. Christoforou, dessen Gestalt sich gegen das strahlende Lächeln und die glänzenden, herabhängenden Früchte des karibischen Posters abzeichnete, hielt ihm den Hörer entgegen.

»Hey«, rief er. »Es ist für Sie.«

5

»Was sitzt mitten in Paris und wackelt?«

Kathy meinte: »*Den* kenn' ich schon.«

»Stimmt ja gar nicht. Aber ich hab' sowieso Mom gefragt.«

»Ich weiß mehr, als alle anderen glauben, was ich weiß, weil ich erst sieben bin.«

Rosa suchte nach einem geeigneten Satz, um mit Leo ein Gespräch anzufangen. Nachdem er im Auto die Nachrichten gehört hatte, war er besorgt nach Hause gekommen, hatte sich aber angesichts ihrer stoischen, fast optimistischen Gelassenheit bald wieder beruhigt, die während des Mittagessens mit Duffy und den Rest des Tages, unterstützt durch einige Gänge zum Weinregal, vorgehalten hatte. Doch im kühlen Morgenlicht fühlte sie sich weitaus weniger zuversichtlich und suchte nach Mitteln und Wegen, sich Mut zu machen.

»Für den letzten Satz würde ich dir nicht einmal zwei von zehn Punkten geben. Was die Satzstruktur in grammatischer Hinsicht angeht, war er ein absolutes Tohuwabohu. Mom – was sitzt mitten in Paris und wackelt?«

Ihre Sorge um die Kinder hatte sich als ziemlich unnötig erwiesen. Kathy schien glücklicherweise nicht zu begreifen, was los was, und Guy fand alles sehr spannend und schlug ihr vor, Verbindung mit der CI5 aufzunehmen.

»Ich weiß es nicht. Was ist es?«

»Der Eiffelturm.«

»Mein Gott – *den* kannte ich schon«, sagte Kathy.

»Stimmt ja gar nicht. Du weißt ja nicht einmal, wo Paris liegt.«

Der Wein hatte Rosa träge gemacht. Sie hatte einen schweren Kopf und einen säuerlichen Geschmack im Mund. Sie schien nicht richtig wach zu werden. »Leo ...« Ein unverbindliches Murmeln kam hinter der *Times* hervor. »Oh, leg die Zeitung weg. Ich will mit dir reden.«

»Entschuldige.« Leo faltete die Zeitung zusammen und lächelte. »Guter Kaffee.«

»Es ist der, den wir immer haben. Leo – ich glaube, wir sollten alle Schlösser auswechseln lassen.«

»Warum denn das, um alles in der Welt?«

»Das sollte doch wohl offensichtlich sein.«

»Ach so, es geht um ihn. Er hat doch keinen Schlüssel, oder?« Leos Augen wandten sich bereits wieder der *Times* zu. Rosa beugte sich vor und schob die Zeitung beiseite. Er runzelte die Stirn. »Wir hatten mit dem Telefon schon genug Scherereien, da brauchen wir jetzt nicht auch noch herumzusausen und alle Schlösser herauszureißen.«

»Dann sollten wir jemanden anstellen, der das Haus bewacht.«

Leo sagte: »Ist dir klar, wie viel das kosten würde? Diese Leute verlangen ungefähr zwanzig Pfund pro Stunde.«

»Da es um mein Leben geht, hatte ich mir gedacht, dir wäre das Ganze vielleicht so viel wert.«

»Sei nicht so melodramatisch, Rosa. Meinst du wirklich, ich würde so reden, wenn dein Leben tatsächlich in Gefahr wäre? Zunächst einmal würde die Polizei einen Mann zur Bewachung des Hauses abstellen.«

»Sie sagen, sie können keinen entbehren. Zumindest nicht für eine so unbedeutende Sache.«

»Da hast du's. Sie haben Erfahrung mit solchen Situationen. Wenn sie meinen, dies sei eine unbedeutende Sache, haben sie wahrscheinlich recht.«

»Wahrscheinlich reicht dir also, oder?«

»Wo spielen Spinnen Football?« Guy machte eine Pause. »Mom, wo –«

»Heute Nacht schienst du dir mehr Sorgen zu machen.«

»Ich habe mir Sorgen gemacht. Und ich mach' sie mir immer noch. Aber wir dürfen das Ganze nicht übertreiben. Immerhin ist es möglich, dass nichts passiert.«

»Ich verstehe. Und was soll ich deiner Ansicht nach machen, während wir abwarten, ob tatsächlich etwas passiert? Wie soll ich leben? Soll ich mir ständig über die Schulter sehen? Wie lang soll ich das machen, Leo? Eine Woche? Einen Monat? Den Rest meines Lebens?«

»Mom ... *Mom ...*«

»Und wie soll ich arbeiten können?«

»Du könntest aufhören zu arbeiten. Mit meinem Gehalt würden wir ohne weiteres auskommen.«

»Guy weiß, wo Spinnen Football spielen, Mom.«

»Ahh ... Jetzt kommen wir endlich zur Sache. Du hast nie gewollt, dass ich arbeite, oder? Das hast du mir schon immer missgönnt.«

»Rosa!« Leo wirkte verblüfft. »Du weißt, das stimmt nicht.«

»Dennoch vielen Dank für deinen wundervollen Vorschlag. Damit ist mein Problem ja gelöst. Ich brauche nur die Fenster zu sichern, die Türen zu verriegeln und das Haus nicht eine Minute zu verlassen. Ich könnte den ganzen Tag in der Küche stehen, gesunde Sachen backen, Steppdecken nähen und wie die Pioniersfrauen Met brauen.« Ihre Stimme überschlug sich. »Mit einem Gewehr an meiner Seite, wegen der Indianer.«

»Mom ...« Kathy streckte ihre Hand aus, um ihre Mutter

am Ärmel zu zupfen und stieß dabei ein großes Glas Orangensaft um. Rosa gab dem Kind eine saftige Ohrfeige. Die helle Flüssigkeit breitete sich auf der karierten Decke aus und begann auf den Boden zu tropfen. Ungläubig und erstaunt starrte sie die Kinder an. Sie starrten dumm zurück. Sie hatte sie noch nie geschlagen. Guy stieß seinen Stuhl zurück und ging zu seiner Schwester. Zu erschüttert, um weinen zu können, barg Kathy ihr Gesicht in seinem Blazer.

»... Es tut mir Leid ...« Rosa sah zu Leo hinüber, der aufgestanden war und aus der Küche ging. »Leo ...« – es war ein kaum vernehmbares Flüstern – »geh nicht weg.«

Ein Teil des Safts tropfte auf ihren beigen Rock. Sie sah zu, wie er sich ausbreitete: ein feindseliger Kommentar zu der schrecklichen Wendung, die ihr Leben genommen hatte. Leo kam mit einer Tasche in der Hand zurück. Er stellte sie auf der Anrichte ab und öffnete sie. Er zog eine dunkelbraune Flasche hervor und schüttete einige Tabletten aus einem Röhrchen. Dann ging er zum Tisch, schenkte ein wenig Saft in ein Glas und beugte sich über Rosa.

»Hier. Nimm das.«

»Oh, Leo – ich will den Rest des Tages nicht benommen sein.«

»Das wirst du auch nicht. Sie nehmen den Dingen nur die Schärfe. Sie helfen dir, damit zurechtzukommen. Gehst du heute zum Sender?« Rosa schüttelte den Kopf. »Willst du hier arbeiten?«

»Ich kann nicht, Leo. Ich scheine mich nicht konzentrieren zu können. Alles um mich herum scheint ... zusammenzubrechen.«

Sie bemerkte, dass er sichtlich bemüht war, die Geduld zu wahren, wie er es manchmal bei den Kindern tat.

»Es tut mir Leid, dass ich nicht bleiben kann. Ich werde so bald wie möglich nach Hause kommen. Wenn ich eine Pause habe, ruf ich dich an, um zu hören, wie's dir geht.«

»... Vielen Dank ...« Rosa schämte sich, als sie hörte, wie unterwürfig sie klang. Sie schluckte die Tablette, stellte das Glas ab und sah wieder zu den Kindern. Guy starrte sie unnachgiebig und anklagend an. Kathy hatte angefangen zu weinen. Die Tränen liefen über einen dunkelroten Fleck auf der Wange. »Oh Liebling, es tut mir so Leid.«

»Hör zu, Rosa.« Leo nahm ihre Hand. »Du bist sehr angespannt. Du hast die Beherrschung verloren und deine Jüngste geschlagen. Trotzdem solltest du nicht übertrieben reagieren und dich in einen Zustand der Selbsterniedrigung hineinsteigern. Das kommt in allen Familien einmal vor.«

»Nicht in unserer, Leo.«

»Nein.« Leo zögerte. »Ich nehme an, wir sind eine Ausnahme. Oder vielleicht liegt's nur daran, dass wir vorher noch nie mit wirklichen Problemen konfrontiert waren.«

Rosa griff nach seiner Hand. Das Leben, das sie bis vor einigen Tagen geführt hatten, schien ihr nun wie von einem goldenen Schimmer überzogen und kam ihr vor wie ein paradiesähnlicher Zustand unschuldigen Glücks. Wie das Leben vor der Schlange. Vor dem Sündenfall. Sie bemühte sich, den Blick für die richtigen Proportionen zu wahren. Sie durfte es einfach nicht zulassen, dass ein einzelner Mensch, ein verrückter Kerl, den sie nicht einmal kannte, ihr Leben dermaßen beeinflußte. Und das Leben der Menschen, die ihr am meisten am Herzen lagen. Er würde es genießen, die Verzweiflung und den Aufruhr zu sehen, den er bereits verursacht hatte. Vor allem dieser Gedanke veranlasste sie, tief Luft zu holen und zu Leo zu sagen: »Mir geht's schon viel besser. Es wird schon wieder.«

»Mrs. Jollit wird bald hier sein. Sie wird dich aufmuntern.« Beide lachten, und Rosa sah, dass der angespannte, ängstliche Ausdruck auf den Gesichtern der Kinder schmolz wie Schnee in der Sonne. »Wenn du Guy zur Schule bringst, behalte ich Kathy heute zu Hause.«

»Das ist ungerecht!«

»Komm schon, Guy. Ich bin ohnehin schon zehn Minuten zu spät dran.«

Mürrisch folgte Guy seinem Vater die Treppe hinauf. »Zum Ausgleich könntet ihr mir wenigstens etwas zukommen lassen. Ein Geschenk oder so etwas.«

»Wo spielen die Spinnen denn jetzt Football?«

»Armer Guy.« Kathy seufzte recht selbstgefällig auf. »Warum muss ich nicht zur Schule, Mom?«

Diese unschuldige Frage versetzte Rosa einen Stich. Sie fragte sich, wie lange es dauern würde, bis die Wunde verheilt war. »Heute Morgen können wir uns die tiefgefrorenen Teddys ansehen. Ich muss ohnehin zu Marks und Spencer's. Und wie würde es dir gefallen, wenn wir heute Nachmittag ins Puppenmuseum gingen?«

Kathys Lächeln verwandelte ihre Wangen in triefend nasse Pausbacken: »Oh, ja.« Sie liebte das Puppenmuseum mit seinen winzigen Treppen und seinen kleinen, dunklen viktorianischen Zimmern, die mit Puppen, Puppentheatern und Marionetten vollgestellt waren. »Vielleicht können wir für Guy ein Geschenk kaufen, weil er nicht mitkommen kann.«

»Wir werden schon etwas für ihn finden. Jetzt wischen wir dir erst mal die Tränen ab.«

»Das mach' ich im Badezimmer.« Kathy kletterte von ihrem Stuhl und ging auf die Tür zu.

»Nein – tu das nicht.« Sie wollte nicht, dass Kathy in den Spiegel sah. »Komm – wir machen's hier. Ein Papiertaschentuch genügt.«

Als sie mit übertriebener Zärtlichkeit Kathys Gesicht abtupfte, sah sie auf die Uhr. Heute war die Stimme der Prophetin wohl nicht zu vermeiden. Zudem hatte Mrs. Jollit die *Sun* abonniert, was zweifellos für neuen, dramatischen Gesprächsstoff sorgen würde. All dies wäre nicht gut für Kathy.

Rosa wollte zumindest dafür sorgen, dass ihre Anwesenheit sich nicht mehr als einige Minuten überschnitt. Sie ging mit Kathy in die Diele, half ihr in den Mantel und setzte ihr eine Mütze auf. Obwohl die Sonne schien, war es sehr kalt.

»Warte im Esszimmer auf mich, Liebling. Ich hole nur schnell meine Tasche und die Schlüssel.« Als sie in der Küche nach ihrem Portemonnaie suchte, begann Rosa, sich ein wenig besser zu fühlen. Vielleicht würden sie Mrs. Jollit ja doch nicht treffen. Sie war spät dran – um halb zehn hätte sie kommen müssen, und jetzt war es bereits zwanzig vor zehn. Sie wollte gerade die Treppe hinaufgehen, als das Telefon klingelte.

Ihre erste Reaktion war Angst. All ihre Befürchtungen stürzten wieder auf sie ein, bis sie sich daran erinnerte, dass sie die Telefonnummer hatte ändern lassen. Sie lief ins Esszimmer.

»Hallo?«

»Mrs. Gilmour? Ich bin's.«

»Oh, Mrs. Jollit. Fühlen Sie sich nicht wohl? Ich hab' mich schon gewundert, wo Sie bleiben.«

»Ich bin zu Hause, wo ich in Sicherheit bin. Und hier werde ich auch bleiben.«

»Wieso? Was ist los?« Als ob sie das nicht wüsste. Der feindselige Fleck breitete sich weiter aus, brachte jetzt außer familiären Verstimmungen auch noch Unannehmlichkeiten mit sich.

»Na ja – ich hab' Ihnen doch von diesem Krebsgeschwür erzählt, das ich habe.«

»Ja.«

»Ich hab' diese Sendung im Fernsehen gesehen. Sie meinten, eine der Hauptursachen für Krebs wäre Stress. Nun ja, da ich für diese Krankheit so anfällig bin, muss ich offensichtlich alle Situationen vermeiden, in denen ich mich aufregen könnte. Verstehen Sie, was ich meine, Mrs. Gilmour?«

»Oh, ja.«

»Ich meine, ich könnte zu Ihnen rüberkommen und dort im Bett ermordet werden.«

»Er ist nicht in unserem Haus. Fenster und Türen sind fest verschlossen, das Haus ist also ziemlich sicher.« Und, fügte sie für sich hinzu, er ist nicht hinter dir her. »Ich wünschte, Sie würden es sich noch einmal überlegen. Ohne Sie bin ich wirklich aufgeschmissen.«

»Und ich muss an Albert denken. Ich kann nicht einfach losrennen und mir eine schreckliche Krankheit einfangen, nur weil Sie ohne mich in Schwierigkeiten kommen könnten. Ich werde wieder zu Ihnen kommen, sobald sie ihn gefasst haben.«

»Machen Sie sich darüber keine Gedanken.«

»Wie bitte?«

»Ohne Putzhilfe komme ich nicht zurecht, deshalb werde ich mir jemanden über eine Vermittlungsagentur besorgen. Die zweifellos astronomischen Gebühren werde ich von Ihrem Lohn abziehen.«

»Mir steht noch ein Wochenlohn zu!«

»Nicht, wenn Sie nicht eine Woche vorher kündigen. Auf Wiederhören.« Rosa knallte den Hörer auf die Gabel. Sie wandte sich Kathy zu. »Tut mir Leid, mein Schatz, aber Mrs. Jollit kann heute nicht kommen, deshalb müssen wir ein bisschen Ordnung machen, bevor wir losgehen. Wirst du ein braves Mädchen sein und mir helfen?«

»Was soll ich machen?«

»Du könntest dein Bett und das von Guy machen. Ich werde anfangen zu spülen.«

Als Kathy im oberen Stockwerk verschwunden war, stellte Rosa das Wasser an, stapelte das Geschirr in der Spüle und holte die Flasche mit dem Spülmittel hervor. Sie zielte wie mit einer Pistole auf das schmutzige Frühstückgeschirr und feuerte mit aller Kraft ab.

Sobald sie zu reden begann, wusste er, dass alles in Ordnung war. Zumindest für den Moment.

»Ich weiß, dass du mich gebeten hast, dich nicht zu Hause anzurufen, mein Schatz, aber heute Abend werde ich etwas später von der Arbeit kommen, und ich will nicht, dass du bei diesem Wetter auf mich wartest. Ich hab' mir gedacht, wir könnten uns in unserem kleinen Café treffen.«

Er fragte sich, welches Café sie meinte. Ihre Sentimentalität war unerträglich. Jeder Ort, an dem sie mehr als einmal gewesen waren, wurde zu »ihrem« Café, Pub oder Restaurant.

»Warum kannst du erst später kommen?«

»Das würdest du wohl gern wissen, was?«

Gott im Himmel. Natürlich würde ich das gern wissen, du dumme Kuh. Warum würde ich dich sonst wohl fragen? Mit mädchenhafter Stimme flötete sie ihm zu: »Im Donatello. Ich muss auflegen; ich bin mit meiner Arbeit in Verzug.«

Versuchen kann man's ja mal, dachte er verstimmt. »Du klingst sehr aufgeregt, Sonia. Was ist los?«

»Ich erzähl's dir heute Abend. Das versprech' ich dir.«

»Und ich verspreche dir, dass ich heute Abend nicht kommen werde, wenn du's mir jetzt nicht erzählst.«

Schweigen. »Na ja – Madame hat eine Morddrohung bekommen. Eine echte Morddrohung. Auf Band. Ich hab' Stunden mit der Polizei verbracht: Jetzt weiß ich, was es heißt, in die Zange genommen zu werden.«

Das kurze Aufflackern der Angst war rein instinktiv; seine Vernunft befahl ihm, sie zu unterdrücken. Solange Sonia das Band nicht gehört hatte, konnte sie ihnen nichts erzählen. »Wollen sie noch einmal mit dir reden?«

»Nein.« Er spürte, wie gern sie diese Frage bejaht hätte. »Ich lieb' dich.«

»Bis später.« Er hängte ein.

Das Donatello lag in einer Fußgängerpassage italienischen

Stils, die in einen Hof in der Nähe der Dombey Street mündete. Im Sommer befanden sich dort mit Lorbeer und Oleander bepflanzte Kübel, hängende Blumenkörbe sowie Tische und Stühle. Der gepflasterte Hof wirkte wie eine Piazza. Jetzt lag er verlassen da. An den Seiten standen lediglich sechs Laternenpfahle, deren milchige runde Lampenschirme von Filigranmetall umschlossen waren. Das Licht schien auf nassglänzende Ladenschilder und spiegelte sich in den Pfützen.

Fenn war als Erster da. Er bestellte einen Kaffee, holte sein Notizbuch hervor und riss eine Seite heraus. Seit er mit Sonia gesprochen hatte, hatte sich seine Angst ein wenig gelegt, doch verschwunden war sie noch nicht ganz. Er befürchtete immer noch, kurz vor der Festnahme zu stehen und konnte es zum ersten Mal kaum erwarten, sie zu sehen. Er konnte nicht wissen, dass Sonia erst später von der Arbeit kam, weil sie, obwohl ihre Unterredung mit der Polizei nicht einmal zehn Minuten gedauert hatte, mehr als eine Stunde damit verbracht hatte, während der Teepause eine Runde durch die anderen Büros zu machen und jedem, der es hören wollte, den Vorfall in allen Einzelheiten zu schildern – wobei sie als abschließende Bemerkung unverändert hinzufügte: »Die Polizei steht vor einem Rätsel.«

Fenn ordnete seine Gedanken. Er schrieb jede Einzelheit auf, die er wissen wollte. Er wusste, dass er vorsichtig sein musste, wenn er Sonia ausfragte. Sie könnte Verdacht schöpfen, wenn er zu viele Dinge auf einmal wissen wollte, doch als sie durch die Tür stürzte, wusste er, dass seine Befürchtungen überflüssig waren.

Mit ihrem ganzen Gebaren schien sie ihm entgegenzuschreien: »Hier kommt der Sensationsbericht!« Sie begann zu reden, bevor sie sich gesetzt hatte. Die häufige Wiederholung ihrer Unterredung mit der Polizei hatte ihrer Erzählung weder die Spannung genommen, noch ihren blumigen Ausdrücken geschadet.

»Mein Gott, Liebling, was für einen Tag hab' ich hinter mir! Wirklich – das möcht' ich nicht noch einmal erleben!« Als sie diese der Wahrheit völlig zuwiderlaufenden Eröffnungssätze ihrer dramatischen Rede losgeworden war, erhob sie sich, zog den Mantel aus und nahm ihren Wollhut ab. Sie hatte ihr Talent als Geschichtenerzählerin entdeckt und meinte zu wissen, dass eine Kunstpause am Anfang geeignet war, die Spannung zu steigern. Sie faltete ihren Mantel und legte ihn zusammen mit dem Hut auf den Stuhl neben sich. Genüsslich und gemächlich zog sie ihre nassen Handschuhe aus, zupfte an jedem einzelnen Finger und beobachtete ihn unterdessen auf schrecklich spitzbübische Weise. Während er diese grässliche Parodie einer Stripteaseshow beobachtete, gelang es Fenn nur mit äußerster Willenskraft, einen Kommentar zurückzuhalten. Er hätte sie erwürgen können.

»Ich hab' gedacht, ich käme nie weg.« Sie begann, sich nach einem Kellner umzusehen, und winkte ihn auf die aggressive Weise heran, die unsicheren Menschen oft zu eigen ist. »Ich brauch' jetzt einfach einen Kaffee … Ich kann dir gar nicht sagen, wie …«

Nachdem er dieses Schauspiel drei oder vier Minuten mitgemacht hatte, stand Fenn abrupt auf, ging zur Theke, an der ein Kaffeeautomat stand, und kam mit einer Tasse Milchkaffee zurück. Mit äußerster Sorgfalt stellte er sie vor ihr auf den Tisch und sagte: »Hier hast du deinen Kaffee, Liebling. Jetzt lass hören, was los war.«

»Oh, Fenn.« Sie atmete den Geruch des dampfenden Kaffees ein, als handele es sich um ein seltenes Getränk. »Du bist so gut zu mir.« Dann, als ob sie spürte, dass sie fast zu weit gegangen war: »Na ja – ich hab' Stunden um Stunden mit der Polizei zusammengesessen …«

»Halt, halt. Fang von vorn an. Du hast irgendetwas über ein Band gesagt.«

»Irgendjemand hat es auf Rosa abgesehen. Er ist tatsächlich einfach ins Gebäude gegangen, hat ihr Büro gefunden und die Morddrohung auf ihrem eigenen Kassettenrecorder aufgenommen. Man muss seinen Mut wirklich bewundern.«

»Du meinst ...« Fenn klang ungläubig. »... Er ist einfach hineinspaziert?«

»Einfach hineinspaziert.«

»Aber habt ihr denn kein Sicherheitspersonal?«

»Natürlich. Es ist immer jemand am Empfang. Das Mädchen hat gesagt, bei ihr wäre niemand vorbeigekommen.«

»Dann muss er durch den Hintereingang gekommen sein«, meinte Fenn, der diese Möglichkeit bereits überprüft hatte.

»Es gibt keinen Hintereingang. Verstehst du, was das bedeutet? Wenn er nicht durch die Eingangshalle gekommen ist *und* genau gewusst hat, wo ihr Büro war ...«

Die kokett hochgezogenen Brauen und die suggestive Pause mit angehaltenem Atem veranlassten ihn, ihr den Spaß zu verderben. »Einer vom Personal?«

Eine Spur von Gereiztheit überlagerte Sonias bewundernden Blick. »Offensichtlich. Die Polizei fahndet in diese Richtung. Obwohl (sie hätte fast ihren Zusatz vergessen) sie vor einem Rätsel steht.«

Er fragte: »Hast du dir diese schreckliche Drohung denn nicht anhören müssen?«

Sichtlich bedauernd seufzte sie auf. »Nein.«

»Mach' dir nichts draus. Vielleicht wird dir Rosa das Band morgen vorspielen.«

»Sie hat es nicht mehr. Die Polizei hat es mitgenommen.«

»Wirst du zum Polizeirevier gehen, um es dir anzuhören?«

»Nein.« Wieder seufzte sie. Die Show war offensichtlich gelaufen. »Sie scheinen anzunehmen, dass er nichts tun wird. Er ist wohl einer von diesen Verrückten. Du weißt ja, wie das ist« – ein verschwörerischer Blick eines verkannten Genies –, »wenn man berühmt ist, wird man für diese Dinge sehr anfällig.«

Während sich ein Teil seiner Person über diese Einschätzung entrüstete, war der andere vor Erleichterung überwältigt. Im Moment war er in Sicherheit. Und er hatte mehr erreicht, als nur seinen Standpunkt klarzumachen. Er hatte sie in solchem Maße verängstigt, dass sie die Polizei gerufen hatte. Er war in den Nachrichten gemeldet worden. Er war ernst genommen worden.

»Und wie hat sie es aufgenommen?« Es passte ihm, Sonia unmerklich in ihrer Abneigung gegen ihre Chefin zu bestärken. Es veranlasste sie zu glauben, er wäre auf ihrer Seite, und garantierte, dass die Informationen weiterflossen, auch wenn sie einseitig waren.

»Madame?« Sonia schnaubte. »Sie ist vor Angst ganz aus dem Häuschen gewesen. Du hättest sie sehen sollen. Sie hat gezittert wie Espenlaub. War weiß wie die Wand. Natürlich sind alle um sie rumscharwenzelt. Alle Männer zumindest. Der alte Duffield ist in der Gegend rumgelaufen, um ihr Whisky und Wasser zu besorgen. Ich hab' sie durch die Tür gehört. Und sie hat ihn noch dazu ermutigt. Als ob sie zu Hause weder einen gutmütigen Ehemann noch Kinder hätte.« Sie hielt inne, als ihr einfiel, dass sie jetzt keinen Grund mehr hatte, auf Rosa eifersüchtig zu sein. Sie würde selbst bald Mann und Kinder haben. Fenn beobachtete die Veränderung ihres Gesichtsausdrucks, schätzte die Ursache richtig ein und dachte: von wegen.

Er fragte sich, ob sie Rosas neue Telefonnummer in ihrem Adressbuch hatte. Rosa hatte nicht lange gebraucht, um sie ändern zu lassen. Er hatte beschlossen, sie anzurufen, bevor er das Haus verließ, einfach um die Drohung auf dem Band zu verstärken. Um sie wissen zu lassen, dass er nicht nur alberne Spielchen trieb. Aber da war nur der Satz ›Kein Anschluss unter dieser Nummer‹ gewesen. Er hatte loslachen müssen. Als ob ihn so etwas abhalten könnte. Nichts würde ihn mehr aufhalten können.

Die Erleichterung hatte dazu geführt, dass sich nicht nur er, sondern auch seine Blase zum ersten Mal seit Stunden entspannte. Er stand hastig auf. »Ich bin gleich zurück, Sonia.«

Als er sich auf der Toilette Erleichterung verschafft, die Hände gewaschen und sich vor dem körpergroßen Spiegel das Haar zurückgestrichen hatte, kehrte auch das Gefühl für die Schicksalhaftigkeit seiner Mission zurück.

Die Polizei hatte offensichtlich nicht vor, der Sache allzu viel Aufmerksamkeit zu schenken. Sonia war nicht einmal im Gebäude gewesen, als das Band aufgenommen wurde, deshalb würden sie nicht mehr mit ihr reden wollen. Dennoch fühlte er sich unter Zeitdruck. Er hatte sich darauf gefreut, mit Rosa ein wenig Katz und Maus zu spielen. Hier bin ich, jetzt bin ich weg. Noch ein oder zwei geschmackvolle Drohungen per Telefon. Aber jetzt würde er seinen Plan kürzen müssen. Schade. Manchmal, wenn er sich das Ende der Jagd vorstellte, blieb ihm fast das Herz stehen, so eindringlich und schrecklich waren die Bilder. Doch vieles sprach für die Jagd. Jede Einzelheit, jede Drehung und Wendung, der Köder, der Geruch der Angst, das Auftauchen und Verschwinden seines Opfers. Die Notwendigkeit, schnell zu handeln und scharf zu denken, den Verlauf vorherzusehen.

Selbst als er heute Morgen geglaubt hatte, sich geschlagen geben zu müssen, hatte er sich lebendiger als je zuvor gefühlt. Die Tage zogen sich nicht mehr grau und eintönig dahin, sondern hatten ein neues Gesicht bekommen, als wären sie eigens für ihn aufpoliert worden. Auf gewisse Weise würde er traurig sein, wenn alles vorbei wäre, doch zugleich wusste er, dass er dann ein anderer Mensch wäre. Er wusste nicht genau, was dabei herauskommen würde, ihm war nur klar, dass er in seinen Augen und in denen der gesamten Welt vollkommen anders sein würde.

Unterdessen sah sich Sonia im Restaurant ruhig seine Liste an.

Die Jobvermittlung hatte ihr zugesichert, ihr innerhalb der nächsten vierundzwanzig Stunden jemanden vorbeizuschicken. Es war eine jener Agenturen, die sich darauf eingestellt hatten, mit jedem Problem fertig zu werden. Die Stimme am anderen Ende der Leitung hatte einen dermaßen ungewissen, flötenhaften Ton, dass Rosa ihrerseits unsicher geklungen haben musste, denn ihr wurde unablässig versichert, dass alles zu ihrer Zufriedenheit erledigt würde, »wie *outré* ihre Wünsche auch immer sein mochten«. »Erst letzte Woche haben wir einen Turmarbeiter und einen Kobold für Selfridges gestellt, und zudem haben wir einen Kameltransport zum Flughafen Stanstead organisiert.«

»Sehr schön.« Rosas Stimme klang belegt. Vor nicht allzu langer Zeit hätte sie sich über eine so köstliche Auflistung von Jobs amüsiert und sie sich gemerkt, um sie Leo zu erzählen. »Er wird also morgen früh hier sein?«

»Um halb zehn.« Als das Gespräch bereits beendet schien, fügte die Stimme hinzu: »Oh – ich hoffe, Sie haben nichts gegen Schauspieler?«

»Um Himmels willen, nein.«

»Ein großer Teil unseres Personals setzt sich aus Schauspielern zusammen. Sie warten ständig auf irgendwelche Engagements, wissen Sie?«

»Na ja, solange er nicht auf meine Kosten wartet ...«

Dieser scharfe Tonfall kam nicht gut an. Die Flötenstimme klang leicht verstimmt, als sie sich verabschiedete: »Auf Wiederhören, Mrs. Gilmour.«

Jetzt wartete Rosa darauf, dass dieser unbekannte Schauspieler seinen Einzug hielt. Sie freute sich auf seine Gesellschaft, sie, die es früher kaum abwarten konnte, das Haus für sich zu haben. Sie bezweifelte, dass er ebenso tüchtig wie Mrs. Jollit wäre. Andererseits würden ihr die unheilbaren Neurosen erspart bleiben. Es klingelte an der Haustür.

Als sie in die Diele ging und hinter der farbigen Türverglasung einen großen, dunklen Schatten sah, überfiel sie für einen Augenblick ein Gefühl der Angst. Sie hätte eine Türkette anbringen lassen sollen. Darum würde sie sich auch heute kümmern, bevor sie ins Studio ging. Auf der Hauptstraße gab es einen Eisenwarenhändler. Sie machte die Tür einen Spaltbreit auf und guckte hinaus.

»Mrs. Gilmour? Greg. Von der Jobvermittlung.«

»Kommen Sie herein.« Sie lächelte, als sie die Tür öffnete. »Es tut mir Leid, wenn ich misstrauisch wirke, aber ...«

»Ich hab' schon gehört, meine Liebe.« Er folgte ihr in die Diele und die Küche. »Eine haarige Angelegenheit.«

»Möchten Sie einen Kaffee?«

»Na ja ... schließlich bezahlen Sie meine Arbeit, Mrs. Gilmour.«

»Rosa.«

»Ein Kaffee wäre großartig.« Er hängte seine Lederjacke über die Stuhllehne und sah sich voller Bewunderung in der Küche um. »Ein tolles Haus.«

»Ja.« Sie stellte die Kaffeemaschine an. »Wir haben es gekauft, kurz bevor die Preise in die Höhe geschnellt sind. Jetzt muss man schon fast ein Millionär sein. Wo wohnen Sie?«

»Palmers Green. Ich teile die Wohnung mit einem Freund.« Er hockte sich auf einen der Wiener Stühle. »Haben Sie einen festen Ablauf, an den ich mich halten soll? Oder fällt jeden Tag etwas anderes an?«

»Mrs. Jollit hatte eine feste Abfolge, aber sie hat ziemlich lange für mich gearbeitet und wusste, was ich wollte. Ich denke, wir regeln das von Tag zu Tag.«

»Warum hat sie gekündigt?«

»Wegen dieser schrecklichen Sache ... Sie wissen schon.« Greg nickte verständnisvoll. »Sie dachte, sie würde hier im Bett ermordet werden.«

»Dann hat sie hier also gewohnt?«

»Nein.« Greg prustete los, und auch Rosa musste lächeln.

»Ich werde mich nach einer festen Putzhilfe umsehen müssen, doch da Leo und ich arbeiten, brauche ich jemanden für den Übergang.«

Greg warf einen Blick auf den Geschirrstapel in der Spüle und auf das Ablaufbrett. »Ich verstehe, was Sie meinen, meine Liebe.« Dann: »Kaum zu glauben. Was für ein göttliches Tier!«

Sobald Madgewick die unbekannte Stimme gehört hatte, war er aus seinem Korb gekrochen, um sich alles aus der Nähe anzusehen. Rosa gab einen kurzen Bericht über seine Herkunft.

»Armes Tier. Ich liebe diese gescheckten Katzen einfach.«

»Ja. Er wirkt ein wenig wie ein Bettvorleger.«

Greg sah zu, wie Rosa den Kaffee in zwei schwere, dunkelgrüne Frühstücksbecher füllte. Ihm fiel auf, wie blass sie unter dem sorgfältig aufgetragenen Make-up war, und er fragte sie, wie man sich fühlen musste, wenn man von jemandem, den man nie zuvor gesehen hatte, mit Mord bedroht wurde. Aus Mitleid mit ihrer Zwangslage sagte er unvermittelt: »Ich weiß, es fällt mir leicht, darüber zu reden, aber an Ihrer Stelle würde ich mir nicht zu viel Sorgen machen. Meistens tun diese Kerle nichts –«

» – tun diese Kerle nichts.« Rosa hatte den Satz zusammen mit ihm beendet.

»Tut mir Leid, wahrscheinlich sagt das jeder.«

Rosa setzte sich mit ihrer Tasse an den Tisch. »Jeder, der noch nie bedroht worden ist.«

Sie kam zu dem Schluss, dass er wirklich nett war. Er war neugierig, ohne aufdringlich zu sein, und schien für ihre Situation tatsächlich Verständnis zu haben. Er war groß und langgliedrig und hatte ein längliches, knochiges Gesicht, das an den Kopf eines Schaukelpferds erinnerte. Seine Augen waren hellgrün, und sein dichtes rötliches Haar gelockt. Er trug die obligatorischen Jeans und einen peruanischen Pullover in knalligen Farben, dessen Muster aus etlichen Reihen unermüdlich kommender und gehender Lamas bestand. Er setzte sich zu ihr an den Tisch.

»Wollen Sie darüber reden?«

»Ich weiß nicht. Manchmal denke ich, dass ich ihn vergessen könnte, wenn ich's nicht tu. Oder dass er dann einfach verschwinden würde. Aber so funktioniert das nicht.«

»Solange Sie es vermeiden können, sollten Sie nicht allein sein. Ich will damit nicht sagen, dass Sie tatsächlich in Gefahr sind, aber vielleicht lenkt Sie das ja vom Brüten ab. Nur, bis sie ihn geschnappt haben.«

»Eigentlich sind sie nicht sehr beunruhigt. Ich meine, die von der Polizei. Sie scheinen zu glauben, diese Art von Unannehmlichkeiten würde zu meinem Job gehören.«

»Da haben Sie nicht ganz Unrecht. Ich hab' mal für einen Nachrichtensprecher geputzt. Ein bekanntes Fernsehgesicht. Ich werd' Ihnen seinen Namen nicht nennen – er ist dermaßen runtergekommen, der Arme, kein Wunder bei den Unmengen von Gin und seinen anderen kleinen Sünden –, aber er hat Hunderte von Briefen von diesen Verrückten bekommen. Sie kennen diese Dinger ja. Er pflegte mir die unsinnigsten vorzulesen. Wir haben oft stundenlang auf seinem Oscar-Woollen-Sofa gesessen und uns totgelacht.«

»Was für Briefe waren das?« Rosa war bereits zu dem Schluss gekommen, dass Greg seine dreieinhalb Pfund Stundenlohn wert war, selbst wenn er nie einen Finger rührte.

»Nun, als er sich ein- oder zweimal geräuspert hatte, schrieb ihm eine Frau, sie würde jeden Abend ein kleines Glas Grog auf ihren Fernseher stellen – eine Woche lang oder bis sich seine Erkältung gebessert hätte. Und er hat ständig irgendwelche Briefe von diesen frustrierten alten Tanten aus den Altersheimen bekommen. Sie können sich wohl vorstellen, worum's da ging ... wenn Sie ebenso fühlen wie ich, legen Sie am nächsten Freitag gegen Ende der

Sendung bitte nicht Ihre Papiere zusammen, sondern stellen sie hochkant. Wenn man will, kann man darin sogar eine Freudsche Fehlleistung sehen. Eines Abends hat er den Brief vergessen und es getan, und die Zeichnungen, die sie dann per Post geschickt hat ... mein lieber Gott ... unverhüllt ist gar kein Ausdruck. Und dazu eine Briefmarke vom Roten Kreuz.« Rosa schüttelte den Kopf in gespielter, ungläubiger Missbilligung. »Wenn sie es nur geahnt hätte. Seine derzeitige Flamme war gerade erst siebzehn geworden und so androgyn, dass einem die Spucke wegblieb. Die Inkarnation der Verwandlungsfähigkeit. Es ist immer nett, jemanden zu treffen, der vernünftig ist. Falls wir das je sind.«

Er leerte seine Tasse. »Ich hab' wirklich das Gefühl, ich sollte mal ein oder zwei Töpfe schwingen. Ich meine – ich bin nicht gerade billig, wie Sie wissen.«

Sie stand auf. »Ja. Und ich sollte mich aufmachen. Auf der Anrichte liegt ein Schlüssel für Sie. An den Tagen, an denen ich im Studio bin, müssen Sie sich selbst aufschließen.«

Greg sagte: »Nur ein Sicherheitsschloss? Unter den gegebenen Umständen sollten Sie sich was Besseres besorgen.«

»Wir haben zwar ein Vorhängeschloss, aber keinen zweiten Schlüssel dafür. Da ich heute Morgen ohnehin zum Eisenwarenhändler gehe, werde ich dort gleich einen nachmachen lassen. In der Abstellkammer steht übrigens ein Staubsauger.«

»Eine Abstellkammer!« Greg klang entzückt. »Wie altmodisch!«

»Mit einer endlosen Schnur, wegen der vielen Treppen. Würden Sie bitte den Abwasch erledigen, die Betten machen und dann so viel staubsaugen, wie Sie bis zwölf Uhr schaffen? Die Reinigungsmittel sind in dem Schrank unter der Spüle.« An der Tür hielt sie inne. »Ich bin froh, dass man Sie geschickt hat.« Sie betonte das Sie.

»Viel Spaß im Büro.«

Zum Teil traf dieser ironische Wunsch sogar zu. Rosa fühlte sich viel besser, als sie das Haus verließ, und ihre Laune stieg noch, nachdem sie beim Eisenwarenhändler gewesen war und mit ihm vereinbart hatte, dass ein Mann vom Bereitschaftsdienst um vier Uhr nachmittags eine Türkette anbringen würde.

Als sie gegangen war, hatte Greg fünf Minuten damit zugebracht, sich alles anzusehen, was in den Schränken und auf der Anrichte stand, und dann mit dem Abwasch begonnen. Kaum hatte er die Hände ins Spülwasser getaucht, als es an der Haustür klingelte. Er trocknete sich die Hände ab und rannte die Treppe hinauf, wobei er vor sich hin murmelte: »Bei diesem Tempo krieg' ich nicht einen Teller sauber.«

Doch dann tat es ihm Leid, dass er geflucht hatte, denn vor ihm, auf der Treppe, stand ein entzückender Junge. Nicht zu groß, keine nennenswerten Hüften und ein Profil wie Antinous. Die Augen lagen eine Spur zu dicht beieinander, aber die Wimpern ... Und wundervolles, blumenblättriges Haar, wie eine goldrosa Chrysantheme. Ziemlich absichtsvoll ließ er seinen Blick nach unten schweifen. Wie es aussah, war er auch da gut bestückt, obwohl man das bei den heutigen Hosenlätzen und ähnlichem Kram nicht so genau beurteilen konnte. Er sah dem Jungen in dessen ziemlich ungewöhnliche Augen und zauberte sein charmantestes Lächeln hervor.

»Kann ich dir behilflich sein?«

»Ich muss nach Chalk Farm. Wissen Sie, wo das ist?«

»Tut mir schrecklich Leid, mein Lieber, aber das hier ist nicht mein Gebiet. Ich bin Einzelgänger. Aus Palmers Green.« Der Junge machte ein verdutztes Gesicht. »Aber in der Küche ist ein Stadtplan.« Er hatte ihn auf der Anrichte liegen sehen. »Wart einen Moment – ich werd' nachsehen. In welchen Teil von Chalk Farm musst du?«

Der Junge zögerte: »Chalk Farm Road.«

Greg rannte in die Küche, nahm den Stadtplan zur Hand

und sah im Straßenverzeichnis nach: 2D 45. Er blieb vor dem Spiegel stehen, um sein Haar zu überprüfen, zog einen Kamm heraus und kämmte ein oder zwei Locken zurecht. Es konnte nicht schaden, ihn für einen Moment hereinzubitten. Die Einzelheiten waren auf dem Stadtplan kaum erkennbar. Während sie die Straße heraussuchten, würden ihre Köpfe notgedrungen dicht beieinander sein. Erwartungsvoll rannte er die Treppe hinauf, doch sobald er die Diele erreicht hatte, machte sich Enttäuschung breit. Der Junge war gegangen. Greg rannte zum Gartentor und sah einen Moment lang, zitternd vor Kälte, die Straße hinunter. Es war nichts mehr von ihm zu sehen. Greg seufzte. Er hatte sich auf die Hinteransicht gefreut, hatte sich darauf gefreut, den Jungen weggehen zu sehen.

Sonia warf den Leuten ein geflüstertes »Tut mir Leid, ... würde es Ihnen etwas ausmachen ... es ist nur ... vielen Dank« zu, als sie sich ihren Weg durch die überfüllte U-Bahn der Piccadilly-Linie bahnte. Wenn man monatelang zur gleichen Tageszeit die gleiche U-Bahn benutzte, erkannte man die Leute allmählich wieder. Sie entdeckte eine Frau – sie trug Fellstiefel und Ohrschoner und hatte eine Einkaufstasche aus Plastik mit einem aufgedruckten rosaroten Panter in der Hand –, die immer an der Gloucester Road ausstieg. Als sie aufstand, ließ sich Sonia auf den freigewordenen Sitz fallen. Sobald sie saß, konnte sie sich auf ihre eigenen Gedanken konzentrieren. Wie immer dachte sie an Fenn.

Sie war froh, dass er am gestrigen Abend nicht mit zu ihr nach Hause gekommen war. Abgesehen davon, dass sie von ihrem letzten gemeinsamen Abend vor zwei Tagen absolut erschöpft – und wund – war, hatte sie mit ihren Träumen allein sein wollen ...

Zunächst hatte sie die Liste sehr verwirrt. Als sie sich alles gemerkt hatte, hatte sie sie wieder sorgfältig unter die Rechnung geschoben. Sie wollte ihn nicht beschämen oder verärgern. Aber als sie später, mit einem Vitamalz und einer Wärmflasche in ihrem kamelhaarfarbenen Nachthemd vor dem gasgespeisten Kamin gesessen hatte, begann sie zu verstehen. Da er aus ihrem Telefongespräch wusste, wie heftig sie auf das reagierte, was Rosa zugestoßen war, hatte er eine Liste von Fragen über jeden einzelnen Aspekt des Verbrechens zusammengestellt. Er wollte sicherstellen, dass sie nichts ausließ; wollte ihr den bestmöglichen Rahmen für ihre Geschichte bieten.

Sonia freute sich über seine Aufmerksamkeit. Sie musste zugeben, dass er nicht immer so rücksichtsvoll war, aber so waren die Männer nun einmal, und Frauen mussten lernen, damit zu leben. Als sie so gemütlich in ihre Träume versunken vor dem knisternden Feuer saß, kam ihr der Gedanke, dass sie eigentlich viel glücklicher war, wenn Fenn abends nicht bei ihr war. Wenn sie einfach dasitzen und von ihm träumen konnte. Beim Träumen konnte man all die Eigenschaften einer Person weglassen, die man nicht mochte, und alle taten und sagten, was man wollte.

Aber die Liste war sehr ermutigend. Zugegeben, dass er sie erstellt hatte, wies auf ein gewisses Maß an Voyeurismus hin, aber was machte das schon? Er war nicht schlimmer als jene Leute, die die *News of the World* oder die *Sun* lasen und sich nur die schlüpfrigen Stellen herauspickten. Das war nur menschlich. Vielleicht (Sonia sonnte sich in ihrer eigenen Aufrichtigkeit) war sie selbst davon auch nicht ganz ausgenommen …

Die Wärme, die die vielen Körper ausstrahlten, ließ den Schnee auf den Stiefeln und den Regenschirmen schmelzen und führte dazu, dass die Kleidung nicht nur feucht, sondern ein wenig schimmelig roch. Als sie aufsah, fiel ihr Blick durch eine Reihe missmutiger oder gleichgültiger Gesichter auf ein

Werbeplakat. Solange sie denken konnte, hatte es in der U-Bahn Anzeigen für die Eheringe von Bravington gegeben. Neben der, die sie jetzt sah, hing ein Bild von einigen Häusern, die in einer neuen Siedlung in Milton Keynes standen. Es waren halbe Doppelhäuser mit riesigen Aussichtsfenstern und Gärten oder Terrassen, auf denen Blumenkübel standen. In einem der Gärten war eine Schaukel, auf der ein hübsches kleines Mädchen saß, das von seiner jungen Mutter angeschubst wurde. Auf der Terrasse hockte ein gutaussehender junger Mann in Jeans neben seinem Sohn. Sie bastelten an einem Fahrrad. Die Sehnsucht, die Sonia überkam, als sie diese Szene betrachtete, war so stark und schmerzlich, dass ihr die Tränen kamen.Rasch wandte sie ihren Blick der Bravington-Braut und ihrem goldenen Ehering zu. Schließlich musste eins nach dem anderen kommen.

Natürlich war es ihre Aufgabe, die Hochzeit zu planen. Es war zwar in Ordnung, wenn Fenn sagte, er würde über diese Dinge nachdenken. Aber Gedanken waren noch lange keine Pläne. Pläne waren so viel handfester. Die Bahn hielt am Green Park. Noch zwei Stationen bis Holborn. Sie hatte also noch genug Zeit, einen Blick auf ihre Liste zu werfen. Sie wühlte in ihrer Tasche und zog das kleine Notizbuch hervor, das sie erst neulich gekauft hatte; auf dem Einband waren silberne Glöckchen abgebildet, und an der Seite hing ein Kugelschreiber.

Natürlich würde sie in Weiß heiraten. Schließlich wusste keiner Bescheid. Und wie viele Frauen waren heutzutage bei ihrer Hochzeit noch Jungfrauen? Einige waren sogar schwanger. Sie blätterte in ihrem Notizbuch, bis sie die Gästeliste gefunden hatte. Immer wieder nahm sie Änderungen vor. Ihren Vater und ihre Stiefmutter würde sie allerdings auf jeden Fall einladen und sei es nur, damit sie gemeinsam über den alten Soundso herziehen könnten. Das Gleiche galt für ihre Freundin von der Sekretärinnenschule, mit der sie noch Kontakt hatte und einmal im Monat zu Mittag aß. Die Leute an ihrem Arbeitsplatz bildeten einen gewissen Unsicherheitsfaktor. An manchen Tagen fielen sie förmlich über einen her, an anderen war es so, als würde man für sie nicht existieren. Das galt besonders für Mrs. Gilmour. Sonia schwankte zwischen dem Wunsch, Rosa einzuladen, um ihr Fenn vorzuführen, und dem Vergnügen, sie absichtlich auszulassen. Das konnte man auf sehr taktvolle Weise machen. Es ging darum, würdevoll zu sein und sie dennoch zu treffen. Ja. Sonia leckte an ihrem Stift und strich, wie schon so oft, Rosas immer wieder hingeschriebenen Namen durch.

Fenn drehte behutsam am Türknauf des Kleiderschranks, stieß die Tür auf und horchte. Im Haus war es still. Er trat aus dem Schrank ins Schlafzimmer. Er öffnete den Mund und schnappte nach Luft: Hätte er nur einige Minuten länger in dem dunklen Schrankinnern bleiben müssen, wäre er sicherlich erstickt. Er hatte eingezwängt zwischen parfümierten Pelzen, Samt- und Brokatstoffen gestanden. Nach einer Stunde schienen sie ein Eigenleben anzunehmen, sich um seine Arme und Beine zu winden, sich an seinen Mund zu schmiegen. Doch er hatte sich nicht zu rühren gewagt, bis die Haustür ins Schloss gefallen war. Bis diese verdammte Schwuchtel gegangen war. Bei der Erinnerung zuckte Fenn zusammen. Ihm war noch immer speiübel. Solche Leute sollte man einsperren.

Er hatte das Haus ohne eine bestimmte Absicht beobachtet, als sie aus der Haustür trat. Und er hatte einfach gespürt, dass er etwas tun musste, um die Lücke zu schließen und die Verbindung zu seinem Opfer zu festigen. Auf Grund des Fotos an der Wand ihres Büros hatte er sie sofort erkannt. Sie war erheblich größer, als er es sich vorgestellt hatte, doch sehr schlank, und sie hatte zarte, zerbrechliche Knochen. Als sie die Treppe herunterkam, war er mit vor Aufregung zugeschnürter Kehle schnell nach vorn getreten, um sie auf dem Bürgersteig passieren zu können. Er war versucht, ihr einen Guten Morgen zu wünschen; tatsächlich lag ihm der Gruß schon auf den Lippen, doch er musste so krampfhaft kichern, dass er kein Wort herausbrachte, als sie auf gleicher Höhe waren.

Sie war fast so schön wie auf dem Foto, doch unter ihren Augen lagen graue Ringe, und der rote Lippenstift hob sich allzu glänzend von ihrer weißen Haut ab. Er drehte sich um und sah sie um die Ecke gehen, dann rannte er zum Haus und klingelte.

Als er später darüber nachdachte, konnte er sich nicht erklären, warum er das getan hatte, und er war sehr überrascht gewesen, als ihm jemand die Tür öffnete. Er sagte einfach, was ihm als Erstes in den Kopf kam, und nannte deshalb eine U-Bahn-Station der nördlichen Linie, die er eben erst auf einem U-Bahn-Plan im Camden gesehen hatte. Und als die Schwuchtel ins Haus zurückging, war er, wieder rein impulsiv, in die Diele gerannt, hatte lautlos den dicken Teppich überquert und war die Treppe hinaufgelaufen. Im Obergeschoss fand er sich in einem Schlafzimmer wieder, in dem er angespannt stehen blieb und auf die Geräusche aus der Küche lauschte. Nach etwa einer Viertelstunde hörte er das Heulen eines Staubsaugers. Allmählich kam es näher. Die Treppe wurde gestaubsaugt.

Fenn berührte seine Innentasche, in der er sein Messer aufbewahrte. Er war aufgeregt. Er versuchte, den inneren Zwang, der ihn ergriffen hatte, zu unterdrücken. Schließlich würde er von seinem Plan absehen müssen, sobald er entdeckt würde. Das durfte nicht passieren. Und eigentlich war das Leben einiger Leute ohnehin nichts wert. Das von Schwulen sowieso nicht. Sie schwirrten von einem Mann zum nächsten, belästigten anständige Bürger und verbreiteten Krankheiten: So gesehen, täte er der Menschheit also fast einen Gefallen. Der Staubsauger wurde auf den dritten Treppenabsatz gewuchtet.

Fenn schlüpfte in den Kleiderschrank. Nun hatte er die Dinge nicht mehr unter Kontrolle, nun blieb alles der rothaarigen Schwuchtel überlassen. Wenn der Kerl den Schrank öffnete, hatte er es nicht anders gewollt. Fenn hörte, wie der Staubsauger über den Schlafzimmerboden geschoben wurde. Stühle wurden hervorgezogen und wieder zurückgestellt. Der Staubsauger stieß einmal sogar gegen den Fuß des Schranks – Fenn spürte die Erschütterung von Kopf bis Fuß. Dann wurde der Sauger abgestellt. Unbeweglich, mit angehaltenem Atem stand er da. Durch die Tür war kein Laut zu hören. Natürlich war es möglich, dass der Kerl im Raum herumlief. Die Teppiche waren so dick, dass Fenn es nicht beurteilen konnte. Dann hörte er ein Geräusch, als würden Gläser oder Flaschen bewegt, und ein genüssliches Seufzen, das mehrere Male wiederholt wurde. Das schwule Schwein besprühte sich mit Parfüm. Dann ging er aus dem Raum und polterte mit dem Staubsauger die Treppe hinunter. Fünf Minuten später fiel die Haustür ins Schloss.

Jetzt stand Fenn ein wenig unsicher in der Mitte des Schlafzimmers. Obwohl in Sicherheit, kam er sich ein bisschen verloren vor. Er hatte das Haus seiner Feindin für sich allein, und das musste von Vorteil sein. Aber wie könnte er diese Situation ausnützen? Er versuchte, strategisch wie ein Soldat zu denken. Je mehr er von seinem Gegner wusste und je weniger der über ihn Bescheid wusste, desto besser. Er beschloss, sich umzusehen.

Zunächst musste er eingestehen, dass er enttäuscht war. Der Kleiderschrank war ein riesiger, altmodischer Kasten. Er war aus seidig glänzendem, dunklem Holz mit Ziselierungen aus Gold und Perlmutt und hätte seiner Großmutter gehören können. Das Bett passte zu dem Schrank, denn an jeder seiner anmutig geschwungenen Ecken war ein Schnörkelmuster aus Gold angebracht. Es gab nicht einmal einen Toilettentisch. Dann sah er, warum. Eine der Türen führte in ein Badezimmer. Eine elfenbeinfarbene Badegarnitur und eine Menge farnähnlicher Pflanzen. Eine Wand war mit gemustertem Spiegelglas gekachelt, wie man es oft in altmodischen Pubs sieht. Darin spiegelte sich der Farn, was das Bad, so dachte Fenn, aussehen ließ wie die Höhle dieses verfluchten Weihnachtsmanns. Überall standen Flaschen und Tiegel und in der Luft lag ein Duft, der aus einem großen Zerstäuber mit der Aufschrift Fleur de Rocaille kam.

Im Stockwerk darunter waren drei Zimmer. Im ersten lag eine Unmenge von Puppen und Stofftieren, die über ein einfaches Bett verteilt waren, zu dem ein passender Kleiderschrank gehörte. Die Vorhänge waren mit Butterblumen übersät. Von der Decke hingen einige Mobiles: eines aus funkelnden Parabolspiegeln, ein anderes aus lustigen Fröschen und ein drittes aus weißen Seevögeln, die leise klirrten, sobald sie aneinander stießen.

Das Zimmer daneben war mit demselben Bett und demselben Kleiderschrank ausgestattet und bis zur Decke mit irgendwelchem Kram voll gestopft. Stapel von Spielkartons, Lego, ein Fort, berittene und Fußsoldaten, flankiert von Geschützen. Hunderte von Büchern und Regale voller Schalen, die mit Bergkristallen gefüllt waren; getrocknete Blätter und gepresste Blumen, Seeigel, ein langes Fischskelett, der Kiefer irgendeines Tieres, ein Musikinstrument in einem Kasten, ein schönes Mikroskop. Neben einem Poster von Duran Duran hing ein Pinnboard aus Kork. Angeheftet waren die Programme von Wimbledon und einem Rockkonzert, einige Spielpläne und zwei oder drei hingekritzelte Notizen: nicht vergessen, Raumfahrt- oder Naturkundemuseum anzurufen. An Antragsformular für BMX-Rennen im Crystal Palace Stadion denken – Anmeldeschluss 20. Dezember. Die Vorhänge waren khakifarben und hatten hellgraue Streifen. Von der Decke hing ein herrlicher Drache in Form eines chinesischen Fabeltiers. Es gab einen auf Böcken stehenden Tisch, wie er gewöhnlich von Innenarchitekten als Arbeitsplatz benutzt wurde. Darauf lagen Kugelschreiber, Notizblöcke, Farben und Bleistifte. Und ein Computer.

Fenn fragte sich, wie alt der Junge, dieser glückliche kleine Mistkerl wohl sein mochte, der all diese Dinge besaß. Er fragte sich, wie er zu den Muscheln und dem Skelett gekommen war, und stellte sich vor, wie er, vielleicht gemeinsam mit seinem Vater, auf der Suche nach Strandgut eine einsame Küste entlanglief. In einiger Entfernung würden seine Mutter und seine Schwester auf dem Strand einen Picknickkorb auspacken: eine Decke ausbreiten und echte Porzellantassen und -teller darauf arrangieren. Er fragte sich, wie oft man Weihnachten oder Geburtstag feiern musste, um eine solche Schatzhöhle zusammenzustellen. Wie viele Umarmungen, Küsse und liebe Grüße es brauchte; wie viele Bögen farbigen Geschenkpapiers und wie viele Meter glänzender Schnur? Wie groß musste das Netz aus Großeltern, Onkels und Tanten sein, die ihn alle für ein Goldstück hielten. Plötzlich ergriff ihn ein tiefer, überwältigender Hass auf dieses unbekannte Kind. Er wollte die kleinen Muscheln zerdrücken, den Tierkiefer unter seinen Füßen zu Staub zermahlen und das Mikroskop so lange gegen den Computer schlagen, bis beide zerstört wären.

Aber das gehörte nicht zu seinem Plan. Er beabsichtigte nicht, sie jetzt schon wissen zu lassen, dass er in ihrem Haus gewesen war. Es wäre ein Leichtes gewesen, etliche Dinge zu zerstören, das Mobiliar des Hauses auseinander zu nehmen oder, wie er es von einigen Einbrechern gehört hatte, einen obszönen Hinweis auf seine Anwesenheit in ihrem Bett zu hinterlassen. Doch das war nicht seine Art. Bislang hatte er ein gewisses Stilgefühl bewiesen. Er war diskret, gerissen und einfallsreich gewesen und wollte sich jetzt nicht unmöglich machen, indem er ein gewöhnliches und abstoßendes Verhalten an den Tag legte. Zudem würden all diese Besitztümer und all die Liebe dem Jungen die Mutter nicht zurückbringen können, wenn der Zeitpunkt gekommen war. Sobald ihm der Neid die Kehle zuzuschnüren drohte, würde er sich darauf besinnen.

Das dritte Zimmer stand voller Bücher und Zeitschriften und war braun gestrichen; einige Stufen tiefer erstreckte sich ein langer Raum über die gesamte Breite des Hauses, der durch große weißlackierte Türflügel unterteilt war, die jetzt offen standen. Statt eines Teppichs lagen etliche Läufer in warmen, hellen Farben auf dem Boden, und an den Fenstern hingen lange, seidige Vorhänge.

Fenn ging langsam im Raum umher und fuhr mit der Hand über den glänzenden ovalen Tisch. In der Mitte standen ein Kerzenständer und eine Schale mit perfekt geformten, glänzenden Äpfeln: Er nahm sich einen. Raue rötliche Streifen auf grünem Untergrund. Daneben stand ein Krug mit Zweigen, die winzige rosafarbene und stark duftende Blüten trugen. In einer Ecke des Raums tickte eine schmale Standuhr geruhsam vor sich hin. Auf dem emaillierten Zifferblatt war eine Hirtenszene abgebildet: eine behäbige Schäferin, die unter einem Baum mit weitausladenden Ästen saß, während sich im Hintergrund einige Lämmer tummelten. An den Wänden hingen drei Gemälde in goldenen Holzrahmen und einige Aquarelle von Küstenstädten. Um den Tisch standen acht Stühle mit geschwungenen Rückenlehnen und Sitzpolstern aus aprikosenfarbenem Samt. Fenn zog sich einen zu sich heran und nahm darauf Platz, während er in den Apfel biss. Es war schon seltsam, welchen Geschmack manche Leute hatten. Wahrscheinlich war nichts davon billig, doch er konnte sich nicht vorstellen, dass seine Eltern so etwas kaufen würden, selbst wenn sie in Geld schwämmen.

Auf einem schmalen Büfett, dessen Design dem Tisch ähnelte, standen auf einem Silbertablett einige Flaschen und Karaffen. Er öffnete das Schränkchen, fand einen Tumbler aus geschliffenem Glas und füllte ihn zur Hälfte mit Whisky. Er trank nur selten. Er mochte keinen Alkohol und verabscheute undisziplinierte Leute, die ohne ihn nicht auskamen. Aber er wollte an diesem Wohlstand teilhaben, ohne tatsächlich etwas zu stehlen, das später vermisst würde.

Am anderen Ende des Raums, mit Blick auf den Garten, standen ein Chesterfieldsofa und zwei Sessel, die mit einem gelb-grünen Stoff bezogen waren, dessen Muster aus Wasserlilien bestand. Er ließ sich in einen der Sessel fallen und streckte seine Füße auf einem bestickten Fußbänkchen aus. Er trank ein wenig Whisky (er schmeckte widerlich) und lehnte sich mit geschlossenen Augen zurück. Die Uhr tickte langsam vor sich hin.

Er spürte, wie er sich allmählich entspannte. Was war an diesem Raum so besonders? Die Minuten schienen unmerklich ineinander überzugehen. Die Zeit verging nicht in Abschnitten, wie es der Fall war, wenn man Pflichten zu erledigen, Termine einzuhalten und Leute zu treffen hatte, sondern floss dahin wie ein Strom, geräuschlos und indifferent. Was ihn beeinflusste, war die Ruhe.

Zum ersten Mal sah er weder eine Verbindung zwischen Geld und Besitz noch zwischen Geld und Sex, sondern zwischen Geld und Stille. Er konnte sich nicht erinnern, jemals an einem Ort gewohnt zu haben, der nicht von einer beständigen Geräuschkulisse bestimmt war. Ständig war das plärrende Geräusch der Fernseher und Radios anderer Leute durch die Zimmerwände gedrungen, waren schreiende Kinder und jaulende Hunde zu hören gewesen. Bis zu diesem Zeitpunkt hatte er nicht gewusst, dass etwas anderes möglich war. Dass es Leute gab, die das Glück hatten, lediglich von den selbsterzeugten Geräuschen ihres eigenen Lebens umgeben zu sein. Das war ihm in der Werbung nicht vermittelt worden. Dort war von Autos und Videorekordern und Drinks und Kleidung die Rede; nicht von Stille. Der Whisky und die ruhige, friedliche Atmosphäre milderten seinen Hass. Darüber hinaus schienen sie eine heilende Wirkung auf ihn zu haben, die ihn, wie er spürte, schwach werden lassen könnte. Er spürte, wie ihm seine Zerstörungslust, sein eigentlicher *raison d'etre*, auf subtile und unerfreuliche Weise entzogen wurde.

Er stand schnell auf und griff nach der Stuhllehne, um sich abzustützen. Was für ein Narr er doch war! Auch wenn er sich allein im Haus aufhielt, hieß das noch lange nicht, dass er in Sicherheit war. Es war schließlich das Haus seiner Feindin. Fast rannte er aus dem Zimmer.

Ein weiterer Treppenabsatz führte ihn von der Diele in ein zweites Badezimmer, eine Toilette und in die Küche. Er wollte sich ein wenig Wasser ins Gesicht spritzen und sich vielleicht einen Kaffee kochen, um wieder nüchtern zu werden. Da er eine blitzblanke Einbauküche und helles Licht erwartet hatte, überraschte ihn die gemütliche Atmosphäre. Ein großer roter Herd strahlte eine angenehme Wärme aus. Es roch nach Früchten und Kräutern. Sein Blick fiel auf eine Anrichte aus dunklem Holz, auf der hübsche Teller, Holzschüsseln und ein Steinguttopf mit Beerenfrüchten und Strohblumen standen. An den Innenseiten der beiden Türen hingen Kinderzeichnungen und ein Kalender mit riesigen weißen Quadraten, die über und über mit Notizen bekritzelt waren. Alles wirkte aufgeräumt und ordentlich, doch nicht in der angestrengten, nach Aufmerksamkeit heischenden Art der Küchen, die in Schaufenstern oder Zeitschriften zu sehen waren.

Mit dem Hintergedanken an eine mögliche Rückkehr zu einem späteren Zeitpunkt sah er aus dem Fenster. Ein großer, von Mauern umgebener Garten grenzte an einen weiteren großen, von Mauern umgebenen Garten. Hier war nichts zu machen. Die rückwärtige Tür war von innen abgeschlossen, und die Fenster hatten eine Doppelverriegelung. Er hielt seinen Kopf unter den Kaltwasserhahn und drehte ihn ganz auf. Das war schon besser. Das eiskalte Wasser ließ die Wut wieder in seinen Körper schießen. Als er sich schließlich das Gesicht abgetrocknet hatte, war er wieder der wahre, rachedurstige Fenn. Er beschloss, sein Glück nicht auf die Probe zu stellen, indem er dablieb und sich einen Kaffee kochte.

Neben der Kaffeemaschine rührte sich etwas. Erschrocken drehte er sich um. Eine Katze kam mit anmutigen Schritten in die Küche marschiert, machte einen Buckel und streckte sich. Um Himmels willen – er hatte zwar schon komische Sachen gesehen, aber das hier übertraf alles andere. Sie sah aus, als hätte sie zwei oder drei Miezen zur Mutter gehabt. Der Witz gefiel ihm, und er kicherte. Er ging in die Hocke und streckte seine Hand aus.

»Komm, Mieze.« Dann, als er wieder über die Doppeldeutigkeit dieser Aufforderung gekichert hatte: »Hübsche Mieze ... komm hierher ... hierher, Mieze.«

6

Duffy wartete auf Rosa, um mit ihr in die Kantine zu gehen. Sie hatten sich angewöhnt, gemeinsam zu Mittag zu essen. Rosa hatte sich immer noch nicht eingestanden, wie sehr sie sich auf dieses Zusammentreffen freute. Louise saß in dem niedrigen Stuhl vor ihrem Schreibtisch. Sie hatten sich zu dritt darüber unterhalten, ob sie den auf die Qualifikation als Produktionsassistentin abzielenden Fortbildungskurs besuchen sollte, und jetzt hatte sie sich endgültig dafür entschieden. Heute war Louise verhältnismäßig unauffällig gekleidet. Sie trug einen Hosenrock aus feiner Wolle, eine pfauenblaue Samtweste und eine Jacke aus einem dunkelvioletten und hellgelben Patchworkmuster. Ins Haar hatte sie sich rote Bänder geflochten.

Rosa fragte: »Kommst du mit zum Mittagessen?«

»Nein. Ich bin dabei abzunehmen. Hab' heute erst ein Mars gegessen.«

»Die werden noch Pleite machen.« Duffy lächelte sie an. »Da du es jetzt in der Welt zu etwas bringen wirst, werden wir alle auf unsere Jobs aufpassen müssen.«

Louise fragte Rosa, ob sich die Polizei noch einmal gemeldet habe, bedauerte es aber sogleich. Die Atmosphäre wurde merklich kühler. Rosa schüttelte den Kopf.

»Nein. Sie haben's wohl aufgegeben. Obwohl ich fairerweise sagen muss, dass sie getan haben, was in ihren Kräften stand. Sie haben alle befragt, die Mädchen von der Rezeption ...«

»Ich bin an der Rezeption gewesen. Mich haben sie nicht gefragt.«

»Stimmt das?« Duffy klang erstaunt.

»Nur für fünf Minuten. Ich bin für Felicitas eingesprungen. Wir wollten zusammen in die neue Disco in der Frith Street gehen. Wild Horses. Ich wollte nicht den ganzen Weg allein zu mir nach Hause in Redbridge und wieder zurück gehen. Ich habe sie vertreten – während sie ihren Mantel geholt hat.«

»Ist irgendjemand am Empfang gewesen, während du dort gesessen hast?«

»Nur Toby. Oh – und der Klempner.«

Duffy runzelte die Stirn. »Welcher Klempner?«

»Einfach ein Klempner.«

»Hast du dich beim Hausmeister versichert, bevor du ihn hast passieren lassen?«

»Nein. Ich wollte gerade anrufen, als Toby reinkam. Er hat mich gefragt, ob der Besuch, den er für fünf Uhr erwartete, schon aufgetaucht wäre, und ich musste im Empfangsbuch nachsehen. Als ich das erledigt hatte, war der andere Kerl bereits verschwunden. Aber ich glaube, er war echt.«

Rosa fragte: »Wieso bist du dir da so sicher?«

»Oh, offensichtlich ist er schon einmal hier gewesen. Er hat gesagt ... ›Schon in Ordnung, ich kenn' mich hier aus‹, und er hatte eine Werkzeugtasche bei sich ... weißt du ... er hat wirklich wie ein Klempner ausgesehen.«

Sie sahen einander an. Rosa meinte: »Er ist der Einzige, dessen Anwesenheit noch nicht geklärt ist.«

Duffy griff nach dem hausinternen Telefon und wählte die Nummer der Wartungsmannschaft. »Das ist leicht nachzuprüfen.«

»Er hat gesagt, es ginge um das Herrenklo im Kellergeschoss.«

»Hallo, Toby? Hier Duffield. Gut – wie geht's dir? Hör zu – hast du am Dienstag einen Klempner für das Herrenklo im Kellergeschoss bestellt?« Pause. »Vielleicht hat's ja jemand anderes gemacht. Würde es dir etwas ausmachen, im Terminkalender nachzusehen?« Pause. »In Ordnung. Vielen Dank. Ja, das könnte schon möglich sein.« Er legte auf und wandte sich mit rotem Gesicht den anderen zu. »Da war kein Klempner.«

Louise sagte leise: »Menschenskind.«

»Erinnerst du dich, wie er ausgesehen hat?«

»Dunkle Kleidung, eine Schlägermütze. Und ich glaube, er hatte einen Schnurrbart, aber ich bin mir nicht sicher. Er ist so schnell weitergegangen.«

Sie hörten ein leichtes Klopfen an der Tür, die weit offen stand. Sonia kam herein. »Hier sind die gestrigen Briefe zum Unterschreiben, Mrs. Gilmour.« Mit einem kurzen Blick nahm sie die Kaffeetassen, Duffys übliche Position auf einer Ecke von Rosas Schreibtisch und Louises entspannte Haltung in dem niedrigen Stuhl zur Kenntnis. »Natürlich nur, wenn Sie Zeit haben.«

»Oh, ich denke, vorm Mittagessen schaff' ich noch ein paar Unterschriften«, sagte Rosa trocken. »Wenn Sie sie bitte in den Korb legen würden?«

»Stell dir vor, Sonia.« Louise stemmte sich hoch. »Ich bin diejenige, die den unbekannten Täter hereingelassen hat.«

»Wie bitte?«

»Ach, komm schon. Erzähl mir nicht, du wüsstest nicht –«

»Hey«, warf Duffy ein, »würdest du seine Stimme wiedererkennen? Ich denke, dass wir das ohnehin der Polizei melden müssen, aber damit wäre der Fall klar. Alles andere wäre zu umständlich.«

»Wär schon möglich.«

»Dann lass uns das Band abspielen.«

Rosa sagte: »Geht nicht. Die Polizei hat es mitgenommen.«

»Vielleicht werden sie mich bitten, zum Polizeirevier zu kommen. Ich könnte ihnen bei ihren Untersuchungen behilflich sein.«

Sie hatten alle nicht mehr an Sonia gedacht, die neben der Tür stand und hin- und hergerissen war zwischen dem Bedürfnis, den anderen ihre Gleichgültigkeit gegenüber ihrem kleinen gemütlichen Plausch zu beweisen (Beziehungsklüngel war gar kein Ausdruck), und dem Wunsch, an jeglichem Drama teilzuhaben, wie unberechtigt es auch sein mochte.

»Und wie steht's mit dem *Karussell*? Als er zum ersten Mal angerufen hat?«

»Oh, die Aufnahme hab' ich noch.« Rosa schwang sich auf ihrem Sessel herum. Hinter dem Schreibtisch waren schmale Regale mit säuberlich beschrifteten Bändern angebracht. »Das Thema war ›Kommunikation‹. Daran erinnere ich mich genau, weil der Beitrag des Vogelmannes damals besonders ausgefallen war.« Sie legte das Band ein und betätigte den Vorlauf. Louise kam zum Schreibtisch hinüber und beugte sich mit ernster, aufmerksamer Miene über den Rekorder. Rosa drückte den Startknopf.

»… hinterhältig und betrügerisch … ihre Körpersprache, wie Sie so grob …«

Louise sagte: »Ein bisschen weiter vor.«

»Ich weiß, ich weiß.« Rosa ließ das Band ein kurzes Stück vorlaufen.

»Die Leitung ist jetzt frei.«

»Das ist es, Rosa.«

»Ich *weiß*.« Ihre Stimme war laut und gereizt. Sie wollte einfach nicht hinhören. Aber zumindest versuchten sie, ihr zu helfen, was man von Sonia nicht gerade sagen konnte. Sie stand nur mit weit aufgerissenen Augen da. Schadenfreude war gar kein Ausdruck. »Ich werd' sie Ihnen nach dem Mittagessen geben.« Rosa wies auf die Briefe und brachte deutlich zum Ausdruck, dass Sonia entlassen war. Sonia ging zögernd zur Tür.

»… um einen Todesfall … nichts Persönliches … ich bin nicht erschüttert …«

Ihn im Nachhinein nochmals zu hören, war äußerst quälend. Es war, als stehe er mit ihnen im Zimmer. Als blase er ihnen seinen fauligen Atem ins Gesicht. Rosa wandte ihr Gesicht vom Rekorder ab.

»… da er noch nicht eingetreten ist … sollte ich es jemanden erzählen … hab' ich das etwa gesagt? … sehen Sie, ich muss jemanden umbringen …«

Sie sah Louise an, deren Gesicht sich im Bemühen um größtmögliche Konzentration verzerrt hatte. »… was ich Sie wissen lassen wollte … da Sie davon betroffen sind …«

Rosa hielt das Band an und Duffy sagte: »Und?«

Doch Louise kam nicht dazu, zu antworten. Von der Tür kam ein Geräusch. Sie drehten sich alle um. Sonia griff nach dem Türrahmen, um sich abzustützen. Die Fassungslosigkeit stand ihr ins Gesicht geschrieben. In ungläubigem Entsetzen hatte sie den Mund weit aufgerissen, die Mundwinkel wiesen nach unten, die Augen waren zu dunklen Höhlen geworden, und ihre Haut hatte die Farbe von Kalk. Bevor sie jemand erreichen konnte, war sie zu Boden gesunken.

Die Dinge entwickelten sich nicht planmäßig. Zunächst hatte er es für eine großartige Idee gehalten, die Katze mitzunehmen. In dem Augenblick hatte er nicht weiter nachgedacht. Er hatte einfach den Reißverschluss seiner Jacke über ihr zugezogen und sie auf der U-Bahn mit nach Hause genommen. Erst während der Fahrt war ihm aufgefallen, welchen Fang er da gemacht hatte. Es war nichts Geringeres als der verhätschelte Liebling der ganzen Familie. Wie köstlich würde die Angst sein, wenn die Gilmours wüssten, in wessen liebevollen Händen sich das Tier befand. Zunächst könnte er ein paar Barthaare in ihren Briefkasten stecken, nur um ihnen zu beweisen, dass die Katze sie nicht mehr hatte.

Doch zurück im Oasis-Imbiss, war er, nachdem er den Ladenraum ungehindert passiert hatte, in der Eingangshalle in Schwierigkeiten gekommen. Er war mit Mrs. Christoforou zusammengestoßen. Als das verdammte Biest daraufhin anfing zu zappeln, hatte sie ihn am Arm gepackt und geschrien: »Was bringen Sie mir da ins Haus?« Dann hatte sie am Reißverschluss seiner Jacke gezogen. Die Katze befreite sich aus ihrem Gefängnis, fiel plump zu Boden und schoss zwischen ihren Beinen hindurch in die Nacht hinaus.

Als er später wutschnaubend in seinem Zimmer saß, dauerte es einige Zeit, bis ihm aufging, dass *er* zwar um das Verschwinden der Katze wusste, *sie* aber nicht ahnen konnte, dass sie ihm weggelaufen war. Er konnte sie immer noch in Angst und Sorge versetzen. Und sie würden ihm glauben müssen. Wie sollte er schließlich wissen können, dass die Katze verschwunden war, ohne dass er etwas damit zu tun gehabt hätte? Das würde ihre Schlussfolgerung sein. Obwohl ihm das nicht behagte. Es kündete von Unheil, dass die Katze weggelaufen war.

Dann war da noch Sonia. Vielmehr war sie eben nicht da. Er hatte stundenlang versucht, sie anzurufen, und keine Antwort bekommen. Das war nicht ihre Art. Gewöhnlich riss sie den Hörer von der Gabel und redete auf ihn ein, bevor er seinen Mund öffnen konnte. Er traute sich nicht, sie im Büro anzurufen. Immerhin bestand die Möglichkeit, dass die Person, mit der er sprach, seine Stimme erkennen und ihn bitten könnte, am Apparat zu bleiben, um den Anruf zurückzuverfolgen. Es war durchaus vorstellbar, dass es jetzt zwischen dem Studio und der Polizei eine Direktleitung gab.

»Wie ist die neue Putzhilfe?«

Rosa und Leo saßen zusammen auf der Chesterfieldcouch. Die Vorhänge schlossen die Winternacht aus, und sie hatten das Licht angemacht. Neben der Zentralheizung brannte ein gasgespeistes künstliches Kaminfeuer. Kathy lag im Bett, und Guy machte in der Küche seine Schularbeiten. Rosa hatte ihre Schuhe von sich geschleudert, die Beine übereinander geschlagen und sich an Leos Schulter gelehnt. Selbst als sie diese Haltung eingenommen hatte, war ihr bewusst gewesen, wie aufgeregt sie eigentlich war. Sie fühlte sich keineswegs entspannt und fragte sich, ob Leo, der die Füße auf das Fußbänkchen gelegt und sich behaglich zurückgelehnt hatte, seine Zufriedenheit ebenfalls nur vorgab.

»Großartig. Er ist ein guter Unterhalter und putzt wie ein Wirbelwind.« Es hatte sie angenehm überrascht, das Haus so sauber und ordentlich vorzufinden. Sie hatte befürchtet, dass Gregs lockerer Gesprächsstil einer leichtfertigen Einstellung gegenüber seinen Putzpflichten entsprechen könnte. »Die Sache hat nur einen Haken.«

»Und welchen?«

Mit einem Kopfnicken wies sie auf die Anrichte. »Er ist wie der Prototyp eines Butlers. Ein heimlicher Schluckspecht.«

»Tatsächlich?«

»Hm. Es fehlt eine ganze Menge Whisky. Ich hätte es nicht bemerkt, wäre da nicht dieser Geruch im Wohnzimmer gewesen. Außerdem hat er das Glas stehen lassen.«

»Wirst du jetzt die vornehme Dame spielen und anfangen, alle Flaschen zu markieren?«

»Natürlich nicht. Eigentlich macht es mir nichts aus. Was sollte schon gegen ein Gläschen unter Freunden einzuwenden sein? Außerdem ist es ja nicht so, als würde er für immer bei uns bleiben.«

»Hast du dich schon um jemand anderen bemüht?«

»Noch nicht.«

»Du solltest dich beeilen, solange noch ein Tropfen da ist.«

Rosa versuchte, sich gegen ein aufkommendes Gefühl der Ablehnung zu wehren. Sie dachte, warum gerade ich? Dann: Jetzt werd aber nicht albern, immerhin arbeitet Leo den ganzen Tag. Aber ich muss auch arbeiten. Du bist aber die meiste Zeit zu Hause. Hinter Leos Worten lag die unausgesprochene Annahme, dass es in ihrer Verantwortung lag, sich um solche Dinge zu kümmern, da sie diejenige wäre, die putzen müsste, wenn sie keine Putzfrau fänden. Eine gewisse Gereiztheit schlich sich ein. Sie versuchte das Thema zu wechseln, bevor sie bissig wurde.

»Als gäbe es in meinem Leben bisher nicht genug Aufregung, ist Sonia heute in Ohnmacht gefallen.«

»Gütiger Himmel. Ist sie schwanger?«

An diese Möglichkeit hatte Rosa noch nicht gedacht. Sonias Zusammenbruch war so unvermittelt und dramatisch gewesen, dass alle drei einen Augenblick reglos dagestanden und sie erstaunt angestarrt hatten. Louise war als Erste bei ihr angelangt und hatte versucht, sie aufzurichten, dann hatte Duffy sie abgelöst, während Rosa etwas Wasser holte.

Sonia war weniger als eine Minute ohnmächtig gewesen. Als sie wieder zu sich kam, sagte sie kein Wort, sondern blickte sie der Reihe nach an und brach in ein grässliches, raues Schluchzen aus. Auf ein Zeichen von Rosa ließen die beiden anderen sie allein. Die Laute, die Sonia ausstieß, waren schrecklich anzuhören und drückten weit mehr als reine Verzweiflung aus. Sie weinte, als wäre die Welt zusammengebrochen. Rosa war froh, dass sie das zweite Band nicht abgespielt hatte, wenn Sonia auf das erste schon so heftig reagierte. Sie versuchte, das Mädchen in die Arme zu nehmen. Es war, als würde sie ein Brett umarmen.

»Trinken Sie hiervon etwas.« Rosa hielt ihr das Glas hin, doch Sonia stieß es so heftig zurück, dass das Wasser auf den Boden schwappte. »Es tut mir Leid, wenn das Band Sie so aufgeregt –«

»Daran liegt es nicht. Es hat nichts damit zu tun ...« Sonia packte Rosa am Arm. Ihre Augen hatten einen flehenden Ausdruck, einen fiebrigen Glanz. »Ich ... es sind meine Nerven. Ich fühle mich schon seit einiger Zeit unwohl ... ich wollte es Ihnen sagen ... Sie um einen kurzen Urlaub bitten ...«

»Beruhigen Sie sich, Sonia, es ist alles in Ordnung.« Sie nahm Sonias Hand. Das schreckliche, zerreißende Schluchzen hatte aufgehört. Jetzt weinte Sonia leise vor sich hin, ohne auf die Tränen zu achten, die ihr über die Wangen liefen. »Natürlich müssen Sie sich ein paar Tage freinehmen. Hören Sie, bleiben Sie einfach den Rest der Woche zu Hause.« Zusammen mit dem Wochenende wären das vier Tage. »Am Montagmorgen rufen Sie mich dann an und sagen mir, wie es Ihnen geht. Ich bring' Sie jetzt nach Hause.«

»O nein – ich ...«

»Keine Widerrede, Sonia.« Sie lächelte und ließ Sonias Hand los.

»Wollen Sie vorher noch zur Ersten Hilfe? Vielleicht haben sie etwas, das Sie beruhigen könnte.« Sonia schüttelte den Kopf. »Dann kommen Sie. Baron's Court, oder?«

»Edith Road.«

»Bis zur Cromwell Road kenn' ich mich aus, dann müssen Sie mir weiterhelfen.«

Abgesehen von den Anweisungen sagte Sonia auf der ganzen Fahrt kaum ein Wort. Rosa parkte vor einem heruntergekommenen dreistöckigen Reihenhaus. Sie stellte sich vor, wie Sonia einsam, vielleicht krank in ihrem Zimmer sitzen und leise in ihr Kopfkissen weinen würde, sobald sie davongefahren war.

»Möchten Sie, dass ich mitkomme, Sonia? Ich könnte Ihnen vielleicht eine Suppe kochen. Haben Sie etwas zu essen da? Kann ich irgendwas für Sie einkaufen?« Sie wollte gerade fragen, ob das Mädchen einfach nur reden wollte, als Sonia aus dem Wagen stieg und die Tür zuschlug. Rosa war nicht beleidigt. Bei dem erbärmlichen Gesichtsausdruck des Mädchens konnte man keine guten Manieren verlangen.

»Wie bitte, Leo?«

»Ich habe mich nur gefragt, ob sie schwanger sein könnte. Schließlich könnte man annehmen, dass ihr Freund für dieses sündhaft teure Parfüm, von dem du mir erzählt hast, eine Gegenleistung erwartet.«

»Wie kann man nur so gefühllos und chauvinistisch sein? Das Mädchen war vollkommen außer sich.«

»Komm schon, Rosa. Zu einem anderen Zeitpunkt hättest du etwas Ähnliches sagen können.«

Von der Richtigkeit dieser Aussage war Rosa zutiefst betroffen.

»Hör verdammt noch mal auf, dich so onkelhaft zu benehmen. Ich bin keine Patientin, hörst du?« Sie befreite sich aus seiner Umarmung. »Ist das deine Art, sie zu besänftigen? Aber, aber, Mrs. Smythe-Willoughby. Sie sind hier in guten Händen. Aufgeblasener Lackaffe.«

Leo schwieg einen Moment und sagte dann: »Du hast mir noch nicht erzählt, wie die Sendung heute gelaufen ist.«

»*Ich hab' heute keine Sendung gehabt*! Nach zwei Jahren solltest du allerdings wissen, an welchem Tag meine Sendung ist.« Etwas unsicher stand sie auf. Vor seiner Rückkehr hatte sie zwei große Gläser Gin getrunken, und obwohl er das gerochen haben musste, hatte er nichts gesagt. Sie begann immer früher zu trinken. »Und hör auf, mich auszulachen.«

»Liebling, ich lache ja gar nicht.« Leo war ebenfalls aufgestanden. »Jetzt komm. Heute Abend machst du den Salat an, während ich den Fisch brate. Du solltest besser nicht in die Nähe einer offenen Flamme kommen.«

Er beobachtete, wie sich ihre Unterlippe nach vorn schob. In diesem Moment hatte sie große Ähnlichkeit mit Kathy. Er wurde sich seiner von einer leichten Enttäuschung durchsetzten Zuneigung zu ihr bewusst. Er hatte gehofft, seine Liebe, die Kinder und die Stabilität ihres Familienlebens hätten angesichts dieser Bedrohung von außen ein größeres Gewicht für sie, als es tatsächlich der Fall war. Er küsste sie zärtlich aufs Ohr. Abrupt zog sie ihren Kopf zur Seite. Guy erschien in der Tür.

»Wo ist Madgewick?«

»Ist er nicht in der Küche?«

»Nee.«

»Dann wird er wohl auf unserem Bett liegen. Ich werde Greg sagen müssen, dass er ihn im Keller einschließen soll.«

»Ich hab' in eurem Schlafzimmer nachgesehen.«

»Wie steht's mit dem Wäscheschrank?«

Madgewick hatte eine Vorliebe für die Wärme und die Gemütlichkeit des Wäscheschranks und flitzte wie ein Blitz hinein, sobald die Tür offen stand, um Haarbüschel verschiedenster Farbabstufungen großzügig über die gebügelte Wäsche zu verteilen.

»Da hab' ich auch schon nachgesehen. Ich hab' überall nachgeguckt. Sogar unter allen Betten.«

Leo sagte: »Irgendwo muss er ja stecken. Nach dem

Abendessen suchen wir zusammen nach ihm. Selbst wenn dieser Kerl eine Tür offen gelassen hätte, wäre er nicht hinausgegangen.«

Das war richtig. Seit dem Tag, als Guy ihn nach Hause gebracht hatte, war er, abgesehen von seiner ersten ausgedehnten Behandlung beim Tierarzt, nie nach draußen gegangen. Auf Grund seiner früheren Erfahrungen, die angesichts des Zustands, in dem sie ihn bei ihrer ersten Begegnung angetroffen hatten, schrecklich gewesen sein mussten, hatte er eine an Paranoia grenzende Abneigung gegen Reisen entwickelt. Im Sommer ließ er sich manchmal, wenn sie alle im Garten waren, zu einem Ausflug auf die Terrasse überreden, um sich mit nie nachlassender Aufmerksamkeit zwei Meter von der rückwärtigen Tür entfernt zusammengerollt in die Sonne zu legen, bereit, jederzeit in die Sicherheit des Hauses zurückzusausen.

Nach dem Abendessen hatten sie im ganzen Haus nach ihm gesucht. Offensichtlich hielt er sich dort nicht auf. Leo ging in die eiskalte Nachtluft hinaus und erkundigte sich bei sämtlichen Nachbarn. Rosa rief die Polizei an und meldete die Katze als vermisst. Die Stimme am anderen Ende der Leitung klang nicht sonderlich besorgt. »Wir haben hier zwar eine Fundliste für Hunde, aber nicht für andere Tierarten. Natürlich werden wir es vermerken.«

»Das ist sehr nett. Wie ich annehme, bedeuten Ihnen Katzen nichts. Nun – diese bedeutet uns sehr viel.« Sie war laut geworden und bemerkte Guys besorgtes Gesicht. Sie warf den Hörer auf die Gabel. In dieser Nacht schloss sie vor Verwirrung und Angst kaum ein Auge.

Die Atmosphäre am Frühstückstisch war gedämpft. Die Kinder standen kurz davor, in Tränen auszubrechen. Rosa vermisste Madgewicks sonderbar kauziges Gesicht und seine nach Aufmerksamkeit heischenden Kunststückchen mehr, als sie vermutet hätte. Bis zur letzten Minute hielt sie sich im Garten auf, machte sich erst auf den Weg ins Studio, nachdem sie die kahlen Bäume mit ihren schwarzen Ästen abgesucht und immer wieder, allerdings ohne Erfolg, seinen Namen gerufen hatte. Der Kater war schlicht und einfach verschwunden.

Sonia lag in ihrem Bett. Sie lag dort seit dem Nachmittag, an dem Rosa sie nach Hause gebracht hatte. Der Rest des Tages, der früh einbrechende Abend, die endlose Nacht, der nächste erbärmlich graue Tag hatten sich qualvoll dahingezogen. Aber dann hatte sie das Gefühl für die Zeit verloren. Was hatte Zeit auch schon zu bedeuten? Ihr war nur so kalt. Das Appartement war ausgekühlt. Die Bettlaken waren kalt und feucht und ihr Kopfkissen von Tränen durchnässt.

Jetzt, nachdem sie sich ausgeweint hatte, lag sie im vollen Bewusstsein ihres Verlustes steif und unbeweglich da. Seit jenem Nachmittag hatte sie nichts mehr zu sich genommen, denn sie meinte ersticken zu müssen, sobald sie etwas schluckte. Das Telefon klingelte dreimal. Sie ignorierte es. Als sie den Tiefpunkt erreicht hatte, ihrer tiefen Verzweiflung und unaussprechlichen Qual nicht weiter nachgeben konnte, spürte sie, wie auf schmerzliche Weise wieder Leben in ihre Glieder kam. Und mit der Rückkehr zum Bewusstsein stellte sich ein neues Gefühl ein.

Zunächst empfand sie nichts als Wut. Wie er sie missbraucht hatte! Sie dachte an all die Stunden, die sie gemeinsam in ihrer Wohnung verbracht hatten. An das Essen und den Wein, die sie bereitgestellt hatte. Und an die seltsamen Dinge, zu denen er sie überredet hatte. Jetzt, da sie die Hoffnung auf einen möglichen Heiratsantrag aufgegeben hatte, erkannte sie sie als das, was sie wirklich waren: schmutzige, erniedrigende Dinge. Und sie hatte alles mit sich machen lassen, weil sie so sehr wollte, dass er sie begehrte. Weil sie eine weiße Hochzeit mit einem Ehering von Bravington und ein kleines Haus mit einem spielenden Kind im Garten gewollt hatte. Jetzt schüttelte sie mit derselben Vehemenz, mit der sie sich vorher betrogen hatte, die Halbwahrheiten und ausgesprochenen Lügen ab, an die sie in ihrer Dummheit geglaubt hatte, um ihr illusorisches Glück aufrechterhalten zu können. Steif setzte sie sich auf (sie trug noch immer ihre Bürokleidung) und schwang die Beine aus dem Bett.

Vom vielen Weinen fühlte sie sich immer noch schwach. Doch ihr Zorn ließ sie aufleben, und von Minute zu Minute entwickelte sich ein zweites, untergeordnetes Gefühl. Etwas, das die Trostlosigkeit abmilderte und ihr Herz erwärmte. Das Blut, das nur wenige Augenblicke zuvor in ihren Adern zu stocken schien, begann wieder zu zirkulieren. Und diese Wärme war keine Illusion, die sich durch eine weitere grausame, zufällige Entdeckung auflösen würde.

Sonia fühlte wieder Boden unter den Füßen. Zornige Gedanken, unnötig vergossene Tränen, zerstörte Hoffnungen und Träume verschmolzen miteinander und verwandelten sich in ein Elixier, das mächtig war und ihr mehr Kraft gab, als ihre Liebe je vermocht hatte. Als sich der Hass bemerkbar machte und diese ungeheure Kraft entwickelte, mischte sich Angst in Sonias Erregung. Ihr Hass war so gewaltig, dass er ein Eigenleben anzunehmen schien. Es hätte sie nicht gewundert, wenn er Türen zugeschlagen, Vorhänge auseinandergeblasen und sie herumgewirbelt hätte. Sie klammerte sich an die Bettkante, bis sich der Aufruhr ein wenig gelegt hatte.

Sie empfand eine tiefe Befriedigung, aus der jegliche Spur von Bedauern oder Schuldgefühl verschwunden war, als sie die Nummer der Vermittlung wählte. Sobald die sich meldete, sagte sie: »Verbinden Sie mich bitte mit der Polizei.«

Rosa spürte, dass Leo sie beobachtete. Die Töpfe auf dem Herd schienen wie aus eigenem Antrieb gegeneinander zu klappern. Sie versuchte sich einzureden, das liege an den vom Wasserdampf rutschigen Griffen. Heute hatte sie das Undenkbare getan. Sie hatte die Kinder gebeten, sich mit ihr gegen ihren Vater zu verbünden.

Es war einer der Tage gewesen, an denen sie zu Hause blieb, und vor und während des Mittagessens hatte sie fast eine ganze Flasche Wein getrunken. Um Viertel nach drei war sie fast zu dem Entschluss gekommen, eine Taxizentrale anzurufen und sie zu bitten, Kathy und Guy von der Schule abzuholen, hatte sich dann aber doch dagegen entschieden. Kathy würde sich wahrscheinlich fürchten, wenn sie mit einem Fremden nach Hause fahren müsste. Rosa rief die Mütter von Guys Freund Speed an, um zu sehen, ob sie ihr helfen könnte, erhielt aber keine Antwort. Um zwanzig nach drei war sie also in ihren Golf gestiegen und sehr langsam und vorsichtig zu Kathys Schule gefahren.

Mit beiden Kindern auf dem Rücksitz war sie bereits an der Bayham Street angelangt, als sie das Gefühl überkam, zu Hause und nüchtern zu sein, und sie beschleunigte den Wagen, wobei sie die Haltelinie überfuhr und direkt in die Greenland Road einbog. Ein herannahender Lieferwagen kam mit quietschenden Bremsen zum Stillstand, und Rosa wich in den Rinnstein aus. Wie durch ein Wunder prallten die beiden Wagen nicht aufeinander. Ein junger Mann sprang, das Gesicht weiß vor Entsetzen und Wut, aus dem Lieferwagen und kam auf den Golf zu. Rosa kurbelte das Fenster hinunter.

»Ich … es tut mir schrecklich Leid … ich wollte nicht … es tut mir Leid …«

»Leute wie Sie gehören eingesperrt. Sie sind nicht einmal in der Lage, einen verdammten Rollstuhl zu fahren, von einem Auto ganz zu schweigen.« Sein hübsches, junges Gesicht, das jetzt vor Wut verzerrt war, drängte sich durch das Fenster. »Sie sind verdammt besoffen, oder?«

Rosa schüttelte den Kopf und begann zu weinen. »Nein … nein …«

»Und Kinder auf dem Rücksitz.« Wieder sagte er: »Man sollte Sie einsperren, bevor Sie jemanden totfahren. Ich hätte nicht übel Lust, Sie für Verkehrsgefährdung einbuchten zu lassen.«

Rosa legte den Kopf auf das Lenkrad. Ihre Schultern bebten. Er schien noch etwas sagen zu wollen, aber anscheinend änderte er seine Meinung angesichts des erbärmlichen Anblicks, den sie bot. Er kletterte wieder in seinen Lieferwagen, reihte sich in den Verkehr und fuhr davon.

Auf dem Bürgersteig hatten sich einige Leute versammelt. Bevor sie das Fenster hochkurbelte, hörte Rosa eine Frau sagen: »Arme Würmer.« Jemand anderes meinte: »Und es ist nicht einmal Teezeit.« Sie blieb einen Augenblick im Halteverbot stehen, sah dann einen Verkehrspolizisten auf sich zukommen und fuhr, durch den Schock wieder nüchtern geworden, vorsichtig nach Hause. Dann hatte sie die Kinder gebeten, Leo nichts von dem Vorfall zu erzählen.

»Wenn Dad wüsste, dass ich … unpässlich war, würde er sich schreckliche Sorgen machen. Und er wäre sehr traurig.« Voller Selbstverachtung setzte sie hinzu: »Ich bin mir sicher, dass ihr das nicht wollt.«

Kathy hatte sofort zugestimmt und war auf ihren Schoß geklettert; Guy hatte sich erst nach einer langen Pause einverstanden erklärt, ohne sie anzusehen. Aber Erwachsene spüren immer, wenn Kinder ein Geheimnis haben. Kathy und Guy hatten den Vorfall so offenkundig verschwiegen, dass sie sich allein durch die Intensität ihres Schweigens verrieten. Doch Leo hatte nichts gesagt und sagte auch jetzt noch nichts, obwohl sie allein waren. Das Warten darauf, dass er zu reden begann, machte Rosa nervös. Er räusperte sich. Sie nahm die Pfanne vom Herd.

»Liebling, das riecht einfach fantastisch.«

»Karbonade. Und ich habe Nudeln gekocht. Es gibt kein Gemüse dazu. Ich habe einfach keine Lust, Gemüse zu kochen, wenn ich den ganzen Tag zu tun habe.«

»Warum bittest du Greg nicht, etwas zu kochen? Ich dachte immer, sie hätten ein Talent dafür.«

»Das haben sie tatsächlich. Sei nicht so prüde, Leo. Er kommt ohnehin nicht mehr. Ich habe die Jobvermittlung angerufen und sie gebeten, mir eine andere Putzhilfe zu schicken.«

»Wieso? Was ist passiert?«

»Wir hatten eine Auseinandersetzung.«

»Aber ich hab' gedacht, du würdest ihn mögen. Und er scheint tüchtig zu sein.«

Beides stimmte. Rosa fiel es schwer, zu erklären, wie es plötzlich zu dem Streit gekommen war. Wie am vorangegangenen Morgen hatten sie zunächst in freundlichem Einvernehmen eine Tasse Kaffee getrunken. Greg hatte ihr erzählt, er habe in der nächsten Woche im Barbican eine Vorsprechprobe für die Royal Shakespeare Company.

»Was werden Sie spielen?«

»Ich glaube, ich werde ihnen eine Kostprobe von meinem Tamburlaine geben. Und dann etwas in der komischen Richtung spielen.«

»Wie wär's mit Lady Bracknell?«

Er stieß einen übertriebenen Schrei aus. »Nie im Leben, meine Liebe. Nein – ich hatte an Malvolio gedacht. Aber jeder spielt ihn. Vielleicht versuch ich's mit Garry Essendine.«

»Und was werden Sie anziehen?«

»Also.« Er schob seinen Stuhl nahe an ihren heran und sagte, als vertraute er einer Freundin ein Geheimnis an: »Ich hab' ein entzückendes kleines *cache-sex* mit der Flagge von Nelson auf einem Fahnenmast drauf. Eine kleegrüne Strumpfhose und ein zitronengelbes Wams mit entzückend weiten Ärmeln.«

Rosa lachte. »Was werden Sie wirklich tragen?«

»Jeans und ein T-Shirt vom National Theatre. Ich will nicht, dass sie meinen, ich würde ihnen in den Arsch kriechen.«

Nur wenige Minuten später, als er den Frühstückstisch abräumte, war Rosa auf die Katze zu sprechen gekommen. Innerhalb kürzester Zeit hatte sich die Atmosphäre verdichtet, war angespannt.

»Aber Sie müssen ihn hinausgelassen haben, Greg. Es tut mir Leid. Ich weiß, das ist alles sehr unangenehm für Sie, aber versuchen Sie einfach zu verstehen, dass er unser Haustier ist und wir ihn sehr vermissen.«

»Das brauchen Sie mir nicht zu sagen. Ich bin ebenfalls Mitglied der Fangemeinde, wissen Sie. Aber ich hab' die Tür nur einmal geöffnet, als irgendein Kerl vorbeikam, um sich nach dem Weg zu erkundigen. Und als ich wieder nach unten gekommen bin, war Madgers noch immer in seinem Körbchen.«

Die Verniedlichung ärgerte Rosa ebenso sehr wie die Lüge. »Nennen Sie ihn bitte nicht Madgers. Sein Name ist Madgewick.«

»Okay, dann eben Madgewick. Und als ich aus dem Haus gegangen bin, war er immer noch in der Küche.«

»Greg, wie können Sie solche Lügen erzählen? Er hätte keine Möglichkeit gehabt, das Haus zu verlassen, wenn Sie ihn in der Küche eingeschlossen hätten.«

»Ich muss schon sehr bitten. Ich hab' bestimmt 'ne Menge kleiner Fehler, aber ich erzähle keine Lügen.«

Rosa konnte nicht aufhören: »Ich nehme an, Sie trinken auch nicht.«

»Ich verstehe zwar nicht ganz, was diese ziemlich verächtliche Bemerkung in diesem Moment soll, aber nein, um ehrlich zu sein, ich trinke nicht.«

»Dann war es wohl Madgewick, der sich den Whisky in

einem dermaßen rasanten Tempo hinter die Binde gekippt hat.«

»Ich hab' keine Ahnung, wer es gewesen ist, aber ich war's bestimmt nicht. Vielleicht haben Sie selbst sich ja einen hinter die Binde gekippt, wie Sie so dezent sagen.«

»Frecher Kerl!«

Greg blähte seine Schaukelpferdnüstern auf, zog sich mit großem Geschick die Gummihandschuhe über und begann, das Frühstücksgeschirr in die Spüle zu stellen. »Ich werde die Jobvermittlung bitten, Ihnen morgen eine andere Hilfe zu schicken, Madame.«

»Tun Sie das bitte.« Mit zitternden Händen nahm Rosa die Kaffeetasse vom Tisch und verließ den Raum. »Vorzugsweise einen Abstinenzler.«

Als sie die Tür hinter sich schloss, hörte sie ihn murmeln: »Hochnäsige Kuh.«

Die nächsten zwei Stunden hatte sie in ihrem Arbeitszimmer gesessen und vorgegeben zu arbeiten, bis sie hörte, wie die Haustür zugeschlagen wurde. Dann war sie nach unten gegangen und hatte eine Flasche Gewürztraminer geöffnet.

Leo hörte sich ihre sorgfältig gekürzte Version dieses Schlagabtauschs an. »Ich weiß, das Ganze ist ein bisschen mysteriös, aber ich glaube, es war ein bisschen voreilig, ihn zu entlassen. Man kann nie wissen, wen wir als Nächstes bekommen werden. Selbst wenn er sich den Alkohol unter den Nagel gerissen hat, war er freundlich und tüchtig.«

Obwohl Rosa ihm innerlich zustimmte, schwieg sie beharrlich. Während sie die Karbonade aßen, wechselten sie kaum ein Wort. Das Fleisch war in einer Fertigsoße angerichtet. Rosa hatte jegliches Interesse am Essen verloren. Es war, als wäre sie schwanger. Die ganze Zeit verspürte sie eine leichte Übelkeit, die jedoch nicht von keimendem Leben, sondern von ihren dunklen Befürchtungen herrührte. Sie bemerkte, dass Leo zu seinem Essen keinen Wein trank, was höchst ungewöhnlich war. Wahrscheinlich versuchte er sie zu ermuntern, weniger zu trinken. Eine stichelnde Bemerkung lag ihr auf den Lippen. Sie presste den Mund zusammen und biss sich auf die Unterlippe. Ein endloser Strom beleidigender Phrasen ging ihr durch den Kopf. Sie wählte die harmlosesten aus und begann zu reden.

»Du kommst dir wohl vor wie Hiob, was?« Sie lachte gekünstelt, wie feige Leute es tun, wenn sie beleidigend werden; sie gab vor, es nicht wirklich ernst zu meinen. »Sitzt einfach unerschütterlich da. Deiner Frau wird mit Mord oder Schlimmerem gedroht. Deine Umwelt bricht zusammen. Die Kinder sind unglücklich und haben Angst. Ihr Lieblingstier ist verschwunden. Was muss denn noch alles passieren, bevor du dich rührst, Leo? Hungersnöte? Die Pest? Die Atombombe? Ich seh' dich schon vor mir, wenn sie losgeht – deinen verfluchten Kopf in eine Papiertüte gesteckt.«

»Hör auf, Rosa.« Leo reichte zu ihr hinüber und packte sie an den Handgelenken. »*Sofort.*«

»Ich weiß, warum dich das nicht schert. Du würdest mich gern von hinten seh'n, was? Hast wohl 'ne gutgebaute kleine Schwester aus dem Krankenhaus gefickt, was? Es dauert nicht mehr lang, dann bin ich vierzig. Es wird Zeit, mich gegen ein neueres Modell einzutauschen.«

Leo schob seinen Stuhl zurück. Er knirschte über den Steinfußboden. »Ich hab' die Nase voll. Ich bin müde. Ich habe heute ein paar äußerst kniffelige Operationen gehabt. Ich weiß, dass eine meiner Patientinnen sterben wird, trotzdem ich alles getan hab', was in meinen Kräften lag. Sie ist jünger als du. Du entwickelst dich zu einer Xanthippe, die sich in Selbstmitleid suhlt. Und jetzt halt um Gottes willen den Mund.«

»O ja, deine Arbeit – deine aufopfernde Arbeit. Ich hatte vergessen, wie wichtig sie dir ist.« Rosa hörte entgeistert zu, wie ihre Stimme, schrill vor Sarkasmus, fortfuhr. »Natürlich lässt du deine ganze Wut dort ab, oder? Kein Wunder, dass du zu Hause so ruhig bleibst. Wie fühlt man sich, wenn man in der Lage ist, wehrlose Menschen aufzuschnippeln? Sie zu zerstückeln? Ich wette, du genießt das, oder? Komm schon, sei ehrlich. Du bist kein Stück besser als dieser verdammte Irre, der mich bedroht. Nur dass du es offiziell machen kannst.«

Wie eben, als es ihr vorgekommen war, als würde ihre Stimme zu einer anderen Person gehören, schien Rosa jetzt außerhalb der Szene zu stehen und sich selbst zuzuschauen, als spiele sich alles auf einer Leinwand ab. Alles geschah in Zeitlupe und in Schwarz und Weiß. Groß und bedrohlich stand der Mann über ihr. Im Hintergrund konnte sie keine Einzelheiten erkennen. Er war einfach aus dem Nichts aufgetaucht und hatte plötzlich resolut und unnachgiebig dagestanden. Langsam holte er mit dem Arm aus, als bereite er sich darauf vor, sie zu schlagen. Seine Kleidung war vollkommen grau, aus seinem Gesicht stachen kohlrabenschwarze Augen hervor, unter denen dicke Ringe lagen. Der Kontrast war grob und spannungsvoll zugleich. Er sieht aus wie ein Schauspieler in einem Stummfilm. Die Frau hatte sich ebenfalls erhoben. Sie wirkte auch grau, und eine Fülle von Schlangenköpfen schien ihr wie das Medusenhaar über die Schultern zu fallen. Sie öffnete zweimal den Mund und schrie: »Schlächter!« Rosa hörte sie sehr genau und dachte: Jetzt dreht sie durch. Dann begann sich der Arm des Mannes langsam auf den Kopf der Frau zuzubewegen. Weit davon entfernt auszuweichen, schien sie ihm ihr Gesicht begierig entgegenzuhalten, als wolle sie den Schlag herausfordern. Rosa schrie: »Nein. Nein.« Sie versuchte sich zwischen die beiden Gestalten zu drängen. Dann klingelte das Telefon. Sofort ließ das Gefühl einer doppelten Wirklichkeit nach. Das Bild wurde wieder farbig. Leo ließ seinen Arm sinken.

Rosa legte den Kopf auf die Brust. Ihr Ärger war verflogen, und sie fühlte sich erbärmlich. Leo verließ den Raum, und sie rannte hinter ihm her. Sie stand an der Wohnzimmertür und hörte ihm zu.

»Ja, aber sie fühlt sich nicht wohl. Ich bin Mr. Gilmour.« Einen Augenblick später fragte er: »Wo ist das genau?« und schrieb etwas auf. Dann: »Ja, aber ich bin nicht sicher, wann das möglich sein wird. Ich werde zurückrufen.« Er schrieb noch etwas auf und legte den Hörer auf die Gabel zurück.

»Wer war das? Was ist passiert?«

»Das war die Polizei.« Er ging zur Chesterfieldcouch hinüber. »Es scheint, als hätten sie ihn gefasst.«

»Ihn?« Rosa runzelte die Stirn. »Wen?«

»Herrgott noch mal – wen wohl? Den Mann, der dies alles getan hat.«

»Oh.« Sie zog den nächstbesten Stuhl zu sich heran und setzte sich. Sie wartete darauf, etwas wie Erleichterung, Glück oder Freude zu verspüren. »Bist du dir sicher?«

»Natürlich bin ich mir sicher. Er hat ein Geständnis abgelegt. Er ist in der Wapping Police Station.«

»Das ist wirklich eine bedrohliche Gegend.«

Rosa hielt Leos gleichgültige Hand, als sie über das glänzende Kopfsteinpflaster gingen. Zum Fluss hin stapelten sich riesige Steinhaufen und Berge modrigen Holzes. Alte Lagerhäuser mit Türen, die sechs Meter über dem Erdboden begannen, und ausgebrannten Höhlen, wo einmal Fenster gewesen waren. Gelegentlich kamen sie an einem vorbei, das in ein Wohnhaus umgewandelt worden war und durch dessen vornehme Fenster man bunte Tiffanylampen sah. Über ihnen erstreckte sich ein metallener Fußsteg mit der Aufschrift ›ODDBINS‹, und aus einem Gebäude drang das leichte Dröhnen von Maschinen. Auf einem davor angebrachten Schild stand *Metropolitan Police Boat Yard.*

»Man muss sich wirklich fragen, wie es auf der Wapping Low Street aussieht, wenn das hier die Wapping High Street ist.«

Schweigen.

Dann war zwischen den Gebäuden eine Lücke, und sie konnte den Fluss sehen, auf dem sich die silbernen Bahnen des Mondlichts kräuselten. Das Wasser schlug gegen halbversunkene Stapel modrigen Holzes und gegen Steinmauern. Drei unbewegliche Kräne hoben sich wie die Skelette prähistorischer Riesenvögel gegen den Himmel ab. Im nächsten Gebäude war ein Pub namens *The Town of Ramsgate* untergebracht.

»Vielleicht können wir hinterher etwas trinken gehen, Leo.«

»Um ehrlich zu sein, möchte ich gleich nichts als schlafen. Und ich hoffe, unser Leben wird dann wieder in normale Bahnen kommen.«

Ein weiterer Versuch, dieser Gegend ein anderes Gesicht zu geben. Ein kleines Rasenstück war auf beiden Seiten von vornehmen und gut erhaltenen Häusern aus der Zeit Edwards II. umgeben. Vor dem einen stand gleich neben einem aufgemotzten und frisierten Cortina ein Porsche. In der Dunkelheit wirkten die Gartenhecken mitternachtsblau. Ein Schiff fuhr vorüber, dessen Lichterketten sich auf dem Wasser spiegelten und dessen Kielwasser den Widerschein des Mondlichts zerschnitt. Am anderen Ende des Rasens standen gleich oberhalb des Flusses einige Steinbänke.

»Könnten wir einen Augenblick stehen bleiben?«

»Wozu? Es ist verdammt kalt.«

»Nur einen Moment.«

Leo machte ein Geräusch, das zwischen einem Seufzen und einem verständnislosen Schnalzen angesiedelt war und mit dem er es fertig brachte, sowohl seine Resignation über die verrückten Einfälle von Frauen im Allgemeinen als auch seine Verärgerung über seine Frau im Besonderen zum Ausdruck zu bringen. Doch er blieb stehen.

Sie sahen aufs Wasser. Aus der Nähe und im künstlichen Licht der Straßenlaternen sah es schmutzig aus. Plastikflaschen, alte Blechdosen und aufgeweichte Holzstücke schwammen vorbei. Eine Boje torkelte wie betrunken auf der Wasseroberfläche.

»Du musst das nicht machen, hörst du?«

»Du hast gehört, was sie gesagt haben, Leo. Er verweigert die Aussage, bis er mich gesprochen hat.«

»Er hat bereits gestanden. Das reicht, um ihn unter Anklage zu stellen.«

Aber sie wollte ihn sehen. Als der erste Schock vorüber war, hatte sie so viele verschiedene Emotionen durchlebt, dass sie jetzt nicht mehr wusste, was sie tatsächlich fühlte. In ihrem Kopf schien ein bisschen von allem herumzuschwirren: Erleichterung, Wut, Aufregung, Spannung, Angst. Diese Gefühle waren abwechselnd auf sie eingestürzt und verbanden sich jetzt zu einem Schutzwall gegen ihr Herz. Tatsächlich saß in ihrer Brust ein tiefer Schmerz, der ihr das Atmen erschwerte. Doch überlagert wurde all dies von einer unendlichen Neugierde, die selbst stärker war als ihre Angst. Sie musste ihn sehen. Diesen Mann, der ihr Leben auf so atemberaubende, kalte und böswillige Weise beeinflusst hatte.

Auf dem Weg hierher hatte sie sich ihn tausendmal auf tausendfach verschiedene Weise vorgestellt: jung, mittleren Alters, alt, fett, dünn, glatzköpfig, stark behaart, groß, klein. Und wie würde sie reagieren? Sie hatte sich (unter großen Mühen) vorgestellt, dass sie verständnisvoll wäre und (unter bedeutend weniger Mühen) dass man sie zurückhalten müsste, damit sie ihn nicht körperlich angriff. Leo hatte versucht, sie zu überreden, bis zum nächsten Tag zu warten, da er annahm, dass sie mit der Situation gelassener umgehen würde, wenn sie eine Nacht darüber geschlafen hätte. Doch diese Vorstellung hatte sie fast wahnsinnig gemacht, und sie hatte versucht, sich allein auf den Weg zur Polizeistation zu machen. Da hatte er einen Nachbarn gebeten, auf die Kinder aufzupassen.

Rosa versuchte langsamer und ruhiger zu atmen. Sich zu beruhigen. Nach kurzer Zeit stand sie auf. Die plötzliche Bewegung schreckte eine Möwe auf, die ihr mit einem grellen Kreischen fast ins Gesicht geflogen wäre.

Der Eingang der Polizeistation lag an einer Seite des Gebäudes oberhalb einiger Steinstufen. Im Gebäude war es warm, fast dunstig. Ein an einem Tisch sitzender Sergeant wusste gleich, wer sie waren.

»Wo … wo ist er?«

»Im Verhörzimmer, Mrs. Gilmour. Möchten Sie eine Tasse Tee, bevor Sie hineingehen? Es ist eine kalte Nacht.«

»Nein danke.«

»Dann vielleicht hinterher?«

»Das wäre sehr nett. Wie heißt er?«

»Das will er nicht sagen. Auf jeden Fall ist er ein seltsamer Vogel.«

Rosa meinte, dass sie seinen Namen wissen müsse. Wie sollte sie ihn sonst anreden können? Dann fiel ihr plötzlich auf, wie unangemessen ihre Sorge um eine Frage der Etikette war, und sie lächelte. Ein junger Constable mit einem Notizbuch in der Hand hielt ihr die Tür auf. Das Verhörzimmer war am anderen Ende eines kurzen Flurs. Der Constable trat beiseite und öffnete ihr die Tür, sodass sie den Raum als erste betreten konnte.

Sogleich ließ ihre Angst nach und machte einem Erstaunen Platz. Ein kleiner Mann, der hinter einem Plastiktisch saß, erhob sich mit einer höflichen Verbeugung. Ihr erster Eindruck war, dass er von Kopf bis Fuß mit Federn bedeckt war. Beim zweiten Hinsehen differenzierte sie diesen Eindruck. Er trug eine Fliegerkappe, die er auf solche Weise mit einer Vielzahl von Federn beklebt hatte, dass sie sich nach innen bogen und sich wie Farnwedel um sein Gesicht legten; dazu trug er eine Lederjacke, die ihm viel zu groß war und äußerst gekonnt mit weiten Federn in strahlenden Farben bemalt war. Seine Hose war aus einem gelben, ungleichmäßig gemusterten Plastikmaterial und sehr eng und vermittelte so den Eindruck, dass er auf dünnen, hornartigen Beinen stand. Die kleinen schwarzen Schuhe waren mit einem Klauenmuster verziert. Selbst seine Gesichtshaut wirkte wie von einer Gänsehaut überzogen und erinnerte mit ihrer leicht bläulichen Farbe an ein soeben gerupftes Huhn, das auf einer Platte serviert wird. Seine großen runden Knopfaugen funkelten. Er strahlte sie an und kam auf sie zu.

»Mrs. Gilmour. Endlich treffen wir uns.«

Schnell trat der Constable zwischen sie.

Rosa sagte: »Ist schon in Ordnung. Er ist harmlos.« Eine Welle der Enttäuschung brach über sie herein, spülte alle anderen Emotionen hinweg und ließ eine große und tödliche Leere zurück. Ihre Stimme klang schleppend. »Er ist einer meiner Stammhörer. Ich erkenne seine Stimme wieder. Sie ähnelt der auf dem Band keineswegs. Er ist nicht der Mann, den Sie suchen.«

Als sie aus dem Verhörzimmer zurückkamen, war Leo in heller Aufregung. Er beschimpfte die Polizeibeamten, weil sie sich nicht das Band von der Polizeistation in Southampton besorgt und die Stimme mit der des Festgenommenen verglichen hatten. Die Polizisten blieben gelassen und sagten, für sie habe ein Geständnis den Vorrang. Auf der Fahrt nach Hause unterdrückte er seine Wut; sie zeigte sich nur in seiner beherrschten Fahrweise, doch als sie sich schlafen legten, spürte Rosa sie in jeder Bewegung seiner Hände und seines Körpers. Zum ersten Mal konnte sie es kaum abwarten, dass sie aufhörten, Liebe zu machen.

Danach war sie aufgestanden, hatte sich einen Bademantel übergezogen und war zu den Kindern hinübergegangen. Kathy schlief tief und fest, hatte ihr erhitztes Gesicht ins Kopfkissen gedrückt und den Daumen noch immer auf ihrer Unterlippe liegen. Guys Federbett war auf den Boden gerutscht, und er lag, einen gestreiften Arm unter die Brust geschoben, in einer unbequemen Haltung da. Am Morgen würde er ein Kribbeln im Arm spüren. Behutsam hob sie ihn hoch zog seinen Arm unter seiner Brust hervor und deckte ihn zu. Er murmelte schläfrig vor sich hin, wachte aber nicht auf. In dem Moment spürte sie, dass ihre Liebe zu ihren Kindern felsenfest und unerschütterlich war. Das würde sich zumindest nicht ändern. Das war etwas, auf das sie zählen konnte. Alles andere schien in Auflösung begriffen zu sein, sich auf beunruhigende Weise von ihr weg und auf sie zu zu bewegen. Dinge, die sie für unveränderlich gehalten hatte, wandelten sich, während sie hilflos zusah. Sie versuchte, Leos Gereiztheit und mangelndes Mitgefühl zu verstehen; versuchte sich einzureden, dass seine scheinbare Gleichgültigkeit lediglich aus dem Glauben herrührte, sie wäre nicht in Gefahr. Dass er einfach müde war.

Sie musste immer öfter an Duffy denken. Vor einer Stunde hatte sie sogar anstelle von Leos Gesicht seines über sich zu sehen geglaubt. Sie versuchte, ihre Gefühle zu rationalisieren. Er war freundlich und einfühlsam gewesen, während Leo fast gleichgültig reagiert hatte. Das war alles. Sie empfand nichts anderes als Dankbarkeit, dankbare Zuneigung. Doch während sie zu diesem Ergebnis kam, kehrte die Erinnerung an ihr gemeinsames Mittagessen im Gay Hussar frisch und lebhaft zurück. Sie meinte, das Licht zu sehen; das goldene Haar auf seinem Handrücken; sah, wie sich seine Augen veränderten und dunkler wurden, als er ihr in der Tür das Gesicht zuwandte, und wurde sich eines gefährlichen und verwirrenden Gefühls bewusst. Es war nicht nur Dankbarkeit.

Sie wünschte, es wäre bereits Morgen und die Kinder wären wach. Sie wollte sie hochheben, an sich drücken und einen Wall gegen die Außenwelt aufbauen. Oder vielleicht ein Schutzschild.

Fenn hatte sich überlegt, wie er nicht nur in aller Öffentlichkeit zu Rosas Haustür gelangen könnte, sondern mit offenen Armen empfangen würde. Er würde eine Polizeiuniform tragen. Als ihm der Gedanke zum ersten Mal gekommen war, hatte ihn seine Einfachheit beeindruckt. Er hatte geglaubt, es würde weder schwer noch umständlich sein, sich eine Polizeiuniform auszuleihen. Aber wie sich herausstellte, war es beides.

Er hatte sich die Telefonnummern der Kostümverleihe aus den Gelben Seiten herausgeschrieben und eine Liste gemacht. Zuerst war er zu Morris Angel auf der Shaftesbury Avenue gegangen. Dort hatte man ihm gesagt, dass er sich als einfacher Bürger bestimmt keine Polizeiuniform ausleihen könne. Er müsse einem Bona-fide-Ensemble angehören, jede Bestellung werde telefonisch beim Schauspielhaus überprüft, und beim Abholen der Uniform müsse er nachweisen können, dass er bei besagtem Theater engagiert sei. Durch einen Brief mit vorgedrucktem Absender oder ein ähnliches Dokument.

Auf der Rückfahrt nach Islington hatte er hin und her überlegt. Er zögerte, diese Idee zu verwerfen. Er würde mit Rosa ungestört allein sein müssen, wenn der Zeitpunkt gekommen war. Er würde nicht auf verstohlene, amateurhafte Weise vorgehen und sich auf dunklen, nassen Straßen herumdrücken. Er wollte ihr nicht im Park auflauern, sie sich packen und dann weglaufen. Wo bliebe da das Vergnügen? Alles wäre vorbei, bevor sie überhaupt gemerkt hätte, was gespielt wurde. Und wenn er an ihr herumfummeln müsste, während sie bekleidet war, würde er den Job vielleicht nicht zu Ende bringen können. Da sie jetzt auf der Hut war, schien es keine andere Möglichkeit zu geben, bereitwillig von ihr empfangen zu werden. Es blieb ihm nichts anderes übrig, als sich eine Uniform zu leihen. Wäre er kein Einzelgänger und hätte manchmal mit den richtigen Leuten herumgehangen, wäre das Ganze wahrscheinlich kein Problem. Wenn man korrupt war, konnte man sich alles besorgen. Doch er war immer mehr als ehrlich gewesen. Er dachte an die Fernsehstationen und Filmgesellschaften und fragte sich, wie sie sich ihre Kostüme besorgten. Ein Sender wie die BBC musste zum Beispiel eine eigene große Abteilung für so etwas haben. Aber das half ihm auch nicht weiter. Sie würden ihm ebenso wenig wie die Kostümverleihe eine Uniform zur Verfügung stellen. Der Zug fuhr in die U-Bahn-Station Angel ein.

Er lief die Essex Street entlang, als er am *The Sun and Seventeen Cantons* vorbeikam. Wie alle anderen Gebäude auf der Straße hatte er es täglich passiert, ohne es wirklich wahrzunehmen. Draußen war meist eine große Tafel angebracht, auf der mit Kreide eine Jazzgruppe, eine Dichterlesung oder eine Matineevorstellung angekündigt waren. Letztere stand heute auf dem Programm, und das in großen Kreidebuchstaben geschriebene Wort THEATER erregte seine Aufmerksamkeit. Er ging in das Gebäude, bestellte ein Halbes und erhielt ein Glas mit einer warmen, goldgelben Flüssigkeit, die nach Seifenlauge schmeckte.

Jetzt, da er im Pub war, wusste er nicht, was er tun sollte. Am anderen Ende der Theke war ein schäbiger Vorhang angebracht, vor dem ein Mädchen mit langen dunklen Haaren an einem wackeligen Spieltisch saß. Fenn ging auf sie zu und wies mit dem Kopf auf den Vorhang. »Ist da das Theater?«

»Es fängt in fünf Minuten an. Ein Pfund, wenn Sie nichts verzehren.«

Das werd' ich wohl investieren müssen, dachte er und ging

zurück in den Schankraum, um sich einen großen Teller mit Hackfleischauflauf und sehr weichen Pommes frites zu holen. Er balancierte ihn in der einen Hand, während er in der anderen Plastikmesser und -gabel und sein Halbes hielt. Das Mädchen hob den Vorhang, um ihn passieren zu lassen. Im Raum dahinter standen ein langer Tisch mit einer entsprechend langen Bank und drei alte runde Holztische auf einem gusseisernen Gestell. Etwa ein halbes Dutzend Leute saßen herum. Der Lärm und die Lachsalven aus der Schänke ließen den Raum noch trostloser erscheinen, als seine Einrichtung ohnehin schon bewirkte. Hinter einer Tribüne hingen noch mehr schmuddelige Vorhänge. Fenn begann zu essen.

Er kannte sich im Theater nicht aus und hatte noch nie eine Vorstellung besucht. Hätte man ihn gefragt, was er sich unter einem Theaterbesuch vorstellte, hätte er wahrscheinlich eine Parade stattlicher Limousinen mit berühmten Persönlichkeiten, einen mit rotem Plüsch und Gold ausgestatteten Zuschauerraum und auffällig gekleidete Stars im Rampenlicht beschrieben. Oder eine Bildauswahl aus Premierenfotos und Ausstellungen von Standfotos vor dem Palladium. Den Begriff Theatermachen verband er mit dem gänzlich übertriebenen Verhalten eines Mannes, der seinen Parkplatz verteidigt. Deshalb wusste er nichts damit anzufangen, als plötzlich einer der Leute an den Tischen – ein Kerl in T-Shirt und Jeans – aufstand und begann, ein Feuer im Haus seines Großvaters zu beschreiben. Er war verunsichert (der Kerl stand nur einen Meter entfernt) und wusste nicht, wohin er gucken sollte. Dann kam ein Mädchen hinter dem Vorhang hervor, das eine mit roten Bändern verzierte Schärpe mit der Aufschrift DAS FEUER IM HAUS DES SIGNOR FERNANZE trug. Innerhalb der nächsten halben Stunde, während der Kerl weiter vor sich hin palaverte, verschwand sie regelmäßig hinter dem Vorhang, um mit verschiedenen Schärpen wieder aufzutauchen.

Er fragte sich, ob und wie er aus dieser Situation einen Nutzen ziehen könne. Konnte man diesen Scheißhaufen als ein Theaterensemble bezeichnen? Waren sie eine Gruppe, die, wie sich das Mädchen bei Morris Angel ausgedrückt hatte, »rechtmäßig anerkannt« war? Wie könnte er das herausfinden? Er wünschte, er könne sich an irgendetwas aus seiner Unterhaltung mit dem Schauspieler erinnern, der ihm mit seinen Fotos weitergeholfen hatte. Man sparte eine Menge Zeit, wenn man den Leuten nur zuhörte, bis man die gewünschte Information hatte; aber jetzt erkannte er, dass es von Vorteil sein konnte, weiter zuzuhören, um sich das Gehörte für den späteren Gebrauch zu merken. Man wusste nie, wann es von Nutzen sein konnte.

Jetzt waren beide zusammen auf der Bühne. Das Mädchen sang irgendetwas über einen ausgetrockneten Boden und die geschrumpfte Frucht im Schoß des Olivenbaums. Plötzlich hörte sie mitten im Satz oder, wie es Fenn vorkam, zwischen zwei Noten auf, und beide machten zur gleichen Zeit eine tiefe Verbeugung. So wie das Publikum nun mal war, klatschte es natürlich, und die beiden Schauspieler sprangen mit falscher Bescheidenheit und einem Es-sind-doch-nur-wir-Lächeln von der Buhne und mischten sich unter die Zuschauer.

Fenn kratzte den Rest seines Hackfleischauflaufs zusammen und lief neben ihnen her. Beide Schauspieler riefen ihm ein gleichgültiges »Hi« zu. Sie waren mit den meisten der Zuschauer befreundet. Sie sprachen über die Olivenbauern in der Toskana in den frühen zwanziger Jahren und lamentierten darüber, wie sehr sie von Dichtern und Dramatikern gleichermaßen vernachlässigt worden wären. Fenn versuchte, die Aufmerksamkeit eines Mädchens am Rande der Gruppe auf sich zu ziehen.

»Irgendwelche Aussichten auf … ähem … einen Job bei dieser Theatergruppe. Ich mache –«, ein vergessen geglaubter

Ausdruck fiel ihm wieder ein, »– im Moment eine künstlerische Ruhepause.«

»Machen wir das nicht alle, mein Süßer? Da musst du Garsteen fragen.«

»Garsteen?«

Mit dem Kopf wies sie auf die Vorhänge. »Er ist mit der Beleuchtung zugange. Oder im Büro. Das bleibt sich gleich. Weißt du, dass es kein Geld gibt? Es geht nur darum, sich bekannt zu machen.«

»Ach ja ... natürlich ... sicher ...«

Er sprang auf die Tribüne und schob den Vorhang beiseite. An einer Seite der Bühne war ein abgetrennter Platz von zwei Meter Durchmesser. Dort standen ein Stuhl, ein Tisch und ein Lichtpult. Und ein riesiger Mann in einem Schottenhemd und einer Jeans in der Größe eines Zelts, dessen schwarzer Bart über seine Brust kringelte.

»Garsteen?«

»Der bin ich.«

»Ich hab' gerade die ... ähem ... Vorführung gesehen. Ich frag' mich, ob da etwas für mich drin wäre.« Neben dem Telefon hatte er einen Stapel Briefbögen liegen sehen. Darauf waren eine glänzende schwarze Sonne mit geraden, kurzen Strahlen und die Aufschrift »The Sun Theatre Company« abgedruckt.

»Na ja.« Er hatte einen starken amerikanischen Akzent. Wie war es möglich, dass solche Kerle hier zurechtkamen, dachte Fenn. Bestimmt lebten sie auf Kosten der Steuerzahler. »Wir stellen die Truppe bei jedem Stück neu zusammen. Das nächste ist ein Zwei-Personen-Stück von Tennessee Williams. Beides weibliche Rollen. Dann ein Sam Shepherd, aber da hab' ich mir schon alle Bewerber angesehen.«

Fenn erhob sich. »Macht's dir etwas aus, wenn ich in Verbindung bleibe?«

»Tu das.« Er betätigte mehrere Schalter.

»Ich hab' eure Telefonnummer nicht. Darf ich –?« Er streckte seine Hand aus. Garsteen hielt ihn zurück.

»Hey, pass auf... diese Dinger kosten uns 'n Vermögen. Sind echt nur für Briefe an Intendanten und Agenturen da...« Er kritzelte etwas auf die Rückseite eines Briefumschlags. »Hier.«

Fenn nahm den Briefumschlag. »Wirst du heute Abend hier sein?«

»Keine Vorführung. Wir machen nur Matineevorstellungen. Gegen acht sind allerdings Proben.«

»Gut.« Er knüllte das Papier zusammen, ging zurück in die Bar und kaufte sich einen Tomatensaft. Er stand mit dem Rücken zum Vorhang, beobachtete ihn aber durch den Spiegel. Nach und nach verließen alle Gäste den Raum. Seine einzige Sorge war, dass einige Leute von der Theatergruppe dableiben könnten, bis der Pub geschlossen hatte. Wie zu erwarten, fielen Käpt'n Seebart und ein Mädchen über den Wein und die Sandwiches her, doch nach einer halben Stunde verließen sie die Bar, wobei sie ihren Arm zur Hälfte um seine riesige Hüfte geschlungen hatte. Jetzt waren nur noch wenige Leute übrig; der Barkeeper flitzte nach hinten und verschwand durch einen Trennvorhang zur Toilette.

Fenn wartete einen günstigen Zeitpunkt ab, um hinter den Vorhang und auf die Bühne zu schlüpfen. Hastig nahm er einige Briefbögen an sich und faltete sie zusammen. Dann holte er seine Liste der Kostümverleiher aus der Tasche und setzte sich auf den harten Stuhl. Er zog das Telefon zu sich heran. Er strich Morris Angel durch und wählte die nächste Nummer, eine Firma in Chiswick, und dann eine in Covent Garden. Beide konnten ihm nicht weiterhelfen. Beim dritten Verleih, einem Betrieb in Holland Park, fragte man ihn nach seiner Kleidergröße, bat ihn zu warten, kam dann wieder ans Telefon und sagte ihm, man glaube, ihn mit der richtigen Uniform ausstatten zu können. Wie war der Name des Theaters?

Er gab ihnen die Adresse. Sie fragten, ob er sich ausweisen könne, doch als er antworten wollte, hörte er, wie irgendjemand auf die Bühne sprang und der Vorhang zur Seite gerissen wurde. Es war der Barkeeper.

»Ich dachte, ihr wärt alle gegangen.«

»Tut mir Leid – ich hatte für Garsteen noch ein paar Anrufe zu erledigen.«

»Wir schließen jetzt.« Er ging nicht weg, sondern blieb, den Vorhang zur Seite schlagend, wartend stehen.

»Ich fürchte, der Pub macht jetzt zu«, sagte Fenn. »Ist es in Ordnung, wenn ich gleich vorbeikomme?«

»Ja. Wir haben bis fünf Uhr geöffnet. Biegen Sie am Holland Park rechts auf die Clarendon Road ab. Fairly Court ist eine Sackgasse, die fünf Minuten später links abbiegt.«

Sie nahmen die Maße für die Uniform und fanden tatsächlich eine, die ihm passte. Das Mädchen warf einen Blick auf seinen sauber ausgefüllten Bestellschein und sagte dann:

»Wir müssen uns beim Theater vergewissern, wissen Sie?«

»Natürlich. Ich kenne die Prozedur. Sollte es allmählich gelernt haben. Aber ich fürchte, wir haben nur über Mittag geöffnet. Die – Proben sind heute Abend um acht. Die Telefonnummer steht auf dem Brief. Deshalb brauch' ich das Kostüm.«

»Um acht Uhr wird keiner mehr hier sein. Wir werden morgen um die Mittagszeit anrufen.« Sie packte die Uniform und die Polizeimütze in eine Tasche, zögerte dann aber. »Wenn die erste Kleiderprobe heute Abend ist, sind Sie dann nicht ein bisschen spät dran? Ich meine, um ein Kostüm zu leihen?«

Einer plötzlichen Eingebung folgend erwiderte er: »Morris Angel hat uns hängen gelassen.«

Es war, als gebe allein die Erwähnung des berühmten Namens seinem Auftrag Glaubwürdigkeit. Ihr Gesicht hellte sich auf, und sie lächelte. »Da sieht man mal wieder. Die

Größten sind nicht immer die Besten.« Sie reichte ihm die Tasche. »Viel Glück.«

»Wie bitte?«

»Für die Generalprobe.«

Auf der Fahrt nach Islington umklammerte er die Tasche im Hochgefühl des Triumphs. Seine früheren Ängste erschienen ihm jetzt schimärenhaft, seiner Person vollkommen unwürdig. Er hatte sich wie ein verängstigter kleiner Junge verhalten, der in diesem oder jenem Vorfall Omen zu sehen glaubte und meinte, eine Macht von außerhalb könnte sein Schicksal beeinflussen. Er schämte sich dieses Rückfalls und schwor sich, sich selbst treu zu bleiben. Es war nicht so, als habe er noch lange zu warten.

Sonia sagte: »Ich möchte jemanden anzeigen. Wegen einer Morddrohung.«

»Dies ist nur der Notruf. Haben Sie sich mit der nächsten Polizeidienststelle in Verbindung gesetzt?«

»Nein. Ich ...« Sie zögerte. Es war, als habe die unpersönliche Stimme ihre Emotionen und Gedanken aufgerüttelt, sie durcheinandergeworfen, sodass sie jetzt ein neues Muster bildeten. Kein Grund, vorschnell zu handeln. Sie legte den Hörer auf die Gabel. Dann setzte sie einen Kessel auf und brühte sich einen Kaffee. Sie stellte den gasgespeisten künstlichen Kamin an, wusch sich Gesicht und Hände und goss das Wasser durch einen Filter. Der Kaffee war sehr stark. Sie gab Milch und ein wenig braunen Zucker hinzu und setzte sich, die Hände an der Tasse wärmend, vor das Kaminfeuer.

Fast zehn Minuten tat sie nichts anderes, als ihre neue Position zu genießen. Zum ersten Mal in ihrem Leben hatte sie die Trümpfe in der Hand. Und wie nah hatte sie davorgestanden, das Handtuch hinzuwerfen. Welchen Vorteil hätte sie daraus ziehen können? Er würde nicht einmal wissen, dass sie ihn verpfiffen hatte. Und sie würde noch einmal von vorn anfangen müssen. Nein. Das Schicksal hatte dafür gesorgt, dass sie die Oberhand gewonnen hatten und nun lag es an ihr, diese Situation zu ihrem Vorteil zu nutzen. Sie war nicht mehr »verliebt«, was immer dieser dumme Ausdruck auch heißen sollte; und zusammen mit dem kürzlich erst erworbenen Wissen machte das ihre Position unangreifbar. Sie hatte ihn da, wo sie ihn immer schon haben wollte. Sie wusste nicht genau, wie sie ihn immer schon haben wollte. Sie wusste nicht genau, wie sie ihre Macht nutzen würde. Vielleicht würde sie ihn trotz allem dazu zwingen, sie zu heiraten. Hätte sie erst einmal ein Haus und ein Kind, könnte er tun und lassen, was er wollte. Jetzt wusste sie, was für ein Mensch er war; sie würde sich offenen Auges und vollkommen illusionslos in die Situation begeben. Keine schlechte Basis für eine Partnerschaft. Der Gedankenaufruhr begann sich zu legen.

Sie stand hastig auf. Jetzt war sie sich der Richtung, die sie einschlagen würde, so gewiss, dass sie meinte, sie würde von einer fremden Macht vorangetrieben. Sie wollte nicht warten, bis er sie anrief, sondern holte ihr Adressbuch hervor und blätterte es durch. Obwohl sie ihn oft genug darum gebeten hatte, hatte er ihr nie seine Adresse gegeben. Egal. Er würde sie ihr geben, wenn er hörte, was sie ihm zu sagen hatte. Als sie seine Nummer wählte, stellte sie sich lebhaft vor, wie er den Hörer abnahm, und für einen Moment stellte sich der alte Zauber wieder ein.

Ja. Sie würde ihn heiraten können. Es würde keine Ehe im alten Stil sein, aber schließlich musste sich alles einmal verändern. Eine fremde Stimme kam ans Telefon.

»Ist Fenn da?«

»Weiß nich'. Ich ruf mal.«

»Nein, warten Sie. Ich denke, ich komme stattdessen vorbei. Allerdings rufe ich nicht von zu Hause aus an und habe deshalb mein Adressbuch nicht bei mir. Könnten Sie ...?«

»Lucy Place 14 – geht von der Packington Street ab. Möchten Sie, dass ich nachsehe, ob er da ist?«

»Nein, vielen Dank. Ich würde ihn gern überraschen.«

»Ganz wie Sie meinen.«

Sonia legte den Hörer auf und zog den Stadtplan zu sich heran. Die nächste U-Bahn-Station schien Angel zu sein. Ihre Kleidung war zerknittert und schmutzig, ihr Gesicht ungeschminkt und ihr Haar zerzaust. In ihrem Kleiderschrank wühlte sie nach einem hübschen Kleid, das sie anziehen könnte, bis ihr auffiel, dass schicke Kleidung und Make-up keine Rolle mehr spielten. Sie ging nicht zu ihm, um ihn für sich zu gewinnen. Sie hatte ihm den Krieg erklärt.

Das Zusammentreffen mit dem Vogelmann stürzte Rosa in eine tiefe Verzweiflung, die sie nicht verdrängen konnte. Obwohl sie mit allen möglichen Tricks versuchte, sich in bessere Stimmung zu bringen, hielt die Wirkung jeweils nur kurze Zeit vor.

Doch es gelang ihr noch, mit den alltäglichen Dingen zurechtzukommen. Am nächsten Tag meldete sich eine Frau mittleren Alters auf ihre Anzeige für eine Putzhilfe und wurde eingestellt. Rosa beantwortete ihre Post mit Hilfe einer Sekretärin aus der Schreibzentrale. Der Vogelmann nahm an ihrer Dienstagssendung nicht teil und ließ nie wieder von sich hören.

Leo, der zweifellos annahm, dass jetzt alles wieder seinen normalen Gang nahm, war zu dem zurückgekehrt, was Rosa für sein früheres Ich hielt. Sie beobachtete, wie er mit der *Times* raschelte, sein Abendessen zu sich nahm, mit den Kindern spielte – doch immer aus der Perspektive einer verhältnismäßig distanzierten Fremden. Er schien mit ihrem Leben kaum etwas zu tun zu haben. Sie fragte sich, ob das bedeutete, dass sie aufgehört hatte, ihn zu lieben, und, wenn das tatsächlich der Fall war, wie armselig ihre Liebe doch gewesen sein musste, wenn sie bereits an der ersten großen Hürde ihres Lebens gescheitert war. Sie hatte versucht, diesen merkwürdigen Mangel an Gefühl mit Leo zu besprechen, ohne allzu sehr in die Einzelheiten zu gehen. Er hatte sie auf beiläufige Weise beruhigt und ihr gesagt, dies sei ein kurzzeitiger Abwehrmechanismus, den der Körper nach Zeiten der Anstrengung und des Schocks zu seinem eigenen Schutz aufbaue. Diese Erklärung klang durchaus plausibel, und sie betete, dass er Recht hatte.

Sie versuchte, Duffy aus dem Weg zu gehen, und stellte sicher, dass eine dritte Person anwesend war, sobald ein Zusammentreffen unvermeidbar war. Wenn er den Grund für dieses Verhalten ahnte, ließ er es sich nicht anmerken, doch einmal, in Tobys Büro, ertappte sie ihn dabei, wie er sie nachdenklich ansah. Er hatte sie strahlend angelächelt, und wieder hatte sie dieses seltsame Ziehen in ihrem Magen verspürt. Am Tag nach dem Vorfall in der Wapping Street saßen sie beide zusammen mit Louise in der Kantine.

»Sonia lässt sich Zeit mit dem Zurückkommen.«

Rosa schob die kalten Bohnen auf ihrem Teller umher. »Ich habe heute Morgen bei ihr angerufen. Es war niemand zu Hause.«

»Das sieht ihr gar nicht ähnlich.« Mit hochgezogenen Augenbrauen um Erlaubnis bittend, reichte Louise hinüber und nahm Rosas Bohnen. Sie begann sie in sich hineinzulöffeln. »Sie ist eine von denjenigen, die noch zur Arbeit kommen, wenn sie schon halb tot sind.«

»Diesen Ton verbitte ich mir.«

»Entschuldige.« Louise hörte einen Moment auf zu lächeln und blickte sie verschämt an. »Ich hab' nicht nachgedacht.«

Warum sollte sie auch nachdenken? Rosa glaubte zwar, dass Louise sie mochte, doch so wie das Mädchen über die Drohungen sprach, hätte es sich um eine spannende Serie im Nachtprogramm des Fernsehens handeln können. Rosa fragte sich, ob sie zu wenig Verständnis zeigte. Schließlich war jeder Mensch in der Lage, mehrere Emotionen auf einmal zu haben. Warum sollte sich Louise nicht um ihr Wohlergehen sorgen und gleichzeitig das Drama genießen?

Duffy sagte: »An deiner Stelle würde ich noch mal bei ihr anrufen, wenn wir ins Büro zurückgehen.«

Rosa erhob sich, ohne ihn anzusehen: »Ich werd's gleich jetzt tun. Neben dem Aufzug ist ein Münzfernsprecher.«

»Das kostet dreißig Pfennig.« Louise klang entsetzt. »Ich bin gleich fertig mit dem Essen. In einer halben Minute sind wir unten in deinem Büro.«

»Ich möchte lieber nicht warten.« Rosa nahm das Adressbuch aus ihrer Tasche. Louise hatte Recht. Wenn Sonia sich so gut fühlte, dass sie das Haus verlassen konnte, wäre sie zur Arbeit gekommen. Als sie den Hörer in die Hand nahm, wuchs ihr Unbehagen. Sie erhielt keine Antwort. Eine Viertelstunde später ging sie in ihr Büro zurück, machte sich einen Kaffee und probierte es noch einmal. Mit dem gleichen Ergebnis.

»Kein Glück?«

Sie hatte ihn nicht kommen hören. Er schlenderte zu ihrem Schreibtisch und hockte sich auf die Tischkante, wie es seine Gewohnheit war. Jetzt hatte es allerdings eine andere Wirkung auf sie. Rosa nahm die nächstbesten Blätter zur Hand und ging zum Aktenschrank.

»Mir scheint, das sind Briefe, die darauf warten, unterschrieben zu werden.«

»Wie bitte?« Sie sah auf die Blätter. »Oh.«

»Was zum Teufel ist mit dir los?«

»Nichts.«

»Jedes Mal, wenn ich in deine Nähe komme, zuckst du wie vom Blitz getroffen zusammen.«

Sie holte tief Atem, wandte ihm ihr Gesicht zu und log mutig drauflos. »Ich glaube, die Sache mit dem Vogelmann hat mich umgehauen. Du weißt schon – man denkt, alles wäre vorbei, und dann stellt sich heraus, dass es nicht stimmt.«

»War er wirklich so merkwürdig?«

»Übergeschnappt. Er hatte gelbe Plastikbeine.«

»Wie göttlich.« Duffy lachte und zeigte ein weißes Gebiss, das sich von seiner gebräunten Haut abhob. »Ich wünschte, ich wäre dabei gewesen.«

Das hätte ich mir auch gewünscht, dachte Rosa, die an die trostlose Hin- und Rückfahrt und die traurige Vereinigung danach dachte. Das hätte ich mir auch gewünscht.

Plötzlich wirkte sie so bekümmert, dass ihm das Lachen verging. »Diesen verdammten Hund würd' ich gern in die Finger bekommen. Er würde sich wünschen, nie geboren zu sein.« In der Hoffnung, ein Themenwechsel könne ihr helfen, fügte er hinzu: »Die Sache mit Sonia ist wirklich sehr verwirrend. Entweder ist sie zu krank, um ans Telefon zu gehen, oder sie hat sich erholt und benimmt sich äußerst seltsam.«

»Ich weiß. Ich kann es einfach nicht verstehen.«

»Sollten wir nicht etwas unternehmen?«

»Na ja ... an was denkst du?«

»Ich hab' mir gedacht, wir könnten ein paar Nachforschungen anstellen. Wo wohnt sie?«

»Barons Court.«

»Um welche Zeit holst du deine Kinder ab?«

»Viertel vor vier. Aber –«

»Tonnenweise Zeit.« Er griff nach dem hausinternen Telefon und wählte eine Nummer. »Sollte jemand nach mir suchen, sagen Sie ihm, ich wäre im Fulham-Stadion und würde mit Harry Fielding ein Interview machen.« Er legte auf. »Wir werden zu ihrer Wohnung fahren und dann bring' ich dich zur ...«

»Primrose Hill.«

»Dann komm mit ...« Auf dem halben Weg zur Tür hielt er inne. »Was ist los?«

»Ich … ich glaub', dass das keine gute Idee ist.«

»Hast du einen besseren Vorschlag?«

Sie schüttelte den Kopf. Ihr schwindelte bei dem Gedanken, einige Zentimeter entfernt von ihm in einem Wagen eingeschlossen zu sein.

»Es könnte etwas Ernstes sein, Rosa.«

»Ich weiß.« Und ihren Widerstand konnte sie nicht anders als mit ihren wahren Vorbehalten begründen. Wenn ich die Wahrheit sage, kann ich für nichts mehr garantieren, dachte sie. Sie schlug sein Angebot ab, ihr in den Mantel zu helfen, und holte ihre Tasche.

»Wir dürfen uns wegen der Kinder nicht verspäten.« Sie redete bestimmt wie eine Lehrerin, die sich an eine besonders schwierige Klasse wendet.

»Nein, Madame.« Er berührte sein blondes Stirnhaar. »Ganz wie Sie sagen, Madame.«

Im Wagen fühlte sie sich trotz seiner Nähe erheblich besser. Es tat gut, tatsächlich etwas zu unternehmen. Sie richtete ihren Blick auf die Straße, während sie mit ihm redete. Obwohl Duffy häufig und geschickt die Spur wechselte, kam ihr die Fahrt endlos vor. Schließlich verließen sie die Cromwell Road mit ihren Hupkonzerten und unerträglichen Abgasschwaden.

»Eine ziemlich trostlose Gegend«, murmelte Duffy, als er in die Edith Road einbog.

»Dort drüben ist das Haus. Das mit den abgeblätterten Säulen.«

»Die Säulen sind hier alle abgeblättert, meine Liebe.« Das stimmte nicht ganz. Ein oder zwei Häuser waren ziemlich gut erhalten »Meinst du das eine, das die Farbe von verfaulender Leber hat?« Als Rosa nickte, parkte er den Wagen so nah wie möglich am Haus. »Es dürfte nicht lange dauern. Willst du im Wagen bleiben und dich mit eventuellen wütenden Anwohnern auseinander setzen?«

»Nein.« Rosa hatte bereits die Wagentür geöffnet. »Sie könnte krank sein und würde dann bestimmt nicht wollen, dass du in ihr Zimmer geplatzt kommst.«

»Ich bin sicher, sie wäre entzückt. Schön, so begehrt zu sein.« Sie gingen die Treppe hinauf. »O mein Gott – es ist eins von diesen.« Neben der Tür waren ungefähr ein Dutzend verschiedener Klingeln und angrenzender Namensschildchen in Druck- und Schreibbuchstaben jeglichen Typs und jeglicher Farbe angebracht. »Das heißt, dass wir nur hereinkommen, wenn uns jemand die Haustür öffnet.«

»Das glaube ich nicht. Ich habe gesehen, dass sie beim Hineingehen einfach die Tür aufgedrückt hat.«

Ein sauber getipptes Schild neben der Klingel für das Appartement Nummer sieben trug den Namen »Sonia Marshall«. Duffy lehnte sich gegen die ehemals weiße, Blasen werfende Tür, und sie betraten eine Eingangshalle. Der Boden und die Treppe waren mit fleckigen Strohmatten ausgelegt. Es roch nach einer Mischung aus den verschiedensten Gerüchen. Am frischesten schien ein Currygeruch zu sein, doch mit ihm vermengten sich eine Reihe anderer Geruchsrückstände: abgestandener Kohl, Fisch, verbranntes Grillfleisch, feuchte Wäsche und verschimmelter Käse. Die traurigen Spuren Hunderter in möblierten Zimmern verbrachter Existenzen. Es war sehr dunkel. Duffy drückte auf einen Lichtschalter; es war einer von denen, die sich automatisch abschalten.

»Mein lieber Gott. Stell dir vor, du müsstest jeden Abend in eines dieser Zimmer zurückkommen.«

»Und die Wochenenden. Wie werden die Wochenenden wohl aussehen?«

Von schwachen Reggae-Klängen abgesehen, war das Haus ruhig. Sie kamen an zwei mit Linoleum ausgelegten Badezimmern vorbei, in denen Badewannen auf klauenartig geschwungenen Füßen und riesige, verrostete Gasboiler zu sehen waren. In einem der Badezimmer standen zudem eine Toilette und ein Gaskocher.

»Nicht zu glauben«, sagte Duffy, »das nenne ich Zeit sparend. Man kann sich sein Hähnchen braten, während man sich die Füße wäscht und der Befriedigung seiner natürlichen Bedürfnisse nachgeht.«

»Wer immer der Besitzer auch sein mag, muss pro Woche um die fünfhundert Pfund einkassieren. Man könnte erwarten, dass er ein kleines bisschen davon in einen Eimer Farbe investiert.«

»Sei nicht so blauäugig, Rosa. Die Spielregeln sind hier anders.«

Die Tür des Appartements mit der Nummer sieben war ebenso schäbig und anonym wie die anderen. Duffy klopfte und Rosa rief: »Sonia? Ich bin's, Rosa. Ist alles in Ordnung?« Sie drückte gegen die Tür. Doch sie gab nicht nach. »Was nun?«

»Wir könnten ja nachsehen, ob irgendeiner der Nachbarn etwas Genaueres weiß.« Duffy überquerte den Flur und klopfte an die vier übrigen Türen, erhielt jedoch keine Reaktion. Er rannte ins obere Stockwerk und wiederholte das Ganze. Rosa klopfte, allerdings wieder ohne Erfolg, an Sonias Tür, dann gingen sie ins untere Stockwerk. Sie folgten der Reggae-Musik, bis sie an das Appartement Nummer drei kamen.

Ein Afrikaner öffnete die Tür. Er hatte Dreadlocks, trug ein wehendes rotes Gewand und um den Hals eine Kette aus geflochtenem Haar, an der eine kleine Trommel hing. Er verbreitete einen starken süßlichen Geruch, als er mit wiegendem Gang auf den Flur kam. Rosa fragte ihn, ob er etwas über Sonias Verblieb wisse. Er starrte sie an.

»Sie wohnt über mir. Ich weiß, sie is' nich' da, weil wenn sie da is' – Mann –, da wackelt die Decke.«

»Was wollen Sie damit sagen?« Rosa konnte sich nicht vorstellen, dass Sonia im Zimmer herumhüpfte oder sich einer anderen Form der Ruhestörung schuldig machte.

»Ein Bacchanal, Mann. Was glaubste wohl, was ich sonst mein'?« Dann, als sie ihn immer noch verständnislos ansah: »S-E-X.«

»Oh.« Rosa konnte sich Sonia inmitten orgiastischer Szenen noch weniger vorstellen. Sie spürte, dass sie wie ein Schulmädchen errötete. »Wann haben Sie sie zuletzt gesehen ... ich meine, gehört?«

»Letzte Nacht, letzte Woche, letztes Jahr ... was is'n Zeit, Mann? Häng's wohl anner Zeitnadel, was, Baby?«

»Bitte, ... es ist sehr wichtig –«

»Rosa.« Duffy unterbrach sie und führte sie weg. Die Tür fiel ins Schloss. »Er ist völlig zugekifft. Von ihm wirst du nichts erfahren.«

»Aber es ist sonst keiner zu Hause.« Rosa entfernte sich nur zögernd von der Tür. »Vielleicht sollte ich heute Abend wiederkommen. Wenn die Leute wieder von der Arbeit zu Hause sind.«

»Ich weiß nicht.« Duffy klang nicht sehr ermutigend. »Diese Häuser sind verflucht anonym. In diesen Hühnerkäfigen wechseln die Leute auf der einen Seite des Hauses mit denen von der anderen kein einziges Wort. Aber ich schätze, es wäre einen Versuch wert.«

Als sie die Treppe hinuntergingen, fügte er hinzu: »Wenn ich dich zu Hause abgesetzt hab', werde ich ins Studio zurückfahren und mit dem Personalbüro reden. Sie haben die nächsten Anverwandten in ihren Akten aufgeführt – wahrscheinlich ihre Eltern. Vielleicht ist sie zur Erholung nach Hause gefahren. Ich werde das nachprüfen und dich später anrufen.«

»Das ist eine gute Idee. Du scheinst alles für mich zu tun. Ich stehe nur untätig dabei und sehe zu.«

»Das würde ich nicht sagen. Schließlich – hoppla.«

Rosa war mit ihrem Absatz in der zerrissenen Fußmatte hängen geblieben. Als sie nach vorne stolperte, fing Duffy sie in seinen Armen auf. In dem Moment machte der Lichtschalter ein klickendes Geräusch, und das Licht ging aus. Er hielt sie einen Moment fest und stieß dann einen langen Seufzer aus. Er barg sein Gesicht in ihrem Haar.

»Oh, mein Gott … davon habe ich schon so lange geträumt … du kannst dir gar nicht vorstellen, wie oft.« Er umschloss sie fester. »Stoß mich nicht zurück, Rosa. *Bitte*, stoß mich nicht zurück.«

Es war schlimmer, schöner, wunderbarer, schrecklicher, als sie es sich je vorgestellt hatte. Ihre Angst war berechtigt gewesen. Als sie reagierte, ihre Lippen auf seinen Mund presste, fuhr er mit der Hand unter ihren Mantel, streichelte sie und drückte sie fester an sich. Sie legte ihre Arme um seinen Hals. Sie fühlte sich leicht und schwerelos, ihr Körper schmiegte sich vollkommen an den seinen, als wären sie miteinander verschmolzen. Der Kuss dauerte eine Ewigkeit. Sie wollte nicht, dass er je zu Ende ging. Dann bediente jemand im unteren Stockwerk den Lichtschalter. Sie fuhren auseinander. Duffy glücklich und erregt; Rosa wie betäubt.

»Ich muss schon bitten.« Eine korpulente Frau kam, beladen mit einer schweren Einkaufstüte, die Treppe hinauf. Sie traten auseinander, um sie passieren zu lassen, und die Spannung ließ unvermittelt nach. Rosa fühlte, wie sich der innere Aufruhr legte und sich ihr Puls beruhigte. Als Duffy auf sie zutrat, hielt sie die Hand hoch, um ihn abzuwehren.

»Nicht, Duffy … Ich … ich komme nicht damit zurecht. Nicht im Moment. Nicht mit all den anderen Dingen, die ich im Kopf habe.«

Er drängte sich nicht weiter auf, doch das glänzende Leuchten seiner blauen Augen ließ nicht nach. Sie spürte sein neues Selbstvertrauen und bemerkte, dass es sie gleichermaßen abstieß und erregte.

Aber wie echt waren ihre Gefühle? Es war eine so extreme Situation. Die Morddrohung schien alles so viel intensiver werden zu lassen. Sie fühlte sich wie die Hauptperson in einem Melodrama. Sämtliche Zwischentöne hatten sich in ein Nichts aufgelöst. Ihre Reaktion auf Duffys Kuss war heftig gewesen, ihre Enttäuschung über Leo bitter. Sie schien von einem Gefühlszustand in den nächsten zu taumeln, ohne sich eine Atempause zu gönnen.

Plötzlich erinnerte sie sich an einen Moment, der Jahre zurückzuliegen schien, als sie rundum zufrieden in ihrem Arbeitszimmer gesessen und sich zu der harmonischen Ordnung ihres Lebens beglückwünscht hatte. Die Wehmut, die in dieser Erinnerung lag, rührte sie fast zu Tränen. Sie wandte ihr Gesicht von ihm ab.

»Wir sollten jetzt lieber die Kinder abholen.«

Die neue Putzhilfe hatte etwas Essen aus dem Kühlschrank geholt und es zum Auftauen in der Küche liegen lassen. Seezunge und Garnelen in einer Sahnesoße, umgeben von Blätterteig. Einige Brokkoliköpfe, italienische Speisekartoffeln. Apfelsinencreme. Rosa legte ein Stück Gloucester dazu. Da es Freitag war, würden die Kinder länger aufbleiben und mit ihnen zu Abend essen.

Wie im Traum deckte sie den Tisch. Die Gefühle, die Duffys Umarmung hervorgerufen hatten, waren verblasst und ließen sie in einem Zustand der Trägheit zurück. Sie stellte zwei Weingläser und für die Kinder zwei Bechergläser auf den Tisch, die sie mit einem giftrot gefärbten Erdbeersaft füllte. Leo kam ein wenig früher als sonst nach Hause, gab ihr einen leichten Kuss und öffnete eine Flasche Meersalz.

»Fühlst du dich heute besser, mein Schatz?«

»Ja. Mir geht's gut.«

»Wie ist die Sendung gelaufen?«

»Wie soll sie schon gelaufen sein? Wie immer hat's alle zwei Minuten einen Lacher gegeben.«

»Tut mir Leid.« Erstaunt über den Gleichmut in ihrer Stimme, warf er ihr einen kurzen Blick zu. »Hier. Trink etwas von diesem himmlischen Gesöff.«

Der Wein schmeckte tatsächlich hervorragend. Erfrischend, zunächst ein wenig bitter, doch mit einem vollen, goldenen Nachgeschmack. Sie sah Leo an und bemerkte, dass er müde aussah. Das berührte sie nicht im Geringsten. Sie fragte sich, wie er reagieren würde, wenn sie zu ihm sagen würde: »Mir liegt nichts mehr an dir.« Oder: »Vorhin habe ich einen Mann geküsst. Wären wir in einem abgeschlossenen Zimmer gewesen, hätte ich mit ihm geschlafen.«

Leo klang jetzt immer so sachlich, wenn er mit ihr redete. Vielleicht würde er einfach nur antworten: »Na na. Ist schon gut« – und dann ihre Temperatur messen. Sie bemerkte, dass sie sich an dieser Haltung nicht im Geringsten störte und mit der Rolle der Patientin überaus gut zurechtkam. Es war die Rolle der Ehefrau, mit der sie Schwierigkeiten hatte.

Während der Mahlzeit klingelte das Telefon. Rosa schob ihren Stuhl zurück.

»Ich werde drangehen. Wahrscheinlich geht es um Sonia. Ein Kollege hat sich für mich mit dem Personalbüro in Verbindung gesetzt.«

»Nein.« Leo schob seinen Stuhl ebenfalls zurück. »Kinder, ihr bleibt sitzen. Lass mich ans Telefon gehen, Rosa.«

Sie folgte ihm ins Wohnzimmer. »Es ist schon in Ordnung ... die Nummer ist geändert worden.«

»Trotzdem würde ich lieber drangehen.«

Obwohl sie einige Meter entfernt stand, konnte Rosa das Zeitzeichen eines Münzfernsprechers hören. Leo sagte nichts. Wer immer es auch sein mochte, begann sofort zu reden. Leo hörte einen Moment zu und legte dann den Hörer auf die Gabel. Rosa beobachtete sein Gesicht.

»Was hat er gesagt?«

»Es war eine falsche Verbindung.«

»Um Himmels willen, Leo! Hör auf, mich wie ein Kind zu behandeln. Das tut verdammt weh.«

»Ich versuche nur, dich zu beschützen.«

»Es ist zu spät, um mich zu beschützen.«

Leo zuckte mit den Schultern. Auf dem Weg zur Küche sagte er: »Es war der übliche Mist. Du willst sicher nicht all die abscheulichen Einzelheiten hören.« Als sie wieder am Tisch saßen, fügte er hinzu: »Wenn wir es noch oft genug hören, wird das Ganze für uns wahrscheinlich bedeutungslos werden. Das passiert manchmal.«

Rosa stocherte in ihrer Apfelsinencreme und fragte sich, ob er Recht hatte. Aber wie oft müsste sie sich ihn noch anhören? Würde sie es ertragen, das Band immer wieder abzuspielen, bis sein Gerede ihr nichts mehr bedeutete? Und würde das die bedrohliche Entschlossenheit, die hinter jedem seiner Worte lag, bannen oder sogar wegzaubern können?

Natürlich hatte der Mann ihre neue Nummer herausgefunden. Ihr fiel auf, dass sie das nicht einmal erstaunte, aber dann befahl sie sich, vernünftig zu bleiben. Sie war an den Punkt gekommen, an dem sie ihm den Status eines allwissenden und allmächtigen Zauberers einräumte. Er kannte ganz einfach jemanden, der bei der Post arbeitete, oder, was noch wahrscheinlicher war, arbeitete selbst dort. Sicher war er ein pickliger, blutarmer kleiner Angestellter mit Zugang zu den Nummern, die aus Sicherheitsgründen nicht im Telefonbuch aufgelistet waren. Soweit sie wusste, tat er das ständig, rief er alle möglichen Leute an. Davon ging die Polizei zumindest aus. Man hatte sie gefragt, ob sie sich mit anderen berühmten Persönlichkeiten in Verbindung gesetzt hätte. Soweit sie wussten, gab es eine ganze Flut solcher Anrufe. Sie stellte sich vor, bei Esther oder Parky oder Anna Ford anzurufen und zur Antwort zu bekommen: »Oh, er. Der treibt schon seit

Wilhelm dem Eroberer sein Unwesen. Wir sind alle schon mal an der Reihe gewesen.« Doch falls sie das nicht sagten, würde sich die Sache nur verschlimmern.

Guy diskutierte gerade die neuesten Finanzpläne des Vaters seines Freundes Mervyn:

»... wenn der BMX-Fimmel also nachlässt, was jede Minute zu erwarten ist, werden Skateboards die nächste große Sache sein. Mervyn sagt, ich könnte von ihm eins zum Großhandelspreis bekommen, aber ich müsste mich sofort entscheiden.«

Leo meinte: »Iss deine Apfelsinencreme auf, Rosa. Lass dir von einem kleinen Scheißer wie ihm nicht den Appetit verderben.«

Kathy zog selbstgefällig und entzückt die Luft ein: »In der Schule hat man uns verboten, Scheiße zu sagen, Dad.«

»Natürlich hat man euch das verboten. Darum geht es ja schließlich bei der ganzen Erziehung.«

»Was meinst du damit?« fragte Guy. »Worum geht es bei der ganzen Erziehung?«

»Um das rechte Wort zur rechten Zeit am rechten Platz.«

»Ich sehe nicht ganz, wie Logarithmen in deine Theorie passen sollen, Dad.«

»Das wirst du schon noch lernen, mein Junge.«

Leo antwortete automatisch. In Gedanken verweilte er bei der Schilderung, die er soeben gehört hatte. Angesichts seines Berufs fiel es ihm schwer zu verstehen, wieso ihm so übel war, nachdem ihm in allen Einzelheiten mitgeteilt worden war, wie Madgewick während seines langsamen, immer wieder hinausgezögerten Todes reagiert hatte.

7

Als am nächsten Morgen das Telefon klingelte, war Rosa allein im Haus. Sie stand einfach da und ließ es klingeln. Antworte mir. Antworte mir. Sie sagte sich, dass wer immer es sein mochte, noch einmal anrufen würde, wenn es wichtig wäre, und dann Mrs. Phillips ans Telefon gehen und eine Nachricht entgegennehmen könnte. Rosa hatte Leo versprochen – und dieses Versprechen war ihr nicht schwer gefallen –, unter keinen Umständen ans Telefon zu gehen. Nie war sie sich der Tyrannei der Gegenstände so bewusst gewesen. Sie berührte das Telefon. Es bebte leicht unter ihrer Hand. Sie kannte die Stimme bereits so gut. Eine Silbe, und sie könnte auflegen. Sie würde ihm nicht zuhören müssen. Sie nahm den Hörer ab.

»Hallo, Liebling. Wie geht's dir heute?«

»Oh.« In ihre Erleichterung mischte sich eine nervöse Erregtheit. »Du bist es.«

»Natürlich. Ich muss dich sehen, Rosa.«

»Hör zu, Duffy. Was ich gestern gesagt habe … als es darum ging, dass ich im Moment nicht damit umgehen kann. Das habe ich ernst gemeint. Ich will damit nicht kokettieren.«

»Das ist nicht der Grund, weshalb ich dich sehen will. Na ja – im Grunde genommen schon, aber es geht noch um etwas anderes. Es ist ungeheuer wichtig. Ich glaube, ich bin deinem Verrückten auf der Spur.«

»Wie? Oh – und hast du etwas über Sonia herausgefunden?«

»Ja … nein … ich erzähl's dir, wenn wir uns treffen.«

»Wo? Du meinst doch nicht etwa, dass du *hierhin* kommen willst?«

Er konnte nicht umhin, sich von der Panik in ihrer Stimme

geschmeichelt zu fühlen. »Warum nicht? Wir werden eine Anstandsdame haben, oder? Kommt dein Putzteufel heute etwa nicht?«

Rosa sah auf die Standuhr. Sie erwartete Mrs. Phillips in einer Viertelstunde, lange bevor Duffy eintreffen würde. »In Ordnung. Hast du schon gefrühstückt?«

»Nur einen Toast.«

»Ich werd' einen Kaffee aufsetzen.«

Als ihre Putzhilfe eintraf, rannte Rosa in die Bäckerei und holte einige frische Brötchen. Sie deckte den Tisch im Esszimmer: Butter, schwarze Kirschmarmelade und Obst – und ließ die Kaffeemaschine laufen. Dann stellte sie sich ans Fenster und wartete.

Sie erwartete, seine gelbe Diane zu sehen, bis ihr einfiel, dass es unmöglich sein würde, gleich vor dem Haus einen Parkplatz zu finden. Es war ein eiskalter, aber sonniger Tag. Die mit purpurroten Frachten beladenen Zweige der Steinmistel schlugen, getrieben vom Wind, gegen die Scheibe. Duffy kam um genau fünf nach zehn die Treppe hinaufgerannt. Er trug die für Außenaufnahmen übliche Kleidung: einen grünen Parka, khakifarbene Cordhosen, eine Fellmütze mit Ohrenklappen und Handschuhe aus Schafwolle. Er nahm ihre Hand, sah sie einen Augenblick intensiv an und ließ sie dann los.

»Wo bleibt dein berühmter Kaffee?«

»Ich hab' den Tisch im Esszimmer gedeckt.«

»Fantastisch. Zeig mir, wo's langgeht.« Anerkennend sah er sich in dem langen, geschmackvoll eingerichteten Raum um, dann folgte er ihr an den Tisch. »Ich hoffe, du hast etwas Heißes in der Röhre, wie diese Steh-auf-Komödianten immer sagen.«

»Zwei Freudsche Fehlleistungen in einem Satz. Für zehn Uhr bist du wirklich nicht schlecht.«

Wir scheinen beide denselben Ton anzuschlagen, dachte

Rosa. Freundlich, witzig, aber nicht zu intim. Sie war dankbar für sein Verständnis, doch nichts konnte den Kuss rückgängig machen, und als sie am Tisch Platz nahmen, rückte sie ein wenig von ihm ab und sah, dass er es bemerkt hatte. Für die Geräusche aus der Küche, das Klappern der Töpfe und Pfannen, war sie dankbar. Als sie einen Stuhl zu sich heranzog, streifte sie seinen Fuß, doch sie zwang sich, ihn nicht wegzuziehen und so zu tun, als hätte sie nichts bemerkt.

»Was hat das Personalbüro gesagt?«

»Eine gute Frage. Ich habe Doris gesagt, wir hätten uns Sorgen gemacht und bei ihr angerufen, und hab' sie gefragt, was wir als Nächstes tun könnten. Sie hat in Sonias Personalakte nachgesehen – ihre Eltern wohnen übrigens in Rugby – und bei ihren Eltern angerufen. Sie hatten seit einer Woche nichts mehr von ihr gehört, aber beim letzten Anruf war sie wohl guter Laune und hat davon gesprochen zu heiraten.«

»Zu heiraten?«

»Genau. Ich habe Doris gebeten, im Büro nichts zu sagen und sich nichts daraus zu machen, wenn's keine Einladungen gäbe und sie den Hut nicht herumgehen lassen könnte, um für eine silberne Wärmflasche zu sammeln. Ich hab' sie gefragt, was sie von einem Anruf bei der Polizei und der üblichen Vermisstenmeldung halten würde, aber sie fand das zu diesem Zeitpunkt ein wenig übertrieben. Sie glaubt, dass Sonia sich einfach für ein paar Tage mit ihrem Kerl verzogen hat. Ich hab' gesagt, das wäre untypisch für sie, aber Doris meinte, kein Mensch würde je untypisch handeln. Und wenn er es doch täte, würde er uns bloß einen Teil seines Wesens zeigen, den wir vorher nicht gekannt hätten.«

»Das klingt vernünftig.«

»Unsinn. Das hat sie aus dem Psychologiekurs im *Reader's Digest*, den das Personalbüro abonniert hat.«

»Ich meine, es klingt vernünftig, noch ein wenig zu warten, bevor wir die Polizei einschalten.«

»Warte. Ich hab' dir noch nicht den Rest erzählt. Gestern Abend hatte ich Spätschicht. Nach den Elf-Uhr-Nachrichten hab' ich ohnehin untätig in der Redaktion herumgesessen, um auf die Zwölf-Uhr-Nachrichten zu warten. Da hab' ich mir gedacht, Duffield, setz dich hin und stell' eine Liste zusammen, wie sie das immer in den gelben Krimiklassikern tun. Schreib alles hin, was wir über diesen Fenn wissen, alles, was relevant ist, alles, was wir über Sonia wissen –«

»Aber Sonia hat mit der ganzen Sache nichts zu tun ...«

»Lass mich bitte ausreden, mein Schatz. Sonia hat erst in den letzten Wochen davon geredet, dass sie einen Freund hat, oder?«

»Ja. Ich bin immer davon ausgegangen, dass sie keinen hat.« Rosa fiel auf, wie herablassend das klingen musste. »Aber vielleicht hatte sie früher schon mal einen.«

Duffy schüttelte den Kopf. »Ich denke nicht. Sie ist kein Mensch, der so etwas für sich behalten könnte.«

»Aber sie hat ihre Heiratspläne für sich behalten.«

»Vielleicht war die Sache ja noch nicht abgemacht. Sie hat ihn ja kaum fünf Minuten gekannt. Jetzt denk mal nach. Hast du Sonia deine neue Telefonnummer gegeben?«

Rosa brauchte nicht lange zu überlegen. »Ja.« Sie saß regungslos da; langsam begannen sich die Vorfälle zusammenzufügen, formte sich ein Muster. »Das kann nicht wahr sein. Ich weiß, dass sie mich nicht mochte, aber ich glaube nicht, dass sie mir so etwas antun würde.«

»Aber sie hat ja gar nichts gewusst. Verstehst du denn nicht? Eben weil sie nichts wusste, ist sie im Büro in Ohnmacht gefallen, als sie auf dem Band seine Stimme gehört hat. Er hat wahrscheinlich einfach ihre Tasche durchsucht, wenn sie nicht hingesehen hat. Hat ihr Adressbuch gefunden.«

»Wenn er Sonia gekannt hat, wäre es verständlich, dass er sich im Gebäude auskannte. Wusste, wo mein Büro und alles andere war. Sie muss ihn irgendwann herumgeführt haben.«

»Sie hätte ihn an der Rezeption eintragen lassen müssen. Auf der Empfangsliste wird irgendwo sein Name stehen. So *muss* es gewesen sein, Rosa. Es gibt keine andere Erklärung.«

Rosa fühlte den Boden fest unter ihren Füßen. Die leere Kaffeetasse fühlte sich immer noch warm an, ein Stückchen Butter zerschmolz auf einem warmen Brioche. Wirklichkeit. Und Fenn war ebenso an die Wirklichkeit gebunden wie all diese banalen Dinge. Kein Zauber, keine okkulte Macht, kein allwissendes Auge. Nur eine ahnungslose Komplizin: die arme, leichtgläubige Sonia.

»Du verstehst, was ich meine, oder, Rosa?«

»Ja.« Sie nickte. »Ich glaube, du hast Recht.« Es war, als hätte Fenns Verbindung zu Sonia ihn weniger bedrohlich gemacht. Sie war so bemitleidenswert, dass einiges davon sich auf ihn zu übertragen schien.

»Aber was machen wir jetzt? Ich meine, wir werden Fenn nicht finden, bevor wir Sonia nicht gefunden haben. Und immerhin ist es möglich, dass sie ihn jetzt, wo sie das Band gehört hat und weiß, dass sie missbraucht worden ist, verpfiffen hat. Sie war unglaublich aufgeregt.«

»Sie wird immer noch wissen, wo er zu finden ist. Wo er wohnt. Sobald sie zurückkommt, werden wir mit ihr reden.«

»Was ist, wenn sie nicht mit uns reden will?«

»Dann werden wir die Polizei bitten, mit ihr zu reden.«

Rosa fragte: »Meinst du nicht, dass wir sie sofort benachrichtigen sollten?«

Duffy schüttelte den Kopf. »Das hat keinen Zweck. Nicht, bevor Sonia nicht wieder auftaucht. Sie können auch nicht mehr unternehmen als wir.«

»Du hast wahrscheinlich Recht.« Rosa wischte ihre Kaffeepfütze mit dem Brioche auf, nahm sich einen Apfel und sah Duffy an. »Ich mag diesen Gesichtsausdruck nicht.«

»Komisch. Deinen Gesichtsausdruck mag ich.«

»Hör schon auf, Duffy.«

»Entschuldige. Was wolltest du gerade sagen?«

»Du könntest ebenso gut ein Vergrößerungsglas in der Hand halten, eine karierte Ballonmütze tragen und Geige spielen.«

»Du überschätzt meine Fingerfertigkeit, meine Liebe.«

»Ich meine es ernst. Spiel hier nicht den Detektiv auf der Suche nach dem absoluten Knüller. Dieser Mann ist offensichtlich geistesgestört. Du weißt nicht, wozu er fähig ist.«

»Hört, hört. Sie macht sich tatsächlich Sorgen.« Dann, als er ihren Gesichtsausdruck sah: »Welche Neuigkeiten hast du zu vermelden?«

»Nicht viel. Gestern Abend hat er wieder hier angerufen. Leo hat den Anruf entgegengenommen. Er hat gemeint, es wäre der übliche Mist gewesen.«

»Siehst du denn nicht, welchen Unterschied das macht? Wir haben etwas über ihn herausgefunden. Du bist jetzt in einer ganz anderen Position. Fast schon in der Offensive.«

»Gut möglich.« Es war alles sehr neu für Rosa, doch sie begann schon, sich besser zu fühlen. Nicht gerade sicher – bis er gestellt würde, wäre das nicht möglich –, aber ein wenig zuversichtlicher. Jetzt konnte sie etwas unternehmen, konnte versuchen, mit der Sache klarzukommen. »Ich glaube, es wäre besser, wenn keiner von uns beiden mit Sonia reden würde, wenn sie zurückkommt. Wenn wir es Toby oder jemandem von der –«

Sie unterbrach sich. Die Farbe war aus ihrem Gesicht gewichen. Sie vermutete eine weitere, schreckliche Verbindung. Irgendetwas, das sie auf keinen Fall zulassen durfte. »O nein …«

Duffy reichte über den Tisch und griff sie am Handgelenk. »Was in Teufels Namen ist mit dir los?« Sie antwortete nicht. »Rosa …« Er stand auf und ging um den Tisch herum. »Sag schon, was ist los?«

»Ich muss jemanden anrufen. Ich habe Recht. Ich muss

Recht haben – es kann kein Zufall sein.« Er sah zu, wie sie mit zitternden Händen eine Telefonnummer wählte. »Es ist nicht Gregs Schuld gewesen.« Sie begann zu weinen. »O Gott, Duffy … was soll ich bloß machen …?«

»Liebling, bitte, wein nicht. Erzähl mir, was los ist, vielleicht kann ich dir helfen.«

»Sie sind ein bisschen eigen, wenn's darum geht, die Telefonnummer ihrer Mitarbeiter herauszurücken. Sie meinen immer, man würde sie stillschweigend anstellen, ohne die Vermittlungsgebühren zu zahlen, aber wenn ich's ihnen erkläre, werden sie sicherlich … Hallo?«

Duffy beobachtete ihr angespanntes, aschfahles Gesicht. Hörte die Wörter nur so hervorsprudeln und sah, wie sie sich schließlich eine Nummer notierte und auflegte, ohne sich zu bedanken. Sie wählte eine andere Nummer.

»… Er war Schauspieler … die Jobvermittlung hat ihn mir geschickt, als ich übergangsweise eine Putzfrau brauchte … ich habe ihm vorgeworfen, er hätte sich voll laufen lassen und Madgewick nach draußen gelassen … wir haben uns gestritten, und da hat er sich davongemacht. Ich muss mich … Hallo, Greg? Hier Rosa Gilmour. Hören Sie – ich habe Sie zu Unrecht beschuldigt. Wegen der Katze. Ich wollte –«

»Es ist zwecklos, mich zu bitten, zurückzukommen, meine Liebe. Morgen bin ich bereits auf dem Weg zum Theater von Liverpool. Schwertträger in *Die Herzogin von Amalfi.*«

»Deshalb ruf ich nicht …«

»Die Vorsprechprobe im Barbican war ein absoluter Reinfall. Ich bin vollkommen zusammengebrochen. Wahrscheinlich hab' ich das Bewusstsein für die Größe dieser Literatur nicht ausgehalten. Stellen Sie sich vor …«

»Greg. *Bitte*, es ist wirklich wichtig.«

»Oh. Dann schießen Sie mal los.«

»Dieser Mann, der mich bedroht hat. Er … er hat unsere Katze.« Duffy ging zu ihr hinüber und stellte sich neben sie.

»Abscheulich. Aber ich sehe nicht ganz, was ich damit zu tun haben soll. Es ist zu gemein, um wahr zu sein.«

»Der Tag, an dem er verschwunden ist. Sie haben mir gesagt, er wäre noch in seinem Körbchen gewesen, als Sie aus dem Haus gegangen sind.«

»Und das stimmt, meine Liebe. Da gibt's keinen Zweifel.«

»Ja, ich weiß. Haben Sie mir nicht gesagt, es wäre jemand an der Tür gewesen, um sich nach dem Weg zu erkundigen?«

»Das ist richtig.«

»Was ist da eigentlich passiert? Hat er einfach gefragt und ist dann weggegangen?«

»Es war nicht ganz so, Rosa.« Eine Pause, dann fuhr er mit veränderter Stimme fort: »Das kommt davon, wenn man jemandem behilflich sein will.«

»Schon in Ordnung. Erzählen Sie mir einfach, was passiert ist.«

»Er hat sich erkundigt, wie er nach Chalk Farm kommt. Ich hab' ihm gesagt, ich würde mich in dieser Gegend nicht auskennen, könnte mich aber daran erinnern, einen Stadtplan auf der Anrichte gesehen zu haben und würde rasch hinunterlaufen, um ihn zu holen. Das habe ich getan.«

»Und die Haustür haben Sie offen gelassen?«

»Ich fürchte schon.« Eine noch längere Pause. »Mein Gott! Sie nehmen doch wohl nicht an, dass er die ganze Zeit im Haus gewesen ist, während ich gearbeitet habe?«

»Es muss so gewesen sein. Es hat keine Anzeichen für einen Einbruch gegeben. Und als ich nach Hause kam, war die Katze verschwunden. Dazu noch eine ganze Menge Whisky.«

»Ohhh.« Seine Stimme klang genüsslich und erregt. »Mir wird ganz kalt.«

»Machen Sie sich keine Vorwürfe.« Rosa wusste, dass sie unwirsch klang. Er hatte um die Drohungen gewusst und hätte ihrer Ansicht nach sehr viel vorsichtiger sein sollen.

»Bitte sagen Sie mir alles, was Sie über sein Aussehen wissen, Greg. Jede Einzelheit. Es ist sehr wichtig.«

Duffy beobachtete, wie ihr Stift über das Blatt Papier flog. Der junge Kerl schien sich an schrecklich viel erinnern zu können. Dann sah er, dass ihre Schultern bebten. Als sie den Hörer auflegte und sich ihm zuwandte, war ihr Gesicht tränenüberströmt.

»... die Leute waren zu Madgewick so grausam, Duffy ... bevor wir ihn gefunden haben. Er hat in einer Mülltonne gelegen ... war schon halb tot. O mein Gott – ich könnte es nicht ertragen, wenn ihm etwas zugestoßen wäre ... ich könnt's einfach nicht ... wir müssen etwas unternehmen ...«

Er eilte auf sie zu und nahm sie instinktiv in seine Arme. »Wein doch nicht, mein Schatz.« Er log, um sie zu beruhigen. »Er wird schon in Ordnung sein. Katzen – die kennen eine Menge Tricks. Wahrscheinlich ist er gerade in diesem Augenblick auf dem Weg nach Hause.«

»Meinst du wirklich?« Ihr Gesichtsausdruck war bemitleidenswert.

Er konnte nicht anders, als sich über sie zu beugen und ihr die Tränen wegzuküssen.

»Kann ich jetzt gehen, Mrs. Gilmour?«

Sie fuhren auseinander. Rosa sagte: »Ja ... vielen Dank.« Als Mrs. Phillips gegangen war, führte Duffy sie zum Tisch.

»Komm, setz dich, meine Liebe. Gib mir deine Notizen. Komm schon ... dir wird es besser gehen, wenn wir etwas zu tun haben.« Sie setzte sich neben ihn und versuchte, weitere Tränen zurückzuhalten. »Ich muss schon sagen, dein Greg scheint sich an ziemlich viel zu erinnern.«

»Ja. Er ist schwul, weißt du, und dieser Mann war anscheinend –,« ihr Mund zuckte, als sie weitersprach, »– ziemlich schön. Selbst wenn man ein gewisses Maß an romantischer Übertreibung berücksichtigt, denke ich, dass wir eine ziemlich genaue Beschreibung haben.«

»Dann sollten wir mal einen Blick darauf werfen. Inwiefern ähnelt er Louises Klempner? Er hat keinen Schnurrbart.«

»Der könnte falsch gewesen sein.« Sie holte tief Luft und schniefte. Er reichte ihr ein großes, hellbraunes Taschentuch, das zerknittert, aber sauber war. Sie wischte sich das Gesicht ab und putzte ihre Nase.

»Körperbau und Größe?«

»Schlank, ziemlich groß.« Rosa sah auf ihren Notizblock. »Sehr schlank, fast zwei Meter groß. Haar kupferrot, aber mit goldenen Strähnen durchsetzt.«

»Der Klempner hat eine Schlägermütze getragen. Wahrscheinlich, weil sein Haar so auffällig war.«

Rosa fuhr fort: »Sehr gerade Nase, blasse Hautfarbe, stechende Augen. Fast so goldbraun wie die eines Löwen.«

»O mein Gott. Bestimmt hatte er dazu noch einen hypnotischen Blick. Rosa, die Schwierigkeit besteht darin, dass wir nicht wissen, wie viel davon den Tatsachen entspricht und was Greg dazuerfunden hat, nachdem er wusste, um wen es sich handelt.«

»Ich denke, wenn wir die dramatischeren Adjektive streichen, werden wir immer noch eine Menge Informationen über ihn bekommen. Und eine detaillierte Beschreibung seiner Kleidung, die übrigens ziemlich teuer und elegant war, was mich erstaunt, ohne sagen zu können, warum.«

»Was soll das heißen?« Duffy versuchte, ihre Schrift zu entziffern. »Erfreulich viel was …?«

»Erfreulich viel Fülle im Schritt.«

»Um Himmels willen. Trotzdem sollten wir das im Auge behalten.« Er schwieg erwartungsvoll. »Tut mir Leid.«

»Verstehst du denn nicht, welchen Unterschied das macht? Jetzt wissen wir fast genau, wie die Person aussieht, hinter der wir her sind.«

»Offensichtlich werden diese Informationen der Polizei

weiterhelfen, aber was uns angeht ... Rosa, in dieser Stadt wohnen über vier Millionen Menschen. Wir wüssten nicht, wo wir anfangen sollten.«

»Aber natürlich wissen wir das.« Rosa drückte seine Hand so sehr, dass er zusammenzuckte. Ihre innere Spannung schien sich wie ein Stromstoß auf seine Haut zu übertragen. »Hör zu, ich kann mich sehr genau daran erinnern, weil mir damals das absolute Missverhältnis aufgefallen ist. Neulich, als Sonia mir dieses unglaublich teure Parfüm zum Ausprobieren gegeben hat, hab' ich zu ihr gesagt, ihr Freund müsste wohl ein Ölscheich oder etwas Ähnliches sein, und sie hat daraufhin gemeint« (Duffy meinte, seine Hand würde zerquetscht) »O nein, tatsächlich wohnt er über einem Schnellimbiss in Islington.«

Einen Moment sahen sie sich wortlos an, dann sagte Duffy: »Ich glaube, du zerquetschst mir die Knochen.«

»Oh.« Rosa ließ seine Hand los. »Entschuldige! Können wir jetzt gehen?«

»Einen Moment –«

»Ich *kann* nicht mehr warten. Wir müssen ...«

»Planen, das ist alles. Islington ist ziemlich groß. Er könnte Kings Cross, den Angel oder Highbury Road gemeint haben. Einige Leute glauben sogar, die Ball's Pond Road gehöre zu Islington. Vor allem die Schickeria, die vor kurzem dorthingezogen ist. Wir müssen mit System vorgehen. Es in einzelne Abschnitte aufteilen, ansonsten werden wir irgendwann alles zweimal machen.«

»Jeder von uns könnte sich um eine Hälfte kümmern.«

»Nein.«

»Aber denk daran, wie viel Zeit wir damit sparen könnten. Wir werden doppelt so lange brauchen, wenn wir die Runde gemeinsam machen.« Als er nichts sagte, fuhr sie widerspenstig fort: »Du kannst mich nicht davon abhalten.« Dann schämte sie sich. Er hatte sich sofort bereit erklärt, ihr zu helfen, doch es wäre durchaus verständlich gewesen, wenn er das nicht getan hätte. Der aufreibende Verkehr, die Lauferei, die Parkplatzsuche, das unangenehme, kalte Wetter. Dann wurde ihr klar, warum er nicht wollte, dass sie auf eigene Faust losging, und sie war ihm dankbar. »Ich hol die Karte.«

Als sie gemeinsam über dem Stadtplan hockten, sagte er: »Ich denke, wir sollten mit dem Teil beginnen, der im Allgemeinen für Islington gehalten wird, und erst dann zu den Randbezirken übergehen, wenn sich das als nutzlos erweist.«

Sie nickte. »Einverstanden.«

»Hast du die Gelben Seiten hier? Vielleicht sind darin einige Schnellimbisse verzeichnet.«

»Nicht für Islington!«

Duffy zog mit seinem Finger eine Linie. »Hier gibt es etliche Einbahnstraßen, was uns gewisse Probleme bereiten dürfte. Es ist nur ein kurzer Weg dahin. Mornington Crescent runter, links ab auf die Saint Pancras Road und am Kings Cross abbiegen. Du wirst die Straße zu beiden Seiten des Autos gleichzeitig im Auge behalten müssen. Ich werde mich umsehen, sobald wir in einen Stau geraten. Sobald wir einen Imbiss sehen, werde ich anhalten und in nächster Nähe parken. Einverstanden?«

»Mehr als einverstanden. Und danke, Duffy.« Sie sah ihn ernst an. »Du bist ein wundervoller Mann.«

»Bin ich gar nicht.« Er grinste. »Ich bin nur hinter einem Knüller her. Stell dir vor, wie Toby vor Neid grün anlaufen wird. Allein das wird die Lauferei schon wert sein.«

Als sie aus dem Haus gingen, sagte Rosa: »Ich habe das Gefühl, dass sie bei ihm sein wird. Du weißt schon, Sonia.«

»Das wird sich zeigen.« Der Beifahrersitz seines Citroën lag voller Gerümpel. Alte Ausgaben der *Sporting Time*, ein paar Romane von Dick Francis, ein Taschenbuch mit Aphorismen, eine Bonbontüte und ein halber Riegel Traubennussschokolade. Duffy schob alles zusammen und warf es auf eine schmuddelige Reisedecke im hinteren Teil des Wagens.

»Reinhold ist mein Mittelname.«

»Es ist bestimmt nicht dein Rufname.«

Sie bogen auf die Camden High Street ab und blieben schon bald hinter einem blau-weiß gestrichenen Interrent-Bus hängen. Sie brauchten eine Viertelstunde, um zur Morning Crescent zu kommen.

»Wir werden dort niemals ankommen.« Als sie im Esszimmer geredet, sich die Route angesehen und die Fahrtstrecke geplant hatten, war Rosa zu beschäftigt gewesen, doch jetzt, als sie im dichten Verkehr festsaßen, konnte sie die schrecklichen Bilder, die sich in ihrem Kopf zu formen begannen, nicht mehr zurückhalten. Madgewick, der grausam behandelt wurde, Madgewick tot. Sie starrte auf die Schaufenster von Marks und Spencer's: »Neunundneunzig Prozent unserer Waren werden in England hergestellt« – was die Erwartungen an eine gute Mahlzeit zunichte machte. Dann dachte sie an das Abendessen des vorangegangenen Tages und ging jeden einzelnen Handgriff während der Vorbereitungen durch. Sie verteilte gerade geröstete Nüsse auf dem kalten Zitronensoufflé, als Duffy sagte:

»Okay. Jetzt musst du aufpassen.«

Sie passierten den großartigen, in grellem Rosarot gehaltenen Prachtbau von St. Pancras. Einen Augenblick später schrie Rosa: »Da! Da!«

»Um Himmels willen!« Duffy lugte in Richtung ihres ausgestreckten Arms, der über den unteren Teil seines Gesichts geschossen war. »Wenn du das innerhalb der nächsten Stunde ein paar Mal wiederholst, bin ich das reinste Nervenbündel.«

»Tut mir Leid. Wo kannst du parken?«

»Nirgendwo.« Wieder sah er aus dem Fenster. »Meinst du ›Alfs Fisch, Pommes frites, Aal, Püree – Alles heiß serviert‹? Darüber sind nur Anwaltspraxen.«

»Oh.« Sie sank in ihren Sitz zurück.

Innerhalb der nächsten halben Stunde, in der sie zehn Straßen, eine davon versehentlich sogar zweimal, entlanggefahren waren, entdeckten sie fünf Imbissstuben. Eine lag unter einer Spielhölle, eine andere unter einer Anwaltspraxis und eine dritte unter einem Kredithai, der taktvoll in Goldbuchstaben für sich warb: »Ledbury Finanzierungshilfe«. Die beiden anderen kamen für sie in Frage. Eine davon war in der Donelly Street, einer Seitenstraße der Caledonian Road. Sie parkten gleich davor im Halteverbot, stiegen aus und sahen sich nach einem Verkehrspolizisten um. Keiner in Sicht.

»Komm«, sagte Duffy. »Es wird nicht länger als fünf Minuten dauern.«

In den Fenstern oberhalb des Imbisses hingen schneeweiße Gardinen, und in einem davon stand ein Farn in einem blanken Messingtopf. Neben dem Ladeneingang war eine offene Holztür, die auf eine Treppe ohne Läufer führte. Es gab weder Klingeln noch Namensschilder. Sie gingen die Treppe hinauf, kamen an eine zweite Tür und klopften an. Sie warteten, was Rosa als eine halbe Ewigkeit empfand. Im Raum waren Geräusche zu hören. Wieder klopfte Duffy.

»Ich komm' ja schon.« Schlurfende Schritte näherten sich der Tür, und ein sehr alter Mann öffnete ihnen. Das Zimmer hinter ihm bot einen erstaunlich ordentlichen und sauberen Anblick, was auch für den alten Mann selbst galt. »Was wollen Se denn?«

»Ähem ... wir suchen nach einem jungen Mann.«

»Junge Männer gibt's hier nich'. Und junge Frauen auch nicht, is' eigentlich 'ne Schande.« Ein im Keim erstickter Laut zwischen einem Keuchen und einem Pfeifen hätte als ein Lachen gelten können. Mit einer Unbekümmertheit, die vor allem Kindern und älteren Menschen zu eigen ist, fügte er hinzu: »An meinem nächsten Geburtstag werd' ich vierundachtzig.«

»Alles, was wir über ihn wissen«, sagte Rosa, »ist, dass er über einem Imbiss in Islington wohnt.«

»Ich wohne über einem Imbiss in Islington.«

»Na ja – jedenfalls vielen Dank.« Rosa begann, sich abzuwenden.

»Ich versorg mich allein. Alles blitzblank. Wollen Sie sich mal umsehen?« Er öffnete die Tür ein wenig weiter.

Duffy meinte: »Das ist sehr freundlich von Ihnen, aber ich fürchte, wir können nicht bleiben. Ich stehe im Halteverbot.«

»Sie wollen mich in ein Altersheim stecken, da muss man auf Sauberkeit achten. Sobald man nur ein bisschen Unordnung einreißen lässt, hat man sie gleich am Hals.«

Rosa sagte beschwichtigend: »Bei Ihnen sieht's wirklich hübsch aus.«

»Sind Sie von der Fürsorge?«

»Nein.«

»Nun, ganz wie Sie meinen.« Und er schloss die Tür.

Als sie die Treppe hinuntergingen, sagte Rosa: »Armer alter Kerl.«

»Nicht im geringsten. Ich hoffe, ich bin noch so fit wie er, oder überhaupt noch fit, wenn ich vierundachtzig bin. Schnell!«

Der Verkehrspolizist hatte noch vier Wagen vor sich. Sie stiegen ein und fuhren gerade noch rechtzeitig los. Das zweite Gebäude, das in Frage zu kommen schien, wurde, obwohl es vom Auto aus wie ein Privathaus ausgesehen hatte, tatsächlich von einem nahe gelegenen Schreibwarengeschäft als Lagerraum benutzt. Duffy strich auf seiner Karte säuberlich eine Sektion durch.

»Na dann los. Sektion zwei. Wir fangen am Angel an – dann die Essex Road hoch bis zur St. Peter's Street, richtig?« Als sie nicht antwortete, setzte er hinzu: »Mach nicht so ein Gesicht, Liebling. Wir haben gerade erst angefangen.«

Rosa starrte auf die Karte. »Diese ganzen Straßen ...«

»Ach, komm. Wir haben bereits ein Viertel geschafft, und es ist nicht einmal zwölf. Siehst du – wir sind schon da. Nummer eins. Täglich frischer Fisch.«

»Das ist ein Fischhändler.« Doch einen Moment später sah sie die Aufschrift »Fisch & Pizza«. Die Jagd ging weiter.

Gegen zwei Uhr standen sie mit schmerzenden Waden unter einem Ladenschild, das ihnen »Nur die besten Meeresfrüchte und Pommes frites« versprach.

Die Gesichter, die sie innerhalb der letzten zwei Stunden an den verschiedensten Türen gesehen hatten, begannen in Rosas Erinnerung ineinander zu verschwimmen. Sie hatten ein halbes Dutzend junger Männer von unterschiedlichster Größe und Statur getroffen, die in nichts dem nahe kamen, was ihre eigenen Mütter als gut aussehend bezeichnet hätten. Ein ältliches Damenpaar, die eine gepflegt, die andere so ungepflegt, dass man sie sich sauber gar nicht mehr vorstellen konnte. Eine Frau mittleren Alters namens Lana, die eine schwarze Netzbluse und einen kurzen Lederrock trug und Duffy (der einen Augenblick vor Rosa an der Tür angelangt war) Nachhilfestunden in Französisch angeboten hatte. Ein ältliches Paar, das stocksteif an der Tür gestanden hatte und sich augenscheinlich gegenseitig abstützen musste. Sie hatten noch immer stocksteif und mit vor Unruhe und Misstrauen verzerrten Gesichtern an der Tür gestanden, als Rosa und Duffy gegangen waren.

Sie hatten in der Nähe einen auf eine Stunde begrenzten Parkplatz gefunden, und jetzt sah Duffy auf die Uhr. »Wir haben noch fast zwanzig Minuten. Bist du hungrig?«

»Ich komme um vor Hunger.«

»Nun, auf der anderen Straßenseite ist The Sun an Seventeen Cantons, und sonst gibt es noch diesen Imbiss mit den besten Meeresfrüchten und Pommes frites.«

»Oh, bitte Pommes frites. Ich mag dieses Kneipenessen nicht besonders. All diese Hackfleischaufläufe.«

Da die Mittagszeit bereits vorbei war, fanden sie einen freien, sauberen Tisch am Fenster. Duffy ging zur Theke und kam mit einer goldbraun gebackenen Seeforelle, knusprigen Pommes frites, lockergebackenem Weißbrot, Butter und einer Kanne frischaufgebrühten, dunkelbraunen Tees wieder. Rosa aß alles, was auf ihrem Teller lag. Auf dem Tisch standen kleine Plastikbehälter mit Steaksoße, die mit einer silbernen Alufolie zum Abziehen verschlossen waren. Die Seeforelle roch und schmeckte, als sei sie noch vor einer halben Stunde im Meer herumgeschwommen. Doch sobald sie ihre zweite Tasse Tee getrunken hatte, spürte Rosa das durch die Mahlzeit hervorgerufene Wohlbehagen schwinden.

Sie fragte: »Wieso hat Sonia mich angelogen? Darüber, wo er wohnt?«

»Warum in Gottes Namen sollte sie lügen, sobald es um die nördlichen Bezirke geht? Wenn sie den Belgrave Square genannt hätte, wäre es noch verständlich gewesen.«

»Du hast wahrscheinlich Recht. Andererseits – Hey, es ist Viertel nach zwei.« Rosa schnappte sich ihre Tasche. Sie standen auf, liefen die Straße hinunter und knöpften erst im Laufen ihre Mäntel zu. Sie kamen fünf Minuten zu spät. An der Windschutzscheibe hing bereits ein Strafzettel.

»Verdammter Mist. Die scheinen Islington zu ihrem Jagdgebiet gemacht zu haben.«

»Du musst mich das bezahlen lassen, Duffy. Schließlich tust du alles nur für mich. Und dann noch das Mittagessen.«

»Das Mittagessen geht auf meine Spesenrechnung. Und du wirst den Strafzettel auf keinen Fall bezahlen.«

»Dann die Hälfte.«

»Oh, jetzt spiel hier bitte nicht die Emanze, Rosa.« Plötzlich klang er missmutig und mürrisch.

»Sei nicht so gemein. Ich versuche nur, fair zu sein.«

Er nahm den Strafzettel aus der Plastikhülle, zerriss ihn und gab ihr eine Hälfte. »Na gut, dann die Hälfte.«

Unentschlossen nahm sie ihn an sich, und sie stiegen in den Wagen. Mit einem Frösteln, dem ersten Anzeichen aufkommender Verzweiflung, entschied sie, dass er ihre Suche ebenfalls für fruchtlos hielt. Doch seine nächsten Worte straften ihre Vermutung Lügen.

»Wir Idioten. Wir hätten zuerst zum Städtebauamt fahren sollen. Sie müssen ein Verzeichnis der Geschäftsräume haben. Und der Imbisse und der Restaurants. Wir hätten uns die Hälfte der Zeit sparen können.« Er klang immer noch schlecht gelaunt, aber auf zuversichtliche, leicht aggressive Weise.

»Sollen wir das jetzt tun?«

»Wir haben nicht mehr so viel Zeit, wenn du um Viertel vor vier an der Schule sein musst. Lass uns diesen Abschnitt noch zu Ende machen, dann können wir morgen früh mit frischer Kraft weitermachen.«

»Morgen habe ich eine Sendung.«

»Dann eben direkt danach. Können deine Kinder nicht irgendwo Kaffee trinken gehen oder sonst was machen?«

Es klang, als seien sie für ihn nichts als eine störende Plage, dachte Rosa. Das machte sie wiederum ärgerlich, und sie erwiderte scharf: »Ich werd's versuchen. Es kommt ziemlich plötzlich.«

»Guck, da ist ein griechischer Imbiss. Sie machen auch Kebabs. Wenn man dem Neonschild glauben darf, kommen die Fische frisch aus dem Meer.«

Offensichtlich bemühte er sich, das enge, freundschaftliche Gefühl wiederherzustellen, das vorher zwischen ihnen bestanden hatte. Rosa lächelte und las ihm das Ladenschild des Nachbargeschäfts vor. »Dorocee. So-gut-wie-neu.«

»Ich wette, das ist sie tatsächlich«, murmelte Duffy, als sie aus dem Wagen stiegen. Eine außerhalb des Gebäudes angebrachte Eisentreppe führte zu einer darüberliegenden Wohnung und endete vor einer schäbigen, kastanienbraunen Tür.

Sie hörten das gedämpfte Rattern von Maschinen. Als sie gerade klopfen wollten, sahen sie, dass die Tür offen war und drückten sie auf. Sie kamen auf einen kleinen Flur, von dem eine zweite Tür abging. Daran hing ein Filmplakat mit einem griechischen Titel, auf dem ein Autorennen und eine vollbusige hellenische Schönheit mit Blumen im Haar und einem trägen Schmollmund abgebildet war. Duffy klopfte.

Eine gedrungene, schwarzgekleidete Frau öffnete weit die Tür, um sie sofort darauf bis auf einen Spalt zu schließen. In dem Augenblick hatte Rosa drei oder vier Mädchen gesehen, die sich über Nähmaschinen gebeugt hatten. Der kleine Raum quoll über von Stoffen in leuchtenden Farben; er war bis zur Decke voll gestopft.

»Was wollen Sie? Ich nähe nur ein Kleid für meine Freundin. Das hier ist kein Geschäft.« Als Duffy die übliche Frage stellte, sagte sie nur: »Ich vermiete keine Zimmer.« Dann war nur noch ein unverständlicher Schwall griechischer Wörter zu hören, die sie teilweise in den Raum hinter sich rief, als die Maschinen wieder zu rattern begannen. Sie schlug die Tür zu.

»Der heutige Tag ist für mich in vielerlei Hinsicht lehrreich gewesen«, murmelte Rosa, als sie wieder in den Citroën stiegen. »Ich habe noch nie einen illegalen Kleinbetrieb gesehen.«

Duffy fuhr einige Minuten weiter und bog dann in die letzte Straße ihrer markierten Zone ein. Packington Street. Er fuhr langsam und sah immer wieder aus dem Fenster.

»Nichts ... nun, Rosa ... ich glaube, das war's für heute. Wenn du möchtest, mache ich morgen früh allein weiter. Ich werde mir beim Bauamt eine Liste besorgen.«

»Warte mal! Am anderen Ende der Straße ist ein Wendehammer.«

Duffy deutete auf ein Straßenschild. »Es ist eine Sackgasse. Kaum wahrscheinlich, dass dort ein Imbiss ist.«

Sie sah, wie er sich entschloss, ihr ihren Willen zu lassen. »Einverstanden, Rosamunda. Wenn du die Sackgasse überprüfen willst, sollst du die Sackgasse überprüfen.«

Er lenkte den Wagen nach rechts und bog in den Lucy Place ab. Sie kamen auf einen geschlossenen, gepflasterten Hof, der auf beiden Seiten von den Hintergängen einer dreistöckigen Textilfabrik umgeben war, deren teilweise zerbrochenen oder mit Pappe bedeckten Fenster rußverschmiert waren. Im Vergleich dazu sahen die vier kleinen Geschäfte auf der gegenüberliegenden Straßenseite schmuck aus. Da war ein hellrot und weiß gestrichener Druck- und Kopierladen, durch dessen große Schaufensterfront man die Maschinen bei der Arbeit sehen konnte. Ein Fensterputzer fuhr mit einem T-förmigen Schieber über die Scheiben, wobei er kleine Rinnsale von einer Seite zur anderen schob. Sein Wagen und seine Leiter standen in der Nähe des Eingangs.

Neben der Druckerei war Lamb's untergebracht: »Alles für Baby und Kleinkind«. Das Gebäude war grün und butterblumengelb gestrichen, und im Schaufenster lagen kostspielige Kinderkleidung und etliche Plastikspielzeuge aus. Daran schloss sich eine bescheidene Kunsthandlung an, die gerahmte Landkarten, Ölgemälde und Pinsel zum Verkauf anbot. Im letzten Gebäude war unter einem Firmenschild mit Palmen und silbernen Fischen die *Oasis Fish Bar* untergebracht.

Nach einem kurzen Augenblick des Schweigens meinte Duffy: »Gütiger Himmel. Wieder einmal hat die weibliche Intuition über den männlichen Mangel an Zuversicht gesiegt.« Er sah nach oben. »Über dem Geschäft sind zudem noch Wohnungen. Glückwunsch.« Er öffnete die Wagentür. »Na los ... was ist mit dir?«

Rosa starrte durch die Windschutzscheibe auf ein mit ordentlichen Vorhängen ausgestattetes Schiebefenster oberhalb des Fischimbisses. Es wirkte fast wie das Fenster einer Kinderzeichnung oder eines Puppenhauses. Die Vorhänge waren so symmetrisch drapiert, dass es ihr vorkam, als seien sie auf das Glas gemalt. Die Gardine, weder weiß noch grau oder beige, sondern eine unangenehme Mischung aus allen drei Farben, ging genau bis zur Mitte des Fensters und bewegte sich ebenfalls nicht. Es herrschte Totenstille. Totenstille in einer Sackgasse. Sie konnte nicht aufhören, es anzusehen. Sie hörte, wie Duffy etwas sagte, dann erschien eine Hand vor ihren Augen, verschwand, kam wieder. Sie hätte alles gegeben, um die Zeit zurückdrehen zu können. So wie vor fünf Minuten zu leben, als sie noch nicht gewusst hatte, dass es dieses Fenster gab. Sie schloss ihre Augen. Es machte keinen Unterschied. Das Fenster drängte sich ihren Gedankenbildern auf. Sie wandte den Kopf und sah Duffy an.

»Was in Gottes Namen ist mit dir los?«

Ihr fiel nichts Sinnvolles ein, was sie hätte sagen können. »Prickeln im Finger ...« Er musste sie für dumm und sentimental halten. Sie wollte den Wagen nicht verlassen. Was immer auch geschehen mochte, sie würde nicht näher an das Fenster gehen als jetzt. »Geh du, Duffy. Ich fühl' mich nicht wohl. Wahrscheinlich liegt das an den Fish 'n' Chips.«

»Unsinn. Ehrlich, Rosa, du bist durchschaubar wie ein Kind« Seine schlechte Laune war verflogen. Er streckte den Arm aus und nahm ihre Hand. »Dir ist nicht übel, sondern du hast Angst. Wieso meinst du, dass dies die Wohnung ist, die wir suchen?«

Sie schüttelte den Kopf. Sie war unfähig, auch nur ein Wort zu sagen. Es war, als würden die Wörter – sobald sie ausgesprochen wären, vernehmbare Manifestationen dessen, was schließlich nur eine Vermutung war – ihre Befürchtungen auf schreckliche Weise wahrmachen. Wenn sie nichts sagte, würden sie sich vielleicht als grundlos erweisen.

»Hör zu, Liebling. Wir haben den ganzen Tag damit verbracht, nach diesem Ort zu suchen.«

»Ja, ich weiß. Mir ist nur nicht klar gewesen... wie es wirklich sein würde...«

»Ist es in Ordnung, wenn du im Wagen sitzen bleibst?«

»Ja.«

Sie sah ihm nach, als er den Platz überquerte und in den Imbiss ging. Sie versuchte, ruhiger zu atmen. Gleichmäßig und gelassen durchzuatmen. Kaum zu glauben, dass es draußen kalt war, so stickig war die Luft im Wagen. So drückend. Sie löste den Sicherheitsgurt, verriegelte die Tür, reichte zur Fahrerseite hinüber und tat dort dasselbe. Es war unsinnig, sich auch nur im Geringsten zu fürchten. Sie saß sicher in einem abgeschlossenen Wagen auf einem offenen Platz, der von Gebäuden voller hart arbeitender Menschen umgeben war, die ihr nichts Böses wollten.

Duffy brauchte lange. Sie sah auf die Digitaluhr an seinem Armaturenbrett. Sie würden es gerade noch schaffen, die Kinder abzuholen. Sie schloss die Augen und konzentrierte sich auf ihren Atem. Sie begann zu zählen. Eins... zwei... drei... Offensichtlich hatte das Zählen einen beruhigenden Effekt. Das Herzklopfen ließ ein wenig nach. Sie atmete gerade bei sieben aus, als jemand an der Fahrerseite an die Scheibe klopfte. Die Luft blieb ihr im Hals stecken und sie starrte mit weit aufgerissenen Augen in ein junges männliches Gesicht, das nur wenige Meter von ihr entfernt war. Er trug eine Kappe, sodass sie seine Haarfarbe nicht erkennen konnte. Wie der Klempner. Genau wie der Klempner.

Während sie ihn anstarrte, kam er näher und drückte sein Gesicht gegen die Scheibe: seine Nase wirkte breit und platt wie die eines Negers, seine wulstigen Lippen verzerrten sich zu einem Clownslächeln. Lautlos formte sie die Wörter: »Geh weg!« Sie bekam keinen Laut heraus. Er zuckte übertrieben mit den Achseln und ging in die Mitte des Platzes. Dort breitete er seine Arme aus und sprach in Richtung Wand: »Geh weg? Sie will, dass ich abhau'!«

Sie nutzte seine Abwesenheit, um die Wagentür aufzureißen und über den Hof zu rennen. Seine Stimme verfolgte sie.

»Verflucht noch mal, du blockierst die verdammte Ausfahrt, Süße. Wie zum Teufel soll ich meinen Wagen durch so'n Nadelöhr kriegen?«

Sie hatte sich in dem Imbiss in Sicherheit gebracht. Obwohl Duffy sich darüber wunderte, mit welcher Geschwindigkeit sie durch die Tür geschossen kam, sagte er kein Wort. Der Imbiss war leer, und zwar nicht, als wäre in den Räumen noch vor kurzem ein reges Treiben gewesen, sondern wirklich leer. Die Geräte waren ordentlich geputzt, und leuchtende Fantaflaschen standen in säuberlichen Dreiergruppen unberührt auf den Regalen. Ein weiteres griechisches Plakat, diesmal von einem Bazuki-Konzert, und ein Videospiel. Hinter der Bar hing ein Vorhang aus regungslos herabhängenden, bunten Plastikstreifen.

»Ich hab' ohne Erfolg auf die Theke gehämmert.«

»Offensichtlich haben sie noch nicht geöffnet. Ich frage mich allerdings, wieso die Tür dann nicht abgeschlossen ist.«

Duffy klopfte mit den Fingerknöcheln laut auf die Theke. Von oben kam ein schepperndes Geräusch. Rosa fasste ihn am Arm.

»Das kommt aus dem Zimmer! Aus dem Zimmer, das wir von außen gesehen haben.«

»Nicht unbedingt. Es ist nicht immer einfach, Geräusche zu lokalisieren. Übrigens – was wäre, wenn du Recht hättest?« Darauf konnte sie nicht antworten. Darauf wagte sie nicht zu antworten. »Wahrscheinlich ist es Mr. ...«, er sah auf das Namensschild oberhalb der Plastikpalmen, »Mr. Christoforou.«

Christoforou. Der Name erinnerte sie an etwas. An einen Film. Sie saß in einem Kino – es war das Hampstead Everyman gewesen –, auf der Leinwand war der verlängerte Schatten eines gebückten Mannes zu sehen; eine vernarbte weiße Glatze, Schlangenaugen und bleiche Finger, die schleichende Bewegungen machten und mit langen, gekrümmten Krallen ausgestattet waren, die bereit waren, zuzuschlagen. Der Vampir Nosferatu.

»Ich hab' von diesem Ort genug. Lass uns gehen. Jetzt weiß ich, dass es hier ist. Wir können morgen wiederkommen.«

Doch in dem Moment teilte sich der Plastikvorhang mit einem schnellen, raschelnden Geräusch, und der Grieche, Mr. Christoforou, betrat den Raum. Er wirkte verschlafen (er stopfte sich gerade das Hemd in die Hose) und missmutig.

»Was zum Teufel wollen Sie von mir?«

»Es tut mir Leid, aber die Tür war offen.«

»Das ist für den Videospielmann. Kommt reparieren. Sie sehen doch, dass der Laden geschlossen ist.«

»Es ist sehr wichtig. Wir suchen nach einem jungen –«

Rosa unterbrach ihn mit einer Entschlossenheit, die bewies, dass ihre Vermutung in Gewissheit umgeschlagen war. »Ist Fenn hier?«

Sie bemerkte Duffys Erstaunen. Mr. Christoforou erwiderte: »Nein. Hab' ihn seit Tagen nich' mehr gesehen.«

Das war's also. Rosa und Duffy fassten sich an den Händen. Sie fühlten sich wie Schwimmer, die jetzt, nachdem sie sich stundenlang in einem ihnen unbekannten Meer abgequält hatten, festen Boden unter den Füßen spürten.

Für einen Moment wusste keiner von beiden, was er sagen sollte. Dann fing Rosa an zu reden. Ihre neugewonnene Sicherheit hatte ihr völlig die Angst genommen.

»Würde es Ihnen etwas ausmachen, wenn wir nach oben gingen und nachsehen würden?«

Mr. Christoforou zögerte einen Moment, als rührten ihn die Intensität ihrer Bitte und ihre unterdrückte Erregung, zuckte dann aber mit den Schultern und ließ sie hinter die Theke kommen. »Sie vergeuden Ihre Zeit. Ha'm mich für nix und wieder nix aus'm Bett geholt.« Er verschwand durch eine Tür in die Eingangshalle und rief ihnen über die Schulter zu: »Rechte Tür oben an Treppe.«

Sie gingen die Treppe hinauf und standen vor der Tür. Rosa hielt Duffy zurück, als er an die Tür klopfen wollte. »Nein. Lass mich das machen.« Sie wartete einen Moment. Mit dem Vergehen der Angst hatte sich ein Gefühl freudiger Erwartung eingestellt, das an Triumph grenzte. Lächerliche und kindische Phrasen schossen ihr durch den Kopf; sie hätte schreien mögen: »Ich hab' dich!« Das Kräfteverhältnis hatte sich zu ihren Gunsten verschoben. Sie klopfte gebieterisch. Hinter der Tür rührte sich nichts.

»Wir stehen wirklich unter Zeitdruck, meine Liebe. Wenn du deine Kinder um Viertel vor vier von der Schule abholen willst, müssen wir jetzt gehen. Wir haben erreicht, was wir wollten. Alles, was wir jetzt noch tun müssen, ist, das Ganze der Polizei zu melden. Bevor wir gehen, sollten wir noch mal mit Sorbas reden, ansonsten könnte er etwas verraten. Wir wollen doch nicht, dass der kleine Mistkerl zurückkommt und dann verduftet, bevor wir ihn erwischen.«

Sie hörten entrüstete Schreie auf der Straße. Rosa sagte: »Da drinnen ist jemand. Ich weiß es einfach.«

»Nun, da keiner antwortet, wüsste ich nicht, was wir sonst noch tun könnten, mein Schatz.« Er rüttelte am Türknauf. Die Tür war verschlossen. »Was in Gottes Namen ist da unten los?«

»Ich glaube, es ist der Fensterputzer. Wegen des Wagens kann er sein Zeug nicht wegfahren.«

»Na, dann komm. Noch ein Grund, es für heute gut sein zu lassen.«

Zögernd folgte sie ihm die Treppe hinunter, wobei sie sich immer wieder umsah, als fürchte sie, die Tür würde plötzlich verschwinden. Die einzige Verbindung zu ihrem Verfolger. Nein. So brauchte sie es nicht mehr zu formulieren. Jetzt war sie die Verfolgerin. Sobald sie auf den Hof kamen, rannte der Fensterputzer auf sie zu. Es war schon merkwürdig, dass sie jetzt, als er wutschnaubend mit hochrotem Gesicht vor ihr stand, keine Angst mehr hatte.

»Ist das da drüben etwa Ihr verfluchter Wagen?«

»Ja. Tut mir Leid –«

»Verdammt noch mal, ich hab' auf der Packington Street drei Jobs zu erledigen. Ich bin sowieso schon 'ne Viertelstunde zu spät dran. Vielleicht müssen Sie ja nicht für Ihren Lebensunterhalt arbeiten.«

»Warten Sie einen Moment.« Rosa öffnete ihre Handtasche. »Bitte ...« Sie holte ihr Portemonnaie hervor. Der Fensterputzer fiel in sich zusammen, als habe man mit einer Nadel in einen Luftballon gestochen. Man meinte, die Wut förmlich aus Mund und Nase entweichen zu sehen.

»Nee, nee. Is' schon in Ordnung. Seh'n Se nur zu, dass Se wegkommen, meine Dame. Is' wirklich nich' nötig.«

Sie hielt ihm die Fünfpfundnote entgegen. »Könnte ich bitte Ihre Leiter leihen? Nur für fünf Minuten.«

»Aha, das is' was anderes.« Er nahm den Schein an sich. »Wenn's um 'n Geschäft geht.« Er ging davon und kam mit der Leiter zurück. »Sie is' ausziehbar. Wenn man nich' dran gewöhnt is', klemmt man sich leicht die Finger ein.« Und mit einem neugierigen Blick fuhr er fort: »Sie sagen, wo Se se hinhaben wollen, und ich stell' sie für Se auf.«

Sie hörte, wie Duffy mit erneut aufkommender Ungeduld aufseufzte. »Du gibst wohl nie auf, was?«

Der Fuß der Leiter fuhr mit einem ohrenbetäubenden metallischen Knirschen über das Pflaster, als der Fensterputzer sie aufstellte. Zwei Mädchen erschienen im Schaufenster der Kopierstube und sahen neugierig zu.

»Worum geht's eigentlich, hä? Sind wohl Detektive und woll'n ihn auf frischer Tat ertappen, was? Genau wie in *The Sweeney*. Ähem –« er fasste Rosa am Arm »– mit den Absätzen woll'n Se doch wohl nich' da rauf, oder? Wenn Se sich die Knochen brechen, kommt meine Versicherung nich' dafür auf.«

»Er hat Recht. Sei nicht verrückt, Rosa.« Ihre tabakfarbenen Wildlederstiefel hatten zehn Zentimeter hohe Absätze.

»Lass mich gehen.« Duffy trat auf die unterste Stufe der Leiter. »Und sobald wir von hier wegkommen, sollten wir uns nach einem Telefon umsehen, denn wir schaffen's auf keinen Fall, rechtzeitig zur Primrose Hill zu kommen.« Er begann die Leiter hinaufzuklettern.

Rosa stand am Fuß der Leiter und sah ihm zu. Er kletterte vorsichtig und langsam weiter, wobei seine behandschuhte Hand das glänzende Aluminium umfasste. Zunächst sah sie die abgewetzten Fersen seiner Schuhe, dann die Sohlen, die ein so tiefes Profil hatten, dass es schien, als wären sie mit Stückchen von Blockschokolade übersät. In den Einkerbungen steckten Steinchen und Gras. Plötzlich blähte sich sein Parka im Wind auf. Er war auf halber Höhe angelangt.

Rosa war vollkommen überzeugt, dass sich Fenn in dem Zimmer versteckt hielt. Sie stellte sich vor, dass er hinter einem Stuhl hockte oder sich unter seinem Bett verkrochen hatte. Durch klamme Lippen sagte sie laut: »Mal sehen, wie dir das bekommt!« Mit einigem Erstaunen bemerkte sie das fast sadistische Vergnügen in ihrer Stimme. Aber wieso nicht? Nach allem, was sie seinetwegen durchgemacht hatte, müsste sie eine Heilige sein, um sich nicht darüber zu freuen, dass er jetzt die gleiche bittere Medizin zu schlucken bekam. Er musste gehört haben, dass sie wieder die Treppe hinuntergegangen waren, und würde wahrscheinlich glauben, sie hätten aufgegeben und wären davongefahren. Nun – er würde sich schon etwas anderes einfallen lassen müssen. Duffys Gesicht war jetzt auf der Höhe des Fensterbretts. Sie wartete darauf, dass er ihre Vermutung mit einem Schrei bestätigen würde.

Doch irgendetwas stimmte nicht. Duffy stieß keinen Schrei aus. Kein Laut war zu hören. Sie sah, wie sich das kastanienbraune Leder seiner Handschuhe über seinen Knöcheln straffte und spannte, als er mit beiden Händen nach der Leiter griff. Dann, ebenso plötzlich, lockerte sich sein Griff. Sein Körper schien sich von der Leiter zu lösen und gleichzeitig in der Luft eine halbe Drehung zu machen, sodass sie von unten sein auf den Kopf gestelltes Gesicht sah: der Mund war ein kleiner, schwarzer Kreis in einem größeren käsebleichen, grünlich-weißen Kreis, dem Gesicht einer Ausschneidepuppe.

Rosa stieß einen Schrei aus. Der Mann neben ihr rief: »Um Himmels willen!« Dann: »Halt dich fest, Mann.« Er begann, die Leiter hinaufzuklettern. Rosa hielt sich am Fuß der Leiter fest. Als sie oben Duffys grässlich verzerrtes Gesicht sah, wusste sie, was er gesehen hatte. Nur der Anblick eines Todes, eines grausamen Todes zudem, konnte das Gesicht eines Menschen derart verändern. Innerlich frohlockte sie über die Zerstörung ihres Feindes.

»Er ist tot«, schien ihr Herz zu singen. »*Er ist tot*!«

8

Rosa streckte die Arme aus, um dem Fensterputzer zu helfen, der Duffy mit einer Hand abstützte und versuchte, ihn näher an die Leiter zu drücken, um einen besseren Halt zu haben. Einige Sekunden lang hingen die drei wie ein Trio ungeschickter Akrobaten an der Leiter. Sie hörte Duffy mit der Stimme eines alten Mannes sagen: »Ist schon in Ordnung … ich komm' schon zurecht.« Dann stürzten alle drei gleichzeitig zu Boden. Rosa hielt Duffy am Arm. Er sah in ihr strahlendes Gesicht und spürte die übermäßige Kraft ihres Körpers: Sie wirkte wie eine siegreiche Gladiatorin.

»O Rosa ...« Er schüttelte den Kopf, konnte aber nicht weiterreden.

»Du siehst ganz schön fertig aus, Mann. Geh in die Pommesbude und ruh dich'n bisschen aus. Wenn de nich' schwindelfrei bis', sollteste nich' auf 'ne Leiter steigen.«

»In der Eingangshalle hab' ich einen Münzfernsprecher gesehen. Hat einer von euch Kleingeld?« Duffy klang, als habe er gerade sprechen gelernt. Er brachte die Wörter erst nach einer kurzen Denkpause hervor und betonte jedes Einzelne gleich schwer.

»Ja. Ich hab' Kleingeld. Kommst du allein zurecht?« Rosa entfernte sich.

»Ich bin ja bei ihm, meine Süße.« Die fünf Pfund hatten sein ungestümes Temperament offensichtlich besänftigt. »Hat keine Eile.«

»Ruf bitte die Polizei, nachdem du die Schule angerufen hast.«

»Die Polizei? Soll ich nicht lieber einen Krankenwagen rufen? Ich meine, wenn er sich umgebracht hat?«

»Er hat sich nicht umgebracht.«

»Aber –«

»Bitte, ich kann's dir nicht –« Er schüttelte den Kopf und wandte sich von ihr ab, als wolle sie ihn schlagen. »... tu einfach, was ich dir sage, Rosa.«

Von dem karibischen Mädchen mit einem wohlwollenden Lächeln bedacht, wählte sie die Nummer der Vermittlung und bat darum, mit der Polizei verbunden zu werden. In der kurzen Zeit, bevor die Polizei antwortete, fiel ihr ein, dass sie nicht wusste, was sie erwidern sollte, wenn man sie nach Einzelheiten fragte. Duffy hätte diese Aufgabe übernehmen sollen. Jetzt sah sie ihn durch den immer noch schwingenden Plastikvorhang neben der offenen Tür mit aufgestützen Ellbogen, das Gesicht in die Hände vergraben, am Tisch sitzen. Der Fensterputzer verhielt sich bereits wie die unwichtige Nebenfigur einer schlechten Fernsehserie, stellte sich in die Tür, um jedem, der es wissen wollte, zu zeigen, dass er in dem ganzen Drama eine wichtige Rolle spielte, um gleich darauf Duffy mit einem gequälten, aber mannhaften Gesichtsausdruck auf die Schulter zu klopfen.

Als sich am anderen Ende der Leitung eine Stimme meldete, sagte Rosa: »Ich möchte einen Unfall melden. Es hat einen Toten gegeben.« Sie fragten nicht nach Einzelheiten, sondern baten nur um die Adresse. Rosa gab sie ihnen und fügte hinzu, dass es sich um eine Sackgasse handelte, die von der Packington Street abging. Sie fand noch zwei Groschen und rief die Schule an. Die letzte Stunde war bereits seit zehn Minuten zu Ende. Sie sprach mit Kathys Klassenlehrerin. Guy war noch nicht aufgetaucht. Die Lehrerin hatte vollstes Verständnis und erklärte sich bereit, die beiden mit zu sich nach Hause, nach Fortune Green, mitzunehmen.

Rosa bedankte sich bei ihr und wollte gerade auflegen, als Mr. Christoforou in die Eingangshalle kam. Er trug jetzt eine ziemlich schmuddelige weiße Nylonjacke und hatte sich offensichtlich wachgemacht, indem er seinen Kopf in Wasser getaucht hatte. Sein feistes braunes Gesicht war immer noch feucht, und sein dicker Schnurrbart und seine dunklen Locken glänzten.

»Was zum Teufel Sie suchen an meine Telefon? Los, weg hier.« Sein Englisch mochte nicht ganz einwandfrei sein, doch der wütende Blick, den er auf sie richtete, war unmissverständlich. Die legendäre Gastfreundschaft der Griechen war hier offensichtlich nicht gefragt. Rosa setzte an, ihm die Situation zu erklären, als ein Polizeiwagen auf den Platz fuhr und direkt vor der *Oasis-Fish-Bar* hielt. Zwei Polizisten sprangen aus dem Wagen und kamen in den Imbiss. Der eine, ein Sergeant, schien Ende Dreißig zu sein, und der andere sah aus wie ein Schuljunge. Gefolgt von Mr. Christoforou, ging Rosa durch den Plastikvorhang in das Innere des Ladens. Der ältere Polizeibeamte musterte sie kurz und sagte dann zu Duffy:

»Wenn ich recht verstehe, hat es hier einen Unfall gegeben.«

»In dem Zimmer links oberhalb der Treppe.«

»Haben Sie irgendetwas berührt?«

»Der Raum ist abgeschlossen. Ich habe ihn nur durch das Fenster gesehen.«

Der Sergeant wandte sich an Mr. Christoforou: »Sind Sie der Besitzer dieses Hauses?« Dann, als der Grieche nickte: »Haben Sie einen Schlüssel zu diesem Zimmer?«

»Nein. Der Mistkerl hat seinen verloren, da ich ihm meinen gegeben, bis er sich neuen macht. Natürlich hat er nie getan.«

Der Sergeant verschloss die Ladentür und schob den Riegel vor. »Ich muss Sie alle bitten, einen Moment hier zu bleiben.« Er zwängte sich vorsichtig zwischen den Tischen hindurch, verließ den Ladenraum und rannte dann angesichts seines Körpergewichts mit erstaunlicher Behändigkeit die Treppe hinauf. Der junge Constable folgte ihm. Die im Imbiss Zurückgebliebenen hörten, wie er an dem Türknopf rüttelte, und dann, nach einer kurzen Unterbrechung, ein lautes Krachen.

Mr. Christoforou rannte aus dem Laden die Treppen hinauf. Er schrie auf die Polizisten ein. Er begann mit einem hysterischen Kreischen, das sich dann steigerte; das beschwichtigende Knurren des Sergeants unterstrich dieses Tremolo noch, und das Duett wurde nur vom zunehmend lauten Krachen einer Schulter gegen Holz unterbrochen. Dann gab die Tür nach, und in dem Moment hörte das Streitgespräch abrupt auf.

Später erinnerte sich Rosa daran, wie schnell das Schweigen der am Tatort Anwesenden – schwer vor ungläubigem Staunen – sich mit dem der Zuhörenden – voller Angst und

Neugierde – vermischte, als komme das Entsetzen wie in dichten Rauchschwaden die Treppe hinunter in den Raum und drohe sie zu ersticken. Das dauerte nur einen kurzen Moment, dann hörten sie, wie sich jemand übergab.

Schritte auf der Treppe. Mr. Christoforou kam durch den Vorhang gewankt und ließ sich in den nächstbesten Stuhl fallen. Im oberen Stockwerk war immer noch das Würgen zu hören; dann wurde eine Toilettenspülung betätigt. Rosa nahm an, dass es der junge Constable war. Noch nie hatte sie jemanden mit einer dunklen Hautfarbe erblassen sehen. Der Grieche sah aus wie eine schimmelige Apfelsine. Er sagte:

»Er verrückt sein ... Mutter Gottes ... er muss wahnsinnig sein.«

Die Gegenwartsform beunruhigte Rosa. Sie beugte sich vor und zupfte Duffy am Ärmel. Er reihte den Gewürzständer, eine Flasche Essig und eine rote Plastiktomate ordentlich in einer Linie auf. Gleichgültig, wie behutsam er dabei vorging, standen sie nie richtig. Die Wölbung der roten Tomate schob sich vor die Rundung der Essigflasche, und sobald sie von vorn eine gerade Linie bildeten, bot sich von hinten die gleiche unregelmäßige Sicht. Er rückte die Essigflasche einige Millimeter vor, runzelte die Stirn und schob Rosas Hand beiseite. Er wollte sie nicht ansehen. In der Eingangshalle hörten sie ein Geräusch, dann nahm jemand den Telefonhörer ab. Der Sergeant sprach ein paar Sätze, dann wurde der Hörer aufgelegt. Er kam in den Geschäftsraum.

»Bald wird ein Police Officer hier sein und mit Ihnen reden wollen.« Er wandte sich an Mr. Christoforou. »Haben Sie ein Zimmer, das wir benutzen könnten?«

»Mit all dem hab' ich nix zu tun, Mister«, schaltete sich der Fensterputzer ein. »Ich hab' denen nur meine verflixte Leiter ausgelieh'n. Ich hab' noch drei Jobs auf der Packington Street zu erledigen. Die ganze Zeit, die ich hier sitz' und Däumchen dreh', kostet mich Cash.« Aber die Entrüstung in seiner Stimme war nur gespielt. Seine Augen verrieten, dass er diese Situation um nichts in der Welt verpassen wollte.

»Kann nur Wohnzimmer anbieten. Is' sehr sauber.«

»Hat es nur eine Tür?«

»Sicher. Sehr privat.«

»Zeigen Sie's mir.«

Die beiden Männer verließen den Raum. Rosa dachte an den Polizisten im oberen Stockwerk, der, nur einige Jahre älter als Guy, die Leiche bewachte. Armer Kerl. Immerhin musste er nicht hinsehen. Er könnte die Tür hinter sich zuziehen und sich auf den Flur stellen. Der Tote würde ihm nicht davonlaufen.

Sie wünschte, Duffy würde etwas sagen. Dann überlegte sie sich, dass ihr triumphierendes Verhalten ihn vielleicht erschütterte. Vielleicht sogar beschämte. Auf jeden Fall konnte es nicht falsch sein, ihren Triumph ein wenig zu dämpfen, bevor sie mit der Polizei sprach. Nicht, dass sie irgendetwas mit seinem Tod zu tun hätte, aber dennoch ...

Sie saßen da wie Schauspieler, die auf ihr Stichwort warten. Der körperlichen Anwesenheit der anderen Leute bewusst, doch vollkommen in ihre eigenen Gedanken versunken, in Erwartung dessen, was noch auf sie zukommen würde. Rosa fragte sich, ob sich die für diesen Fall verantwortlichen Beamten mit der Polizei in Camden Town in Verbindung setzen würden, bei der sie die telefonischen Morddrohungen gemeldet hatte. Wahrscheinlich würde das per Computer geregelt. Sie kostete das Gefühl aus, in Sicherheit zu sein. Ein Gefühl, das sie ihr ganzes Leben für selbstverständlich gehalten hatte, das sie aber nie wieder für selbstverständlich halten würde. Es war so eindringlich, dass es sie in Hochstimmung versetzte. Sie fühlte sich, als wäre sie high. Zwei weitere Wagen fuhren vor, von denen nur einer als Polizeiauto gekennzeichnet war.

Einige Männer und eine Politesse stiegen aus. Nur zwei der Männer waren uniformiert. Zusammen mit der Politesse blieben sie draußen stehen, während die anderen Männer auf den Imbiss zukamen. Der Sergeant kam von hinten in den Raum gerannt und entriegelte die Tür.

»Guten Tag, Sir.«

Die kleine Gruppe von Polizisten löste sich auf. Ein großer, grauhaariger Mann mit eingefallenen Wangen und einem breiten, schmallippigen Mund trat hervor. Er trug einen schwarz-weiß-karierten Mantel und einen weichen, dunklen Hut, den er jetzt absetzte.

»Sergeant. Worum geht's?«

Sie folgten dem Sergeant durch den Vorhang. Rosa konnte nur seine Antwort hören: »Ein Klingenkünstler, Sir«, bevor sie die Treppe hinaufgingen.

Police Constable Farley hörte sie kommen. Stampfende, autoritäre Schritte. Er richtete sich auf und baute sich in offensichtlicher Wachhaltung vor der Tür auf. Er hoffte, sein Gesicht wäre nicht schweißnass. Erst vor einigen Minuten hatte er es abgetrocknet, doch sobald er sich die Szene in dem Zimmer vorstellte (und er hatte nichts anderes im Kopf), brach ihm erneut der Schweiß aus. Vielleicht würde er vor der Tür stehen bleiben können. Er betete, dass er nicht wieder hineingehen musste. Wenn das der Fall wäre, würde er einfach nicht auf das Bett gucken. Zum Glück würde er die Leiche nicht berühren müssen. Es sei denn, er müsste helfen, sie fortzutragen. Sein Magen geriet in Aufruhr, und er versuchte den Brechreiz zu unterdrücken. Während seiner Ausbildung hatte er Fotos gesehen. War mit Attrappen umgegangen. Er wusste, was ihn bei der Polizei erwartete. Er hatte sich darauf eingestellt, nicht ein ganzes Leben lang alten Damen über die Straße zu helfen. Aber in der Wirklichkeit war alles anders als auf den Fotos. Eine Leiche hatte einen seltsamen Geruch und eine grässliche Farbe. Sie lag nicht einfach da, um sich untersuchen zu lassen, sondern hob sich von der Umgebung ab, grub sich in die Augenhöhlen, brannte sich ins Gedächtnis ein.

Sein Sergeant, der als Erster das Zimmer betreten hatte, sagte: »Verdammte Scheiße.« Hätte er den wahren Sachverhalt beschreiben wollen, hätte er es nicht besser ausdrücken können.

Chief Inspector Pharaoh sah zu, wie der junge Polizist die aufgebrochene Tür anhob und zur Seite stellte. Er bemerkte, dass sein junger Kollege blass um die Nase war und seine Augen auf den Boden gerichtet hielt, und fragte sich, ob er vor fünfunddreißig Jahren genauso ausgesehen hatte. Er betrat den Raum. Gegen das, was sich seinem Blick bot, war eine Metzgerei harmlos. Der Pathologe schob sich an ihm vorbei und ging auf das Bett zu. Er ging mit dem Mädchen so vorsichtig um, als könne es noch etwas spüren.

Pharaoh ging im Raum umher. Er machte, gelinde gesagt, einen kargen Eindruck. Nicht auf erholsame Weise, als habe der Bewohner aus emotionalen oder ästhetischen Gründen auf jegliche Dekoration und ansprechende Gegenstände verzichtet, sondern er wirkte einfach schäbig: ein Raum, den ein geiziger Vermieter nur unzureichend möbliert hatte. Neben der Tür war ein Regal mit unglaublich schmutzigen Büchern angebracht. Das Zimmer war aufgeräumt, nur das Bett, das Zentrum des Sturms, war zerwühlt. Eine Wand war mit Fotografien bedeckt. Viele der Gesichter waren mit rostbraunen Flecken bespritzt, als seien die Dargestellten aus unerfindlichen Gründen von der Pest heimgesucht worden. Die Wand hinter dem Bett war an einigen Stellen so sehr mit rostroten Flecken übersät, dass man die Tapete nicht mehr erkennen konnte.

Pharaoh sah auf seine Uhr. Die Beamten von der Spurensicherung (eigentlich eine unzutreffende Bezeichnung, da die meisten in Zivil waren) müssten bald hier sein. Vom Fenster aus sah er seine Männer die Ladenfassade und den Bürgersteig absperren. Aus der Fabrik gegenüber kamen bereits die Schaulustigen. Er wandte seine Aufmerksamkeit dem Bett zu.

Schwer zu sagen, wie alt sie war, oder ob sie hübsch gewesen war. Ihre Nase war in der Mitte aufgeschlitzt, und die Nasenflügel waren so zur Seite gedrückt worden, dass elastische Sehnen und blutiges Fleisch zu sehen waren. Sie war nackt und lag mit leicht gespreizten Beinen auf dem Rücken. Das blutbespritzte Bettzeug war zerwühlt und ineinander verknotet. Sie sah aus wie eine Märtyrerin auf einem italienischen Heiligenbild des sechzehnten Jahrhunderts, die ihren Tod durch Tausende von Schnitten widerspruchslos hingenommen hatte. Der Pathologe schob einen ihrer Oberschenkel leicht zur Seite und wies Pharaoh auf ein herabhängendes silbernes Gewebteilchen hin.

»Sieh dir das an, Alan. Hier hat's mehr Lust gegeben als sonst was. Am besten konzentrierst du dich darauf.«

»Gar nicht angenehm.« Obwohl sich Chief Inspector Pharaoh aber die indirekte Kritik ärgerte, ließ er sich nichts davon anmerken. »Seit wann ist sie tot?«

»Das ist schwer zu sagen. Der Autopsiebericht wird einen genaueren Zeitpunkt ergeben. Jetzt ist das Zimmer abgekühlt, und es scheint keine Heizung zu geben. Andererseits liegt es über dem Geschäft, und wenn dort Betrieb ist, wird sich die Wärme sicherlich auf die Temperatur in diesem Zimmer auswirken. Ich schätze, der Tod liegt an die achtundvierzig Stunden zurück.«

Pharaoh nickte. Die Männer von der Spurensicherung waren gerade eingetroffen, zogen sich Handschuhe an und gingen an die Arbeit; sie nahmen Proben, beschrifteten und katalogisierten sie: eine gründliche Untersuchung des Zimmers. Als er hinausging, schälten sie gerade mit einem scharfen Instrument einige Streifen der rostbraunen Tapete ab.

Im Erdgeschoss kam der Sergeant auf ihn zu: »Mr. Christoforou hat uns sein Wohnzimmer angeboten, Sir.«

»Ist er der Besitzer?«

»So ist es, Sir.«

»Mit ihm werde ich zuerst sprechen. Und würden Sie Police Constable Bazely bitten, zu mir zu kommen?« Als er Mr. Christoforous Wohnzimmer betrat, zuckte er leicht zusammen, denn der Kontrast zwischen dessen vulgärem, üppigem Prunk und der kargen Leichenhalle darüber war zu groß. Er zog einen mit goldenen Fransen behangenen Sessel zu sich heran, schob ihn vor das Sofa und stellte einen niedrigen Couchtisch aus Onyx dazwischen. Als Police Constable Bazely hereinkam, deutete er auf einen Barhocker an der Cocktailbar. Der Constable nahm Platz und legte sein Notizbuch auf die Bar. Chief Inspector Pharaoh nickte dem Sergeant zu, der wartend an der Tür stand. Er ging hinaus und kehrte mit Mr. Christoforou zurück, der sein eigenes Wohnzimmer so unsicher betrat, als sei es ein Minenfeld. Er hockte sich auf die Sofalehne. Chief Inspector Pharaoh nahm in dem Sessel Platz. Nach einigen grundsätzlichen Eingangsfragen zur Feststellung von Mr. Christoforous Personalien und seinem Status als Besitzer des Hauses fragte er:

»Seit wann haben Sie das Zimmer im ersten Stock vermietet?«

»Seit drei Jahren oder so.« Und zu seiner Verteidigung fügte er hinzu: »Hat keinen Zweck, gemütlich einzurichten. Leute benehmen sich wie Schweine. Wissen Sie?«

»Und der letzte Mieter?«

»Wohnt dort seit … drei Monate oder so.«

»Hat er Arbeit?«

»Keine Ahnung. Er bezahlt Miete. Das andere geht mich nix an.«

»Wann haben Sie ihn das letzte Mal gesehen?«

»Vorgestern. Abend. Gewöhnlich weiß ich nich', wann

kommt oder geht. Es gibt Feuertreppe. Die Tür im Flur führt auf Eisentreppe an Rückseite des Gebäudes und eine weitere von Hof auf Straße. Aber ich geh' in die Eingangshalle, um Pommes zu holen.«

Ein glücklicher Zufall. Pharaoh hatte gesehen, dass die Pommes frites in großen blauen Plastiksäcken an der Wand neben dem Münzfernsprecher aufbewahrt wurden.

»Wann war das?«

Der Grieche zuckte mit den Schultern. »Wir vielleicht seit einer Stunde geöffnet. Gegen acht … halb neun … Gleich müssen wieder aufmachen. Soll'n meine Kunden eigentlich über ganze Absperrung klettern?«

»Ich fürchte, Sie werden Ihren Imbiss heute Abend nicht öffnen können.«

»Nicht öffnen? Is' nich' mein Fehler, wenn oben Mädchen umgebracht wird. Was wird aus meinem Geschäft? Kommt Polizei dafür auf?«

»Ihre Einnahmen werden wahrscheinlich um ein Hundertfaches steigen, sobald diese Sache in die Zeitung kommt. So ist die menschliche Natur nun einmal.«

Mr. Christoforou war sichtlich beruhigt. »Um Hundertfaches, hä?« Er nickte. »Wenn wir ihnen das Zimmer oben zeigen, wir vielleicht mehr verdienen.«

Pharaoh fragte: »Haben Sie das ermordete Mädchen ankommen sehen?«

»Ja. Zuerst hat angerufen. Gesagt, sie will ihn überraschen. Dann ist gekommen.«

»Einen Moment. Erzählen Sie mir alles, an das Sie sich aus dem Telefongespräch erinnern können.« Er hörte zu und sagte dann: »Sie hatte also nicht seine Adresse.«

»Sie hat gesagt, sie hat in ihrem Adressbuch.«

»Hat sie Ihnen nicht gesagt, von wo sie losfährt?«

»Nein.«

»Haben Sie sie hereingelassen?«

»Ja. Sie ist in Geschäft gekommen. Wir gerade geöffnet. Die Leute kennen Hintereingang nich', nur, wenn man ihnen erklärt.«

»Und Sie wussten, dass Ihr Mieter …«

»Fenn.«

»… zu dem Zeitpunkt zu Hause war?«

»Sicher. Ich hab' gehört, wie er die Tür zum Flur geöffnet hat …«

»Das Zimmer liegt gleich über dem Ladenraum. Haben Sie nichts gehört? Etwa die Anzeichen eines Kampfes?«

»Eigentlich nich'. Die Leute im Laden unterhalten sich. Geschirrgeklapper. Radio läuft. Ziemlich laut. Paar Bumpser hab' ich schon gehört –«, er zwinkerte Pharaoh bedeutsam zu und legte den Finger an die Nase, »– Se wissen schon, was ich meine.«

Nun, der Autopsiebericht würde zeigen, ob er sie vorher vergewaltigt hatte. Die ganze Angelegenheit erwies sich als äußerst unangenehm. »Würden Sie ihn bitte so genau wie möglich beschreiben?«

Als Mr. Christoforou seine Beschreibung abgeschlossen hatte, bedankte sich Pharaoh bei ihm. Sobald der Grieche hinausgegangen war, kam der Sergeant wieder an die Tür. Der Chief Inspector bat ihn, den Mann hereinzuführen, der die Leiche entdeckt hatte.

Duffy sah blass und wie unter Schock aus. Er gab Namen, Adresse und Beruf an und beschrieb dann die Vorgänge, die zur Entdeckung der Leiche geführt hatten.

»Und Sie meinen, das Mädchen sei Mrs. Gilmours Sekretärin?«

»Das ist mehr als wahrscheinlich. Sobald er wusste, dass sie entdeckt hatte, was er tat … Mir kommt's ein bisschen verrückt vor – ich meine, das Schlimmste, was ihm hätte passieren können, wäre gewesen, sich für die Morddrohungen verantworten zu müssen –, aber vielleicht ist er's ja.

Verrückt, meine ich.« Pharaoh nickte. »Sie müssen Mrs. Gilmour vor ihm schützen«, fügte Duffy flehentlich hinzu. »Wir haben alle gedacht, er wäre ein harmloser Irrer, der unerfreuliche, aber leere Drohungen macht. Aber das hier ...« Er verstummte hilflos.

»Wären Sie in der Lage, die Leiche zu identifizieren, Mr. Duffield?«

Duffy wurde noch blasser und wirkte verängstigt. Der Anblick, der sich ihm durch das Schlafzimmerfenster geboten hatte, würde ihn den Rest seines Lebens nicht mehr loslassen. Bei der Vorstellung, das Zimmer tatsächlich betreten und sich die Leiche genau ansehen zu müssen, wurde ihm übel.

»Natürlich können wir Sie nicht dazu zwingen. Ihre Eltern –«

»Wenden Sie sich um Gottes willen nicht an ihre Eltern.« Die Vorstellung von einem ältlichen Ehepaar, das sich gegenseitig abstützte, während es auf die Überreste seiner Tochter hinabsah, war mehr, als Duffy ertragen konnte. Er erhob sich. »Einverstanden. Ist sie ... die Leiche ... immer noch hier?«

»Ja.« Pharaoh wies ihm den Weg nach oben. Vor dem Zimmer stand ein junger Constable; die Tür hatte man an die Flurwand gelehnt. Der Raum war voller Männer, die ruhig und gewissenhaft ihrer Arbeit nachgingen. Obwohl es ein kalter Tag war, lag ein warmer, metallischer Geruch in der Luft, den Duffy als Blutgeruch identifizierte. Der Pathologe sah zu ihnen herüber.

»Ich bin hier sofort fertig.« Er trat vom Bett zurück. Alan Pharaoh trat zur Seite.

Duffy ging quer durch den Raum, wandte dann unter großen Mühen, als werde er gegen seinen Willen dazu gezwungen, den Kopf, um sich das anzusehen, was dort lag. Pharaoh beobachtete sein aschfahles, von ungläubigem Staunen und Entsetzen erfülltes Gesicht. Jetzt, als er einmal hingesehen hatte, meinte er, den Blick nicht mehr abwenden zu können. Immer wieder starrte er auf die Leiche, während ihm Schweißperlen über das Gesicht rannen. Er flüsterte:

»... Ich weiß nicht ... man kann es nicht genau erkennen ... ja ... ich glaube schon ... oh, mein Gott ...« Er drehte sich um und rannte, den jungen Constable rücksichtslos zur Seite stoßend, aus dem Raum. Unten im Wohnzimmer bestätigte er, dass die Leiche, die er gesehen hatte, Sonia Marshall war.

Danach redete Chief Inspector Pharaoh mit dem Fensterputzer. Die anfängliche Begeisterung, in einen Mordfall verwickelt zu sein, hatte nachgelassen, und er war zu seinen ursprünglichen Klagen zurückgekehrt. Nachdem er bestätigt hatte, nur durch Zufall in die Angelegenheit verwickelt worden zu sein, bat ihn der Inspektor, seine Aussage zu unterschreiben, und ließ ihn dann gehen.

Der Sergeant kam in den Raum. »Mr. Christoforou macht einen Kaffee, Sir.«

»Schön. Das wird mir gut tun. Ich möchte jetzt mit Mrs. Gilmour sprechen.«

»Dreißig Pence schwarz und vierzig mit Milch und Zucker.«

»Wie bitte? Oh – schwarz.« Der Kaffee, der dann gebracht wurde, sah aus wie Schlammbrühe. Der Löffel blieb im Bodensatz stecken.

Der Sergeant nickte. »Ich glaube, er ist nicht englisch, Sir.«

Der Inspektor sah zu Mrs. Gilmour hinüber und war überrascht. Obwohl sie sich offensichtlich bemühte, ihren Gesichtsausdruck zu beherrschen, hatte er den Eindruck, dass sie vor Freude überströmte, fast in Hochstimmung war. Wenn Duffield ihn richtig informiert hatte, schien sie nicht nur keinen Anlass zur Freude zu haben, sondern hätte das Gegenteil der Fall sein müssen. Ein Mann, der ihr Leben bedrohte, hatte jemanden umgebracht, war verschwunden und lief wahrscheinlich irgendwo in London frei herum. Er ging davon aus, dass sie die Situation richtig erfasst hatte, wollte aber sichergehen und eröffnete deshalb die Unterredung mit dem Satz:

»Mr. Duffield hat das tote Mädchen als Ihre Sekretärin, Sonia Marshall, identifiziert.«

Ein langes Schweigen, dann: »... Mädchen ...« Es war nur ein leises Piepsen. Er beobachtete ihr Gesicht genau. Sah, wie es sich veränderte. Nein. Sie hatte nicht gewusst, was geschehen war. »Ich verstehe nicht recht.«

»Sie wissen doch sicher, dass hier ein Mord stattgefunden hat.«

»Natürlich ... nein ... Das heißt ..., ich wusste, dass oben eine Leiche liegt. Ich dachte, er hätte sich umgebracht.«

»Ich fürchte, das ist nicht der Fall. Wäre es eindeutig ein Selbstmord, würden wir all dies nicht machen.« Mit einer Handbewegung umfasste er den Polizisten mit dem Notizblock, den Sergeant, den Raum im oberen Stockwerk.

»Natürlich nicht. Es tut mir Leid. Sie müssen mich für sehr dumm halten.«

»Keineswegs. Wir alle suchen nach Möglichkeit das zu glauben, was wir nur zu gern glauben wollen. Mr. Duffield ist es zweifellos schwer gefallen, Ihnen Ihre Illusionen zu nehmen.«

»Aber das hätte er tun sollen.«

»Sie haben Recht.« Sie wirkte sehr erschüttert. Er fühlte sich, als hätte er einen Schmetterling mit den Füßen zertreten. »Ich möchte, dass Sie mir möglichst alles erzählen, was Sie über diesen Mann wissen, und zwar, seitdem er das erste Mal mit Ihnen in Verbindung getreten ist.« Sie starrte ihn an. »Lassen Sie sich ruhig Zeit.«

Schließlich sagte sie mit vor Erschöpfung undeutlicher Stimme: »Aber das alles hab' ich doch schon einmal gemacht. In Camden Town.«

»Ich weiß. Ich werde mir von dort und von Southampton Row alle Unterlagen und Aussagen schicken lassen, aber trotzdem möchte ich, dass Sie mir alles noch einmal erzählen.«

Also erzählte sie ihm alles noch einmal. Wie sie seine Verbindung zu Sonia herausgefunden hatten. Wie sie ihn ausfindig gemacht hatten. Sie schien stundenlang zu reden. Es wurde mehr Kaffee gebracht, der, soweit das möglich war, noch schlammiger und widerlicher war als der vorige und mit einer Rechnung in der Untertasse präsentiert wurde. In der ganzen Welt schien es kein anderes Geräusch als den Singsang ihrer Stimme und das leichte Rascheln der Seiten zu geben, die der Polizist in seinem Notizbuch umblätterte. Schließlich hatte sie alles gesagt.

Der Inspektor meinte: »Ich muss Sie und Mr. Duffield bitten, mit zum Revier zu kommen, um sich Ihre Aussagen durchzulesen und sie zu unterschreiben.«

»Ich bin müde.«

»Tut mir Leid.« Er klang nicht, als würde es ihm Leid tun. »Es wird nicht lange dauern. Jemand wird Sie nach Hause bringen. Ist Ihr Mann zu Hause?«

»Das nehme ich an.« Seitdem sie zum Oasis-Imbiss gekommen war, hatte sie nicht einmal an Leo gedacht. Sie sah auf ihre Uhr. Es war kurz nach sieben. Bei seiner Rückkehr hatte er wahrscheinlich ein leeres Haus vorgefunden. Keine Kinder. Keine Nachricht. Er würde sicherlich Kathys Lehrerin anrufen, um sich zu erkundigen, ob sie die Kinder mit zu sich nach Hause genommen hatte. Sie fragte sich, ob er daran denken würde, denn seit Mrs. Holland im Schulausschuss den Vorsitz übernommen hatte, stand ihre Privatnummer in ihrem gemeinsamen Adressbuch.

»Wann geht Ihr Mann morgens zur Arbeit?«

»Halb neun ... Viertel vor neun ...«

»Bis dahin werden wir einen bewaffneten Mann zur Bewachung des Hauses abgestellt haben. Und eine Polizistin.«

»... Oh ... wenn Sie meinen, das wäre nötig.« Sie starrte ihn mit einem leeren Gesichtsausdruck an. Einen Augenblick lang hatte er den grausamen Wunsch, sie nach oben zu schleifen und zu zwingen, sich die Leiche anzusehen. Dann erkannte er, dass ihre scheinbare Gleichgültigkeit lediglich der Ausdruck ihrer Unfähigkeit war, dies alles in sich aufzunehmen: Und wer konnte ihr das verdenken?

»Mrs. Gilmour, bis wir diesen Mann gefasst haben, sollten Sie nicht allein bleiben. Weder im Haus noch auf dem Weg zur Arbeit.« Weniger eindringlich fuhr er fort: »Ich glaube, Sie erkennen das Gefährliche der Situation nicht. Ich bezweifle, dass der Mann bei Verstand ist. Zweifellos ist er von Ihnen besessen. Und er wird nicht aufgeben.«

»Ja, das hab' ich schon immer gewusst, wirklich. Gleich von Anfang an, als alle anderen geglaubt haben, er wäre ein harmloser Irrer. Das habe ich nie glauben können.«

Steif stand sie auf. Er begleitete sie zur Tür. Der Sergeant kam auf sie zu und sagte: »Ihr Mann ist hier, Mrs. Gilmour.«

Sie blieb an der Tür stehen. Duffy saß an einem der Tische und war mit einem sehr viel älteren Mann in ein Gespräch vertieft. Ein Mann mittleren Alters mit einem leichenblassen Gesicht und eingefallenen Schultern. Als er sie sah, erhob er sich schwerfällig.

»Leo?« Sie lief, rannte fast zum Tisch. Er legte seine Arme um sie und drückte sie fest an sich. Er starrte auf ihr Gesicht und berührte ihr Haar. Lange standen sie regungslos da. Hinter ihnen bewegte sich etwas, und Rosa sah nicht, sondern spürte nur, wie sich Duffy erhob und davonging. Er sah nicht zurück, sondern redete an der Tür mit dem Sergeant, verließ dann den Imbiss und stieg in einen der Polizeiwagen, die in die Nacht davonfuhren.

»Du musst von hier weg ... Liebling, du musst von hier weg. Ich werde dich zu meiner Mutter bringen. Noch heute Abend ... jetzt ...«

»Einen Moment, Leo. Ist mit den Kindern alles in Ordnung?«

»Wie bitte?« Er wirkte zutiefst verwirrt, als hätte sie in einer fremden Sprache zu ihm gesprochen.

»Die Kinder.«

»Oh ... ja ... Mrs. Holland behält sie bis morgen früh bei sich. Sie hat mir gesagt, wo du bist.« Zum dritten Mal sagte er: »Du musst von hier weg.«

Über seine Schulter erspähte sie im Licht der Hoflaterne etliche Wagen, die hinter der Absperrung vor der Ladenfront geparkt hatten. Vor dem Absperrseil waren Leute zusammengelaufen, die in den hell erleuchteten Raum guckten. Sie fühlte sich wie auf der Leinwand. Chief Inspector Pharaoh kam auf sie zu.

»Mr. Gilmour?« Als Leo nickte, fuhr er fort: »Ihre Frau muss mit zum Polizeirevier kommen, um ihre Aussage zu unterschreiben. Für den Heimweg werden Sie eine Begleitung haben. Bevor Sie Ihr Haus betreten, wird ein Beamter hineingehen und nachsehen, ob jemand da ist. Ist Ihr Haus sicher?«

»Ich denke schon. Alle Fenster haben Verriegelungen. An der Haustür sind ein Steckschloss und eine Kette angebracht. Zwei Schlösser am rückwärtigen Eingang.«

Rosa hörte zu und hatte den Eindruck, dass Leo wie ein Schlafwandler redete.

»Haben Sie eine Waffe irgendeiner Art?«

Leo sah ihn verdutzt an. »Natürlich nicht.«

Der Inspektor redete rasch weiter: »Morgen früh wird ein Officer in Begleitung einer Polizistin zu Ihnen kommen. Er wird bewaffnet sein. Vor seinem Eintreffen sollten Sie das Haus nicht verlassen.«

»Machen Sie sich darüber keine Gedanken. Ich bringe meine Frau von hier weg. Die Kinder auch. Sie werden nicht nach London zurückkommen, bevor dieser Irre gefasst ist.«

Jetzt nahm Leos Stimme einen entschlossenen Ausdruck an. Er hielt sie weniger fest an sich gedrückt, und Rosa wand sich aus seinen Armen, um erst den Inspektor, dann ihren Mann anzusehen. Trotz Leos aggressivem Tonfall und der Anspannung in seinen Armen spürte sie die Angst, die in Wellen durch seinen Körper lief. Das löste in ihr eine große Zärtlichkeit für ihn aus. Sie, die in Gefahr war, würde ihn trösten müssen. Sie spürte eine ungeheure Kraft, als sie in sein aufgebrachtes Gesicht starrte.

»Ich verstehe.« Die Stimme des Inspektors klang durchaus nicht abweisend. »Ich kann gut verstehen, dass Sie zunächst so reagieren, hoffe aber, Sie werden Ihre Meinung ändern, wenn Sie mit Ihrer Frau darüber gesprochen haben.«

»Sie wird nicht wie ein Opferlamm darauf warten, dass er einen weiteren Versuch unternimmt und Ihre Männer ihn vielleicht rechtzeitig fassen.«

Leo hatte jetzt begonnen zu schreien, und Rosa fühlte neben dem Gefühl der Zärtlichkeit Ärger aufkommen. Sie spürte, dass sie etwas unternehmen oder sagen musste, da sich ansonsten ihr Selbstwertgefühl, das in den letzten zwei Wochen ohnehin untergraben worden war, in ein Nichts auflösen würde.

Sie wusste, dass Leos Motive durchaus ehrenhaft waren. Er handelte aus Liebe und aus Sorge um ihr Wohlergehen. Eigentlich sollte sie das glücklich machen.

Schließlich gab es Menschen auf der Welt, bei denen sich niemand darum kümmerte, ob sie lebten oder starben. Sie sollte dankbar dafür sein, geliebt zu werden. Aber warum sollte das dem Liebenden das Recht geben, über sie zu verfügen? Das Recht, sie als unmündiges Wesen zu behandeln? Entschlossen schaltete sie sich in das Gespräch ein:

»Ich möchte mich hier nicht streiten. Ich fühle mich wie in einem Aquarium.« Ohne den Inspektor um Erlaubnis zu fragen, ging sie zurück ins Wohnzimmer. Sie sagte: »Wir haben keine Ahnung, wo dieser Mann sein könnte, oder? Er wird irgendwo da draußen sein.«

»Das stimmt. Aber wir haben von Mr. Christoforou eine sehr genaue Beschreibung bekommen und hoffen, ein Phantombild machen und es ihm zeigen zu können. Dann wird es in Umlauf gebracht. Die Polizei wird wegen Mordverdachts nach ihm fahnden.«

Leo sagte: »Er könnte jetzt schon kilometerweit weg sein.«

Pharaoh erwiderte: »Das glaube ich nicht.« Er blickte zu Rosa hinüber, zögerte und fuhr fort: »Sie müssen sich mit der unangenehmen Tatsache vertraut machen, dass er, wo immer Ihre Frau ist, in Ihrer Nähe sein wird.«

»In dem Punkt haben Sie Unrecht. Selbst Ihnen werde ich nicht sagen, wohin ich sie bringe.«

Es war wieder die alte Situation: Die Männer steckten unter einer Decke. Selbst wenn sie sich stritten, handelten sie in heimlichem Einverständnis.

Sie sagte: »Ich werde nirgendwo hingehen.«

»Du wirst tun ...« Leo unterbrach sich. Die anderen sahen ihn an. Er wusste, dass sie den Satz innerlich zu Ende geführt hatten. Hilflos blickte er zu Rosa hinüber. Wie konnte er es wagen, einer intelligenten und fähigen Frau, mit der er seit fünfzehn Jahren zusammenlebte, die Entscheidungen getroffen hatte, die sein eigenes Leben und das seiner Kinder beeinflusst hatten, ohne ihn um Rat zu fragen, weil das der Art ihrer Beziehung entsprach – wie konnte er es wagen, einer solchen Frau zu sagen, sie hätte zu tun, was er ihr sagte? Weder Instinkt noch Tücke bewegten ihn, die nächsten Sätze zu sagen. Er sprach aus der Tiefe seines Herzens, als sei lediglich seine Frau anwesend: »Rosa – wenn dir irgendetwas zustieße, könnte ich nicht weiterleben.«

Sie kam sofort auf ihn zu. Sie fasste ihn an den Händen: »Hör zu, Leo. Wenn ich jetzt weglaufe, werden wir nie wieder in Ruhe leben können. Ja – ich denke, du solltest die Kinder wegbringen. Durch sie kann er mich mehr treffen als auf irgendeine andere Art. Vielleicht wird ihm diese Möglichkeit nie einfallen, aber wir können das Risiko nicht eingehen. Doch ich werde hier bleiben.« Er wollte etwas erwidern, aber sie fuhr unbeirrbar fort. »Selbst wenn ich jetzt weggehe, kann ich nicht für immer fortbleiben. Was soll geschehen, wenn er nicht innerhalb eines Monats gefasst wird? Innerhalb eines halben Jahres? Eines ganzen Jahres? Einige Mörder werden nie gefasst. Kannst du dir vorstellen, dass wir für den Rest unseres Lebens getrennt sind – während ich mich wie ein Tier versteckt halte? Und traust du ihm nicht zu, dass er das Haus beobachtet und dir folgt, wenn du uns besuchen kommst? Liebling, ich weiß, wie du dich fühlst. Wäre die Situation umgekehrt, ginge es mir ähnlich.«

Sie lockerte ihren Griff. Ihr wurde bewusst, dass sie die Wahrheit gesagt hatte. Der Anblick seiner Verzweiflung, seines angespannten, alternden Gesichts, das von Liebe und Angst gezeichnet war, hatte mit einem Schlag ihre Gefühle für ihn ins Leben zurückgerufen. Sie merkte, dass ihr diese Gewissheit Auftrieb gab: die Liebe für ihn; ihre Kinder, ihr gemeinsames Leben. Wie teuer ihr all das war. Jetzt kam ihr die Beziehung zu Duffy trivial vor, schien sie nichts anderes als ein übertrieben romantisches Zwischenspiel gewesen zu sein.

Sie fuhr fort: »Ich will dich nicht bitten, es gelassen hinzunehmen – das wäre albern –, aber die Polizei hat mir Schutz garantiert, und wenn er es wieder versucht« – instinktiv drückte sie seine Hand – »werden sie ihn fassen.«

»Mein Gott, du kannst dich nicht darauf verlassen, Rosa.« Leo wandte sich an den Chief Inspector. »Können Sie das garantieren?«

»Wir können nur garantieren, dass Ihre Frau unter Schutz stehen wird, Mr. Gilmour. Offensichtlich können wir nicht ständig für Ihre Sicherheit garantieren.«

»Siehst du?« Leo wandte sich wieder Rosa zu. »Du bedeutest ihnen nichts. Für sie bist du nur ein weiteres, beliebiges Opfer. Ein Name in ihrer Statistik. Wir könnten das Haus verkaufen. Umziehen in –«

»Leo. Überleg dir, was du da sagst. Du würdest das Leben der Kinder zerstören, sie von ihren Freunden trennen, ihre Ausbildung unterbrechen. Deine eigene Arbeit würde darunter leiden. Denk an deine Forschungsarbeiten. Du gehörst zum Ärzteteam von St. Thomas. Jetzt beginnst du mit Veröffentlichungen. Du kannst nicht irgendwo anders von vorn anfangen. Ich werde nicht zulassen, dass ein Verrückter, den ich nicht einmal kenne, unser Familienleben zerstört. *Das werde ich nicht zulassen, Leo*!« Rosa hielt außer Atem plötzlich inne. Mit unerbittlicher Klarheit wurde ihr bewusst, dass sie diesen plötzlichen Energieausbruch ihren grausamen Vorstellungen von Fenns Vernichtung verdankte. Woher kamen diese Bilder, dass sie sich den Vorstellungen einer Frau aufdrängen konnten, die bislang nur Ruhe, Liebe und Friedfertigkeit gekannt hatte? Sie dachte, wir sind alle dazu fähig; ich bin dazu fähig, jemanden umzubringen.

Sie spürte, dass dieses Wissen sie auf eine nicht näher bestimmbare, subtile Weise veränderte. Etwas ruhiger fuhr sie fort: »Ich will ihn sehen. Ich will wissen, wie er aussieht. Will dem dreckigen Kerl Gesicht und Namen geben, der sich in mein Leben eingeschlichen, unser Glück zerstört und meine Kinder verängstigt hat.« Sie wandte sich an Pharaoh. »Ich komme jetzt mit Ihnen, um die Aussage zu unterschreiben.«

Als sie hinausgingen, sagte Leo: »Morgen wird die Presse die Informationen haben. Sobald die Öffentlichkeit weiß, wie er aussieht –«

Der Chief Inspector unterbrach ihn: »Ganz im Gegenteil. Ich werde die Medien um ihre Mitarbeit bitten, damit das Ganze nicht an die Öffentlichkeit kommt. Wenn er hört, dass die Leiche entdeckt wurde, taucht er möglicherweise für einige Monate unter, und wir werden nicht herausfinden können, wo er sich aufhält.«

»Ein klar denkender Mensch würde vielleicht auf so eine Idee kommen, aber ein Verrückter ...«

»Sie müssen mich schon tun lassen, was ich für richtig halte, Mr. Gilmour.«

Rosa fühlte die Spannung zwischen den beiden Männern wachsen. Noch eine Minute, und sie würden wie die Wölfe aufeinander losgehen. Der Ladenraum war fast leer. Draußen versuchten einige Polizisten, die Leute, die sich nicht vom Fleck rühren wollten, zum Weitergehen zu bewegen. Als Rosa und Leo auf den hell erleuchteten Bürgersteig traten, erhob sich ein gedämpftes Stimmengemurmel, und die Leute drängten nach vorn.

»Gibt es keinen Hinterausgang?« fragte Leo.

Mr. Christoforou zuckte mit den Schultern. Er zerriss einen kleinen Stapel unbezahlter Rechnungen. Die Papierfetzen warf er in die Luft. »Sicher – bedienen Sie sich. Haben alle anderen auch schon getan.«

Sie gingen in die Eingangshalle zurück und fanden den Hintereingang, der auf einen schmutzigen, nach abgestandenem Bratenfett und Fisch stinkenden Hinterhof führte. Dort waren alte Holzkisten aufgestapelt, standen ein Ölfass und ein kleiner Schuppen, der noch unangenehmer roch als der Fisch. Eine altmodische Straßenlaterne auf der dahinterliegenden Straße warf ein schwefelgelbes Scheinwerferlicht auf die Szenerie. Sie begannen, sich einen Weg zu der Tür zu bahnen, die auf die Straße hinausführte. Gleich daneben standen zwei überquellende Mülltonnen. Auf der einen bewegte sich etwas. Rosa blieb stehen.

»Leo ...« Sie ging näher heran. Was sie dann sah, ließ sie schwach werden. Der Zorn war verflogen. Ihre Energie war verpufft! Vor Erleichterung, Schwäche oder was es sonst war, begann sie zu weinen. »... O Leo ... sieh doch mal ...«

Auf einem Haufen verfaulter Fischköpfe und -innereien hockte eine große, seltsam geformte und noch seltsamer gefleckte Katze, aus deren Maul zu beiden Seiten eine glänzend weiße Gräte ragte.

Fenn saß auf dem Rand seines Betts und hörte dem Mann zu, der hinter der Sperrholzabtrennung hustete und Gott weiß wohin spuckte, denn in keiner der Kabinen stand ein Spucknapf oder ein Topf. Die Adresse dieses elenden Drecklochs hatte er auf der Tür einer Herrentoilette an der Dalston Junction gefunden. Junge Leute, die gerade nach London gekommen waren, wurden dort aufgefordert, sich an diese Organisation zu wenden, wenn sie nicht wussten, wo sie bleiben sollten. Angeblich ging es darum, sie von schlechter Gesellschaft fern zu halten. Darüber konnte man nur lachen.

Seitdem er den Oasis-Imbiss verlassen hatte, war er aus dem Lachen nicht mehr herausgekommen. Einmal, als er sich Sonias Gesicht in dem Augenblick vorgestellt hatte, in dem sie erkannte, dass er es ihr zeigen würde, hatte er sich vor Lachen kaum noch halten können und sich in den Rinnstein gesetzt, bis das Zucken seines Körpers nachgelassen hatte. Zum Glück war er in London, wo die Passanten einem Menschen, der sich ein wenig seltsam benahm, kaum Beachtung schenkten. Denn er musste vorsichtig sein. Er musste seine Mission zu Ende bringen; sobald das getan war, würde er lachen können, so viel er wollte. So viel und solange er wollte. Dann hätte er tatsächlich etwas zu feiern.

Hinter der Trennwand zu seiner Rechten hörte er ein volles, gurgelndes Schnarchen, regelmäßig, doch nicht im Einklang mit dem Husten und Spucken zur Linken. Nicht, dass ihn das störte. Bald würde es hell werden. Er hatte ohnehin nicht schlafen können. Er fühlte sich wie ein Sprengsatz mit einer langen Zündschnur. Er spürte den Hass in seinen Adern. Einen Hass, der im Schmelztiegel seiner ehrgeizigen

Gefühle zu einer einzigartigen Kraft zusammengeschmolzen war. Er hatte seinen Kopf von der Trennung zwischen Gut und Böse gereinigt. Er konnte sich nicht daran erinnern, wann diese Vorstellungen für ihn je von Belang gewesen waren. Die Energie, die seinen Kopf zum Pochen brachte, zwang ihn auf die Beine, doch die kleine Kabine bot ihm keine Bewegungsmöglichkeit. Er setzte sich wieder. Es störte ihn keineswegs, dass er nicht geschlafen hatte; schließlich war er nicht zum Ausruhen hierhingekommen, sondern um die Straßen zu meiden. Bis alles vorüber war, würde er ohnehin keine Ruhe finden. Unter dem Bett tastete er nach der Polizeiuniform in der Plastiktüte. Er wusste, dass sie dort lag, konnte aber nicht umhin, sich immer wieder zu vergewissern. Bis jetzt war Sonia noch nicht gefunden worden, sonst hätte es in allen Zeitungen gestanden oder wäre vielleicht sogar in den Nachrichten gekommen. Ihre Vernichtung war spektakulär genug gewesen.

Sobald sie die Tür geöffnet hatte, wusste er, warum sie gekommen war. Nur für einen Moment waren ihre üblichen Rollen verkehrt gewesen. Sie hatten einander angesehen: sie im vollen Genuss ihres Wissens, ihren winzigen Triumph wie eine Schlachtfahne vor sich hertragend; er aus dem Gleichgewicht geworfen, beunruhigt. Doch dann hatte sie gelächelt, die Tür weit geöffnet, und in dem Moment, in dem er sie hinter ihr schloss, hatte er sein Gleichgewicht wiedergefunden. Nicht, dass er sie das hätte wissen lassen. Nach ihren ziemlich blumigen Anschuldigungen, bei denen sie von einer Menge frömmlerischer Phrasen Gebrauch machte, hatte er bis zur Vollendung den geknickten Liebhaber gespielt. Ein wenig verschämt (eigentlich habe ich nicht gewollt, dass es so weit kommt), ausgesprochen loyal (ich hab' nicht mehr mit ansehen können, wie sie dich behandelt) und schließlich lustvoll. Er hatte gesagt:

»Ich frage mich, Liebling, ob ich dich je ansehen kann (geschicktes Abstreifen der Bluse), ohne dich gleich in den Arm nehmen (Rock dito) und mit Küssen bedecken zu wollen.«

Sie hatte nicht einmal versucht, subtil zu sein.

»Das heißt einfach, wir müssen ein bisschen früher heiraten, als wir uns es vorgestellt haben. Eine Ehefrau kann vor Gericht nicht aussagen, weißt du ...«

Mit einem neckischen Blick besiegelte sie ihr Schicksal.

»Du kannst gar nicht ahnen, wie oft ich mir vorgestellt hab', dass du so hier liegst.« Er berührte ihre Oberschenkel und drückte sie leicht auseinander.

»Dummer Junge.« Wie zärtlich er sie küsste. Noch nie zuvor hatte er sie so geküsst. »Du hättest mich nur einzuladen brauchen.«

»Das konnte ich nicht, mein Engel. Es ist so schrecklich. Ich wollte, dass du denkst, ich wäre ...« Wehmütig ließ er seine Hoffnungen im Raum verklingen.

Sonia blühte auf und öffnete sich ihm. Auf die zärtliche Umarmung folgte eine erste aufschlussreiche, verletzende Bemerkung. »Als ob mich das kümmern würde. Ich liebe dich einfach.«

Ein langes, glückliches Schweigen. Fenn versuchte sich auf sie zu konzentrieren. Für ihn war es ein ungewohntes Gefühl, einen anderen Menschen Vergnügen zu bereiten. Dasselbe galt für Sonia. Diese Gleichzeitigkeit empfand er als köstlich. Je größer ihr Vergnügen war, desto größer würde schließlich ihre Angst sein, wenn die Welle der Erkenntnis über ihr zusammenbrach.

Nun, genauso hatte er es sich immer vorgestellt. Und er kam gut voran. Er drang immer tiefer in sie ein, beschleunigte sein Tempo langsam, aber gleichmäßig. Er dachte an den letzten Stoß, den er ihr – mitten ins Herz – versetzen würde. Der Gedanke daran, und an die Kraft, die er dafür benötigen würde, war unglaublich erregend. Er nahm sich vor, in dem Augenblick zuzustechen, in dem sie kam.

Hinterher, als alles schief gelaufen war, hatte er an eine Phrase denken müssen, die er schon so oft in der Zeitung gelesen hatte: »Ich weiß nicht, was plötzlich über mich gekommen ist.« Diesen Spruch hatte er immer für eine ausgesprochene Lüge gehalten, oder, wenn er ernst gemeint war, als ein Zeichen widerlicher Schwäche beurteilt. Er hatte immer genau gewusst, was er tat, und konnte sich nichts anderes vorstellen. Er verachtete Menschen, die sich nicht völlig unter Kontrolle hatten. Und dann war ihm das passiert.

Er hatte das Messer in bequemer Reichweite auf das wackelige Bambustischchen neben dem Bett gelegt; hatte es blitzschnell aus dem Hosenbund gezogen, als sich Sonia, ihm den Rücken zuwendend, den Slip abgestreift hatte. Es lag also in seinem Blickfeld. Jedes Mal, wenn er sich zurückzog, erregte es seine Aufmerksamkeit, und in seiner Vorstellung drang er zusammen mit dem Messer in Sonia ein. Es kam ihm vor, als wären an dem Geschlechtsakt jetzt statt zwei gleich drei Komponenten beteiligt. Dann, kurz bevor er kam, hatte er, ohne es zu wollen, plötzlich sein ganzes Gewicht auf den rechten Arm verlagert, das Messer an sich gerissen und ihr die Nase aufgeschlitzt. Es war so schnell gegangen, dass ihr Schock und Entsetzen ihm einen Augenblick Zeit ließen. Er rammte ihr die Faust in den Mund und kam.

Er wollte nicht mehr daran denken, was als Nächstes geschehen war. An all die Dinge, die sein Messer getan hatte. So dumm von ihm, seine Flucht hinauszuzögern. Wenn er sich gleich danach umgezogen hätte und hinausgegangen wäre, hätte ihn der schmierige Grieche unten nicht gesehen. Nicht, dass er Verdacht geschöpft hätte oder das Mädchen gefunden worden wäre. Er bemühte sich sehr, seine Gedanken in eine andere Richtung zu lenken. Es hatte keinen Zweck, über Dinge nachzudenken, die vorbei und erledigt waren. Er hörte das Scheppern der Milchkisten vor dem Gebäude. Obwohl es noch dunkel war, schätzte er die Zeit auf sieben Uhr. Jetzt könnte er sich unten eine Schale mit diesem schmutzigen, grauen Schleim holen, den sie als Porridge bezeichneten. Er hoffte, dass außer dem Küchenpersonal niemand anwesend sei. Auf den Unsinn, den die für diese Organisation verantwortlichen Leute Beratung nannten, konnte er heute Morgen durchaus verzichten. Am Abend seiner Ankunft hatte ein bärtiger Freak mit zugekifftem Lächeln und festem Händedruck versucht, etwas über seinen Hintergrund herauszufinden. Ob er wegen eines Streits von zu Hause weggelaufen sei, ob sich seine Eltern Sorgen machen würden, ob er in London Freunde habe. Als ob er ohne diese Weltverbesserer nicht schon genug am Hals hätte.

Doch er hatte Glück. Abgesehen von einem indischen Mädchen, das das klebrige Zeug in irgendwelche Steinschalen löffelte, war die Küche leer. Er nahm eine Schale und setzte sich in die hinterste Ecke, wo er gegen seinen Willen in Gedanken zu seinem Zimmer am Lucy Place zurückkehrte. Sobald Sonia entdeckt worden wäre, würden sogar die beschränkten Cops zwei und zwei zusammenzählen können. Natürlich würden sie für die Identifikation einige Zeit brauchen (er hatte ihre Handtasche in der U-Bahn liegen lassen), doch er konnte nicht abstreiten, dass die Entdeckung von Sonias Leiche mit jeder Minute wahrscheinlicher wurde. Er würde sich beeilen müssen.

Er ließ den Rest der Brühe stehen und ging einen Stock höher in den so genannten Aufenthaltsraum. Er war in einem abscheulichen Grünton gehalten, und an den Wänden hingen kindische Zeichnungen und Briefe von dankbaren Insassen. Das Radio war mit einer Kette am Tisch befestigt. So sah also das gegenseitige Vertrauen aus, von dem der bärtige Kerl gesprochen hatte. Fenn stellte Capital ein und wartete auf die Kurznachrichten, die um diese Tageszeit nicht lange auf sich warten ließen. Nichts über Sonia. Er beschloss, nach draußen zu gehen und sich sicherheitshalber eine Zeitung zu kaufen. Er hob seine Tragetasche auf und verließ das Gebäude.

Das nächste Kiosk war gleich vor der Kings Cross Station. Er kaufte eine *Sun* und setzte sich zum Aufwärmen in den Erfrischungsraum der U-Bahn-Station. Es war angenehm, ins Land der Lebenden zurückzukehren, mit den Pennern nichts mehr zu tun zu haben. Er kaufte sich einen Tee und ein klebriges Stück Gebäck. Das würde den Geschmack der Porridge-Brühe schon vertreiben. Aus der Kaffeemaschine kam ein fröhliches Zischen, und der Raum füllte sich mit den ersten Reisenden. Er begann mit der Titelseite der Zeitung und ging sorgfältig jeden einzelnen Absatz durch. Nichts.

Das Überraschungsmoment war also noch auf seiner Seite. Rosa konnte immer noch nicht wissen, ob er seine Drohungen ernst meinte. Sie würde nicht mehr auf der Hut sein als gewöhnlich. Wahrscheinlich hatte ihre Aufmerksamkeit sogar ein wenig nachgelassen, da er sich seit ein oder zwei Tagen nicht mehr gemeldet hatte. Und heute wurde das *Karussell* nicht ausgestrahlt. Heute würden sie zu Hause bleiben. Durch Beobachten des Hauses hatte er herausgefunden, dass ihr Mann (der zukünftige Witwer) und seine rotznäsigen Kinder gegen halb neun losgingen und die Putzfrau erst eine Stunde später kam.

Im letzten Moment würde er seine Uniform anziehen. Es bestand kein Grund, unnötige Risiken einzugehen. Vielleicht in der Herrentoilette in Camden Town. Er würde nur darauf warten müssen, dass alle, die bei seinem Eintreten anwesend waren, die Toilette verlassen hatten. Dann wäre alles in Ordnung. Ein Polizist, der aus einer öffentlichen Bedürfnisanstalt kommt, ist nichts Ungewöhnliches. Selbst die Cops mussten sich ab und zu erleichtern. Er würde seine Tragetasche in der Toilette zurücklassen.

Er hatte keine Ahnung, was nach dem eigentlichen Tod geschehen würde. Keine Pläne. Obwohl er sich ihre letzten

Qualen auf hunderterlei Weise vorgestellt hatte, war es ihm unmöglich, irgendeine Szene heraufzubeschwören, die danach stattfinden würde. Sie war so sehr mit seinem Leben verknüpft, dass es ihm fast vorkam, als würde er nach ihrem Tod ebenfalls nicht mehr existieren können.

Er sah auf seine Uhr. Halb acht. Noch zehn Minuten, und er würde losgehen. Camden Town war eine Station der nördlichen U-Bahn-Linie. Er würde nicht einmal umsteigen müssen.

Obwohl sie die ganze Nacht nicht geschlafen hatte, war sie nicht müde. An Leos Rücken geschmiegt, hatte sie in einem Zustand der Leblosigkeit dagelegen. Sie hatte kaum Gefühle, war weder ängstlich noch wütend gewesen; es war ihr vorgekommen, als würde es nie wieder Tag werden. Leo war gegen drei Uhr aufgewacht und hatte sie zu überreden versucht, eine Tablette zu nehmen, doch sie hatte abgelehnt. Jetzt saßen sie über ihren Kaffeetassen und sahen die *Times* und den *Guardian* durch.

»Es scheint, als hätte sich die Presse zur Mitarbeit bereit erklärt. In keiner von beiden ist irgendetwas zu finden.«

»Und in den Acht-Uhr-Nachrichten ist auch nichts gekommen.« Rosa streichelte Madgewick, der sich ausgiebig räkelte, seine Beine in ihrem Schoß steif ausstreckte, sie wieder anzog und unter seinem Bauch kreuzte. Ihre Freudenschreie und Umarmungen hatte er am vorangegangenen Abend heiter entgegengenommen, war aber eindeutig verärgert gewesen, als sie versucht hatte, ihm den großen Fischkopf aus dem Maul zu ziehen, bevor sie ihn zum Wagen brachte. Jetzt spielte er den Eingeschnappten und weigerte sich zu schnurren, obwohl sie natürlich nicht wissen konnte, ob er ihr den plötzlichen Angriff auf sein eisernes Füllhorn übel nahm oder ihr die Achtlosigkeit vorwarf, die dazu geführt hatte, dass er überhaupt entführt werden konnte.

»Die Kinder werden sich freuen, dass er wieder da ist. Hast du Mrs. Holland gesagt, wann du sie abholen wirst?«

»Ich hab' ihr gesagt, die Polizei würde gegen neun Uhr hier sein. Sie nimmt die beiden mit zur Schule, und da hol' ich sie dann ab. Sie hat mit dem Direktor von St. Christopher's geredet, sodass er weiß, wieso Guy nicht zur Schule kommt.«

»Du wirst doch sicher bei meiner Mutter zu Mittag essen, oder, Leo? Die Fahrt nach Kent ist schrecklich lang – zumal, wenn du zwischen Hin- und Rückfahrt keine Pause einlegst.«

»Du bist wohl verrückt, Rosa. Natürlich werde ich nicht zum Mittagessen bleiben. Ich will so schnell wie möglich zu dir zurückkommen. Ich denke immer noch, dass sie im Zug in Sicherheit wären. Sie könnten mit einem Sicherheitsbeamten fahren. Schließlich ist Guy schon fast dreizehn. Und ihre Großmutter könnte sie am Bahnhof abholen.«

»Nein. Darüber haben wir gestern Abend schon geredet. Ich will, dass du sie nicht aus den Augen lässt, bis du sie sicher bei ihr abgeliefert hast. Da sie die letzte Nacht bereits nicht zu Hause verbracht haben, werden sie ohnehin schon verängstigt sein, ohne mit einem Fremden in ein Zugabteil eingesperrt zu sein.«

Er wusste, dass sie Recht hatte. Es war nicht so, als würde er seine Kinder nicht lieben; er hatte jetzt einfach nur erkannt, dass ihm seine Frau über alles andere ging. Nie zuvor hatte er versucht, seine Zuneigung zu den verschiedenen Familienmitgliedern voneinander zu trennen und gegeneinander abzuwägen. Dazu hatte er keinen Grund gehabt. In seinem Kopf waren diese drei Menschen fast zu einer Einheit verschmolzen: zu einer häuslichen Dreieinigkeit. Sie war die Grundlage für alles andere. Er war nicht ängstlich und quälte sich eigentlich nicht mit Vorstellungen darüber, wie sein Leben aussehen würde, wenn einem von ihnen etwas zustieße, doch jetzt, nach der Entdeckung von Sonias Leiche und dem anschließenden schrecklichen Gespräch mit Duffield, musste er sich mit dieser Möglichkeit vertraut machen.

Rosas Argumente erschienen ihm durchaus einsichtig. – Erst wenn der Mann gefasst war, würden sie in Sicherheit sein, und wenn sie dazu beitragen konnte, indem sie in erreichbarer Nähe blieb, war das offensichtlich das Vernünftigste, was sie tun konnte. Doch Angst kennt keine Vernunft. Die ganze Zeit kämpfte er gegen eine schreckliche Vorahnung an. Er wollte sich wie der Held eines Trivialromans verhalten. Sie an sich reißen, forttragen und mit ihr in einem der legendären Sonnenuntergänge verschwinden. Er hatte den atavistischen Wunsch, sich zu bewaffnen: eine Keule oder eine Waffe zu haben und sich zwischen sie und die Gefahr zu stellen. Er war entsetzt, wie nah an der Oberfläche diese Gefühle waren; sie schienen sich gleichsam unter der Schutzhülle der alltäglichen Abläufe zu bilden, während er die *Times* las, mit seinen Kollegen kultiviert zu Mittag aß oder sich mit Rosa entspannte.

Er wusste, dass die Polizei in der Nähe sein würde, doch sie würden sich nicht bis auf Sichtweite heranwagen können, da das ganze Unternehmen dann keinen Zweck hätte. Wenn er schnell war, könnte sie tot sein, bevor sie ihn schnappten. Und die Tatsache, dass er sich um das Risiko einer Festnahme nicht bekümmerte (bei Verrückten war das selten der Fall), brachte ihn in eine günstige Position. Zudem war nicht sicher, welche Waffe er benutzen würde. Vielleicht würde er diesmal kein Messer wählen. Er könnte scharfe Munition benutzen, sich irgendwo verstecken und darauf warten, sie abzuknallen. Er würde sich vielleicht monatelang verstecken, und dann, wenn sie ihn fast schon vergessen hatten, eine Sprengladung in ihrem Wagen deponieren. Er könnte – es klingelte an der Haustür.

»Ich geh schon.« Er tupfte seinen Mund mit einer Serviette ab und stand auf. »Es wird die Polizei sein.«

Rosa sah ihm hinterher, schubste Madgewick auf den Boden, stand auf und begann ein Gedeck auf den Tisch zu stellen. Wer immer es auch sein mochte, würde vielleicht einen Kaffee trinken wollen, oder war es nicht erlaubt, im Dienst zu trinken? Diese Regel galt bestimmst nur für Alkohol. Sie hörte, wie Leo die Haustür öffnete und holte aus dem Brotkasten ein Croissant. Einen Moment später kam Leo in seinem Mantel zurück. Er stand abwartend in der Tür, wusste, was sie vereinbart hatten, wollte aber nicht gehen.

»Ich lass dich nicht gern allein.«

»Liebling, ich werde mich viel besser fühlen, sobald ich weiß, dass du die Kinder abgeholt und dich auf den Weg gemacht hast. Außerdem habe ich ja die Blüte der Polizei zum Schutz da.«

»Eher eine Knospe als eine Blüte. Was hat es zu bedeuten, dass die Polizisten immer jünger werden?«

»Dass wir immer älter werden. Sieh dich doch an« – sie ging auf ihn zu und berührte leicht seinen Backenbart, als er sie in die Arme nahm – »grau wie ein alter Mann.«

Einen Augenblick blieben sie regungslos stehen. Trotz der körperlichen Nähe war ihre Umarmung seltsamerweise kaum erotisch. Leo kam es vor, als halte er ein verlassenes Kind in den Armen, hätte aber nicht sagen können, ob er das Kind oder sich selbst trösten sollte. Schließlich lösten sie sich voneinander, hielten sich aber noch an den Händen.

»Ich hab' die Kaffeemaschine angestellt. Falls sie einen Kaffee wollen.«

»Es ist nur ein männlicher Beamter.«

»Oh. Ich hab' gedacht, es würde auch eine Polizistin kommen.«

»Ich nehme an, sie wird bald eintreffen. Na dann …« Er rührte sich nicht von der Stelle.

»Hör zu. Ich werde jetzt gehen und eine saubere Kaffeetasse und eine Untertasse aus dem Eckschrank holen, und wenn ich mich umdrehe, möchte ich, dass du verschwunden bist. Einverstanden?«

Er wusste nicht, wie er es schaffte, die Küche zu verlassen, die Diele zu durchqueren und auf die Straße zu gehen.

Rosa hörte, wie die Haustür ins Schloss fiel und spürte sofort die ersten Anzeichen von Zweifel in sich aufkommen. War es denn wirklich nötig, dass Leo die Kinder nach Kent brachte? Hätten sie nicht bei Freunden in der Nähe untergebracht werden können? Selbst wenn er nicht zum Mittagessen blieb, würde er wahrscheinlich nicht vor vier Uhr zurück sein. Das kam ihr wie eine Ewigkeit vor. Warum war sie so beharrlich gewesen? Das kam ihr nun wie der Gipfel der Dummheit vor. Was konnte ein Polizist schon gegen einen wirklich entschlossenen Mörder ausrichten? Aber vor dem Haus würden sicherlich mehr Männer postiert sein. Scharfschützen, die sich auf der Straße versteckt hielten. Sie hoffte, sie würden ihr eine Polizistin schicken. Die Gesellschaft einer Frau wäre ihr jetzt sehr angenehm.

In ihrem Körper spürte sie ein angespanntes Pochen, als hätte ihr Nervenapparat über Nacht stillgelegen und würde jetzt wieder schwerfällig in Gang kommen. Ja. Jede Gesellschaft wäre ihr recht. Sie rief die Treppe hinauf: »Hallo?« Sie erhielt keine Antwort. Sie ging ein paar Stufen hoch. »Möchten Sie einen Kaffee?« Immer noch nichts. Der Nervenapparat entwickelte ein wenig mehr Kraft, nahm an Geschwindigkeit zu. Sie fühlte sich, als sei tief in ihrem Rachen ein kleiner Vogel gefangen und flatterte dort wild herum. Unsinnig, Angst zu haben. Sie holte tief Luft, schluckte den Vogel hinunter und ging die restlichen Stufen in die Diele hinauf.

Leo entfernte sich sehr langsam vom Haus. Immer wieder drehte er sich nach den großen, vornehmen Fenstern um und hoffte, dass Rosa ins Esszimmer gerannt war, als er das

Haus verlassen hatte, um ihm zuzuwinken. Aber natürlich war der heutige Abschied anders als sonst. Da es ihr ohnehin schwer gefallen war, ihn zu überreden, das Haus zu verlassen, würde sie nichts unternehmen, um jetzt seine Aufmerksamkeit auf sich zu ziehen. Er überquerte die Straße, um das Haus noch ein wenig länger im Auge behalten zu können. Er fühlte sich verdammt unwohl. Hatte ihn das jugendliche Aussehen des Polizisten gestört? Wenn er es sich recht überlegte, war der Mann zudem nicht offensichtlich bewaffnet gewesen. Er erinnerte sich, wie Rosa gesagt hatte: »Ich hab' gedacht, es würde auch eine Polizistin kommen?« War es nicht seltsam, dass sie nicht zusammen zu ihnen gekommen waren?

Er verlangsamte seinen Gang. Als er an die Kreuzung von Gloucester Crescent und Inverness Street kam, blieb er ganz stehen. Er stand am Rand des Bürgersteigs neben einem Lieferwagen von Fleurop auf der Längsseite. Im Fahrersitz saß ein hübsches Mädchen in einem Nylonoverall und daneben ein großer Mann, der eindringlich auf sie einredete. Sie nickte und hörte ihm, die Augen auf sein Gesicht gerichtet, zu.

Es hat keinen Zweck, dachte Leo. Er konnte sie einfach nicht allein zurücklassen. Was immer ihn auch zum Haus zurückzog, war zu stark, um einfach missachtet zu werden. Er würde Rosa mit nach Kent nehmen, sie wieder nach Hause bringen und selbst bei ihr bleiben, was immer die Polizei dagegen einzuwenden haben mochte. Und wenn er die Möglichkeit, auch nur die geringste Möglichkeit hätte, diesen mörderischen Mistkerl in die Finger zu kriegen – »Mr. Gilmour!«

Der bärtige Mann kletterte aus dem Lieferwagen und starrte ihn an. Leo runzelte die Stirn. Er hatte den Mann erst kürzlich gesehen. Dann fiel es ihm wieder ein. Es war der Sergeant, der gestern Chief Inspector Pharaoh begleitet hatte. Da er gestern eine Uniform getragen hatte, dauerte es einen Moment, bis Leo ihn erkannte. Zweifellos war das hübsche Mädchen eine Polizistin. Jetzt, da er die Verstärkung gesehen hatte, fühlte er sich besser. Aber irgendetwas war nicht in Ordnung. Der Sergeant packte ihn am Arm.

»Was machen Sie hier, Mr. Gilmour? Wir haben verabredet, dass Sie Ihre Frau nicht allein lassen.«

»Sie ist nicht allein. Einer Ihrer Männer –«

Obwohl Leos Einsicht in die tatsächliche Situation und sein Satz zurück in Richtung des Hauses fast eins waren, warf sich der Sergeant auf ihn und klammerte sich wie ein großer Bär an seinen Rücken und seine Schultern. Das Mädchen klopfte gegen die Trennwand hinter ihrem Sitz und redete dann erregt in die Gegensprechanlage. Die hintere Tür des Lieferwagens sprang auf. Ein Mann mit einem dunklen Rollkragenpullover, einer Wollmütze und einer Seemannsjacke sprang heraus und ließ die gesamte Längsseite des Wagens mit einem einzigen Satz hinter sich. Er und der Sergeant klammerten sich an Leo. Fast zwei Minuten lang schwankte der monströse Haufen vor und zurück und beugte sich vor, bis Leo, wie ein Pferd nach dem Zureiten keuchend, mit gesenktem Kopf, den Blick auf den Bürgersteig gerichtet, stehen blieb. Während der Sergeant ihn losließ, hielt der andere Mann ihn immer noch fest. Einige Menschen liefen auf der Straße zusammen und blockierten den Verkehr.

»Hören Sie, Mr. Gilmour. Wenn wir zugelassen hätten, dass Sie ins Haus laufen, hätte sie keine Chance mehr gehabt. Beim ersten Geräusch wäre er durchgedreht. Wie die Sache jetzt steht –«

»Er hat sie umgebracht. Er hat sie ermordet.« Leo sackte in den Armen des Polizisten zusammen wie eine leblose Puppe.

»Nein, das hat er nicht. Ich kenne diese Schweine. Ich habe gestern Abend das Mädchen gesehen. Sie machen ein Spiel daraus. Katz und Maus.« Leo stöhnte auf. »Wenn er sich in Sicherheit glaubt, wird er das Vergnügen hinauszögern.«

»O mein Gott.« Er weinte. »Rosa ... oh, Rosa ...«

»Kommen Sie und setzen Sie sich.« Sie packten ihn auf den Sitz neben der Polizistin. Zwei Landrover kamen an und parkten hinter ihnen. Einige Männer sprangen heraus. Durch den Außenspiegel beobachtete Leo, wie sie auf den Sergeanten zugingen. Sie standen zusammen, berieten sich und schienen keineswegs in Eile zu sein. Der Scharfschütze steckte seinen Kopf gleich neben Leo durch das Fenster. Er war unrasiert und hatte ein bitteres, pockennarbiges Gesicht. Sein Atem roch nach abgestandenem Bier und Zigaretten. Leo sah ihn an: Sein eigenes Glück und das seiner Kinder hing von der Geschicklichkeit eines Mannes ab, den er nie zuvor gesehen hatte. Er meinte, etwas sagen, den Mann anflehen zu müssen. Wollte ihm alles bieten, was er besaß, sein Leben ...

»Wie ist der Hintereingang zu Ihrem Haus beschaffen, Sir?«

»Hoffnungslos. Ein offener Garten, es gibt keine Deckung, und Sie würden vom angrenzenden Garten über eine Mauer hineinklettern müssen.«

Warum war es nicht Abend? Dann hätte der Mann mit Leichtigkeit direkt auf das Haus zugehen können. Oh, warum hatte er sie allein gelassen?

»Stehen irgendwelche Fenster offen?«

»Ich glaube nicht.« Er sah Rosa mit einer Klinge am Hals gegen eine Wand stehen. »Worauf warten Sie noch?«

»Jetzt auf nichts mehr. Sie haben die Straße an beiden Enden abgesperrt. Die Leute vom Haus vertrieben. Eine Menschenmenge ist sehr verräterisch. Könnte ich bitte Ihre Schlüssel haben, Mr. Gilmour?«

»Ich hab' ihn reingelassen, wissen Sie?« sagte Leo, als er sie ihm reichte. »Ich habe die Tür geöffnet und ihn hereingebeten. Ich habe so nah vor ihm gestanden wie jetzt vor Ihnen. Ich hab' ihn mit ihr allein gelassen. Ich habe meine Frau mit einem verdammten Verrückten mit einem Messer allein gelassen. Haben Sie das gewusst?« Der Scharfschütze ging davon. Er wandte sich an die Polizistin und packte sie am Arm. »Haben Sie das gewusst?« Sein Gesicht war eine Maske der Angst, mit der er sie bat, ihn zu beruhigen, ihn nicht zu verurteilen.

»Barrett ist einer der Besten, Mr. Gilmour. Der Mann wird ihm nicht entwischen.«

»Das wird er bestimmt nicht.« Leo lehnte sich zurück und schloss die Augen.

Er stand mit dem Rücken zu ihr, als sie in die Diele kam, wandte sich aber um, als er ihre Schritte hörte, nahm seine Polizeimütze ab und trat auf sie zu.

»Ich frage mich, ob Sie einen Kaffee ...« Der Rest des Satzes blieb ihr im Hals stecken. Das Winterlicht fiel durch das bunte Glas, warf blasse karminrote und indigoblaue Flecken auf sein Gesicht, schien die bronzefarbene Aureole seines Haars in Brand zu setzen, sodass er wie irgendeine grässliche, mittelalterliche Symbolfigur aussah, die Seuchen, Pest und Tod brachte.

»Hallo, Rosa.« Er triumphierte. Das meinte sie förmlich riechen zu können. »Wie du siehst, bin ich jetzt hier. Wie ich es versprochen habe.«

Sie standen da und fixierten sich aus einem Abstand von knapp zwei Metern. Zunächst konnte sie nichts sagen, stand einfach da und starrte ihn an. Die ganze Nacht hatte sie Bilder von ihm und ihrem Zusammentreffen vor Augen gehabt. Sie hatte sich ihn immer ein wenig abgerissen, in der schwarzen Lederbekleidung der Punks und mit einem käsigen, bösartigen Gesicht vorgestellt: ein mickriger Mann, der von einer gefährlichen, hochexplosiven Mischung aus Neid, Hass und Dummheit angetrieben wurde. Doch er war groß und schlank, und die Schultern unter seiner Uniformjacke waren breit. Er konzentrierte sich vollkommen auf ihre Person. Er hatte sich herangeschlichen, und jetzt, da sie in der Falle saß, wartete er im ruhigen Vertrauen auf seine Belohnung. Seine Ruhe war bemerkenswert. Er schien ewig Zeit zu haben.

So stark war die Autorität, die er ausstrahlte, dass sie fast selbst an die Rechtmäßigkeit seines Anspruchs zu glauben begann. Sie spürte, dass sie anstelle von Wut und Angst eine heimtückische, an Verzweiflung grenzende Trägheit überfiel. In ihrer Haltung drückte sich vollkommene Ergebenheit aus. Seine Nähe wirkte wie Novocain, betäubte jeglichen Widerstand. Fast war sie erleichtert, dass alles bald vorbei sein würde. Sie fragte sich, wer sie eigentlich war, dass ein solcher Aufruhr um sie gemacht wurde. Nichts als ein vergängliches Bündel von Atomen. Eine Frau mit einer trivialen Radiosendung, die das Buch, das sie schreiben wollte, niemals zu Ende gebracht hatte. Jetzt schien es ihr, als würde ihr Tod kaum Aufregung verursachen. Die Kinder würden eine Weile traurig sein, sich aber wieder erholen. Sie hatten einen Vater, Großeltern und Freunde. Leo würde wieder heiraten. Irgendeine junge Frau. Vielleicht würden sie eine neue Familie gründen. Sie würde aus der Welt verschwinden, und die Welt würde sich hinter ihr schließen, und innerhalb kürzester Zeit wäre es so, als hätte sie nie existiert. Sie suchte nach einem Grund, sich nicht ihrer eigenen Zerstörung zu übergeben, doch ihr fiel keiner ein.

Es war ein schlechter Moment gewesen, als ihr Mann ihm die Tür geöffnet hatte. Zu dem Zeitpunkt hätte er schon längst mit seinen albernen kleinen Kindern in seinem albernen Wagen sitzen und davon gefahren sein müssen. Aber er hatte nur gesagt: »Ah – da sind Sie ja. Kommen Sie herein.« Dann hatte er sich davongemacht und ihn mit ihr allein gelassen. Dieser Genuss. Was er hinterher durchmachen würde. Er hätte ihr ebenso gut einen Apfel ins Maul stecken und sie fesseln können, wenn er schon einmal dabei war. In den wenigen Minuten, die er gebraucht hatte, um sich unten zu verabschieden, hatte Fenn die Ironie des Ganzen ausgekostet. Es wunderte ihn ein wenig, dass sie die Polizei offensichtlich erwartet hatten, sagte sich dann aber, dass dies nach seinen lustigen Bandaufnahmen und Telefonanrufen nicht verwunderlich war. Vielleicht hatte sie irgendeine Aussage gemacht. Vielleicht sogar um Polizeischutz gebeten. Darüber konnte er sich totlachen. Von den Kindern war nichts zu sehen.

Ihm fiel auf, dass er ihr auf seltsame Weise dankbar war. Ohne sie hätte er nie gewusst, wie clever er sein konnte. Bevor er sie kennen gelernt hatte, war sein Leben, wie er jetzt erkannte, ein einziges Durcheinander gewesen. Ein Wirrwarr zielloser Lüste und neidvoller Regungen; sobald ihm seine Aufgabe klar geworden war, war Klarheit und Ordnung in sein Leben eingekehrt, hatte es einen Sinn bekommen. Jetzt waren sie einander gleich. Reich und berühmt; die Worte, die ihm früher wie Galle aufgestoßen waren, erwiesen sich jetzt in ihrem wahren Gehalt. Sie war reich und berühmt, und es hatte ihr nichts gebracht. Jetzt war sie ihm nicht einmal ebenbürtig; sie war sein Opfer.

Mit dem offenen Haar, das ihr über die gebeugten Schultern fiel, sah sie sehr schön aus. Sie trug ein Kleid aus einem weichen, aprikosenfarbenen Material, das sich an ihren wundervollen Körper anschmiegte. Erst würde er sie nehmen, und, mein Gott, das würde aufregend sein, nicht wie bei Sonia, die sich ihm, dumm wie sie war, bereitwillig hingegeben hatte. Aber die hier würde er auch dazu bringen, dass sie ihn wollte, und wenn ihm das nicht gelang, nun ja … er spürte, wie sehr ihn diese Aussicht erregte … das wäre vielleicht sogar noch besser. Er begann zu sprechen. Sein Tonfall war zwar sanft, das, was er sagte, hingegen umso weniger. Er beschrieb sich selbst, erzählte ihr, was mit seinem Körper vorging, und dann beschrieb er ihren Körper. Zunächst, wie er ihn sich in seinem Zimmer vorgestellt hatte, dann, wie er ihn jetzt sah und was er damit machen würde. An einem Punkt seiner Schilderung (er beschrieb gerade einen seiner komplizierten kleinen Tricks) richtete sie sich auf und hielt sich die Hände an die Ohren, und durch diese Bewegung pressten sich ihre Brüste gegen ihr enges Kleid. Dieser bewusste Versuch, ihn zu verführen, enttäuschte Fenn ein wenig. Sobald er nur einen kleinen Vorstoß machte (wirklich geistreich), war sie wie alle anderen, konnte es kaum erwarten.

Und dann passierten zwei Dinge. Er trat nach vorn, was ein Fehler war. Er erkannte sofort, dass er damit den Bann gebrochen hatte. Dann bewegte sich hinter ihm der Briefkasten.

Rosa, die jetzt über seine Schulter blickte, sah das und konnte nicht verhindern, dass sich auf ihrem Gesicht eine Reaktion zeigte. Aufregung, Hoffnung und dann Wut über ihre eigene Dummheit. Durch ihre Unfähigkeit, ihre Gefühle zu verbergen, hatte sie den einzigen Vorteil vertan, den der, wer immer da draußen sein mochte, gehabt hatte. Der Überraschungsmoment. Doch sie hatte nicht mit Fenns überwältigender Selbstgefälligkeit gerechnet.

»Für wen hältst du mich eigentlich, Rosa? Das ist der älteste Trick der Welt. Du siehst über meine Schulter, gibst Erstaunen vor, ich dreh mich um, du rennst los oder stürzt dich auf mich. Meinst du, ich würde nie ins Kino gehen?« Er spürte, dass er mit diesen Worten seine Überlegenheit halbwegs wiederhergestellt hatte. Keiner durfte es wagen, ihn zum Besten zu halten.

Rosa blieb regungslos stehen, doch das Maß ihrer Aufmerksamkeit entsprach jetzt dem der Benommenheit, die sie wenige Sekunden zuvor überwältigt hatte. Das Wissen, dass Hilfe in der Nähe war, hatte gereicht, um wieder eine leidenschaftliche Sehnsucht nach dem Leben in ihr zu wecken. Und zusammen mit diesem Wissen kam Angst auf. Sie hatte so viel zu verlieren. Jetzt, wo er von der bunten Scheibe weggetreten war, hatte er die ungewöhnliche Ausstrahlung verloren, die die blasse Beleuchtung ihm verliehen hatte. Jetzt sah er ebenso gewöhnlich wie gefährlich aus. Als sie ihm in die Augen blickte, in diese gelblichen, ziegenähnlichen, verrückten Augen, verdoppelte, verdreifachte sich ihre Angst, machte ihr Herz einen Satz.

Dann schrie er plötzlich »Hoppla!« und warf seine Hand mit einer messianischen Geste in die Höhe. Sie verfolgte diese Bewegung mit den Augen, sah ein Licht, einen silbernen Strahl aufblitzen. Wieder sah sie hinter ihn. In der Mitte des Briefkastenschlitzes war jetzt das runde metallene O einer Gewehrmündung zu sehen. Er leckte sich die Lippen, und die Spucke glänzte wie die Schleimspur einer Schnecke.

»Was hältst du davon?« Er hielt ihr das Messer entgegen, damit sie es bewundern konnte. »Schneidet alles wie Butter. Wirklich.« Das letzte Wort betonte er, als hätte sie Einspruch erhoben. Als sei er ein Vertreter, der ihr ein Küchengerät verkaufen wolle, und sie hätte sich ein wenig unentschieden gezeigt.

»Ist es das, mit dem du Sonia umgebracht hast?« Diese Frage war ihr unwillkürlich entschlüpft. Sie fühlte, wie sich die Atmosphäre veränderte, verdichtete. Er runzelte die Stirn und sah sie dann verschlagen an. Jetzt war von seinem guten Aussehen keine Spur mehr übrig. Die Spucke, die ihm aus dem Mund lief, war flockig und hatte eine schaumige Konsistenz.

»Du weißt nicht, was mit Sonia passiert ist.«

»Nein. Du hast Recht.« Sie trat einen Schritt zurück, und als sei dies das Signal gewesen, auf das er die ganze Zeit gewartet hatte, sprang er auf sie zu. Rosa schrie und schrie. Sein Atem brannte wie Feuer auf ihrem Gesicht. Er presste seinen Mund auf ihren, aber nicht wie bei einem Kuss, sondern wie bei einem Angriff, bei dem Knochen auf Knochen kracht. Sie kämpften, und ihre Laute ähnelten denen eines schrecklichen, düsteren Paarungsrituals. Das Geräusch von keuchend hervorgestoßenem Atem, Grunzen und Schreien. Sie erkannte, dass sie keine Chance hatte, es sei denn, sie könnte etwas Raum zwischen sich und ihn bringen. Sie hatte von Waffen keine Ahnung, dachte aber, dass die Nähe ihres Angreifers den Scharfschützen davon abhalten musste abzudrücken. Sicherlich bestand die Möglichkeit, dass sich die Kugel durch seinen Körper bohrte und sie ebenfalls traf. Sie standen in direkter Schusslinie der Tür. Wenn sie ihn nur dazu bringen könnte, dort zu bleiben, wo er war, während sie zur Seite trat.

Der abscheuliche Druck seines Körpers machte ihr bewusst, dass er sie wollte, dann erkannte sie mit einem Schrei des Entsetzens, dass er mit dem Messer ihren Hals berührte. Langsam führte er es durch den aprikosenfarbenen Wollstoff nach unten, trennte ihn auf wie Seidenpapier. Sie spürte, dass die Messerspitze sanft ihren Nabel berührte. Sie hörte auf, sich zu wehren, und blieb stocksteif stehen. Bei der geringsten Bewegung würde sie sich in ihren Nabel bohren. Er sah auf das hinunter, was die Öffnung ihres Kleides enthüllte.

»Wirklich nett.«

»Bitte.« Sie musste sich irgendetwas einfallen lassen, es musste etwas geben. »Du bist so nah ...«

»Nicht so nah, wie ich dir gleich sein werde.«

»Ich meine ... ich kann dich gar nicht richtig sehen. Du bist ...« Sie würgte an den Worten. »Du bist so schön. Wenn du dich nur ein wenig weiter wegstellen würdest ... nur für einen Moment ... dann kann ich dich besser sehen.«

Es klappte nicht. Sie hatte ihm geschmeichelt, und er grinste fast, aber das war alles.

»Ich hab' dich ausgezogen, meine Süße ...« Zärtlich stieß er das Messer in ihr weiches Fleisch. »Willst du für mich nicht dasselbe tun?«

Vor Entsetzen war ihr bereits übel, doch jetzt meinte sie, in

Ohnmacht fallen zu müssen. Lieber Gott, betete sie, mach, dass ich jetzt nicht ohnmächtig werde. Wieder drückte er mit dem Messer in ihr Fleisch. Mit zitternden Händen griff sie nach den Knöpfen seiner Jacke.

»Nur den Reißverschluss, meine Süße ... nur den Reißverschluss ...«

Bemüht, einen Brechreiz zu unterdrücken, berührte sie ihn und sagte: »Ich hätte nie gedacht, dass du dich mit einem so leichten Sieg zufrieden geben würdest. Ich hab' schon immer deine Klugheit bewundert ... die Art und Weise, wie du ins Haus gelangt bist ... all deine Nachrichten übermittelt hast.« Jetzt, als sie an der Grenze des Erträglichen angelangt war, hatte sie einen Weg gefunden, zu ihm durchzudringen. Die Lust in seinen Augen vermischte sich mit Missfallen.

»Was soll das heißen – ein leichter Sieg?«

»Na ja ... du hast mir nicht einmal die Chance gegeben fortzulaufen. Wo kann ich schließlich schon hinlaufen. Ich werd's nie bis an die Tür schaffen ... oder zum Telefon. Selbst dem Fuchs gibt man eine Chance. Abgesehen davon ... würde dir das nicht gefallen, Fenn? Sei ehrlich ... eine Jagd ... von oben ... nach unten?«

»Und in das Schlafzimmer der verehrten Dame? Ja ... das würd' mir gefallen. Das Schlafzimmer meiner verehrten Dame Vielleicht werd' ich dich da einholen. Vielleicht könnt' ich's ja auf dem Bett erledigen ... oder im Bett?«

Er hatte sie losgelassen. Sie zwang sich, sich nicht zu rühren, als ihr Kleid auseinander fiel. Er beobachtete sie.

»Gibst du mir einen Vorsprung?«

»Ich weiß nicht.« Er sah sie an, parodierte auf makabre Weise das Lächeln eines Verliebten. »Nicht zu viel auf einmal. Wir wollen doch nicht, dass du ein Fenster öffnest und rausspringst, oder? Schummeln gilt nicht, Baby.« Er legte das Messer auf seine Lippen.

»Wirst du ... wirst du bis zehn zählen?«

»Fünf, meine Süße ... ich werd' bis fünf zählen ...«

Mit dem Absatz tastete sie nach der ersten Treppenstufe und trat zurück.

»Eins.«

Sie musste ihn dazu bringen, sich ganz auf sie zu konzentrieren. Was immer auch geschehen mochte, er durfte sich nicht umsehen. Sie wollte sich umdrehen und losrennen, wagte es aber nicht.

»Zwei.«

Er konnte nicht aufhören, sie anzustarren. Noch nie zuvor, weder in all seinen Büchern und Zeitschriften noch in seinen aufregendsten Fantasien, hatte er so göttliche Brüste gesehen. So voll und schwer und golden; ihre Haut hatte die warme Farbe ihres Kleides. Jetzt wünschte er, er hätte den Schnitt ein wenig tiefer gezogen. Aber er hatte noch viel Zeit. Er hatte nie zuvor eine Frau wie sie gehabt. Und natürlich galt das umgekehrt ebenso ... Sie hatte wahrscheinlich keine Ahnung, wie es wirklich sein konnte. Sobald sie das herausfinden würde, wäre sie vielleicht ebenso aufdringlich wie Sonia. Unfähig, ihn in Ruhe zu lassen. Aber natürlich gab es nur dieses eine Mal. Oder nicht? Er war verwirrt.

»Drei. Du wirst mir nicht entwischen, kleiner Fuchs. In einer Minute werd' ich mich auf dich stürzen.«

An ihren Fußsohlen spürte sie jede einzelne Rille des Teppichs auf der Treppe, auf dem polierten Geländer sah sie jeden Abdruck ihrer Hände. Die Welt war darauf zusammengeschrumpft. Sie fühlte sich ungeheuer lebendig, war sich ihres Herzschlags, ihres Nervensystems und der Zirkulation ihres Bluts bewusst. Wenn sie beim nächsten Schritt diagonal nach hinten trat, wäre sie nicht mehr in der Schusslinie.

»Vier.«

Eine Explosion erschütterte die Diele. Das Geräusch war beängstigend. Wie eine Bombe. Der Lärm lief die Wände entlang, wurde zurückgeworfen, schallte wider, bis Rosa meinte, ihr würde der Kopf platzen. Ein lautes Splittern, und das Glas der Dielentür zerbarst.

Fenn kam über die Treppe auf sie zu. Auf seiner Brust blühte eine Rose auf. Er schrie ihr schmutzige, abscheuliche Dinge zu. Sie wich zurück. Sein Gesicht war leer, seine Augen ausdruckslos, doch er kam auf sie zu. Ein zweiter Schuss fiel, und unterhalb der ersten entstand eine zweite Rose, deren Blüten sich üppig und langsam entfalteten, bis sich die beiden Rosen trafen. Er ließ das Messer fallen und breitete seine Arme aus.

Er flüsterte: »Fünf«, doch seine Stimme war tonlos, hatte nur noch eine Ahnung von Leben in sich. Dann fiel er würdevoll und sorglos in die Diele zurück.

Die Rätsel von Badger's Drift

Roman

Aus dem Englischen
von Ursula Walther

Und die Begier, ein allgemeiner Wolf,
Zwiefältig stark durch Willkür und Gewalt,
Muß dann die Welt als Beute an sich reißen
Und sich zuletzt verschlingen.

Troilus und Cressida
Erster Aufzug: 3. Szene

Prolog

Sie ging kurz vor der Teestunde im Wald spazieren, als sie sie sah. Es war nicht ihre Absicht gewesen, leise umherzuschleichen, aber der weiche Waldboden mit dem verrotteten Laub und den Pflanzen dämpfte ihre Schritte, und die dichtstehenden, hohen Bäume schienen außerdem die Geräusche zu verschlucken. An manchen Stellen durchdrang die Sonne das Blätterdach, und grelle, weiße Strahlenbündel unterbrachen das gedämpfte Licht.

Miss Simpson wanderte durch diese Lichtstrahlen und richtete den Blick auf den Boden. Sie suchte nach der Korallenwurz. Sie und ihre Freundin Lucy Bellringer hatten diese Orchideenart vor fünfzig Jahren, als sie noch junge Frauen gewesen waren, zum erstenmal entdeckt. Sieben Jahre waren vergangen, bis sich die kleinen Blüten erneut gezeigt hatten, und damals hatte sie Lucy gefunden und war mit Triumphgeschrei ins Unterholz gekrochen.

Seit diesem Tag lagen sie miteinander im Wettstreit. Jeden Sommer streiften sie durch den Wald, manchmal getrennt, manchmal gemeinsam, und suchten eifrig nach den Blumen. Voller Hoffnungen und mit geschärftem Blick, bewaffnet mit Notizbuch und Stift, marschierten sie durch die düsteren Buchenwälder. Wer zuerst fündig wurde, mußte die Verliererin zum Trost zum Tee mit üppiger Verköstigung einladen. Die Orchidee blühte nur selten und, wegen des weitverzweigten Wurzelstocks, nicht immer zweimal am selben Ort. In den letzten fünf Jahren hatten die beiden Freundinnen ihre Suche immer früher begonnen. Jede wußte natürlich, daß die andere allein Streifzüge unternahm, obwohl keine ein Wort darüber verlor.

Also wirklich, dachte Miss Simpson, während sie mit ihrem Stock vorsichtig in einem Busch Glockenblumen herumstocherte, wenn das so weitergeht, dann gehen wir schon los, obwohl noch überall Schnee liegt.

Wenn es Gerechtigkeit in dieser Welt gab (und Miss Simpson glaubte fest daran), dann war sie 1987 dran. Lucy hatte 1969 und 1978 gewonnen, aber dieses Jahr ...

Sie schürzte die beinahe farblosen Lippen. Sie hatte ihren alten Strohhut auf, aber der Schleier, der das Gesicht vor Bienen und anderen Insekten schützen sollte, war zurückgeschlagen, und sie trug ein ausgebleichtes Baumwollkleid, faltige weiße Strümpfe und ziemlich ausgetretene, mit Grasflecken übersäte Tennisschuhe. In den Händen hielt sie ein Vergrößerungsglas und einen zugespitzten Stock, an dem ein rotes Band befestigt war. Sie hatte bereits fast ein Drittel des kleinen Wäldchens abgesucht und bahnte sich jetzt einen Weg tiefer ins Dickicht. Es konnten leicht zehn Jahre vergehen, bis sich wieder Blüten der Korallenwurz zeigten, aber der Winter war naß und kalt und der Frühling sehr feucht gewesen – beides gute Vorzeichen! Und der heutige Tag war irgendwie verheißungsvoll ...

Miss Simpson blieb stehen und atmete tief durch. Am Abend zuvor hatte es leicht geregnet, und so war die warme Luft heute besonders schwül und schwer von dem Duft nach Blumen, Blättern und süßlichem Moder.

Sie näherte sich einer dicken Eiche, die mit rissigen Parasolen bewachsen war. Üppige Büschel Nieswurz wucherten um den Stamm.

Und da waren sie. Fast gänzlich versteckt unter einer verrotteten Laubschicht, die braun und weich wie Schokoladenstreusel den Boden bedeckte. Miss Simpson schob vorsichtig die modrigen Krümel zur Seite und schreckte dabei ein paar Insekten auf, die sich hastig in Sicherheit brachten. Die Blüten schimmerten in dem Dämmerlicht, als wären sie von innen beleuchtet. Es war eine seltsame Pflanze: sehr hübsch, die zart gesprenkelten, blaß gelb-braunen Blütenblätter öffneten sich wie Schmetterlingsflügel vom Kelch, aber es fehlte jede Spur von Grün. Sie hatte keine Blätter, und auch die Stiele waren dunkel und rot und braun marmoriert. Miss Simpson kauerte sich hin und bohrte ihren Stock in die Erde, um die Stelle zu markieren. Das rote Band regte sich nicht in der windstillen Luft. Sie beugte sich weiter vor, und ihr Kneifer rutschte dabei über die große, knochige Nase. Sie zählte die Blüten. Es waren sechs. Lucy hatte beim letztenmal nur vier gefunden. Ein doppelter Triumph!

Sie erhob sich aufgeregt und schlang die Arme um sich; am liebsten hätte sie einen Freudentanz aufgeführt. Du wirst dich wundern, Lucy Bellringer, du bist zweifach besiegt! Aber Miss Simpson ließ sich nicht allzu lange von den Triumphgefühlen hinreißen . Das wichtigste war jetzt die Tee-Einladung. Sie hatte sich das letzte Mal, als Lucy in der Küche gewesen war, um noch einmal Teewasser aufzusetzen, Notizen gemacht, und auch wenn sie nicht protzig erscheinen wollte, hatte sie beschlossen, doppelt so viele verschiedene Sandwiches, vier Kuchensorten und zum Schluß ein selbstgemachtes Pflaumenschlehen-Eis anzubieten. Sie hatte eine ganze Schüssel voll schöner, reifer Pflaumenschlehen in der Speisekammer stehen. Die Vorfreude übermannte sie, und sie blieb eine Weile ganz still stehen. Sie sah ihren Queen-Anne-Tisch mit der hübsch bestickten Spitzendecke von Großtante Rebecca und all den Köstlichkeiten schon vor sich.

Bananenbrot mit Datteln, Teekuchen mit vielen Früchten, Mandeltörtchen, Pfefferkuchen und Nußplätzchen, Zitronenquark mit geschlagener Sahne, Ingwer- und Orangenkringel. Und vor dem Eis Toastschnitten mit Anchovis und Leicesterkäse ...

Da war ein Geräusch. Man hat immer die Illusion, dachte sie, daß mitten im Wald absolute Stille herrscht. Aber das war ganz und gar nicht der Fall. Nur gehörten die Geräusche so sehr zur Umgebung, daß sie die Ruhe eher unterstrichen, als sie zu stören – die Bewegungen kleiner Tiere, das Rascheln von Blättern und vor allem das Zwitschern und Klagen der Vögel. Aber das hier war etwas anderes. Miss Simpson rührte sich nicht vom Fleck und lauschte.

Es klang wie ein gequältes Keuchen, und für einen Moment glaubte Miss Simpson, daß ein großes Tier in eine Falle geraten sei, aber dann hörte sie plötzliche leise Schreie und ein eigenartiges Stöhnen, das eindeutig von einem menschlichen Wesen stammte.

Miss Simpson zögerte. Unter dem dichten Blätterdach war kaum auszumachen, aus welcher Richtung die Laute kamen. Sie schienen von dem Dickicht abzuprallen wie ein Ball. Sie trat über ein Farnbüschel und horchte wieder. Ja – es kam ganz sicher von dort. Sie schlich auf Zehenspitzen weiter, als wüßte sie schon im voraus, daß das, was sie entdecken würde, besser für immer ein Geheimnis bliebe.

Sie war dem Ursprung der Geräusche schon ziemlich nahe, nur noch ein dichter Busch befand sich zwischen ihr und dem Keuchen. Einen Moment blieb sie stocksteif vor der grünen Barriere stehen, teilte dann vorsichtig die Zweige, um durch die Lücke zu spähen. Um ein Haar wäre ihr ein Schrei des Entsetzens entfahren.

Miss Simpson war eine jungfräuliche Lady, und ihre Bildung in gewissen Dingen konnte nur als unzureichend bezeichnet werden. Als Kind war sie von einer Gouvernante unterrichtet worden, die mit hochrotem Kopf und stammelnd diesen Teil der ›Naturwissenschaft‹ vage gestreift hatte. Sie hatte nur flüchtig von Vögeln und Bienen gesprochen, die Beschaffenheit der menschlichen Anatomie jedoch vollständig außer acht gelassen. Aber Miss Simpson war fest davon überzeugt, daß nur ein wirklich kultivierter Geist den Antrieb und den Trost für ein langes, glückliches Leben bieten konnte, und deshalb hatte sie in ihrer späten Jugend unerschrocken die großen Kunstwerke in Italien, Frankreich und Wien besichtigt. Daher wußte sie sofort, was hier direkt vor ihren Augen vor sich ging. Die verschlungenen nackten Arme und Beine (es schienen mehr als nur je vier Glieder zu sein) schimmerten feucht – genau wie die Körper von Cupido und Psyche. Der Mann umklammerte mit der Hand eine Haarsträhne der Frau und zog brutal ihren Kopf zurück, während er ihre Schultern und Brüste mit Küssen bedeckte. Miss Simpson konnte ihr Gesicht zuerst sehen. Es war ein Schock, aber als die Frau ihren Geliebten von sich stieß und sich lachend über ihn rollte ...

Miss Simpson blinzelte und blinzelte noch einmal. Wer hätte das je für möglich gehalten? Sie ließ die Zweige los, hielt die Luft an und atmete dann langsam wieder aus. Eine ganze Weile blieb sie wie angewurzelt stehen und überlegte, was sie jetzt tun sollte. Widersprüchliche Gedanken schossen ihr durch den Kopf, und ihre Gefühle waren völlig verworren. Dieser Anblick war schockierend, entsetzlich peinlich und abstoßend, und doch spürte sie, daß sie eine schwache Erregung überkam, die sie jedoch augenblicklich resolut unterdrückte. Sie kam sich vor, als hätte ihr jemand eine tickende Bombe in die Hand gedrückt. Die Umstände und ihre Veranlagung hatten sie dazu gebracht, all dem Durcheinander und den Schwierigkeiten, die bei der Bräutigamsuche, der Verlobungszeit und der Ehe mit ihren Konflikten unweigerlich entstanden, aus dem Wege zu gehen, und deshalb fühlte sich Miss Simpson dieser Situation überhaupt nicht gewachsen.

Ärgerliche Empörung brach sich Bahn, und beinahe hätte sie mißbilligend mit der Zunge geschnalzt. Ausgerechnet mitten im Wald! Dabei hatten die beiden doch ein Zuhause, sie hätten ihre Spielchen gut hinter verschlossenen Türen treiben können. Dieses Pärchen hatte ihr den wundervollen Tag gründlich verdorben.

Miss Simpson mußte sich so leise davonmachen, wie sie gekommen war. Sie betrachtete aufmerksam den Boden. Auf keinen Fall durfte sie auf trockene, knackende Zweige treten. Und je früher sie diesen Ort verließ, um so besser. Nach allem, was sie wußte, müßten die beiden bald ... na ja, sie müßten in Kürze jenen Punkt erreichen, den Menschen eben so anstreben.

Plötzlich schrie die Frau auf. Es war ein eigenartiger, schrecklicher Schrei, und ein Vogel flatterte aus dem Gestrüpp und streifte Miss Simpsons Gesicht. Miss Simpson kreischte erschrocken auf, wirbelte beschämt bei dem Gedanken, man könnte sie hier sehen, herum und rannte los. Sekunden später stolperte sie über eine Wurzel. Sie stürzte, achtete aber in ihrer Panik nicht auf den Schmerz, sondern mühte sich sofort wieder auf die Füße und lief weiter. Hinter sich hörte sie dumpfe Geräusche und ein Rascheln, offenbar waren sie aufgesprungen und schoben die Äste beiseite, um nachzusehen, was vor sich ging. Bestimmt erkannten sie sie. Sie mußten. Schließlich war sie erst ein paar Meter von ihnen entfernt. Aber nackt, wie sie waren, würden sie sie doch sicherlich nicht verfolgen, oder?

Ihre achtzig Jahre alten Beine gehorchten Befehlen, die sie seit sehr langer Zeit nicht mehr ausgeführt hatten. Sie flogen in seltsamen Winkeln schräg nach hinten und trugen Miss Simpson in unglaublicher Geschwindigkeit bis zum Waldrand. Dort lehnte sie sich an einen Baumstamm, lauschte und rang nach Atem; sie preßte die Hand auf die flache, schmerzende Brust und brauchte volle fünf Minuten, bis sie sich so weit gefaßt hatte, daß sie langsam nach Hause gehen konnte.

Später, am Abend, saß sie in ihrem Sessel am Fenster und beobachtete, wie die Nacht über den Garten hereinbrach. Sie hatte das Fenster weit aufgestoßen und sog tief den Duft des Ziertabaks und der Levkojen ein, die sie nah ans Haus gepflanzt hatte. Am anderen Ende der Rasenfläche leuchteten die kleinen, weißen Bienenstöcke, denen ihr Haus den Namen »Bienenstock-Cottage« verdankte, im diffusen Dämmerlicht beinahe blau.

Seit ihrer Heimkehr vor etwa drei Stunden saß sie so da. Essen konnte sie nicht, und der Schmerz in ihrem Schienbein wurde immer stärker. Je mehr sie grübelte, um so unsicherer wurde sie, wie sie sich verhalten sollte.

Alles war jetzt anders. Sie wußte, daß die beiden sie gesehen hatten. An dieser Tatsache war nicht zu rütteln, auch wenn sie es sich noch so sehr wünschte. Sie hätte alles dafür gegeben, wenn sie die Zeit bis gestern hätte zurückdrehen können. Ihre Eitelkeit hatte sie in diese mißliche Lage gebracht: der Wunsch, ihre Freundin auszustechen und zu besiegen. Geschah ihr ganz recht. Sie seufzte niedergeschlagen. All die Selbstkritik löste jedoch nicht ihr Problem.

Sie fragte sich, ob sie zu ihr kommen und mit ihr reden würden – ein kalter Schauer lief ihr bei diesem Gedanken über den Rücken. Sie stellte sich vor, wie diese Unterhaltung zu dritt wohl ablaufen mochte. Die gräßliche Verlegenheit. Oder war dem Pärchen die Situation vielleicht gar nicht so peinlich? Es gehörte schon eine Portion Unverfrorenheit und Schamlosigkeit dazu, sich unter freiem Himmel auf diese Weise auszutoben. Möglicherweise sollte sie selbst die Initiative ergreifen und auf die beiden zugehen. Ihnen versichern, daß sie Stillschweigen bewahren würde. Miss Simpsons empfindsame Seele schreckte vor dieser Vorstellung zurück. Ein solcher Schritt würde den Eindruck erwecken, daß sie weitere Intimitäten forcierte, und das war ganz gewiß nicht ihre Absicht. Merkwürdig, dachte sie, plötzlich erfährt man etwas Erschreckendes von zwei Menschen, die man gut zu kennen glaubte. Das schien all das frühere Wissen über sie zu beeinflussen, ja beinahe auszulöschen. Sie rutschte unbehaglich in ihrem Sessel hin und her und biß die Zähne zusammen, als der Schmerz durch ihr verletztes Bein stach. Sie dachte wehmütig an den Moment, als sie die Orchidee gefunden hatte, und an die Vorfreude auf den gemeinsamen Tee mit Lucy. Jetzt durfte sie Lucy nie davon erzählen. Alles erschien ihr besudelt und verdorben. Miss Simpson erhob sich aus dem Sessel und ging durch die Küche in den ruhigen, duftenden Garten. Ihre Lieblingsrose, die Papa Meilland, die sie in die Nähe der Hintertür gepflanzt hatte, war kurz davor, aufzublühen. Letztes Jahr waren die Knospen vom Mehltau befallen gewesen, aber heuer schien die Pflanze gesund zu sein, und ein paar dunkle, schimmernde Triebe versprachen eine üppige Pracht. Eine Knospe war schon so weit aufgeplatzt, daß sie vermutlich am nächsten Morgen schon ihre ganze Schönheit zeigen würde.

Sie seufzte wieder und ging in die Küche zurück, um sich einen Kakao zu kochen. Sie nahm eine blitzende Kasserolle von dem Haken am Balken und schüttete Milch hinein. Nie zuvor war ihr so bewußt gewesen, wieviel Wahrheit das Sprichwort »Geteiltes Leid ist halbes Leid« enthielt. Aber sie lebte schon lange genug in diesem kleinen Dorf, um zu wissen, daß sie mit niemandem über ihre Entdeckung sprechen konnte – nicht einmal mit Lucy, die zwar alles andere als eine Klatschtante war, aber auch nicht die Fähigkeit besaß, sich zu verstellen oder ihre Gefühle zu verbergen. Selbst den Menschen, die man normalerweise ins Vertrauen zog, wie ihren Anwalt (der sich derzeit an der Algarve im Urlaub befand) und natürlich den Vikar, konnte sie ihr Wissen nicht offenbaren. Der Vikar war schrecklich redselig und tratschte viel, besonders nach dem monatlichen Treffen der Weinfreunde.

Miss Simpson holte eine geriffelte Porzellantasse mit Unterteller aus dem Schrank (sie konnte sich einfach nicht mit diesen modernen klobigen Bechern anfreunden) und gab einen gehäuften Teelöffel Kakaopulver, ein wenig Zucker und eine Prise Zimt hinein. Ihrem Neffen, der weit weg in Australien lebte, könnte sie alles erzählen, aber das würde bedeuten, daß sie ihm die ganze Geschichte in einem Brief schildern müßte. Allein der Gedanke daran, eine derartige Ungeheuerlichkeit schriftlich in Worte zu fassen, verursachte ihr Übelkeit. Die schäumende Milch stieg bis zum Topfrand. Miss Simpson schüttete sie vorsichtig in die Tasse und rührte dabei um.

Sie machte es sich wieder in ihrem Sessel bequem und nippte an ihrem Kakao. Wenn sie schon keine Möglichkeit hatte, sich Bekannten anzuvertrauen, dann gab es doch sicherlich Organisationen, die für solche Fälle ein offenes Ohr hatten, oder? Sie selbst hatte ihr ganzes Leben lang hilfreiche Freunde um sich gehabt, doch jetzt zermarterte sie sich das Gehirn und überlegte, wie die Institutionen hießen, die weniger Glücklichen halfen. Ihr fiel ein, in den Büros, in denen sie gegen die Abzüge von ihrer Pension protestiert hatte, Plakate gesehen zu haben. Ein Mann mit Telefonhörer am Ohr. Und ein Name, der ihr damals sehr biblisch vorgekommen war. Sie mußte sich bei der Auskunft erkundigen. Gott sei Dank gab es das Durchwahlverfahren, so daß sie die neugierige Mrs. Beadle nicht um Vermittlung bitten mußte.

Das Mädchen von der Auskunft wußte sofort, was sie meinte, und gab ihr die Nummer der Samariter. Die Stimme am anderen Ende der Leitung klang tröstlich und ermutigend. Ein wenig jung vielleicht, aber freundlich und aufrichtig interessiert. Und, was am wichtigsten war, sie versicherte, die Angelegenheit absolut vertraulich zu behandeln. Miss Simpson nannte auf eine entsprechende Frage ihren Namen und hatte kaum begonnen, die Situation zu schildern, als ein Geräusch sie unterbrach. Sie hörte auf zu reden und lauschte. Da war es wieder.

Jemand klopfte leise, aber hartnäckig an die Hintertür.

Teil Eins

Verdacht

I

»Da stimmt etwas nicht, und ich erwarte, daß Sie etwas unternehmen. Ist die Polizei nicht dazu da?«

Sergeant Troy konzentrierte sich auf seine Atmung – diesen Trick hatte er in der Polizeischule gelernt, von einem Kollegen, der sich eingehend mit T'ai Ch'i und anderen fernöstlichen Techniken beschäftigt hatte. Die Methode war sehr nützlich, wenn er sich Beschimpfungen von Autofahrern anhören mußte und wenn er es mit aufsässigen Jugendlichen oder, wie jetzt, mit übergeschnappten alten Ladies zu tun hatte.

»In der Tat, das sind wir, Miss ... äh ...« Der Sergeant tat so, als wäre ihm ihr Name entfallen. Gelegentlich führten derartige Manöver dazu, daß es sich die Leute noch einmal gründlich überlegten, ob ihr Besuch der Mühe wert war. Manche zogen dann unverrichteter Dinge ab, und das ersparte dem Sergeant eine Menge Papierkram.

»Bellringer.«

»Sind Sie sicher, daß diese Angelegenheit eine Sache für die Polizei ist? Ihre Freundin war in einem gesegneten Alter, sie ist gefallen, und das war zuviel für sie. So was kommt häufig vor, wissen Sie?«

»Unsinn.«

Sie hatte eine Stimme, die ihm gehörig auf die Nerven ging: klar, autoritär und sehr, sehr vornehm. Ich wette, sie hat früher ein paar Dienstmägde herumkommandiert, dachte er, den Ausdruck leicht in seinem Gedächtnis findend. Er und seine

Frau hatten sich kürzlich im Fernsehen ein tolles Komödienstück angesehen.

»Sie war stark wie ein Ochse«, stellte Miss Bellringer klar. »Wie ein Ochse.« Ihre Stimme bebte bei dieser Wiederholung. Lieber Himmel, dachte Sergeant Troy, die alte Nebelkrähe fängt doch jetzt nicht zu heulen an, oder? Automatisch holte er die Papiertaschentücher unter dem Pult hervor und konzentrierte sich wieder auf seine Atmung.

Miss Bellringer ignorierte die Tücher. Ihr linker Arm verschwand in der riesigen bestickten Tasche. Sie kramte eine Weile herum, dann beförderte sie eine runde, mit Edelsteinen besetzte Schnupftabakdose zutage. Sie öffnete sie und häufte eine Prise von dem ingwerfarbenen Pulver auf ihren Handrücken. Sie hielt sich erst das eine, dann das andere Nasenloch zu, als sie den Tabak schnupfte. Nachdem sie die Dose wieder weggesteckt hatte, nieste sie mit erstaunlicher Vehemenz. Sergeant Troy grabschte nach den Papieren auf dem Pult und hielt sie vorsichtshalber fest. Sobald sich der Staub wieder gelegt hatte, kreischte Miss Bellringer: »Ich möchte mit Ihrem Vorgesetzten sprechen!«

Es hätte Sergeant Troy eine diebische Freude bereitet, ihr mitzuteilen, daß keiner seiner Vorgesetzten verfügbar sei. Unglücklicherweise entsprach das jedoch nicht der Wahrheit. Chief Inspector Barnaby war erst heute aus dem Urlaub zurückgekommen und arbeitete in seinem Büro liegengebliebene Akten auf.

»Darf ich Sie um einen Moment Geduld bitten?« fragte Troy und vermied tunlichst, das Wörtchen ›Madam‹ hinzuzufügen. Während er an Barnabys Tür klopfte, bemühte er sich, sein Gesicht so ausdruckslos zu halten, daß man ihm seine Gedanken über Miss Bellringers Senilität nicht ansah. Der Chief Inspector konnte mitunter sehr ungemütlich werden. Er war ein großer, massiger Mann und strahlte eine gelassene Autorität aus, die schon gerissenere Männer als Gavin Troy in die Schranken verwiesen hatte, wenn sie vorschnelle Urteile geäußert hatten.

»Was gibt's, Sergeant?«

»Da ist eine alte ... eine ältere Dame bei mir, Sir. Eine Miss Bellringer aus Badger's Drift. Sie besteht darauf, mit einem höheren Beamten zu sprechen. Ich meine, mit jemand anderem als mit mir.«

Barnaby hob den Kopf. Er sieht nicht so aus wie jemand, der gerade Urlaub hatte, dachte Sergeant Troy. Er macht einen abgespannten, kranken Eindruck. Dieser Gedanke gefiel ihm nicht. Das Tablettenfläschchen, das Barnaby immer bei sich hatte, stand neben einem Wasserglas auf dem Schreibtisch.

»Worum geht es?«

»Ihre Freundin ist gestorben, und sie ist nicht zufrieden.«

»Wer ist das schon in einer solchen Situation?«

Der Sergeant formulierte sein Anliegen anders – offenbar hatte der Chief heute seinen sarkastischen Tag. »Ich meinte damit: Sie ist überzeugt, daß etwas nicht mit rechten Dingen zuging.«

Chief Inspector Barnaby warf einen Blick auf die Akte, die ganz oben auf dem Stapel lag: ein besonders unerfreulicher Fall von Kindesmißhandlung. Es wäre ihm sehr angenehm, wenn er sich noch einen kleinen Aufschub gönnen könnte und sich erst später mit den unappetitlichen Details auseinandersetzen müßte. »Also schön. Führen Sie sie herein.«

Miss Bellringer ließ sich auf dem Stuhl nieder, den Sergeant Troy für sie zurechtgerückt hatte, und arrangierte ihre Textilien. Sie bot einen wunderlichen Anblick – man hatte den Eindruck, daß sie sich für diesen Anlaß eher geschmückt als angekleidet hatte. Ihr wallendes Gewand hatte an manchen Stellen einen trüben Schimmer angenommen, als wäre es vor langer, langer Zeit einmal mit reichen Stickereien verziert gewesen. Sie trug mehrere wunderschöne Ringe, aber die Steine waren schmutzig und glanzlos. Auch unter ihren Fingernägeln hatte sich Dreck angesammelt. Ihre blitzenden Augen wirkten rastlos in dem faltigen, braunen Gesicht. Sie sah aus wie ein ramponierter Adler.

»Ich bin Chief Inspector Barnaby. Kann ich Ihnen behilflich sein?«

»Na ja . . .« Sie musterte ihn zweifelnd. »Darf ich fragen, wieso Sie in diesen Klamotten sind?«

»In was? Oh . . .« Er folgte ihrem strengen Blick. »Ich bin Detective – die tragen keine Uniformen.«

»Aha.« Beruhigt fuhr sie fort: »Ich möchte, daß Sie in einem Todesfall Nachforschungen anstellen. Meine Freundin Emily Simpson war achtzig Jahre alt, und nur deshalb hat man ohne genauere Untersuchungen einen Totenschein ausgefüllt. Wenn sie halb so alt gewesen wäre, hätte man sicher Fragen gestellt oder eine Autopsie vorgenommen.«

»Nicht unbedingt, Miss Bellringer. Das hängt immer von den Umständen ab.«

Es war Jahre her, seit Barnaby eine derartige Aussprache zum letztenmal gehört hatte – damals bei seinen ersten Kinobesuchen. Die Nachkriegsfilme waren voll gewesen mit anständigen, aufrechten Engländern in Bügelfaltenhosen, und alle hatten diesen übertriebenen Akzent gehabt.

»Na, in diesem Fall sind die Umstände in der Tat sehr merkwürdig.«

Barnaby fand gar nichts merkwürdig daran, daß eine Frau mit achtzig Jahren starb, nahm aber einen Stift und Notizblock zur Hand. Offensichtlich hatte der Postbote die Freundin seiner Besucherin auf dem Teppich vor dem Kamin gefunden. Er wollte ein Päckchen ausliefern und brauchte ihre Unterschrift, und als niemand auf sein Klopfen reagierte – nur der Hund kläffte wie wild –, spähte er durch das Wohnzimmerfenster.

»Er kam sofort zu mir. Er ist seit Jahren unser Postbote, verstehen Sie, und kannte uns beide. Ich habe Doktor Lessiter angerufen ...«

»Ist das der Hausarzt Ihrer Freundin?«

»Er ist der Hausarzt von allen, Inspector. Zumindest von allen älteren Leuten im Dorf, denen keine Transportmittel zur Verfügung stehen. Es sind vier Meilen bis Causton. Also – ich lief los und holte den Schlüssel für Miss Simpsons Haus, aber das wäre überhaupt nicht nötig gewesen, denn ...« Miss Bellringer hob anklagend einen Finger, »und das ist die erste eigenartige Sache, die Hintertür war nicht abgeschlossen.«

»War das ungewöhnlich?«

»Es ist noch nie vorgekommen. In der letzten Zeit ist in unserem Dorf einige Male eingebrochen worden. Emily war in diesen Dingen sehr gewissenhaft.«

»Jeder vergißt manchmal etwas«, murmelte Barnaby.

»Sie nicht. Sie erledigte ihre allabendlichen Verrichtungen nach einem festgelegten Schema. Um neun Uhr abends überprüfte sie regelmäßig die Uhren nach der Radiozeit und stellte den Wecker auf sieben Uhr, dann mußte Benjy in sein Körbchen, und sie schloß die Hintertür ab.«

»Wissen Sie, ob der Wecker an diesem Abend schon gestellt war?«

»Ich habe extra nachgesehen – er war nicht gestellt.«

»Das deutet lediglich darauf hin, daß sie vor neun Uhr gestorben ist.«

»Nein, das ist sie nicht. Sie starb in der Nacht, sagt der Doktor.«

»Möglicherweise hat sie in der Nacht ihren letzten Atemzug getan«, warf der Inspector in mildem Ton ein, »aber sie war vielleicht schon stundenlang bewußtlos.«

»Da ist ein ganz entscheidender Punkt«, fuhr Miss Bellringer lebhaft fort, als hätte er kein Wort gesagt. *»Was ist mit der Orchidee?«*

»Mit der Orchidee?« wiederholte Barnaby ausdruckslos. Dreißig Jahre Erfahrung mit der ländlichen Bevölkerung hatten ihn Geduld gelehrt.

Miss Bellringer klärte den Zusammenhang umgehend auf und erzählte von ihrem Wettstreit mit Miss Simpson. »Am Nachmittag nach dem Tod meiner Freundin ging ich im Wald spazieren. Eine törichte Unternehmung, aber ich war natürlich noch vollkommen durcheinander und sehr aufgeregt. Ich suchte halbherzig nach der Orchidee, bis mir klarwurde, daß es gar keine Rolle mehr spielt, ob ich sie finde oder nicht. Bei diesem Gedanken begriff ich erst richtig, daß Emily tot ist ... ich sah sie wieder vor mir, wie sie dalag ...« Sie richtete den Blick auf Barnaby, zwinkerte einige Male und schniefte. »Das muß Ihnen seltsam vorkommen.«

»Ganz und gar nicht.«

»Und dann habe ich sie entdeckt. Aber, verstehen Sie – Emily hat die Orchidee vor mir gefunden.« Sie sah, daß Barnaby fragend die Augenbrauen hochzog, und erklärte: »Jede von uns hatte einen Stock, um die Fundstelle zu markieren. Ihr Stock war mit einem roten Band gekennzeichnet, meiner mit einem gelben.« Miss Bellringer beugte sich vor und sah Barnaby so eindringlich an, daß er sich nur mit Mühe zurückhalten konnte, dasselbe zu tun. »Warum ist sie nicht zu mir gekommen, um mir von ihrer Entdeckung zu erzählen?«

»Vielleicht wollte sie sich das noch aufheben – als eine Art Überraschung.«

»Nein, nein«, wehrte sie ab, ärgerlich über seine Unfähigkeit, die Situation zu erfassen. »Sie verstehen nicht. Ich kenne Emily seit fast achtzig Jahren. Sie muß außer sich vor Freude gewesen sein. Sie wäre schnurstracks zu mir gekommen.«

»Möglich, daß sie sich schon am Nachmittag nicht gut fühlte und schnell heim wollte?«

»Sie mußte an meinem Haus vorbeigehen. Wenn sie sich krank gefühlt hätte, wäre sie auch zu mir gekommen. Ich hätte mich um sie gekümmert.«

»Haben Sie sie an dem bewußten Tag gar nicht gesehen?«

»Ich beobachtete sie, als sie Benjy um zwei Uhr Gassi führte und ihn zurückbrachte. Und bevor Sie fragen – die beiden sahen putzmunter aus.« Sie schaute sich traurig, aber zugleich voller Hoffnung in Barnabys Büro um. Wie alle Hinterbliebenen konnte sie den Verlust nicht akzeptieren und wirkte erwartungsvoll, als müßte die Verstorbene jeden Moment zur Tür hereinkommen. »Nein ...«, sie richtete den Blick erneut auf den Inspector, »irgend etwas muß vorgefallen sein, nachdem sie die Orchidee gefunden hat und bevor sie ins Dorf zurückkam. Etwas, was die Entdeckung plötzlich unwichtig machte. Und Sie können mir glauben, es muß etwas äußerst Schwerwiegendes gewesen sein.«

»Vorausgesetzt, das trifft zu, könnten Sie sich dann vorstellen, daß der Schock sie umgebracht hat?«

»So weit würde ich wirklich nicht gehen.« Miss Bellringer runzelte die Stirn. »Aber da ist noch etwas ...« Sie kramte in ihrer Tasche, rief: »Was halten Sie davon?« und reichte ihm einen Papierfetzen, auf dem stand: Causton, 1234 Terry.

»Die Samariter.«

»Ach ja? Sie mögen armen Seelen Beistand leisten, aber sie geben keinerlei Informationen weiter. Ich konnte kein Wort aus ihnen herausbekommen. Sie sagten, ihre Arbeit sei streng vertraulich.«

»Wo haben Sie den Zettel gefunden?«

»Auf Emilys kleinem Tisch, er steckte unter dem Telefon. Ich kann mir nicht vorstellen, wieso sie dort angerufen haben sollte.«

»Vermutlich, weil sie beunruhigt oder deprimiert war und jemanden brauchte, mit dem sie reden konnte.«

»Mit vollkommen Fremden? Unsinn!« Ihr ungehaltenes Schnauben verriet, daß sie dieser Gedanke kränkte. »Außerdem sind Menschen unserer Generation nicht deprimiert. Wir machen unermüdlich weiter. Nicht wie die jungen Leute heutzutage. Die schlucken Tranquilizer, auch wenn ein Glas Milch reichen würde.«

Barnaby spürte, wie sich sein Magen zusammenkrampfte, und rutschte auf dem Stuhl hin und her. Das vage Interesse, das an Miss Simpsons Tod aufgeflackert war, erlosch mit einemmal. Er wurde ärgerlich und ungeduldig. »Wann genau ist Ihre Freundin gestorben?«

»Am Freitag, dem siebzehnten – vor zwei Tagen. Ich grüble seither ständig über alles nach. Ich weiß, daß es nicht viele Anhaltspunkte gibt und daß man mir wahrscheinlich sagen wird, ich würde einen Haufen Blödsinn von mir geben. Und das hat man ja auch in gewisser Weise getan.«

»Wie bitte?«

»Ich meine den jungen Mann draußen. Er sagte, es sei in ihrem Alter ein zu erwartendes Ereignis gewesen, und deutete an, daß ich seine wertvolle Zeit verschwende. Obwohl«, setzte sie bissig hinzu, »es nicht den Anschein hatte, daß er besonders emsig seine Pflichten erfüllt.«

»Ich verstehe. Aber wir gehen hier allen Beschwerden und Anfragen nach. Wie wir sie beurteilen, ist dabei ganz unerheblich. Wer ist der nächste Angehörige der Verstorbenen?«

»Na ja … das bin vermutlich ich. Wir haben beide keine unmittelbaren Verwandten. Entfernte Cousins und Tanten haben längst das Zeitliche gesegnet. Emily hatte nur noch einen Neffen, der auf der anderen Seite des Erdballs lebt. Und ich bin ihre Nachlaßverwalterin. Wir haben uns gegenseitig als Erben eingesetzt.«

Barnaby notierte sich Miss Bellringers Namen und Adresse und erkundigte sich dann: »Arrangieren Sie die Beisetzung?«

»Ja. Sie wird am Mittwoch beerdigt. Das läßt mir nicht mehr viel Zeit.« Plötzlich rutschte sie ins Melodramatische ab. »Ich kann mir nicht helfen, aber das Ganze erinnert mich an dieses Buch, das mit dem verschwundenen Orchester. Die Umstände sind wirklich ziemlich ...«

»Sie lesen Kriminalromane, Miss Bellringer?«

»Leidenschaftlich gern. Sie sind natürlich nicht alle gleich gut. Mein liebster Krimi ist ...« Sie brach ab und musterte ihn scharf. »Ah, jetzt weiß ich, was Sie denken. Aber Sie befinden sich auf dem Holzweg. Es ist keine Einbildung oder eine Ausgeburt meiner Phantasie.«

Detective Chief Inspector Barnaby stand auf, und seine Gesprächspartnerin mit den flatternden Gewändern tat es ihm gleich.

»Ich würde mir an Ihrer Stelle keine Gedanken wegen der Beisetzung machen, Miss Bellringer. Diese Angelegenheit kann leicht verschoben werden, falls es sich als nötig erweisen sollte.« Sie drehte sich auf der Türschwelle noch einmal zu ihm um. »Ich kannte Emily, müssen Sie wissen.« Ihre Finger krampften sich um den Griff ihrer Handtasche. »Das Ganze widerspricht ihrem Charakter. Glauben Sie mir, Chief Inspector, da stimmt etwas nicht.«

Nachdem sie gegangen war, nahm Barnaby zwei Tabletten und spülte sie mit einem Schluck Wasser hinunter. Dann lehnte er sich in seinem Schreibtischsessel zurück und wartete darauf, daß die Medizin ihre Wirkung entfaltete. Es schien von Mal zu Mal länger zu dauern. Vielleicht sollte er in Zukunft gleich drei Tabletten einnehmen. Er lockerte seinen Gürtel und nahm sich die Kindesmißhandlungsakte vor. Das Gesicht auf einer Fotografie grinste ihn an: ein strahlender kleiner Mann, der bereits dreimal verurteilt worden war und später die Stelle des Hausmeisters an einer Grundschule bekommen hatte. Barnaby seufzte, schob den Ordner zur Seite und dachte über Emily Simpson nach.

Nach dreißig Jahren, die er mit Beobachten und Zuhören verbracht hatte, glaubte er fest daran, daß niemand seinem Charakter zuwider handelte. Was die meisten Menschen als Charakter ansahen (die Ansammlung oder den Mangel von gewissen gesellschaftlichen, anerzogenen und materiellen Werten), war meistens nur die Oberfläche. Der wahre Charakter offenbarte sich erst, wenn all die erworbenen Eigenschaften abgelegt wurden. Der Chief Inspector war überzeugt, daß jeder Mensch zu allem fähig war. Eigenartig, aber diese Erkenntnis deprimierte ihn keineswegs. Er hielt seine Sichtweise nicht einmal für pessimistisch, sondern nur für die gesunde, vernünftige Einstellung eines erfahrenen Polizisten.

Trotzdem hatte Miss Simpson an ihrem letzten Tag einige Dinge getan, die ihr jemand, der sie seit ihrer Kindheit sehr gut gekannt hatte, nicht zugetraut hätte. Und das war in der Tat eigenartig. Eigenartig und interessant. Detective Chief Inspector Barnaby hatte sich die Telefonnummer der Samariter aufgeschrieben und wollte sich mit den Leuten in Verbindung setzen. Aber zuerst mußte er einige bürointerne Angelegenheiten klären und ein Wörtchen darüber verlieren, wie Miss Bellringer abgefertigt worden war.

Er drückte auf den Knopf der Sprechanlage und sagte: »Schicken Sie Sergeant Troy zu mir.«

2

Bei den Samaritern hatte er nicht viel Glück, etwas anderes hätte Barnaby auch nicht erwartet. Verschlossen und wortkarg wie gewöhnlich. Deshalb erschien er auch nach einem zweiten Anruf um sieben Uhr abends persönlich in dem winzigen Reihenhaus hinter Woolworth's und stellte eine bekümmerte Miene zur Schau.

Ein älterer Herr saß an einem Schreibtisch, auf dem zwei Telefone standen. Er drückte den Hörer des einen Apparates an sein Ohr. Als er den Neuankömmling sah, bedeckte er die Sprechmuschel mit der Hand und flüsterte Barnaby zu: »Bitte, nehmen Sie Platz«, dann hörte er wieder dem Anrufer zu und nickte von Zeit zu Zeit ernst. Nachdem er den Hörer auf die Gabel gelegt hatte, sagte er: »Sie haben vorhin angerufen, weil Sie Terry sprechen möchten?«

Barnaby neigte zustimmend den Kopf – eigentlich hatte er gedacht, daß der ältere Herr Terry sein könnte. »Ganz recht. Wir haben am Freitag telefoniert.«

»Und Sie sind . . .?« Er blätterte in einem Dienstbuch.

»Ich möchte meinen Namen lieber nicht nennen«, erwiderte Barnaby wahrheitsgemäß.

Das Telefon klingelte, und beinahe gleichzeitig kamen eine Frau und ein junges Mädchen aus dem angrenzenden Zimmer. Die beiden tauschten einen Händedruck. Barnaby drehte sich zu der Frau um; sie murmelte »Guten Abend« und ging. Das Mädchen sah ihn erwartungsvoll an. Der Mann am Schreibtisch lächelte und wedelte mit der Hand, um Barnaby mit dem Mädchen zusammenzubringen.

Sie war schlank und hübsch mit langem, schimmernd blondem Haar und trug ein ordentliches, kariertes Kleid sowie eine Halskette aus Silberperlen. Barnaby verglich sie ihm Geiste mit seiner eigenen Tochter, die sich bei ihrem letzten Besuch zu Hause in zerfetzten Jeans, Lederweste und mit einem zerzausten Haarschopf präsentiert hatte.

»Wir können uns hier drin unterhalten«, sagte das Mädchen, während es ihn ins Nebenzimmer führte, das mit einem Lehnsessel, einer gepolsterten Bank und einem Kiefernholztisch ausgestattet war. Auf dem Tisch stand eine Vase mit Margeriten. Barnaby entschied sich für die Bank. »Darf ich Ihnen einen Kaffee anbieten?«

»Nein, danke.« Er hatte sich für diesen Besuch keinen bestimmten Plan zurechtgelegt und war bereit, der Situation entsprechend vorzugehen. Im Grunde hatte er damit gerechnet, daß Terry ein ausgefuchster Profi wie er selbst war, und konnte jetzt sein Glück kaum fassen. Er lächelte feierlich und zeigte der jungen Frau seinen Dienstausweis.

»Oh! Aber wir . . . ich darf nicht . . . was wollen Sie von mir?«

»Soweit ich informiert bin, sind Sie die Person, die am Freitag abend mit Emily Simpson gesprochen hat, ist das richtig?«

»Tut mir leid«, entgegnete sie entschieden, »aber wir geben keine Auskünfte über unsere Klienten. Unser Dienst basiert auf absoluter Diskretion.«

»Das erkenne ich natürlich voll und ganz an«, erwiderte Barnaby, »doch bei einem Todesfall . . .«

»Einem Todesfall? Wie schrecklich . . . Ich hatte ja keine Ahnung, daß sie selbstmordgefährdet ist. Ich bin hier nur für ein paar Wochen als Freiwillige tätig . . . Ich bin noch in der Ausbildung, verstehen Sie?« Die Worte sprudelten nur so aus ihr heraus. »Wenn ich das gewußt hätte . . . aber die anderen beiden Samariter hatten auf der anderen Telefonleitung Gespräche, und ich dachte, ich könnte das übernehmen . . . Ich meine, Miss Simpson . . .«

»Warten Sie, beruhigen Sie sich doch.« Sie sah mit jeder Minute jünger aus und war jetzt den Tränen nahe. »Soviel wir wissen, kommt Selbstmord nicht in Betracht. Aber die Umstände des Todes sind ungeklärt.«

»Oh? Was für Umstände?«

»Ich hätte gern, daß Sie mir von Miss Simpsons Anruf alles erzählen, was Ihnen noch im Gedächtnis geblieben ist.«

»Tut mir leid, das kann ich nicht. Ich muß erst nachfragen ...«

»Ich habe bereits mit Ihrem Direktor Mr. Wainwright gesprochen und kann Ihnen versichern, daß in diesem Fall die Regel außer acht gelassen werden darf.« Er schenkte ihr ein väterliches Lächeln.

»Also ... ich weiß nicht ...«

»Sie wollen doch nicht die polizeilichen Ermittlungen behindern, oder?« Sein Lächeln wurde um eine Spur strenger.

»Selbstverständlich nicht.« Ihr Blick huschte zur angelehnten Tür. Barnaby wartete geduldig – vermutlich würde sie sich gleich an die einladende Geste erinnern, mit der der Samariter am Schreibtisch ihn an sie verwiesen hatte. Tatsächlich hellte sich ihre Miene auf, und sie sagte: »Ich erinnere mich noch sehr gut an Miss Simpsons Anruf. An diesem Abend meldeten sich nur drei Leute bei uns ... aber ich kann Ihnen das Gespräch nicht wortwörtlich wiederholen.«

»Das macht nichts. Erzählen Sie mir, was Sie noch wissen. Und lassen Sie sich Zeit.«

»Sie sagte so etwas wie: ›Ich muß mit jemandem reden. Ich weiß nicht, was ich tun soll.‹ Eine Menge Menschen beginnen so oder so ähnlich ... Dann fragte ich sie, ob sie mir ihren Namen nennen will – die Anrufer sind dazu nicht verpflichtet, und viele wollen auch anonym bleiben, aber sie gab ihren Namen an. Dann ermutigte ich sie weiterzusprechen und wartete.« Mit rührender Wichtigtuerei fügte sie hinzu: »Unsere Arbeit hier besteht hauptsächlich aus geduldigem Warten.«

»Ich verstehe.«

»Dann sagte sie: ›Ich habe etwas gesehen und habe das Gefühl, mit jemandem darüber reden zu müssen.‹«

Barnaby wurde hellhörig. »Und hat sie auch gesagt, was sie gesehen hat?«

Terry Bazely schüttelte den Kopf. »Sie sagte, es sei etwas Unglaubliches gewesen.«

Diese Information hielt Barnaby für unerheblich. Ältere, unverheiratete Menschen beiderlei Geschlechts neigten dazu, schon die geringsten Abweichungen von der Normalität für unglaublich anzusehen. Das wurde deutlich, wenn man die Leserbriefe, die in Zeitungen abgedruckt wurden, genauer studierte. Fast alle fingen so an. »Ich war erstaunt, zu sehen / zu hören / zu beobachten / zu erleben . . .«

»Aber dann kam jemand.«

»Wie bitte?« Er beugte sich vor.

»Sie sagte, sie müsse auflegen, weil jemand an ihre Tür klopfte. Und ich versicherte ihr, daß wir die ganze Nacht erreichbar seien, wenn sie zurückrufen wolle, aber sie hat sich nicht mehr gemeldet.«

»Woher wissen Sie das?«

»Ich habe im Buch nachgesehen, als ich am nächsten Morgen ins Büro kam.«

»Und sie legte auf, bevor sie zur Tür ging, um aufzumachen?«

»Ja.«

»Hat sie gesagt, an welche Tür geklopft wurde?«

»Nein.«

»Haben Sie gehört, ob ein Hund bellte?«

»Nein.«

»Und an mehr können Sie sich nicht erinnern?«

Sie sah ihn unglücklich an, weil sie fürchtete, ihn enttäuscht zu haben. Stirnrunzelnd gestand sie: »Leider ja . . . zumindest . . .« Sie schwieg eine Weile, dann setzte sie hinzu: »Tut mir leid.«

Barnaby erhob sich. »Ich danke Ihnen, Miss . . .«

»Bazely. Aber alle nennen mich Terry. Wir benutzen hier nur Vornamen.«

»Danke, Sie haben mir sehr geholfen.«

Sie hielt ihm die Tür auf. »Da war noch etwas, ich weiß es genau, aber ...«

Er glaubte ihr. Sie sah nicht so aus, als würde sie etwas erfinden, nur um jemandem einen Gefallen zu tun. »Möglicherweise fällt es Ihnen ganz plötzlich wieder ein, wenn Sie bei der Arbeit sind oder Geschirr abspülen. Rufen Sie mich an, sobald Sie wissen, was es war. Sie erreichen mich im Polizeirevier Causton.«

»Soll ich mich auch melden, wenn es nichts Wichtiges war?«

»Besonders, wenn es Ihnen nicht wichtig vorkommt. Und«, er schloß die Tür, »Sie dürfen nicht vergessen, daß auch dieses Gespräch außerordentlich diskret behandelt werden muß. Reden Sie mit niemandem darüber, auch nicht mit Ihren Kollegen, ja?«

»Oh!« Ihre Zweifel waren wieder da, und sie wirkte beunruhigter als zuvor. »Aber ich muß Ihren Besuch in unser Buch eintragen.«

»Tragen Sie mich einfach als anonymen Besucher ein, der Kummer wegen eines Todesfalls in der Familie hat«, sagte Barnaby lächelnd, als er die Tür aufzog.

Es war kurz vor neun Uhr. Detective Chief Inspector Barnaby saß am Eßtisch und betrachtete einen Teller, auf dem ledern oder wie Lakritze aussehende, schimmernd schwarze Streifen inmitten einer gelblichgrünen Teigmasse lagen.

»Die Leber mit Gemüse ist verdorben, mein Lieber«, sagte Mrs. Barnaby und deutete damit an, daß das Abendessen zur rechten Zeit noch appetitlich ausgesehen hatte.

Tom Barnaby liebte seine Frau. Joyce war freundlich und nachsichtig, und sie konnte gut zuhören. Er redete immer mit ihr, wenn er nach Hause kam, gewöhnlich über seine Arbeit, und er konnte sich auf ihre Verschwiegenheit verlassen. Und wenn er zum Ende kam, wirkte sie noch genauso interessiert und nachdenklich wie am Anfang. Sie war sechsundvierzig, auf eine reife Art hübsch und hatte nach wie vor Spaß an dem, was sie mit einem vielsagenden Unterton »ein bißchen kuscheln« nannte. Sie hatte ihre Tochter mit liebevoller, aber fester Hand erzogen und die meisten Dinge, die Eltern gemeinsam taten, allein übernommen. Dabei war ihr nie ein Wort der Klage über die Lippen gekommen. Das Haus war sauber und behaglich, und Joyce erledigte die meiste langweilige Gartenarbeit allein und überließ Tom die interessanten, kreativen Dinge. Sie war eine gute Schauspielerin und sang so schön wie eine Lerche – beide Fertigkeiten zeigte sie eindrucksvoll in der örtlichen Laienspielgruppe. Ihr einziger Fehler war, daß sie nicht kochen konnte.

Nein, dachte Barnaby, als sich ein besonders widerspenstiges Stück Lakritze in seinen Gaumen bohrte, es sind nicht nur ihre mangelnden Kochkünste, es ist mehr, viel mehr. Zwischen ihr und frischen, gefrorenen oder konservierten Lebensmitteln herrschte eine Art unheilvoller Chemie. Sie waren Erzfeinde. Er hatte ihr einmal zugesehen, wie sie versuchte, einen Kuchen zu backen. Sie hatte die Zutaten nicht nur abgewogen und vermischt, sondern mit ihnen gerungen, als quäle sie die Gewißheit, daß sie nur mit Entschlossenheit und Kampfbereitschaft ihren Willen durchsetzen und die Oberhand behalten konnte. Ihre Finger hatten sich wie Eisenklammern um den Teigball geschlossen.

Als Cully dreizehn war, überredete sie ihre Mutter, einen Kochkurs zu besuchen, und am Abend der ersten Unterrichtsstunde standen Vater und Tochter Hand in Hand am Gartentor und konnten ihr Glück kaum fassen. Mrs. Barnaby hatte das Haus mit lauter guten Sachen verlassen. Sie trug sie wie Rotkäppchen aus dem Märchen in einem Korb, der mit einem blütenweißen Tuch bedeckt war, zu ihrem Kochkurs. Drei Stunden später kam sie mit einem zähen Klumpen, gespickt mit verkohlten Rosinen zurück. Sie besuchte noch ein paarmal den Kurs, gab dann aber auf – aus Rücksicht auf die sympathische Lehrerin, wie sie erklärte. Die arme Frau hatte nie zuvor in solchem Maße bei einer Schülerin versagt und war schrecklich niedergeschlagen.

Chief Inspector Barnaby stocherte in der Breimasse und in den Lederstreifen herum und erzählte seiner Frau von Miss Bellringer und Miss Simpson.

»Das ist eine faszinierende Geschichte, Liebling.« Mrs. Barnaby ließ ihre Handarbeit sinken – sie strickte etwas aus glänzender cremeweißer Wolle. »Ich frage mich, was sie wohl gesehen hat.« Ihr Mann zuckte mit den Achseln, aber sie ließ sich von seiner gleichmütigen Haltung nicht täuschen. »Ich nehme an, du sprichst als nächstes mit dem Arzt, stimmt's?«

»Ja.« Barnaby legte Messer und Gabel weg. Man durfte keine Wunderleistungen von normalem Eßbesteck erwarten. »Wahrscheinlich morgen nach seiner Abendsprechstunde, also könnte es etwas später werden. Mach dir nicht die Mühe, mir das Essen warm zu halten. Ich esse auswärts.«

»Sie können jetzt hineingehen.«

Barnaby war um elf Uhr am nächsten Morgen in Doktor Lessiters Praxis gegangen und wartete seither. Er ging ins Sprechzimmer und fand den Arzt, geschäftig wie eine Biene, an seinem Schreibtisch vor. Während der gesamten Unterhaltung hielt er seine Finger nie still. Er spielte mit den Stiften, ordnete einen Stapel pharmazeutischer Fachzeitschriften, zupfte an seinen Manschetten oder trommelte auf seinen Rezeptblock ein. Er warf nur einen flüchtigen Blick auf den Dienstausweis des Inspectors.

»Äh ... Mr. Barnaby«, er gab ihm den Ausweis zurück,

»ich habe nicht viel Zeit für Sie.« Er lud den Chief Inspector nicht einmal ein, Platz zu nehmen. Barnaby nannte den Grund für seinen Besuch.

»Ich sehe da keine Probleme. Eine ältere Frau, ein böser Sturz, das war zuviel für ihr Herz. So was kommt leider ziemlich oft vor.«

»Ich nehme an, Sie haben Miss Simpson vor ihrem Tod untersucht. Ich denke da an einen Zeitraum von zwei Wochen.«

»O ja, das habe ich. Sie können mir nichts anhängen, Inspector. Sonst hätte ich den Todesfall gemeldet. Ich kenne das Gesetz genauso gut wie Sie.«

Barnaby fragte unbeirrt weiter. »Wieso war sie bei Ihnen?«

»Sie hatte eine leichte Bronchitis. Nichts Ernstes.«

»Aber sie ist nicht an dieser Bronchitis gestorben, oder?«

»Was wollen Sie damit andeuten?«

»Ich deute gar nichts an, Doktor Lessiter. Ich stelle Ihnen nur einige Fragen.«

»Die Ursache des Todes, der einige Stunden, bevor sie gefunden wurde, eingetreten ist, war Herzversagen, wie ich es angegeben habe. Sie muß schwer gestürzt sein. Ein solcher Schock kann tödliche Auswirkungen haben.«

»Ich denke, das ist eine ganz natürliche Schlußfolgerung ...«

»Eine Diagnose.«

»... und es ist logisch, daß Sie nicht nach weiteren Möglichkeiten gesucht haben. Das ist unter diesen Umständen nur allzu verständlich. Aber wenn Sie sich freundlicherweise für einen Moment zurückerinnern – war da vielleicht irgend etwas«, er suchte nach den richtigen Worten, »was nicht ganz ins Bild paßte?«

»Nein, gar nichts.«

Aber die Antwort war zögerlich gekommen, und der unsichere Tonfall des Arztes strafte die negative Aussage Lügen.

Barnaby wartete. Doktor Lessiter blies die Backen auf. Sein Kopf war rund wie eine Zwiebel, und seine Wangen hatten die Farbe von reifen Äpfeln. Auch seine Nase war gerötet, und seine Augäpfel waren von geplatzten Äderchen durchzogen. Inspector Barnaby glaubte, abgesehen von dem typischen Praxisgeruch nach Seife, Antiseptica und Minze, einen Hauch von Whiskey wahrzunehmen. Doktor Lessiters Hände kamen für einen Moment zur Ruhe und legten sich auf seinen Schmerbauch. Seine Stimme klang sachlich, als er schließlich weitersprach und damit zum Ausdruck brachte, daß er sich entschieden hatte, Barnaby zu vertrauen.

»Na ja ... da war doch etwas. Oh, es ist kaum der Rede wert, wirklich. Es war nur ein merkwürdiger Geruch.«

»Was für ein Geruch?«

»Hmm ... es roch nach Mäusen.«

»Das ist nicht ungewöhnlich in einem alten Cottage. Besonders, wenn sie keine Katze hatte.«

»Ich habe nicht gesagt, daß es Mäuse *waren*. Ich sagte, es roch wie Mäuse. Das ist der treffendste Vergleich, den ich ziehen kann.« Doktor Lessiter stand auf und schwankte einen kurzen Augenblick. »Aber jetzt müssen Sie mich entschuldigen. Ich habe heute noch sehr viel zu tun.« Er drückte auf den Knopf der Sprechanlage, und Sekunden später befand sich Barnaby an der frischen Luft.

Die Praxis war im hinteren Teil des Hauses, einer prächtigen viktorianischen Villa, untergebracht. Barnaby marschierte über den langen Kiesweg und trat in eine schmale, mit Weißdornbüschen und Bärenklau gesäumte Gasse. Er brach einen kleinen Zweig von dem Weißdorn ab und kaute darauf herum, während er weiterging. Brot und Käse hatten sie früher, als er noch ein Junge gewesen war, dazu gesagt. Er konnte sich noch genau daran erinnern, wie er genüßlich in die süßen grünen Knospen gebissen hatte. Heute schmeckten sie ganz anders. Vielleicht war es schon ein wenig spät im Jahr.

Das Dorf Badger's Drift hatte die Form eines T. Den Querbalken bildete eine Straße, die schlicht »Street« genannt wurde. Hier befanden sich eine Reihe von Blockhäusern, die die Gemeinde vermietet hatte, einige private Wohnhäuser, der Black Boy Pub, eine Telefonzelle und ein sehr großes, wunderschönes georgianisches Haus, das in einem zarten Apricotton gestrichen und auf der einen Seite fast ganz von einem riesigen Magnolienbaum verdeckt war. Hinter dieser Villa standen einige Farmhäuser und zwei große Silos. Das Postamt, ein typischer Bau mit zwei Räumen im ersten Stock, war befestigt wie eine kleine Trutzburg, genau wie der Dorfladen nebenan.

Barnaby bog in die Hauptachse des T ein. Die Church Lane war nicht ganz so lang wie die Street und mündete ins offene Land mit meilenweiten Weizenfeldern. Die Kirche war im dreizehnten Jahrhundert aus Natursteinen erbaut worden, war jedoch erst kürzlich um einen Ziegelbau mit Wellblechdach erweitert worden.

Während Barnaby durch das Dorf schlenderte, bekam er mehr und mehr das Gefühl, beobachtet zu werden. Ein Fremder in einer kleinen Gemeinde erregte immer Aufsehen, und er entdeckte mehr als nur eine leicht verschobene Gardine hinter den Fenstern der Häuser. Obwohl die Straße hinter ihm menschenleer war, spürte er eine seltsame Spannung in seinem Nacken, als würde er verfolgt. Er drehte sich um. Niemand. Plötzlich blitzte eine Lichtreflexion zu seinen Füßen auf. Er hob den Blick. Im Dachfenster des eleganten Bungalows neben dem Black Boy Pub fing sich das grelle Sonnenlicht, und ein Gesicht huschte schnell hinter die Gardine.

Miss Bellringer wohnte in einem kleinen, relativ modernen Haus am Ende der Church Lane. Inspector Barnaby ging über den schmalen Kiesweg, der durch ein Gewirr von üppigen Blumen und Sträuchern führte: Rhododendren, Lorbeer, Fuchsien und Rosen wucherten wild in alle Richtungen. Der eiserne Türklopfer hatte die Form eines Stierschädels, und darunter hing ein Zettel in einer durchsichtigen Plastikhülle: LAUT KLOPFEN. Er klopfte laut.

Augenblicklich kreischte eine Stimme: »Tu es nicht.« Ein dumpfer Laut, als wäre ein Möbelstück umgefallen, folgte, dann hörte Barnaby ein Schlurfen, und Miss Bellringer öffnete die Haustür.

»Entschuldigung, das war Wellington«, sagte sie. »Kommen Sie herein.«

Sie führte ihn in ein vollgestopftes Wohnzimmer und begann, Bücher vom Boden aufzuheben. Der Chief Inspector bückte sich, um ihr zu helfen. Die Bücher waren ziemlich dick und schwer. »Sie wollen unbedingt klettern. Ich weiß nicht, wer den Unsinn aufgebracht hat, daß Katzen nichts umwerfen und ganz sicher auf ihren Pfoten sind. Dieser Mensch hatte sicherlich keine Katze daheim. Wellington schmeißt immerzu etwas runter.«

Barnaby entdeckte Wellington, einen kräftigen, eisengrauen Kater mit vier weißen Pfoten. Er hockte teilnahmslos auf dem Klavierflügel. Sein Gesicht erinnerte an einen alten Stiefel – eingebeult, verknautscht und knittrig. Er paßte genau auf, wie sie die Bücher an ihren Platz zurückstellten. Er wirkte irgendwie heimlichtuerisch und ironisch. Ein Kater, der auf seine großen Augenblicke warten konnte.

»Bitte«, Miss Bellringer wedelte mit dem Arm und verfehlte einige aufgestellte Fotografien nur um Haaresbreite, »setzen Sie sich.«

Barnaby räumte den Stapel Notenblätter, eine Keramikente und eine Bonbondose von einem Lehnsessel und ließ sich nieder.

»Also, Chief Inspector ...«, sie nahm ihm gegenüber auf dem viktorianischen Sofa Platz und legte die Hände auf die Knie (sie trug kupferfarbene Knickerbocker), »was haben Sie herausgefunden?«

»Also«, echote Barnaby, »es gab ganz sicher etwas, was Ihre Freundin beunruhigte. Offenbar machte es ihr schwer zu schaffen.«

»Ich wußte es!« Sie schlug sich auf den Schenkel und wirbelte damit eine kleine Staubwolke auf. »Hab' ich's Ihnen nicht gesagt?«

»Unglücklicherweise gibt es offenbar keine Möglichkeit, zu erfahren, was es war.«

»Erzählen Sie mir, was Sie erfahren haben.«

Während Barnaby die Unterhaltung mit Terry Bazely schilderte, sah er sich in dem Zimmer um. Es war groß und vom Boden bis zur Decke mit Büchern und Nippes, getrockneten Blumen und Grünpflanzen vollgestellt. In drei Regalen standen nur Kriminalromane, die man sofort an den charakteristischen Umschlägen erkannte. Außerdem waren da noch ein aus Natursteinen gebauter offener Kamin, eine großartige Stereoanlage und ein mit Spinnweben verzierter Ben Nicholson, der an der Wand gleich neben der Terrassentür hing.

»Und was unternehmen wir als nächstes?« Sie sah ihn mit einem offenen, erwartungsvollen Blick an. Sie rutschte ganz nach vorn an die Sofakante und schien zu allem bereit zu sein.

Barnaby ärgerte sich über ihr ungebrochenes Selbstbewußtsein. Sie schien ihn als eine Art Mitverschworenen zu betrachten. Aber sein Urteil über den Fall (falls man dies überhaupt einen Fall nennen konnte) war eher vage und nebulös. Er konnte kein Kaninchen aus dem Hut zaubern. Er war noch nicht einmal sicher, ob er überhaupt einen Hut hatte.

»Sie können gar nichts tun, Miss Bellringer«, erwiderte er. »Ich werde den Polizeiarzt bitten, sich Miss Simpsons Leichnam anzuschauen. Dafür brauche ich allerdings Ihr Einverständnis ...«

»Aber natürlich!«

»Falls er keine Notwendigkeit sieht, genauere Untersuchungen anzustellen, bedeutet das wahrscheinlich auch das Ende dieser Angelegenheit.« Er erwartete, daß sie diese Bemerkung mit Bestürzung aufnehmen würde, aber sie nickte zustimmend.

»Ausgezeichnet. Der Bestattungsunternehmer ist Brown's, Kerridge Street. Ich gebe Ihnen die schriftliche Erlaubnis.« Sie schrieb mit einem Füllfederhalter etwas auf einen cremeweißen Papierbogen, steckte den Bogen in einen Umschlag und reichte ihn Barnaby. »Ich darf Ihre Zeit nicht länger in Anspruch nehmen, Chief Inspector Barnaby. Halten Sie mich auf dem laufenden, ja? Sie haben sehr gute Arbeit geleistet, Chief Inspector Barnaby.«

Barnaby bedeckte den Mund mit der Hand und hüstelte. Bevor sie sich auf den Weg zur Haustür machten, nahm Miss Bellringer ein mit Plastikblümchen gerahmtes Foto in die Hand. »Das ist Emily. Damals war sie achtzehn. Wir hatten gerade angefangen zu unterrichten.«

Barnaby betrachtete die vergilbte Fotografie. Sie war in einem Studio aufgenommen worden. Lucy Bellringer stand neben einem Pflanztrog mit Palme. Emily Simpson saß auf einem Stuhl und sah direkt in die Kamera. Ihr helles Haar war zu einem Chignon geschlungen. Sie hatte weit auseinanderstehende, klare Augen und einen entschlossenen Mund. Ihr wadenlanger Rock und die weiße Bluse wirkten steif. Lucy lächelte breit. Ihr Haarknoten war etwas verrutscht, und der Rocksaum hing auf einer Seite zu weit herunter. Eine Hand hatte sie beschützerisch auf die Schulter ihrer Freundin gelegt.

»Was haben Sie unterrichtet?« erkundigte sich Barnaby, als er ihr das Foto zurückgab.

»Mein Hauptfach war Musik. Und Emilys Englisch. Aber wir haben selbstverständlich auch alle anderen Fächer gelehrt. Das war so zu unserer Zeit.« Sie begleitete ihn zur Tür. »Die Schule gibt's nicht mehr. Das Gebäude ist zu Wohnungen umgebaut worden. Lauter schreckliche Leute aus London treiben sich dort herum.«

»Ach, übrigens«, Barnaby drehte sich noch einmal zu ihr um, »hatte Ihre Freundin Mäuse im Haus?«

»Lieber Himmel, nein! Bei ihr war alles peinlich sauber. Emily verabscheute Mäuse. Sie hatte überall diese Kügelchen, die Mäuse vertreiben. Ich wünsche Ihnen noch einen schönen Tag, Chief Inspector.«

3

»Doktor Bullard ist vermutlich nicht im Haus, oder?«

»O doch, er ist hier, Sir«, erwiderte der diensthabende Sergeant. »Er hat heute morgen bei Gericht eine Aussage gemacht, dann ging er ins Labor.«

Die Polizistin Brierly, die hinter einer gläsernen Trennwand saß, rief: »Er ist gerade in die Kantine gegangen.«

Jeder im Polizeirevier beklagte sich über das Kantinenessen, nur für Chief Inspector Barnabys gemarterte Geschmacksnerven waren die Speisen geradezu lukullisch. Diese Nörgler sollten mal bei Barnabys essen, dachte er, als er sich Hackfleischauflauf, aufgeweichte Pommes frites und gräulich verfärbte, matschige Erbsen auf den Teller häufte. Dann würden sie in Zukunft den Mund halten. Er nahm sich noch eine Extrascheibe von dem Hackbraten und sah sich um. Der Doktor saß allein an einem Tisch neben dem Fenster.

»Hallo, Tom«, rief Doktor Bullard. »Was führt Sie an diesen traurigen Ort?«

»Und was bringt Sie hierher?« fragte Barnaby zurück. Er setzte sich und fing an zu spachteln.

»Meine Frau ist im Ikebana-Kurs.«

»Ah. Ich möchte etwas mit Ihnen besprechen.«

»Nur zu«, forderte der Doktor ihn auf und schob die Reste seines überwürzten Schellfischs zur Seite, um sich skeptisch der Süßspeise zu widmen.

»Eine alte Dame ist gestürzt und wurde am nächsten Morgen vom Postboten tot aufgefunden. Leider ist das nichts Ungewöhnliches. Aber sie hat am Nachmittag zuvor irgend etwas gesehen, möglicherweise im Wald in der Nähe ihres Hauses, und das muß sie erheblich aus dem Gleichgewicht gebracht haben. So sehr, daß sie bei den Samaritern anrief, um darüber zu reden, aber bevor sie sagen konnte, worum es sich handelte, klopfte jemand an ihre Tür. Mehr wissen wir nicht.«

»Und?« Doktor Bullard zuckte mit den Schultern. »Auch das sind kaum bemerkenswerte Vorkommnisse.«

»Ich hätte gern, daß Sie sich ihre Leiche ansehen.«

»Wer hat den Totenschein ausgestellt?«

»Lessiter. Badger's Drift.«

»Ohh . . .«, George Bullard blies die Wangen auf und legte die Fingerspitzen aneinander. »Na ja, es wäre nicht das erste Mal, daß ich ihm in die Quere komme.«

»Was halten Sie von ihm?«

»Kommen Sie, Tom – wie können Sie mich so was fragen?«

»Entschuldigung.«

»Lieber Gott, das nennen Sie hier Süßspeise? Das Zeug ist steinhart.« Er bearbeitete die Masse mit dem Löffel. »Ich kann Ihnen über Lessiter sagen, was allgemein bekannt ist. Er hat eine Menge Privatpatienten und führt ein ziemlich aufwendiges Leben. Er ist in zweiter Ehe mit einer umwerfenden Frau verheiratet, seine Tochter hingegen ist alles andere als umwerfend – sie ist ungefähr im gleichen Alter wie meine Karen. Beinahe neunzehn.«

»Könnten Sie heute nachmittag einen Blick auf die Leiche werfen?«

»Hmm. Ich muß um drei in der Klinik sein; vielleicht sollten wir uns sofort auf den Weg machen.« Es gab nur zwei Bestattungsinstitute in Causton. Brown's war das exklusivere von beiden. Das Schaufenster von Brown's war mit verknittertem Satin ausgelegt, und in der Mitte stand eine schimmernd schwarze Basalturne mit weißen Lilien. In die Urne war eingraviert: »Bis der Tag anbricht und die Schatten fliehen.« Auf dem Platz vor dem Gebäude parkte ein neuer silberner Porsche 924, er blitzte im Sonnenschein.

»Wunderschön.« Doktor Bullard strich liebevoll über die Karosserie. »Von Null auf Hundert in neun Sekunden.«

Barnaby stellte sich vor, in den niedrigen Sitz gequetscht zu sein. Den rot-schwarz karierten Bezugsstoff fand er extrem scheußlich. Er war sich bewußt, daß er auf Grund seiner Ansichten wie auch seiner finanziellen Möglichkeiten immer ein durchschnittlicher Familienvater bleiben würde. »Ich hatte ja keine Ahnung, daß diese Burschen so viel Geld verdienen«, sagte er, als er die Glastür aufstieß.

»Sie haben auch immer gut zu tun«, entgegnete der Doktor vergnügt. »Eines ist zumindest immer sicher – die Menschen müssen alle irgendwann mal ins Gras beißen.«

Gedämpft und feierlich schlug die Türglocke an und ließ einen jungen, fast farblos wirkenden jungen Mann aufblikken, der lautlos durch die schweren Samtvorhänge aus dem Nebenzimmer glitt. Er trug einen schwarzen Anzug, war blaß und hatte glatt gekämmtes Haar, bleiche Hände und helle, berechnende Augen. Er war drauf und dran, eine salbungsvolle Rede vom Stapel zu lassen, aber dann betrachtete er die beiden Männer genauer und ließ einen anderen Ausdruck in seinem Gesicht erscheinen. »Doktor Bullard, nicht wahr?«

»Ganz recht. Und Sie sind ... nein, sagen Sie es mir nicht ... Mr. Rainbird?«

»Gutes Gedächtnis!« Der junge Mann lächelte erfreut, aber seine Augen veränderten sich kein bißchen. Er schien durch die Haut zu strahlen. »Dennis, der Quälgeist«, setzte er offenbar ganz ernst hinzu und wandte sich fragend an den Begleiter des Arztes.

»Das ist Detective Inspector Barnaby. Causton CID.«

»Liebe Güte ...« Dennis Rainbirds Blick streifte kurz den Chief Inspector. »Sie werden hier keine Unregelmäßigkeiten finden. Wir sind die reinen Unschuldsengel.«

Barnaby übergab ihm das Schreiben von Miss Bellringer. »Wir würden uns gern die Leiche von Emily Simpson ansehen, wenn Sie so freundlich wären.« Er beobachtete aufmerksam Rainbirds Gesicht. Extreme Neugier und Aufregung flackerten für den Bruchteil einer Sekunde in seiner Miene auf.

»Aber selbstverständlich«, rief Mr. Rainbird, während er die Einverständniserklärung las, dann huschte er durch den Vorhang. »Wir stehen den Hütern des Gesetzes stets zu Diensten.« Er benahm sich, als wäre Barnabys Ansinnen etwas ganz Alltägliches.

Sie standen neben dem Sarg. Barnaby betrachtete die hagere, in weiße Laken gehüllt Leiche. Sie sah ausgesprochen sauber aus und wirkte ausgedörrt, als wäre der Lebenssaft nicht erst kürzlich, sondern schon vor Jahren aus diesem Körper gewichen. Kaum zu glauben, daß dies einmal ein junges Mädchen mit klaren Augen und einem eleganten Chignon gewesen war.

»Da hinten liegen Hunderte von Kränzen. Sie war sehr beliebt«, bemerkte Mr. Rainbird. »Sie war die Lehrerin von meiner Mutter und all meinen Tanten, wissen Sie.«

»Ja. Dann – vielen Dank.« Barnaby fing einen ärgerlichen, fast gehässigen Blick auf, den er gelassen erwiderte. Mr. Rainbird zuckte mit den Achseln und verschwand.

Doktor Bullard beugte sich über Miss Simpson. Hob ihre ringlose Hand, tastete die Fußsohlen ab, zog das Laken beiseite und preßte die Hand auf ihren Brustkorb. Die Leichenstarre hatte sich längst gelöst, und die dürre Brust gab unter seinem Daumen nach. Er runzelte die Stirn und versuchte es noch einmal.

»Stimmt etwas nicht?«

»Die Lungen sind gestaut.«

»Sie war wegen einer Bronchitis in ärztlicher Behandlung.«

»Hm.« Doktor Bullard zog beide Augenlider hoch. »Wann ist sie gestorben?«

»Vor drei Tagen.«

»Wissen Sie, welche Medikamente Lessiter ihr gegeben hat?«

»Nein. Warum?«

»Sehen Sie sich das an.«

Barnaby starrte auf die toten, gelben Augäpfel. Die Pupillen hatten die Größe von Stecknadelköpfen. »Heiliger Strohsack! Was halten Sie davon?«

»Ich denke, Sie sollten mit dem Coroner wegen einer gerichtlichen Untersuchung sprechen.«

»Und ihn um eine Autopsie bitten?«

»Ja.« Die beiden Männer sahen sich an. »Das scheint keine große Überraschung für Sie zu sein.«

Barnaby war tatsächlich nicht erstaunt. Vielleicht waren Miss Bellringers Mißtrauen und Beharrlichkeit doch angebracht. »Ich werde den Coroner wissen lassen, was vorgefallen ist«, sagte er. »Wer wird Ihrer Meinung nach die Obduktion vornehmen?«

»Eynton, vermute ich. Unser Mann macht einen Monat Urlaub auf Kreta.«

»Manchen gefällt's da.«

»Rufen Sie mich an, wenn der Bericht fertig ist, ja? Es interessiert mich sehr, was Sie finden.«

Am Donnerstag morgen lag der Autopsiebericht auf Barnabys Schreibtisch. Er sagte Doktor Bullard telefonisch Bescheid und empfing ihn kurz vor Mittag in seinem Büro. Während der Arzt las, beobachtete Barnaby sein Gesicht mit einiger Belustigung. Es sprach, wie man so schön sagt, Bände.

Bullard legte den Bericht weg. *»Schierling?«*

»Schierling.«

Der Doktor schüttelte den Kopf. »Also das ist wirklich eine Rarität.«

»Es ist vollkommen unzeitgemäß, George. Die Medicis. Shakespeare. Dieser alte Grieche.«

»Sokrates.«

»Ja, genau der. Ich meine, heutzutage ist es normalerweise Valium oder Mogadon mit einem großen Glas Wodka oder so.«

»Oder etwas, was man im eigenen Garten zur Hand hat.«

»Ganz recht. Aber jemanden mit Schierling zu vergiften ... Es muß eine unkompliziertere Möglichkeit geben, als das Zeug aufzukochen und zu destillieren.«

»Ich weiß nicht«, wandte der Arzt ein. »Es wird gewöhnlich nicht so einfach über den Ladentisch abgegeben. Man kann nicht in die Apotheke gehen und sich eine Schachtel davon kaufen.«

»Wie wirkt es?«

»Es verursacht eine langsam fortschreitende Lähmung. Platon beschreibt den Tod von Sokrates ziemlich ergreifend. Die Füße, die Beine, der ganze Körper wird nach und nach kalt. Sokrates hat sein Schicksal erstaunlich gut ertragen. Ein echter Stoiker.«

»Also muß derjenige, der ihr das Zeug gegeben hat – falls es ihr überhaupt jemand gegeben hat –, neben ihr gesessen und ihr beim Sterben zugesehen haben.«

»So ungefähr. Die arme Seele. Kein schöner Gedanke.«

»Mord ist nie schön.«

Doktor Bullard überflog noch einmal den Bericht. »Offenbar hatte sie lange nichts gegessen. Das könnte den Prozeß beschleunigt haben. Im Magen wurden keine Schierlingssamen gefunden. Das spricht dafür, daß ein Destillat verwendet wurde.«

»Ja. Ich habe deswegen, kurz bevor Sie kamen, in der Pathologie angerufen. Sie sagen, daß es in Alkohol, Äther oder Chloroform löslich ist.«

»Nicht in Wasser?«

»Nein.«

»Das würde bedeuten, daß sie es getrunken hat, sonst hätte es auf den ersten Blick nicht wie ein natürlicher Tod ausgesehen.«

»Ja, das denke ich auch«, stimmte Barnaby zu. »Alles andere wäre zu riskant gewesen. Selbst eine achtzigjährige Frau kann sich bis zu einem gewissen Grad zur Wehr setzen, wenn ihr jemand ein mit Chloroform getränktes Tuch aufs Gesicht preßt. Es hätte Kampfspuren im Zimmer gegeben. Gegenstände wären umgefallen oder kaputtgegangen. Der Hund hätte Radau gemacht.«

»Das erklärt die Stauungen in den Lungenflügeln.« Doktor Bullard tippte mit dem Zeigefinger auf das Papier. »Ein bißchen zu auffällig, auch wenn sie, wie Lessiter sagt, mit Bronchitis zu tun hatte. Aber wir sollten nicht zu streng mit dem alten Lessiter ins Gericht gehen. Ich kenne kaum einen Arzt, der daran denkt, eine Leiche auf Schierlingsgift zu untersuchen, solange alles nach einem normalen, wenn auch plötzlichen Tod aussieht. Trotzdem«, er grinste breit, »wäre ich gern Mäuschen, wenn Sie ihm von dieser Entdeckung erzählen.«

4

»Es besteht keine Notwendigkeit, so zu fahren, als müßten Sie sich für die Formel 1 qualifizieren, Sergeant.«

»Entschuldigung, Sir.« Troy verlangsamte schmollend das Tempo. Was für einen Sinn hatte es überhaupt, bei der Polizei zu sein, sich Tag für Tag mit langweiligem Papierkram und blöden Leuten mit ihren bescheuerten Fragen abzuquälen, wenn man nicht ab und zu mal aufs Gas treten, die Sirene einschalten und wie der Teufel durch die Gegend rasen konnte? Und der Rüffel von vor ein paar Tagen (der, wie er meinte, vollkommen ungerechtfertigt war) nagte immer noch an ihm. Er kannte die Regeln genauso gut wie jeder andere, aber wie viele Polizisten gingen schon jeder kleinsten Kleinigkeit nach, die ihnen im Dienst unterkommt? Verdammtes Pech, daß die alte Schachtel ausgerechnet bei ihm gelandet war. Und jetzt rannten sie im Kreis herum, nur weil eine andere alte Schachtel abgekratzt war. Das einzig Erfreuliche an der ganzen Sache war, daß Detective Chief Inspector Barnaby, dieser Wichser, sich damit noch mehr zum Narren machte ... Sergeant Troy hatte nicht die geringste Ahnung von dem, was im Autopsiebericht stand, als er in die Church Lane einbog und den Wagen vor der Hausnummer Dreizehn parkte.

Barnaby traf Miss Bellringer in ihrer unordentlichen Küche beim Fischschneiden an. Wellington saß auf dem Kühlschrank und sah interessiert zu, wie das Messer durch den Fisch schnitt. Sein verknautschtes Gesicht drückte äußerste Zufriedenheit aus. »Er frißt kein Dosenfutter«, erklärte Miss

Bellringer überflüssigerweise, dann setzte sie unvermittelt hinzu: »Soviel ich gehört habe, ist eine Autopsie vorgenommen worden.« Barnaby konnte seine Überraschung nicht verbergen. Er war in einem Ort aufgewachsen, der nicht viel größer als Badger's Drift war, und wußte, wie gut das Nachrichtensystem in kleinen Gemeinden funktionieren konnte, aber er war beeindruckt von der Geschwindigkeit, mit der sich diese Neuigkeit herumgesprochen hatte. Er vermutete, daß der Bestattungsunternehmer sofort überall herumerzählt hatte, daß Miss Simpsons Leichnam von einem Gerichtsmediziner abgeholt worden war. »Das stimmt. Morgen gibt es eine gerichtliche Untersuchung. Sind Sie bereit, Miss Simpson zu identifizieren?«

»Aber ...« Sie wurde blaß und legte das Messer auf das Brett. »Warum?«

»Das ist leider Vorschrift nach einer Obduktion«, erklärte Barnaby.

»Aber ... können Sie das nicht machen?«

»Ich fürchte, das geht nicht. Ich kannte sie nicht zu Lebzeiten, verstehen Sie?« Er schwieg eine Weile. »Ich könnte Mr. Rainbird darum bitten.«

»Nein, tun Sie das nicht. Er ist ein gräßlicher Kerl.« Sie überlegte lange. »Also gut – wenn es jemand tun muß, dann ist es wohl besser, ich übernehme es.« Wellington protestierte mit einem Fauchen, und Miss Bellringer machte sich wieder an dem Fisch zu schaffen.

»Danach wird Ihnen der Coroner eine Bescheinigung ausstellen, und Ihre Freundin kann bestattet werden.«

»Gott sei Dank. Die arme Emily.« Sie stellte den Teller mit dem Fisch auf den Boden, öffnete eine Tüte Sahne und schüttete etwas davon in ein Keramikschüsselchen, das sie neben den Teller plazierte. »Die Arterien von diesem alten Kater müssen inzwischen vollkommen verkalkt sein. Jeden Tag bekommt er eine Ladung Cholesterin.« Sie stupste Wellington liebevoll mit dem Fuß an. »Aber er liebt Sahne über alles.«

»Sie sagten, daß Sie einen Schlüssel zu Miss Simpsons Cottage haben.«

»Ja, das stimmt. Ich habe einen. Möchten Sie sich dort umsehen?«

»Nur ein wenig. Morgen wird das Haus gründlich untersucht.«

»Oh ... heißt das ...?«

»Tut mir leid, ich kann im Augenblick wirklich nichts Genaueres sagen.«

»Natürlich. Sie haben allen Grund, mich zurechtzuweisen, Chief Inspector.« Sie preßte den Zeigefinger auf die Lippen. »›Stumm war die Schar.‹ Mögen Sie Keats?«

»Könnten wir uns so schnell wie möglich auf den Weg machen?«

Sie nahm ein Burberry-Cape vom Haken hinter der Tür und warf es sich um die Schultern. Als sie zum Gartentor gingen, stieß Miss Bellringer den überwuchernden Kotoneaster mit dem Fuß vom Weg. »Wir hatten früher eine ausgezeichnete Beziehung, die Pflanzen und ich. Ich habe sie in Ruhe gelassen und sie mich. Jetzt gerät alles aus dem Ruder. Sehen Sie sich all das Zeug nur mal an! Ich dachte, Büsche und Sträucher wären ideal für Leute, die nichts für Gartenarbeit übrig haben.«

»Sie müssen gelegentlich zurückgeschnitten werden«, empfahl der Chief Inspector, dessen Blumenrabatten den Neid sämtlicher Mitglieder des Gartenvereins erregten.

Sergeant Troy beobachtete die beiden von der anderen Straßenseite – den großen Mann in dem hellgrauen Sommerjackett mit passender Hose und die schäbige Greisin, die neben ihm herumzappelte wie ein alter englischer Hirtenhund, den man in einen Leinensack gesteckt hatte. Natürlich, dachte Troy, kann man die Menschen nicht nach den Klamotten beurteilen. Er erinnerte sich an die alte Lady Preddicott, zu der seine Mutter putzen gegangen war. Sie hatte immer ausgesehen, als würde sie sich aus den Säcken der Altkleidersammlung bedienen. Und er selbst bekam die abgelegten Sachen von ihrem Enkel – sagenhaft teure Kleider aus exklusiven Geschäften –, obwohl er sich nichts sehnlicher gewünscht hatte als eine lässige Jeans und ein Batman-T-Shirt.

Zwei Kinder und eine Frau mit Einkaufswagen blieben vor einem Auto auf der anderen Straßenseite stehen und starrten Troy neugierig an. Er lehnte sich entspannt zurück und legte lässig eine Hand aufs Steuerrad, behielt aber die Augen offen – ein wichtiger Einsatz. Plötzlich drehte sich Barnaby um und winkte ihn zu sich. Mit vor Ärger hochrotem Gesicht stieg Troy aus dem Rover, schloß die Tür ab und lief seinem Boß nach.

Das Bienenstock-Cottage stand schräg gegenüber von Miss Bellringers Haus. Es war perfekt und sah genauso aus wie die Abbildungen auf englischen Kalendern und Postkarten, die die Touristen verschickten. Von einem solchen Zuhause träumte jeder im Exil Lebende.

Haus und Grundstück wirkten hübsch und liebevoll gepflegt. Eine zweite Strohschicht lag über dem Dach wie eine Schürze, und die Fenster hatten Bleiglasscheiben. Ein im Fischgrätmuster gepflasterter, im Alter uneben gewordener Weg wand sich durch Lavendelstauden und Zypressenkraut bis zur Hintertür. Dort wuchsen Stockrosen, Nelken, Rittersporn, Thymian und Reseda. Eine makellose Rasenfläche schloß sich an den gepflasterten Hof an. Am gegenüberliegenden Rand des Rasens sah man, halb versteckt hinter einem riesigen Schneeballstrauch, zwei Bienenstöcke. Barnaby war angenehm überrascht und blieb lange in schweigender Bewunderung stehen. Der harmonische Garten mit den hübsch zusammengestellten Pflanzengruppen übte eine beruhigende Wirkung auf ihn aus.

»Was für ein wundervoller Duft.« Er ging zum nächsten Rosenbusch.

»Das war ihre Lieblingssorte. Ich weiß nicht, wie sie heißt.«

»Es ist eine Papa Meilland.« Barnaby bückte sich und sog den unvergleichlichen Geruch tief ein. Sergeant Troy verdrehte die Augen. Miss Bellringer holte einen großen Schlüssel hervor und öffnete die Tür. Barnaby wies Troy an, im Hinterhof Stellung zu beziehen, und folgte Miss Bellringer ins Haus. Das erste, was ihnen ins Auge fiel, als sie die Küche betraten, war ein Holzregal, in dem eine ordentlich gefaltete Gartenschürze, eine saubere Pflanzhacke und eine Kniematte lagen. Miss Bellringer ging mit raschen Schritten in die Mitte des Raums und rief: »Lieber Himmel, was ist das für ein scheußlicher Gestank?« Sie wandte sich zur Spüle um.

»Nichts anfassen, bitte«, schrie Barnaby.

»Oh.« Sie blieb stocksteif stehen wie ein Kind, das Statue spielt. »Wegen der Fingerabdrücke?«

Ein überwältigender muffiger Geruch lag in der Luft. Der Chief Inspector sah sich um. Alles war blitzblank und aufgeräumt. In einem Marmeladenglas auf dem Kühlschrank steckte ein Sträußchen Petersilie. Ein paar Kartoffeln lagen in einem Drahtkorb für Gemüse, und daneben stand eine Emailschüssel mit zwei Äpfeln.

»Waren Sie noch einmal hier, seit der Leichnam abgeholt wurde?«

Sie schüttelte den Kopf. »Ich kann es nicht ertragen ohne sie.«

»Ist Ihnen der Gestank schon vorher aufgefallen?«

»Nein. Aber mein Geruchssinn ist nicht besonders ausgeprägt. Emily hat sich ständig darüber beschwert und mich immer wieder gedrängt, an diesem und jenem zu schnuppern. Vollkommene Zeitverschwendung.«

»Aber er wäre Ihnen doch sicher aufgefallen, wenn er so stark gewesen wäre wie jetzt.«

»Ich denke schon.« Sie schaute unglücklich in die Runde, dann runzelte sie angewidert die Stirn. »Guter Gott!«

»Was ist?«

»Da ist die Erklärung dafür. Wer, um alles in der Welt, hat das hierher gebracht?« Sie deutete auf das Marmeladenglas auf dem Kühlschrank. Barnaby roch an dem Sträußchen. Der mäuseartige Gestank fuhr ihm in die Nase und brachte ihn beinahe zum Niesen.

»Ist das nicht Petersilie?« fragte er.

»Ich bitte Sie – das ist Schierling.«

»Was?«

»Er wächst in Massen an den alten Bahngeleisen.«

»Er sieht aus wie Petersilie. Glauben Sie, Ihre Freundin hat die Pflanzen verwechselt?«

»Großer Gott, nein. Emily hatte ein eigenes Petersilienbeet neben dem Walnußbaum. Sie hat drei verschiedene Sorten gezogen. Nein, den Gedanken können Sie vergessen. Außerdem – das Zeug war am Morgen nach ihrem Tod noch nicht da.«

»Sind Sie sicher?«

»Ziemlich sicher, ja. Natürlich bin ich nicht herumgelaufen und habe Inventur gemacht, aber ...«

»Und das Cottage war seither verschlossen?«

»Ja. Und«, setzte sie hinzu, da sie seine nächste Frage erahnte, »ich bin die einzige, die einen zusätzlichen Schlüssel in Verwahrung hat. Die vordere Tür war von innen verriegelt. Sie führt direkt zur Straße. Emily hat sie nie benutzt. Sind Sie sich bewußt, was das bedeutet, Chief Inspector?« Sie faßte aufgeregt nach seinem Arm. »Wir haben einen ersten Hinweis!«

»Ist das das Wohnzimmer?« Barnaby ging auf die Tür zu und zog den Kopf ein.

»Ja.« Sie folgte ihm. »Es gibt nur diese beiden Räume hier unten.«

»War die Tür an dem Morgen, an dem sie gefunden wurde, offen?«

»Nein.«

Eine Standuhr tickte träge in der Ecke. Barnaby sah einen kleinen Kamin und mit Messing beschlagene Balken, eine mit Chintz bezogene, dreiteilige Sitzgruppe, einen Queen-Anne-Tisch und zwei Schränke mit Rautenglastüren, in denen Teller und Porzellanfiguren standen. An einer Wand stand ein volles Bücherregal.

Die Einrichtung des Cottage sah genauso aus, wie man es dem äußeren Anschein nach erwartet hätte, und Barnaby befiel das eigenartige Gefühl, ein naturgetreues Bühnenbild zu betreten. Jeden Augenblick würde ein Dienstmädchen hereinkommen, den Hörer von dem massiven Bakelittelefon abnehmen und sagen: »Leider ist Lady Sonstnochwie im Augenblick außer Haus.« Oder ein hellgekleideter Jugendlicher würde fragen, ob jemand mit ihm Tennis spielen wolle. Die Alternative wäre ein barscher alter Colonel ... »Die Leiche lag hier, Inspector.«

»Wie bitte?«

»Hier.« Miss Bellringer stand vor dem Kamin. »Könnten Sie mir zeigen, wie genau?«

»Ich versuche mein Bestes.« Sie betrachtete stirnrunzelnd den Teppich, dann legte sie sich hin und schleuderte den Burberry beiseite. Ihr nilgrüner Liebestöter spitzte unter dem Rocksaum hervor, als sie sich krümmte, um hilfsbereit die Lage der Leiche zu demonstrieren. »Ihr Kopf lag ungefähr hier – ist das in Ordnung?«

»Ja. Ich danke Ihnen.« Im stillen verfluchte Barnaby die Versäumnisse. Es gab keine Fotos von der Leiche und der Lage. Die wichtigste Fährte war kalt.

Miss Bellringer erhob sich mühsam. »Natürlich mußte Doktor Lessiter sie – oh, vielen Dank, Chief Inspector – er muß ihre Lage während der Untersuchung verändert haben.« Sie sah Barnaby nach, der zu den Schränken wanderte und sich alles näher ansah. Einige der Teller waren besonders schön und glänzten in einem leichten Goldschimmer.

»Da drin ist Meißener Porzellan.« Miss Bellringer deutete mit dem Kopf nach links. »Und das andere ist Coalport. Ein paar Stücke hat sie auch aus Frankreich mitgebracht. Vor Jahren sind wir immer mit Fahrrädern zu den Haushaltsauflösungen und Flohmärkten gefahren. Wir haben alle möglichen Schnäppchen dabei gemacht.«

Zwischen den Schränken stand ein kleiner Tisch mit dem Telefon und ein paar Büchern. Palgraves Gedichtanthologie *The Golden Treasury,* einige Theaterstücke der englischen Renaissance und die Mermaid-Ausgabe von *Julius Caesar.*

»Sie liebte ihren Shakespeare. Shakespeare und die Bibel. Nahrung für den Geist und Trost für die Seele.« *Julius Caesar* lag aufgeschlagen obenauf neben dem Vergrößerungsglas. »Sie war auch eine große Theaterfreundin. Wir sind oft ins Theater gegangen, als sie noch Auto fahren konnte. Das waren wundervolle Zeiten. Absolut großartig.« Sie zog ein großes khakifarbenes Taschentuch mit rotem Muster hervor und schneuzte sich.

Sie gingen ins obere Stockwerk. Nur das Schlafzimmer war möbliert. Ein schmales, züchtiges Bett, die Tapete mit Vergißmeinnicht-Muster, ausgebleichte Samtvorhänge. Alles wirkte keusch und unschuldig. Das zweite Zimmer diente als Abstellkammer, in der sich ein Staubsauger, aufgestapelte Schachteln und ein paar Korbflaschen mit selbstgemachtem Wein befanden – einige wirkten trübe, die anderen waren klar, und in manchen blubberte leise der Wein.

»Sie wollte am Wochenende Geißblatt verarbeiten und auf

Flaschen ziehen – das ist ein bißchen wie ein Sancerre, müssen Sie wissen.«

Sie stiegen die schmale Treppe hinunter und gingen in die Küche zurück. Barnaby sagte: »Irgendwo muß eine offene Flasche stehen. Sie hat Alkohol getrunken, bevor sie starb.«

»Sie könnten in der Speisekammer nachsehen.« Miss Bellringer deutete auf die blaue Tür und fügte eine Sekunde zu spät hinzu: »Vorsicht, Stufe!«

Er stolperte in das Halbdunkel. Das spärliche Licht war grünlich angehaucht, weil es durch das Laub des Kirschlorbeers gefiltert wurde, der vor dem mit einer Art Fliegengitter verkleideten Fenster wuchs. Der einfache Riegel an diesem Fenster war zerbrochen. Barnaby nahm sein Taschentuch, griff nach dem Riegel, zog das Fenster ohne Mühe auf und schloß es wieder. Es war gerade so breit, daß sich eine schlanke Person ohne weiteres hätte hindurchzwängen können.

Auf den gemauerten Steinregalen standen eine Menge Flaschen und Einweckgläser. Chutney und Aprikosen in großen Gläsern und weißer, undurchsichtiger Honig mit von Blumen umrandeten Etiketten, auf denen Daten des letzten Jahres standen. Eine große Schüssel mit Pflaumenschlehen. Marmelade und dunkles, klares Gelee. Miss Simpson hatte auch Stangenbohnen eingelegt, genau wie es Barnabys Mutter früher getan hatte. In der Nähe der Tür fand er eine halbleere Weinflasche – Holunderblüte 1979.

Barnaby machte die Hintertür auf und winkte Troy. »Ich brauche Sie; Sie sollen eine Aussage aufnehmen.« Sie gingen zu zweit ins Wohnzimmer und setzten sich zu Miss Bellringer, die sie ein wenig ängstlich und sehr ernst musterte.

»Also«, begann Barnaby, »ich möchte, daß Sie . . .«

»Einen Moment, Chief Inspector. Sie haben mich nicht darauf hingewiesen, daß alles, was ich sage, gegen mich und als Beweis verwendet werden kann . . .«

»Hier handelt es sich nur um eine Zeugenaussage, Miss Bellringer. In einem solchen Fall sind derartige Hinweise nicht nötig, das versichere ich Ihnen.«

Das ist das Problem mit diesen Leuten, dachte Sergeant Troy. Sie sehen sich sogenannte Polizeiserien im Fernsehen an und glauben, daß sie alles wissen. Da er nicht in Barnabys Blickfeld saß, gestattete er sich, den Mund verächtlich zu verziehen.

»Könnten Sie uns erzählen, was geschehen ist, als Sie an dem bewußten Tag hierher kamen.«

»Ich ging durch die Hintertür in die Küche ...«

»War der Postbote bei Ihnen?«

»Nein. Nachdem er mir Bescheid gesagt hatte, machte er seine übliche Runde durchs Dorf und trug die Post aus. Ich öffnete die Hintertür und lief ins Haus. Ich fand sie an der Stelle, die ich Ihnen gezeigt habe.«

»Haben Sie die Leiche berührt?«

»Ja. Ich habe sie nicht bewegt oder so, aber ich ... ich hielt ihre Hand für einen Moment.«

»Und haben Sie sonst etwas angefaßt?«

»Da noch nicht. Doktor Lessiter kam und untersuchte sie ... selbstverständlich hat er sie dabei herumgedreht. Dann telefonierte er mit dem Bestattungsunternehmen und forderte ein Auto an ... ich meine, einen Leichenwagen, der sie abholen sollte. Er klärte die Sache mit dem Totenschein und fragte, wer sich um die Formalitäten für die Beisetzung kümmern würde. Ich sagte ihm, daß ich das übernehme, und während wir auf den Leichenwagen warteten, habe ich ...« Sie wurde rot und sah Barnaby zerknirscht an. »Ich fürchte, ich habe ein wenig aufgeräumt.«

»Was genau haben Sie aufgeräumt?«

»Auf dem Telefontischchen stand eine Tasse mit einem Kakaorest. Und ein leeres Weinglas. Das kam mir komisch vor.«

»Wieso?«

»Emily hat nie getrunken, wenn sie allein war. Das war eine ihrer Marotten. Ich glaube, sie hielt so etwas für zügellos. Aber jeder, der zu ihr kam, konnte sie ganz leicht überreden, eine Flasche aufzumachen. Sie machte wunderbaren Wein – das war das einzige, worauf sie richtiggehend stolz war...« Sie bedeckte das Gesicht mit den Händen und schwieg lange. Schließlich sagte sie: »Tut mir leid...«

»Ist schon gut, lassen Sie sich ruhig Zeit. Erzählen Sie einfach weiter, wenn Sie bereit dazu sind.« Natürlich hatte es, falls sie hier tatsächlich über einen Mord sprachen, nur ein einziges Glas gegeben. Das andere wäre sorgfältig abgewaschen und wieder in den Schrank gestellt worden.

»In der Küche stand ein Topf, in dem sie Milch gekocht hatte«, fuhr Miss Bellringer fort. »Ich habe alles abgespült und aufgeräumt. Ich wußte, wie sie darüber gedacht hätte. Schmutzige Töpfe, und Besucher im Wohnzimmer! Sie war sehr pingelig. Ich nehme an, ich habe genau das Falsche getan.« Die Schuldgefühle weckten Aggressionen. Als Barnaby keine Antwort gab, redete sie weiter: »Dann habe ich ihren Kühlschrank ausgeräumt. Ein bißchen Lammfleisch und Milch und andere Kleinigkeiten. Eine halbe Dose Hundefutter. Ich habe es Benjy gegeben. An diesem Morgen hat er kein Frühstück gehabt.«

»Wo ist der Hund jetzt?«

»Auf Traces Farm. Sie müssen sie gesehen haben am Rand des Dorfes – ein orangefarbenes Haus. Sie haben schon ein halbes Dutzend Hunde dort, also macht einer mehr oder weniger nichts aus. Ich habe seither ein paarmal nach ihm gesehen, aber ich werde nicht mehr hingehen. Es regt ihn zu sehr auf. Er trottet immer voller Freude auf mich zu, weil er hofft, daß Emily bei mir ist. Sie hatte den Hund dreizehn Jahre.«

»Haben Sie ihn am Abend ihres Todes bellen hören?« fragte Barnaby.

»Nein, aber er war ohnehin sehr ruhig ... für einen Jack Russell. Natürlich schlug er nur dann nicht an, wenn er die Leute kannte. Bei Fremden war das ganz anders.« Sie bedachte Barnaby mit einem Lächeln und registrierte nicht einmal, welche Bedeutung diese Sätze hatten. »Außerdem schlief er in der Küche. Wenn also die Tür zum Wohnzimmer zu war, hat er vielleicht gedacht, daß Emily in ihrem Bett liegt.«

»Kommen wir noch einmal auf den Freitag morgen zu sprechen ...«

»Da war nichts weiter. Sobald der Leichenwagen weg war, schaltete ich den Strom aus, nahm die Hundeleine, die an der Küchentür hing, schloß die Tür ab und machte mich auf den Weg.«

»Ich verstehe. Ich fürchte, ich muß Sie bitten, mir den Schlüssel für dieses Haus zu überlassen. Selbstverständlich gebe ich Ihnen eine Quittung dafür.«

»Oh.« Er sah, daß sie eine Frage beschäftigte, aber sie stellte sie nicht. »Gut.«

»Sie sind von hier aus direkt zu dieser Farm gegangen?« wollte Barnaby wissen. »Nicht in den Garten oder in den Schuppen?«

»Na ja ... ich mußte noch den Bienen die traurige Nachricht überbringen.«

»Wie bitte?«

»Man muß den Bienen möglichst rasch mitteilen, daß jemand gestorben ist, besonders wenn es ihr Besitzer war. Sonst schwärmen sie aus und kommen nicht wieder.«

Das ist das Beste, was sie tun können, dachte Troy. Ein Wunder, daß es die Bienen überhaupt bei diesen Verrückten aushalten. Er spreizte die Finger und beschloß, diesen Volksbrauch in seinem Protokoll unerwähnt zu lassen.

»Wirklich?« hakte Barnaby nach.

»Guter Gott, ja. Das ist doch allgemein bekannt. Ich schlug dreimal mit dem Schlüssel an den Bienenstock und sagte: ›Eure Herrin ist tot‹, dann ging ich. Die Dorfbewohner behaupten, man müsse auch etwas Schwarzes an die Stöcke binden, aber die Mühe habe ich mir erspart. Die Leute sind entsetzlich abergläubisch. Ich dachte, wenn ich die Bienen durch so etwas aufscheuche, stechen sie mich noch.«

»Ich danke Ihnen für Ihre Hilfe, Miss Bellringer. Sergeant Troy liest Ihnen jetzt Ihre Aussage noch einmal vor, bevor Sie sie unterschreiben.«

Als das erledigt war, erhob sich Miss Bellringer und erkundigte sich ein wenig niedergeschlagen: »Ist das schon alles?«

»Wären Sie vielleicht so freundlich, mir nach dem Mittagessen die Stelle zu zeigen, an der sie die Orchidee gefunden hat?«

»Möchten Sie vorher bei mir eine Kleinigkeit zu sich nehmen?« fragte sie wesentlich munterer.

»Nein, vielen Dank. Ich esse im Black Boy Pub.«

»Oh, das kann ich Ihnen nicht empfehlen. Mrs. Sweeneys Küche ist berüchtigt.«

Barnaby grinste. »Ich denke, ich werd's überleben.«

»Ahhh ... ich verstehe. Sie wollen sich mit den Örtlichkeiten vertraut machen und sich unauffällig ein wenig umhören.«

Barnaby benutzte sein Taschentuch, um Miss Bellringer die Tür zu öffnen. Als sie sich zum Gehen umwandte, fiel ihr Blick auf etwas. »Das ist merkwürdig.«

»Was?«

»Emilys kleiner Rechen ist nicht da. Sie bewahrte ihn immer zusammen mit der Gartenschürze und der Hacke in diesem Regal auf.«

»Vielleicht liegt er irgendwo im Garten.«

»O nein. Emily war ein Gewohnheitstier. Sie reinigte ihre

Geräte mit Zeitungspapier und legte sie nach dem Gebrauch auf die Matte.«

»Er wird bestimmt noch auftauchen.«

»Im Grunde spielt das auch gar keine Rolle mehr, nicht wahr?« Sie drehte sich um. »Ich sehe Sie dann etwa um zwei?«

Nachdem sie gegangen war, postierte Barnaby Sergeant Troy an der Vordertür, ließ sich in dem stillen, ordentlichen Zimmer auf dem Chintzsofa nieder und lauschte dem Ticken der Uhr. Zwei Sessel standen ihm gegenüber – die Polster waren inzwischen aufgeschüttelt und glatt. In einem hatte jemand mit einem Glas Wein gesessen, gelächelt, geredet, beruhigt. Gemordet?

Der Chief Inspector hatte kaum noch Zweifel daran. Der Schierlingsstrauß in der Küche war ein ziemlich plumper Versuch, es so aussehen zu lassen, als hätte die kurzsichtige Miss Simpson Petersilie mit Schierling verwechselt und sich selbst damit vergiftet. Eine hastige Maßnahme, die nachträglich ergriffen wurde, als sich die Neuigkeit von der Autopsie im ganzen Dorf wie ein Lauffeuer verbreitet hatte.

Er ging zum Telefontischchen, auf dem bereits eine feine Staubschicht lag, und schaute auf die Bücher. Der Shakespeare lag oben auf dem Stapel. Julius Caesar, der erhabenste aller Römer. Aber auch der langweiligste, dachte Barnaby, als er sich daran erinnerte, wie er sich vor dreißig Jahren mit Caesars Texten gequält hatte. Seit der Schule hatte er keine Zeile mehr von Shakespeare gelesen, und ein Pflichtbesuch im Theater, als Joyce im *Sommernachtstraum* die Titania wie eine edwardianische Suffragette spielte, hatte nicht dazu beigetragen, daß er diese Entscheidung bereute. Er sah sich die aufgeschlagene Seite genauer an und tastete nach seiner Lesebrille, aber dann fiel ihm ein, daß sie im anderen Jackett steckte, und nahm dann mit seinem Taschentuch das Vergrößerungsglas zu Hilfe.

Miss Simpson war beinahe am Ende des Stückes angelangt.

Pindarus hatte die schlechten Nachrichten vom Schlachtfeld bereits überbracht. Barnaby las ein paar Zeilen. Nichts davon kam ihm auch nur im entferntesten bekannt vor. Dann entdeckte er etwas. Eine feine graue Linie am Rand. Er nahm das Buch mit zum Fenster und betrachtete die Markierung im Licht. Jemand hatte vier Zeilen von Cassius' Rede angestrichen. Er las sie laut:

An diesem Tage atmet' ich zuerst;
Die Zeit ist um, und enden soll ich da,
Wo ich begann: Mein Leben hat den Kreislauf
Vollbracht . . .

5

Die Gespräche verstummten, als Barnaby den Black Boy betrat. Aber das hatte nicht allzuviel zu bedeuten. In einer Ecke saß, in dichte Rauchwolken gehüllt, ein alter Mann; zwei Jugendliche lümmelten mit hochgelegten Füßen an der Bar, und ein Mädchen machte sich am Spielautomaten zu schaffen. Die grauhaarige und auffallend flachbrüstige Mrs. Sweeney machte eher den Eindruck, als wäre sie in die Enge getrieben worden und würde nicht zu Hause hinter ihrer eigenen Theke stehen.

Sie fragte den Detective Chief Inspector, ob er etwas essen wolle; er lehnte die selbstgemachte Pastete ab, bestellte ein Käsebrot und ein Bier vom Faß und setzte sich. Er war sicher, daß die Leute den Grund für seine Anwesenheit erfahren wollten und daß die Neugier sie zu verschiedenen Bemerkungen veranlassen würde. Dennoch war er nicht auf die Schnelligkeit vorbereitet, mit der das entscheidende Thema zur Sprache kam. Er hatte kaum einen Schluck von seinem Bier getrunken (es war warm und schmeckte seifig), als einer der Jugendlichen sagte: »Sie sind ein Bulle, stimmt's?«

Barnaby schnitt ein Stück Käse ab und machte eine Kopfbewegung, die alles und nichts bedeuten konnte.

»Sind Sie wegen der armen Miss Simpson hier?« wollte Mrs. Sweeney wissen.

»Kannten Sie die Lady?« fragte Barnaby.

»Oh ... alle kannten Miss Simpson.«

Der Qualm in der Ecke lichtete sich ein wenig, und ein Rasseln und Scheppern wurde laut. Mein Gott, dachte Barnaby, der arme alte Kerl macht's auch nicht mehr lang. Erst dann merkte er, daß umfallende Dominosteine das Geräusch verursacht hatten.

»Sie hat mir Englischstunden gegeben«, verkündete der alte Mann.

»Ganz recht, Jake, das hat sie getan«, bestätigte Mrs. Sweeney und flüsterte Barnaby leise zu: »Und bis heute kann er weder lesen noch schreiben.«

»War sie beliebt im Dorf?«

»O ja. Nicht wie manch andere, die ich beim Namen nennen könnte.«

»Wieso erkundigen Sie sich nach ihr?« warf einer der Jungen ein.

»Ja«, schloß sich der andere an. »Hat sie irgend etwas angestellt?«

»Wir stellen nur ein paar Nachforschungen an.«

»Wissen Sie, was ich denke?« fragte der erste. Er trug ein T-Shirt, auf dem stand: »Kein Alkohol am Steuer, du könntest erwischt werden.« Das Shirt war viel zu kurz und ließ seinen wabbeligen, bleichen, haarigen Bauch frei, der über den Gürtel hing. »Ich glaube, sie war eine Patin. Sie hat eine Gangsterbande angeführt und die Beute im Honig versteckt.« Die beiden grölten vor Lachen, und das Mädchen kicherte.

»Das ist nicht lustig, Keith«, versetzte Mrs. Sweeney ärgerlich. »Wenn du nichts Besseres zu sagen weißt, kannst du sofort von hier verschwinden und woanders dein Bier trinken.«

Barnaby hörte in der nächsten halben Stunde hauptsächlich zu, während die Leute kamen und gingen, aber alle beurteilten Miss Simpson in etwa gleich. Sehr freundlich. Duldsam mit Kindern. Und ausgesprochen großzügig, wann immer es einen Wohltätigkeitsbasar gegeben hatte: Marmelade. Honig. Eingemachte Früchte. Und die wunderschönen Blumen für die Kirche. Die arme Miss Bellringer. Was wird sie jetzt anfangen? Und was wird aus Benjy? Hunde grämen sich sehr, müssen Sie wissen. Und er ist auch nicht mehr der Jüngste. Sie wird ihm fehlen. Alle werden Miss Simpson sehr vermissen.

Selbst wenn viele dieser überschwenglichen Reden dem Brauch zuzuschreiben waren, daß man über Tote nur das Beste sagt, gewann Barnaby den Eindruck, daß die Dahingeschiedene ein außerordentlich netter und angenehmer Mensch gewesen war. Mrs. Sweeneys letzte Bemerkung schien das alles in einem Satz zusammenzufassen: »Sie hatte nicht einen einzigen Feind auf dieser Welt.«

Die Luft war feucht und frisch, als sie den Wald betraten, und Barnaby spürte ziemlich rasch eine Veränderung. Als sich das Blätterdach über ihnen schloß, stieg ihm ein satter, modriger Geruch, den die üppige Vegetation verbreitete, in die Nase.

Miss Bellringer ging voran und zeigte ihm den Weg. Sie trug einen Jagdstuhl und hielt sich immer in der Nähe des Chief Inspector, ganz wie er sie angewiesen hatte. »Ich glaube, es ist gleich da drüben bei der Nieswurz. Ja – da ist die Stelle.«

»Warten Sie.« Barnaby ergriff ihren Arm. »Wenn Sie bitte hier stehenbleiben würden. Je weniger wir hier herumtrampeln, um so besser.«

»Ich verstehe.« Sie klang enttäuscht, folgte jedoch gehorsam seiner Aufforderung, klappte ihren Jagdstuhl auf und hockte sich auf den Leinenstreifen. Sie rief: »Mehr nach links« und »Ja, wärmer, wärmer« und »Heiß, ganz heiß«, während er vorsichtig den Fleck mit den kleinen Blumen suchte. Dann, als sie sah, daß er sich bückte, fragte sie: »Sie sind wunderschön, nicht wahr?«

Barnaby studierte die Orchideen und den kleinen Stock mit dem roten Band. Die reglose Markierung wirkte eigenartigerweise lebendiger als die blassen Blumen. Es war etwas Rührendes an dem mit einer ordentlichen Schleife verknoteten Band. Barnaby richtete sich auf und schaute sich um. Soweit er es überblicken konnte, lag überall halb verrottetes Laub in der unmittelbaren Umgebung. An manchen Stellen war es ein wenig aufgewühlt, vielleicht von Kaninchen oder anderen kleinen Tieren, aber ansonsten schien es keine Spuren zu geben.

Links von ihm war dichtes grünes Gestrüpp. Er richtete den Blick auf den Boden. Da waren zwei ziemlich deutliche Vertiefungen, die verrieten, daß dort kürzlich jemand für eine gewisse Zeit gestanden hatte. Er erkannte auch die Stelle, wo sich der breitere Teil der Schuhe befunden hatte. Er stellte sich parallel daneben und spähte durch die Zweige.

Da war eine Mulde. Eine ziemlich große Fläche war platt gedrückt: Glockenblumen und Farnblätter waren geknickt und lagen auf dem Boden. Barnaby umrundete das Dickicht und kauerte am Rand der Mulde nieder, um den Boden genauer zu betrachten. Irgend jemand oder etwas mußte hier alles niedergewalzt haben. Auf dem Weg zurück zu Miss Bellringer fiel ihm noch eine Delle im Erdboden auf – sie hatte keine deutlichen Umrisse, sah aber aus, als hätte hier ein dicker Ast oder etwas ähnlich Schweres gelegen.

»Danke, daß Sie mir den Weg gezeigt haben.«

Es war ein gutes Gefühl, die dichtstehenden Bäume hinter sich zu lassen und aufs offene Gelände zu kommen. Kiebitze zogen am hellen, sonnigen Himmel ihre Kreise.

»Möchten Sie morgen abgeholt werden, damit Sie die Leiche identifizieren können, Miss Bellringer?« fragte Barnaby noch.

»O nein, das ist nicht nötig. Es gibt ein Taxi im Dorf. Ich komme gut auch so zurecht.«

Als sie sich Miss Simpsons Cottage näherten, entdeckten sie, daß der wachsame Sergeant Troy inzwischen von einer kleinen, aber ehrfurchtsvollen Gruppe umringt war. Barnaby verabschiedete sich von Miss Bellringer und überquerte die Straße. Sofort liefen die jüngsten der Kinder auf ihn zu.

»Warum steht der da wie ein Wachhund?«

»Ist der da auch ein Polizist?«

»Sie sind doch von der Polizei, oder?«

»Wieso hat er keine Uniform an?«

»Los, ihr Gören«, zischte Troy durch die zusammengebissenen Zähne, »geht einfach weiter. Hier gibt's nichts zu sehen.« Die Kinder nahmen den Befehl nicht ernst und blieben, wo sie waren.

»Ich schicke Ihnen eine Ablösung, Troy.«

»Ich habe in einer halben Stunde Dienstschluß.«

»Schon gut, Sergeant, spätestens um fünf werden Sie abgelöst.« Ein junges Mädchen mit einem Kleinkind an der Hand und einem Baby in einem Kinderwagen gesellte sich zu den anderen. Barnaby grinste. »Bis dahin wird hier die Hölle los sein.«

Die gerichtliche Anhörung am nächsten Tag nahm kaum Zeit in Anspruch. Die sterblichen Überreste von Emily Simpson, die Lucy Bellringer kurz zuvor identifiziert hatte, wurden für die Bestattung freigegeben. Der Gerichtsdiener verlas den

Bericht des Pathologen, dann wurde die Sitzung vertagt, weil man die Ergebnisse weiterer polizeilicher Ermittlungen abwarten mußte.

TEIL ZWEI

Ermittlungen

1

Barbara Lessiter ging zu dem Drehspiegel in der Ecke ihres Schlafzimmers. Sie hatte alle Lichter bis auf die Leuchte mit der Elfenbeinschnitzerei neben ihrem Bett ausgeschaltet. Die Lampe mit dem apricotfarbenen Schirm warf einen warmen Schein auf ihr Nachthemd und die im Solarium gebräunte Haut. Sie tauchte ihre Fingerspitzen in einen Tiegel und verteilte die nach Erdbeeren duftende Creme auf ihrem Hals bis zum Kinn und auf dem Brustansatz. Sie massierte ihr Dekolleté und schloß lächelnd die Augen. Dann cremte sie mit beiden Händen ihr Gesicht ein. Zum Schluß verteilte sie Öl um die Augen – es kam aus Frankreich, kostete fünfundvierzig Pfund pro Fläschchen und reichte nicht lange aus.

Sie liebte dieses Ritual. Schon als junges Mädchen – lange bevor es not tat – hatte sie mit Hingabe geschmiert, massiert, getätschelt und getupft. Auch jetzt noch war es keine unbedingte Notwendigkeit, sagte sie sich und warf in der Sicherheit des sanften Lichts einen Blick in den Spiegel.

Nachdem sie mit ihrem Gesicht fertig war, bürstete sie ihr Haar: fünfzig Bürstenstriche vom Scheitel bis zu den Spitzen. Ihr rotbraunes Haar schimmerte und glänzte so sehr, wie man es bei einer regelmäßigen Behandlung mit Henna, Eigelb und Spülungen erwarten konnte. Sie warf den Kopf zurück und lächelte wieder.

Bei der ruckartigen Bewegung rutschte ein Nachthemdträger von ihrer Schulter. Sie beugte sich näher zum Spiegel und berührte ihre nackte Brust, strich über die kleinen rotblauen

Flecken und lachte in wollüstiger Erinnerung. Plötzlich richtete sie sich auf und horchte.

Jemand näherte sich der Tür. Sie hielt die Luft an. Ein Klopfen. Es klang zaghaft, geradezu schüchtern. Sie wartete und bedeckte ihre Blößen, als wäre die Tür durchsichtig. Nach einer Minute hörte sie schlurfende Schritte, die sich entfernten. Sie atmete ein paarmal ganz tief durch. Das nächste Mal würde sie ihn hereinlassen müssen. Es war schon Ewigkeiten her, und er war eigentlich sehr gut zu ihr gewesen. Aber, lieber Gott, was für ein Kontrast das wäre ...

Sie war in Uxbridge als Barbara Wheeler »irgendwann in den späten fünfziger Jahren« geboren worden, wie sie den Leuten mit gespielter Scheu weismachte. Ihr Vater war Vorarbeiter beim Eisenbahnbau, ihre Mutter plagte sich mit dem Haushalt. Sie hatte noch fünf Geschwister, und Barbara war die einzige, die zur Schönheit herangewachsen war. Die ganze Familie war in einem winzigen Häuschen direkt an der Straße zusammengepfercht gewesen. Barbara hatte sich mit ihren beiden Schwestern, die inzwischen auch Sklavinnen ihrer eigenen Haushalte geworden waren, ein Badezimmer geteilt und den geringen ihr zur Verfügung stehenden Platz und ihre Habseligkeiten mit Zähnen und Klauen verteidigen müssen. Sie hatte sich über die billigen Klamotten und Kosmetika ihrer Schwestern lustig gemacht und die Nase gerümpft, wenn sie sich mit Duftwässerchen von Woolworth's einsprühten. Mit fünfzehn hatte sie angefangen zu stehlen – Cremes, Parfüm und Lotionen – und die Preisschilder abgemacht. Sie wußte genau, daß niemand zu Hause je von diesen Markenartikeln gehört hatte.

Ihre Schwestern waren Arbeiterinnen in der örtlichen Süßwarenfabrik geworden, sie hatte eine Stelle als Registratorin in einer Anwaltskanzlei angenommen. Für sie war das die erste schmale Sprosse auf der schlüpfrigen Leiter, die sie aus einer heruntergekommenen und häßlichen Umgebung in die strahlende Welt des Mittelstandes führen sollte. In eine Welt, in der man nicht in einen Park gehen mußte, in dem Kinderhorden kreischten und Hunde nach einem schnappten, wenn man Wiesen und Bäume sehen wollte, sondern sich in einem eigenen üppigen Garten vergnügen konnte. In der Leute ihre Kleider wuschen, bevor sie schmuddelig aussahen, und sich Männer mit einem Händedruck begrüßten, während die Frauen ihre gepuderten Wangen aneinander streiften.

Barbara war nicht besonders intelligent, aber sie war raffiniert, arbeitete hart, ohne zu klagen, und hielt den Mund geschlossen, dafür die Augen offen. Sie fing damit an, sich in einem größeren Kaufhaus in Slough mit Kleidern zu bedienen – dabei traf sie jedesmal eine sorgfältige Auswahl und ahmte den Stil nach, den sie bei der frisch verheirateten Tochter des älteren Anwaltpartners gesehen hatte. Auf diese Weise schlug sie sich bis kurz vor ihrem achtzehnten Geburtstag durch. Sie war noch immer Jungfrau, zum Teil, weil sie noch niemandem begegnet war, der ihr gut genug gefiel, aber hauptsächlich bildete sie sich ein, sie könnte einem passenden Freier ihre Jungfräulichkeit als Wiedergutmachung für ihre schäbige Herkunft anbieten. Natürlich sprach sie nie über ihre Vergangenheit, aber sie lebte in ständiger Angst, die gönnerhafte Förderung, die sie in der Anwaltskanzlei erfuhr, könnte ihre Mängel an die Oberfläche schwemmen.

Alan Cater, der als Referendar in die Kanzlei eintrat, fing an ihrem achtzehnten Geburtstag mit seiner Arbeit an. Er war groß, blond, hatte blaue Augen und rauchte dünne braune Zigarillos. Er fuhr einen roten Cobra Sportwagen und trug eine vergoldete Uhr. Er lächelte oft, besonders wenn er Barbara ansah. Er berührte sie auch – ganz beiläufig, so daß niemand Anstoß daran nehmen konnte. Er legte die Hand auf ihre Schulter oder schlang den Arm um ihre Taille, wenn sie nebeneinander vor dem Aktenschrank standen. Sie erschrak selbst über die angenehme Erregung, die sie in seiner Nähe spürte, verlor aber kein Wort darüber. Dabei merkte sie nicht, daß ihr beschleunigter Atem und ihr gerötetes Gesicht alles verrieten.

An einem Sommerabend verließ er etwas später als gewöhnlich das Büro. Er wollte von der Arbeit aus direkt auf den Tennisplatz und mußte sich im Waschraum umziehen. Barbara machte immer erst Feierabend, wenn er auch ging. Sie hatte inzwischen einen Abendkurs als Stenotypistin absolviert und deckte gerade ihre Schreibmaschine ab, als er in Shorts und Tennishemd aus dem Waschraum kam. Alle anderen waren schon weg. Er stellte sich vor sie und sah sie lange an – erst musterte er ihr Gesicht, dann wanderte sein Blick langsam weiter. Er schloß die Tür ab und gestand ihr, daß er sich schon lange nach diesem Augenblick gesehnt habe. Barbara wurde ganz schlecht vor Aufregung. Er stand ganz dicht bei ihr, raunte: »Soll ich dir zeigen, was du mit mir gemacht hast?« und führte ihre Hand. Als er ihre Bluse aufknöpfte – in den Sekunden, ehe ihr die Sinne vollends schwanden –, entstand ein bezauberndes Bild vor Barbaras geistigem Auge: Sie sah sich in einem weißen Kleid auf der Schwelle einer hübschen Dorfkirche stehen, und Alan in einem Smoking war an ihrer Seite. Nach der Zeremonie würde es Champagner geben und eine dreistöckige Hochzeitstorte.

»Du bist sehr hübsch, Liebling.« Er hakte ihren BH auf. »Komm schon – was ist los? Du willst mir doch nicht erzählen, daß das für dich überraschend kommt, oder?«

»Ich habe so weiche Knie . . .«

»Das haben wir gleich. In Ruperts Büro steht eine Couch. Und es gibt einen Spiegel.«

Sie gingen Arm in Arm in Ruperts Büro, die Bluse und den Büstenhalter ließen sie auf ihrer Schreibmaschine liegen. Sie legten sich auf die Couch gegenüber dem Spiegel und dem mit Gardinen verhangenen Fenster zur Straße. Als sie fast ganz nackt war, drohte Alan, die Gardine aufzuziehen. Das hätte sie eigentlich in Alarmbereitschaft versetzen müssen, aber die Drohung steigerte ihre Erregung nur noch mehr. Er schien genau zu wissen, was er tun mußte. Es tat nur ein ganz klein bißchen weh und war längst nicht so schmerzhaft, wie die Leute immer behaupteten – es war nur viel zu schnell vorbei. Sie wollte mehr, und er gab ihr mehr. Nach etwa einer Stunde klopfte jemand an die Außentür. Alan lächelte und legte einen Finger auf ihre Lippen, Barbara saß mit gespreizten Beinen auf seinem Schoß und sah, wie ein Mädchen im Tennisdreß und langem, von einem Tuch zusammengehaltenem Haar am Fenster vorbeiging.

Es war kurz vor neun, als sie schließlich ihre Sachen zusammensammelten und gingen.

Nach dieser Begegnung trafen sie sich noch oft, gewöhnlich spät am Abend. Alan erklärte ihr, daß er sein Studium nicht vernachlässigen dürfe und nach der Arbeit erst noch lernen müsse. Er fuhr mit ihr ins Grüne und fand meistens ein abgeschiedenes Plätzchen, und wenn das Wetter schlecht war, blieben sie in seinem Auto. Sie nahm ihn nie mit in ihr winziges möbliertes Zimmer und erzählte ihm, um unangenehmen Fragen rechtzeitig vorzubeugen, daß sie eine Waise sei. An den Abenden, an denen sie sich nicht sahen, fand sie keine Ruhe und verzehrte sich vor Sehnsucht nach ihm. Im Büro benahm er sich äußerst korrekt ihr gegenüber und zwinkerte ihr nur gelegentlich zu, wenn niemand sonst in der Nähe war. Einmal, als sie kurz allein im Zimmer waren, stellte er sich hinter ihren Stuhl und ließ seine Hand unter ihre Bluse gleiten.

Im Winter entdeckte sie, daß sie schwanger war. Sie war nervös, als sie ihm davon erzählte – fast so, als wäre es allein ihre Schuld. Sie beendete ihr Geständnis mit der Frage, was seine Eltern wohl dazu sagen würden. Er sah sie ungläubig, ja fassungslos an, dann grinste er belustigt und umarmte sie flüchtig. »Keine Sorge, wir regeln das schon irgendwie.« Am Ende der Woche rief Rupert Winstanley sie in sein Büro und gab ihr die Adresse einer Privatklinik in Saint John's Wood und einen Scheck über hundertfünfzig Pfund. Sie sah keinen der beiden jemals wieder.

Sie ließ die Abtreibung vornehmen, viel zu durcheinander und einsam, um über andere Möglichkeiten nachzudenken. Heute würde sie sich selbstverständlich anders entscheiden und die Mistkerle nach Strich und Faden ausnehmen. Wenn sie schon nicht ihren Respekt, ihre Bewunderung oder ihre Liebe gewinnen konnte, dann wollte sie wenigstens deren Geld.

Einen Monat nach ihrem Klinikaufenthalt arbeitete sie in einem Supermarkt und füllte tagsüber die Regale mit neuen Waren auf. Eines späten Abends klopfte jemand an ihre Zimmertür. Sie öffnete einen Spalt. Ein Mann, der nach Eau de Cologne und Bier roch, stand vor ihr. Er trug einen Blazer mit Abzeichen, eine gestreifte Krawatte und graue Flanellhosen. »Ha . . . ll . . . o«, sagte er und beäugte sie von oben bis unten.

»Was wollen Sie?«

»Ich bin ein Freund von Alan. Er dachte, wir könnten . . . du weißt schon . . . ein bißchen . . .«

Sie knallte die Tür zu. Wut, Schmerz und Abscheu brodelten in ihr. Sie stand wie angewurzelt da, als würde mit jeder Bewegung eine neue Wunde aufgerissen. Dieser Bastard! Der Schmerz ließ nach; der Abscheu verwischte die schönen Erinnerungen an Alan und richtete sich gegen alle Männer seiner Art. Nur die Wut blieb bestehen. Sie lauschte. Keine Schritte. Er mußte noch immer da draußen sein. Sie riß die Tür auf. Er grinste lässig.

»Das kostet dich etwas«, sagte sie. Seine bierselige Selbstzufriedenheit schwand, und Barbara dachte: Deine alte Bekanntschaft nützt dir gar nichts, du wirst blechen. »Oh … äh … meinetwegen …« Er ging einen Schritt auf die Tür zu, aber sie versperrte ihm den Weg.

»Wieviel hast du dabei?«

Er kramte nach seiner Brieftasche und zog Geldscheine, einen Führerschein und das Foto von einem Kind heraus.

»Fünfzig Pfund …«

Beinahe ein Monatsgehalt. Sie trat zur Seite. »Vielleicht solltest du lieber reinkommen.«

Und so nahm alles seinen Anfang. Sie wurde immer weiter empfohlen – an den Freund eines Freundes und an dessen Freund. Genaugenommen war sie kaum mehr allein, fühlte sich jedoch nie geborgen. Dafür konnte sie ohne Mühe ihre Miete bezahlen und bekam Geschenke. Sehr hübsche Geschenke. Einen Pelzmantel von Harrod's, einen großen Farbfernseher, einen Urlaub in Portofino, während die Frau ihres Freiers im Krankenhaus lag und an der Gebärmutter operiert wurde. Aber ihr fehlte die Sicherheit – die finanzielle Sicherheit. Gefühlsmäßig war sie unangreifbar. Keiner dieser Männer bedeutete ihr auch nur das Geringste. Sie sah auf sie herab, als würde sie weit über ihnen stehen, wenn sie wie impotente, schlaffe Seehunde keuchten und ächzten.

Nie wieder würde sie zulassen, daß dieses strahlende Gefühl sie beherrschte wie damals, vor zwanzig Jahren, als sie in den Büroräumen von Winstanley, Dennison und Winstanley den Verstand verloren hatte und auf Wolken geschwebt war. Heute konnte sie sich nicht einmal mehr an Alans Nachnamen, geschweige denn an sein Gesicht erinnern.

Und dann hatte sie Trevor Lessiter kennengelernt. Sie lief ihm im wahrsten Sinne des Wortes in der Lebensmittelabteilung von Marks und Spencers in die Arme. Als sie zu scharf um eines der Regale bog, verhakten sich ihre Einkaufswagen heillos ineinander. Sie schenkte ihm ihr professionelles strahlendes Lächeln, und er war auf Anhieb überwältigt, ohne etwas von ihrem Gewerbe zu ahnen.

Er war ein komischer kleiner Kauz mit rundem Schädel, graumeliertem Haar und einem Wollschal, obwohl das Wetter ziemlich schön und warm war. Teure Kleidung, dachte sie, als sie ihn mit fachmännischem Blick musterte, aber natürlich grauenvoll altmodisch. Er gehörte zu der Sorte, die ihr Kleingeld in eine Geldbörse steckten. Sie entwirrten ihre Einkaufswagen. Seiner war schon halbvoll.

»Ihre Frau muß Ihnen eine lange Liste mitgegeben haben.«

»Nein ... das heißt ...«, stammelte er und warf ihr einen kurzen Blick zu, ehe er wieder auf die Regale starrte. »Meine Tochter stellt die Einkaufsliste zusammen ... ich bin Witwer.«

Barbara schob ihren Wagen weiter und sagte: »Oh, wie gedankenlos von mir ... ich wußte ja nicht.« Jetzt blieb sie stehen und sah ihm ins Gesicht. »Es tut mir wirklich leid.«

Sie gingen zusammen Tee trinken in ein Café gegenüber dem Odeon. Barbara entschuldigte sich, sobald sie einen Tisch gefunden hatten, und zog sich zu den Toiletten zurück, um ihre falschen Wimpern nachzutuschen, den Lippenstift zu erneuern und noch ein wenig Duft aufzulegen. Sie trafen sich noch einmal zum gemeinsamen Tee, dann zum Dinner in einem Hotel am Themse-Ufer bei Marlow. Sie fuhren in seinem wundervollen alten Jaguar mit den Ledersitzen. Im Restaurant standen Kerzen auf den Tischen, und Blüten schwammen in gläsernen Schüsseln. Barbara war daran gewöhnt, in verschwiegenen, kleinen Kneipen zu essen, aber diesmal saß ihr kein Mann gegenüber, der ständig über die Schulter spähen mußte. Er erzählte ihr vom Unfall seiner Frau und von seiner Tochter und sagte: »Ich würde mich freuen, wenn ich Sie mit ihr bekannt machen dürfte.«

Es dauerte einige Zeit, bis diese Begegnung arrangiert werden konnte. Die Wochenenden vergingen, und Judy schien immer etwas anderes vorzuhaben. Aber schließlich bestand ihr Vater darauf, daß sie sich einen Sonntag nachmittag freihielt. Barbara wählte ihre Garderobe mit Bedacht: ein weich fließendes Paisley-Kleid und einen leichten Tweedmantel. Sie legte kaum Make-up auf, nur ein wenig Rouge, einen unauffälligen Lippenstift und einen braunen Lidstrich.

Das Dorf war fast dreißig Meilen von Slough entfernt (Gott sei Dank, dachte sie), und auf der Fahrt sagte sie immer wieder beinahe aufrichtig: »Ich hoffe, sie mag mich.«

Als Lessiter den Jaguar in die Auffahrt lenkte, glaubte sie im ersten Moment, daß irgendein Irrtum vorlag – daß er noch einen wohlhabenden Patienten besuchen oder bei einem Freund vorbeischauen wollte, ehe er nach Hause fuhr. Weite Rasenflächen erstreckten sich links und rechts der Zufahrt. Sie sah Bäume, Sträucher und Blumenbeete. Das Haus war riesig – eine viktorianische Villa mit einem Turm, Erkern und Giebeln und – wie sie später erfuhr – sieben Schlafzimmern. Ihr war plötzlich kalt, als sie aus dem Wagen stieg. Sehnsucht, Hoffnung und Angst jagten ihr Schauer über den Rücken.

»Das erinnert mich an das Haus meines Vaters«, sagte sie.

»Oh. Wo habt ihr gewohnt, Liebes?« Sie hatte nie zuvor ihre Familie erwähnt.

»In Schottland. Leider haben wir das Haus wie alles andere verloren.« Sie betrachtete die vielen Fenster und seufzte abgrundtief, als würde sie die Erinnerung und der schwere Verlust übermannen. »Er war ein unverbesserlicher Spieler.«

»Ich hoffe, du wirst ...« Er verstummte abrupt. Barbara wußte, was er sagen wollte, und verfluchte im stillen das Mädchen, das im Haus lauerte. Sie war noch nie gut mit Frauen ausgekommen, hatte nie eine enge Freundin gehabt.

Na ja, diesmal mußte sie einfach mitspielen und sehen, was sie erwartete.

Es war eine absolute Katastrophe. Das Mädchen hockte schmollend da, gab giftige Bemerkungen von sich (das war der Lieblingssessel meiner Mutter), goß Tee mißmutig in die Tassen und verteilte schweren, matschigen Kuchen. Barbara versuchte, ein Gespräch in Gang zu bringen, aber die kleine Göre ging nicht auf sie ein und redete immerzu von vergangenen Zeiten, als Mummy dies oder jenes tat oder die ganze Familie irgendwohin fuhr.

Barbara sah sich währenddessen alles genau an – die weichen, mit Chintz bezogenen Sofas (zwei) und die Sessel (fünf). Die großen Blumenschalen und chinesischen Teppiche, die prunkvollen Spiegel und Gemälde. Und hinter den großen Glastüren die Terrasse mit den üppigen Blumentrögen und die gepflegte Rasenfläche. Zum erstenmal seit Jahren betete sie: Lieber Gott, *bitte* mach, daß er mich fragt. Sie merkte, daß sie den Henkel ihrer zarten Tasse viel zu fest hielt, und stellte sie behutsam ab.

Als sie in seinem Wagen zurückfuhren, sagte er: »Sie wird sich damit abfinden und zugänglicher werden.« Ganz bestimmt nicht, dachte Barbara. Judy gehört zu der widerspenstigen Sorte – sie ist ein eiskaltes kleines Biest mit Pickeln und einem Hintern, der beinahe den Boden streift. Die geborene alte Jungfer. Sie würde noch mit neunzig da sein, um ihren Daddy zu umsorgen.

»Oh, glaubst du wirklich, Trevor? Ich habe mich so darauf gefreut, sie kennenzulernen.« Ihre Stimme bebte ein wenig. Als er vor ihrer Wohnung anhielt, sagte sie: »Würde es dir etwas ausmachen, noch einen Sprung mit reinzukommen? Ich bin ein wenig deprimiert.« Es war das erste Mal, daß sie ihn zu sich einlud. Er sprang eifrig aus dem Wagen und rannte förmlich die Treppe hinauf.

Barbaras Wohnung befand sich mitten in der Stadt in der Mancetta Road über einer Nachrichtenagentur. Sie bot ihm nichts zu trinken an, warf nur ihren Mantel über eine Stuhllehne, ließ sich auf das unechte Ozelot-Sofa fallen und vergrub das Gesicht in den Händen. Er war sofort an ihrer Seite.

»Reg dich nicht auf.« Er legte schwerfällig einen Arm um ihre Schultern, und sie sah ihn an wie ein Kind, das großen Kummer hatte.

»Ich habe mir so sehr gewünscht, daß sie mich mag. Ich habe mir schon ausgemalt, wie wir über Kleider und Make-up und solche Dinge reden ... Ich dachte, ich könnte mich ein wenig um sie kümmern ... um euch beide ... Wahrscheinlich findest du das albern.«

»Liebling, selbstverständlich nicht.« Plötzlich wurde er sich bewußt, wie nah ihm ihre prallen Brüste waren, die sich an sein Hemd schmiegten. Und er roch, wie ihr Haar duftete. Er hob ihr Kinn an und war zutiefst gerührt, als er Tränen in ihren Augen sah. Er küßte sie. Für einen Moment teilten sich ihre Lippen, er fühlte sogar ihre Zungenspitze, aber dann schnappte sie nach Luft und schob ihn von sich. Sie stand auf, durchquerte das Zimmer und drehte sich zu ihm um. Sie atmete schwer.

»Was mußt du von mir halten? Oh, Trevor! Ich weiß nicht, was mit mir los ist. Ich denke die ganze Zeit nur an dich ... Ich hätte dich nicht bitten dürfen, mit in meine Wohnung zu kommen.«

Gleich darauf flog sie in seine Arme. Sie entspannte sich und preßte sich an ihn. Ein langer Kuß. Seine Hand begann zu wandern. Barbara stieß einen kleinen erregten Schrei aus, bevor sie sich abrupt von ihm löste. »Was tust du da?«

»Barbara ... verzeih mir.«

»Wofür hältst du mich?«

»Vergib mir, Liebling ... bitte.«

»Nur weil ich dich liebe – ja, ich gebe es zu! Ich liebe dich. O Trevor«, sie fing an zu weinen, »du solltest jetzt gehen. Es ist alles so hoffnungslos.«

Er ging und kam am nächsten Tag wieder. Und am übernächsten auch. Drei Wochen lang besuchte er sie, litt. Seine Erregung wuchs von Mal zu Mal, aber immer wurde ihm der endgültige Zugang verwehrt. Er kühlte sich ab, flehte und bettelte und krümmte sich vor Qual.

An dem Tag, an dem er endlich einen Erfolg verbuchen konnte, war Barbara so unglücklich, daß sie sich nicht einmal die Mühe machte, sich anzuziehen. Sie kauerte in einem hochgeschlossenen Morgenmantel neben dem Gasofen, bis er ihre Wohnung verließ.

Sie heirateten am Morgen des 30. Juni 1982. Die Nacht vor der Hochzeit verbrachte er in ihrer Wohnung und erlebte die höchsten Freuden, an die er sich für den Rest seines Lebens mit immer stärker werdender sehnsuchtsvoller Reue erinnern sollte. Nach der Trauung fuhren sie nach Badger's Drift, um Judy die Neuigkeit beizubringen.

Und jetzt streifte Barbara wieder den Träger ihres Nachthemds über die Schulter und betrachtete die Spuren der Liebesbisse. Sie setzte alles aufs Spiel. Frustration und Langeweile hatten sie dazu getrieben, sich einen Liebhaber zu nehmen. Und was für einen Liebhaber! Sie hatten sich erst vor wenigen Stunden getrennt, und schon verzehrte sie sich nach seiner Berührung. Zum zweitenmal in ihrem Leben schwebte sie auf Wolken. Ihr Körper spürte Dinge, die sie sich jahrelang versagt hatte. Sie war sehr, sehr vorsichtig gewesen, aber wie lange konnte man eine so leidenschaftliche Affäre geheimhalten? Aber sie konnte nicht von ihm lassen. Sie brauchte ihn so nötig wie die Luft zum Atmen. Sie ging ins Bett und durchlebte in der Erinnerung noch einmal die rhythmischen Bewegungen der Liebe, dann versank sie in einen tiefen, traumlosen Schlaf.

2

Die Absperrung um Miss Simpsons Cottage erregte mehr Aufsehen, als es ein ganzes Polizeiaufgebot, bestehend aus lauter Sergeant Troys, vermocht hätte. Die halbe Ortschaft schien auf den Beinen zu sein und ignorierte die offenkundig unwahre Behauptung des diensthabenden Constable, daß es absolut nichts zu sehen gebe.

Das Team der Spurensicherung arbeitete fieberhaft und untersuchte methodisch das ganze Haus. Barnaby wanderte währenddessen umher und ging schließlich in den Garten. Die verwaisten Bienen brummten und summten in ihren Stöcken. Er registrierte ohne große Überraschung, daß sich an den unbepflanzten Stellen in den Beeten bereits die ersten Sprossen von Unkraut zeigten. Er kehrte zur Hintertür und dem süßen Duft der Kiftsgate-Rose zurück.

»Das hier haben wir unter dem Kirschlorbeer vor dem Speisekammerfenster gefunden, Sir.« Der Mann zeigte Barnaby einen kleinen Rechen, der bereits in einer durchsichtigen Plastikhülle steckte und mit einem Etikett versehen war. »Wahrscheinlich wurde er benutzt, um Fußspuren zu verwischen. Jemand ist ganz sicher auf diesem Weg rausgekommen.«

Gegen Mittag waren die Männer fertig. Ein Wagen fuhr los und brachte die Funde ins Labor, die Absperrung wurde aufgehoben, und das Team begab sich in den Black Boy Pub, um sich ein Bier und Sandwiches zu genehmigen. Eine halbe Stunde später brachen die Spurensicherer zum Buchenwald auf. Die meisten Dorfbewohner hatten sich zurückgezogen, aber Barnaby hörte, wie eine Frau vor dem Pub zu einem Jungen sagte: »Lauf heim, Robbie. Und sag deiner Mutter, daß sie die Lane entlangfahren.« Der Junge flitzte los, und als die

Polizeiautos auf dem Rastplatz in der Nähe des Buchenwaldes parkten, fanden sich auch wieder Schaulustige ein.

Im Wald wurde ein ziemlich großer Bereich mit Seilen abgesteckt, die Spurensicherer teilten sich auf und suchten das Gebiet Stück für Stück gründlich nach Hinweisen ab. Barnaby schilderte seinen eigenen und Miss Bellringers Weg. Die Neugierigen drängten an die Absperrseile und verrenkten sich die Hälse. Ein Mann duckte sich unter dem Seil durch und schimpfte: »Dies ist ein freies Land – noch geht es bei uns nicht zu wie in Rußland!« Er wurde zurückgeschickt. Eine große Frau mit einem Golden Retriever an der Leine rief: »Henry könnte euch sicher beim Suchen helfen!«

Barnaby sah seinen Kollegen bei der Arbeit zu und versuchte, nicht im Weg zu stehen. Er spürte, daß er allmählich ungeduldig wurde. Diese Dinge konnte man nicht beschleunigen, aber es verstrich so viel wertvolle Zeit, und es würde noch mindestens ein voller Tag vergehen, bis all die Berichte und Untersuchungsergebnisse auf seinem Schreibtisch landeten. Er hatte das Gefühl, daß alles in seinen Händen zu Staub zerfiel, ehe er richtig mit der Arbeit beginnen konnte. Er winkte Sergeant Troy und eilte zu seinem Wagen.

Tatsächlich dauerte es weniger als vierundzwanzig Stunden. Die Leute im Labor arbeiteten rund um die Uhr (nur nicht an den Feiertagen), und Barnaby hielt noch vor dem Mittagessen die Auswertungen und Berichte der Spurensicherer in den Händen. Er hatte alles sorgfältig durchgelesen und saß jetzt vor einer Reihe von gespannten Gesichtern in einem der Besprechungszimmer der Polizeistation.

»Wir versuchen herauszufinden«, er schluckte die erste Tablette an diesem Tag und spülte sie mit einem Kaffeerest hinunter, »wo sich die einzelnen Dorfbewohner, auch die Kinder, die an diesem Nachmittag nicht in der Schule waren, aufhielten – auch der Abend interessiert uns. Alles klar? Da drüben auf dem Tisch liegen die Formulare. Am Schwarzen Brett finden Sie eine Liste, wer welche Adressen übernimmt.«

»Welchen Zeitpunkt setzen wir für das Ende des Nachmittags fest, Sir?« fragte Sergeant Troy, der inzwischen seine Vorbehalte und die kritische Einstellung zu diesem Fall vollkommen vergessen hatte und bemüht war, durch Eifer zu glänzen. »Hat sie jemand aus dem Wald kommen sehen?«

Barnaby sah seinen Sergeant an. Er hatte natürlich gemerkt, daß Troy bis jetzt mehr als nur skeptisch gewesen war, und wunderte sich darüber, daß jemand seine Überzeugungen so leicht abstreifen konnte wie eine Schlange die zu eng gewordene Haut. Er wußte nichts über Troys Privatleben, vermutete aber, daß er in seinen Beziehungen ebenso unbekümmert war.

»Das wäre natürlich praktisch für uns, aber das Leben ist selten so entgegenkommend. Ich denke, es ist in diesem Stadium das beste, wenn Sie einen Zeitraum von etwa zwei Uhr mittags bis Mitternacht abdecken. Wir wissen, daß Miss Simpson um acht noch am Leben war, weil sie zu dieser Zeit einen Anruf tätigte.«

»Woher wollen wir wissen, daß die Person oder die Personen, die sie im Wald gesehen hat, überhaupt im Dorf wohnen?« wollte eine junge Polizistin wissen.

»Davon können wir nicht mit Sicherheit ausgehen, aber es war ganz gewiß jemand, den sie kannte, und weit und breit parkte kein Auto – weder am Waldrand noch auf der Straße zwischen den Feldern. Die einzige andere Möglichkeit, einen Wagen abzustellen, wäre der Rastplatz in der Church Lane. Man sieht ihn deutlich vom letzten Haus aus, und der Besitzer dieses Hauses war fast den ganzen Nachmittag in seinem Garten und ist ziemlich sicher, keinen Wagen gesehen zu haben. Das bedeutet, daß, wer auch immer im Wald war, zu Fuß dort war.«

»Also suchen wir nach jemandem, der für einen Teil des Nachmittags und Abends kein Alibi hat?«

»Wahrscheinlich. Ich neige dazu zu glauben, daß es ein Pärchen gewesen sein muß. Im Laborbericht steht, daß eine Decke – eine Decke mit dem Karomuster des Hochländerregiments – auf dem Boden in der Mulde gelegen hat.« Er sah, wie Troy der Polizistin Brierley lüstern zuzwinkerte und ihr den Ellenbogen so heftig in die Seite stieß, daß sie ihren Bleistift fallen ließ. »Andere Spuren von umgeknickten Pflanzen außerhalb des für uns wichtigen Bereichs deuten darauf hin, daß dies ein beliebtes, lauschiges Plätzchen ist. Möglicherweise war das Pärchen öfter dort.«

»Erscheint mir unglaubhaft, Sir.« Wieder Troy. »Ich meine, daß sie umgebracht wurde, nur weil sie gesehen hat, wie jemand ...« Er räusperte sich. »Ein wenig altmodisch, oder? Wir haben schließlich 1987. Wer erwartet heute schon noch Treue?«

Barnaby, der sein Leben lang treu gewesen war, sagte: »Sie wären überrascht. Ehen werden immer noch wegen Seitensprüngen geschieden. Leute werden enterbt. Beziehungen gehen kaputt. Vertrauen wird zerstört.« Die meisten sahen ihn unbeeindruckt an, ein oder zwei Männer nickten verständnisvoll. Barnaby stand auf. »Also, an die Arbeit.«

»Günstig, daß die beiden am Nachmittag beobachtet wurden, Sir. Da sind die meisten Leute noch in der Arbeit, das macht das Aussortieren leichter.«

»Wir wissen nicht, wann genau Miss Simpson sie entdeckt hat. Es könnte auch erst um sieben Uhr gewesen sein. Zu dieser Zeit ist es draußen noch hell.«

»Oh.« Troy fuhr vorsichtig und behielt den Tachometer im Auge. »Sie hätten von Gessler Tye zu Fuß herkommen können. Es ist nicht allzu weit. Vielleicht wollten sie sich nicht in ihrem eigenen Bezirk vergnügen.«

»Ja. Unter Umständen müssen wir unsere Ermittlungen ausdehnen.«

»Selbst wenn es ein Pärchen war, dann heißt das noch lange nicht, daß beide mit unserer Sache zu tun hatten.«

Dieser Gedanke hatte Barnaby auch schon beschäftigt. Es lag durchaus im Bereich des Möglichen, daß einer der beiden frei war und eine Entdeckung nicht zu fürchten brauchte. Und wenn doch beide anderweitig gebunden waren, hatte wahrscheinlich nur einer so viel zu verlieren, daß er oder sie einen Mord in Kauf nahm, um die Liaison geheimzuhalten. Dabei mußten nicht unbedingt nur finanzielle Gründe im Vordergrund stehen. Es war immerhin auch möglich, daß jemand sein Ehegespons von Herzen liebte und trotzdem einem kleinen Abenteuer im Heu nicht widerstehen konnte.

Sie kamen nach Badger's Drift und fuhren an zwei Polizeiwagen vorbei, die schon vor dem Black Boy parkten. Die von Haus-zu-Haus-Befragung hatte begonnen.

Barnaby sagte: »Ich möchte bei den Lessiters anfangen. Das ist das große Haus mit den steinernen Löwen.« Sergeant Troy pfiff neidvoll durch die Zähne, als er in die Einfahrt schoß und sich den Spaß gönnte, vor der Haustür so abrupt zu bremsen, daß Kieselsteine aufspritzten und sich eine Wolke von Staub bildete. Barnaby seufzte und stieg aus. Er benutzte den auf alt getrimmten Türklopfer und betrachtete, während er wartete, die Kutschenlaternen, das Schild mit einem Pfeil zur Seite und den Sprechstundenzeiten des Arztes in gotischer Schrift, die man sonst nur noch in Horrorfilmen sehen konnte.

Barnaby hatte die Praxis mittlerweile schon ziemlich gut kennengelernt. Er war erst gestern wieder dort gewesen, um den Arzt über das Ergebnis der Autopsie zu informieren. Lessiter hatte die Neuigkeit nicht gerade gut aufgenommen. Er hatte den Chief Inspector entgeistert angestarrt und in beinahe demselben Tonfall wie George Bullard gesagt:

»Schierling?« und war wie ein Stein auf seinen Stuhl geplumpst. Er vergaß sich so weit, daß er Barnaby mit einer Handbewegung gestattete, auch Platz zu nehmen. Er hielt sogar seine Hände vorübergehend ganz still.

»Und was hat Sie darauf gebracht, eine Autopsie anzuordnen, wenn ich fragen darf?« Er fühlte sich bereits in die Defensive gedrängt.

»Wir wurden gebeten, Nachforschungen anzustellen.«

»Von wem? Dieser wunderlichen alten Hexe, die in der Lane wohnt – das sollte mich nicht wundern.« Ihm fiel auf, daß Barnaby das Gesicht kaum merklich verzog, und bemühte sich sichtlich, sich zu beruhigen. »Die Höflichkeit hätte geboten, daß Sie mir Bescheid sagen.«

»Ich sage Ihnen ja Bescheid, Sir.«

»Ich meine, bevor Sie in Aktion traten, das wissen Sie verdammt gut.«

Das Geräusch von sich nähernden Schritten rief Barnaby in die Gegenwart zurück. Ein Mädchen öffnete die Tür. Doktor Bullards Beschreibung »der weniger umwerfenden Tochter« fiel ihm wieder ein, und er nahm an, daß sie das war: klein, nicht viel größer als einsfünfzig, und plump. Ihr Teint war grobporig und unrein, auf der Oberlippe sproß ein dunkler Flaum, und ihr Haar war spröde und kräuselte sich in alle Richtungen um den runden Kopf. Sie hatte große, relativ schöne Augen, aber sie blinzelte von Zeit zu Zeit hektisch. Diese Angewohnheit ließ sie ängstlich und dennoch ein wenig trotzig erscheinen. Sie gehörte zu den Mädchen, die ihre Unsicherheit als ihre Stärke einsetzen.

Barnaby nannte den Grund für seinen Besuch, und er und Troy wurden hereingebeten. Sie folgten Judy Lessiter durch die Halle. Ihre Beine unter dem formlosen Kittelkleid waren wirklich bemerkenswert. Ziemlich dicke Knie und spindeldürre Knöchel – es sah aus wie auf dem Kopf stehende Kegel.

Judy stieß die Tür zum Wohnzimmer auf und ging hinein, Barnaby und Troy blieben dicht hinter ihr.

Doktor Lessiter sah auf und ließ mit einer ungehaltenen Handbewegung den *Telegraph* sinken. »Gütiger Himmel – ich dachte, die Sache ist ausgestanden, und ich sehe Sie und Ihre Leute nie wieder.«

»Ja. Tut mir leid, aber Befragungen dieser Art sind üblich ...«

»Sie stellen das ganze Dorf auf den Kopf.«

»Bei einem ungeklärten Todesfall ...«

»Die Frau hat aus Versehen Schierling gepflückt. Gleich hinter der Church Lane wächst er in Massen. Der Wind verstreut die Samen überall hin. Offenbar sind ein paar davon in ihrem Garten gelandet und haben Wurzeln geschlagen. Ich habe noch nie erlebt, daß man wegen so einer Sache einen derartigen Wirbel veranstaltet.«

»Wir fragen alle Dorfbewohner, was sie an dem in Frage kommenden Tag getan haben und wo sie waren. Es geht um den letzten Freitag, den siebzehnten Juli – wir interessieren uns für den Nachmittag und den Abend.«

Der Doktor schnaubte ärgerlich, warf seine Zeitung auf den Tisch und sprang auf. Er stellte sich mit dem Rücken zu Barnaby und starrte in den Kamin. »Scheint so, als würde uns nichts anderes übrigbleiben, als Auskunft zu geben. Am Nachmittag Hausbesuche ... dann am Ab ...«

»Du machst nur am Dienstag und Donnerstag Hausbesuche, Daddy«, warf Judy ruhig und sachlich ein, aber Barnaby glaubte zu sehen, daß ein unfreundliches Lächeln ihre Mundwinkel umspielte.

»Was? Oh ... ja, Entschuldigung.« Er nahm eine Zeitschrift, die obenauf in dem Korb mit dem Feuerholz lag, und blätterte sie durch, um seine Gleichgültigkeit zu demonstrieren. »Natürlich, ich war hier. Hab' ein bißchen im Garten gearbeitet und dann das Spiel im Fernsehen gesehen – was für ein Match ...«

»Und am Abend?«

»Ich fürchte, auch da war ich hier. Ein wirklich langweiliger Tag.«

»War Ihre Frau nachmittags und abends bei Ihnen?«

»Einen Teil des Abends war sie da. Am Nachmittag hat sie einen Einkaufsbummel gemacht.«

»Danke. – Miss Lessiter?«

»Tagsüber habe ich gearbeitet. Ich bin Bibliothekarin. In Pinner.«

»Und am Abend?«

»War ich hier.«

Beide Polizisten registrierten – was zweifellos beabsichtigt war –, daß der Arzt übertrieben erstaunt auf diese Behauptung reagierte. Wie du mir, so ich dir, dachte Barnaby.

»Na ja«, redete sich Judy heraus. »Ich habe einen kleinen Spaziergang gemacht – das Wetter war so schön.«

»Wissen Sie noch, wie spät es war, als Sie aufbrachen?«

»Nein, tut mir leid. Aber ich war nicht lange weg.«

»Wohin gingen Sie?«

»Nur die Church Lane entlang und etwa eine halbe Meile durch die Felder, dann bin ich umgekehrt.«

»Sind Sie jemandem begegnet?«

»Nein.«

»Haben Sie etwas gehört oder etwas Ungewöhnliches bemerkt, als Sie am Bienenstock-Cottage vorbeikamen?«

»Nein ... Ich glaube, die Vorhänge waren zugezogen.«

»Und um wieviel Uhr waren Sie wieder zu Hause?«

Sie zuckte teilnahmslos mit den Schultern.

»Können Sie uns in diesem Punkt weiterhelfen, Doktor Lessiter?« erkundigte sich Barnaby.

»Nein.« Der Doktor hatte sich wieder auf dem Sofa niedergelassen und war in seine Zeitung vertieft. Barnaby wollte gerade fragen, ob er Mrs. Lessiter sprechen könne, als sie auf der Schwelle hinter ihm auftauchte. Er spürte ihre Anwesenheit, weil sich die Atmosphäre im Raum von einer Sekunde zur anderen veränderte. Der Arzt las nach einem kurzen Blick über die Schulter des Chief Inspectors mit einer Konzentration, die nur vorgetäuscht sein konnte, in seiner Zeitung. Judys Miene verfinsterte sich zusehends, und Sergeant Troy spürte mit einemmal, wie ihm so heiß wurde, daß seine helle Haut eine unvorteilhafte rosa Färbung annahm.

»Ich dachte doch, daß ich Stimmen gehört habe.« Sie sank in den Sessel neben dem Fenster, legte ihre Füße auf einen Schemel und schenkte den beiden Polizisten ein bezauberndes Lächeln. Sie sieht aus wie eine von diesen Frauen, die in den Magazinen mit den aufklappbaren Seiten zu sehen sind, dachte Troy, während er ihre Kurven, die sich deutlich unter dem Frotteeoverall abzeichneten, ihre üppige Haarmähne und die schimmernden Lippen betrachtete. Ihre schlanken, gebräunten Füße steckten in hochhackigen goldenen Sandalen. Barnaby fiel auf, daß sie längst nicht mehr so jung war, wie sie durch kosmetische Höchstleistungen und durch viel Geld vortäuschen wollte. Sie war nicht mehr Anfang Dreißig, sondern eher Mitte, vielleicht sogar Ende Vierzig.

Auf seine Fragen hin erklärte sie, sie sei am Nachmittag in Causton einkaufen gewesen und habe den Abend bis auf einen kurzen Zeitraum, in dem sie mit dem Auto unterwegs gewesen war, zu Hause verbracht.

»Hatten Sie ein spezielles Ziel bei dieser Fahrt?«

»Nein ... na ja, um ehrlich zu sein, wir hatten eine kleine Meinungsverschiedenheit, stimmt's, Pookie?«

»Ich kann mir nicht vorstellen, daß unsere Streitereien für die Polizei von Interesse sind, meine Liebe«, brummte Lessiter.

»Ich habe mein Kleiderbudget überschritten, und das

machte ihn wütend. Deshalb stieg ich in den Jaguar und fuhr ein wenig herum, bis ich glaubte, daß er sich beruhigt hatte. Dann kam ich zurück.«

»Und wann war das genau?«

»Es war etwa sieben, als ich das Haus verließ, denke ich. Und ich war vielleicht eine Stunde unterwegs.«

»War Miss Lessiter hier, als Sie nach Hause kamen?«

»Judy?« Sie sah ihre Stieftochter stirnrunzelnd und unbeteiligt an, als würde sie sich fragen, was sie überhaupt hier zu suchen hatte. »Ich habe nicht die geringste Ahnung. Sie hält sich die meiste Zeit in ihrem Zimmer auf. Wie Jugendliche eben so sind.«

Barnaby fand, daß die Bezeichnung »Jugendliche« keineswegs zu der trägen Gestalt paßte, die jetzt das halbe Sofa für sich beanspruchte. Jugendliche waren zwar scheu, unbeholfen und launisch, aber auch lebenslustig und temperamentvoll. Judy hingegen schien schon als Erwachsene auf die Welt gekommen zu sein.

»Haben Sie irgendwo haltgemacht, Mrs. Lessiter? Um etwas zu trinken vielleicht?«

»Nein.«

»Gut, vielen Dank.« Als Barnaby aufstand, hörte er die Klappe des Briefkastens zufallen, Judy hievte sich vom Sofa und watschelte hinaus.

Ihre Stiefmutter sah Barnaby vielsagend an. »Sie ist verliebt. Jedesmal, wenn die Post kommt oder das Telefon klingelt, erleben wir ein kleines Drama.« Ihr strahlendes, unechtes Lächeln galt allen drei Männern. Ist die Kleine nicht eine lächerliche Figur? sagte dieses Lächeln, als müßten ihr alle zustimmen. »Ein furchtbarer Mann – aber er sieht umwerfend gut aus, und das macht alles noch viel schlimmer.«

Trevor Lessiter hielt seine Zeitung so fest, daß die Knöchel an seinen Fingern weiß wurden. Judy kam mit einem Stapel

Briefen zurück. Einen warf sie in Barbaras Schoß, den Rest kippte sie hinter den *Daily Telegraph*. Ihr Vater schnalzte aufgebracht mit der Zunge.

Nachdem sie das Haus verlassen hatten, blieb Barnaby stehen, um die Madame-de-Coultre-Clematis zu bewundern, die an der Säule am Eingang rankte. Dann drehte er sich noch einmal um und sah, daß Barbara Lessiter am Fenster des Wohnzimmers stand und blicklos in den Garten starrte. Blanke Angst stand ihr im Gesicht. Barnaby beobachtete, wie sie den Brief zusammenknüllte und in die Tasche ihres Overalls stopfte.

»Was ist los, Stiefmama?«

»Nichts.« Barbara ging zurück zu dem Sessel. Sie sehnte sich nach einem starken, schwarzen Kaffee. Alles stand auf dem niedrigen Tischchen vor dem Sofa bereit, aber ihre zitternden Hände würden sie verraten.

»Du bist bleich wie das sprichwörtliche Laken unter all dieser dicken Pariser Schminke.« Judy starrte die ältere Frau unverhohlen an. »Du bist doch nicht schwanger, oder?«

»Selbstverständlich nicht.«

»Selbstverständlich nicht«, echote Judy. »Die Zeiten sind für dich längst vorbei, nicht wahr?«

»Hast du eine Zigarette für mich, Trevor?«

Ihr Mann erwiderte, ohne den Blick von der Zeitung zu wenden: »In der Dose auf meinem Schreibtisch sind welche.«

Barbara nahm eine und klopfte mit der Spitze so heftig auf den Dosendeckel, daß das Tabakpapier fast aufplatzte. Sie zündete die Zigarette mit dem Feuerzeug an, das aussah wie ein Fußball, und stellte sich wieder mit dem Rücken zu den anderen ans Fenster. Das unterschwellig feindselige Schweigen dehnte sich in die Länge.

Judy Lessiter richtete einen brennenden Blick auf die Zeitung, hinter der sich ihr Vater verschanzt hatte. Am liebsten hätte sie diesen Schutzschild versengt wie ein durch eine Lupe verstärkter Sonnenstrahl und zugesehen, wie sich das Papier erst braun, dann schwarz verfärbte und in Flammen aufging, um sein dümmliches, erstauntes Gesicht freizugeben.

Der schreckliche Tag, an dem die beiden mit identischen goldenen Ringen an den Fingern auf der Schwelle gestanden hatten, lag jetzt fünf Jahre zurück. Er war die vorangegangene Nacht außer Haus gewesen und hatte ihr weisgemacht, er müßte bei einem sterbenden Patienten bleiben. Diese abscheuliche, gemeine Lüge würde sie ihm nie verzeihen können. Sie war nicht einmal mehr sicher, ob sie ihn noch liebhaben konnte. Ihre Freude an seinem täglich wachsenden Unbehagen und seinem Unglück sprach eindeutig dagegen.

Vom ersten Augenblick an hatte sie heftigen Widerstand geleistet gegen Barbaras halbherzige Versuche, ihr Ratschläge mit den Kleidern und dem Make-up zu geben und ihr Zimmer anders einzurichten. Sie mochte ihr Zimmer so, wie es immer gewesen war – mit den alten Spielsachen, der Patchwork-Decke, den Schulbüchern und allem anderen –, und fand Barbaras Vorschläge, es mit gerüschten Vorhängen, kitschigen Tapeten und Teppichen femininer zu gestalten, fürchterlich. Sie war auch, sagte sie sich selbst, viel zu intelligent, um sich mit den blöden Zeitschriften zu befassen, die Barbara unaufhörlich las. Barbara hatte sie mit Diätvorschriften gequält, als wäre man ein neuer Mensch, wenn man sich halb zu Tode hungert! Aber die gute Stiefmama behielt das mütterliche Getue nicht lange bei und verfolgte bald ihre eigene tägliche Routine, an der sie seither festhielt. Sie gab der Haushaltshilfe Anweisungen, ging zum Friseur, ins Fitneßstudio und in Boutiquen und lümmelte ansonsten im Haus herum, um sich mit Modemagazinen und den albernen Frauenzeitschriften zu beschäftigen.

Judy war nicht glücklich. Seit dem Tod ihrer Mutter war sie nicht mehr glücklich, nicht mehr so unbeschwert und frei wie ein behütetes und von beiden Elternteilen geliebtes Einzelkind gewesen. Doch das Elend von Barbara und ihrem Vater tröstete sie über manches hinweg. Und dann war da noch Michael Lacey. Vielmehr er war nicht für sie da, und er würde es auch niemals sein – das mußte sie sich immer und immer wieder sagen, wenn sich das kleine Würmchen Hoffnung in ihr Herz schlängelte. Nicht nur weil er viel zu gut aussah (selbst noch nach seinem Unfall war sein Gesicht wunderschön), sondern auch wegen seiner Arbeit. Ein Maler mußte frei sein. Erst letzte Woche hatte er ihr erzählt, daß er auf Reisen gehen wollte, um in Venedig, Florenz und Spanien zu studieren. Ihr entfuhr ein gequälter Schrei: »Wann, wann?«, aber er erwiderte nur mit einem Achselzucken: »Eines Tages ... bald.« Seit ihrer Verlobung war seine Schwester Katherine kaum noch zu Hause, und Judy ging manchmal zu seinem Cottage, räumte auf, putzte ein bißchen und kochte ihm Kaffee. Nicht zu oft. Sie versuchte, ihre Besuche zu dosieren, in der Hoffnung, daß er sie dann hin und wieder vermissen würde.

Vor zwei Wochen hatte er ihren Arm genommen und sie zum Fenster geführt, einen Finger unter ihr Kinn gelegt und ihr Gesicht eingehend gemustert. »Ich möchte dich malen. Du hast faszinierende Augen«, sagte er in sachlichem Ton, als wäre er ein Bildhauer und sie ein vielversprechender Steinklumpen, aber Judys Herz schmolz dahin, und ihre Träume nahmen eine neue Dimension an. Er hatte nie wieder davon gesprochen. Erst neulich war sie abends zu seinem Cottage gegangen und hatte durchs Fenster gesehen, daß er arbeitete. Sie war wieder weggeschlichen, weil sie nicht den Mut aufbrachte, ihn zu stören. Seither war sie nicht mehr bei ihm gewesen – sie fürchtete, daß sie seine Geduld mit einem unerwünschten Besuch zu sehr auf die Probe stellen und das herbeiführen könnte, was für sie der furchtbarste Schicksalsschlag wäre: die endgültige Zurückweisung.

Trevor Lessiter faltete die Zeitung zusammen und musterte verstohlen seine Tochter, die wie immer meilenweit von ihm entfernt war. Er fragte sich, woran sie wohl dachte und wie es möglich war, daß man jemanden, den man täglich sah, so sehr vermissen konnte. Er war froh, daß sie sich trotz der Anspielungen seiner Frau nicht dazu hatte verleiten lassen, eine Wohnung in Pinner zu mieten, »um näher an der Arbeitsstelle zu sein«. Judy tat nichts mehr im Haushalt. Sie, die immer so stolz darauf gewesen war, wenn sie die Sachen ihrer Mutter polieren und die Zimmer mit hübschen Blumenarrangements verschönern konnte. Jetzt blieb alles liegen, was Mrs. Holland in ihrer Arbeitszeit nicht schaffte. Und wann immer er und Barbara zankten (beinahe ständig, wie es schien), sah er ein zufriedenes Leuchten in Judys Augen – das verletzte ihn tief. Er wußte, daß sie dachte: Geschieht ihm recht. Er richtete den Blick auf seine Frau, sah die schweren Brüste und die schmale Taille, und ihm wurde schwindlig vor Lust. Er empfand keine Liebe. Jetzt war ihm klar, daß er sie nicht mehr liebte, und er zweifelte sogar daran, daß er es überhaupt je getan hatte. Aber sie hatte Macht über ihn. Große Macht. Wenn er nur mit Judy darüber reden und ihr verständlich machen könnte, daß er zu dieser Ehe gedrängt, ja fast überlistet worden war. Jetzt, da sie selbst verliebt war, würde sie es sicherlich eher verstehen. Aber er schreckte vor einem solchen Versuch zurück. Junge Menschen waren unzugänglich, wenn es um die Sexualität ihrer Eltern ging, und ein Gespräch darüber konnte ihre Gefühle verletzen. Zudem rief ihre auffällige Gleichgültigkeit und Lieblosigkeit eine ähnliche Reaktion in ihm hervor. Vor ein paar Jahren hätte er so etwas nicht für möglich gehalten.

Er erinnerte sich, wie sie nach dem Tod ihrer Mutter jedesmal auf ihn gewartet hatte, wenn er abends von Patienten gerufen worden war, daß sie ihm Kakao gekocht und neben ihm gesessen hatte, bis sie sicher sein konnte, daß er auch wirklich alles ausgetrunken hatte. Sie hatte Anrufe entgegengenommen, alles zuverlässig notiert und sich die Klagen der Patienten so geduldig angehört, wie es seine erste Frau getan hatte. Als er jetzt ihr trauriges, düsteres Gesicht betrachtete, übermannte ihn das Gefühl, etwas sehr Wertvolles weggeworfen und durch Talmi ersetzt zu haben.

Barbara Lessiter spürte das zusammengeknüllte Papier in der Tasche, wenn sie sich bewegte. Zum millionsten Mal in fünf Minuten fragte sie sich, woher sie, um alles in der Welt, fünftausend Pfund nehmen sollte.

3

»Wohin jetzt, Sir?«

»Da wäre Mrs. Quine in Burnham Crescent ...«

»Ich dachte, die anderen übernehmen die Mietshäuser.«

»Diese Frau befrage ich selbst, sie ist Miss Simpsons Putzfrau. Dann ist da noch dieser erschreckend elegante Bungalow und die vier Cottages – und Traces Farm. Oder eher Tye House.«

»Die sind wohl was Besseres, oder? Die Creme der Gesellschaft?«

»Ich komme ganz gut auch ohne derartige Bemerkungen zurecht, Troy. Behalten Sie Ihre Weisheiten für sich und machen Sie dafür Augen und Ohren auf.«

»In Ordnung, Chief.«

»Und seien Sie schreibbereit. Wir fangen im Farmhaus an und arbeiten uns langsam weiter vor.«

Über der Tür zum Haupthaus befand sich ein Oberlicht

mit hübschem, weißgestrichenem Schmiedeeisengitter. Die Magnolien standen in voller Blüte, große, wachsartige Kelche und dunkelgrünes Laub drängten sich gegen die Fenster. Sergeant Troy zog an der Klingelschnur, und weit entfernt im Haus schlug eine Glocke an. Barnaby überlegte, ob es in der Küche ein verglastes Mahagonikästchen mit Lampen gab, die aufleuchteten, wenn in einem der Zimmer jemand auf einen Klingelknopf drückte. Frühstückszimmer. Wäschekammer. Servierraum. Kinderzimmer.

Niemand öffnete die Tür.

»Das Mädchen muß Ausgang haben«, schnaubte Troy verächtlich – diesen Kommentar konnte er sich einfach nicht verkneifen. Er folgte Barnaby um die Hausecke und kämpfte gegen unerfreuliche Erinnerungen an. Seine Mutter mußte früher immer ihre Schürze ablegen, bevor sie Besuchern die Tür öffnete. Und ihr Kopftuch. Er sah sie vor sich, wie sie vor dem Spiegel in der Halle nervös an ihrem Haar zupfte und ihren Kragen glättete. ›Mrs. Willows möchte Ihnen Ihre Aufwartung machen, Mylady.‹

Sie kamen in einen gepflasterten Hof, und ein kleiner, klapperdürrer Hund mit ergrauter Schnauze und scheckiger Brust lief auf sie zu. Es war ein alter Jack Russell, und seine Augen waren nicht mehr sehr gut. Erst als er den beiden Männern schon ziemlich nahe war, entdeckte er seinen Irrtum. Troy bückte sich, um den Hund zu streicheln, aber das Tier drehte sich um und trottete betrübt davon. Barnaby ging auf die Hintertür zu. »Vielleicht haben wir hier mehr Glück.«

Die Tür stand weit offen, dahinter befand sich die riesige Küche. Ein Mann saß an dem Eßtisch; er hatte niedergeschlagen den Kopf in die Hände gestützt und ließ seine Schultern sinken. Dicht neben ihm lehnte mit dem Rücken zu Barnaby ein junges Mädchen an der Tischkante. Barnaby sah, daß sie sich vorbeugte und die Schulter des Mannes berührte. Er ergriff mit einer heftigen Bewegung ihre Hand und hob den Blick. In diesem Moment entdeckte er die beiden Männer vor der Tür und sprang auf. Das Mädchen wandte ihnen weit weniger hastig das Gesicht zu.

Noch Jahre nachdem dieser Fall abgeschlossen war, sollte sich Barnaby genau an den Augenblick erinnern, als er Katherine Lacey zum erstenmal sah. Sie trug ein Seidenkleid, cremeweiß und apfelgrün gestreift, und war das hübscheste Ding, das ihm je begegnet war. Ihre Schönheit war mehr als nur ein vollkommenes Gesicht und eine vollkommene Figur (und wie oft bekam man so etwas schon zu sehen?) – ihre Erscheinung hatte die entrückte Perfektion eines weit entfernten Sterns und schnitt dem Betrachter ins Herz. Sie kam mit einem bezaubernden Lächeln auf die Polizisten zu.

»Verzeihen Sie – haben Sie geklingelt, mußten Sie warten? Ich höre die Glocke nicht immer in der Küche.« Barnaby nannte den Grund für ihren Besuch. »Oh, natürlich – bitte kommen Sie herein. Wir waren alle schockiert, als wir hörten, daß sich die Polizei mit dem Todesfall befaßt, stimmt's, David?« Der Mann, der wieder auf seinem Stuhl Platz genommen hatte, gab keine Antwort. »Miss Simpson war die Lehrerin meines Vaters, wissen Sie. Meine Eltern hatten sie sehr gern. Ach, übrigens, ich bin Katherine Lacey. Und das ist David Whiteley, der Verwalter der Farm.«

Barnaby nickte, und während er beide fragte, was sie an dem bewußten Tag gemacht und wo sie sich aufgehalten hatten, musterte er den Mann eingehender. Er war über einsachtzig groß, hatte eine gebräunte, wettergegerbte Haut wie jemand, der viel im Freien arbeitete, kobaltblaue Augen und flachsfarbenes Haar, das ungewöhnlich lang war. Barnaby schätzte ihn auf Ende Dreißig. Im Moment machte er eher einen aufgebrachten als einen bekümmerten Eindruck, und Barnaby fragte sich, was wohl geschehen wäre, wenn er und

Troy nicht aufgetaucht wären. War die Berührung des Mädchens eine tröstende Geste gewesen? Eine Liebkosung? Hätte seine Reaktion zu einer Zurückweisung geführt? Oder zu einem Kuß?

»... an den Nachmittag erinnere ich mich noch sehr gut. Die meiste Zeit verbrachte ich in der Gemeindehalle, um bei den Vorbereitungen für den Reiterwettbewerb am Samstag zu helfen. Wir mußten alles aufbauen, und ich habe bei dem Stand der Frauenorganisation ausgeholfen.«

»Ich verstehe.« Barnaby nickte und versuchte vergeblich, sich Miss Lacey in der Frauenorganisation vorzustellen. »Um wieviel Uhr sind Sie von dort weggegangen?«

»Ich glaube, so um vier. Aber es könnte auch ein wenig früher gewesen sein. Leider habe ich ein miserables Zeitgefühl, das kann Ihnen Henry bestätigen.«

»Sind Sie direkt nach Hause gegangen?«

»Ja. Ich nahm den Peugeot und fuhr zu der Scheune in Huyton's End, um Henry abzuholen. Er hat ein Büro ...« Sie brach plötzlich ab und setzte hinzu: »Hören Sie, wäre es nicht viel besser, wenn Sie mit uns beiden zusammen sprechen würden? Wir trinken um diese Zeit immer unseren Kaffee im Salon. Sie sind herzlich eingeladen, uns Gesellschaft zu leisten.«

Barnaby lehnte den Kaffee ab, hielt jedoch ihren Vorschlag für vernünftig.

»Komm doch auch mit, David.« Diesmal schenkte sie dem Mann am Tisch ein Lächeln. Alle drei folgten ihr durch die Halle und einen mit Teppich ausgelegten Korridor – ihre Rückenansicht war beinahe ebenso betörend wie der Anblick von vorn. An der einen Wand des Flurs hingen goldgerahmte Ölgemälde von den Vorfahren der Familie Trace, die andere schmückten zarte Aquarelle, die Barnaby mit einem fachmännischen, neidvollen Blick betrachtete. Am Ende des Korridors führte eine Glastür zu einer Orangerie mit kunstvollen weißen Eisengittern. Durch die Scheibe sah Barnaby gepflegte Rasenflächen, beschnittene Bäume und Sträucher und einen glitzernden Springbrunnen. Er hätte gern gewußt, ob es hier auch Pfaue gab.

»Abgesehen von Henry«, sagte Katherine über die Schulter, »wohnt zur Zeit nur noch Phyllis Cadell, seine Schwägerin, in diesem Haus. Ihr Zimmer ist oben.« Sie öffnete die Tür zu ihrer Rechten.

Sie kamen in einen großen Salon. Die Wände waren in Apricot und Weiß gehalten, üppige Perserteppiche lagen auf dem glänzenden, honigfarbenen Parkettboden. Die Decke zierten vergoldete Stuckornamente. Am anderen Ende des Zimmers saß ein Mann im Rollstuhl neben einem prachtvollen offenen Kamin, in dem weiße und silberne Blumen und Blätter lagen. Die Beine des Mannes waren mit einem Reiseplaid bedeckt. Er hatte ein ernstes, fast strenges Gesicht mit tiefen Falten, die von den Nasenflügeln zu den Mundwinkeln verliefen. Sein dunkles Haar war mit grauen Strähnen durchzogen, und die Schultern hatte er leicht nach vorn geneigt. Barnaby war später sehr überrascht, als er erfuhr, daß Henry Trace erst zweiundvierzig Jahre alt war. Jetzt überlegte er, ob es reine Gedankenlosigkeit war, daß sich David Whiteley direkt neben seinen Arbeitgeber setzte. Es hätte kaum einen erbarmungsloseren Kontrast geben können. Seine starken, beweglichen Glieder sprengten fast die Nähte der Cordhose und des karierten Hemdes. Ein Marlborough-Mann, spottete Troy im stillen. Katherine erklärte, warum die Polizei im Haus war, dann ließ sie sich auf dem Schemel neben dem Rollstuhl nieder und nahm Traces Hand.

»Eine schreckliche Geschichte«, sagte er, »aber sicherlich liegt in diesem Fall kein Verbrechen vor, oder?«

»Wir stellen lediglich einige Nachforschungen an, Sir.«

»Ich kann nicht glauben, daß ihr irgend jemand ein Leid antun wollte«, fuhr Trace fort, »sie war der freundlichste, netteste Mensch, den man sich denken kann.«

Troy, der seinen Block aufschlug, fiel auf, daß er nicht erklärte, Miss Simpson habe seine Mum unterrichtet. Wahrscheinlich war sie in einer Privatschule – wie üblich in diesen Kreisen.

»Ich habe sie sogar noch an dem Tag, an dem sie starb, gesehen«, sagte Katherine ohne den sensationslüsternen Unterton, der meistens mit einer solchen Bemerkung einherging.

»Wann war das?« hakte Barnaby nach und warf einen Blick auf Troy, der mit seinem Stift einen Bogen zeichnete, um seine Bereitschaft zu signalisieren.

»Am Morgen. Ich weiß nicht mehr genau, um welche Zeit ich bei ihr war. Sie hat mir versprochen, Honig für den Stand zu spenden. Sie gab mir auch ein bißchen Petersilienwein mit. Sie war immer sehr großzügig.«

»Und haben Sie sie bei dieser Gelegenheit zum letztenmal gesehen?« Katherine nickte. »Um wieder auf den Nachmittag zu sprechen zu kommen – Sie haben also die Gemeindehalle etwa um vier Uhr verlassen, sind in den Peugeot gestiegen . . .?«

»Und fuhr zu Henrys Büro. Ich holte ihn ab, und wir kamen hierher zurück, aßen zu Abend und verbrachten den Abend mit einem Streit über . . .«

»Mit einer Diskussion.«

Sie drehte den Kopf und sah ihn schelmisch an. »Mit einer Diskussion über einen neuen Rosengarten. Ich ging etwa um halb elf.«

»Dann wohnen Sie also nicht hier im Haus, Miss Lacey?«

»Erst ab Samstag. Dann sind wir verheiratet.« Sie wechselte einen Blick mit dem Mann im Rollstuhl. Ihr Ausdruck war liebevoll, während sein Gesicht nicht nur Bewunderung, sondern auch Triumph verriet – den Triumph eines Sammlers, der eine seltene, schöne Spezies entdeckt hatte und sie trotz widriger Umstände für sich gewinnen konnte. Wenn man das Geld hat, dachte Troy, kann man alles kaufen.

»Ich wohne in einem Cottage am Rand des Buchenwalds. Es liegt relativ weitab vom Dorf.« Ein Schatten trübte ihre Augen, als sie so leise, daß Barnaby sie kaum verstand, hinzufügte: »Mein Bruder Michael lebt auch dort.« Auf Barnabys Bitte hin beschrieb sie genau, wo sich das Cottage befand, und fuhr fort: »Aber im Moment werden Sie Michael dort nicht antreffen. Er ist in Causton, um ein paar Pinsel zu kaufen.« Diese harmlose Information, die sie freiwillig weitergegeben hatte, schien ihr Unbehagen zu bereiten, sie preßte die Lippen zusammen und runzelte die Stirn. Trace tätschelte sanft ihren Kopf, als müßte er ein gereiztes Tier besänftigen.

»Sind Sie auf dem Heimweg an Miss Simpsons Haus vorbeigekommen?«

»Ja.«

»Haben Sie jemanden gesehen? Oder irgend etwas gehört oder bemerkt?«

»Nein, leider.«

»Brannte Licht? Waren die Vorhänge zugezogen?«

»Tut mir leid – ich erinnere mich an nichts.«

»Ich danke Ihnen.« Barnaby wandte sich an Henry Trace. Die Fragen an ihn waren seiner Ansicht nach eine reine Formalität, dennoch wäre es ihm rüde vorgekommen, sie nicht zu stellen. Vielleicht hätte Trace mit dem Rollstuhl zu Miss Simpsons Cottage fahren und sie vergiften können (dann hätte seine Verlobte in bezug auf den gemeinsam verbrachten Abend gelogen), doch es wäre ihm wohl kaum möglich gewesen, sich im Wald zu vergnügen – selbst wenn man in Betracht ziehen würde, daß ein Mann, der kurz vor der Hochzeit mit Katherine Lacey stand, verrückt genug war, ein solches Abenteuer zu suchen. Im Wald waren keine Reifen oder Radspuren gefunden worden. Barnaby nahm an, daß Trace wirklich gelähmt war. Wahrscheinlich kam es nur in Filmen vor, daß sich starke, gesunde Menschen in einem Rollstuhl versteckten, um im entscheidenden Moment aufzuspringen und das perfekte Verbrechen zu begehen.

»Bestätigen Sie Miss Laceys Aussage, was Ihre gemeinsamen Unternehmungen an diesem Tag betrifft, Mr. Trace?« Er hörte, wie Troy eine Seite in seinem Block weiter blätterte.

»Ja.«

»Und waren andere Leute in der Nähe, als Sie sich in Ihrem Büro aufhielten?«

»O ja. Die Traktoren stehen im Hof, die Düngemittel und alle möglichen Geräte lagern in den Nebengebäuden. Dort ist immer sehr viel los, es ist der belebteste Platz auf der Farm.«

»Wie groß ist Ihre Farm?«

»Zweihundert Hektar.«

Sergeant Troys Stift bohrte sich in das Papier.

»Würden Sie mir den Namen Ihres Arztes nennen?«

»Meines Arztes?« Henry Trace schaute Barnaby verwirrt an, dann schien er zu begreifen. »Oh – ich verstehe.« Die Falten in seinem Gesicht vertieften sich. Er lächelte ohne jede Freude. »Trevor Lessiter ist mein Hausarzt. Aber vielleicht sollten Sie mit Mr. Hollingsworth, University College in London, sprechen.« In bitterem Ton fügte er hinzu: »Er wird Ihnen bestätigen können, daß ich wirklich und wahrhaftig gelähmt bin.«

Das Mädchen zu seinen Füßen stieß einen empörten Schrei aus und funkelte Barnaby böse an.

»Ist schon gut, Liebling«, beruhigte Trace sie. »Sie müssen diese Dinge fragen.« Aber sie war keineswegs beschwichtigt und verfolgte mit finsterer Miene die Befragung von David Whiteley. Troy fand, daß sie so noch viel schöner war als sonst. Der Gutsverwalter gab widerwillig Auskunft und sagte, daß er den ganzen Nachmittag gearbeitet habe.

»Wo genau waren Sie tätig?«

»Etwa drei Meilen von hier an der Gessler Tye Road. Ich habe Zäune repariert. Vor einigen Tagen ist dort ein häßlicher Unfall passiert, und ein beträchtliches Stück von dem Zaun war kaputt.«

Barnaby nickte. »Und als Sie damit fertig waren?«

»Ich fuhr nach Causton und bestellte Maschendraht. Dann ging ich nach Hause.«

»Verstehe. Sie waren nicht mehr im Büro?«

»Nein. Es war schon kurz vor sechs, als ich von Causton zurückkam. Ich muß keine Stechuhr bedienen oder mich an- und abmelden. Ich bin kein Lohnarbeiter.« Er bemühte sich, belustigt zu wirken, aber es war nicht zu überhören, daß er aufgebracht war.

»Und Ihr Zuhause ist ...«

»In Witchetts. Das Haus mit den grünen Läden, gegenüber vom Pub. Es ist sozusagen eine Dienstwohnung.«

»Und wie haben Sie den Abend verbracht?«

»Ich duschte. Hab' was getrunken und ein bißchen ferngesehen. Dann ging ich in den Bear in Gessler, um etwas zu essen und Gesellschaft zu haben.«

»Um wieviel Uhr war das?«

»Ich denke, so um halb acht.«

»Sind Sie verheiratet, Mr. Whiteley?«

»Das geht Sie gar nichts an.«

»David!« rief Henry Trace. »Es besteht wirklich kein Grund ...«

»Tut mir leid, aber ich sehe, verdammt noch mal, nicht ein, was es mit dem Tod einer alten Frau, die ich nicht einmal richtig kannte, zu tun hat, ob ich verheiratet bin oder nicht.« Er preßte störrisch die Lippen zusammen, verschränkte die

Arme und schlug die Beine übereinander. Einen Moment später stellte er sie kurz wieder nebeneinander, ehe er sie nach der anderen Seite kreuzte. Barnaby stellte eine vollkommen gleichgültige Miene zur Schau und blieb ganz gelassen in seinem Sessel sitzen. Henry und Katherine war die Szene offensichtlich peinlich. Troy musterte spöttisch Whiteleys angespannte Muskeln. Er kannte diese Typen. Sie bildeten sich ein, tolle Hengste zu sein. Aber wahrscheinlich bekamen sie ohne ein halbes Dutzend Bier und einen Softporno keinen hoch. Das Schweigen dehnte sich in die Länge, bis David Whiteley schließlich tief seufzte.

»Na ja, wenn Sie es unbedingt wissen müssen, ich bin verheiratet, aber wir leben seit drei Jahren getrennt. Genaugenommen seit dem Tag, an dem ich die Arbeit hier angenommen habe. Sie ist Privatlehrerin und wohnt in Slough. Und, um Ihnen weitere Schnüffeleien über meine Familienverhältnisse zu ersparen, wir haben einen neunjährigen Sohn. Sein Name ist James Laurence Whiteley, und als ich ihn das letzte Mal sah, war er etwa einszwanzig groß und wog knapp dreißig Kilo. Er war verrückt nach seinem BMX-Rad und Computerspielen und spielte leidlich gut Basketball. Natürlich ist das alles schon einige Zeit her. Vielleicht ist das alles inzwischen ganz anders geworden.« Aus dieser letzten Bemerkung sprach weder Sarkasmus noch Zorn, vielmehr übermannten ihn die Gefühle, und er verstummte.

»Danke, Mr. Whiteley.« Barnaby wartete eine Weile, dann fuhr er fort: »Um zum Abend des Siebzehnten zurückzukommen – können Sie mir sagen, wann Sie den Bear verließen?«

Whiteley holte tief Luft, bevor er antwortete: »Ungefähr dreißig Minuten vor der Sperrstunde. Sie werden es dort genauer wissen. Ich bin Stammgast im Bear.«

»Und sind Sie sofort nach Hause gefahren?«

»Ja.«

»Würden Sie mir freundlicherweise sagen, was für einen Wagen Sie fahren und wie Ihr Kennzeichen ist?«

»Es ist ein Citroën Estate. ETX 373 V.«

»Gut.« Barnaby stand auf. »Sie waren alle sehr hilfreich. Miss Lacey, soweit ich mich erinnere, erwähnten Sie, daß noch eine Person in diesem Haus lebt.«

»Ja«, antwortete Henry Trace für sie, »Phyllis. Aber ist sie im Moment nicht in ihrem neuen Häuschen?«

»Nein.« Katherine erhob sich. »Ich habe vor einer halben Stunde gehört, wie sie heimkam. Ich zeige Ihnen den Weg.« Sie richtete die Worte an Barnaby, sah ihn aber nicht an. Als sie den ersten Schritt tat, ergriff Henry ihre Hand und hielt sie zurück.

»Komm gleich wieder, ja?«

»Natürlich.« Sie bückte sich und hauchte einen Kuß auf seinen Mundwinkel. Es war ein sittsamer, unschuldiger Kuß, aber der Blick, den sie dafür erntete, war alles andere als unschuldig. Die beiden geben ein schönes Bild ab, dachte Barnaby. Trace mit seinem ausgeprägten Profil und das frische junge Mädchen, das sich anmutig zu ihm beugt – ein bezaubernder Anblick vor dem Hintergrund des weichfallenden, grauen Seidenvorhangs ... Vielleicht war es diese theatralisch angehauchte Szene, die Barnaby auf den Gedanken brachte, daß irgend etwas nicht ganz natürlich wirkte. Alles war auf gekünstelte Weise perfekt und strotzte vor falschem Pathos wie eine kitschige viktorianische Glückwunschkarte oder eine Illustration von Dickens. Er hätte nicht erklären können, was genau diese Empfindung in ihm weckte, denn er glaubte im Grunde nicht, daß Katherine und Henry ihm etwas vorspielten. Er wandte leicht den Kopf, um David Whiteley mit den beiden anderen im Blick zu haben. Vielleicht war seine Anwesenheit schuld an seinen Zweifeln – oder, konkreter, die

Tatsache, daß sich das Mädchen für den falschen Mann entschieden hatte. Daß Jugend zu Jugend gehörte. Barnaby sah, daß Whiteley das Mädchen nicht aus den Augen ließ, auch sein Blick war weit von Unschuld und Sittsamkeit entfernt. Henry Trace wäre nach Barnabys Ansicht ein außergewöhnlicher Mann, wenn er sich keine Gedanken darüber machen würde, was seine Verlobte und der Gutsverwalter außer Sichtweite taten ... Ein Sammler erwartete selbstverständlich Habgier und Neid von einem anderen Sammler, besonders wenn es um ein so wertvolles Stück ging.

Katherine führte sie die gewundene Treppe hinauf und durch einen anderen Flur. Hier standen an den Wänden halbovale, glänzend polierte Tische mit Blumenvasen, Tabakdosen und Miniaturen.

»Wie heißt die Lady mit vollem Namen?«

»Phyllis Cadell.«

»Miss?«

»Das können Sie als sicher annehmen.« Der bissige Unterton machte Barnaby neugierig – das gefiel ihm. Zuviel Liebreiz und Güte konnten, seiner Meinung nach, mit der Zeit abstoßend sein. Ihm gefiel es, wenn die Menschen, wie er es nannte, »Ecken und Kanten« hatten. Er fragte sich, welche Stellung Phyllis Cadell in diesem Haushalt einnahm und ob sich für sie nach Henrys und Katherines Hochzeit etwas änderte. Bestimmt würde jede neue Ehefrau die Zügel allein in die Hand nehmen wollen. Und mit einem behinderten Mann an ihrer Seite mußte sie außergewöhnlich tüchtig sein. Er betrachtete Miss Laceys leicht sonnengebräunte Hand, als sie an die Tür klopfte. Sie war kräftiger, als ihre sonstige blumenzarte Erscheinung es vermuten ließ.

»O Phyllis – tut mir leid, daß ich dich stören muß ...« Barnaby betrat nach ihr das Zimmer und stand einer ziemlich pummeligen Frau mittleren Alters mit pferdeähnlichem Gesicht, stachelbeergrünen Augen und mausbraunen Haaren gegenüber – die Frisur mit den Ponyfransen und den kleinen Löckchen wirkte zu jugendlich, ja albern über dem langen, blassen Gesicht. Phyllis Cadell saß vor einem flimmernden Fernseher und hatte eine Schachtel mit Fondant-Pralinen auf dem Schoß.

». . . es ist die Polizei.«

Die Frau zuckte erschrocken zusammen und sprang auf. Die Fondant-Pralinen flogen in alle Richtungen. Als sie sich bückte, war ihr Gesicht verdeckt, aber Barnaby hatte gesehen, wie die Angst in ihren Augen aufgeflackert war. Katherine bückte sich auch. Es waren verschiedene Sorten Fondant: Vanille, Mokka, Schokolade, und einige Pralinen waren mit Walnüssen oder Kirschen verziert.

»Die wirst du nicht mehr essen können, Phyllis.«

»Ich kann sie selbst aufheben, danke. Geh jetzt.« Sie stopfte wahllos die Pralinen in die Schachtel zurück und sah die beiden Männer immer noch nicht an.

»Dann begleitest du Chief Inspector Barnaby nachher hinaus?« Katherine erhielt keine Antwort; sie wandte sich zum Gehen um und sagte noch, bevor sie die Tür zumachte: »Es ist wegen Miss Simpson.«

Barnaby bemerkte, wie nach dieser Erklärung die Farbe in die Wangen der älteren Frau zurückkehrte, aber ungleichmäßig, so daß ihre Haut aussah, als wäre sie im Feuer geröstet worden. »Natürlich, die arme Emily«, sprudelte es aus ihr heraus. »Wieso habe ich nicht gleich daran gedacht? Setzen Sie sich . . . nehmen Sie beide Platz.«

Barnaby entschied sich für den braunen Sessel neben dem Kamin und sah sich um. Hier herrschte eine ganz andere Atmosphäre als im großen Salon. Die Möbel an sich waren nicht unbehaglich, aber das Zimmer wirkte unpersönlich ohne Nippes und Fotografien. Wenige Bücher. Ein paar Exemplare der Zeitschrift *The Lady*, geschmacklose Drucke an den Wänden und eine verdorrte Pflanze auf dem Fensterbrett. Wenn der Fernseher nicht gewesen wäre, hätte man meinen können, im Wartezimmer eines Zahnarztes zu sitzen. Phyllis Cadell schaltete den Fernseher aus und ließ sich ihnen gegenüber nieder. Die Angst, die bei der Ankunft der Polizisten offensichtlich gewesen war, hatte sie inzwischen unter Kontrolle. Sie richtete einen gleichgültigen Blick auf ihre Besucher. Lediglich ihre fest zusammengepreßten Knie und die angespannten Sehnenstränge an dem weichen, schwammigen Hals verrieten Barnaby, daß sie innerlich aufgewühlt und nervös war. Bereitwillig erzählte sie, was sie am Siebzehnten getan hatte und wo sie gewesen war. Am Nachmittag hatte sie in der Gemeindehalle bei den Vorbereitungen für den Reiterwettbewerb und die Tombola mitgeholfen, und am Abend hatte sie – »ich schäme mich, das einzugestehen, Chief Inspector« – vor dem Fernseher gesessen.

Das überraschte Barnaby kein bißchen. Es fiel ihm schwer, sich vorzustellen, wie sich diese massige Gestalt, befreit von einzwängenden Korsetts, auf dem Waldboden herumwälzte. Dennoch schloß er diese Möglichkeit nicht gänzlich aus. Es war manchmal erstaunlich, welche Typen in anderen romantische Gefühle und Sehnsüchte wecken konnten. Wie oft hatte er seine Frau schon sagen hören: »Ich weiß nicht, was er an der findet«, oder – weniger oft: »Wieso gibt sie sich mit so einem Kerl überhaupt ab?« Nein, das, was dagegen sprach, daß sich Phyllis Cadell mit einem Liebhaber im Freien ausgetobt hatte, war nicht ihre unattraktive Erscheinung, sondern eher die Tatsache, daß sie bei einer Entdeckung nichts zu verlieren hätte. Im Gegenteil – wenn man bedachte, welchen Stellenwert unverheiratete Frauen mittleren Alters in der Gesellschaft einnahmen, könnte sie durch eine Liebschaft vermutlich sogar an Ansehen gewinnen. Aber weshalb war ihr dann der Schreck so in die Glieder gefahren, als sie hörte, daß die Polizei sie sprechen wollte?

»Um welche Zeit haben Sie die Gemeindehalle verlassen, Miss Cadell?«

»Lassen Sie mich nachdenken«, sie tippte sich mit einem bleichen Finger an die Oberlippe, »ich war fast die letzte ... es muß so gegen halb fünf gewesen sein, vielleicht Viertel vor fünf.«

»Sind Sie zusammen mit Miss Lacey gegangen?«

»Mit Katherine? Liebe Güte, nein! Sie ist viel früher gegangen. Sie war überhaupt nur ganz kurz da.« Ihr fiel auf, daß Troy interessiert aufsah und Barnabys unbewegliches Gesicht musterte, und stieß einen kleinen Laut aus, der Reue vortäuschen sollte. »Lieber Himmel, hoffentlich habe ich jetzt nichts Falsches gesagt.«

»Haben Sie später das Haus noch einmal verlassen?«

»Nein, ich ging nach dem Abendessen sofort in mein Zimmer, schrieb ein paar Briefe und sah dann, wie ich bereits zum Ausdruck brachte, fern.«

Wie ich bereits zum Ausdruck brachte, dachte Troy und schrieb eifrig mit. Die Leute drückten sich oft so eigenartig aus, wenn sie mit Polizisten sprachen. Sie benutzten Formulierungen, die ihnen sonst nie einfallen würden. Er hörte zu, als Miss Cadell detailliert erzählte, welche Sendungen sie sich angesehen hatte, dann setzte sie hinzu, als fürchte sie, sich durch ihre genaue Schilderung verdächtig zu machen: »Ich erinnere mich nur daran, weil es ein Freitag war. Da kommt immer die Sendung für Gartenliebhaber, müssen Sie wissen.«

Die hatte Barnaby auch gesehen – er ließ sie sich nie entgehen, wenn er rechtzeitig Dienstschluß hatte. »Wohnt Personal hier im Haus?« fragte er.

»Nein, wir haben einen Gärtner und einen Jungen, der ihm hilft. Sie kümmern sich um das Grundstück, waschen die

Autos und führen kleinere Reparaturarbeiten durch. Und dann ist da noch Mrs. Quine. Sie kommt ungefähr um zehn Uhr, macht sauber, putzt das Gemüse fürs Abendessen, kocht eine Kleinigkeit zu Mittag und geht um drei wieder. Ich bereite das Dinner zu, und sie räumt ab und spült das Geschirr, wenn sie am nächsten Morgen kommt. Ich hoffe, daß Katherine sie behält. Sie bringt immer ihre kleine Tochter mit – nicht jeder Arbeitgeber akzeptiert Kinder. Seltsamerweise hat Mrs. Quine auch bei Miss Simpson gearbeitet. Sie war jeden Morgen eine Stunde bei ihr, bevor sie zu uns kam ...«

»Werden Sie nach der Hochzeit weiterhin hier wohnen, Miss Cadell?«

»Lieber Himmel, nein!« Sie gab ein ersticktes Jaulen von sich, das auch ein Lachen hätte sein können. »Ein Haus verträgt keine zwei Herrinnen. Nein, ich werde ausquartiert. Henry hat einige Cottages auf seinem Anwesen. Und zwei davon ... wie sagt man das? ... stoßen direkt aneinander und haben eine Verbindungstür. Dort ist auch ein kleiner Garten. Es ist ... sehr hübsch.«

Nicht so hübsch, wie Hausherrin von Tye House zu sein, dachte Barnaby und sah wieder den wunderschönen Anblick der Orangerie vor sich. Nicht annähernd so hübsch.

»War Mr. Trace lange Witwer?« Da war sie wieder, die aufflackernde Angst. Phyllis Cadell wandte sich ab und betrachtete den nichtssagenden Druck an der Wand.

»Ich verstehe nicht, welche Bedeutung das im Zusammenhang mit Miss Simpsons Tod haben soll.«

»Ich bitte um Verzeihung.« Detective Chief Inspector Barnaby wartete. Seiner Erfahrung nach hatten Menschen (abgesehen von knallharten Verbrechern), die etwas zu verbergen hatten, und solche, die nichts zu verbergen hatten, eines gemeinsam: Wenn sie einem Polizisten, der Fragen stellte, gegenübersaßen, konnten sie nie lange schweigen. Nach einer

Weile fing Phyllis Cadell tatsächlich an zu sprechen. Die Worte sprudelten aus ihr heraus, als könnte sie es gar nicht erwarten, sie loszuwerden und die Sache hinter sich zu bringen.

»Bella starb vor ungefähr einem Jahr. Im September. Ein Jagdunfall. Es war eine schreckliche Tragödie. Sie wurde nur zweiunddreißig Jahre alt. In der Lokalzeitung stand damals ein ganzer Artikel über den Unfall.«

Das alles kommt in einem Atemzug über ihre milchweißen Lippen, dachte Barnaby, und laut sagte er: »Kamen Sie zu diesem Zeitpunkt her, um den Haushalt zu führen?«

»O nein. Ich zog gleich nach der Hochzeit hier ein. Bella hatte nicht das geringste Interesse an Hausfrauenpflichten. Ihre Vorlieben lagen woanders – beim Reiten und Fischen. Und sie kümmerte sich natürlich um Henry. Sie waren etwa fünf Jahre verheiratet, als sie starb.«

»Miss Lacey scheint ein wenig jung zu sein, um so schwerwiegende Aufgaben zu übernehmen«, bemerkte Barnaby, aber sie ging nicht auf die Herausforderung ein. Mittlerweile hatte sie ihre Emotionen fest im Griff.

»Oh, ich weiß nicht. Ich denke, sie wird eine sehr charmante Hausherrin sein. Und jetzt«, sie stand auf, »wenn das alles ist ...«

Sie führte sie entschlossenen Schrittes die Treppe hinunter zur Eingangshalle und machte unvermittelt zwischen zwei alten, einstmals mit Goldlack überzogenen Holzstatuen halt. Einen Moment lang standen sie alle auf dem schwarzweiß getäfelten Boden wie Schachfiguren, als könnten sie ihre nächsten Schritte erst tun, wenn sie jemand vorwärts schob. Phyllis trat von einem Fuß auf den anderen (die bedrängte Dame des königlichen Spiels), dann begann sie: »Äh ... Sie müssen gedacht haben, daß ich bei Ihrem Anblick vorhin ziemlich erschrocken bin, nicht wahr?«

Barnaby sah sie mit höflichem Interesse an. Troy stellte Blickkontakt mit der größeren der beiden Statuen her – einem gekrönten König mit vagen, verblaßten Spuren von Blau an den Augen.

»Die Wahrheit ist ... ich ... na ja, es geht um meine Kraftfahrzeugsteuer. Sie wissen ja, wie das ist ...« Ein unsicheres Lächeln bebte über ihre Lippen, etablierte sich und legte kräftige, fleckige Zähne bloß. »Man nimmt sich immer vor, sich den Zahlungstermin zu notieren ...«

»Ja«, stimmte der Chief Inspector zu, »das ist ein vernünftiger Gedanke.«

Sobald die Tür hinter ihnen ins Schloß gefallen war, sagte Troy: »Bemitleidenswert.« Das konnte sich auf die Erscheinung der Frau, auf ihre Position im Haushalt oder die ungeschickte und offensichtliche Lüge mit der Autosteuer beziehen. Barnaby mußte ihm recht geben – in allen drei Punkten.

Katherine Lacey schlenderte langsam über den gepflasterten Hof und sah den beiden Polizisten nach. Trotz des heißen Wetters fröstelte sie. Benjy saß in dem Verschlag neben dem ersten Silo und winselte traurig. Sie ging zu ihm und nahm ihn auf den Arm. Er fing an zu zappeln. Sein Fell verschob sich über den Rippen – er war nur noch Haut und Knochen.

»Liebling?« Sie hörte das leise Rumpeln, als Henry die Stufe vor der Küche überwand und auf sie zurollte. Sie setzte den Hund ab. »Stimmt etwas nicht?«

Sie rang um Fassung, ehe sie sich zu ihm umdrehte, und schüttelte stumm den Kopf. Das schimmernde dunkle Haar umwehte ihr Gesicht.

»Ist es wegen Benjy? Du mußt den Dingen ihren Lauf lassen, Kate. Wir beide haben doch alles versucht. Er will schlicht und einfach nicht fressen. Bitte ... laß mich den Tierarzt rufen ...«

»Oh – warte noch einen Tag!«

»Benjy ist ein alter Hund. Er vermißt sie sehr. Wir können nicht einfach zusehen, wie er sich zu Tode hungert.«

»Es ist nicht nur das.« Sie kauerte sich unbeholfen neben den Rollstuhl. »Es ... ich kann es gar nicht erklären ... o Henry ...« Sie nahm seine Hände. »Ich habe so ein schreckliches Gefühl ...«

»Was meinst du damit?« fragte er nachsichtig und lächelte sie an. »Was ist das für ein Gefühl?«

»Ich kann es nicht genau beschreiben ... es ist nur so – alles läuft schief für uns. Die Hochzeit wird nicht stattfinden ...«

»Das ist doch Unsinn.«

»Ich wußte, daß du das sagen wirst. Aber du verstehst das nicht ...« Sie brach ab und musterte sein Gesicht. Freundlich, hübsch, eine Spur stolz und selbstgefällig. Und warum auch nicht? Der Stammbaum der Traces reichte zurück bis zur Zeit der Normannen. Steinplastiken von Sir Robert Trayce, seiner Gemahlin und ihrer Katze ruhten bis in alle Ewigkeit in der kühlen Kapelle aus dem dreizehnten Jahrhundert. Die Traces hatten ein bescheidenes Maß ihres edlen Blutes in den beiden Weltkriegen vergossen und waren, mit Ehrenorden dekoriert, zu ihren Junkerpflichten zurückgekehrt. Sie brauchten sich keine Sorgen um mangelnde Anbauflächen zu machen – ihre Ländereien waren so groß, daß sie immer genügend Erträge einfahren konnten.

»... du kannst das nicht verstehen«, wiederholte Katherine. »Weil du dir nie etwas gewünscht hast, was du nicht haben konntest, weißt du nicht, daß das Leben nicht immer so reibungslos verläuft. Die Dinge, die geschehen sind ... der Tod von Miss Simpson ... und jetzt Benjy – und Michael, der sich weigert, am Samstag zu kommen ... Ich glaube, das alles sind Omen.«

Henry Trace lachte. »Hüte dich vor den Iden des März!«

»Lach nicht.«

»Tut mir leid, Liebes, aber soweit ich es sehe, kreischt und schnattert niemand in den Straßen.«

»Was?«

»Und was Michael betrifft – seine Weigerung ist wohl kaum ein Omen. Dir muß schon seit Wochen klar sein, daß er dich nicht zum Altar führen will, um dich mir zu übergeben. Du weißt doch, wie er ist.«

»Aber ich dachte ... bei meiner Hochzeit ...«

»Möchtest du, daß ich mit ihm rede?«

»Das würde nichts ändern. Man könnte meinen, nach allem, was du für uns getan hast, würde er ...«

»Schsch. Sag so was nicht. Ich habe gar nichts getan.« Als sie aufstand und sich gegen den Rollstuhl lehnte, sagte er: »Deine armen kleinen Knie, sie haben lauter Dellen von dem Pflaster.« Er hob ihren Rocksaum an und strich zärtlich über die geschundenen Stellen. »Arme Knie – Henry verscheucht die Schmerzen.«

Am Fenster hoch über ihnen wandte sich Phyllis Cadell abrupt ab. Sie schaltete den Fernseher ein und ließ sich in den nächsten Sessel fallen. Stimmen erfüllten den Raum. Auf dem Bildschirm versuchte ein Pärchen, verrückt vor hemmungsloser Habgier, einen Berg von Konservendosen zusammenzuhalten, während das Publikum mindestens ebenso hemmungslos Beleidigungen und Anfeuerungsrufe schrie. Die Frau grinste irre, verrückte dabei eine der Büchsen und brachte die Pyramide zum Einsturz. Phyllis drückte auf die Fernbedienung und sah ein törichtes Duo, das sich hingebungsvoll über ein Müsli hermachte. Der dritte Knopf der Fernbedienung aktivierte eine idyllische Szene: ein älteres Ehepaar, das im Kreise der liebenden Familie zufrieden die Glückwunschtelegramme zur Goldenen Hochzeit las. Der vierte Kanal sendete einen alten Schwarzweißfilm. Zwei

Männer hielten einen dritten an den Armen fest, während Sterling Haydon ihn nach allen Regeln der Kunst verprügelte. Ein linker Haken ans Kinn, dann ein rechter. Zwei Hiebe in die Magengrube – der Mann schnappte nach Luft und stöhnte gequält. Ein Knie in die Leistengegend und ein Faustschlag in die Nieren.

Phyllis lehnte sich zurück. Sie nahm die Pralinenschachtel auf den Schoß und stopfte die Süßigkeiten in den Mund, ohne auf den Schmutz zu achten, der an ihnen klebte. Sie vertilgte ohne Unterbrechung eine Praline nach der anderen, als wollte sie ihren Zähnen Gewalt antun. Tränen liefen ihr über die Wangen.

4

»Ich denke, die Hochzeit wird eine ganz vornehme Sache. Mit lauter Adligen und so.« Troy richtete den Blick auf den Horizont, während er redete, und erfaßte voller Neid die Ausmaße von Henry Traces Besitz. Meilen um Meilen Wohlstand und Geld.

»Ohne Zweifel.« Barnaby wandte sich nach links und ging auf die einstöckigen Häuser zu. Troy, der nicht noch einmal so abgefertigt werden wollte, fragte nicht, ob und womit sein Boß die Haus-zu-Haus-Befragung fortsetzen wollte. Aber in diesem Fall setzte Barnaby ihn freiwillig in Kenntnis.

»Dieser Bungalow«, er deutete mit dem Kopf zum Ende der Siedlung, »interessiert mich. Da drin wohnt jemand, der alles scharf im Auge behält. Ich möchte hören, was die Nachbarn zu sagen haben.«

»Ich verstehe, Sir.« Mehr fiel Troy dazu nicht ein, aber es war ihm eine Genugtuung, daß der Chief Inspector ihn zumindest ein wenig ins Vertrauen gezogen hatte.

Im ersten Haus trafen sie niemanden an. Die Bewohner seien, wie die alte Lady von nebenan erklärte, Auswärtige aus London – und mindestens seit einem Monat nicht mehr hier gewesen. Und der Mann im anderen Haus kam jeden Werktag erst um sechs Uhr heim – er war Lehrer in Amersham. Troy notierte sich den Namen für die Abendschicht. Die alte Dame war wortkarg, was ihre eigenen Angelegenheiten betraf – sie gab lediglich an, daß sie am fraglichen Tag nicht ein einziges Mal ihr Haus verlassen habe. Dann nickte sie in Richtung Buchsbaumhecke und deutete mit dem Kinn zum nächsten Grundstück.

»Die sollten sie mal fragen, wo sie am Freitag war. Sie würde ihre Großmutter für einen Appel und ein Ei vergiften.« Man hörte im Nachbarhaus eine Tür zuschlagen.

»Und der Bungalow ...?«

»Über die weiß ich nichts.« Damit machte sie entschlossen die Tür zu.

»Komisch, nicht wahr?« sagte Troy, als sie zur Straße zurückgingen. »Ein winziger Ort wie dieser, und sie weiß nichts über die Leute, die im übernächsten Haus wohnen.«

»Das ist in der Tat merkwürdig«, stimmte Barnaby zu. Sie waren vor dem nächsten Haus angelangt, und Barnaby betätigte den Türklopfer, der wie ein Grimassen schneidender Kobold geformt war – er zog ihn an den Beinen und ließ los.

Eine noch ältere Lady erschien und bot ihnen beinahe dasselbe Spiel wie die erste, der einzige Unterschied war, daß sie ihrer Widersacherin als Blutgeld statt einem »Appel und ein Ei« einen »Penny« unterstellte. Dann legte sie ihre fleckigen, federleichten Knochenfinger auf den Ärmel des Chief Inspectors. »Hören Sie, junger Mann«, sagte sie, und plötzlich schien sie ihm die weitaus nettere der beiden alten Damen zu sein, »wenn Sie wissen wollen, was in dieser Gegend vor sich geht – oder wer was tut«, ein erschreckend boshaftes Kichern kam über ihre verwelkten Lippen, »sollten Sie mit Mrs. Rainbird von nebenan reden. Sie kann Ihnen genau sagen, was in Ihrem Taschentuch ist, wenn Sie sich im Stockfinstern hinter verschlossenen Türen schneuzen. Sie verbringt ihre ganze Zeit mit einem Fernglas im Dachgeschoß. Sie behauptet, sie sei Vogelliebhaberin und würde ihre gefiederten Freunde beobachten. Reine Tarnung.« Sie wiederholte die letzte Bemerkung noch einmal und tippte Barnaby dabei ans Revers. »In meiner Jugend stand man noch am Gartenzaun und hat vor den Augen aller geklatscht. Ich weiß nicht, was aus dieser Welt geworden ist – wirklich nicht.« Dann vertraute sie den Polizisten noch an, daß Mrs. Rainbird einen Sohn habe, der mit Särgen handelte und Bestattungen organisierte. »Er ist ein schmieriger kleiner Kriecher. Die Leute sagen über ihn, er würde seine Unterhosen im Kühlschrank aufbewahren ... Sie wissen schon.«

Sergeant Troy gab ein Schnauben von sich, das er rasch in ein Räuspern umwandelte. Barnaby, der bereits Bekanntschaft mit Rainbird gemacht hatte, konnte nur vermuten, daß die Leute recht hatten. Er bedankte sich bei der alten Lady und trat den Rückzug an.

Dem Bungalow hatte man den Namen *Tranquillada* verpaßt – Barnaby erinnerte das an eine abgeschwächte Version der spanischen Inquisition. Der Name hing am Hals eines Keramikstorchs, der seine Zeit auf einem Bein neben der Eingangstür verbrachte. Der ziemlich große Garten war äußerst gepflegt und voll mit Ziersträuchern und Rosen. Der silberne Porsche stand in der Auffahrt. Sergeant Troy entschied sich für den Klingelknopf und nicht für den Türklopfer, und ein schrilles Vogelzwitschern ertönte im Inneren des Hauses. Dennis Rainbird öffnete ihnen.

»Oh, hallo.« Er schien erfreut, Barnaby wiederzusehen. »Sie haben einen Freund mitgebracht?« Er schenkte Troy ein strahlendes Lächeln, das an der steinernen Miene des Sergeants abprallte wie ein Ping-Pong-Ball von einer Betonwand. »Kommen Sie herein, kommen Sie ... Mutter«, rief er über die Schulter, »es ist die Polizei.«

»Oh, ich habe sie schon erwartet«, flötete es von weit her.

Der Bungalow war größer, als man von außen vermuten konnte, und Dennis führte sie an etlichen offenstehenden Türen vorbei, ehe sie in den Salon kamen. Eine blitzende Küche, ein Schlafzimmer (ganz in Weiß und Gold gehalten) und ein zweites, hauptsächlich mit rotem Velour und viel Messing eingerichtetes Schlafzimmer.

»Ich bin im Salon, Denny«, trällerte die Stimme, wobei jeder Vokal vibrierte. Als sie den Raum betraten, erhob sich Mrs. Rainbird aus den weichen Daunenpolstern wie aus einem Nest.

Sie war unglaublich dick. Ihre Ausmaße waren wahrlich beeindruckend. Mindestens ein Viertel ihrer Größe schien ihre Frisur auszumachen, die steif und pagodenartig nach oben ragte – eine Landschaft von Türmen und Wellen, Spiralen und Locken, die in einer zur Seite geneigten Spitze endete wie ein Häubchen Softeis. Das kunstvolle Gebilde hatte die Farbe von Karamelbonbons. Mrs. Rainbird war in schrillen Farben geschminkt und trug einen violetten, ziemlich kurzen Kaftan, der massive Beine und winzige Füße freiließ. Der Chief Inspector erwiderte ihren direkten, scharfen Willkommensblick und stellte sich vor.

»Ich wußte, daß Sie auf dem Weg zu mir sind. Ich habe einen Wagen vorbeifahren sehen, als ich einige Schwalben auf den Telefondrähten beobachtete. Das ist ein bezaubernder Anblick – wie Notenzeichen auf den Linien.«

»Ah ... vielleicht waren Sie die Person, die ich neulich morgens kurz sah, als ich die Church Lane entlangging? In Ihrem Dachgeschoß, wenn ich mich recht erinnere. Ein sehr günstiges Plätzchen, von dem aus man alles im Auge behalten kann.«

»Wir Ornithologen bevorzugen den Begriff ›Unterschlupf‹, Mr. Barnaby.« Sie schnappte kurz nach Luft. Barnaby bat sie um Vergebung, und sie wedelte mit der juwelengeschmückten Hand. »Warum nehmen Sie nicht Platz?« Barnaby versank in einem weichen, mit mehreren Schichten Häkelarbeiten verzierten Sessel.

»Und was ist mit Ihnen, mein Lieber?« Dennis tänzelte um Sergeant Troy herum. »Möchten Sie Ihre Beine nicht ein wenig entlasten?«

Troy, als überzeugter Macho, entschied sich für den härtesten Stuhl, setzte sich stocksteif hin und zog seinen Notizblock hervor. Ein durchdringendes Pfeifen zerriß die Luft.

»Denny? Das Wasser kocht.« Während sich ihr Sohn davonmachte, sagte Mrs. Rainbird zu Barnaby: »Sie können ein wenig Speis und Trank gut vertragen.« Sie erstickte seine Proteste mit einem: »Aber, aber. Sie wollen mir doch nicht weismachen, daß Sie nicht vollkommen erschöpft sind, nachdem Sie all diesen Leuten Fragen gestellt haben, oder? Der Tee ist gleich fertig.«

Das stimmte. Wenige Augenblicke später kündigte ein leises Rattern Dennis' Ankunft mit dem Teewagen an. Der Teewagen bog sich förmlich unter all den Platten und Tellern – winzige Sandwiches, die in die Form von Spielkartensymbolen geschnitten waren, und gehaltvolle Cremetörtchen. Mrs. Rainbird häufte eine Auswahl von allem auf einen Teller für Detective Chief Inspector Barnaby und reichte ihn ihm.

»Nein, Sie dürfen mir das nicht abschlagen, Mr. Barnaby.« (Sie nannte ihn während der ganzen Unterhaltung nur ›Mister Barnaby‹; vielleicht glaubte sie, daß Polizeibeamte ab einem gewissen Rang wie hochstehende Leute aus der Zunft der

Mediziner ohne Titel angesprochen werden mußten.) »Es geht um das leibliche Wohl, verstehen Sie?«

Ihr Sohn schenkte Tee ein. Seine bleichen Finger flatterten über das Geschirr wie Schmetterlingsflügel. Er legte einen Teelöffel, in dessen Griff ein großer violetter Stein eingelassen war, auf eine Untertasse und hielt sie zusammen mit der gefüllten Tasse Barnaby hin. Der Chief Inspector fühlte sich angewidert, aber er nahm den Tee und lehnte sich zurück – er fand den Sessel ausgesprochen unbehaglich.

Dennis legte ein Anchovis-Kreuz, ein Lachs-Karo, ein Braten-Pik und ein Pasteten-Herz auf einen Teller, gab eine Meringue mit einer haselnußfarbenen, wurmartigen Füllung dazu und richtete dieses Arrangement und eine Teetasse auf einem Beistelltisch für Troy an. Dann tänzelte er zurück zu seiner Mutter, strahlte sie an, schüttelte ein paar Kissen auf und ließ sich zu ihren Füßen auf einem niedrigen Sitzpolster nieder.

Endlich ergriff Barnaby das Wort. »Wir stellen Nachforschungen wegen eines ungeklärten Todesfalles an . . .«

»Arme Miss Simpson«, unterbrach ihn Mrs. Rainbird. »Ich gebe immer den Eltern die Schuld.«

». . . und wären dankbar, wenn Sie und Ihr Sohn uns sagen würden, wo Sie sich am vergangenen Freitag nachmittag und abend aufgehalten und was Sie getan haben.«

»Ich habe mich um die Blumenarrangements und die Pflanzen in der Gemeindehalle gekümmert. Sie haben doch sicher von dem Reiterwettbewerb gehört, oder?« Barnaby gab ihr zu verstehen, daß er Bescheid wußte. »Ich ging ungefähr um halb fünf – zusammen mit Miss Cadell von Tye House. Wie immer war ich eine der letzten. Ich fürchte, ich gehöre zu den schrecklichen Menschen, die immer alles selbst in die Hand nehmen müssen.« Ein bißchen selbstgefälliger Stolz. Sie hatte einen Mund wie ein Goldfisch – selbst in Ruhe war er ein wenig vorgeschoben und sah aus wie eine Schnute. »›Delegieren, Iris, delegieren‹, das sage ich mir immer und immer wieder, aber meinen Sie, das würde mir auch nur ein einziges Mal gelingen? . . . Wo war ich stehengeblieben?«

»Sie waren eine der letzten, die die Gemeindehalle verließen.«

»Ach ja. Ich glaube, nur Miss Thornburn, unsere liebe Akela, blieb länger.«

»Ist Ihnen zufällig aufgefallen, wann Miss Lacey gegangen ist?«

»Kurz vor vier.«

»Sind Sie sicher?« Blöde Frage. Er ahnte bereits, daß er eher einer allwissenden Person gegenübersaß als einer bloßen Beobachterin. Mrs. Rainbird hatte offenbar Augen wie ein Adler und, was noch bedeutsamer war, das erhabene Desinteresse eines Adlers an seinen Opfern.

»Ziemlich sicher«, erwiderte Mrs. Rainbird. »Sie schlich sich davon – das ist meine Meinung –, und zwar *in einer ausgesprochen verstohlenen Art und Weise.*« Sie ließ sich dazu herab, bei ihren letzten Worten Sergeant Troy eines Blickes zu würdigen, um ganz sicherzugehen, daß er auch alles ganz genau mitschrieb. »Aber ich würde doch zu gern erfahren, wieso wir gefragt werden, was am Nachmittag geschehen ist. Wie ich hörte, starb Miss Simpson doch viel später.«

»Wir kennen den exakten Zeitpunkt des Todes nicht.«

»Jedenfalls war sie um etwa fünf Uhr noch am Leben, weil ich sie selbst gesehen habe.«

»Sie haben sie gesehen?«

»Natürlich.« Sie genoß diesen Moment seiner ungeteilten Aufmerksamkeit. Dennis verrenkte sich den Hals und grinste sie anerkennend an. »Ich war zufällig oben in meinem Unterschlupf und skizzierte den Flug von Ziegenmelkern. Emily lief im Eilschritt durch die Church Lane – sie kam aus der Richtung, in der der Wald liegt. Einmal blieb sie stehen und hielt sich die Seite. Ich habe noch überlegt, ob ihr vielleicht nicht gut ist, und wollte zu ihr gehen, aber dann kam Denny zum Tee nach Hause. Stimmt's, Schätzchen?« Festigte sich ihr Griff an seiner Schulter? Jedenfalls erwachten die funkelnden Juwelen zu neuem Leben.

»Mhm.« Dennis legte kurz die Wange an ihr Knie. »Ich komme gewöhnlich um halb sechs nach Hause, aber an diesem Abend . . .«

»Falls es Ihnen nichts ausmacht, Mr. Rainbird, kommen wir später auf diese Einzelheiten zurück.«

»Ich kann es kaum erwarten.« Dennis biß sich auf die Unterlippe. Sein Gesicht überzog sich mit einem rosigen Hauch vor Freude darüber, daß er Empfänger derart gebieterischer Instruktionen geworden war. Er schenkte Sergeant Troy ein Lächeln, das mindestens so süßlich und ekelhaft war wie die Meringue, die Troy in Angriff genommen hatte. »Ich glaube, dem Sergeant schmeckt das Maronenmus *Lyonnaise* nicht, Mutter.«

»Dann mußt du ihm unbedingt von der Mandelcreme geben . . . Ja«, sie wandte sich wieder an Barnaby, »ich war ernsthaft in Sorge um sie. Ich hatte schon beinahe beschlossen, ihr nach dem Essen einen Besuch abzustatten, aber dann waren wir so in ein Monopolyspiel vertieft, daß ich mir dachte, es hätte Zeit bis zum nächsten Morgen. Sie hatte ja schließlich ein Telefon, und Miss Bellringer wohnt nicht weit weg. Wir haben an diesem Abend keinen Fuß mehr vor die Tür gesetzt, nicht wahr, Schätzchen?«

»Nein, wir sind richtige kleine Stubenhocker.«

»Und wer hatte die Schloßallee?«

»Ich, ich! *Und* einen ganzen Straßenzug auf der anderen Seite!« jubilierte Dennis.

»Trotzdem sah ich Katherine Lacey noch einmal. So gegen acht Uhr.«

»Tatsächlich? War das nicht ein wenig spät, um Ihrem Hobby zu frönen, Mrs. Rainbird? Welche Vögel sind um diese Zeit schon noch unterwegs?«

»Eulen, Mr. Barnaby.« Sie blitzte ihn scharf an.

»Ah.«

»Tiere der Nacht.«

»Stimmt.«

»Wir haben eine kleine Pause bei unserem Spiel gemacht, Denny kochte Kaffee, und ich schaute rein zufällig aus dem Fenster.«

»Ich verstehe. Haben Sie gesehen, wohin Miss Lacey ging?« Sie beugte sich vor, um die Spannung zu steigern, und, da ihre Hand immer noch auf der Schulter ihres Sohnes ruhte, tat er es ihr gleich.

Was für ein makabres Schauspiel, dachte Barnaby und fühlte sich unweigerlich an ein Stück von Joe Orton erinnert, in dem seine Frau im letzten Monat mitgewirkt hatte. Dieses seltsame Paar hätte blendend in die verdrehte Handlung gepaßt.

»Sie bog in die Church Lane ein.«

»Meinen Sie, sie hat jemanden besucht?«

»Das konnte ich nicht sehen. Die Straße macht eine scharfe Rechtskurve. Sie hatte einen der Beagles dabei und einen Brief in der Hand.«

»Dann ging sie möglicherweise nur zum Briefkasten.« Mrs. Rainbird zog eine Augenbraue hoch, bis sie aussah wie eine aufgemalte, dünne Mondsichel, und brachte damit zum Ausdruck, daß Barnaby ja denken konnte, was er wollte.

»Und haben Sie sie zurückgehen sehen?« erkundigte er sich weiter.

»Leider nein.« Ihre Stimme bebte verärgert. »Mrs. Pauncefoot rief an. Sie wollte noch einen Strauß *Lilium regale* für das Pult der Wettkampfrichter. Wenn ich das gewußt hätte«, sie schlug mit der Faust in ihre Handfläche, »wäre ich auf meinem Posten geblieben.«

Ihre Miene war mehr als nur verdrießlich. Sie schien vor Wut zu kochen, weil sie eine so günstige Gelegenheit verpaßt hatte. Offensichtlich konnte sie es nicht ertragen, wenn sie nicht immer ganz genau informiert war, was zwischen den Leuten und im Dorf vor sich ging. Von wegen nur den Flug von Ziegenmelkern zu skizzieren, dachte Barnaby und begann, Mrs. Rainbirds Sohn Fragen zu stellen.

»Ich war den ganzen Nachmittag im Geschäft, das kann Ihnen übrigens mein Partner bestätigen, bin um Viertel vor fünf gegangen, direkt nach Hause gefahren und hier geblieben.«

»Ich wußte gar nicht, daß Sie einen Partner in Ihrem Geschäft haben, Mr. Rainbird.«

»Mutter hat mich dort zu meinem einundzwanzigsten Geburtstag eingekauft. Ich hatte schon drei Jahre zuvor bei dem Unternehmen gearbeitet und wußte, daß ich nie etwas anderes tun will.« Er umarmte ihre Knie wie ein kleiner Junge. »Ich liebe diese Branche. Verstehen Sie?«

Barnaby heuchelte Verständnis. Im Grunde machte er sich keine großen Gedanken um Mr. Rainbirds Alibi. Er versprach sich Nützlicheres von seinem Besuch hier in *Tranquillada* – Hintergrundinformationen über die Dorfbewohner. Und Klatsch. Wenn er Iris Rainbird richtig beurteilte, konnte sie ihm beides bieten, solange er die Sache richtig anpackte.

Er sagte: »Mrs. Rainbird, ich hoffe, Sie wissen, wie dankbar wir sind, daß wir uns an jemanden wenden können, der so aufmerksam und eine derart gute Beobachterin ist wie Sie. Mit Ihrer Hilfe können wir sicher einige Informationslücken füllen.« Die Haarpagode neigte sich anmutig. »Sagen Sie – Miss Lacey und ihr Bruder, leben sie schon lange im Dorf?«

»Ihr ganzes Leben lang. Obwohl sie nicht immer im Holly

Cottage gewohnt haben. Ihre Eltern hatten ein wenig außerhalb auf dem Weg nach Gessler Tye ein großes Farmhaus. Das Land war nicht der Rede wert, sie hatten lediglich einen ziemlich großen Garten. Oh, damals waren sie sehr hochnäsig – Oberschicht, verstehen Sie? Mit alter Nanny, die schon seit langem auf die Sprößlinge der Familie aufpaßte, die Kinder gingen in Bedales auf die Schule, hatten Ponies und Autos, und alle fünf Minuten ging's ab nach Frankreich. Schießen, jagen und reiten in den Ferien. Sie kamen sich vor, als wären sie adlig. Natürlich waren sie das nicht – kein Stammbaum und so.« Sergeant Troy schrieb nicht mehr mit. Er erkannte die Gehässigkeit in dieser Bemerkung sofort, konnte sich jedoch nicht zusammenreimen, wieso Mrs. Rainbird solche Vorbehalte gegen die Laceys hegte. »Die Leute mochten Madelaine, aber er war ein gräßlicher Kerl. Trank 'ne Menge und fuhr wie ein Verrückter. Er war auch gewalttätig. Man sagt, er hätte sie mißhandelt. Ziemlich herzlos ...«

»Genau wie sein Sohn«, warf Dennis impulsiv ein, seine fahlen Wangen wurden rot. Diesmal war nicht zu übersehen, daß sich die beringte Hand warnend um seine Schulter klammerte. »Zumindest ... habe ich das gehört«, setzte er stammelnd hinzu.

»Die Kinder waren ungefähr dreizehn, als all das schöne Geld plötzlich weg war. Er hatte sich verspekuliert, eine zweite Hypothek aufgenommen, noch mehr riskiert und alles verloren. Das hat Madelaine umgebracht.«

»Meinen Sie das wörtlich?«

»Sicherlich. Sie fuhr ihren Wagen bei Flackwell Heath in die Themse. Sie war noch keine zwei Monate tot, als er ein junges Ding, das er in London kennengelernt hatte, heiratete und sich mit der Kleinen nach Kanada auf und davon machte.«

»Und die Kinder?«

»Na ja ... das war natürlich das Ende von Privatschulen

und all dem Schnickschnack für sie. Sie kamen zurück und mußten wie alle anderen auch in Gessler Tye in die Schule gehen.« Genugtuung schwang in ihrer Stimme mit. Troy stimmte ihr unbewußt mit einem Nicken zu.

»Und wo haben sie gewohnt?«

»Jetzt kommen die Traces ins Spiel. Henry war einer der ersten, den Gerald Lacey um Geld angehauen hatte. Und Henry lieh ihm eine beträchtliche Summe. Ich glaube, er dachte im nachhinein, er hätte es besser nicht getan und statt dessen Gerald Lacey geholfen, eine andere Lösung für seine Probleme zu finden. Zumindest hat mir Mrs. Trace – ich meine, Bella Trace – diesen Eindruck vermittelt.«

Chief Inspector Barnaby versuchte sich vorzustellen, wie die verstorbene Mrs. Trace die finanziellen Angelegenheiten ihres Mannes mit Mrs. Rainbird besprach – es gelang ihm nicht. Er überlegte, woher sie diese Information sonst haben könnte.

»Daher das Holly Cottage.«

»Wie bitte?«

»Ursprünglich bewohnte ein Wildhüter das Haus. Henry bot es den Kindern an, und die alte Kinderschwester blieb bei ihnen, um sich um sie zu kümmern. Sie haben ihr das Leben zur Hölle gemacht und ihr ständig auf der Nase herumgetanzt, das können Sie mir glauben. Als sie älter wurden, gab es ständig Streitereien. Na, Sie wissen ja, wie Halbwüchsige sind. Nur mein Denny hat mir keinerlei Kummer bereitet.« Denny biß mit einem affektierten Grinsen in seine Vanilleschnitte. Ein Tropfen Creme, der sich in der Farbe kaum von seiner Haut unterschied, zierte seine Oberlippe. »Sie kam öfter bei uns vorbei, die arme Nanny Sharpe –, nur für eine Tasse Tee und ein bißchen Ruhe und Frieden. Die zwei Gören waren wie Hund und Katz. Haben Sie die Narbe in Michaels Gesicht gesehen?«

»Wir haben noch nicht mit Mr. Lacey gesprochen.«

»Sie hat ihm das angetan, seine Schwester. Sie hat ihm ein Bügeleisen nachgeworfen.« Ihr fiel auf, daß sich Barnabys Gesichtsausdruck plötzlich änderte. »Oh, Sie können mir ruhig glauben, Mr. Barnaby. Diese Unschuldsmienen täuschen jeden, aber die beiden können Sie sicher nicht hinters Licht führen.«

Mrs. Rainbirds Objektivität, dic ihm zu Beginn des Gesprächs so imponiert hatte, schien sie vorübergehend im Stich zu lassen. Die Tatsache, daß ihr Sohn, den sie auf eine ungesunde Art und Weise bewunderte, beleidigt oder angegriffen worden war, schien immer noch an ihr zu nagen.

»Hat Mr. Trace die Laceys finanziell unterstützt?«

»O ja. Der Vater hat ihnen keinen Penny übriggelassen. Und soweit ich weiß, unterstützt Henry Michael auch heute noch. Aber Sie brauchen nicht zu glauben, daß er dafür ein Wort des Dankes erntet.«

»Dann arbeitet Mr. Lacey also nicht?«

»Wenn man diese Malerei Arbeit nennt . . .«

»Ist er erfolgreich? Verkauft er viele seiner Bilder?«

»Nein. Und das überrascht mich kein bißchen. Es sind häßliche, grelle, gewaltsame Machwerke. Sie sehen aus, als würde er die Farbe mit einer Schaufel auftragen. Aber er hat immer Leute, die ihm Modell sitzen – ist das zu glauben?«

»Ja«, schaltete sich Dennis ein. »Dieses Lessiter-Mädchen lungert immer dort herum. Aber sie erreicht nichts damit – er will sie nicht, das unappetitliche, plumpe Ding. Michael hat mich einmal gemalt, müssen Sie wissen.« Er warf den Kopf zurück und wandte Troy kokett sein bleiches Gesicht zu.

»Es war ein gräßliches Bild.«

»Oh, er war zuckersüß zu mir in dem Monat, in dem er mein Porträt gemalt hat«, fuhr Dennis fort, »ich war ganz der liebe Junge. Dann, als er hatte, was er wollte, sagte er mir ins Gesicht, daß ich so schnell wie möglich Leine ziehen soll.«

»Denny! Mr. Barnaby, noch ein wenig kalten Braten?«

»Nein, danke. Lebt diese Nanny, Miss Sharpe, noch hier in der Gegend?«

»Mrs. Sharpe. Nein. Sie zog, sobald die Kinder für sich selbst sorgen konnten, nach Saint Leonards. Sie war froh wegzukommen. Damals waren die beiden etwa siebzehn, glaube ich. Sie hat nicht mal dran gedacht, bei uns hereinzuschauen, um sich zu verabschieden. Ich muß schon sagen, das hat mich ein wenig gekränkt. Die Traces haben mir ihre Adresse gegeben, und ich schrieb ihr ein paarmal, aber sie hat nie geantwortet. Ich schickte ihr noch eine Weihnachtskarte, dann gab ich es auf.« Enttäuschung zeichnete sich auf ihrem Gesicht ab. Es war offensichtlich, daß ihr ein ausgiebiges Abschiedsdrama mit weiteren Enthüllungen lieber gewesen wäre. Als sie zu einer anschaulichen Schilderung einer spektakulären häuslichen Auseinandersetzung im Holly Cottage anhob, vertrat sich Barnaby, der hin und wieder höflich nickte, die Beine und schlenderte zur Verandatür.

Der Rasen im Garten war unkrautfrei und kurz geschnitten. Blühende Bäume und Sträucher und ein hübscher Pavillon auf der anderen Seite. Er fragte sich, womit Mr. Rainbird sein Geld verdient hatte. Es mußte eine ganz schöne Menge gewesen sein, wenn man sich diesen Bungalow ansah und an Dennis' Beteiligung im Bestattungsunternehmen und an sein silbernes Spielzeug in der Auffahrt dachte. Nicht zu vergessen, der überladene Teewagen.

Er drehte sich wieder um. Allmählich fühlte er sich ausgesprochen unwohl in dieser Umgebung. Obwohl der Tag warm war, hatten die Rainbirds die Heizung aufgedreht. Er betrachtete Dennis, der mit seinen blassen Wimpern klimperte, um Sergeant Troy zu beeindrucken – ob ihm wohl kalt war? Er hatte gewiß keine dicke Isolierschicht auf den Knochen.

Das Zimmer wirkte erdrückend. Es war gestopft voll mit protzigen, geradezu wollüstigen Möbelstücken. In einer Vitrine stand Porzellan, hauptsächlich Capo da Monti, überall saßen Puppen in verschiedenen Landestrachten, und an den Wänden hingen scheußliche Bilder. Barnaby hatte eines direkt im Blick; es zeigte einen Spaniel, dem Barnaby sah ungläubig genauer hin – Tränen über die Wangen liefen. Der ganze Plunder war das, was seine Tochter als Absurdität des zwanzigsten Jahrhunderts bezeichnen würde.

»Ich danke Ihnen sehr, Mrs. Rainbird«, dämmte er ihren Wortschwall freundlich, aber entschlossen ein.

»Nicht der Rede wert, Mr. Barnaby.« Sie schleuderte ihm ihre blitzende Hand entgegen. Es blieb ihm nichts anderes übrig, als sie zu ergreifen. Es war, als würde man einen Teigklumpen anfassen. »Wozu sind wir denn da, wenn nicht dazu, uns gegenseitig zu helfen?«

Während die beiden Polizisten die Auffahrt hinuntergingen, brummte Sergeant Troy: »Männer wie der müßten kastriert werden.« Da Barnaby nicht antwortete, fügte er noch ein einschmeichelndes »Sir« hinzu und fuhr fort: »Und die Mutter – ein widerliches altes Tratschweib.«

»Mrs. Rainbird und Leute wie sie sind ein Gottesgeschenk bei jeder Ermittlungsarbeit, Troy. Man darf nur nicht den Fehler machen, Klatsch als Tatsachen zu werten. Und wenn sie behaupten, daß das, was sie sagen, die absolute Wahrheit ist, darf man nie vergessen, alles noch einmal gründlich nachzuprüfen. Niemals voreilige Schlüsse ziehen, Sergeant, und immer für alles offen sein.«

»Ja, Sir.«

Sie gingen weiter zum Burnham Crescent und dem Mietshaus Nummer sieben, der Wohnung von Mrs. Quine.

Als Barnaby und Troy durch die mit verrotteten Pfosten markierte Lücke in der dürren, staubigen Hecke traten, schlossen Mrs. Rainbird und ihr Sohn die Tür von *Tranquillada* und sahen sich strahlend vor Erregung an.

»Hast du es?«

»Mummy – ja!«

»Ohhh ... wo? Wo?«

»Wart eine Minute. Du hast nicht gesagt ...«

»Du bist ein guter Junge. Zeig es mir.«

»Nein.« Sein Gesicht schimmerte unangenehm orange unter der Laterne in der Halle und nahm einen trotzigen Ausdruck an. »Das war nicht richtig. Du mußt es richtig machen.«

»Du bist ein guter Junge«, flötete sie und küßte ihn voll auf den Mund. Ihr Atem roch süß nach Pfefferminzpillen und Vanille. »Mummys allerbester Junge.« Ihre weichen Finger glitten unter sein Hemd und liebkosten seine knochigen Schulterblätter. »Mummys bester und einziger Junge.«

Er leckte ihr Ohr mit den langen Rheinkiesel-Clips ab. »Mmmm.« Sein Atem beschleunigte sich. »Schlauer Denny.«

»Jetzt«, sie nahm seine Hand, zog ihn ungeduldig durch den Flur zur Terrassentür und in den Garten, »zeig es mir.«

»Ich will noch ein bißchen spielen.«

»Wir spielen später.«

»Mit allem?«

»Mit allem. Komm schon ... wo ist es?«

Sie gingen über den Rasen, umrundeten den Pavillon. Dahinter lag ein Haufen von etwas Tropfnassem – das Wasser breitete sich in konzentrischen Ringen um dieses Etwas aus. Dennis führte seine Mutter stolz näher. Hand in Hand betrachteten sie den Haufen. Mrs. Rainbirds Augen glänzten.

»Wo hast du es gefunden?«

»In dem Weiher hinter dem Buchenwald. Ich hab' gesehen,

wie sie es hineingeworfen haben. Sie hatten Steine daran gebunden.«

Sie schwieg und stieß zufrieden den Atem aus.

»Mein schönes Auto ist ganz naß geworden. Ich mußte das Ding in den Kofferraum legen, verstehst du.«

»Wir kaufen dir ein neues.«

»O Mummy ...« Er drückte ihr hellauf begeistert den Arm.

»Dann glaubst du, es ist viel wert?«

»O ja, mein Liebling.« Sie trat einen Schritt vor und stocherte mit der Schuhspitze in der durchweichten Masse. »Es ist sehr, sehr viel wert. Wirklich sehr viel.«

5

Der Garten von Nummer sieben war eine Müllkippe. Im wahrsten Sinne des Wortes. An einer Hauswand lehnte ein Haufen Schrott. Bettgestelle, kaputte Kinderwagen, alte Kisten, rostige Eisenketten und ein zerbrochener Hasenkäfig. Die Vorhänge im Erdgeschoß waren zugezogen. Barnaby rüttelte am Briefkasten. Im Haus weinte ein Kind. Eine Frauenstimme schrie: »Halt den Mund, Lisa Dawn.« Dann: »Eine Minute, ich komme gleich.« Das konnte dem Kind oder den wartenden Polizisten gelten.

Schließlich erschien Mrs. Quine. Sie war dünn mit eingefallener Brust und roten Flecken um den Mund. Sie rauchte und machte, selbst wenn sie stillstand, den Eindruck, ständig auf dem Sprung zu sein.

»Kommen Sie rein.« Sie trat zurück, um die Polizisten ins Haus zu lassen. »Meine Nachbarin hat mir schon erzählt, daß Sie überall herumgehen.«

Das Zimmer, in das sie kamen, war voller Qualm, und die

Deckenleuchte – ein Holzgestell mit Pergamentschirm – verbreitete trübes Licht. Der Fernseher plärrte laut, aber Mrs. Quine machte keinerlei Anstalten, den Ton leiser zu drehen. Es war nicht aufgeräumt und auch nicht besonders sauber. Ein kleines Mädchen saß an einem Plastiktisch und schluchzte und schniefte.

»Sieh mal, wer da kommt, Lisa Dawn.« Das Kind richtete den Blick auf Barnaby. »Ich hab' dir doch gesagt, daß ich die Polizei hole, wenn du nicht brav bist.« Wieder flossen Tränen. »Schauen Sie, was sie gemacht hat, Herr Polizist.« Mrs. Quine nahm etwas Dunkles, Feuchtes vom Tisch. »Ihr Bilderbuch von der Geburt Jesu. Sie hat es erst zu Weihnachten bekommen. Überall verschmierte schwarze Johannisbeeren.« Sie schlug das Buch auf. Jesus, Maria, Josef und die Tiere im Stall, bunt und reich verziert, erhoben sich aus der Seite. »In diesem Haus bleibt nichts auch nur für fünf Minuten schön und neu.«

»Es war sicher ein Versehen.« Barnaby lächelte Lisa Dawn an. Sie rieb sich traurig die Augen und schniefte wieder. Er wandte sich an Mrs. Quine, die nervös im Zimmer umherlief, dabei heftig an ihrer Zigarette zog und die Asche achtlos auf dem Boden verstreute. »Ich bin immer im Streß«, erklärte sie.

»Soviel ich hörte, haben Sie für Miss Simpson gearbeitet.«

»Das stimmt. Bei ihr und im Tye House. Ich war auch bei der anderen alten Schachtel, aber nur eine Woche. Sie sagte, ich kann machen, was ich will, solange ich ihre Sachen nicht verstelle. Wie kann man richtig sauber machen, wenn man nichts anfassen darf, können Sie mir das vielleicht sagen?«

»Sprechen Sie von Miss Bellringer?«

»Ganz genau.«

»Sind Sie am Morgen nach Miss Simpsons Tod zur üblichen Zeit zu ihr gegangen?«

»Natürlich – ich hatte keinen Grund, nicht zu ihr zu

gehen. Miss Bellringer schaute aus dem Fenster. Sie kam raus und sagte mir Bescheid. Sie können sich setzen, wenn Sie wollen.«

»Wie bitte? Oh, danke.« Barnaby hockte sich auf die Kante des schmuddeligen schwarzen Vinylsofas. Aus einem der Polster quollen verschiedenfarbige Schaumstoffschnipsel aus einem Schlitz.

»Sie gab mir eine Tasse Tee für den Fall, daß ich mich schlecht fühle. Danach ging ich zum Tye House.«

»Es muß ein Schock für Sie gewesen sein.«

»Klar. Der Doktor war erst kurz vorher bei ihr. Sie hatte es mit den Bronchien zu tun, aber er meinte, wenn sie gut auf sich aufpaßt, würde sie es noch gut zehn Jahre machen.« Mrs. Quine zündete sich eine frische Zigarette am Stummel der alten an. »Jetzt wissen wir, warum sie sterben mußte, nicht wahr? Verdammte Vergewaltiger. Gerade gestern hat man einen ganz groß im Fernsehen gesehen. Ich weiß genau, was ich mit so einem machen würde.« Sie setzte sich an den Kamin und warf die Zigarettenkippe auf den leeren Rost. Ihr Fuß trommelte heftig auf den Teppich. Sie inhalierte den Rauch mit solcher Kraft, daß sich ihre Wangen nach innen zogen. »Armes altes Mädchen. Und das in ihrem Alter!«

Barnaby ersparte sich jeglichen Kommentar zu dieser wilden Spekulation und fragte statt dessen, ob Miss Simpson eine gute Arbeitgeberin gewesen sei.

»O ja ... sie mochte es, wenn alles so war wie immer, aber ich kannte mich aus bei ihr. Wir sind gut miteinander ausgekommen.«

»Und wie ist es im Tye House?«

Sie lächelte entgegenkommend und entblößte glatte, falsche Zähne. »Sie haben sich dort schon umgesehen, nicht wahr?« Als Barnaby nickte, fuhr sie fort: »Komische Leute, was? Die alte Phyllis Cadell läßt nicht locker. Man merkt sofort, woher bei der der Wind weht. Sie wollte unbedingt den leeren Platz an seiner Seite einnehmen. Sie hat sich schon mächtig ins Zeug gelegt, als Mrs. Trace noch lebte. Sie machte sich unentbehrlich – wenigstens hat sie sich das eingebildet. Sie hätten sie nach dem Jagdunfall erleben sollen! Sie hat immer versucht, betrübt auszusehen, solange jemand in der Nähe war. Von wegen betrübt! Sie war außer sich vor Freude. Man konnte ihr richtig ansehen, womit sie als nächstes rechnete. Dann fing Miss Großbritannien vom Holly Cottage an, ständig ein und aus zu gehen, und schnappte ihr den Jackpot vor der Nase weg. An dem Morgen, an dem die Verlobung bekanntgegeben wurde, dachte ich, Miss Cadell würde sich unter den nächstbesten Bus werfen. Da hab' ich was mitgemacht, das kann ich Ihnen sagen.«

»Um zum letzten Freitag zurückzukommen, Mrs. Quine … waren Sie am Nachmittag in der Gemeindehalle?«

»Ich? Mit diesem Volk herumlungern? Sie machen wohl Witze? Frauenorganisation – ein Haufen hochnäsige Snobs sind das. Sie können sich ihre Blumenarrangements sonstwohin stecken. Genau wie ihre verdammten eingelegten Walnüsse und das ganze andere Zeug.«

»Dann waren Sie also zu Hause?«

»Ja. Vor dem Fernseher. Stimmt's, Lisa Dawn? Den ganzen Nachmittag. Nur Lisa Dawn ist in den Laden gelaufen, um ein paar Chips zu holen.« Barnaby sah Lisa Dawn an, deren dünne Beinchen mindestens vierzig Zentimeter über dem Boden baumelten. Mrs. Quine schien zu erraten, was er dachte, und setzte hinzu: »Sie kann prima ganz allein über die Straße gehen. Und sie kommt immer sofort zurück. Sie ist schon ein großes Mädchen, das bist du doch, oder? Sag dem netten Polizisten, wie alt du bist.«

»Bald vier«, flüsterte das kleine Mädchen.

»Du bist schon vier. Sie ist gute vier«, stellte Mrs. Quine

klar, als würde sie über die Schuhgröße von jemandem reden. »Und wer hat dir Bonbons in dem Laden gekauft?«

»Judy.«

»*Tante* Judy. Das ist Doktor Lessiters Tochter. Sie schenkt ihr oft etwas. Zu Ostern hat sie ihr ein großes Ei mit einem Häschen drin gekauft.« Lisa Dawn fing wieder an zu weinen. »O Gott – sei still, ja? Was sollen denn die Herren von dir denken? Ich hätte das nicht sagen dürfen ... das mit dem Ei. Der Hund von nebenan hat sich von seiner Kette losgerissen und ihren Hasen gepackt.«

»Armer Smokey.«

»Schon gut, schon gut. Du bekommst einen anderen.«

»Wie spät war es, als Ihre Tochter zum Laden ging?«

»Genau weiß ich das nicht mehr. Wir haben *Söhne und Töchter* zu Ende gesehen, das läuft, glaube ich, bis kurz nach drei.«

»Und das war wirklich am Freitag, dem siebzehnten?«

»Das hab' ich doch gesagt, oder?« Sie zündete sich die dritte Zigarette an.

»Und Sie waren auch den ganzen Abend daheim?«

»Ich kann nirgendwohin wegen der Kleinen.«

»Ich danke Ihnen.« Während Troy ihre Aussage noch einmal vorlas, rauchte Mrs. Quine, tippte unruhig mit dem Fuß auf den Boden und seufzte. Barnaby versuchte, mit Lisa Dawn zu reden, aber das Kind wich vor ihm zurück und wandte den Kopf ab. Die kleinen Ärmchen waren mit häßlichen blauen Flecken übersät. Bevor sie die angefaulten Torpfosten erreichten, hörte Barnaby sie wieder weinen.

Barnaby schaltete in seinem Büro den Ventilator ein und bat darum, daß ihm jemand Kaffee und ein Sandwich aus der Kantine holte. Bevor die Polizistin Brierley seine Wünsche erfüllte, sagte sie: »Ich habe Ihnen eine Nachricht auf den

Tisch gelegt, Sir. Eine Miss Bazely hat sich gemeldet und ihre Büronummer hinterlassen. Sie bittet um einen Rückruf.«

Barnaby nahm den Hörer ab und wählte. Die blauen Propeller des Ventilators brummten zwar heftig, richteten jedoch nicht viel aus; sie wirbelten lediglich die heiße Luft in Barnabys schweißnasses Gesicht. »Miss Bazely? Hier Detective Chief Inspector Barnaby.«

»O ja ... hallo. Sie erinnern sich, daß ich neulich, als wir miteinander sprachen, das Gefühl hatte, etwas vergessen zu haben?«

»Ja.«

»Mir ist wieder eingefallen, was es war. Soll ich es Ihnen jetzt gleich sagen?«

»Ja, bitte.«

»Ich war gestern mit meiner Schwester in High Wycombe. Sie heiratet im nächsten Monat, und ich bin ihre Brautjungfer, verstehen Sie. Wir waren bei der Anprobe meines Kleides. Das Geschäft ist ganz in der Nähe vom Bahnhof und heißt *Anna Belinda.* Und genau das sagte Miss Simpson bei dem Telefongespräch. Zumindest beinahe.«

»Können Sie sich an Genaueres erinnern?«

»Ja. Sie sagte: ›Genau wie die arme Annabella.‹«

»Sind Sie sicher?«

»Ganz sicher.«

»Nicht nur ›Bella‹?«

»Nein. Sie sagte eindeutig ›Annabella‹.«

Barnaby legte auf und starrte nachdenklich den Telefonapparat an. Sein Sandwich (Hühnchen mit Wasserkresse) und köstlicher Kaffee aus der Büromaschine wurden ihm gebracht. Barnaby nahm alles entgegen und wies die Polizistin Brierley an: »Rufen Sie das Jugendamt an. Ich denke, sie sollten jemanden zum Burnham Crescent Nummer sieben in Badger's Drift schicken.«

»Was soll ich ihnen sagen, Sir?«

»Oh ... es handelt sich um Kindesmißhandlung. Der Name der Frau ist Quine. Sie selbst braucht auch Hilfe. Sie steht kurz vor einem Nervenzusammenbruch, würde ich sagen. Und fragen Sie in Slough nach der Adresse und der Telefonnummer einer Mrs. Norah Whiteley. Sie ist Lehrerin in einer Privatschule. Ein neunjähriger Sohn.« Er biß beherzt in sein Sandwich und reduzierte es auf die Hälfte, dann nahm er wieder den Telefonhörer in die Hand und wählte. »Miss Bellringer? Wissen Sie zufällig, ob Ihre Freundin eine Annabella kannte?« Langes Schweigen am anderen Ende der Leitung, dann eine abschlägige Antwort. »Könnte sie vielleicht die verstorbene Mrs. Trace damit gemeint haben?«

»O nein ... ihr Name war Beatrice. Sie nannte sich Bella, weil sie glaubte, das würde schöner klingen.«

»Wußte das auch Miss Simpson?«

»Ganz bestimmt. Ich erinnere mich, daß sie mir gegenüber äußerte, Mrs. Trace hätte sich falsch entschieden. Sie hielt Beatrice für einen sehr schönen Namen, aber Bella fand sie eher gewöhnlich.« Sie machte eine Pause, um Luft zu holen. »Vor Jahren hatte ich eine Isabella in meiner Musikklasse. Ein braves, untadeliges Kind. Ich glaube, sie ist jetzt Diakonissin. Hilft Ihnen das weiter?«

Barnaby dankte ihr und verabschiedete sich. Er hatte für einen Moment vergessen, daß Miss Simpson beinahe vierzig Jahre lang Lehrerin gewesen war. Es bestand durchaus die Chance, daß sie – auch wenn der Name nicht gerade häufig vorkam – im Laufe dieser langen Zeit ein oder zwei Annabellas neben all den Joans und Janes unterrichtet hatte. Und offenbar hatte sich Miss Simpson an eine Annabella erinnert gefühlt, als sie das sich liebende Pärchen entdeckt hatte. Wie früh haben die Mädchen vor zwanzig, dreißig, vierzig Jahren mit derlei Abenteuern angefangen? Wahrscheinlich genauso früh wie heute, überlegte er. Manche Dinge ändern sich nicht.

Warum »arme Annabella«? Er trank einen Schluck Kaffee und beobachtete aus den Augenwinkeln eine Spinne, die sich beim Herunterlassen von der Decke hin- und herschwang. War Annabella im wahrsten Sinne des Wortes arm, also mittellos? Moralisch auf Abwege geraten? Tot? Barnaby dachte über all die Menschen nach, die eine achtzigjährige Frau in ihrem langen, erfüllten Leben kennengelernt haben mochte. Und über die Schicksale, von denen sie gehört oder gelesen hatte. Er seufzte, nahm noch einen Bissen von seinem Sandwich und sah den Tatsachen ins Auge. Weiß der Teufel, wer diese Annabella war, diese Spur führte ihn sicher nicht weiter.

»Kann ich irgend etwas tun, Sir?« fragte Troy.

»Ja.« Barnaby trank den Kaffee ganz aus. »Fahren Sie mich zum *Echo.* Ich möchte den Artikel über Bella Traces Tod lesen.«

»Sie glauben doch nicht, daß es da eine Verbindung gibt, oder?«

»In diesem Stadium glaube ich noch gar nichts. Aber es ist auch ein unnatürlicher Tod in einem kleinen Dorf, und involviert waren all diejenigen, die wir auch jetzt als Verdächtige ansehen müssen. Das dürfen wir nicht außer acht lassen. Also – trinken Sie Ihren Tee aus, und halten Sie die Augen offen.«

Im Keller unter den Büros des *Causton Weekly Echo* sprach Barnaby mit einem alten Mann, der ebenso zum Inventar zu gehören schien wie die alten grünen Aktenschränke und rostigen Wasserleitungen, die über die hintere Wand verliefen. Außerdem war da noch ein riesiger Boiler, der im Moment nicht eingeschaltet und ganz still war.

Barnaby bat darum, die Ausgaben vom September und Oktober des letzten Jahres einsehen zu dürfen. Der alte Mann schlurfte zu den Aktenschränken und wieder zurück. Er sagte kein Wort und nahm nicht einmal die locker gedrehte, unangezündete Zigarette aus dem Mundwinkel. Ein paar Tabakkrümel fielen auf die Zeitungen, als er sie Barnaby übergab. Barnaby nahm sie mit zu einem Stehpult am Fenster. Das Licht, das durch die dicken Milchglasscheiben fiel, war spärlich, und man hörte von oben die Schritte hin- und herlaufender Menschen. Barnaby blätterte die ersten beiden Ausgaben durch. In der dritten fand er den ausführlichen Bericht über die gerichtliche Untersuchung über Bella Traces Tod, er nahm mehr als eine halbe Seite ein.

Die Jagdgesellschaft war recht klein gewesen: Henry Trace, David Whiteley (der taktvoll, aber überflüssigerweise als Assistent von Mr. Trace bezeichnet wurde), Doktor T. Lessiter, der Freund und Hausarzt von Mr. Trace, Mrs. Trace, Miss Phyllis Cadell und zwei Nachbarn, George Smollett und Frederick Lawley; außerdem waren noch zwei Treiber, Jim Burnet, ein Farmersjunge, und Michael Lacey, ein junger Freund der Familie, dabei.

Mrs. Trace stand offenbar ein paar Meter von den anderen entfernt, als das Unglück geschah. Wie immer in solchen Fällen waren die Aussagen verwirrend und widersprüchlich. Doktor Lessiter meinte, sie sei gestolpert und im Fallen begriffen gewesen, als der Schuß losging, und deutete damit an, daß sie auf ihr Gewehr gestürzt war. Sie war schon vorher über eine Wurzel gestolpert. Der Doktor räumte jedoch ein, daß dieser erste Zwischenfall möglicherweise seine Sichtweise beeinflußt haben könnte. Michael Lacey behauptete, zuerst den Schuß gehört zu haben, aber nach näherer Befragung des Coroners schien er sich dessen nicht mehr ganz so sicher zu sein. Der Rest der Gruppe hatte nichts gesehen und war erst aufmerksam geworden, als Mrs. Trace bereits auf dem Boden lag. Mr. Trace, der verzweifelt versuchte, zu seiner Frau zu kommen, wendete seinen Rollstuhl zu schnell und kippte um. Die Hunde sprengten in alle Richtungen; es herrschte ein vollkommenes Chaos. Michael Lacey, der zu der Zeit Mrs. Trace am nächsten war, rannte zu ihr, erhielt aber Anweisungen vom Doktor, die verletzte Frau nicht anzurühren, sondern lieber loszulaufen und einen Krankenwagen zu rufen.

Allen Anzeichen nach lag Mrs. Trace, wie Doktor Lessiter aussagte, bereits im Sterben, als er zu ihr kam. Niemand konnte mehr etwas für sie tun. Sie sagte nichts mehr; sie hatte sofort das Bewußtsein verloren und starb einige Augenblicke später. Bei der Autopsie wurden einige technische Details festgestellt, die in dem Zeitungsartikel zur Sprache kamen: zum Beispiel der Einschußwinkel, der Schußkanal durchs Herz und die Lage der Austrittswunde. Ein Wirbel wurde durchschlagen und zersplittert. Doktor Lessiter und Mr. Trace ließen bei ihrer Aussage keinen Zweifel daran, daß alle Mitglieder der Jagdgesellschaft – mit Ausnahme von Jim Burnet – entweder hinter oder links von Mrs. Trace postiert gewesen waren und demzufolge den tödlichen Schuß nicht abgefeuert haben konnten. Jim, der vorausgegangen war, hatte knappe dreißig Meter rechts von ihr gestanden und kam als Todesschütze auch nicht in Frage. Beide Treiber gingen auf Mr. Traces Anweisung später noch einmal zur Unglücksstelle, um nach der Patronenhülse zu suchen, aber ihre Mühen waren vergebens – in dem dichten Unterholz konnten sie nichts finden. Der Coroner sprach dem Mann, der seine Frau auf so tragische Weise verloren hatte, sein Beileid aus und entschied, daß es sich um einen Unfalltod gehandelt hatte.

Barnaby las den Artikel ein zweites Mal. Er war klar und deutlich formuliert, und alles erschien ganz logisch, trotzdem hatte der Chief Inspector ein ungutes Gefühl. Irgend etwas, was nicht offen zutage trat, störte ihn.

Er reichte dem ausgemergelten Archivar die Zeitungen –

der Alte schien nicht das geringste Interesse daran zu haben, sie wieder in Gewahrsam nehmen zu können, und wirkte noch gleichgültiger als vorhin. Barnaby zeigte ihm seine Dienstmarke. »Ich hätte gern eine Fotokopie von diesem Artikel«, sagte er und kreiste mit seinem Stift rasch die Überschrift ein.

»He!« Der Greis erwachte versehentlich zum Leben. »Das können Sie nicht machen. Das ist ein Stück aus unserem Archiv!«

»Ach ja?« Barnaby betrachtete ernst den Kreis und schüttelte den Kopf. »Ich weiß wirklich nicht, was aus dieser Welt geworden ist. Ich lasse die Kopie um vier Uhr abholen, wenn es Ihnen recht ist.«

6

Als Troy durch die Church Lane fuhr, fiel dem Chief Inspector auf, daß das Bienenstock-Cottage schon jetzt ein wenig vernachlässigt wirkte. Die Pflanzen streckten bereits ihre Triebe über den Weg, die Vorhänge hingen schlaff und unbeweglich vor den Fenstern. Wellington lag vor Miss Bellringers Haus an der Wand und schlug gelegentlich mit einer Pfote nach den Schmetterlingen.

Gegenüber vom Rastplatz, wo die Häuserreihe endete, stand ein Wegweiser: Gessler Tye – eine Meile. Der Weg war relativ breit, und man sah deutlich Reifenspuren auf dem Untergrund. Barnaby gab seinem Sergeant mit einer Geste zu verstehen, daß er weiterfahren solle, und Troy lenkte den Wagen vorsichtig zwischen die Wiesenränder.

»Zum Glück sind wir nicht mit dem Rover unterwegs, Sir.«

»Wenn wir im Rover säßen«, versetzte Barnaby knapp, »hätte ich Sie kaum gebeten, das zu versuchen.« Das Hühnchen-Kresse-Sandwich konnte sich in seinem Magen offenbar nicht gegen Mrs. Rainbirds kalorienreiche Kost durchsetzen, der Tumult schien immer schlimmer zu werden – und er hatte seine Tabletten im Büro vergessen!

»Wahrscheinlich nicht, Sir.« Sergeant Troy fand, daß Barnaby ein passender Name für jemanden war, der sich ständig wie ein gereizter Brummbär aufführte, und stellte sich vor, wie er selbst in ein paar Jahren *seinem* Sergeant auf ähnliche Art und Weise die Hölle heiß machen würde. Er fuhr durch eine Lücke im Gebüsch und blieb auf einem holprigen Platz stehen. Beide Männer stiegen aus.

Unheimlich, dachte Troy, als er das Holly Cottage zum erstenmal sah. Es war grau und schmucklos und hockte wie eine bucklige Kröte am Waldrand. Trotz des schwülwarmen Wetters lief ihm ein Schauer über den Rücken. Man konnte sich gut vorstellen, daß jeden Augenblick eine Hexe aus der Tür schlich und Hänsel und Gretel verschlang. Wirklich wie bei den Grimms, dachte Troy und grinste über diesen klugen Vergleich. Er überlegte, ob er Barnaby seine Erkenntnis mitteilen sollte, entschied sich aber dagegen. Der heutige Tag war ohnehin schon verkorkst genug.

Als sie sich der Veranda näherten, brach die Sonne durch die Wolken und beleuchtete die Südwand des Hauses. Die Steine und Fenster schienen Feuer zu fangen und glitzerten in allen Farben.

Barnaby klopfte an die Tür. Keine Reaktion. Er senkte den Blick und entdeckte eine zarte Geißblattranke, die sich tapfer gegen die wuchernden Nesseln zu behaupten versuchte. Vielleicht hatte das Mädchen das Geißblatt gepflanzt und in der Hoffnung gehegt und gepflegt, daß es irgendwann einmal die ganze Veranda umranken könnte. Zwei Blüten hatten sich bereits geöffnet.

»Versuchen wir's an der Hintertür.«

Hinter dem Haus befanden sich ein kleiner, asphaltierter Hof, noch mehr Nesseln, eine Regentonne mit abgestandenem, von einer dicken grünen Schleimschicht bedecktem Wasser und drei schwarze Plastiksäcke mit Abfall. Die Scheiben der beiden kleinen Fenster auf dieser Seite waren trüb vom Staub. Barnaby rieb eine kleine Stelle sauber und spähte ins Haus.

Ein Mann in blauem Hemd und Cordhose – beides war mit Farbspritzern übersät – stand mit dem Rücken zum Fenster vor einer Staffelei. Er schien fieberhaft zu arbeiten – der Pinsel zuckte unaufhörlich zwischen Palette und Leinwand hin und her.

»Er muß uns längst gehört haben, Sir.«

»Na, ich weiß nicht. Menschen in Phasen der Kreativität ... er ist wahrscheinlich total abwesend.«

Sergeant Troy schnaubte. Den Gedanke, daß Malen jemanden taub zu machen vermochte, konnte er nicht so ohne weiteres hinnehmen. Er selbst hatte keine Zeit für das, was er künstlerischen Schnickschnack nannte – so etwas brachte der Gesellschaft seiner Ansicht nach keinerlei Nutzen, und trotzdem erwarteten die sogenannten Künstler, daß die Leute eine Menge Geld für ihre Machwerke ausgaben. Barnaby klopfte ans Fenster.

Der Mann wirbelte herum. Er bewegte sich ungeheuer schnell; man sah nur ein weißes Gesicht, das sich sofort wieder abwandte, dann stürzte er geradezu aus dem Zimmer und schlug die Tür hinter sich zu. Barnaby hörte, wie der Schlüssel umgedreht wurde, und ging rasch zur Haustür zurück. Die beiden Polizisten kamen gerade an, als Michael Lacey die Tür öffnete.

Er war nur wenig größer als seine Schwester und sah ihr so ähnlich, daß die Verwandtschaft nicht zu leugnen war. Er hatte dieselben tiefgründigen, violetten Augen, dasselbe dunkle

Haar, nur trug er es kurz geschnitten, und es lockte sich nach allen Seiten. Seine kleinen, wohlgeformten Ohren saßen relativ weit hinten – das und seine auseinanderstehenden Augen ließen ihn gefährlich aussehen, ähnlich einem boshaften Pferd. Nach Mrs. Rainbirds Bemerkung über das Bügeleisen hätte Barnaby erwartet, eine große, auffällige Narbe zu sehen, aber auf den ersten Blick schien Michael Laceys Gesicht vollkommen unversehrt zu sein. Erst dann fiel Barnaby auf, daß die Haut zwischen Wangenknochen und Mundwinkel etwas straffer, glatter und ein wenig gerötet war. Offenbar war die Verbrennung so stark gewesen, daß man eine Hauttransplantation vorgenommen hatte. Zusätzlich zu seinem guten Aussehen (dem der schimmernde Hautstreifen seltsamerweise gar keinen Abbruch tat) strahlte er eine umwerfende Männlichkeit aus. Aber keine Wärme. Michael Lacey würde, wenn er könnte, sich die Welt und ihre Bewohner so einrichten, wie es ihm paßte. Barnaby empfand Mitleid mit Judy Lessiter und sogar mit dem widerlichen Dennis Rainbird.

Er sagte: »Dürfen wir einen Moment hereinkommen?«

»Was wollen Sie?«

»Wir sind von der Polizei ...«

»Sie sind also von der Polizei. Was soll ich jetzt Ihrer Meinung nach tun? Eine Flagge hissen?«

»Wir befragen jeden im Dorf ...«

»Ich wohne nicht im Dorf. Ich bin erstaunt, daß Ihr Scharfsinn Sie annehmen läßt, ich würde es tun.«

»... und alle Menschen der Umgebung. Mr. Lacey, das ist eine übliche Maßnahme während einer ...«

»Hören Sie. Es tut mir leid wegen Miss Simpson. Ich mochte sie. Aber ich habe mit den Dingen, die sich im Dorf abspielen, nichts zu tun und will es auch nicht – das wird Ihnen der allgemeine Klatsch bestätigen. Wenn Sie mich jetzt bitte entschuldigen würden.«

»Wir werden Sie nicht lange aufhalten, Sir.« Barnaby trat einen kleinen Schritt vor, und Michael Lacey wich zurück, gerade so weit, daß die beiden Männer sein Cottage betreten konnten. Gleich links von ihm befand sich eine kahle Treppe – er setzte sich auf eine Stufe und ließ seine Besucher stehen.

»Kannten Sie Miss Simpson gut?«

»Ich kenne gar niemanden gut. Sie ließ mich ein paar Bilder von ihrem Garten malen – zu verschiedenen Jahreszeiten –, aber das ist schon Jahre her. Ich bin ihr mindestens seit zwei Monaten nicht begegnet.« Er musterte den Chief Inspector wachsam, unbekümmert und ein bißchen amüsiert. Offensichtlich hatte er sich entschieden, die Störung durch die Gesetzeshüter als unterhaltsame Abwechslung anzusehen.

»Können Sie uns sagen, wo Sie am Nachmittag und Abend des letzten Freitags gewesen sind?«

»Hier.«

»Das ist aber eine prompte Antwort, Mr. Lacey. Halten Sie es nicht für notwendig, erst genauer nachzudenken?«

»Nein. Ich bin immer hier. Und arbeite. Manchmal mache ich eine Pause und gehe im Wald spazieren.«

»Und sind Sie an diesem Tag im Wald spazierengegangen?« hakte Barnaby nach.

»Möglich. Ich weiß es nicht mehr. Da meine Tage alle gleich verlaufen, brauche ich kein Tagebuch zu führen.«

»Es scheint ein ziemlich langweiliges Leben für einen jungen Mann zu sein.«

Michael Lacey betrachtete seine bloßen Füße. Es waren schöne Füße: lang, schmal mit glatter Haut und zarten Knochen. Byzantinische Füße. Dann richtete er den Blick auf Barnaby. »Die Arbeit ist mein Leben«, erwiderte er ruhig und mit solch leidenschaftlicher Überzeugung, daß Barnaby, der sich gelegentlich mit Wasserfarben versuchte und Mitglied des Kunstförderkreises von Causton war, neidisch wurde. Aber er redete sich ein, daß Überzeugung und Begeisterung allein noch kein Talent verrieten, wie Joyces Theatergruppe anschaulich unter Beweis stellte. Diese Schlußfolgerung gab ihm neue Kraft. »Es gibt da noch einige Fragen, Mr. Lacey. Wenn es Ihnen nichts ausmacht . . .«

»Oh, aber es macht mir etwas aus. Ich hasse es, bei der Arbeit unterbrochen zu werden.«

»Soweit ich weiß«, fuhr Barnaby gelassen fort, »waren Sie dabei, als die verstorbene Mrs. Trace getötet wurde.«

»Bella?« Er war offenbar verwirrt. »Ja, aber ich verstehe nicht . . .« Er hielt inne. »Sie glauben doch nicht, daß da ein Zusammenhang besteht?« Er schien seine Feindseligkeit zu vergessen und wirkte ernsthaft interessiert. »Nein . . . wie könnte es?«

»Dem Zeitungsartikel konnte ich entnehmen, daß Sie der erste waren, der Mrs. Trace erreichte.«

»Das stimmt. Lessiter sagte, ich solle sie auf keinen Fall berühren und lieber losrennen und einen Krankenwagen rufen. Genau das hab' ich auch gemacht.«

»Hielt sich jemand während des Jagdausflugs in Tye House auf?«

»Nur Katherine. Sie schleimte sich dort ein wie eine Verrückte.«

»Wie bitte?«

»In der Küche – sie machte Sandwiches, füllte Pasteten und kochte einen Auflauf für die Jäger.«

»Während Sie als Treiber tätig waren.«

»Das ist was anderes. Ich wurde dafür bezahlt.« Barnabys Seitenhieb erstickte den ärgerlichen Unterton in seiner Stimme. Er bestätigte, daß kein Mitglied der Jagdgesellschaft in der Position war, einen Schuß auf Mrs. Trace abzufeuern, und setzte hinzu: »Ich weiß nicht, warum Sie mich das alles fragen. Ich hatte nicht einmal ein Gewehr dabei.«

»Soweit ich informiert bin, haben Sie und der andere Treiber später gründlich nach der Patronenhülse gesucht.«

»So kraß würde ich das nicht ausdrücken. Wir haben uns umgesehen, aber es erschien uns sinnlos, deshalb gaben wir die Suche ziemlich schnell wieder auf.«

»Ich danke Ihnen, Mr. Lacey.«

Als die beiden Polizisten in ihren Wagen stiegen, dachte Troy, dem der Rüffel wegen des Rover noch zu schaffen machte, angestrengt über eine kluge Bemerkung nach. Schließlich sagte er: »Haben Sie bemerkt, daß er die Tür zu dem Zimmer, in dem er malt, abgesperrt hat? Das kommt mir komisch vor.«

»Oh, ich weiß nicht so recht. Kreative Menschen unternehmen oft alles mögliche, um ihre unfertigen Arbeiten vor neugierigen Blicken zu schützen. Denken Sie nur an Jane Austens knarrende Tür.«

Sergeant Troy wendete das Auto und sah in den großen Spiegel, der in der Hecke befestigt war und sowohl den Weg als auch den vorderen Gartenteil einsehbar machte. »Ja, da haben Sie recht, Sir«, erwiderte er. Auf gar keinen Fall wollte er preisgeben, daß er nicht das geringste über Jane Austens knarrende Tür wußte. Und was Michael Lacey, den Traum junger Liebender, betraf ... Troy warf einen Blick in den Rückspiegel und glättete sein karottenrotes Haar. Bestimmt bevorzugten die Mädchen nur in kitschigen Liebesromanen die dunklen Typen.

Michael Lacey sah dem davonfahrenden Wagen von der Veranda aus nach, dann ging er in sein Atelier zurück. Er nahm die Palette und den Pinsel in die Hand und starrte einen Moment auf die Leinwand, dann legte er beides wieder weg. Es war nicht mehr hell genug. Trotz der lästigen Unterbrechung war er zufrieden mit seinem Tag. Manchmal arbeitete er mit einer gehörigen Wut im Bauch, zerriß seine Skizzen, übermalte einige Passagen, die nicht die richtige Ekstase zum Ausdruck brachten, und weinte sogar hin und wieder vor Zorn. Aber Tage wie der heutige machten die schlechten wieder wett. Aus den erbitterten Kämpfen erwuchs bisweilen eine wundervolle, wohltuende Leichtigkeit. Er studierte die Gestalt auf seinem Gemälde. Es gab immer noch eine Menge zu tun. Nur die Grundierung war fertig. Aber er war begeistert und absolut überzeugt, daß es ein großartiges Bild werden würde. Es war ungeheuerlich, wenn so etwas geschah und er glauben konnte, daß ihm alles gelang – egal, was er tat, welche Technik er anwandte und wie er vorging. Er war sich so sicher, daß er das Gefühl hatte, er könnte nichts verderben, selbst wenn er es versuchen würde.

Er ging in die Küche und öffnete eine Konserve Bohnen mit Würstchen, nahm einen Löffel und kehrte essend in sein Atelier zurück. Das schwindende Licht veränderte den Raum, die Wände schienen beweglich zu werden. Vier riesige abstrakte Bilder mit dicker weißer Farbschicht überragten ihn. In der Ecke eines jeden war ein explodierender Stern, nicht mehr als ein Klecks im Zwielicht.

Auf dem Eckschrank stand ein alter Kerzenhalter aus Zinn. Michael zündete die Kerze an, wanderte damit durch das Zimmer und betrachtete die vielen Bilder, die an den Wänden lehnten. Obwohl er sein Atelier mit einer starker Deckenlampe gut ausleuchten konnte, liebte Michael den Effekt von Kerzenlicht. Die Farben wurden dadurch satter und vielschichtiger; die Augen auf den Bildern schienen zu flackern, und Münder zuckten bei dem unruhigen Licht. Festes Fleisch wurde in etwas Seltenes, Zartes, Köstliches verwandelt. Die Wirkung war stimulierend und füllte seinen Geist mit wunderbaren, subtilen Ideen.

In dem Schrank standen ein paar Bücher und Kunstkataloge, alle ziemlich zerfleddert, mit losen Seiten. Michael nahm einen Katalog heraus, setzte sich und betrachtete nachdenklich ein Bild von Botticelli. Wie verführerisch, dachte er – diese sanften, lebhaften Gesichter, geschmückt mit frischen Frühlingsblumen. Er aß seine Bohnen auf, blieb von Grund auf zufrieden eine Weile so sitzen und malte sich aus, wie er durch die Uffizien schlenderte und ehrfurchtsvoll vor dem Original stand. Dann öffnete er das Fenster, kickte die leere Bohnendose hinaus – ein blitzender Bogen vor dem dunklen Himmel.

7

Spät am Abend stocherte Barnaby niedergeschlagen in seinem Salatteller herum. Er war absichtlich länger in seinem Büro geblieben und hatte die Notizen von den Befragungen der Kollegen durchgesehen, bis er sicher sein konnte, daß die Abendessenszeit vorbei war und er zu Hause eine Konserve aufmachen konnte, ohne die Gefühle seiner Frau zu verletzen. Er hatte vergessen, daß es so etwas wie Tomaten, Gurken und Rote Bete gab …

Man hätte meinen können, daß nicht einmal Joyce einen Salat so sehr verderben konnte, daß er ungenießbar war, aber das war ein Irrtum. Das Grünzeug schwamm zusammen mit lebendigen Tierchen in einer viel zu sauren Essigsauce. Barnaby hob ein schlappes Salatblatt an. Ein winziges Insekt, das verzweifelt gegen die Essigflut ankämpfte, wurde sichtbar.

»Nachher gibt's Bakewell Surprise«, rief Joyce doppeldeutig aus der Küche. Trotz allem hatte er Hunger – das erstaunte ihn immer wieder aufs neue. Es war ergreifend, wirklich. Egal, wie sehr er seinen Magen mit Joyces Kost malträtierte, nach ein paar Stunden meldete er sich fröhlich knurrend, und

Barnaby überlegte voller Hoffnungen, ob er bei der nächsten Mahlzeit vielleicht mehr Glück haben würde.

»Cully kommt nächstes Wochenende.« Joyce brachte ihm den Kuchen, stellte ihm eine Tasse Tee hin und gab ihm einen liebevollen Kuß. »Ist das in Ordnung?«

»Wunderbar. Für wie lange?«

»Nur bis Sonntag abend.«

Barnaby und Joyce sahen sich an. Sie beide liebten ihre Tochter und waren sehr stolz auf sie. Aber beide fanden es viel schöner, wenn ihr einziges Kind nicht zu Hause war, obwohl sie das nie laut aussprachen. Schon von klein auf hatte Cully bereits einen ungewöhnlich scharfen Blick und ein loses Mundwerk gehabt, und im Laufe der Jahre mußten sich die Eltern an einiges gewöhnen. Cully war eine sehr gute Schülerin gewesen, jetzt studierte sie Englisch in New Hall und war zuversichtlich, ein gutes zweites Examen zu machen, obwohl Barnaby der Meinung war, daß sie zuviel Zeit mit Theaterproben vergeudete.

»Kannst du sie am Samstag abholen?«

»Das kann ich nicht mit Sicherheit sagen.« Barnaby vertilgte sein Bakewell Surprise – das war mehr, als es verdiente – und überlegte, in welchem Aufzug seine Tochter diesmal erscheinen würde. Sie hatte sich immer schon provozierend gekleidet, aber er und Joyce dachten, als sie sie in den Zug nach Cambridge setzten, daß die Zeit des Gammellooks, der Sicherheitsnadeln und des bleichen Make-ups vorbei sei (genaugenommen hofften sie, daß man sie in den nächsten Ferien als adrettes junges Mädchen nach Hause schicken würde), aber bei jedem der seltenen, unregelmäßigen Besuche seither wurden sie mit noch exotischeren und schockierenderen Aufmachungen überrascht. Ein Schönes hatten ihre Stippvisiten zu Hause – Cully, die, wie sie selbst es ausdrückte, ihr Zuhause verließ, während sie noch ihre volle Gesundheit und Stärke hatte, bewahrte sich diese, indem sie leckere Sachen von Marks and Spencers und Joshua Taylor's Delikatessenladen mitbrachte.

»Vergißt du auch nicht, deinen Vater anzurufen?«

Barnaby nahm seinen Tee und setzte sich an den Kamin. Da er seine Eltern seit einem Vierteljahrhundert einmal wöchentlich anrief, lief er wohl kaum Gefahr, es diesmal zu vergessen. Beide waren über achtzig und hatten sich schon vor zwanzig Jahren auf ihren Ruhesitz außerhalb von Eastbourne zurückgezogen. Dort inhalierten sie Ozon, spielten Boccia und arbeiteten im Garten.

»Ich denke dran.«

»Ruf an, bevor du es dir gemütlich machst.«

»Ich habe es mir bereits gemütlich gemacht.«

»Danach kannst du deinen Tee richtig genießen.«

Barnaby hievte sich gehorsam aus dem Sessel. Seine Mutter nahm den Hörer ab und berichtete, nachdem sie sich ausführlich nach seiner Gesundheit und der Gesundheit seiner Familie erkundigt hatte, von ihren Erlebnissen der Woche, die einen großartigen Streit im Kunstförderkreis über den Vorschlag eines Neunzigjährigen, ein Seminar für Lebensbewältigung einzurichten, einschlossen. Sie beendete das Gespräch wie immer mit den Worten: »Ich ruf' Daddy an den Apparat.«

Barnaby senior schilderte seine Woche und einen Streit bei einem Treffen der Gesellschaft für Denkmalschutz – es ging dabei um einen viktorianischen Musikpavillon. Was für ein kriegerisches Völkchen die da unten sind, dachte Barnaby. Beim Umzug seiner Eltern hatte er sich eingebildet, daß sie den Rest ihres Lebens friedlich dösend in ihrem Wintergarten verbringen würden. Eine ziemlich wurmstichige Vorstellung vom Alter, wie er sich jetzt eingestehen mußte. Seine Eltern hatten nie zu der trägen Sorte gehört. Sein Vater erzählte begeistert, wie er endlich einen skrupellosen Gegner auf der Bocciabahn fertiggemacht hatte.

Barnaby hörte geduldig zu, dann sagte er, als fiele ihm das gerade ein: »Hör mal, wir sind mitten in der Cricket-Saison. Ich vermute, du sitzt den halben Tag vor dem Fernseher.«

»Natürlich. Ich hab' mir sogar eins dieser Videogeräte ausgeliehen. Dann kann ich mir die schönsten Szenen immer wieder anschauen. Schrecklich das am Freitag, findest du nicht?«

Barnaby lächelte nachsichtig. Sein Vater müßte eigentlich wissen, daß er tagsüber nie zu Hause war, um sich Cricket-Spiele anzusehen, trotzdem setzte er immer voraus, daß sein Sohn ganz genau im Bilde sei.

»Was ist passiert?«

»Mensch – es gab kein Match. Junge. Es war nicht hell genug. Der Schiedsrichter überließ Allenby die Entscheidung, und der brach das Spiel ab. Elf Uhr vormittags. Alles stand bereit. Gurkensandwiches, eine schöne Kanne Pfefferminztee – wir hatten uns auf ein langes Spiel eingerichtet. Wir waren ganz schön sauer. Na ja, um ehrlich zu sein, deine Mutter hat es nicht so sehr gestört, aber mir hat es den Tag gründlich verdorben, das kann ich dir sagen.«

Nachdem er pflichtbewußt dieses Pech bedauert hatte, beendete Barnaby das Gespräch und kehrte zu seinem Sessel und einer frischen Tasse Tee zurück. »Die Leute fangen an, mir Lügen zu erzählen, Joyce«, sagte er.

»Ach ja, Lieber?« Sie strickte – das helle Seidenstück wuchs. »In dieser Sache in Badger's Drift?«

»Hmm. Katherine Lacey wurde am Abend auf der Dorfstraße beobachtet, obwohl sie behauptete, nicht außer Haus gewesen zu sein. Judy Lessiter sagte, sie sei den ganzen Nachmittag bei der Arbeit gewesen, aber sie wurde zwischen drei und halb vier im Dorfladen gesehen. Trevor Lessiter sagte, er hätte sich ein Cricket-Spiel im Fernsehen angeschaut – ein ›tolles Match‹ –, aber das Spiel wurde abgesagt. Und Phyllis Cadell ist sichtlich der Schreck in die Glieder gefahren, als sie uns sah, und redete sich mit einer albernen Geschichte ihrer nicht bezahlten Kraftfahrzeugsteuer heraus.«

»Lieber Gott, du scheinst eine ganze Menge Informationen zu haben, denen du nachgehen kannst.« Die Namen sagten Joyce Barnaby nicht das geringste, und sie wußte, daß Tom lediglich laut überlegte, um seine Gedanken zu ordnen. Trotzdem hörte sie ihm aufmerksam zu.

»Und Barbara Lessiter, die geschätzte Gattin des Doktors, hat etwas mit der Morgenpost bekommen, was sie blaß wie ein Leichentuch werden ließ.«

»Woher weißt du das?»

Barnaby schilderte die Szene. »Oh – wahrscheinlich war es eine letzte Mahnung. Ich könnte mir vorstellen, daß sie Kleider gekauft und eine große Rechnung bekommen hat.«

»Nein.« Barnaby schüttelte den Kopf. »Es muß was Schlimmeres gewesen sein. Und wo war sie an dem Abend, an dem Emily Simpson starb? Sie fuhr spazieren. Sehr vage, das Ganze.«

»Aber unschuldige Menschen haben nicht immer ein hieb- und stichfestes Alibi. Sie wissen nicht hundertprozentig genau, wann sie was gemacht haben. Das sagst du selbst oft. Was hat sie am Nachmittag getan?«

»Sie war in Causton einkaufen.«

»Da siehst du's«, sagte Joyce unerschütterlich. »Sie hat sich finanziell übernommen.«

Barnaby bedachte sie mit einem Lächeln, leerte seine Tasse und stellte sie auf die Untertasse. Irgend etwas sagte ihm, daß es nicht so einfach war, wie seine Frau vermutete. Nichts in diesem Fall war so einfach, wie es schien.

8

Am nächsten Morgen, einen Tag vor der Neuaufnahme der gerichtlichen Untersuchung, ging Barnaby früh ins Büro und machte sich daran, die Protokolle der Befragungen, die Aussagen und Berichte im Schnelldurchgang zu lesen. Die Kernpunkte all dessen würden später auf Karteikarten übertragen und in einer drehbaren Hängeregistratur abgelegt (sie warteten immer noch auf einen Computer). Er bat um einen Kaffee und begann mit der Arbeit.

Er las schnell und gründlich, hielt bei kleinen Details inne und überflog die normalen Aussagen und die Informationen, die er schon kannte. Das Ergebnis der Befragung war im großen und ganzen so, wie er es erwartet hatte. Die einzigen Männer, die sich am Nachmittag des Siebzehnten nicht bei der Arbeit oder zu Hause bei ihren Frauen aufgehalten hatten, waren zwei Arbeitslose, die, wie sie sich gegenseitig bestätigen konnten, die fragliche Zeit in ihren nahe beieinanderliegenden Schrebergärten verbracht hatten. Der Vikar hatte in seinem Arbeitszimmer die nächste Sonntagspredigt vorbereitet. Diese Aussage wurde von der Haushälterin bestätigt, die währenddessen Marmelade in der Küche eingekocht hatte. Sie war hellstens empört, daß der Vikar, ein gebrechlicher, alter Kerl von dreiundsiebzig Jahren, überhaupt in einer Mordsache vernommen wurde. Am Abend hatten alle Männer entweder zu Hause bei ihren Familien oder im Black Boy gesessen. Die Polizistin Brierley brachte Barnaby den gewünschten Kaffee. Und er nahm ihn dankbar entgegen. Die Frauen von Badger's Drift schienen auch ihren normalen Beschäftigungen nachgegangen zu sein. Einige hatten gearbeitet. Die Älteren waren zu Hause gewesen. Der Rest (mit Ausnahme von Mrs. Quine) hatte bei den Vorbereitungen in der Gemeindehalle geholfen. Die jungen Frauen, die die Gemeindehalle früh genug verlassen hatten, um sich im Farn vergnügen zu können, hatten ihre Kinder vom Schulbus abgeholt und waren mit ihnen nach Hause zur unschuldigen Teestunde gegangen. Am Abend waren einige mit drei Wagen nach Causton zum Gymnastikkurs gefahren, alle anderen waren daheim geblieben. Vorausgesetzt, daß das Pärchen im Wald zum Dorf gehörte, was Barnaby nach wie vor annahm, war der Kreis der Verdächtigen beträchtlich geschrumpft.

Er trank seinen Kaffee aus und registrierte erstaunt einen freundlich grinsenden Frosch mit Strohhut und Banjo auf dem Boden der Tasse, den die dunkle Flüssigkeit bedeckt hatte. Er wandte sich seufzend den Berichten der Spurensicherer zu, die die Funde des Tatorts ausgewertet hatten.

Auch hier gab es nichts Überraschendes. Das Speisekammerfenster war aufgebrochen worden, und man hatte Spuren des weißen Lacks auf dem Regal darunter gefunden. Leider hatte es an diesem Tag nicht geregnet, und weit und breit war nicht ein einziger Fußabdruck mit Sohlenprofil entdeckt worden. Keine Fingerabdrücke auf dem Telefontisch, selbst nicht am Telefonhörer – das war eigenartig, denn die letzte Person, die bekanntermaßen von Miss Simpsons Cottage aus telefoniert hatte, war Doktor Lessiter gewesen. Aus welchem Grund hätte er den Hörer abwischen sollen? Die Markierung in der Ausgabe des *Julius Caesar* hatte man analysiert – sie war mit einem Bleistift B 6 vorgenommen worden, eine nicht gerade häufig benutzte Sorte, aber auch nichts Außergewöhnliches. Den Stift hatte man nicht gefunden. Die Analysen hatten ergeben, daß sonstige Fingerabdrücke im Haus entweder von der Verstorbenen oder von Miss Lucy Bellringer stammten.

Er las den Bericht noch einmal, aber er hatte beim erstenmal kaum etwas übersehen. Nach der karierten Decke, die im

Wald gelegen hatte, wurde noch gesucht, aber Barnaby hegte diesbezüglich keine großen Hoffnungen. Jemand, der so pedantisch alle Spuren verwischte, würde das Ding wohl kaum in den Kofferraum seines Autos oder auf dem Sofa liegen lassen. Natürlich war nicht allgemein bekannt, daß man Fasern der Decke sichergestellt hatte, und nicht alle wußten, daß Spermaflecken so verräterisch wie Fingerabdrücke waren. Vielleicht hatten sie doch noch Glück ...

Troy streckte den Kopf durch die Tür. »Der Wagen steht bereit, Chief.«

»Es könnte natürlich auch sein, Sir«, sagte Sergeant Troy, als er von der Straße, die nach Gessler Tye führte, in Richtung Badger's Drift abbog, »daß das Pärchen im Wald vom anderen Ufer war. Sie wissen schon ... Schwule.« Er hätte das letzte Wort nicht giftiger aussprechen können, wenn er von einem Kinderschänder geredet hätte.

Es war die fünfte Theorie, die er in den letzten zehn Minuten aufgestellt hatte, und jedesmal hatte er gewissenhaft ein ›Sir‹ angefügt. Troy ging großzügig mit dieser ehrenvollen Anrede um – man konnte ihm nicht vorwerfen, daß er die Etikette nicht wahrte. Oder keine Disziplin hatte. Sergeant Troy hielt sich genau an Vorschriften, er hatte seine Prüfungen mit guten Ergebnissen abgeschlossen, und seine Berichte waren Musterbeispiele an Knappheit und dennoch sehr informativ. Er war frei von den albernen, romantischen Vorstellungen, die viele Männer und Frauen hatten, die bei der Polizei arbeiten wollten, und wurde auch nicht von dem üblichen sentimentalen Mitleid bewegt, das sich in den meisten Fällen bei der ersten Begegnung mit einem ruchlosen, bewaffneten Schurken in Luft auflöste. Nein, Mitleid und Barmherzigkeit gehörten nicht zu Troys Empfindungen. Er war drauf und dran, seine Theorie weiterzuspinnen. Wirklich, dachte Barnaby, wenn der Junge einen liebenswürdigen Charakter hätte, könnte man ihn als unverwüstlich und brauchbar bezeichnen.

Bevor Troy ein weiteres Wort herausbrachte, sagte Barnaby schnell: »Daran habe ich auch schon gedacht. Aber soweit wir wissen, käme da nur Dennis Rainbird in Frage. Ich habe sein Alibi überprüft. Sein Partner sagt aus, daß er das Geschäft am Freitag tatsächlich erst um Viertel vor fünf verlassen hat. Außerdem gibt es wohl keinen Grund, daß er eine Beziehung geheimhalten müßte. So was ist nicht mehr strafbar.«

»Ja, leider«, sagte Troy und setzte mit ungewöhnlicher Auffassungsgabe hinzu: »Ich wette, seine Mutter wäre schrecklich eifersüchtig.« Dann: »Sind wir nicht ein bißchen zu früh dran – ist das Lessiter-Mädchen schon da?«

»Sie arbeitet heute nur halbtags.«

»O mein Gott!« kreischte Troy und trat auf die Bremse. Der Wagen kam mit quietschenden Reifen zum Stehen. Barnaby wurde nach vorn geschleudert, und nur der Sicherheitsgurt bewahrte ihn vor einer Kollision mit der Windschutzscheibe. Eine Gestalt war hinter dem Briefkasten hervorgesprungen und hatte sich ihnen in den Weg gestellt.

Barnaby kurbelte das Fenster herunter und stieß durch bleiche Lippen hervor: »Das war keine gute Idee, Miss Bellringer ...«

»Was für ein Zufall.« Sie strahlte ihn an. Ein schwacher Geruch nach Nelken und Veilchen wehte ins Innere des Autos. Ehe Barnaby sie zurückhalten konnte, öffnete sie die hintere Tür und ließ sich auf den Rücksitz nieder. »Bevor ich es vergesse«, sagte sie, »morgen ist die Beerdigung. Um elf Uhr dreißig. Ich weiß nicht, ob Sie auch kommen wollen.«

Barnaby murmelte ein paar unverbindliche Worte. Sergeant Troy kramte mit bebenden Fingern nach seinem Päckchen Chesterfields.

»Rauchen Sie nicht hier drin, junger Mann. Sie gefährden unser aller Gesundheit.« Troy ließ das Päckchen auf seinen Schoß fallen, lehnte sich zurück und schloß gequält die Augen. »Und jetzt«, sie lächelte Barnaby zuckersüß an, »erzählen Sie mir, wie Sie mit Ihren Untersuchungen vorankommen. Haben Sie Fortschritte gemacht?«

»Unsere Ermittlungen sind noch nicht abgeschlossen.«

»Sie brauchen mich wirklich nicht so abzufertigen, Chief Inspector. Wenn ich nicht gewesen wäre, würde es diesen Fall für Sie gar nicht geben. Und Sie sagten selbst, daß ich Ihnen helfen könnte.« Diese schamlose Lüge begleitete ein glänzender, unschuldiger Kinderblick. Bevor Barnaby auch nur Luft holen konnte, erkundigte sie sich: »Haben Sie schon mit dieser gräßlichen Mrs. Rainbird gesprochen?«

»Ja.«

»Was hat sie gesagt? Hat sie etwas gesehen?«

Der Chief Inspector sah keinen Grund, Mrs. Rainbirds Enthüllungen geheimzuhalten. Inzwischen hatten sich die Neuigkeiten sicher überall herumgesprochen. »Sie hat Miss Lacey an dem bewußten Abend gesehen: Sie war auf dem Weg zum Briefkasten, um einen Brief einzuwerfen.«

»Hmm.« Miss Bellringer schnaubte verächtlich. »Das Mädchen ist einfach zu hübsch, damit werden die Leute nicht so leicht fertig. Hören Sie – es ist sinnlos, um den heißen Brei herumzureden. Einem alten Hasen wie mir ist natürlich klar, warum wir alle über den Nachmittag und den Abend Auskunft geben müssen. Emily hat etwas im Wald gesehen, und ich glaube, daß wir hier von einer gefährlichen Leidenschaft sprechen.« In ihrer Stimme schwang eindeutig die Großartigkeit einer Brontë mit. »Das heißt über Katherine Lacey und ihren Geliebten. Das ist so klar wie Kloßbrühe. Können Sie sich vorstellen, was eine Entdeckung für sie bedeuten würde? Als erstes gäbe es keine Hochzeit. Henry Trace mag ja vernarrt in sie sein, aber er ist kein Dummkopf. Und sie müßte sich von Tye House und dem schönen Geld verabschieden und nebenbei auch von einem Ehemann, den man ganz leicht zum Hahnrei machen kann. Blind vor Liebe und an einen Rollstuhl gefesselt? Was kann sich das Mädchen mehr wünschen? Als seine Frau kann sie doch beinahe alles tun und lassen, was sie will. Und in ihrer Familie herrscht schlechtes Blut vor. Ihr Vater war ein berüchtigter Tunichtgut. Er hat seine arme Frau ins Grab gebracht.«

»Davon hörte ich bereits.«

»Alte Sünden werfen lange Schatten.« Barnaby schwieg. »Hat Mrs. Rainbird das Mädchen zurückgehen sehen?« wollte Miss Bellringer wissen.

»Offenbar nicht. Zu der Zeit spielte sie mit ihrem Sohn Monopoly.«

»Mit diesem schleimigen Kerlchen?«

Barnaby grinste anerkennend. »Sie sagte, Miss Lacey habe einen der Beagles bei sich gehabt.«

»Einen der Beagles?« Miss Bellringer ergriff aufgeregt seinen Arm. »Sind Sie sicher?«

»Mrs. Rainbird ist sicher.«

Sie sank niedergeschlagen zurück. Selbst ihr flutendes Gewand, das heute eine Borte hatte, die aussah wie gehäckselte Rote Bete, schien in sich zusammenzufallen. »Dann taugt unsere Theorie nichts.«

»Warum?« wollte der Chief Inspector wissen, ohne auf das Wörtchen ›unsere‹ näher einzugehen.

»Benjy hat nicht gebellt. Er blieb freundlich, wenn Menschen, die er kannte, an die Tür kamen – herzensgut –, aber sobald ein anderer Hund dem Garten zu nah kam, wurde er zum Berserker. Ich hätte sein Kläffen bestimmt gehört. Ich wohne ja nicht weit weg.«

»Vielleicht hat Miss Lacey ihn irgendwo angebunden«,

warf Troy hilfreich ein, der sich widerwillig für die plausible Theorie der alten Lady erwärmte. »Den Beagle, meine ich.«

»Hooo.« Das klang wie eine Schiffssirene. »Da kennen Sie die Beagles aber schlecht. Sie sitzen nicht duckmäuserisch da und warten, während ihr Herrchen oder Frauchen andere Dinge erledigt. Sie sind sehr stimmgewaltig. Wenn sie ihn angebunden hätte, wäre das ganze Dorf alarmiert worden. Nein – kein einziger Hund hat an diesem Abend gebellt, das weiß ich genau. Nun denn.« Sie stieß die rechte Tür auf und jagte einem vorbeikommenden Radfahrer mit dieser Unachtsamkeit einen Schrecken ein, der ihn mindestens zehn Jahre seines Lebens kostete. Sie stieg elegant aus dem Wagen. »Wir müssen wohl oder übel alles noch einmal genau überdenken. Ich gebe den Gedanken an die Laceys äußerst ungern auf, müssen Sie wissen. Was ist mit dem Bruder?«

»Der Bruder hat kein Motiv, Miss Bellringer. Ich fürchte, Sie müssen uns jetzt entschuldigen.«

»Wenn der jemand den Hals umdrehen würde, hätte ich vollstes Verständnis.« Troy holte tief Luft, als er anfuhr. »Es ist ihnen alles egal, nicht wahr? Den echten Exzentrikern. Es ist ihnen vollkommen gleichgültig, was andere denken.«

»Ein echter Exzentriker«, stellte Barnaby klar, »nimmt nicht einmal zur Kenntnis, daß andere überhaupt denken. Passen Sie auf diesen Hund auf«, setzte er hinzu, als Troy auf den gepflasterten Hof von Tye House fuhr und relativ sanft, ohne die übliche Abruptheit in der Nähe der Küchentür stehenblieb. Aber die Warnung war unnötig. Benjy kam nicht auf sie zu – er lag mit der grauen Schnauze zwischen den Pfoten auf der Stufe. Er war noch dürrer geworden. Sein Schwanz hob sich und klopfte ein- oder zweimal auf den Boden, während er ihnen ängstlich und hoffnungsvoll zugleich entgegensah. Er wartete treu bis zu seinem letzten Atemzug.

»Armer alter Junge«, sagte der Sergeant. »Guter Hund.« Er wollte ihn streicheln, aber als er sich bückte, drehte der Hund den Kopf weg. »Sie hätten längst etwas mit dem unglücklichen Tier unternehmen sollen.«

Barnaby deutete auf die andere Seite der Rasenfläche. »Im Garten«, sagte er. Als die beiden Männer die Stufen zwischen den beiden großen, mit üppiger Blumenpracht bepflanzten Steinurnen hinuntergingen, spürte Barnaby, wie ihm eine frische Brise entgegenwehte. Der Wind preßte das zitronengelbe Kleid an Katherine Laceys vollendeten Körper. Sie stand hinter Henrys Rollstuhl und hatte die Arme um ihn geschlungen; ihr Kopf war dem seinen sehr nahe. Als Barnaby näher kam, zeigte sie auf eine Pappelgruppe. Henry schüttelte den Kopf, und beide lachten. Dann schob Katherine den Rollstuhl in Barnabys Richtung.

»Wir erwarten über hundert Gäste am Samstag, Inspector«, rief Trace. »Was meinen Sie, wo sollen wir das Zelt aufstellen?«

Platz haben sie weiß Gott genug bei einem Garten dieser Größe, dachte Troy. Trotzdem kann ihm all das viele Geld seine Beine nicht ersetzen. Was für eine Vorstellung: ein so tolles Mädchen, und man sitzt im Rollstuhl neben ihm vor dem Altar! Er lächelte selbstsicher und sagte: »Guten Tag, Miss Lacey.«

»Wo immer wir es auch aufstellen«, meinte sie lächelnd, »es wird überall schreckliches Unheil anrichten.«

»Oh, der Rasen wird sich schnell wieder erholen«, entgegnete Henry. »Haben Sie etwas fürs Gärtnern übrig, Inspector Barnaby?«

Barnaby nickte, erkundigte sich, ob sie wegen des Rosengartens zu einer Einigung gekommen waren, und setzte damit eine angenehme Plauderei über Hortikultur in Gang. Henry beschrieb sein Hochzeitsgeschenk für Katherine – neunzehn altmodische Moos- und Kletterrosen: »Eine Pflanze für jedes Jahr ihres Lebens.«

»Später werden wir an jedem Hochzeitstag eine weitere dazupflanzen, bis wir alt und grau sind«, fügte Katherine hinzu. »Das wird unser Rosengarten.«

Barnaby ließ der Unterhaltung ein paar Minuten freien Lauf, dann kam er zum Kern seines Besuchs. »Da ist eine kleine Unstimmigkeit, Miss Lacey. Als wir gestern miteinander sprachen, sagten Sie, soweit ich mich erinnere, daß Sie den Abend des Siebzehnten hier mit Mr. Trace verbrachten.«

»Ja, das stimmt.«

»Und Sie haben das Haus nie verlassen?«

»Nein, wir waren die ganze Zeit hier.«

»Sie wurden gesehen, als Sie durchs Dorf gingen.«

»Ich?« Sie sah ihn verwirrt an. »Aber das kann nicht sein. Oh! Natürlich, ich bin zum Briefkasten gelaufen, um einen Brief einzuwerfen. Erinnerst du dich, Liebling? Wir wollten einen Katalog von Notcutt's bestellen, und ich dachte, ich erledige das am besten sofort.«

»Wäre es nicht schneller gegangen, wenn Sie ihn telefonisch bestellt hätten?«

»Sie sind nicht kostenlos, man muß vorab einen Scheck schicken.«

»Man bestellt sie in der Hauptniederlassung in Woodbridge?« Sie nickte. »Wissen Sie noch, wie lange Sie etwa weg waren?«

»Nicht genau. Ich lief rasch bis zum Ende der Church Lane und gleich wieder hierher zurück.« Etwas schärfer setzte sie hinzu: »Bestimmt hat man mich auch auf dem Heimweg gesehen.«

»Offenbar nicht.«

»Na, so was – sie sind wohl auf dem Posten eingeschlafen, wie?«

»Sind Sie jemandem begegnet?«

»Nicht einer Menschenseele.«

»Können Sie Miss Laceys Aussage bestätigen, Sir?«

»Na ja ... ich habe nicht mitbekommen, daß Katherine weg war.«

»Nein, du bist nach dem Abendessen eingedöst. Deshalb habe ich mich ja auch entschlossen, die Sache gleich zu erledigen.«

»Ja. Das passiert mir in letzter Zeit öfter.« Henry lächelte in Barnabys Richtung. »Als ich wieder aufwachte, war sie jedenfalls da.«

Zwei schwarz-goldene Lieferwagen – ›Lazenby et cie‹ – kamen durch das Haupttor in den Hof.

»Das ist der Partyservice«, rief Katherine. »Ich gehe besser zu ihnen ...«

»Um ehrlich zu sein, Miss Lacey, ich hätte gern noch ein paar Worte mit Ihnen gesprochen.«

»Oh.« Sie sah ihren Verlobten unsicher an.

»Keine Sorge – ich kümmere mich um die Lieferanten.« Henry Trace rollte auf die Holzrampe neben den Stufen zu. Katherine folgte ihm langsam; Barnaby blieb an ihrer Seite, und Troy bildete die Nachhut.

»Erinnern Sie sich noch an den Tag, an dem Mrs. Trace ums Leben kam?« fragte Barnaby.

»Bella? Selbstverständlich erinnere ich mich daran.« Sie warf ihm einen neugierigen Blick zu. »So etwas gehört nicht zu den Dingen, die man schnell vergißt. Es war schrecklich.«

»Soweit ich weiß, gehörten Sie nicht zu der Jagdgesellschaft.«

»Nein. Ich war hier und bereitete das Essen vor. Normalerweise half Phyllis aus, aber an diesem Tag ging sie mit auf die Jagd.«

»Das war unüblich?«

»Allerdings.«

»Und wann erfuhren Sie von der Tragödie?«

»Als Michael ins Haus stürzte, nach dem Telefonhörer faßte und schreiend einen Krankenwagen anforderte.«

»Ich verstehe. Würden Sie sagen ...« Er zögerte und wählte seine nächsten Worte sehr sorgfältig. »Würden Sie sagen, daß Mr. und Mrs. Trace ein glückliches Ehepaar waren?«

»Also ... ja ... den Eindruck machten sie meiner Meinung nach. Obwohl man das als Außenseiter natürlich nie genau beurteilen kann. Sie waren beide sehr freundlich zu mir und Michael. Und Henry war am Boden zerstört nach ihrem Tod.«

Barnaby drehte sich um und betrachtete die Pappelgruppe und den Wald dahinter. »Ist der Unfall da drüben passiert?«

Katherine folgte seinem Blick. »O nein ... im Buchenwald hinter dem Holly Cottage.«

»Ah ja. Nochmals vielen Dank, Miss Lacey.«

Sie waren vor der Treppe zum Hof angelangt und stiegen nebeneinander die Stufen hinauf. Als sie den Hof überquerten, wimmerte Benjy und erhob sich mühsam. Katherine wandte sich ab.

»Oh, warum will er nichts fressen?« brach es aus ihr heraus. »Ich habe ihm alles mögliche gekauft – gutes Fleisch, Hundekekse. Er hat sein eigenes Körbchen, eine Decke und einen Napf ganz für sich allein.«

»Hunde trauern sehr, fürchte ich«, sagte Barnaby.

»Aber man sollte annehmen, daß sie am Leben bleiben wollen, egal wie traurig sie sind.«

»Er ist ein ziemlich alter Hund, Miss«, warf Troy mitfühlend ein. »Ich denke, er ist einfach müde und des Lebens überdrüssig.«

»Können Sie Katherine jetzt entbehren, Chief Inspector? Ich brauche sie hier dringend«, rief Trace.

»Das war das.« Barnaby seufzte, als sie losfuhren. »Wahrscheinlich hatte ich zuviel erhofft. Es wäre zu schön gewesen, wenn Katherine Lacey und das Lessiter-Mädchen am Freitag abend zur selben Zeit durch die Church Lane gestrolcht wären.«

»Aber . . . Sie glauben ihr, Sir?« fragte Troy; er war immer noch verwirrt von dem betörenden Lacey-Lächeln. »Sie nehmen ihr die Geschichte mit dem Brief ab?«

»Ja. Ich werde das natürlich nachprüfen, aber ich zweifle nicht daran, daß sie den Brief tatsächlich zur angegebenen Zeit eingeworfen hat. Wenn sie unschuldig ist, hat sie es nicht nötig, irgendwelche Geschichten zu erfinden. Und falls sie schuldig sein sollte, wird sie dafür gesorgt haben, daß ihre Behauptungen jeder Nachprüfung standhalten.«

»Schuldig?« Unvorsichtigerweise wandte Troy den Blick von der Straße und sah Barnaby ungläubig an. Er verpaßte die Einfahrt zur Lessiter-Villa.

»Sie sollten wirklich dieses Grimassenschneiden aufgeben, Troy. Das behindert nur Ihre Karriere. Miss Lacey hat mehr zu verlieren als jeder andere.«

»Aber der Hund, Sir. Der Hund hat nicht gebellt.«

»Ja, der Hund ist ein Problem, das gebe ich zu.«

Vielleicht war der Hund auch gar kein so großes Problem, dachte er, als Troy wendete und vor Lessiters Haustür parkte. Vielleicht konnte er mit Hilfe des Hundes ein für allemal jeden Verdacht von Katherine Lacey nehmen. Eine fiel weg, blieben noch sechs. Oder sieben, wenn er das scheinbar Unmögliche, nämlich Henry Trace, mit ins Kalkül zöge. War es denkbar, daß er sich schon zu Lebzeiten seiner ersten Frau hoffnungslos in Katherine verliebt und einen Mörder gedungen hatte, der im Dickicht lauern sollte, um Bella kaltzumachen? Barnaby riß sich von diesem Gedanken los und ermahnte sich selbst – schließlich hatte er nicht den geringsten Anlaß anzunehmen, daß Mrs. Traces Tod etwas anderes als ein Unfall gewesen war. Zudem war er jetzt mit Ermittlungen in einem ganz anderen Fall befaßt.

Die Sprechstunde von Doktor Lessiter dauerte noch eine Viertelstunde, das paßte dem Chief Inspector ganz gut. Judy öffnete ihnen die Tür. Heute sah sie sogar noch unattraktiver aus als gestern. Sie roch muffig wie ein kleines Tier, das aus einem langen Winterschlaf erwacht war.

»Ja?«

»Wir würden gern mit Ihrem Vater sprechen.«

»Die Praxis ist um die Ecke.« Sie schob die Tür zu.

Barnaby trat entschlossen einen Schritt vor. »Und mit Ihnen auch.«

Sie sah ihn einen Moment mürrisch an, dann zuckte sie mit den Schultern und führte die beiden Männer in die Küche. Dort lehnte sie sich an die Spüle.

»Miss Lessiter, Sie haben mir gestern erzählt, daß Sie am Nachmittag des Siebzehnten in der Bibliothek gewesen seien.«

»Nein, das habe ich nicht gesagt.«

»Entschuldigung – ich habe Ihre Aussage noch einmal genau gelesen, ehe wir hierher gefahren sind.«

»Ich sagte: Ich habe gearbeitet. Ich stand nicht hinter dem Pult, um Bücher abzustempeln. Es gehört zu meinem Job, Schulen zu besuchen, Colleges ... ich frage die Lehrer, ob sie irgendwelche Projekte planen, für die spezielle Bücher bestellt werden müssen. Am Freitag nachmittag war ich in der Grundschule in Gessler Tye.«

»Offengestanden habe ich das Gefühl, daß Sie uns in diesem Punkt absichtlich in die Irre geführt haben.«

»Das ist Ihr Problem«, versetzte sie grob.

»Würden Sie noch einmal genau schildern, was Sie taten und wo Sie waren?«

»Ich habe mir zu Mittag Sandwiches geholt. Ich aß sie . . .«

»Das war noch in der Bibliothek in Pinner?«

»Ja. Ich kochte mir auch einen Kaffee. Dann fuhr ich zu der Schule. Ich kam etwa um zwei dort an und blieb bis zum Unterrichtsschluß um kurz vor halb vier.«

»Und dann kehrten Sie in die Bibliothek zurück?«

»Nein. Das lohnte sich nicht mehr. Ich kam hierher und machte nur vor dem Dorfladen halt, um ein paar Zigaretten zu kaufen.«

Na, prima, dachte Sergeant Troy – er war überzeugt, daß jeder außer ihm selbst ungeschoren mit einem Mord davonkommen konnte.

»Kann Ihr Vater bezeugen, daß Sie kurz nach halb vier nach Hause gekommen sind?«

»Mein Vater?« Sie wirkte erst verwundert, dann argwöhnisch.

»Er behauptete, den ganzen Nachmittag hier gewesen zu sein.«

Sie schwieg, und ihr Blick huschte von Barnaby zu Sergeant Troy und wieder zurück. »Ist das ein Trick?«

»Was?«

»Ich meine . . . wollen Sie mich aushorchen oder überlisten?«

»Ich verstehe Sie nicht, Miss Lessiter. Ihr Vater gab an, den ganzen Nachmittag zu Hause gewesen zu sein. Und ich möchte jetzt lediglich von Ihnen wissen, ob er den Zeitpunkt Ihrer Ankunft bestätigen kann.«

»Ich bin gleich nach oben in mein Zimmer gegangen . . . ich habe ihn nicht gesehen.«

»Verstehe. Und am Abend?«

»Oh, in diesem Punkt habe ich Ihnen alles gesagt. Ich machte einen Spaziergang.«

»Die Lane hinunter und etwa eine halbe Meile weiter?«

»Das stimmt.«

»Und Sie sind nirgendwo ein wenig stehengeblieben und haben auch bei niemandem vorbeigeschaut?« Bevor sie etwas sagen konnte, setzte er rasch hinzu: »Bitte denken Sie sorgfältig nach, bevor Sie antworten.«

Sie starrte ihn an. Er erwiderte ernst ihren Blick und wirkte gleichzeitig ermutigend und allwissend. Er sah ihr an, daß sie überlegte, wieso sie einem erneuten Verhör unterzogen wurde. »Ich bin nicht sicher, ob ich mich noch ganz genau erinnere . . .« Sie schluckte schwer und nagte an ihrer Unterlippe.

»Ich weiß, wie schwer es fällt, eine frühere Aussage zu korrigieren, aber wenn es nötig ist, dann ist dies der richtige Zeitpunkt dafür. Ich muß Sie darauf aufmerksam machen, daß es ernsthafte Folgen für Sie haben kann, wenn Sie Informationen zurückhalten, die der Polizei in ihren Ermittlungen weiterhelfen könnten.«

»Das tue ich ja gar nicht! Es gibt nichts, was Ihnen weiterhelfen könnte . . .«

»Ich denke, Sie sollten es lieber mir überlassen, das zu beurteilen.«

»Ja.« Sie holte tief Luft und richtete sich kerzengerade auf. Sie machte einen angespannten und ängstlichen Eindruck wie jemand, der sich darauf vorbereitet, tief ins eiskalte Wasser zu tauchen. »Ich habe . . . also, ich bin mit Michael Lacey befreundet. Er wohnt im Holly Cottage. Ich hatte seit einigen Tagen nichts mehr von ihm gehört . . . er sagte, daß er mich malen will, und deshalb dachte ich . . . na ja, ich dachte, ich könnte bei ihm reinschauen. Sie wissen schon, ich wollte fragen, wann er mit dem Bild anfangen möchte.« Barnaby hörte ihr aufmerksam zu. In dem Versuch, alles ganz normal erscheinen zu lassen, hatte sie ihre Verzweiflung noch deutlicher zum Ausdruck gebracht. »Ich ging zu seinem Cottage, aber als ich dort ankam ... ich sah durchs Fenster, daß er arbeitete.«

»Welches Fenster war das?«

»Das vordere Fenster neben der Veranda.«

»Aber normalerweise arbeitet er nicht in diesem Zimmer, nicht wahr?«

»Manchmal schon – an den Abenden, wenn er das letzte Tageslicht ausnützen will.«

»Ah, ich verstehe. Erzählen Sie weiter.«

»Er wird sehr ärgerlich, wenn man ihn beim Malen stört. Er sagt, es fällt ihm sehr schwer, sich nach einer Unterbrechung wieder richtig einzufühlen. Daher dachte ich, es wäre besser ... na ja, ich habe mich einfach davongeschlichen.«

»Und glauben Sie, er hat gar nicht gemerkt, daß Sie dort waren?«

»Ganz bestimmt nicht. Ich war sehr leise.« Sie schwieg einen Augenblick, dann sah sie Barnaby zum erstenmal wieder an. »Sie dürfen nicht glauben, was die Leute über Michael sagen«, brach es aus ihr heraus. »Sie hassen ihn, weil er sich nicht um die Dinge kümmert, die ihnen wichtig sind ... öde, langweilige Dinge. Er ist ein Freigeist. Solange er malen und im Wald umhergehen und den Himmel sehen kann ... und er war sehr, sehr unglücklich. Katherine ist so bourgeois; sie ist nur auf materielle Dinge aus, und wenn diese Hochzeit erst vorbei ist, dann ist er ganz allein.« Vage Hoffnung schwang in den letzten Worten mit. Einen Moment lang glänzten ihre Augen so sehr, daß sich ihr fades Gesicht veränderte. Barnaby erkannte plötzlich, warum Michael Lacey sie als Modell haben wollte. Er warf einen Blick auf die Küchenuhr über der Tür. Judy wandte den beiden Männern den Rücken zu, als würde sie ihre leidenschaftliche Ansprache bereits bereuen, und drehte die Wasserhähne auf. Sie beobachtete, wie das Wasser in das blitzende Stahlbecken strömte, und hörte, daß die beiden Männer zur Tür und durch die Halle gingen. Sie reduzierte den Wasserstrahl, bis nur noch ein dünnes Rinnsal floß. Erst als die Haustür zuschlug, drehte Judy die Wasserhähne ganz zu.

Ihre Hände zitterten, und sie umklammerte den Beckenrand, um sie ruhig halten zu können. Es war immer dasselbe, wenn sie über Michael sprach. Sie fühlte sich elend, nachdem sie ihren fruchtlosen Besuch und ihren feigen, heimlichen Rückzug beschrieben hatte. Aber sie hatte ihre Aussage berichtigt, das war die Hauptsache. Und sie war froh darüber. Besonders nach ihrem dummen Versuch, ihre Nachmittagsbeschäftigungen zu verschleiern. Plötzlich begriff sie, daß ihr Eingeständnis noch einen Nebeneffekt hatte. Falls Miss Simpsons Tod tatsächlich einem Verbrechen zuzuschreiben war (und warum sonst stellte die Polizei all diese Fragen?), hatte sie Michael ein Alibi verschafft. Möglicherweise war ihm selbst das ganz egal, aber die Tatsache an sich war nicht zu leugnen. Sie verschloß diese kleine gute Tat in ihrem Herzen. Vielleicht erfuhr er niemals etwas davon, aber sie konnte sich das Wissen bewahren und im richtigen Moment zur Sprache bringen.

Sie hörte das Klicken des Telefons. Das mußte Barbara sein. Judy hatte sich in den letzten Minuten nicht vom Fleck gerührt und war ganz still gewesen, so daß ihre Stiefmutter vielleicht annahm, sie wäre in ihrem Zimmer. Oder im Garten. Barbara schien heimlich telefonieren zu wollen. Judy schlich lautlos zur Tür, die Barnaby nur angelehnt gelassen hatte, und spähte durch den Spalt.

Barbara stand mit dem Rücken zur Küche und schirmte die Sprechmuschel mit der Hand ab. Obwohl sie flüsterte, war jedes Wort deutlich zu verstehen.

»Liebling, tut mir leid, aber ich mußte dich anrufen. Hast du meine Nachricht nicht bekommen? . . . Was soll das heißen – du kannst nichts tun? Du mußt mir helfen. Du mußt einfach ... Du hast doch sicher ein bißchen Geld ... Das habe ich getan. Ich habe alles verkauft, was ihm meiner Ansicht nach nicht auffällt, sogar meinen Pelzmantel ... Nein, ich hatte ihn bis zum Winter weggeräumt ... Woher, zum Teufel, soll ich wissen, wie ich ihm das erkläre? ... Dreitausend, und er hat zehn dafür bezahlt, das heißt, daß mir immer noch knapp tausend fehlen. Um Gottes willen – ich bin nur deinetwegen in solchen Schwierigkeiten ... Du Bastard, nicht ich habe gesagt, daß ich die Stunden zähle – tut mir leid, ich hab's nicht so gemeint. Liebling? Tut mir leid – bitte, leg nicht auf. Bitte – du mußt mir helfen. Es wäre das Ende von allem, wenn er davon erfährt. Du weißt ja nicht, was für ein Leben ich vorher hatte. Ich möchte das nie mehr durchmachen müssen. Ich werde – hallo? Hallo ...?!«

Sie klopfte hektisch auf die Gabel. Einen Moment blieb sie stehen, ihre Schultern sackten herunter, dann knallte sie den Hörer auf die Gabel und rannte die Treppe hinauf. Judy verließ ihren heimlichen Beobachtungsposten und lächelte.

Das Wartezimmer war leer. Als sie hereinkamen, trat eine Frau aus dem Behandlungsraum. Ihr Gesicht hatte die Farbe von hellem Lehm. Sie blieb stehen und sah sich fassungslos um. Die Sprechstundenhilfe eilte auf sie zu, aber die Frau stieß sie beiseite und stürmte an den beiden Polizisten vorbei aus dem Raum. Doktor Lessiters Sprechanlage summte, und Barnaby und Troy wurden kurz darauf in sein Sprechzimmer geführt. Der Arzt legte gerade eine Akte in den Holzschrank zurück. »Das ist das Entsetzliche an meinem Beruf«, sagte er, klang dabei jedoch sachlich und sorglos, »es gibt keine Möglichkeit, schlechte Nachrichten zu mildern.«

»In der Tat, die gibt es nicht, Doktor Lessiter.« Barnaby hätte sich keine bessere Eröffnung der Unterhaltung wünschen können. »Ich bevorzuge auch die ganz direkte Art. Können Sie mir sagen, was Sie am Freitag, dem Siebzehnten, nachmittags getan haben?«

»Das habe ich Ihnen bereits erzählt.« Er nahm hinter seinem Schreibtisch Platz und ließ seine Fingerknöchel knacken. »Wie arbeiten Sie eigentlich? Sagen Sie bloß, Sie haben das schon vergessen.«

»Sie sagten aus, das Cricket-Spiel im Fernsehen gesehen zu haben.«

»Ganz genau.«

»Den ganzen Nachmittag?«

»Richtig.« Er zog am letzten Finger. Das Knacken war sehr laut in dem stillen Zimmer. Plötzlich wurde das Schweigen bleiern, die Atmosphäre änderte sich schlagartig. Der Arzt starrte ungläubig auf seine Hände, als sähe er sie zum erstenmal. Nach einer Weile richtete er den Blick auf Barnabys ernstes Gesicht, dann auf Troy und wieder auf Barnaby. »Ja. Das stimmt.« Doch plötzlich war seine Sicherheit geschwunden. Dies war keine Aussage über tatsächliche Geschehnisse mehr. Er wußte, daß man ihn durchschaut hatte, aber er hatte keine Ahnung, wie man ihm auf die Schliche gekommen war.

»Das Licht war so schlecht, daß das Spiel um elf Uhr morgens abgebrochen wurde – für den Rest des Tages«, klärte Barnaby ihn auf.

»Oh ... also ... vielleicht habe ich da etwas verwechselt und am Donnerstag ferngesehen. Ja, so war es. Jetzt erinnere ich mich ...«

»Sie machen donnerstags immer Ihre Hausbesuche. Zumindest behaupteten Sie das bei Ihrer letzten Aussage.«

»Ach ja – natürlich, das stimmt. Donnerstag. Wie dumm von mir ...« Schweiß trat ihm auf die Stirn und rollte wie durchsichtige kleine Glasperlen über seine Nase. Sein Blick zuckte hin und her, als erhoffe er Hilfe vom Instrumentenschrank, dem Chrom, der mit einer Gummimatte bedeckten Untersuchungsliege, dem großen Schrank. »Ich sehe nicht ein, was das überhaupt für eine Rolle spielt. Wir alle wissen doch, daß die alte Lady erst am Abend gestorben ist.«

»Ich kann Ihnen versichern, daß unsere Befragungen sehr wohl für diesen Fall relevant sind. Wir würden weder unsere Zeit noch die der Leute, mit denen wir uns unterhalten, verschwenden, wenn wir es nicht für unbedingt nötig hielten.«

Trevor Lessiter beantwortete die wichtigste Frage immer noch nicht, und Barnaby hatte nicht vor, ihm allzuviel Spielraum zu lassen. Schon jetzt war dem Doktor deutlich anzusehen, daß er den Tiefschlag wegzustecken und sich eine passende Alternative für sein geplatztes Alibi auszudenken versuchte. Es wurde Zeit, ihn ein bißchen einzuschüchtern.

»Sie würden doch nicht abstreiten, daß Sie die Kenntnis und hier alle nötigen Gerätschaften zur Verfügung haben, um Schierlingsgift zu gewinnen und auf eine Spritze aufzuziehen?«

»Was? Aber das ist doch lächerlich ... dazu braucht man keine speziellen Gerätschaften. Jeder könnte ...«

»Aber nicht jeder kann einen Totenschein ausstellen.«

»In meinem ganzen Leben habe ich nie etwas Ungeheuerlicheres ... ich war den ganzen Abend hier.«

»Dafür haben wir nur Ihr Wort, Sir.«

»Meine Frau und meine Tochter ...«

»Waren beide zumindest zeitweise außer Haus, wie Sie sich bestimmt erinnern.«

»Ich schwöre Ihnen ...«

»Sie haben auch geschworen, daß Sie nachmittags ferngesehen haben, Doktor Lessiter. Das war gelogen. Woher sollen wir wissen, daß Sie jetzt nicht wieder lügen?«

»Wie können Sie es wagen!« Er schluckte schwer, und sein

Adamsapfel hüpfte auf und ab, als versuche er seiner Kehle zu entfliehen. »Ich habe nie etwas gehört, das derartig ...«

»Haben Sie eine Erklärung dafür, daß wir keine Fingerabdrücke auf Miss Simpsons Telefon gefunden haben? Sie waren offenbar die letzte Person, die den Apparat benutzt hat.«

»Nein, dafür habe ich keine Erklärung.«

»Was für einen Grund hatten Sie, den Hörer so gründlich abzuwischen?«

»Ich? Ich habe ihn nicht angerührt!« Wieder schluckte er ein paarmal nervös. »Hören Sie ... also schön – ich war am Nachmittag nicht hier, das gebe ich ja zu. Barnaby, behandeln Sie das, was ich Ihnen jetzt anvertraue, absolut vertraulich?«

»Das kann ich Ihnen leider nicht garantieren. Falls es für den Fall nicht relevant sein sollte, gibt es natürlich keinen Grund, es bekanntzumachen.«

»Aber Sie werden es zu Protokoll nehmen, oder?«

»Selbstverständlich müssen wir jede Aussage zu den Akten legen.« Wie aufs Stichwort zog Troy seinen Notizblock heraus.

»Ich müßte meine Praxis aufgeben, wenn das öffentlich bekannt wird. Wegziehen aus dieser Gegend.« Trevor Lessiter sank auf seinem schicken Ledersessel zurück. Seine Wangen wirkten eingefallen und grau. Im nächsten Moment schoß ihm das Blut ins Gesicht. »Sie werden doch meiner Frau nichts davon erzählen?« fragte er in Panik.

»Wir ›erzählen‹ niemandem etwas, Sir. Das entspricht nicht unserer Arbeitsweise. Alibis werden überprüft, um den Kreis der Verdächtigen zu verkleinern und die schuldige Person zu überführen.«

»Oh«, rief er. »Ich habe nichts Schlimmes gemacht.«

Die Anzahl der Menschen, die die Polizei anlügen und diese Lügen als nicht schlimm ansehen, wird immer größer, überlegte Barnaby. Er wartete.

»Sie ... äh ... haben meine Frau kennengelernt, Chief Inspector. Viele Leute, das heißt Männer, beneiden mich, das weiß ich.« Trotz seiner Angst flackerte so etwas wie Befriedigung in seinen Augen auf – das erinnerte Barnaby an Henry Trace. »Aber Barbara ist ... o Gott, wie soll ich das ausdrücken, ohne ihr unrecht zu tun? Sie ist eine wundervolle Partnerin, wir haben viel Spaß miteinander, aber ...« Man sah seinem Gesicht an, wie peinlich ihm dieses Geständnis war; er zwang sich zu einem Lachen. »Ich sollte es wohl lieber frei von der Leber weg sagen. Barbara hat nicht viel Interesse an der körperlichen Seite einer Ehe.«

Soviel zu der tollen Verpackung – Barnaby dachte an die bemalten Augen, den schweren, schwülen Duft und an den prallen, atemberaubenden Busen.

»Es liegt nahe«, fuhr der Doktor fort, »daß ich nur ihr Glück im Sinn habe, deshalb dränge ich mich ihr nicht auf.« Er senkte den Blick einen Moment zu spät – Barnaby war die Bitterkeit und der Groll in seinen Augen bereits aufgefallen. Er sah aus wie ein Mann, der seinen Teil der Abmachung eingehalten hatte und übers Ohr gehauen worden war. »Trotzdem«, ein gleichgültiges Achselzucken, »habe ich Bedürfnisse.« Er versuchte ein verschwörerisches Augenzwinkern. »Wir alle haben diese Bedürfnisse, und ich besuche gelegentlich, *wirklich nur gelegentlich,* ein Etablissement, in dem man ... äh, diese Bedürfnisse stillen kann.«

»Sie meinen ein Bordell?«

»Ohhh!« Das war ihm offenbar zu frei von der Leber weg; Barnabys mangelnde Feinfühligkeit schien ihn anzuwidern. »So würde ich es nicht nennen. Ganz und gar nicht. Es ist sehr kultiviert, wirklich. Es gibt einen kleinen Laden, in dem man alle möglichen raffinierten Dinge kaufen kann. Sie veranstalten eine kleine Show, und danach kann man sich mit einer der jungen Ladies zurückziehen, wenn einem danach zumute ist.

Und gewöhnlich ist einem danach zumute. Die Vorstellung ist ziemlich stimulierend. Geschmackvoll, aber stimulierend.«

»Und Sie waren am Nachmittag des Siebzehnten in diesem Etablissement?« Der Doktor nickte. »Können Sie uns Name und Adresse nennen?«

Lessiter kramte seine Brieftasche heraus und reichte ihm eine Visitenkarte. »Vielleicht kennen Sie diesen . . . äh, Club.«

Barnaby betrachtete die Karte. »Ich glaube ja.« Dann bat er um ein Foto.

»Ein Foto?« kreischte der Arzt entsetzt.

»Nur zum Zweck der Identifizierung. Sie werden es zurückbekommen, das kann ich Ihnen versichern. Oder möchten Sie mich vielleicht persönlich dorthin begleiten?«

»Guter Gott, nein!« Er überlegte einen Moment. »Ich habe gerade Paßfotos machen lassen. Sie sind im Arbeitszimmer.« Er verließ den Raum und kam nach ein paar Minuten mit vier kleinen Schwarzweißfotos zurück. »Ich denke, das hier . . . da lächle ich am meisten.«

»Ich brauche nur dieses eine, danke.« Als sich Barnaby zum Gehen umdrehte, sagte der Doktor noch: »Fragen Sie nach Krystal. Sie ist meine spezielle Freundin.«

9

Die Casa Nova war auf den ersten Blick nicht als Bordell erkennbar. Das unauffällige Haus stand in einer schmuddeligen, wenig ansprechenden Seitenstraße – zwischen einem Lagerhaus und einer Handtaschenfabrik. Die Fenster der Fabrik waren weit geöffnet, um die warme Julisonne in die ohnehin schon stickigen Arbeitsräume scheinen zu lassen. Der Geruch von gegerbtem Leder drang zusammen mit dem

Hämmern etlicher Maschinen auf die Straße. Troy parkte in der Nähe einer Tür mit abblätterndem rotem Lack und einer teilweise kaputten Leuchtreklame: »10 SCHÖNE MÄDCHEN 10«. Seine Augen glänzten in freudiger Erwartung, als er den Sicherheitsgurt löste.

»Casanova, wie?« kicherte er. »Ganz schön frech.«

»Casa Nova heißt ›Neues Haus‹, verstanden?« erwiderte Barnaby. »Obwohl ich nicht bezweifle, daß dieses Wortspiel uralt ist.«

»Sieht aber vielversprechend aus. Zehn schöne Mädchen.«

»Auch das Ei eines Geiers scheint vielversprechend, mein Junge«, versetzte Barnaby und stieg aus. »Sie warten hier.« Er grinste, als er auf den Klingelknopf drückte und spürte, daß Troy seinen Rücken mit Blicken durchbohrte. Barnaby sagte in die quietschende Sprechanlage: »Krystal, bitte.«

»Paß auf die Stufen auf, Süßer.«

Die Treppe war nur schwach beleuchtet. Am Fuß der Treppe trat eins der zehn schönen Mädchen vor. Sie könnte jedes Alter zwischen dreißig und sechzig haben. Sicher war nur, daß sie zu der Zeit ein Mädchen gewesen war, als Barnaby noch mit der Pfadfindergruppe durch die Gegend gewandert war. Ihr Haar hatte die Farbe von blauen, angelaufenen Trauben. Ihr Lippenstift sah aus wie zinnoberrote Vaseline, und eine dicke Make-up-Schicht lag auf den Kratern und Erhebungen ihres Gesichts. Trotzdem sah Barnaby deutlich die vielen Flecken und Sommersprossen. Sie trug Shorts im Leopardenmuster, einen passenden BH ohne Träger und so hochhackige Schuhe, daß es aussah, als würde sie auf Lederstelzen balancieren. Sie kam mit wiegenden Hüften auf Barnaby zu, nahm mit einer erfahrenen Geste seinen Arm und zeigte bei einem Lächeln Zähne, die Perlen von unter Umweltverschmutzung leidenden Austern hätten sein können. »Ich kann mir denken, daß du ein unartiger Junge sein willst, stimmt's, Süßer?«

»Eigentlich nicht«, sagte Barnaby, löste sich aus ihrem Griff und zog seine Dienstmarke aus der Tasche.

»Menschenskind! Was, zum Teufel, wollen Sie? Wir sind alle legal hier.«

»Da bin ich sicher.« Er zeigte ihr Lessiters Paßfoto. »Kennen Sie diesen Mann?«

Ein flüchtiger Blick. »Klar, das ist Mr. Lovejoy.«

»War er am letzten Freitag nachmittag hier? Am Siebzehnten?«

»Verdammt, er wohnt praktisch hier, Mann.«

»Ich muß es genau wissen.«

»Dann sollten Sie lieber mit Krystal sprechen.«

»Würden Sie sie bitten herzukommen?«

»Sie kommt überall hin, wenn der Preis stimmt – so eine ist das.« Sie versetzte ihm einen leichten Stoß in die Seite. »Sie sehen aus wie ein Kerl, der was in der Brieftasche hat. Warum kommen Sie nicht zurück, wenn Sie Dienstschluß haben? Ein Weilchen richtig entspannen. Sich selbst verwöhnen lassen.« Sie starrte ihn an und wartete auf eine Zusage, dann meinte sie: »Na gut – dann geht's Ihnen eben weiter schlecht. Krystal ist bei der Vorführung. Es dauert noch zehn Minuten. Zweite Tür rechts.«

Barnaby hob den Samtvorhang und fand sich in einem kalten, gefliesten Korridor wieder. Auf beiden Seiten befanden sich Türen. Er öffnete die zweite rechts und stand wieder vor einem verstaubten Vorhang. Er schob ihn zur Seite und tastete sich unnötig vorsichtig weiter. Nicht ein Mensch drehte sich nach ihm um. Sie verfolgten alle die Vorgänge auf der Bühne.

Auf einem ausgeleuchteten Podest stand ein gutausgestattetes Mädchen und stellte nach Manier der Commedia dell'arte Entsetzen zur Schau: weitaufgerissene Augen, die gespreizten Hände ausgestreckt, um die Gefahr abzuwenden, und halb abgewandt, als wollte sie die Flucht ergreifen. Sie trug eine Schuluniform: Faltenrock, weiße Bluse und Blazer. Ein Hut mit gestreiftem Band saß waghalsig auf ihrem Kopf. Sie hatte taillenlanges, blondes Haar. Ein junger Mann in hautenger Hose, einer Samtjacke und passender Baskenmütze stand vor einer Staffelei und tat so, als würde er malen. Eine schroffe männliche Stimme, untermalt von militärischen Trommelwirbeln und Marschmusik, plärrte aus zwei Lautsprechern.

»Und so wurde die liebreizende Brigitte, die verzweifelt versuchte, Geld zusammenzubringen, um ihrem sterbenden Vater Medizin kaufen zu können, von dem berüchtigten Maler Fouquet beschwatzt, die Klosterschule zu verlassen und in seinem Atelier zu posieren. Trotz seiner inbrünstigen Beteuerungen, daß alles ganz züchtig sei, erklärte der ruchlose Fouquet, sobald er sie in sein Atelier gelockt hatte, daß er ihr nur Geld geben würde, wenn sie sich splitterfasernackt auszog.«

Plötzlich erinnerte sich der junge Mann ziemlich anschaulich daran, was er der liebreizenden Brigitte antun wollte. Sie weinte, heulte und rang die Hände, dann zog sie sich mit rührend bebenden Händen aus. Erst den Blazer, dann die weiße Bluse, die von ihren Formen fast gesprengt wurde, und das kurze Faltenrockchen. Sie verschränkte verschämt die Arme über ihrem außergewöhnlich üppigen Busen.

Die Stimme krächzte weiter aus den Lautsprechern. »›Wenn du das Leben deines geliebten Vaters retten willst, weißt du, was du zu tun hast‹, schrie der teuflische Fouquet.«

Schluchzend zog das Mädchen die Schnürschuhe, die Kniestrümpfe und den Büstenhalter aus. Der teuflische Fouquet wollte ihr in nichts nachstehen und riß sich die Samtjacke vom Leib. Eine unbehaarte, braungebrannte Brust kam zum Vorschein. Brigitte trug nur noch einen aufreizenden Slip, den jede Mutter Oberin, die etwas auf sich hält, sofort mit einer Zange ergriffen und den Flammen übergeben hätte.

»Als der lüsterne Künstler den Versuch unternahm, die anmutige Jungfrau in Positur zu setzen, wurde er von einer Welle der Begierde übermannt.«

Was für eine Überraschung, dachte Barnaby gähnend. Er schlüpfte wieder durch den Vorhang und wartete auf dem kalten Flur. Die langweiligen Posen auf der Bühne öffneten ihm den Blick auf sein eigenes häusliches Leben und die reinen, süßen Umarmungen mit Joyce. Auf den Bakewell Surprise, der scheußlich schmeckte. Auf seine Tochter, die sich herrichtete wie eine an den Strand gespülte Schiffbrüchige und keineswegs geizig war mit bissigen Bemerkungen. Er verglich sie im Geist mit Doktor Lessiters spezieller Freundin und pries sich glücklich.

Ein simulierter orgasmischer Schrei beendete die Vorstellung, und die Voyeure schlurften auf den Flur. Junge, mittelalte, ältere. Niemand war, wie es schien, mit einem Freund oder Kumpan hergekommen. Sie kamen alle einzeln auf den Flur und blinzelten im Licht wie melancholische Maulwürfe. Barnaby wartete noch einen Moment, dann betrat er erneut den Raum.

»Brigitte« hockte in ein Tuch gehüllt auf dem Stuhl des Malers und rauchte. Ihre Haut schimmerte durch den dünnen Stoff. Das perlmuttfarbene Fleisch, die langen, silberblonden Locken und der milchweiße Teint verliehen ihrer Erscheinung eine Gesundheit, die in krassem Gegensatz zu der Umgebung stand. Sie sah aus, als wäre sie viel eher auf einer Farm und in einem Kuhstall zu Hause.

»Gönn uns eine verdammte Pause, Herzchen«, sagte sie zu Barnaby. »Die nächste Show fängt in einer halben Stunde an. Bezahl draußen.« Er zeigte ihr seine Marke. »Verfluchte Hölle.« Sie drückte hastig ihre Zigarette aus, aber ihm war der verräterische Geruch bereits in die Nase gestiegen. »Ich nehme keinen harten Stoff, wissen Sie. Aber irgendwie muß man sich in diesem verdammten Job bei Laune halten.«

»Ich möchte Ihnen ein paar Fragen stellen . . .«

»Ich sage kein Wort ohne Zeugen.« Sie verschwand durch eine Tür hinter der Bühne in eine so winzige Garderobe, daß Barnaby sich nur noch mit Mühe hinter ihr hineinquetschen konnte. In der Kammer stank es nach billigem Parfüm, Haarspray, Schweiß und Zigarettenrauch. Zwei andere Mädchen saßen auf schmalen Plastikstühlen. Sie trugen zerfledderten Federschmuck und glitzernde Sterne auf den Brustwarzen. Sie taxierten ihn unverhohlen von oben bis unten, dann sahen sie ihn beleidigt an.

»Was hast du verbrochen, Kris?«

»Ihr könnt mich alle mal. Der kann mir nichts anhängen.«

Barnaby zeigte ihr das Foto von Trevor Lessiter. »Kennen Sie diesen Mann?«

»Ja – das ist der arme alte Loveless. Oder Lovejoy, wie er sich selbst nennt. Keine Ahnung, wie er wirklich heißt.«

»War er am letzten Freitag nachmittag hier?«

»Er ist jeden Freitagnachmittag hier. Und am Montag und am Mittwoch. Er macht keine Schwierigkeiten. Ein bißchen masochistisch. Aber meistens verläuft alles ganz normal. Seine Frau läßt ihn nicht ran, müssen Sie wissen.«

»Ja.« Der Zwischenruf von dem roten Federschopf wirkte wie ein Faustschlag. »Er hat ihr einen Nerzmantel zu Weihnachten geschenkt.«

»Ich hab' mir das mal ausgerechnet«, sagte Krystal, »und es ihm auch gesagt: Ich muß es fünfhundertmal machen, um mir einen Nerzmantel kaufen zu können. Einen anständigen, meine ich – nicht einen, der sofort wieder in den Zoo verduftet, sobald der Pfiff ertönt.«

»Du bist zu kaputt, um so was zu tragen, Kris.«

»Das meinst du vielleicht.« Sie kreischte und kicherte.

»Sie stinken grausam, wenn du damit in den Regen kommst«, sagte die mit den roten Sternchen auf den Brustwarzen. »Zumindest die, die aus den Kaninchenkäfigen gefallen sind.« Noch lauteres Kreischen.

Barnaby machte dem entschlossen ein Ende. »Können Sie mir sagen, um wieviel Uhr Mr. Lovejoy am letzten Freitag gegangen ist?«

»Um halb sechs. Ich weiß das noch genau, weil ich danach für 'ne Stunde abgehauen bin. Er hat mich gefragt, ob ich mit ihm ausgehe und irgendwo was esse. Er fragt das immer. Sie wissen schon . . . man muß so tun, als würde man sie wirklich mögen, und manche, die schlichten Gemüter, nehmen das für bare Münze. Sie versuchen, einen auch außerhalb zu treffen. Es ist erbärmlich, ehrlich.«

Sie hob beide Hände und zog sich die schweren silbernen Locken vom Kopf. Darunter kamen schmutzige rote Haare zum Vorschein, sie waren kurzgeschnitten und standen nach allen Seiten ab. Sie grinste, als sie den überraschten Blick des Chief Inspectors sah.

»Er dachte, es ist echt – das dachten Sie doch, Herzchen?«

»Ich liebe die Naiven, du nicht?« sagte das Mädchen mit der durchschlagenden Stimme. »Ich könnte mich totlachen über sie.«

»Ich war auch mal naiv«, sagte Krystal. »Ich dachte, ein Dildo ist ein prähistorischer Vogel, bevor ich in dieses Haus kam.«

Krächzendes Lachen; die zerfledderten Federn wackelten. Die Mädchen behielten Barnaby scharf im Auge – sie wirkten wie Raubvögel ohne Schnäbel und Klauen. Barnaby verabschiedete sich und ging.

10

Die kleine Dorfkirche war voll bis auf den letzten Platz. Barnaby schlüpfte unbemerkt durch das Portal und stellte sich hinter eine Säule. Es war ein herrlicher Tag; die Sonne strömte durch die Kirchenfenster. Hinter der Kanzel war alles weiß: der weißhaarige Vikar im weißen Gewand zwei hübsche Arrangements aus weißen Blumen rechts und links vom Altar, ein schlichter Lilienstrauß auf dem schmalen Sarg.

Die meisten Trauernden trugen normale Kleidung, aber man sah auch Schwarz. Ein paar Männer hatten Trauerflore am Arm, und einige Frauen bedeckten ihre Köpfe mit dunklen Tüchern. Barnaby war erstaunt, daß fast ein Viertel der Trauergemeinde junge Leute unter Dreißig waren.

Miss Bellringer, angetan mit einem rostfarbenen, mit schwarzen Perlen bestickten Gewand, hatte in der rechten vorderen Bank Platz genommen. Ihr Adlerprofil war ausdruckslos unter dem Hut mit dem Federschmuck, ihre Augen trocken. In der linken ersten Reihe (reserviert für den Landjunker und seine Verwandten?) saß Henry Trace, im dunklen Anzug, mit Katherine. Sie trug ein kaffeefarbenes Seidenkleid mit einem schwarzen Chiffonschal, dessen Ränder mit kleinen goldenen Münzen verziert waren. Die Lessiters hatten zwar Plätze in einer Bank, starrten aber alle stur geradeaus, als hätten sie nichts miteinander zu tun. Kein Mensch wäre auf den Gedanken gekommen, daß die drei eine Familie waren. Dennis Rainbird hatte sich in seiner Rolle als Zeremonienmeister selbst übertroffen. Eine große schwarze Schleife schmückte seinen Arm, die Enden reichten ihm bis zur Hüfte. Seine Mutter lehnte matt in der zweiten Reihe, eingehüllt in graue Taftwolken und einen grauen Schleier. Mrs. Quine tupfte sich auffällig eine nicht vorhandene Träne aus dem

Auge, und Lisa Dawn saß schniefend neben ihr. Phyllis Cadell trug Dunkelblau, David Whiteley Jeans und ein gestreiftes Hemd. In der hintersten Bank weinte ein alter Mann namens Jake hemmungslos und wischte sich die Tränen mit einem rot getupften Taschentuch von den Wangen. Als sich alle hinknieten, sah Barnaby Michael Lacey, der aufrecht sitzen geblieben war und die ehrerbietige Versammlung mit Ungeduld und Spott überblickte. Er hatte keinerlei Konzessionen an Anstand und Sitte gemacht – er war in einem farbverschmierten Overall und einer Leinenkappe erschienen.

»Ein Mensch, geboren vom Weibe, hat nur eine kurze Zeit zu leben ...«

Emily Simpson hatte, verglichen mit dem Rest der Weltbevölkerung, sehr lange gelebt, aber jemand hatte es ihr verwehrt, die ganze Frist auszukosten, die ihr das Schicksal zugedacht hatte. Niemand, dachte Barnaby, sollte einen Tag, eine Stunde oder auch nur eine Sekunde vor seiner Zeit auf die große Reise geschickt werden. Ihm war warm – er lockerte den Kragen, schloß die Augen und legte für einen Moment die Stirn an den kühlen Stein der Säule.

Gestalten bewegten sich vor seinen Augen: die Laceys und Lessiters, Phyllis Cadell, David Whiteley, die Rainbirds, Henry Trace. Sie gingen aufeinander zu, trafen sich und gingen wieder auseinander – ein leidenschaftsloser Tanz. Wer gehörte zu wem? Wenn er das wüßte, wäre das Rätsel gelöst.

Barnaby träumte nachts von dem Pärchen im Wald: zwei umschlungene, zuckende Leiber, weiße Glieder – im einen Moment starr wie Statuen, dann wieder zu einem Ganzen verschmolzen. Letzte Nacht hatten sie sich langsam gedreht, ein Mobile der Lust an unsichtbaren Fäden, und er hatte im Schlaf den Atem angehalten und darauf gewartet, endlich ihre Gesichter zu sehen. Aber als die Gestalten den Kreis vollendeten, blickte er in zwei schneeweiße, haarlose Ovale.

Ein staubwirbelnder Sonnenstrahl tauchte den Lilienstrauß in bernsteinfarbenes Licht. Alle standen auf, um zu singen. Hinter Barnaby schlug ein von einer plötzlichen Windbö gepeitschter Eibenzweig gegen die Fensterscheibe.

Teil Drei

Wiederholung

I

An dem Nachmittag der Untersuchung war der Gerichtssaal voll. Jeder einzelne Klappstuhl war besetzt. Ganz Badger's Drift schien anwesend zu sein. Barnaby sah sich um – nur David Whiteley und Michael Lacey fehlten offenbar. Die Geschworenen – um ernste, gleichgültige und vertrauenerweckende Mienen bemüht – saßen auf ihren Plätzen.

Barbara Lessiter trug ein schwarzweiß gepunktetes Kleid, das besser zu einer Gartenparty gepaßt hätte, dazu einen kleinen schwarzen Hut mit Flitter auf dem Schleier, der ihr Gesicht verdeckte. Judy hatte einen hellen Pullover und eine Tweedhose an, Katherine Lacey einen weißen Hosenanzug aus Leinen. Ihr Haar war mit zwei zusammengedrehten Tüchern – leuchtend türkis und grellgelb – zu einem Pferdeschwanz gebunden. Mrs. Rainbird hatte sich mächtig ins Zeug gelegt und ihre üppige Figur wie ein Weihnachtsgeschenk in schimmernden karminroten Satin verpackt; das Ganze wurde von einem grünen Hut, den kleine Beeren zierten, gekrönt. Der Coroner nahm Platz, und die Sitzung begann.

Die Aussage von Trevor Lessiter wurde vorgelesen. Darin stellte er klar, daß er bei der Untersuchung der Leiche selbstverständlich eine Lungenstauung festgestellt habe; da er Miss Simpson jedoch kurz zuvor wegen einer Bronchitis behandelt hatte, habe er dieses Symptom nicht für auffallend gehalten. Deshalb hatte er natürlich nicht nachgeforscht, ob eine Vergiftung vorlag. Welcher Arzt würde das unter diesen Umständen tun? Der Coroner meinte, man könne ihm daraus keinen

Vorwurf machen. Bei diesen Worten starrte Lessiter den Reporter vom *Causton Echo* intensiv an, um ganz sicherzugehen, daß er das zur Kenntnis genommen hatte. Lessiter unterzeichnete seine Aussage, marschierte wichtigtuerisch zu seinem Stuhl und setzte sich. Sein runder Schädel und die massigen Schultern wirkten selbst von hinten aufgeblasen und pompös.

Als nächstes las der Schriftführer den Bericht des Pathologen vor. Tuscheln wurde laut, als das Wort »Schierling« fiel, und die Rainbirds waren so aufgeregt, daß sie sich an den Händen hielten. Anschließend gab ein Wissenschaftler vom forensischen Labor Auskunft über die in der Nähe von Badger's Drift auf dem Waldboden gefundenen Fasern und über die Erd- und Laubspuren, die an den Tennisschuhen der Verstorbenen sichergestellt worden waren und eindeutig aus dem Waldstück stammten.

Zwei Beamte der Spurensicherung beschrieben dieses Waldstück, die Mulde und die Abdrücke ebendieser Tennisschuhe, die darauf hindeuteten, daß Miss Simpson einige Zeit an dieser Stelle gestanden hatte. Barnaby registrierte, daß Miss Bellringers Gesicht rot anlief und den Beamten zornig anfunkelte. Der fuhr in seinem Bericht fort und erzählte von einer Vertiefung – ein paar Meter entfernt von der bewußten Stelle. Art und Ausmaße dieser Vertiefung legten den Schluß nahe, daß jemand, der etwa die Größe und das Gewicht von Miss Simpson hatte, gestürzt war. Der Coroner unterbrach die Sitzung, um Doktor Lessiters Aussage noch einmal überprüfen zu können. Nach der Pause erkundigte er sich bei Lessiter, ob die blauen Flecken an Miss Simpsons Schienbein von diesem möglichen Sturz im Wald herrühren konnten. Der Arzt seufzte abgrundtief und bestätigte diese Annahme in einem Ton, der zum Ausdruck brachte, daß man seine wertvolle Zeit bereits über Gebühr beansprucht hatte.

Die Spurensicherer sprachen über Fingerabdrücke und über die mit einem Bleistift der Stärke 6 B markierten Zeilen im Shakespeare-Band. Der Bleistift war nicht aufgefunden worden. Der Nachmittag schleppte sich dahin. Der Postbote und Miss Lucy Bellringer wurden aufgerufen. Miss Bellringer versicherte dem Gericht, daß das Speisekammerfenster am Morgen nach dem Tod ihrer Freundin unbeschädigt und der Schierling nicht im Haus gewesen sei. Und was den Bleistift 6 B betraf – Miss Simpson hätte nie ihren geliebten Shakespeare verschandelt. »Sie strich niemals etwas in ihren Büchern an. Sie waren ihr viel zu kostbar.«

Detective Chief Inspector Barnaby berichtete von Miss Bellringers erstem Besuch in seinem Büro und seiner Unterredung mit Terry Bazely, was noch mehr Unruhe unter den Zuhörern hervorrief. Als er den Namen Annabella nannte, sah er sich die Gesichter der Reihe nach an. Verständnislosigkeit, nicht die Spur von Erkennen. Er setzte sich wieder und wandte sich den Jurymitgliedern zu. Sie machten einen sehr ernsten Eindruck, und alle waren ganz bei der Sache. Eine der Frauen war bei den Schilderungen ganz bleich geworden. Ein Gerichtsdiener huschte zu ihr und flüsterte ihr etwas zu, aber sie schüttelte den Kopf und rutschte ganz vor an die Stuhlkante.

Der Coroner faßte das Gehörte noch einmal zusammen und schloß die Beweisaufnahme mit den üblichen deutlichen Anweisungen an die Jury. Die Geschworenen berieten sich nur ein paar Minuten und kamen zu dem Urteil, daß Emily Simpson von einer oder mehreren unbekannten Personen ermordet worden war.

Der Reporter vom *Echo* sprang auf, vielleicht unter dem Einfluß von zuviel *film noir,* zog hastig seinen nagelneuen hellen Trenchcoat über und raste aus dem Gerichtssaal. Alle anderen ließen sich mehr Zeit, redeten und fragten und beäugten sich mit einer Mischung aus Erregung und Bestürzung wie ein Haufen Kritiker, die Zeugen einer Vorstellung geworden waren, die ihre schlimmsten Befürchtungen bestätigt hatte.

Barnaby sah Barbara Lessiter nach, die am Arm ihres Mannes hinausrauschte. Während der ganzen Anhörung hatte sie ruhig und gelassen gewirkt, aber ihre Hände waren ständig in Bewegung gewesen, Barnaby ging zu der Reihe, in der sie gesessen hatte, und entdeckte auf dem Boden vor ihrem Stuhl ein Häufchen – Barbara Lessiter hatte ein Papiertaschentuch in kleine Stücke zerrissen. Er erinnerte sich an den neulich so schnell versteckten Brief und bedauerte, daß sie einen Hut mit Schleier getragen hatte. Er hätte zu gern ihr Gesicht gesehen, als die Entscheidung der Geschworenen verkündet wurde.

Fast alle waren gegangen. Nur eine Person hockte ein Stück entfernt mit gesenktem Kopf. Barnaby ging zu ihr und ließ sich neben ihr nieder.

»Miss Bellringer . . .?« Sie schaute ihn an. Ihre Haut war aschfahl, ihre Augen trüb. »Geht es Ihnen nicht gut?« Da sie nicht antwortete, setzte er hinzu: »Sie sind sich jetzt sicher im klaren, wohin unsere Ermittlungen führen, nicht wahr?«

»Natürlich . . . das heißt, ich nehme es zumindest an.« Ihre normale Überschwenglichkeit war wie weggeblasen. Sie sah sehr alt aus. »Aber bis jetzt hat es noch niemand deutlich in Worte gefaßt. Warum ist es jetzt, da es ausgesprochen wurde, um so vieles schlimmer?« Sie richtete einen fragenden Blick auf sein Gesicht, als könne er es ihr erklären. Es entstand eine lange Pause.

Schließlich sagte Barnaby: »Es tut mir leid.«

»So eine Niedertracht.« Zorn zeichnete ihr Gesicht, und ihre Augen blitzten. »Ein Leben lang hat sie sich um andere Menschen gekümmert. Sie war ein wunderbare Lehrerin, eine bessere, als ich jemals war. Und natürlich kannte sie sie, wer immer sie auch waren. Das ist das schrecklichste. Sie muß sie in ihrem Haus willkommen geheißen haben.« Barnaby stimmte ihr im stillen zu. »Sie müssen gefaßt werden«, fuhr sie fort – ihre Stimme wurde mit jedem Wort fester. »Gut – wie lauten Ihre Anweisungen, Chief Inspector? Was soll ich als nächstes tun?«

»Nichts. Ich fürchte, wir . . .«

»Oh, aber ich muß irgend etwas tun. Ich kann mit den Leuten reden, nicht wahr? Herausfinden, ob jemandem irgend etwas aufgefallen ist an dem Tag, an dem sie starb. Und wer diese mysteriöse Annabella sein könnte. Vielleicht erfahre ich, wer sie ist.«

»Tut mir leid, Miss Bellringer . . .«

»Aber ich muß Ihnen helfen. Sie können sicher verstehen, warum, Chief Inspector.«

»Ich verstehe Sie natürlich, aber . . .«

»Poirot«, unterbrach sie ihn wehmütig, »hatte seinen Hastings.«

»Und ich, Miss Bellringer, habe die Unterstützung einer modernen Polizeibehörde. Die Welt hat sich verändert.«

»Ihre Leute können nicht überall gleichzeitig sein. Jedenfalls bin ich sicher«, sie legte eine behandschuhte Hand auf seinen Arm, »daß sie nicht so intelligent sind wie Sie.«

»Bitte, seien Sie doch vernünftig«, sagte Barnaby, ohne auf ihre unverhohlene Schmeichelei einzugehen. »Ihre Freundin würde bestimmt nicht wollen, daß Sie Ihr Leben aufs Spiel setzen.«

Sie zog ihre Hand zurück. »Was, um alles in der Welt, meinen Sie damit?«

»In einer so kleinen Gemeinde wie Badger's Drift wäre jedem sofort klar, was Sie beabsichtigen. Jemand hat einmal getötet, und wer glaubt, ein zweiter Mord könnte ihn schützen, zögert sicher nicht, wieder zu töten. Und vergessen Sie nicht«, fügte er hinzu, als sie aufstanden und zusammen zum Ausgang gingen, »daß Miss Simpson ihren Mörder sehr gut gekannt hat – und demzufolge kennen Sie ihn auch.«

2

Um neun Uhr am selben Abend stand Phyllis Cadell neben der Anrichte in dem größeren der beiden Wohnzimmer von Tye House. Sie stand ganz still und lauschte. Sie hatte ihren Nachtisch so schnell hinuntergeschlungen, daß sie fürchtete, die beiden anderen würden etwas bemerken, aber wie gewöhnlich hatten sie nur Augen füreinander gehabt. Phyllis starrte auf die halboffene Tür. Katherine war in der Küche und weichte die Teller im Spülwasser ein. Henry trieb sich bestimmt in ihrer Nähe herum und sah ihr fasziniert bei diesem schwierigen Unterfangen zu. Phyllis nahm hastig den geschliffenen Stöpsel aus der schweren Kristallkaraffe, schnappte sich einen bauchigen Cognacschwenker und füllte ihn mit Brandy. Ein Klirren wurde laut, als sie mit dem Glas versehentlich gegen die Karaffe stieß. Phyllis sah wieder zur Tür, steckte den Stöpsel zurück und begann zu trinken.

Der Brandy war wunderbar. Feurig und stark. Er hüllte ihr Elend in Wärme ein wie ein kuscheliger Mantel. Sie hatten Wein zum Essen getrunken, aber was waren schon zwei Flaschen für drei Personen? Wein wirkte ohnehin nicht mehr. Sie leerte ihr Glas und goß es noch einmal voll. In der Eile verschüttete sie ein bißchen von dem Brandy.

»Sei so lieb und gib mir auch einen kleinen, Phyllis.«

»Oh!« Sie wirbelte herum. Henry rollte über den Teppich. »Selbstverständlich ... entschuldige, ich hab' dich nicht gehört.« Sie drehte ihm den Rücken zu, versteckte den fast vollen Schwenker hinter einer Pflanze und goß ihrem Schwager einen Drink ein. »Und einen für Katherine?« fragte sie – sie war richtig stolz, daß sie ihre Stimme so gut unter Kontrolle halten konnte.

»Ich denke nicht. Sie trinkt kaum etwas, wie du weißt.« Das braucht sie auch nicht, dachte Phyllis grimmig. Glaubst du, ich würde trinken, wenn ich ihr Leben führen könnte? Aussehen würde wie sie? Ihre Zukunft vor mir hätte? Sie bedeckte das volle Glas mit der Hand, als sie zum Fenster ging und sich hinter eine große Blumenschale stellte. Sie nahm einen ausgiebigen Schluck.

Allmählich fühlte sie sich besser. Sobald ihre Niedergeschlagenheit geschwunden war, nahm sie ihre Umgebung seltsam verzerrt wahr. Der samtartige Teppich schien zum Leben zu erwachen und sich an ihre Füße zu schmiegen wie eine Katze; die Streifen der Vorhänge wirkten plastisch und sahen plötzlich aus wie Bahngleise. Die Blumen in der Schale verströmten einen schweren, sinnlichen Duft, der ihr heftig in die Nase stieg und sie an die bevorstehende Hochzeit erinnerte. Wenn ihr uns stecht, bluten wir dann nicht? dachte sie in ihrer Verwirrung.

Vielleicht war es ja gar nicht so schlecht in dem Cottage. Wenigstens stand sie ihnen dann nicht mehr im Weg. Es war ein gut zehnminütiger Spaziergang vom Haupthaus bis zum Cottage, und sie würden wohl kaum dauernd bei ihr vorbeischauen. In der Anfangsphase konnte Phyllis möglicherweise noch mit häufigen Besuchen rechnen, weil sie das schlechte Gewissen plagen würde, sie in die Einsamkeit geschickt zu haben, aber das legte sich sicher rasch.

In der Küche war es jetzt still. Katherine kam bestimmt jeden Augenblick herein. Phyllis atmete tief durch und versuchte, sich zusammenzureißen. Sie zwinkerte heftig und zwang sich dazu, die Dinge so zu sehen, wie sie wirklich waren, und nicht wie eine verzerrte Zeichnung oder eine unnatürliche lebendige Bühnenkulisse. Sie beobachtete durchs Fenster, wie die zukünftige Braut mit den verwelkten Blumen aus dem Eßzimmer über den Hof ging. Phyllis schaute ihr nach. Kann ja sein, dachte sie, daß es gar keine Hochzeit gibt. Vielleicht hat Katherine vorher einen Unfall – fällt in den See, fährt den Peugeot zu Schrott, gerät in den Mähdrescher. Die Vorstellung machte ihr angst. Nein. Katherine war jung und gesund und würde lange leben, sehr lange. Vielleicht sogar ewig.

Und sie werden Kinder haben. Unter dem kuscheligen Mantel bohrte sich ein Messer in ihr Fleisch. Dann konnte sie sich nützlich machen. Arme alte Tante Phyllis. Komische alte Tante Phyllis. Eine Träne fiel in ihr leeres Glas. Guter Gott, sie brauchte noch was zu trinken. Allmählich drang Henrys Stimme in ihr Bewußtsein.

»... und wir machen uns beide große Sorgen.«

»Um wen, Henry?«

»Hast du mir nicht zugehört?« Sie starrte ihn an – es war mühsam, sich in ihrem alkoholisierten Zustand zu konzentrieren. »Um dich natürlich.«

»Mit mir ist alles in Ordnung.«

Er stellte sein Glas ab und rollte zu ihr. »Sieh mal – du mußt nicht ins Cottage ziehen, Phyllis. Du selbst hast es vorgeschlagen. Kate und ich wären froh, wenn du hierbleiben würdest.« Sie gab einen Ton von sich, den man als Schluchzen oder Lachen deuten konnte. »Jedenfalls hoffen wir beide, daß du weiterhin viel Zeit mit uns verbringst. Katherine ist es nicht gewöhnt, einen so großen Haushalt zu führen. Sie wäre bestimmt dankbar für deine Hilfe – genauso dankbar, wie ich dir immer war.«

»Das bin ich jetzt also für euch? Ein unbezahltes Dienstmädchen?«

»Selbstverständlich nicht. Ich meine nur ...«

»Ist das der Preis, den ich für das Cottage zahlen muß? Böden schrubben?«

»Sei nicht albern.«

Sie sah, daß sich sein Gesicht ärgerlich verzog. Henry haßte Streit. Bella hatte Auseinandersetzungen immer umgebogen, bevor sie eskalieren konnten – darin war sie großartig gewesen. Phyllis hätte auch aufhören und lieber den Mund halten sollen, und zwar sofort, aber sie redete einfach drauf los. »Du weiß nicht, wie das ist, was ich mir bieten lassen muß, seit sie ins Haus gekommen ist. All die spitzen Bemerkungen, die kleinen Beleidigungen. Sie macht das nie, wenn du in der Nähe bist.«

»Das bildest du dir nur ein ...«

»Ach, ja? Oh, sie ist raffiniert. Du warst blind, aber ich habe gleich gemerkt, was sie im Schilde führt. Bella war noch nicht richtig unter der Erde, und schon scharwenzelte sie hier herum ... erledigte dies und das für dich ... kicherte schüchtern ... und mischte sich in alles ein, was sie nichts anging.« Oh, hör auf, Phyllis, halt den Mund! Du bringst ihn nur dazu, dich zu hassen. »Ich wäre nicht überrascht, wenn das schon so war, als Bella noch lebte.«

»Jetzt ist es aber genug! Du weißt genau, daß das nicht stimmt. Ich dulde nicht, daß du so über Katherine sprichst.«

»Sie heiratet dich nur wegen des Geldes. Glaubst du, sie würde dir auch nur einen Blick gönnen, wenn du gelähmt und arm wärst?«

Phyllis plapperte weiter und weiter. Henry Trace sah sie eher erstaunt und verstört als verärgert an. So viel Gehässigkeit. Er erwartete beinahe, Gift und Galle zwischen ihren Lippen hervorquellen zu sehen. Als sie endete, sagte er ruhig: »Ich hatte ja keine Ahnung, daß du solche Gefühle hegst. Ich dachte, du würdest dich über mein Glück freuen. Ich dachte, du magst mich.«

»Mögen?« kreischte sie schrill. Ihre Wangen waren trocken und knallrot vor Wut. Als Katherine auf der Türschwelle erschien, stürmte Phyllis aus dem Zimmer und schubste das zarte Mädchen beiseite. Sie konnte ihrer Rivalin einfach nicht ins Gesicht sehen – sie war sicher, daß sie ein verschlagenes Grinsen sehen würde oder, noch schlimmer, Mitleid.

»O Pookie.« Barbara Lessiters Zunge glitt wie eine geschmeidige kleine Schlange in das Ohr ihres Mannes. »Tut mir leid, daß ich so war.« Sie holte tief Luft, und die zarte Spitze ihres Crêpe-de-Chine-Nachthemds spannte sich gefährlich über ihrem Busen. Ihr Kopfweh hatte sich gebessert.

»Aber, aber. Du brauchst dir deswegen keine Gedanken zu machen«, erwiderte Pookie und tollte glücklich zwischen den Satinlaken herum. Wie ein Halbverhungerter nach einem großen Bankett, glaubte er, daß das, was er bekommen hatte (zweimal), bis in alle Ewigkeit vorhalten würde. Nach Lage der Dinge war das ein Glück, denn diese spezielle Quelle war nicht oft zugänglich. »Das liegt vermutlich an den Wechseljahren.«

Er spürte, wie sich Barbara bei der Anspielung auf ihr Alter ein wenig zurückzog. Na ja, ein kleiner Seitenhieb von Zeit zu Zeit konnte nicht Schaden. Dann blieb sie auf dem Teppich. Es zeigte ihr, daß sie vor fünf Jahren nicht einen liebeskranken Trottel aufs Kreuz gelegt hatte. Er wollte verdammt sein, wenn er dankbar für etwas war, was ihm rechtmäßig zustand. Wenn sie noch länger Kopfschmerzen gehabt hätte, wäre sie ins Guiness Buch der Rekorde gekommen. Seine Hand bewegte sich von neuem.

»Liebling . . . Pooks?«

»Mmm?« Ah, es gab nichts schöneres als Seide und Spitze, abgesehen von warmer, nackter Haut.

»Nicht, Schätzchen . . . hör Barbie zu . . .«

Ein Knurren und ein gespieltes Hecheln wie ein Hund.

»Es ist nur ... ich habe mir so schreckliche Sorgen gemacht. Ich muß dir etwas beichten, aber ich weiß nicht, wie ich es dir sagen soll ...«

Eine böse Vorahnung erstickte die Leidenschaft, und plötzlich wurde er kalt wie Eis. Er ergriff ihre Arme und starrte sie in dem gedämpften Licht der Elfenbeinlampe an. Wie konnte er nur so dumm gewesen sein? Er hätte wissen müssen, warum sie sich ihm ständig entzog und sich so abweisend verhielt. »Du hattest einen anderen!«

»O Pookums!« rief sie und schlug die Hände vors Gesicht. »Wie kannst du so etwas auch nur von deiner kleinen Barbie denken?«

Die Erleichterung machte einen Teil des Schadens, den seine Männlichkeit erlitten hatte, wieder gut. Es regte sich wieder etwas. »Was ist dann so schlimm? Sag's Pookie ins Ohr.«

Die Spitze spannte sich wieder, als sie all ihren Mut zusammennahm. »Also ... gestern holte ich den Nerzmantel aus dem Schrank für die Trace-Hochzeit und nahm ihn mit, aber dann habe ich ihn auf dem Rücksitz des Wagens liegen gelassen. Als ich vom Einkaufen zurückkam – o Liebling! –, jemand muß ihn gestohlen haben!« Sie brach in Tränen aus, und als er nichts sagte, spähte sie schüchtern durch die Finger. Früher hätte ihn diese Geste bezaubert, jetzt fand er, daß sich nur ein dreijähriges Kind so albern benahm.

»Wieso, zur Hölle, willst du einen Nerzmantel mitten im Juli anziehen?«

»Ich wollte, daß du stolz auf mich bist.«

»Warst du bei der Polizei?«

»Nein ... ich war so durcheinander ... ich bin nur herumgefahren und hatte schreckliche Angst.«

»Du mußt den Diebstahl gleich morgen anzeigen. Beschreib den Mantel ganz genau. Zum Glück ist er versichert.«

»Ja, Liebling. Wahrscheinlich«, ein Arm schlang sich um seinen Hals, »kauft Pookie seiner unartigen Barbie wieder einen so schönen Mantel?«

Pookies Miene verriet nichts. Er versuchte sich an Krystals Bemerkung zu erinnern – die gute Krystal freute sich immer so, wenn sie ihn sah, und hieß ihn jedesmal herzlich und liebevoll willkommen. Was hatte sie gesagt? »Ich muß es fünfhundertmal tun, um mir so einen Mantel leisten zu können.« Er lächelte gelassen, beinahe nachsichtig und tätschelte die glatten, gebräunten Schultern seiner Frau.

»Wir werden sehen.«

3

Barnaby saß in Hemdsärmeln und bei offenem Fenster im Büro. Das leise Aufschlagen der Tennisbälle und ein gelegentlicher vorwurfsvoller Schrei drangen vom Sportplatz zu ihm herüber. Er sah zum hundertstenmal die Karteikarten in der sich drehenden Hängeregistratur durch und verlangte lautstark nach einem Kaffee.

»Aber nicht in diesem Becher mit dem aufgeblasenen Frosch!«

»Und gerade den finde ich so süß«, sagte die Polizistin Brierley, ihre Lippen zuckten, als sie sich ein Lachen verbiß.

»Ich nicht.«

Barnaby widmete sich wieder den Karteikarten. Er kannte alle Informationen, die sie enthielten, in- und auswendig, hoffte aber, daß ihm wenigstens ein Teil des Rätsels in einem anderen Licht erscheinen würde, wenn er alles noch einmal las, daß sich ihm die Tatsachen in der richtigen Reihenfolge präsentierten und etwas offenbarten, was bisher im dunkeln geblieben war. Zumindest gab es einen Verdächtigen weniger, nachdem geklärt werden konnte, wo sich der arme Teufel Loveless/Lovejoy/Lessiter am Freitag nachmittag herumgetrieben hatte.

Barnaby spielte mit dem Gedanken, daß der Mörder oder die Mörderin frei und ungebunden sein könnte und nur getötet hatte, um den Ruf seiner Gespielin oder ihres Geliebten zu wahren. Es klang ein bißchen weit hergeholt, aber wenn das angetraute Ehegespons die Brieftasche festhielt, lag es im Bereich des Möglichen. Geld und Sex. Das gehörte zusammen. Und beides war ein Motiv für Mord, seit es Morde gab.

Zwei Tage waren seit der Beerdigung vergangen, und Barnaby hatte einen davon damit verbracht, mit allen Mitgliedern der Jagdgesellschaft über Mrs. Traces Tod zu sprechen – nur den Farmersjungen und die beiden Gutsbesitzer in der Nachbarschaft von Tye House hatte er Troy überlassen. Er hatte kaum etwas Neues erfahren, nur ein kleines Detail war ihm bis gestern unbekannt gewesen: Phyllis Cadell befand sich, als der Schuß fiel, bereits auf dem Heimweg nach Tye House, weil sie der Jagdausflug gelangweilt hatte. Henry Trace war überrascht gewesen, daß sie sich ihnen überhaupt angeschlossen hatte. Phyllis behauptete, daß Bella sie dazu überredet hatte. In ihrer Jugend war Phyllis öfter auf die Jagd gegangen, und sie konnte mit einem Gewehr umgehen, aber sie hatte den Geschmack an Vergnügungen dieser Art verloren. »Ich bereute schon, als wir aufbrachen, daß ich Bellas Bitte nachgegeben hatte. Aber ich hielt eine Weile aus, dann beschloß ich, nach Hause zu gehen. Ich wollte nicht die Aufmerksamkeit der anderen auf mich ziehen, deshalb machte ich mich ohne viele Worte auf den Weg.«

Wieder ein Beispiel für untypisches Verhalten. Barnaby konzentrierte sich auf seine Karteikarten und auf Miss Simpson. An dem Tag, an dem sie starb, hatte sie sich auch untypisch benommen. Bestand ein Zusammenhang zwischen diesen beiden Todesfällen? Es gab keinen logischen Grund für diese Annahme. Trotzdem ließ ihn dieser Gedanke nicht los. Barnaby las das Protokoll der gerichtlichen Untersuchung in dem Zeitungsartikel noch einmal durch, obwohl er ihn bereits im Schlaf hätte aufsagen können, und erinnerte sich an sein spontanes Gefühl, daß irgend etwas an dieser Geschichte mit dem Jagdunfall nicht stimmte und keinen rechten Sinn ergab, aber inzwischen kamen ihm die Worte so schal vor, daß er sich fragte, woraus dieser erste Impuls entstanden sein könnte. Sicherlich hatte das wiederholte Lesen nichts dazu beigetragen, sein instinktives Gefühl zu erhellen.

Am Morgen hatte er mit Norah Whiteley im Büro ihres Schuldirektors, der sich taktvoll zurückgezogen hatte, gesprochen. Sie war eine dünne Frau mit bitterem Zug um den Mund und kleidete sich fatalerweise zu jugendlich. Was sie ihm zu sagen hatte, war beunruhigend.

»Ich habe David verlassen, weil ich Angst vor ihm hatte. Mit den anderen Frauen hätte ich mich abfinden können, wenigstens ließ er mich dann in Ruhe. Aber er war gewalttätig. Man wußte nie im voraus, was ihn in Rage bringen würde. Das Abendessen war nicht so, wie er es wollte; das Auto sprang nicht an – solche Sachen reichten schon aus. Ich selbst wäre damit fertig geworden, aber als er anfing, auf Jamie loszugehen ... Ich forderte ihn auf zu gehen, und als er keine Anstalten machte, packte ich seine Sachen, stellte sie vor die Haustür und ließ die Schlösser auswechseln. Trotzdem mußte ich vor Gericht gehen, um ihn davon abzuhalten, uns weiter zu belästigen.«

»Darf er den Jungen sehen?«

»Nein.« Ihre Miene war hart, unglücklich und dennoch zufrieden. »Er hat ein Besuchsrecht beantragt, aber ich konnte es abwenden. Es war ein erbitterter Kampf. Ich konnte nicht sicher sein, daß er Jamie nicht schlägt.«

»Wissen Sie, ob er im Moment eine ... Affäre mit jemandem hat?«

»Bestimmt. David ist nie lang ohne Frau. Er ist sexbesessen.«

Barnaby sah im Geiste David wieder nah bei Katherine Lacey am Küchentisch von Tye House sitzen. Damals hatte er den ersten Eindruck, den diese Szene auf ihn gemacht hatte, verworfen. Eine Spur von D.H. Lawrence. Und diese wundervollen glühend leidenschaftlichen Filme seiner Jugend: *Frau ohne Gewissen. Im Netz der Leidenschaften.* Es war alles da: die schöne Frau eines anderen, der unzulängliche Ehemann, der starke, gesunde Kerl. So offensichtlich – ein Klischee. Und dennoch ... oft stellt sich das Augenfälligste zu guter Letzt doch als Wahrheit heraus.

Aber Barnaby konnte nicht behaupten, irgendwelche Anzeichen von schlechtem Gewissen bemerkt zu haben, als er aufgetaucht war und die beiden aufgescheucht hatte. Whiteley hatte einen deprimierten, gereizten Eindruck gemacht, Katherine hatte lediglich Interesse und Betroffenheit über Miss Simpsons Tod gezeigt. Und sie wirkte irgendwie kühl, beinahe rein und geschlechtlos bei all ihrer Schönheit. Er konnte sich denken, daß sie ihren Körper dem rechtmäßigen Besitzer anbot, wenn alle Formalitäten geregelt waren – nicht notwendigerweise ohne Liebe. Er traute ihr ein gewisses Maß an Zuneigung zu, aber es fiel Barnaby schwer, sie sich als eine Frau vorzustellen, die sich von der Leidenschaft so mitreißen ließ, daß sie ihre goldene Zukunft aufs Spiel setzte.

Mit David Whiteley war das anders: Er war unmoralisch, selbstsüchtig und, wie sich jetzt herausgestellt hatte, gewalttätig. Barnaby sah ihn ohne große Schwierigkeiten in der Rolle des Mörders. Seltsamerweise war der Mord an Miss Simpson jedoch nicht brutal, sondern eher subtil gewesen. Der Gutsverwalter hätte wohl kaum die Zeilen in *Julius Cae-*

sar angestrichen, und ganz bestimmt konnte er sich mit seinen breiten Schultern, den kräftigen Armen und Beinen nicht durch das Speisekammerfenster zwängen. Zudem würde er wohl niemals einen Mord begehen, um jemandes Hals zu retten, es sei denn, es wäre sein eigener. Barnaby gab der Hängeregistratur einen Schubs. Unwillkürlich fiel ihm der Vergleich mit dem russischen Roulette ein, als die Karteikarten herumwirbelten. Fünf leere Kammern, in der sechsten die Kugel, mit der man sich das Hirn aus dem Schädel blasen konnte. Er trank seinen Kaffee und freute sich, nur urzeitlichen Kaffeesatz und nichts, was einem lebendigen Wesen ähnelte, auf dem Boden der Tasse zu entdecken. Das Telefon klingelte.

Einen Augenblick später rief die Polizistin Brierley: »Ich habe eine Mrs. Sweeney in der Leitung, Sir. Sie möchte mit jemandem sprechen, der für die Ermittlungen im Mordfall Simpson zuständig ist.«

»Stellen Sie durch.«

»Hier spricht Mrs. Sweeney vom Black Boy Pub. Wer ist am Apparat?«

»Detective Chief Inspector Barnaby.«

»Sind Sie der Gentleman, der neulich ein Käsebrot und ein Bier bei mir bestellt hat?«

»Ganz recht.«

»Gut. Ich denke, Sie sollten herkommen. Bei den Rainbirds ist irgendwas los.«

»Was denn?« Mrs. Sweeneys Stimme, die er als trübsinnig in Erinnerung hatte, vibrierte vor Aufregung.

»Ich weiß nicht genau ... es klingt fast, als würde jemand singen, aber so einen Gesang hab' ich noch nie in meinem Leben gehört – eigentlich ist es mehr ein Heulen. Und es geht schon Ewigkeiten so.«

Dieser Moment blieb Barnaby unauslöschbar im Gedächtnis. Als er den Hörer auflegte, spürte er ganz deutlich, daß sich die Maschinerie des Falls, die durch Alibis, ungeprüften und nicht überprüfbaren Behauptungen sowie durch wohlüberlegte Täuschungsmanöver mindestens zweier Personen nahezu zum Stillstand gekommen war, wieder in Bewegung setzte. Aber noch ahnte er nicht, mit welcher Geschwindigkeit die Maschinerie lief oder daß eine unbekannte Hand einen Schraubenschlüssel in das Räderwerk werfen und damit Schreckliches anrichten würde.

Ungefähr fünfzig Menschen drängten sich vor dem Gartentor von *Tranquillada.* Sobald Troy den Motor abstellte, konnten er und Barnaby die seltsamen Laute hören. Ein grausiges Wehklagen, Mrs. Sweeney eilte auf sie zu.

»Nach unserem Telefongespräch habe ich geläutet, aber niemand hat reagiert. Ich hatte das Gefühl, etwas tun zu müssen.«

Die beiden Männer gingen über den Weg zur Haustür. Niemand versuchte, ihnen zu folgen. Das allein schon drückte das Grauen aus, das in der heißen, reglosen Luft lastete. Normalerweise muß man sie mit Gewalt zurückhalten, schoß es Barnaby durch den Kopf. Er stand neben Troy auf den Stufen. Das Heulen hielt an. Barnaby fragte sich, wie etwas, was so emotionslos erschien, eine solche Auswirkung auf die Zuhörer ausüben konnte. Das Jaulen verstummte und begann wieder – mit unmenschlicher Regelmäßigkeit, als würde man eine Schallplatte mit Sprung abspielen. Nachdem er den Türklopfer ohne Erfolg betätigt hatte, kauerte sich Barnaby nieder und rief durch den Briefschlitz: »Mr. Rainbird ... öffnen Sie die Tür.«

Das Lamentieren wurde eine Spur schriller, klang fast wie ein Quietschen, dann riß es plötzlich ab. Die Menschenmenge gab keinen Laut von sich. Barnaby ließ erneut den Türklopfer fallen. Die Schläge hallten wie Pistolenschüsse in der stillen Straße.

»Soll ich die Tür aufbrechen, Sir?« Troy war aufgeregt. Sein Blick, der die Bedeutung seiner Stellung unterstreichen sollte, wanderte von der Ansammlung zu Barnaby, dann zum Haus.

»Durch ein Fenster geht's schneller. Sehen Sie erst nach, ob Sie ein offenes finden.« Während Troy um das Haus herumrannte, wandte sich Barnaby den Leuten zu. Instinktiv hatten sie sich näher zusammengedrängt. Sie warfen kurze, kompakte Schatten auf den warmen Asphalt. Eine Frau hatte ein Kleinkind auf dem Arm. Als sie Barnabys Blick auffing, drehte sie das Gesicht des Kindes vom Bungalow weg. Der Keramikstorch beobachtete gleichgültig die Szene. Barnaby drehte sich wieder um. Erst in diesem Moment fiel ihm der ansehnliche Haufen Pilze auf der Treppe auf. Wieso, zum Teufel, brauchte Troy so lange? Inzwischen hätte er durch ein halbes Dutzend Fenster ins Haus und wieder heraus klettern können. Barnaby war drauf und dran, wieder an die Tür zu hämmern, als er hörte, wie der Riegel innen zurückschnappte. Die Tür schwang auf. Troy starrte den Chief Inspector ausdruckslos an. Ohne ein Wort zu sagen trat er beiseite, um ihn hereinzulassen. Barnaby fröstelte, als hätte sich ein eisiges Spinnennetz auf sein Gesicht gelegt.

Er durchquerte den Flur, ging an dem roten Telefon, das an dem kurzen Kabel baumelte, und an den rot bespritzten Türen und Wänden vorbei. Er spähte in jedes Zimmer, sah aber niemanden. Er suchte nach der Quelle des Schweigens, das noch grauenvoller war als das Klagen, und fand es im Wohnzimmer.

Einen Moment lang blieb er reglos auf der Schwelle stehen und kämpfte gegen die Übelkeit und das Entsetzen an. Überall war Blut. Auf dem Boden, an den Wänden, auf den Möbeln, an den Vorhängen. Aber am meisten auf Dennis Rainbird. Er sah aus, als hätte er in Blut gebadet. Auf seinem Gesicht glitzerten – wie auf dem eines mutigen Kriegers – angetrocknete Blutspritzer. Sein Haar und seine Hände waren rot, die Krawatte durchtränkt, das Hemd verschmiert. Seine Knie und die Schuhe schimmerten rot. Rote Tränen rollten ihm über die Wangen.

Barnaby machte kehrt und wies Troy an: »Lehnen Sie sich nicht gegen die Wand. Gehen Sie ans Telefon und veranlassen Sie alles Notwendige.« Während sich Troy wie ein Schlafwandler in Bewegung setzte, rief er: »Nichts mit bloßen Händen anfassen, Sie verdammter Idiot. Benutzen Sie das Autotelefon. Und öffnen Sie die Tür nicht noch einmal ohne ein Taschentuch. Man könnte meinen, Sie wären erst fünf Minuten und nicht fünf Jahre bei der Polizei.«

»Entschuldigung«, murmelte Troy und zog ein Taschentuch aus der Tasche.

Barnaby bahnte sich einen Weg zu den beiden Gestalten in der Mitte des Zimmers und setzte seine Füße behutsam auf die nicht befleckten Stellen, die er auf dem Teppich entdecken konnte.

Wie konnte ein einziger Mensch so viel Blut vergießen? Das Ganze wirkte beinahe wie eine Bühneninszenierung. Als hätte ein übereifriger Regisseur das rote Zeug eimerweise in die Kulisse gekippt, um ein Schauerstück im *Grand Guignol* aufzuführen. Und am merkwürdigsten war, daß Barnaby trotz all der Ungläubigkeit und des Entsetzens, die dieser Anblick auslöste, spürte, wie etwas in seinem Gedächtnis zum Leben erwachte. *Déjà vu.* Aber wie konnte das möglich sein? Sicher hatte er noch nie etwas erlebt, was auch nur im entferntesten an diesen Alptraum herankäme – so etwas konnte man doch nicht vergessen, oder?

»Mr. Rainbird?« Er bückte sich, und eine weitere Welle der Übelkeit überrollte ihn, als er sah, daß nur noch Dennis

Rainbirds Arm den Kopf seiner Mutter auf den Schultern hielt. Ihre Kehle war so weit durchgeschnitten, daß Barnaby den bläulich weißen Knorpel der durchtrennten Luftröhre erkennen konnte. Sie hatte im ganzen Gesicht, am Hals und an den Armen Schnitte, und ihr Kleid war aufgeschlitzt.

Ein heilloses Durcheinander herrschte in diesem Zimmer, Fotografien waren umgefallen, Bilder von den Wänden gerissen, Kissen, Polster und Nippes über den Boden verstreut, zwei Tische umgekippt und der Fernseher zertrümmert. Graue Glasscherben lagen überall herum.

»Mr. Rainbird«, sagte Barnaby noch einmal und berührte ihn saft. Als hätte diese Geste einen versteckten Mechanismus aktiviert, fing der junge Mann wieder an zu winseln. Er lächelte – es war ein strahlendes irres Lächeln. Denselben Abklatsch von glückseliger Wonne konnte man auf den Gesichtern von Menschen beobachten, die ein Erdbeben überlebt hatten, oder auf denen von Eltern, die vor ihrem brennenden Haus stehen. Eine versteinerte Maske tiefer Trauer und Verzweiflung.

Knappe zwanzig Minuten vergingen, dann sagte eine Stimme: »Guter Gott ...« Barnaby richtete sich auf. George Bullard stand im Flur. Er hatte eine schwarze Tasche in der Hand und sah sich entgeistert um. »Was, zur Hölle, ist hier los?«

»Passen Sie auf, wo Sie hintreten.«

Der Doktor starrte die beiden reglosen Gestalten einen Moment mitleidig und angewidert zugleich an, dann suchte er sich vorsichtig einen Weg, kniete sich nieder und öffnete seine Tasche. Barnaby sah zu, wie er die Manschette von Dennis Rainbirds rotverfärbtem Hemd aufschnitt und das zarte Handgelenk umfaßte.

»Wie lange ist er schon in diesem Zustand?«

»Wir sind ungefähr vor dreißig Minuten eingetroffen. Ich schätze, da saß er bereits seit einer halben Stunde so da. Haben Sie einen Krankenwagen bestellt, bevor Sie herkamen?«

»Mmm.« Der Arzt leuchtete mit einer kleinen Taschenlampe in Dennis' Augen. Der junge Mann blinzelte nicht einmal.

»Müßte gleich hier sein.«

»Ich muß unbedingt mit ihm reden, es ist wichtig.«

»Um Himmels willen, Tom, seien Sie doch vernünftig. Der Mann ist vollkommen geistesabwesend.«

»Das sehe ich selbst. Können Sie ihm nicht irgend etwas geben?«

»Nein.« George Bullard stand auf. »Er ist in diesem Zustand besser dran, ganz bestimmt.«

»Wie lange dauert so ein Zustand an?«

»Einen Tag. Einen Monat. Sechs Monate. Das kann man nie wissen.«

»Genau das hat mir noch gefehlt.«

»Tut mir leid.«

Barnaby sah durch die Gardinen, daß der Krankenwagen, gefolgt von drei Polizeiautos, vorfuhr. Die Menge murmelte aufgeregt. Die Sanitäter, vermutlich schon durch die vielen Unfallopfer, die sie von der Straße kratzen mußten, gegen den Anblick von Blut und Verstümmelung abgehärtet, schienen weit weniger schockiert über das zu sein, was im Wohnzimmer von *Tranquillada* vorgefallen war, als Barnaby und Doktor Bullard. Während einer von ihnen mit dem Arzt sprach, versuchte der andere, Dennis von seiner toten Mutter wegzubringen. Er zog ihn behutsam am Handgelenk, aber Dennis hatte die Finger fest in die rechte Schulter seiner Mutter gekrallt, als müßte er sich an einer Klippe über einem tiefen Abgrund festhalten, um nicht zu Tode zu stürzen. Geduldig löste der Sanitäter einen Finger nach dem anderen. Mrs. Rainbirds Kopf rollte zurück, er war nur noch durch einen schmalen Hautfetzen mit dem Hals verbunden. Der Torso neigte sich zur Seite und glitt auf den Teppich. Dennis' Winseln wurde leiser und verstummte schließlich ganz.

»Was meinen Sie, kann er gehen?«

»Lassen Sie es ihn versuchen. Komm, steh auf, Kleiner.«

Dennis kam schwankend auf die Füße – er lächelte immer noch. Sein ohnehin immer blasses Gesicht war jetzt weiß und wächsern.

»Sollen wir ihn ein bißchen sauber machen?«

»Verzeihung«, mischte sich Barnaby ein, »es darf nichts verändert werden.«

»Gut. Dann wollen wir mal.« Die Sanitäter verließen mit Dennis, der sich vertrauensvoll wie ein Kind an sie klammerte, das Zimmer. Barnaby folgte ihnen. Die Leute, deren schlimmste Erwartungen mehr als erfüllt wurden, spielten voll und ganz ihre Rolle – sie schnappten hörbar nach Luft und stießen entsetzte Schreie aus. Eine Frau sagte: »Und ich wollte schon nach Hause, um mir die Sechs-Uhr-Nachrichten anzusehen!«

»Könnten Sie bitte alles, was er am Leib trägt, in eine Plastiktüte stecken?« fragte Barnaby. »Ich schicke jemanden, der die Sachen abholt.«

»Alles klar.«

Barnaby kam in den Salon zurück, als Doktor Bullard das Kleid der Toten herunterzog und ein Thermometer schüttelte.

»Was denken Sie?«

»Oh, ich würde sagen, es ist ungefähr eine Stunde, höchstens anderthalb Stunden her.« Er versuchte den Schlitz im Kleid zuzuziehen. »Er hat offenbar eine Art Anfall geistiger Umnachtung gehabt.«

»Ich muß einen Mann ins Krankenhaus schicken. Ich möchte nicht, daß Dennis Rainbird allein bleibt.«

»Sie wissen sicher am besten, was in einem solchen Fall zu tun ist, Tom, aber ich kann Ihnen versichern, daß er nirgendwohin gehen wird, und er wird sich auch kein Leid antun.«

»Ich mache mir keine Sorgen, daß er sich etwas antut.« Er hörte, daß das Team der Spurensicherung ins Haus kam.

»Aber vielleicht sagt er irgend etwas, was uns weiterhelfen kann. Vielleicht hat er etwas gesehen. Er muß nach Hause gekommen sein, kurz nachdem es passiert ist.«

»Sie meinen ...? Oh, da habe ich wohl voreilige Schlüsse gezogen. Wie auch immer – ob Dennis oder nicht – wer immer das angerichtet hat, er muß total übergeschnappt sein.«

»Er?«

Der Doktor runzelte die Stirn. »So ist es doch immer, oder nicht? Bei einer brutalen Tat wie dieser.«

»Glauben Sie, daß eine Frau physisch dazu nicht in der Lage wäre?«

»Physisch vielleicht schon, wenn sie in Rage ist. Psychologisch und emotional – das ist etwas anderes. Es müßte schon eine ganz absonderliche Frau sein, die so etwas fertigbringt.«

Barnaby grinste. »Sie sind ein alter Chauvinist, George.«

»Das sagt meine Tochter auch immer. Wie dem auch sei«, er trat zur Seite, um dem Polizeifotografen Platz zu machen, »ich vermute, Mörder sind immer absonderlich.«

»Nicht unbedingt. Ich wünschte, sie wären es. Dann wäre es leichter, sie zu fangen.«

»Wurde die Leiche dort, wo sie jetzt ist, aufgefunden, Sir?« fragte der Fotograf.

»Ich glaube schon«, erwiderte Bullard.

Barnaby stimmte ihm zu. »Ich denke, er hat sie nur in den Arm genommen und festgehalten. Ich kann mir nicht vorstellen, daß er sie herumgeschleppt hat. Hier ist mehr Blut als sonst irgendwo.« Doktor Bullard schaute sich noch einmal kopfschüttelnd um. »Wer würde glauben, daß der menschliche Körper nur fünf Liter Blut enthält? Dabei hat sie längst nicht alles verloren.«

Barnaby betrachtete Mrs. Rainbirds massive Beine, die noch genauso plump und lebensecht aussahen wie vor ein paar Tagen. Ihre Füße waren nackt. Einer der kleinen goldenen, mit Straußenfedern verzierten Pantoffeln lag im Kamin – wie durch ein Wunder war er vom Blut verschont geblieben –, der andere war nirgendwo zu sehen.

Immer mehr Menschen kamen in das Zimmer. Barnaby zog sich, froh, dem metallischen Gestank entkommen zu können, auf den Flur zurück und sprach mit dem Leiter der Spurensicherung. »Wird eine mobile Einheit eingerichtet und vor Ort arbeiten?«

»Ich habe bereits alles Nötige in die Wege geleitet. In einer Stunde dürften sie ankommen. Und außerdem hab' ich der technischen Abteilung Bescheid gesagt – sie sollen ein Video für Sie machen.«

Barnaby nickte und suchte nach Troy. Vor dem Gartentor drängten zwei Polizisten die Menge zurück, die mittlerweile beträchtlich angewachsen war, und spannten ein Absperrungsband um den Garten. Obwohl Dennis Rainbird aus dem Haus geführt worden war und sein grausiger Anblick die makabersten Erwartungen erfüllt haben mußte, wurden Proteste über die Maßnahmen der Polizei laut. Troy, dessen Gesicht wieder eine normale Färbung angenommen hatte, kam über den Weg, der am Bungalow vorbeiführte, auf Barnaby zu.

»Wo, zum Teufel, waren Sie?«

»Ich hab' mich nur dahinten ein wenig umgesehen, Sir, und etwas Ungewöhnliches gefunden.«

»Sie sollten es wirklich besser wissen, Troy, und nicht an einem Tatort herumtrampeln.«

»Ich bin nicht herumgetrampelt, ich war nur auf dem Betonweg. Kommen Sie, sehen Sie sich das an.« Er führte Barnaby zu einem kleinen Holzschuppen hinter dem Bungalow. Die Stufe davor und der Weg waren feucht. Barnaby suchte nach einem tropfenden Wasserhahn oder einem kaputten Gartenschlauch, entdeckte jedoch keins von beidem. »Es hat doch seit Tagen nicht geregnet, Sir«, meldete sich Troy wieder zu Wort.

»Nein.« Der Chief Inspector warf einen Blick durch das Schuppenfenster. Auf dem Boden neben einem Rasenmäher war eine große Wasserpfütze, aber nirgendwo befand sich ein Behälter, der ein Leck haben könnte. Natürlich wurden alle Nebengebäude später gründlich durchsucht, und es wäre reine Zeitverschwendung, in diesem Stadium fruchtlose Vermutungen anzustellen. Troy wirkte selbstgefällig und sah seinen Boß an wie ein Hund, der das Stöckchen zurückgebracht hatte und belohnt werden wollte.

Barnaby wurde ärgerlich. »Fühlen Sie sich inzwischen besser?« erkundigte er sich unfreundlich.

»Ich?« Der Sergeant schien gar nichts mehr zu begreifen. »Mir geht's gut.«

Der hintere Teil des Gartens wurde von einer dichten Weißdornhecke begrenzt, und ein grünes Tor führte auf einen schmalen Weg, den auf der anderen Seite ein Gewirr von wilden Heckenrosen und Haselnußsträuchern säumte. Der Weg und die letzten Quadratmeter des Gartens waren von den oberen, dreckverkrusteten Fenstern des Nachbarhauses, Burnham Crescent Nummer sieben, einsehbar. Das hatte Mrs. Rainbird sicher nicht gefallen. Barnaby hörte Schritte und öffnete das grüne Gartentor.

»Guten Tag, Mr. Lacey.«

»Hoppla.« Michael Lacey blieb abrupt stehen und starrte die beiden Männer an. »Unsere Freunde und Helfer, die Schnüffler, springen aus den Hecken, um unschuldige Spaziergänger zu erschrecken.«

»Können Sie mir bitte sagen, wohin Sie gehen?«

»Ich nehme die Abkürzung zum Black Boy. Soweit mir bekannt ist, ist das keine kriminelle Handlung.«

»Ein bißchen früh für den Pub, meinen Sie nicht auch?«

»Mrs. Sweeney macht auf, wenn jemand an den Rolladen klopft, und dann gibt's auch etwas zu trinken«, erwiderte Lacey und stürmte davon, noch ehe Barnaby etwas sagen konnte.

»Ich glaube das nicht«, murmelte Troy. »Er wollte gar nicht wissen, was wir hier tun. Er hat keine einzige Frage gestellt. Und vor dem Haus steht das halbe Dorf und glotzt sich die Augen aus. Gibt's das, daß jemand so uninteressiert ist?«

»Desinteressiert. Er weiß nichts davon, daß sich die Leute auf der Straße drängen, wenn er direkt vom Holly Cottage kommt und durch den Wald gegangen ist.«

»Und warum macht er sich wie der Blitz davon?« Troy schürzte die Lippen, bevor er hinzusetzte: »Der Mörder kehrt an den Ort des Verbrechens zurück.«

»Kaum jemals, Sergeant«, entgegnete der Chief Inspector, »wenigstens nicht, wenn es kein Verbrechen innerhalb der Familie war. Soviel hätten Sie inzwischen schon gelernt haben müssen.«

»Aber es besteht doch ein Zusammenhang, oder, Sir?« erkundigte sich Troy. »Zwischen den beiden Mordfällen.«

»O ja.« Sie gingen zum Haus zurück. Barnaby spähte durch die Terrassentür ins Wohnzimmer. Es wimmelte vor Leuten, die scheinbar ziellos hin und her liefen. In Wahrheit katalogisierten und untersuchten sie, wie Barnaby wußte, jeden Hinweis und jeden Gegenstand. Heute war die Spur noch warm. Man würde Anhaltspunkte finden. Niemand tötete, ohne etwas vom Tatort mitzunehmen (meistens unbewußt) oder etwas zu hinterlassen.

Er bahnte sich einen Weg zur Küchentür, blieb stehen und schaute zurück. Er dachte daran, daß ein Gärtner unmöglich seine Persönlichkeit verbergen konnte. Ein Garten sagte beinahe ebenso viel aus wie Träume. Ungekünstelte Harmonie bei Miss Simpson; wilde Überschwenglichkeit bei Miss Bellringer; aber hier ... er betrachtete die Ziersträucher, den gleichmäßig geschnittenen Rasen, den Teich mit dem Steincherubim, der auf eine Plastiklilie pinkelte. Dies hier war offen vulgär – sprichwörtlich in voller Blüte.

Er betrat den Flur. Ein Paar schwarze Schuhe erschien über seinem Kopf auf der Holztreppe zum Dachgeschoß, dann eine Tweedhose, ein kurzärmliges Hemd und ein bärtiges, erhitztes Gesicht.

»Sind Sie fertig da oben?« fragte Barnaby.

»Wir haben alles. 'ne Menge Fingerabdrücke. Sieht aus, als würden sie alle von ein und derselben Person stammen. Bald wissen wir Genaueres.«

Barnaby stieg die Treppe hinauf. Es waren ungefähr ein Dutzend breite, massive Stufen. In anderen Häusern dieser Art führten steile Aluminiumtreppen auf den Dachboden. Zweifellos hatte Mrs. Rainbird die Luke vergrößern lassen, um ihren Beobachtungsposten bequem erreichen zu können. Rechts und links von der Luke war ein Geländer angebracht. Barnaby bemühte sich hinauf, Troy dicht hinter ihm.

Der ausgebaute Raum unter dem Dach war sehr groß, mit rohen Balken an der Decke, weißen Wänden und einem beigefarbenen Teppichboden. An beiden Stirnseiten befand sich je ein rundes Fenster, und vor jedem Fenster standen ein schlichter Holzstuhl und ein Tischchen mit Notizbuch und Kugelschreiber. Auf der Sitzfläche des einen Stuhls lag ein Fernglas. Außerdem gab es noch zwei große graue Aktenschränke, das war alles. Barnaby, der mit dem üblichen Plunder, barocken Möbeln und Plüsch gerechnet hatte, war erstaunt. Er nahm das Fernglas und schaute auf die Straße.

Ein Gesicht in der Menge sprang ihm ins Auge. Jedes Detail war erstaunlich genau zu erkennen – die großen Poren, die Haare in der Nase, pinkfarbene Plastiklockenwickler und jedes einzelne Blütenblatt auf dem geblümten Kopftuch. Barnaby verdrehte die Optik und gewann einen breiteren Blickwinkel. Der Parkplatz vor dem Black Boy Pub war voll, und ständig fuhren weitere Autos vor. Alles, was Beine hatte, schien sich da draußen zu tummeln. Es war kein schöner Anblick.

»Räumen Sie die Aktenschränke aus, Sergeant, und bringen Sie das Zeug hinunter.« Er legte das Fernglas weg, blätterte in einem der Notizbücher und schlug wahllos eine Seite auf. Dort stand:

10.30 Mr. und Mrs. W überqueren die Straße, um Miss G. aus dem Weg zu gehen. Der Streit wegen des Preises für den schönsten Eierkürbis ist offenbar noch nicht ausgestanden.
11.14 Mrs. R macht einen Besuch bei Mrs. S. Bleibt fünf Minuten. Einkaufstasche – leer bei der Ankunft, prall voll, als sie geht. Heimweg über Postamt.
12.00 Mrs. W, Mrs. G und Miss K schwatzen zwanzig Minuten hinter dem Briefkasten. Miss K geht als erste. Törichte Person.
12.42 Mr. und Mrs. D gehen mit einem Strauß Rosen in die Kirche.
13.00 Sieben Autos vor dem Black Boy. Einige von außerhalb. (Fünf Autonummern waren aufgelistet.)
15.20 Mr. Y geht in Ds Cottage – mit einer Flasche Wein.
16.58 Mrs. L fährt mit ihrem Wagen in die Garage von W. (Hinter diesen Eintrag hatte Mrs. Rainbird ein rotes Sternchen gemalt.)
17.03 Mr. Y verläßt das Cottage. Gibt zwei Briefe auf. Geht wieder nach Hause.

Barnaby klappte das Buch zu. Mrs. Rainbirds tägliche Beschäftigung überraschte ihn keineswegs. Er hatte nie die enorme Befriedigung unterschätzt, die manche Menschen empfanden, wenn sie über die Tätigkeiten und den Umgang der Nachbarn ganz genau Bescheid wußten. Das Bedürfnis, die Nase in fremder Leute Angelegenheiten zu stecken, schien ein menschlicher Wesenszug zu sein und war an sich wohl kaum so verwerflich, daß man es als ernsthaftes Vergehen bezeichnen konnte. Wenn er sich selbst nicht ständig um das Verhalten anderer Leute kümmern wollte, hätte er nicht diesen Beruf ergriffen. Er sah zu, wie Troy einen großen Stapel Schnellhefter die Treppen hinunterschleppte.

Nein. Barnaby maß der Entdeckung, daß Mrs. Rainbird die Leute beobachtet hatte, statt den Flug von Ziegenmelkern zu studieren, wenig Bedeutung bei; vielmehr interessierte ihn, was sie mit dem Wissen angefangen hatte, das sie sich auf diese Weise aneignete. Dieser Raum wirkt so spartanisch und beinahe grausam funktionell, dachte er, als er die restlichen Akten aus dem Schrank holte, die Notizbücher zusammenpackte und sich daran machte, Troy zu folgen. In den unteren Räumen verriet jedes Detail Maßlosigkeit und Wollust, aber das hier oben war etwas anderes. Dieses Zimmer, überlegte Barnaby und sah sich ein letztes Mal um, ist geschäftsmäßig – eine Art Büro.

4

Die Ankunft der transportablen Baracke mit der Einrichtung für die Spurensicherer verursachte einen Tumult. Die Zugmaschine fuhr wieder weg. Eine hydraulische Maschinerie ertönte, vier Pfosten wurden ausgefahren, und der Container stand einsatzbereit. Ein Mann in der Menge rief: »Schön, die Wanderbibliothek ist da – habt ihr eure Bücher mitgebracht?« Lautes Gelächter. Eine Frau sagte: »Robbie, lauf heim und sag deiner Mum, daß die Marsmännchen gelandet sind.« Generator und Kabel wurden installiert und eine Telefonleitung eingerichtet.

Sobald Barnaby auf die Straße kam, stürzte der *Echo*-Reporter im weißen Trenchcoat – diesmal trug er dazu einen Fred-MacMurray-Filzhut – auf ihn zu.

»Chief Inspector, können Sie ein Statement für die Presse abgeben?«

»Nein, im Moment nicht.«

»Die Öffentlichkeit hat das Recht, alles zu erfahren.« Lieber Gott. Ein Dialog aus den Universal Pictures. »Stimmt es, daß ein grausiger Mord geschehen ist?«

»Es gibt einen verdachterregenden Todesfall, ja.«

»Oh, kommen Sie schon, Inspector Barnaby. Was ist in diesen Akten?«

»Bitte ... *o bitte* ...« Ein junges Mädchen mit Kassettenrecorder vertrat ihm den Weg. »Leiten Sie die Ermittlungen in diesem Fall?« Sie klang atemlos und munter, als wäre sie auf dem Weg zu einer Party. »Ich bin vom Lokalsender«, fügte sie hinzu und hielt ihm ein vor Windgeräuschen geschütztes Mikrophon vor die Nase. »Wenn Sie mir jetzt Informationen geben, können wir sie in den Sieben-Uhr-Nachrichten bringen.«

»Tolle Sache«, brummte Troy.

»Wurde schon ein Pressesprecher bestimmt?« rief der Reporter und schob sich vor das Mädchen.

»Nein. Geben Sie uns die Chance, erst mal Luft zu holen«, versetzte Barnaby unwirsch und drängte sich an den beiden vorbei.

»Aber, Inspector ...«

Barnaby hörte noch, wie einer der Dorfbewohner (der Mann, der vorhin die Bemerkung über die Bibliothek gemacht hatte) die Stunde seines möglichen Ruhmes nutzte. »Oh, es war schrecklich. Grauenvoll«, kreischte er ins Mikrophon. »Der Sohn hat's getan ... er kam aus dem Haus, war über und über voll Blut. Sie haben ihn mit einem Krankenwagen weggebracht. Sie glauben, er hatte einen Anfall. Er ist ein komischer Kauz, schwul, verstehen Sie? Solche Leute rasten manchmal aus ...«

»Aber wer ist getötet worden?« fragte das Mädchen.

»Na ja, ich denke doch die Mutter, oder nicht?« Er sah sich mit strahlendem Blick um. »Ist die Kamera auf mich gerichtet?«

Barnaby verstaute die Schnellhefter im Kofferraum des Wagens und schloß ihn ab.

»Die lassen sich nicht lange Zeit, bis sie überall herumschnüffeln«, sagte Troy.

»In fast jedem Dorf gibt's jemanden, der die Lokalpresse mit Informationen versorgt. Normalerweise berichten sie über die Frauenorganisation und Blumenschauen. Ich denke, sie haben sofort in den Redaktionen Alarm geschlagen.« Er marschierte entschlossen die Church Lane entlang, und Troy eilte an seine Seite.

Als sie den Weg mit dem Schild nach Gessler Tye erreichten, erkundigte sich Troy: »Wollen Sie sofort mit den Verdächtigen sprechen, Sir?«

Barnaby gab keine Antwort. Er atmete schnell, sein Gesicht war gerötet, und er preßte die Lippen zusammen. Der Mord an Mrs. Rainbird hatte den Fall ins Rollen gebracht – gestern noch hatte er sich mit dürren Fakten herumgeschlagen und war auf der Stelle getreten, und plötzlich gab es ungeahnte neue Einblicke und Möglichkeiten. Und obwohl der Mörder nach wie vor gesichtslos blieb, gab es jetzt eine ganz frische Fährte. Barnaby spürte, daß seine Beute nicht mehr fröhlich und unbekümmert vor ihm herlief, sondern einen Unterschlupf suchte und witterte, daß die Entfernung zwischen ihnen immer geringer wurde.

Vor vielen Jahren war ihm deutlich bewußt geworden, welch freudige Erregung ihn jedesmal erfaßte, wenn er an diesem entscheidenen Punkt anlangte, und die Erkenntnis hatte ihn niedergeschmettert. Ihm war klar, daß er im Grunde nur die Rolle eines Menschenjägers spielte. Er hatte sich eine Zeitlang um eine distanziertere, weniger persönliche Einstellung zu seiner Arbeit bemüht und sich selbst vorgemacht, daß dieses prickelnde Gefühl, wenn er das Netz enger zog, gar nicht existierte. Oder sich eingeredet, er brauchte sich wegen dieser Empfindung nicht zu schämen. Als alle Anstrengungen fehlschlugen, machte er eine andere, etliche Jahre andauernde Phase durch: Er spielte den harten Mann und ignorierte oder erstickte wütend alle Emotionen. Verbrecher waren Abschaum. Sie verstanden nur eine Sprache, und wenn man ihnen auch nur eine Handbreit nachgab, schnitten sie einem die Kehle durch. Man mußte wissen, wie man sie anzupacken hatte.

Er war die Hierarchieleiter hinaufgeklettert und ständig befördert worden. Er war gut in seinem Job. Er hatte während dieser Zeitspanne drei Männer gefaßt, die nach dem Prozeß gehängt wurden. Und Barnaby wurde Respekt entgegengebracht, häufig von Leuten, die er verabscheute. Aber während er einen Schutzwall aus Haß gegen die Kriminellen errichtete, wuchs unaufhörlich seine Selbstverachtung. Eines Tages wurde ihm plötzlich bewußt, daß er lieber sterben würde, als der Mann zu sein, zu dem er sich langsam entwickelte.

Er hatte George Bullard konsultiert, vage von Streß und Kopfschmerzen gesprochen und wurde ohne weitere Nachfragen für einen Monat vom Dienst beurlaubt. Diese freie Zeit füllte er mit Gartenarbeit, Aquarellmalerei und Gesprächen mit Joyce aus. Am Ende des Monats war ihm klar, daß er keinen anderen Beruf wünschte und der Panzer Risse bekommen hatte, die nicht mehr zu kitten waren. Und so ging er an seine Arbeit zurück – zunächst mit einem unsicheren Gefühl, das jedoch seiner Kompetenz keinerlei Abbruch tat. Er merkte, daß er in den Augen der Kollegen, die wie er früher rasche Schlüsse zogen und extreme Ansichten vertraten, zum Schlappschwanz geworden war. Zudem wurde es ihm als Schwäche ausgelegt, daß er seine Unbeugsamkeit abgelegt hatte und die Kriminellen wie menschliche Wesen behandelte. Im Laufe der Zeit gelang es ihm jedoch, dieses Mißverständnis aus der Welt zu schaffen. Und jetzt, während er den staubigen Feldweg entlangspazierte, hatte er das Gefühl, im Kreis gegangen zu sein. Ein Polizist, der weder Stolz noch Scham bei seinem Job empfand, war dem Ende seiner Karriere nahe. Er spürte die Erregung bei einer Mörderjagd und akzeptierte sie als Tatsache des Lebens. Als Teil seiner selbst.

Troy berührte seinen Arm. Sie hatten die Hälfte des Weges zum Holly Cottage hinter sich gebracht. Barnaby blieb stehen und horchte. Jemand schrie wütend, aber die Worte blieben unverständlich. Die beiden Männer pirschten sich leise an und hielten sich hinter der hohen Hecke verborgen, bis sie die Durchfahrt erreichten. Als sie sich dem Haus näherten, hielten sie sich im Schatten der Bäume. Ein Fenster im Erdgeschoß war weit geöffnet, und jetzt waren die Worte deutlich zu verstehen.

»Aber du mußt kommen, Michael ... *du mußt!*«

»Ich muß gar nichts. Du kannst nicht von mir erwarten, daß ich mit einer Nelke im Nasenloch und zwei verdammten Kerzenleuchtern auftauche und zusehe, wie du dich an den Meistbietenden verkaufst.«

»So ist es doch gar nicht. Du bist so unfair. Ich mag ihn, ehrlich. Was soll ich machen? Er hat jahrelang für uns gesorgt.«

»Ich habe noch nie so eine sentimentale Scheiße gehört. Ich

könnte kotzen. Du hast ihm Sand in die Augen gestreut, dem armen Teufel.«

»Das ist eine Lüge! Er weiß genau, was los ist . . . ich habe ihm nie etwas vorgemacht, was ich nicht wirklich fühle. Ich werde ihm eine gute Frau sein . . .«

»Guter Gott! Du bist bis in alle Ewigkeiten an einen Krüppel gebunden!«

»Du willst mich einfach nicht verstehen. Dein Leben ist ganz anders. Du hast nichts anderes im Kopf als deine Arbeit. Das ist alles, worum du dich jemals gekümmert hast. Solange du nur malen kannst, kann die Welt um dich herum versinken. Aber ich bin nicht wie du. Ich habe für nichts ein spezielles Talent, und gelernt habe ich auch nichts. Ich besitze kein Geld und hätte nicht einmal ein Dach über dem Kopf, wenn Henry nicht gewesen wäre. Um Himmels willen, Michael, was ist so falsch daran, wenn ich Sicherheit und Geborgenheit haben will . . .«

»Wir hatten Geborgenheit. Er hätte uns nie von hier fortgeschickt. Er ist so vernarrt in dich, daß du ihn noch jahrelang um den Finger hättest wickeln können.«

»Aber ich wollte nicht mehr in diesem feuchten, finsteren Loch bleiben. Ich hasse dieses Haus.«

»Na ja, jedenfalls verkaufst du dich nicht billig. Tye House und riesige Ländereien. Mir ist schleierhaft, warum du dich nicht gleich auf die Straße stellst und einen anständigen Job daraus machst.« Ein Klatschen wie eine Ohrfeige. Michael brüllte: »Elendes Miststück!« Katherine stieß einen Schrei aus. Barnaby zerrte seinen Sergeant hinter eine Lärchengruppe. In der nächsten Sekunde rannte Katherine an ihnen vorbei. Ihr Gesicht war verzerrt, und sie schluchzte erstickt, als sie in Richtung Church Lane verschwand. Die Cottagetür schlug zu, und Michael stand einen Moment unschlüssig auf der Veranda, dann wirbelte er herum, lief in den Wald hinter dem

Haus und trat wütend gegen Zweige und Steine, die ihm im Weg waren.

Sobald er außer Sicht war, ging Barnaby auf das Haus zu, öffnete die Tür und schlüpfte hinein. Troy versuchte, seine Überraschung zu verbergen, und ging ihm nach. Wenn ich das vorgeschlagen hätte, dachte er, hätte er mich zur Sau gemacht.

Sie standen im Flur, und die feuchte Kälte kroch ihnen in die Knochen. Es schien ganz natürlich zu sein, daß diese Wände Zeugen von bitteren Worten, Tränen und Kummer waren. Barnaby spürte, daß jedes zufällige Glücksgefühl, das in so einem Gemäuer eingekerkert war, keine Chance hatte, zu wachsen und zu gedeihen, sondern wie das Geißblatt draußen auf der Veranda langsam, aber sicher von Verzweiflung erstickt wurde. Er ging in die Küche. Es war kein hübscher, behaglicher Raum. Die Möbel waren billig und abgenutzt. Ein paar kleine Teppiche lagen auf dem kalten, unebenen Steinboden. Barnaby sah eine halbleere Dose mit Spaghetti und einen schief angeschnittenen Brotlaib, einen Becher, eine Teekanne und eine kleine Flasche mit angedickter, sauer gewordener Milch auf dem Tisch. Überall saßen Fliegen.

Das nächste Zimmer, das auf die Veranda blickte, war mit einem Strohteppich, einem Tisch, vier Stühlen, Bücherregalen, einem zweisitzigen Sofa und einem Telefon eingerichtet. Das zweite Zimmer im Erdgeschoß war abgeschlossen.

»Da drin hat er gemalt, als wir das letzte Mal hier waren, stimmt's?«

»Ja.« Barnaby versuchte noch einmal die Tür zu öffnen, gab dann aber seine Bemühungen auf. »Ohne Durchsuchungserlaubnis können wir nichts machen. Wir haben heute schon genügend Vorschriften verletzt.«

Ganz recht, dachte Troy und folgte seinem Boß die kahle Stiege hinauf. Er konnte nicht verstehen, warum sie überhaupt hier herumschnüffelten. Bestimmt waren sie nur hergekommen, um Laceys Alibi für den Nachmittag zu überprüfen, oder?

»Je mehr Sie über einen Verdächtigen wissen, Sergeant, um so mehr Trümpfe haben Sie in der Hand. Sein persönliches Umfeld ist wichtig.«

Troy blinzelte alarmiert, weil sein Boß so mühelos seine Gedanken erriet. Diese Entwicklung beunruhigte ihn sehr. Wenn ein Mann selbst seine Gedanken nicht mehr für sich behalten konnte, würde er sein Leben lang Sergeant bleiben.

Oben befanden sich drei Schlafzimmer. Im kleinsten standen ein schmales Bett, ein Schrank und eine Kommode. Das Bett war hart und stabil – ein Krankenhausbett –, die Decke straff gezogen. Ein ordentlich zusammengefaltetes Nachthemd lag auf dem Kopfkissen. Der Schrank war fast leer, und auf der Kommode lag eine dünne Staubschicht. Ein Strauß Wildblumen in einem Krug verbreitete einen feinen Duft. Wieder fühlte sich Barnaby an die armseligen Geißblattblüten zwischen den alles erstickenden Nesseln erinnert.

Das angrenzende Zimmer war viel größer und bis auf ein schmales, altmodisches Bett, zwei Korbstühlen und einen Gartentisch leer. »Ich nehme an, hier hat die Nanny geschlafen«, mutmaßte Troy.

Das dritte Schlafzimmer, das größte, wurde ohne Zweifel von Michael Lacey bewohnt. Das große Doppelbett war ungemacht, das Laken zusammengeknüllt, eins der Kissen lag auf dem Boden. Ein Becher mit einem grauen, ekligen Kaffeerest stand auf dem verkratzten Nachttisch neben einem Exemplar von Vasaris *Lebensgeschichten der hervorragendsten italienischen Architekten, Maler und Künstler* und einem Päckchen Gitanes. Der scharfe Geruch der Zigaretten lag in der Luft und mischte sich mit schalem Schweißgestank. Auf dem einzigen Stuhl häuften sich Kleider. Sergeant Troy, ›täglich sauber geschrubbt und immer frische Wäsche‹, wie seine Frau in der Wäscherei stets prahlte, rümpfte die Nase.

»Ein bißchen unbedacht«, sagte er, als sie nach einiger Zeit wieder in den unteren Flur kamen, »das Haus nicht abzuschließen.«

»Ach, ich weiß nicht.« Barnaby zog die Haustür einen Spalt auf und spähte nach allen Seiten, dann ging er hinaus. »Das einzige Zimmer, in dem etwas Wertvolles sein könnte, ist abgesperrt.«

»Große Werke des großen Künstlers, meinen Sie?« spöttelte Troy.

»Ich dachte an die Leinwände – sie kosten verdammt viel Geld. Genau wie die Farben. Vielleicht macht er's ja auch wie Keating.«

»Wie bitte, Sir?«

»Tom Keating ist ein sehr erfolgreicher Fälscher.«

»Was immer Lacey auch macht, erfolgreich ist er sicher nicht. Ich kenne Familien, die von der Fürsorge leben, und bei denen sieht's besser aus. Er hat nicht mal einen Fernseher.«

»Noch tiefer kann man nicht sinken.«

Troy musterte seinen Boß argwöhnisch, aber Barnabys Ausdruck verriet nichts. Als sie zur Church Lane kamen, sahen sie, daß einige Streifenwagen am Tatort eingetroffen waren. Die Menschenansammlung, größer geworden durch die heimkehrenden Arbeiter, wurde eindringlich aufgefordert, den Platz zu räumen und nach Hause zu gehen. Barnaby fragte sich, wie lange es noch dauern konnte, bis die überregionale Presse mit großem Aufgebot auftauchte. Spekulationen wurden laut, als Barnaby und Troy auf Lessiters Haus zugingen, und alle redeten aufgeregt durcheinander. Die Tatsache, daß alle Dorfbewohner in Kürze vernommen würden, war zwar allen bekannt, aber daran dachte jetzt niemand. Die Polizei stattete den Lessiters einen Besuch ab, also mußten die

Lessiters in irgendeiner Weise in das Verbrechen verwickelt sein.

Als Barnaby wieder einmal neben der rankenden Clematis stand und durch das Fenster sah, entdeckte er, wie neulich, Barbara Lessiter. Diesmal wirkte sie jedoch keineswegs verängstigt oder erschrocken. Er konnte ihr Gesicht nicht sehen, aber ihre Schultern waren gestrafft und ihre Hände zu Fäusten geballt. Er hörte Lessiter schreien: »Letzte Nacht im Bett hast du ganz andere Töne angeschlagen.«

»Das war letzte Nacht.« Sie warf den Kopf zurück, und Barnaby erhaschte einen Blick auf ihr wutverzerrtes Gesicht. Troy zog spöttisch die sandfarbenen Augenbrauen hoch und murmelte: »Aber, aber« und drückte auf den Klingelknopf.

Als Barnaby ins Wohnzimmer kam, hatte er das Gefühl, ein Schlachtfeld zu betreten. Der Rauch der letzten beiden abgefeuerten Salven schien noch bebend in der Luft zu schweben. Barnaby gab ihnen einen Moment Zeit, ehe er sich vergewisserte, ob sie von dem Mord an Mrs. Rainbird gehört hatten.

»Eine schreckliche Sache, einfach schrecklich!« rief Lessiter. »Mit der Axt den Schädel eingeschlagen, soviel ich gehört habe. Ich vermute, er hatte eine Art Anfall ... Dennis, meine ich. Zumindest«, setzte er hinzu und verzog dabei verächtlich die Lippen, »kann mir diesmal niemand vorwerfen, daß ich den Totenschein falsch ausgestellt habe.«

Die Lessiters betrachteten die beiden Polizisten interessiert – zweifellos waren sie froh über die Verschnaufpause. Doch der Doktor wahrte nicht lange seine distanzierte, leicht überhebliche Haltung, als Barnaby ihn fragte, wo er sich zwischen drei und fünf Uhr an diesem Nachmittag aufgehalten habe.

»Ich?« Er starrte den Chief Inspector fassungslos und mit offenem Mund an. Das Blut wich aus seinem runden Gesicht. »Was, um alles in der Welt, hat die Geschichte mit mir zu tun?«

»Alle werden in einem Mordfall befragt, Liebling.« Barnaby schätzte sich glücklich, daß ihn noch nie jemand auf diese Weise »Liebling« genannt hatte. »Was ist daran so schlimm?«

»Nichts.« Er ging zu seinem Schreibtisch. »Also gut, Inspector. Ich ... habe einen Privatpatienten besucht. Ich schreibe Ihnen den Namen und die Adresse auf.« Er kritzelte etwas auf einen Block, riß den Zettel ab und hielt ihn Barnaby hin, aber seine Frau war schneller und riß ihn ihm aus der Hand. »Barbara!«

Sie las, was er aufgeschrieben hatte, und gab den Zettel wortlos an Barnaby weiter. Äußerlich wirkte sie ganz ruhig und gefaßt, aber ihre Augen blitzten wie Diamantsplitter.

»Und Sie, Mrs. Lessiter?«

»Ich war in meinem Fitnessclub in Slough ... er heißt Abraxas, wenn Sie es nachprüfen wollen. Ich habe zu Mittag einen Salat gegessen, war in der Sauna und habe mich massieren lassen. Ich war bis etwa halb vier dort, dann machte ich einen Einkaufsbummel. Um halb sechs kam ich hierher.«

»Danke. Ist Miss Lessiter zu Hause? Ich würde gern mit ihr sprechen.«

»Nein. Wir sind uns in der Eingangshalle begegnet, als ich heimkam. Sie wollte gerade weggehen und sah eigenartig aus.«

»Inwiefern?«

»Na ja ... wenn es jemand anders als Judy gewesen wäre, würde ich sagen, sie hätte ein Schäferstündchen mit einem Liebhaber gehabt.«

»Das ist selbst für dich bemerkenswert gehässig«, platzte es aus Lessiter heraus, er bereute jedoch sofort, daß er nicht den Mund gehalten hatte, als er Troys zufriedene Miene sah.

»Sie hat mich verträumt angegrinst – es war das erste Lächeln, das sie mir seit meinem Einzug hier gegönnt hat – und sagte, sie wolle nach High Wycombe fahren und sich ein neues Kleid kaufen. Auch das ist merkwürdig. Mir ist nie aufgefallen, daß sie auch nur das geringste Interesse für ihre Kleidung hat. Was im Grunde ganz verständlich ist, wenn man bedenkt, was für eine unmögliche Figur sie hat.«

Die hat ganz schön Oberwasser, dachte Troy und überlegte, was wohl auf dem Zettel stehen mochte. Heute sah Barbara Lessiter ganz und gar nicht aus wie die Frauen auf den ausklappbaren Seiten in Männermagazinen. Die Falten unter dem bronzefarbenen Gesichtspuder schienen tiefer als das letzte Mal zu sein, ihr Blick war hart und die Frisur gekünstelt und steif. Selbst ihre Kurven schienen starr und unnachgiebig zu sein.

»Dann wird später jemand vorbeischauen, um mit Ihrer Tochter zu reden, Sir«, kündigte Barnaby an und wünschte einen guten Abend. Er hatte kaum die Tür hinter sich zugezogen, als Trevor Lessiter zu seiner Frau herumwirbelte.

»Ich hoffe, du erwartest nicht von mir . . .«

»Du dreckiger Kerl!«

»Wage es nicht, so mit mir zu sprechen. Ich würde nicht in Häuser wie das Casa Nova gehen, wenn du als Ehefrau anders wärst.«

»Ich wäre vielleicht eine andere Ehefrau, wie du das nennst, wenn du auch nur die geringste Ahnung hättest, wie man mit einer Frau umgeht. Du bist ein erbärmlicher Idiot.«

»Wenigstens mögen sie mich dort. Die gute Krystal ist immer . . .«

»Sie mögen dich? Sie lachen sich hinter deinem Rücken krank über dich.«

»Woher, zum Teufel, weißt du so gut Bescheid? Ich bin erstaunt, daß du dieses Haus überhaupt kennst.«

»Wenn du es genau wissen willst, sie haben im Abraxas darüber geredet. Ein paar der alten Schlampen aus dem Casa Nova waren dort, um sich verjüngen zu lassen.«

»Es funktioniert nicht, wie, Barbara?«

»Was?«

»Die Verjüngung. Ich meine, im Augenblick siehst du wirklich so alt aus, wie du bist. Das übrigens war die erste Lüge, die du mir aufgetischt hast – dein Alter. Guter Gott, der heutige Tag öffnet mir wirklich die Augen. Ich komme mir vor, als würde ich dich zum erstenmal richtig sehen.«

Barbara schlenderte zum Fenster, wählte mit Bedacht eine Zigarette aus der Dose aus und zündete sie an. Sie drehte sich um und blies eine Rauchwolke in die Luft.

»Das gilt für uns beide, mein Lieber«, sagte sie mit einem unnachgiebigen Lächeln. »Das gilt für uns beide.«

5

David Whiteley kam in Jeans, einem verschwitzten Hemd und mit einem Whiskyglas in der Hand an die Tür. Er führte sie ins Wohnzimmer und schaltete die laut dröhnende (›Bridge over Troubled Water‹) Stereoanlage aus. Er lud sie ein, Platz zu nehmen, und bot Barnaby einen Schluck Whisky an – »einen Touch von Jameson«, wie er sich ausdrückte. Das Angebot wurde abgelehnt, und David trank sein Glas aus und schenkte sich nach. Seine Hand blieb ganz ruhig, seine Stimme volltönend und klar, obwohl er während ihres kurzen Besuches auch ein drittes Glas leerte.

»Sie wissen, was vorgefallen ist, Mr. Whiteley?«

»Ja. Ich bin am Black Boy vorbeigefahren und hab' angehalten und die Leute gefragt. Gräßliche Leichenfledderer.«

Barnaby erkundigte sich, was er am Nachmittag getan hatte. Whiteley saß auf einem Schaukelstuhl und wiegte sich langsam vor und zurück, während er seine Besucher eingehend musterte. Er wirkte fehl in diesem klassischen Requisit der Alten und Rentner. Er strahlte ungeheure Männlichkeit und eine beinahe rohe Sexualität aus. Es erschien nur passend, daß er seine Tage damit verbrachte, Land zu bestellen und die Ernte einzufahren. Er sagte: »Ich beaufsichtigte bis etwa drei, halb vier die Hopfenarbeiter, dann brachte ich einen Mähdrescher nach Gessler Tye. In zwei Tagen fangen wir da unten mit der Ernte an ... na ja, wahrscheinlich nicht gerade am Samstag wegen der Hochzeit, aber ich denke, am Sonntag geht's los.«

»Am Sonntag?«

»Klar. In der Erntezeit kann man die Wochenenden vergessen.«

»Kannten Sie Mrs. Rainbird?«

»Nur vom Sehen. Ich habe nicht viele Kontakte zur Dorfbevölkerung. Wenn ich ... Mädchen aufgable, dann im Bull auf dem Weg nach Gessler. Oder in Causton.«

»Haben Sie keine privaten Kontakte zu Leuten, die hier in der Nähe wohnen?«

»Nein. Oh, ich weiß, was Sie neulich dachten, Inspector. In der Küche in Tye House. Aber da ist nichts, glauben Sie mir. Das heißt, im Moment noch nicht. Trotzdem glaube ich, daß unsere Kate nicht halb so kühl ist, wie sie sich gibt. Vielleicht versuch' ich mein Glück, wenn sie sicher unter der Haube ist.«

Der braucht nicht ins Casa Nova zu gehen, dachte Troy und gestand einem anderen Mann damit ausnahmsweise zu, daß er ebenso anziehend auf Frauen wirkte wie er selbst. Barnaby sah sich um und entdeckte die Fotografie eines Jungen auf dem Kaminsims – spinnwebenartige Risse zogen sich durchs Glas.

»Ich hatte den Eindruck, daß Sie niedergeschlagen waren, als ich Sie in der Küche sah«, meinte Barnaby.

»Ich? Ich bin niemals niedergeschlagen.« Er starrte Barnaby angriffslustig an. »Doktor Jameson kuriert alle Leiden dieser Art.« Er hob sein Glas und trank es mit einem Schluck aus. Er gehört zu den Männern, überlegte der Chief Inspector, die den Verlust des Sohnes dazu benutzen, um bei den Frauen Mitgefühl zu erregen, aber gleichzeitig nie väterliche Gefühle vor Geschlechtsgenossen zugeben würden.

»Und was taten Sie, nachdem Sie den Mähdrescher abgestellt hatten?«

»Ich fuhr mit dem Landrover zum Tye House, holte den armen alten Jack Russel und brachte ihn zum Tierarzt. Katherine wollte nicht, daß es im Haus gemacht wird. Meiner Meinung nach hätte die Sache schon vor Tagen erledigt werden müssen, aber sie versuchte die ganze Zeit, ihn zum Fressen zu bewegen. Danach ...«

»Einen Moment, Mr. Whiteley. Waren Miss Lacey und Mr. Trace zu Hause, als Sie den Hund abholten?«

»Ja.«

»Wie spät war es da in etwa?«

»Es war irgendwann zwischen halb vier und fünf. Katherine hab' ich nur kurz gesehen. Sie rannte die Treppe hinauf, als ich kam – wahrscheinlich wollte sie nicht mitansehen, wie ich den Hund ins Auto lud. Nachdem ich ihn abgeliefert hatte, kam ich hierher, goß mir einen Drink ein, und dann sind Sie aufgetaucht.«

»Er hätte die Kraft und die Statur für so was«, sagte Troy später, als sie die Straße überquerten und zum Tye House gingen. »Und bei einem Landgut, das so groß ist wie dieses – wer könnte da schon immer kontrollieren, wo er sich herumtreibt? Sir, genaugenommen dachte ich schon, als wir ihn wegen des ersten Mordes befragten ... Sie wissen schon, das Pärchen im Wald.« Ermutigt durch Barnabys Schweigen, fuhr er fort: »Ich meine, wer oder was hält ihn davon ab, eine halbe Stunde Pause zu machen und eine schnelle Nummer zu schieben, wenn er meilenweit von hier weg ist? Zum Beispiel heute ... er könnte die Hopfenarbeiter für eine Weile allein lassen. Und er hätte den Mähdrescher, statt ihn nach Gessler Tye zu bringen, im nächsten Feld abstellen und zu Mrs. Rainbird gehen können. Schade ist nur, daß wir nicht wissen, welches Motiv er haben könnte.«

Barnaby, der eine ziemlich gute Vorstellung vom Motiv des Mörders hatte, stand inzwischen wieder einmal vor dem apricotfarbenen Farmhaus. Katherine Lacey öffnete die Tür. Sie war sehr blaß, und selbst wenn Barnaby die Auseinandersetzung im Holly Cottage nicht mitangehört hätte, wäre ihm aufgefallen, daß sie geweint hatte. Der Kummer beeinträchtigte ihre Schönheit kein bißchen. Ihre violetten Augen wirkten noch größer, und die unvergossenen Tränen verliehen ihnen einen neuen Glanz. Sie trug ein makellos weißes Leinenkleid und flache Sandalen. Sie sah die Polizisten ernst an und sagte: »Wir sind in der Küche.«

Henry wendete seinen Rollstuhl, als der Chief Inspector hereinkam, und fuhr auf ihn zu. »Was ist wirklich passiert, Barnaby? Es stimmt doch sicher nicht, daß der Rainbird-Junge seine Mutter angegriffen hat, oder?«

»Mrs. Rainbird ist umgebracht worden, Sir. Und zwar auf eine ausgesprochen gewaltsame und unangenehme Art.«

Henry wandte sich erstaunt seiner Verlobten zu.

»Siehst du, Liebling«, sagte sie freundlich, aber entschlossen. »Wir können nicht ... nicht jetzt. Wir müssen einfach warten.«

»Katherine meint, wir sollten die Hochzeit absagen. Es ist lächerlich. Hundert Einladungen wurden verschickt und angenommen. Speisen und Getränke – alles ist organisiert. Morgen wird das Zelt aufgestellt. Das Haus quillt über von Geschenken ...«

»Ich spreche doch nur davon, sie eine oder zwei Wochen

zu verschieben, bis all die schrecklichen Vorfälle geklärt sind. Und vielleicht entschließt sich Michael bis dahin, auch zu kommen.«

»Seit wann hat dein Bruder ...« Er brach ab, und Barnaby dachte: Er ist kein Mann, der häusliche oder familiäre Unstimmigkeiten vor Fremden bespricht. Die tiefen Ringe unter den Augen ließen ihn heute älter als sonst aussehen, und er machte einen zerstreuten Eindruck. »Ich will nichts mehr davon hören, Katherine. Es kommt nicht in Frage. Die Ereignisse im Dorf haben nicht das geringste mit uns zu tun.«

»Dürfte ich Sie beide fragen, was Sie heute nachmittag getan haben, Mr. Trace?«

»Wir? Wir haben Vorbereitungen für den Samstag getroffen«, sagte Henry. »Ich war heute nicht im Büro. Am Morgen haben wir beide, Katherine und ich, die Hochzeitsgeschenke im großen Speisesaal aufgebaut, dann aßen wir zu Mittag und entschieden endgültig, wo das Zelt hinkommen soll. Nach dem Essen ging Katherine Pilze sammeln ...«

»Pilze sammeln?« Barnaby erinnerte sich an das Häufchen auf der Treppe vor Mrs. Rainbirds Bungalow.

»Ja. In der Nähe vom Holly Cottage wachsen welche«, erklärte das Mädchen. »Sie schmecken wunderbar – ganz anders als Pilze, die man im Laden kaufen kann. Ich wollte heute abend ein Omelett machen.«

»Auf Mrs. Rainbirds Treppe lagen auch Pilze.«

»Ja – ich habe sie ihr gebracht. Das letzte Mal, als ich sie sah ...«

»Wann war das?«

»Gestern bei der Gemeinderatsversammlung. Sie hat mir ein Rezept für Pilze und Anchovis-Ketchup gegeben, und ich versprach ihr, ihr das nächste Mal Pilze aus dem Wald mitzubringen. Ich war bei ihr und klopfte, aber niemand machte mir auf, deshalb habe ich die Pilze auf die Treppe gelegt und ging wieder. Jetzt muß ich immerzu daran denken ... er muß da drin gewesen sein ... vielleicht genau im selben Augenblick. Aber alles war so still und ruhig. Ich dachte, sie wäre ausgegangen.« Sie wiederholte die letzten Worte mit schriller Stimme: »Ich dachte, sie wäre ausgegangen.«

»Kate.« Henry streckte ihr die Hand entgegen, und sie ergriff sie.

Sie weinte. »Alles geht schief ... genau wie ich gesagt habe ... es gleitet uns aus den Händen.«

»Du mußt damit aufhören, Liebling, ja? Das ist doch Unsinn.«

Barnaby ging zum Tisch und schaute sich die Pilze an. Er nahm einen in die Hand und roch daran. Der große Korb war nur halb voll, aber es waren immer noch eine ganze Menge Pilze. »Es muß ziemlich lange gedauert haben, bis Sie so viele gefunden hatten.«

»Eigentlich nicht. Ungefähr eine halbe Stunde, würde ich sagen.«

»Wann genau waren Sie im Wald?«

»Wann bin ich von hier weggegangen, Liebling? Ungefähr um Viertel nach drei, oder? Eine Dreiviertelstunde später war ich zurück ...«

»Sie sagen, die Pilze wachsen in der Nähe des Holly Cottage. Waren Sie zufällig im Haus?«

»Ja. Ich dachte, Michael könnte ...« Sie verstummte und sah Henry an. »Wie auch immer, es war reine Zeitverschwendung. Er war nicht zu Hause.«

»War das vor oder nach dem Pilzesammeln?«

»Danach.«

»Mit anderen Worten: irgendwann zwischen vier und halb fünf?«

»Ich glaube schon.« Sie erwähnte weder ihren späteren Besuch noch den Streit, und da der Zeitpunkt für Barnabys

Ermittlungen ohne Bedeutung war, sprach er sie auch nicht darauf an. Zweifellos würde Katherines Verlobter nicht billigen, daß sie sich mit ihrem Bruder gezankt hatte.

»Und Sie waren hier, als Miss Lacey zurückkam, Mr. Trace?«

»Ja. Ich war mit Sam zusammen – das ist der Junge, der Reparaturarbeiten im Haus erledigt und im Garten hilft. Ich packte Katherines Rosen aus, er mischte Torf mit Knochenmehl und bereitete den Boden zum Pflanzen vor. Wir kochten uns einen Tee. Kate rief im Cottage an, um Phyllis zu fragen, ob sie uns Gesellschaft leisten will, aber Phyllis war dabei, die Vorhänge anzubringen und ihre Sachen auszupacken.«

»Ist Miss Cadell endgültig ausgezogen, Sir?« fragte Barnaby.

»Noch nicht ganz. Heute möchte sie noch hier schlafen. Zum letztenmal, glaube ich.« Barnaby strengte sich an, um die Empfindungen, die Traces Ton ausdrückte, zu deuten: Erleichterung, Zufriedenheit und eine beträchtliche Portion Besorgnis.

»Vielleicht wären Sie so freundlich, uns zu sagen, wie wir zum Cottage kommen können«, bat der Chief Inspector.
»Der Weg ist schwer zu beschreiben«, sagte Katherine. »Ich bringe Sie hin.«

Während sie das Haus verließen, sagte Barnaby: »Ich überlasse Ihnen Miss Cadell, Sergeant. Sie wissen ja, was ich in Erfahrung bringen will. Und danach versuchen Sie es noch einmal im Holly Cottage. Ich erwarte Sie dann vor dem Bungalow in der Baracke.« Er sah Katherine und Troy nach, als sie über den Rasen in Richtung Pappelgruppe gingen. Die Schultern des Mädchens waren leicht gebeugt, ihr dunkles Haar wehte im Wind. Troy drängte sich dichter an sie heran, als nötig gewesen wäre, und redete allem Anschein nach unaufhörlich auf sie ein. Immer wieder zupfte er an seiner schwarzen Lederjacke und strich sein Haar glatt. Barnaby machte sich auf den Weg.

In der Baracke herrschte hektische Aktivität. Ein paar einfachere forensische Untersuchungen waren bereits abgeschlossen, und der Officer konnte Barnaby ein paar Informationen geben. Das ganze Blut stammte von Mrs. Rainbird. Unter ihren Nägeln hatte man noch nicht analysierte Fasern gefunden, die darauf hindeuteten, daß der Mörder einen Strumpf oder eine Strumpfhose über das Gesicht gezogen hatte. Die Seife im Bad war mit Blut verschmiert gewesen, das hieß, daß der Mörder vermutlich geduscht hatte. Barnaby setzte sich mit dem Revier in Verbindung und machte Inspector Moffat, der die Pressearbeit übernehmen sollte, mit den Einzelheiten vertraut. Währenddessen fuhr ein Übertragungswagen eines Fernsehsenders draußen vor, und ein uniformierter Beamter der Spurensicherung kam in die Baracke.

»Oh – Sie sind wieder hier, Sir. Eine Nachricht von einer Mrs. Quine. Ich soll Ihnen ausrichten, daß sie einen Michael Lacey im Dickicht beobachtet und gesehen hat, wie er sich auf höchst verdächtige Weise dem Bungalow näherte . . .«

»Zufällig haben wir Mr. Lacey auch im Dickicht gesehen, aber er hat sich ganz normal benommen. Trotzdem vielen Dank. Hat man die Leiche schon abgeholt?«

»Sie schaffen sie gerade fort, Sir«, erwiderte der Mann, obwohl das gar nicht nötig gewesen wäre. Man hätte die Entsetzensrufe und das aufgeregte Gemurmel aus einer halben Meile Entfernung hören können.

»Haben Sie sich schon in den Nebengebäuden umgesehen?« wollte Barnaby wissen.

»Noch nicht, Sir. Wir haben gerade in der Küche angefangen.«

»Gut.«

Barnaby verließ die Baracke, verwies die Reporter und das

Fernsehteam an Inspector Moffat und ging zum Wagen, um dort auf Troy zu warten. Er holte ein paar von Mrs. Rainbirds bezeichnenderweise hellblauen und rosafarbenen Schnellheftern und eins der Notizbücher aus dem Kofferraum, ließ sich auf dem Rücksitz nieder und begann zu lesen.

Zuerst blätterte er das Notizbuch durch. Im großen und ganzen glich jede Seite der, die er bereits gelesen hatte. Keine Namen wurden genannt, nur Initialen, und gelegentlich waren die Informationen mit einem roten Stern markiert. Niemand schien etwas Außergewöhnliches getan zu haben – die Aufzeichnungen berichteten lediglich von verschiedenen Gängen, Unterhaltungen, von gegenseitigen Besuchen und dem Benützen der Telefonzelle. Niemand war von Mrs. Rainbirds stark vergrößerndem Fernglas verschont geblieben.

Barnaby legte das Notizbuch weg und schlug einen der Ordner auf. Er begriff auf Anhieb, daß seine erste Vermutung, als er das Dachgeschoß betreten hatte, zutreffend gewesen war. Mrs. Rainbird schien mit ihrer Beschäftigung eindeutige Ziele verfolgt und ihr Wissen aufs trefflichste ausgenützt zu haben. Barnaby zögerte, das Wort »marxistisch« zu benutzen, um so ein individualistisches, unsoziales Geschäft wie Erpressung zu beschreiben, aber es bestand kein Zweifel daran, daß die Forderungen der Frau im vernünftigen Rahmen geblieben waren. Die Leute hatten bezahlt, was sie konnten, und Mrs. Rainbird hatte die Preise den Möglichkeiten ihrer Opfer angepaßt.

Ein Mann hatte während (Barnaby überprüfte das anhand anderer Akten) der letzten zehn Jahre zweimal wöchentlich Eier und Gemüse bei Mrs. Rainbird abgeliefert. Ein anderer hatte sie mit Brennholz versorgt. Vor ein paar Monaten hatten diese Lieferungen aufgehört, und Mrs. Rainbird hatte eine gerade Linie unter die Auflistung gezogen und »verstorben« darunter geschrieben. Armer alter Teufel, dachte der Chief

Inspector und fragte sich, was der Mann wohl verbrochen haben mochte. Wahrscheinlich war alles ganz harmlos. Die Vorstellungen von richtig und falsch in einem Dorf, besonders bei der älteren Bevölkerung, erschienen moderner denkenden Menschen oft antiquiert. Barnaby schlug einen anderen Schnellhefter auf. Drei Jahre lang zwei Pfund in der Woche, dann nichts mehr. Vielleicht hatte sich das Opfer aus dem Staub gemacht – der einzige Ausweg, um die Zahlungen einstellen zu können. Er las weiter. Fünfzig Pfund im Monat. Ein Pfund pro Woche. Die regelmäßige Wartung von Dennis' Porsche. Kostenlose Bügelarbeiten, eine Lieferung Ziersträucher für den Garten. Wer hätte gedacht, daß in einem Dreihundert-Seelen-Nest so viele »Sünden« begangen werden? Und natürlich gab es noch Brown's, das Bestattungsinstitut. Dennis kurvte in der Gegend von Causton herum, besuchte Hinterbliebene und spendete ihnen in seiner schleimigen, kriecherischen Art Trost. Die Menschen redeten in Phasen der Trauer ungehemmt drauflos, und vor und nach Begräbnissen wurde viel geklatscht. Bei solchen Gelegenheiten konnte man viel Brauchbares aufschnappen. Seine Mutter und er mußten ein ziemlich weitreichendes Gebiet »abgegrast« haben. Barnaby nahm ohne große Erwartungen den nächsten Schnellhefter in die Hand – er hatte keine Ahnung, daß dies die Kammer mit der schußbereiten Kugel war. Die sechste Kammer.

Jetzt brauche ich mir nicht mehr den Kopf darüber zu zerbrechen, wie sie sich den silbernen Wagen oder die Anteile an dem Bestattungsunternehmen leisten konnten, dachte Barnaby, während er die Zahlenreihen studierte. Nummer 117 C hatte Tausende bezahlt. Sogar noch bevor er auf das Datum der ersten Zahlung schaute, wußte er, was er finden würde. Es gab nicht viele Verbrechen, die solche Summen einbrachten. Genaugenommen vielleicht sogar nur eins. Ihn befiel ein

Gefühl, das zu stark war, um mit Befriedigung beschrieben zu werden. Er kam sich vor, als schwebe er in höheren Sphären. Die ganze Zeit war es ihm nicht gelungen, sich den Gedanken an Bella Traces Jagdunfall aus dem Kopf zu schlagen. Obwohl offensichtlich klar war, daß es sich tatsächlich um einen Unfall gehandelt hatte und nicht der geringste Beweis für etwas anderes gefunden worden war, hatte Barnaby dieses Ereignis während der ganzen Woche nicht in Ruhe gelassen. Und jetzt hielt er die Bestätigung in den Händen. Ein leises Klopfen ans Fenster riß ihn aus seinen Träumereien.

»Ah, Troy.« Er stieg aus und schlug die Tür zu. »Haben Sie mit Miss Cadell gesprochen?«

»Ja. Sie war den ganzen Tag in ihrem neuen Zuhause, das zumindest hat sie mir erzählt. Ich war auch im Holly Cottage, aber da ist immer noch niemand.« Er beeilte sich, um mit Barnaby Schritt zu halten. »Dieser Mr. Trace scheint endlos viele Cottages zur Verfügung zu haben. Manche Leute brauchen ein Leben lang, um sich so ein Häuschen zu kaufen ...«

»Zeigen Sie mir, wo Phyllis Cadells Cottage ist.«

»Oh, sie hält sich im Augenblick nicht dort auf, Chief Inspector. Sie hat mit mir das Haus verlassen. Sie ißt bei den Traces zu Abend.«

»Gut.« Barnaby überquerte die Straße. »Was für einen Eindruck hat sie auf Sie gemacht?«

»Na ja, sie wußte natürlich noch nichts von dem Mord. Nachdem ich ihr davon erzählt hatte, benahm sie sich ziemlich komisch. Sie lachte lauthals, aber es klang ... ich weiß nicht ... Ich glaube, sie hat getrunken.«

Phyllis Cadell stand am Fenster des Zimmers, in dem sie Barnaby und Troy vor wenigen Tagen empfangen hatte. Sie drehte sich um, als sich die Tür öffnete, und sobald Barnaby ihr Gesicht sah, wußte er, daß seine Vermutung zutreffend war. Er trat ein paar Schritte vor.

»Phyllis Cadell, ich nehme Sie fest. Sie stehen unter Verdacht, den Mord an ...«

»O nein!« Sie wandte sich abrupt ab und lief zum anderen Ende des Zimmers. »Nicht jetzt ... *nicht jetzt!*« Sie schlug die Hände vors Gesicht und fing an zu schreien.

6

Barnaby durchquerte das Zimmer. Als er näher kam, verstummte Phyllis und starrte ihn an. Der intensive Blick, dieses grenzenlose Elend in ihren Augen erhob sie für einen kurzen Moment über alles Triviale und machte sie beinahe zu einer tragischen Figur. Barnaby belehrte sie über ihre Rechte, und Troy, der sich bemühte, den Eindruck zu erwecken, daß er nichts anderes als diese Verhaftung erwartet hätte, holte seinen Notizblock hervor und setzte sich auf den Stuhl neben der Tür.

Phyllis Cadell blickte von einem zum anderen, blinzelte nervös und fragte leise: »Wie haben Sie es herausgefunden?«

»Wir haben einige Unterlagen in Mrs. Rainbirds Bungalow sichergestellt. Ihre Akte war auch dabei.« Sie würde nie erfahren, daß keine Angaben über die Art des Verbrechens in der Akte vermerkt waren und daß das Opfer der Erpresserin nur anhand von drei Zahlen und eines Initials identifiziert wurde. Oder daß Barnaby, da er sonst keine Beweise hatte, gehofft hatte, sie so einschüchtern zu können, daß sie ihre Schuld gestand.

Sie fing tatsächlich an zu reden. »Ich weiß, daß es Ihnen schwerfallen wird, das zu glauben, aber als ich in dieses Haus kam ... natürlich war ich damals viel jünger ...« Sie richtete niedergeschlagen den Blick auf den Boden – es war nicht zu übersehen, daß sie traurig wegen ihres Alters, ihrer äußerlichen Erscheinung und ihrer Reizlosigkeit war. »Und Henry war ... ich tat alles im Haus, wissen Sie, und er war mir so dankbar. Dann ... ich spürte, daß aus seiner Dankbarkeit mehr wurde. Bella war immer so beschäftigt. Ihre Stellung im Dorf verlangte, daß sie sich im Gemeinderat engagierte und sich für die Wohltätigkeit einsetzte. Sie war Präsidentin der Frauenorganisation und der örtlichen konservativen Vereinigung. Oh – sie kümmerte sich auf ihre lebhafte, energische Art um Henry, aber sie verbrachte eben die meiste Zeit außer Haus. Er wirkte manchmal so wehmütig und sehnsüchtig ... er saß am Fenster und wartete darauf, daß ihr Wagen in die Einfahrt einbog. Dann eines Abends – ich werde das nie vergessen«, Tränen flossen ihr über das aufgedunsene Gesicht, und ihre Stimme klang belegt, »ich machte Sandwiches – Frischkäse mit Meerrettich. Er nahm meine Hand und sagte: ›Phyllis, was würde ich ohne dich anfangen?‹ Nicht ›wir‹.« Sie sah Barnaby trotzig an. »Er sagte ›ich‹. ›Was würde *ich* ohne dich anfangen?‹ Verstehen Sie – im Laufe der Zeit wandte er sich mir immer mehr zu. Ich hatte Verständnis für ihn. Ich liebte ihn so sehr, und es erschien mir nur natürlich, daß er anfing, mich auch ein wenig mehr zu mögen. Und dann dachte ich«, ihre Stimme senkte sich zu einem Flüstern, »wie glücklich wir beide sein könnten, wenn Bella nicht wäre.«

Sie ließ sich auf einen Stuhl sinken und schwieg so lange, daß Barnaby schon fürchtete, sie würde nie mehr ein Wort von sich geben. Aber gerade, als er etwas sagen wollte, redete sie weiter. »Zwischen mir und meiner Schwester gab es keine Zuneigung. Alle hielten Bella für einen so guten Menschen, weil sie mir ein Zuhause gab, aber sie hätte nie eine Haushälterin gefunden, die sich so für sie und ihren Mann aufopfert, wie ich es getan habe. Und sie prahlte regelrecht mit ihrem Glück. Sie merkte schnell, daß ich Henry sehr mochte. Bella konnte man nicht so leicht etwas vormachen.«

Barnaby setzte sich, ohne sie aus den Augen zu lassen. »Ich habe schon in meiner Jugend gelernt, mit einem Gewehr umzugehen. So ist das eben auf dem Land, man vergnügt sich bei der Jagd. Aber ich konnte es nie leiden, Lebewesen zu töten.« Sie verzog den Mund, als sie begriff, wie widersinnig die Aussage unter diesen Umständen war. »Ich sagte Bella, daß ich froh wäre über eine Abwechslung von der ewigen Hausarbeit und gern mit auf die Jagd gehen würde. Henry war offenbar ein wenig überrascht, aber er freute sich. Ich nahm einen Flachmann mit Wodka mit. Damals habe ich noch nicht sehr viel getrunken. Ich hatte mir keinen endgültigen Plan zurechtgelegt, aber ich war sicher, daß sich eine Gelegenheit bieten würde. Auf der Jagd stellen sich die Leute nicht in einer Reihe auf, und sie bleiben auch nicht zusammen, sie trennen sich und schwärmen in verschiedene Richtungen aus. Aber je mehr Zeit verging, um so unmöglicher erschien es mir, mein Vorhaben auszuführen. Immer stand jemand zwischen mir und meiner Schwester, oder sie entfernte sich zu sehr und kam mir zu nahe. Ich war der Verzweiflung nahe und wußte nicht, was ich tun sollte. Ich nahm einen Schluck nach dem anderen aus dem Flachmann. Mir war klar, daß ich nie wieder den Mut aufbringen würde, mit ihnen auf die Jagd zu gehen ... all die toten Vögel, das Blut ... mir wurde übel dabei. Dann kam mir eine brillante Idee. Ich dachte, niemand würde mir jemals auf die Schliche kommen, wenn ich vorausginge, mich im Gebüsch verstecken und es von dort aus tun würde. Also sagte ich ihnen, daß ich mich nicht gut fühle – vielleicht sagte ich auch, ich würde mich langweilen oder so was – und machte einen großen Bogen, bis ich vor der Jagdgesellschaft war. Ständig wurden Schüsse abgefeuert. Ich vermute, ich hätte selbst sehr leicht getroffen werden können.« Sie vergrub ihr Gesicht in den Händen und setzte heiser hinzu: »Ich wünschte bei Gott, es wäre so gewesen. Dann ... habe ich sie erschossen. Es war grauenvoll. Ich sah, wie sie vornüber fiel, und geriet in Panik. Ich sprang auf und rannte und rannte. Das Gewehr warf ich in die Büsche. Nach ein paar Minuten blieb ich stehen und trank den Rest des Wodkas, und erst dann begriff ich . . .«

»Ja?« Barnaby war ganz ruhig, das Zimmer so still. Troy schrieb mit wie ein Besessener und hatte das Gefühl, daß sie seine Anwesenheit ganz vergessen hatten.

». . . Mir wurde klar, daß alle erkennen mußten, daß es kein Unfall war. All die anderen befanden sich hinter ihr –, alle, außer dem Farmersjungen, und der war zu weit weg. Ich überlegte fieberhaft, was ich tun sollte. Ich saß im Wald und überlegte. Ich dachte daran, einfach wegzulaufen, aber dann hätte jeder gewußt, daß ich es war . . . schließlich zwang ich mich, zum Haus zu gehen. Als ich ankam, war alles schon vorbei. Der Krankenwagen war gekommen und wieder abgefahren, und Trevor Lessiter erzählte mir, daß Bella einen Unfall hatte. Sie war gestolpert und auf ihr Gewehr gefallen. Ich konnte es nicht fassen, daß jemand so viel Glück haben konnte. Ich weinte und weinte vor Erleichterung. Ich konnte einfach nicht aufhören. Alle waren gerührt über so viel Geschwisterliebe. Als sie alle weg waren, bereitete ich für mich und Henry ein Abendessen zu. Ich deckte nicht den Tisch, wir setzten uns an den Kamin. Ich mußte ihn überreden, ein paar Bissen zu essen. Ich hatte nie zuvor ein solches Glücksgefühl empfunden. Ich nehme an, Sie halten das für niederträchtig, aber es ist die Wahrheit. Ich konnte an nichts anderes denken als daran, daß ich ungeschoren davongekommen war und daß ich Henry endlich für mich allein hatte. Ungefähr um halb acht klingelte das Telefon.« Ihre Stimme wurde brüchig und war kaum mehr als ein Krächzen. »Entschuldigen Sie . . . ich brauche etwas zu trinken.«

»Sergeant.« Barnaby gab Troy ein Zeichen.

»Ist schon gut.« Sie bediente sich selbst aus der Karaffe und gab einen Schuß Soda dazu. »Iris Rainbird rief an. Sie sagte, daß ich bei ihr vorbeikommen solle. Ich erzählte ihr, was mit Bella passiert war, und sagte, ich könne Henry nicht allein lassen. Sie meinte nur: ›Sie kommen sofort hierher. Oder wäre es Ihnen lieber, wenn ich Ihnen einen Besuch abstatte?‹ Sie klang eigenartig, aber ich war nicht besonders beunruhigt. Ich brachte Henry seinen Nachtisch und machte mich auf den Weg zum Bungalow.

Sie bot mir einen Kaffee an und duldete keine abschlägige Antwort, Dennis ging in die Küche. Wir saßen uns in dem abscheulichen Wohnzimmer gegenüber, und sie rückte nicht mit der Sprache heraus. Sie sagte einfach nicht, was sie von mir wollte, statt dessen zwinkerte sie mir unaufhörlich zu und meinte, daß ich jetzt in Tye House mehr denn je gebraucht würde. ›Sie werden die Kastellanin sein, meine Liebe.‹ Dann schob Dennis den Teewagen herein. Unten stand der Kaffee und eine Schale mit Keksen, und oben lag ... das Gewehr. Niemand sagte ein Wort. Es war schrecklich. Sie wechselten einen Blick, ehe sie mich freudestrahlend ansahen, als hätte ich etwas Außergewöhnliches vollbracht. Ich vermute, das hatte ich auch.

Dennis behauptete, er hätte gesehen, wie ich auf Bella geschossen und das Gewehr versteckt habe, bevor ich weggerannt bin. Und er sagte, er und seine Mutter würden sich nichts mehr wünschen, als daß ich weiterhin ein glückliches Leben in Tye House führe, und ich könne sicherlich verstehen, daß auch arme Leute irgendwie durchkommen müßten. Sie beide hätten immer gewußt, daß ich zu den Leuten gehöre, die ihre Freunde nicht vergessen und sich ihnen gegenüber großzügig erweisen. Ich war so besessen von meinem Plan gewesen, daß ich keinen Gedanken an irgend jemanden sonst verschwendet hatte, am wenigsten an Dennis Rainbird. Aber zu der Zeit war er verrückt nach Michael Lacey gewesen. Er folgte ihm auf Schritt und Tritt. Daran hätte ich denken müssen. Jedenfalls«, ihre Schultern sackten nach unten, »gibt es nicht mehr viel zu erzählen, ehrlich. Seitdem haben sie mich ausgenommen. Henry überließ mir Bellas Schmuck, ich verkaufte ihn und gab den Rainbirds das Geld. Ich selbst hatte auch noch ein bißchen Schmuck und die fünfzigtausend Pfund, die mir meine Mutter hinterlassen hatte.« Ihr Gesicht verzog sich kummervoll. »Und das alles war umsonst. Henry hat mich nie geliebt. Er war nur nett und freundlich zu mir. Und dann tauchte Katherine auf.«

Als sich das Schweigen in die Länge dehnte, erkundigte sich Barnaby: »Ist Ihre Aussage damit beendet, Miss Cadell?«

»Ja.«

»Und der Mord an Mrs. Rainbird?« Noch bevor der Chief Inspector die Frage ganz ausgesprochen hatte, wußte er, wie ihre Antwort lauten würde. Er konnte sich vorstellen, wie sie sich an dem Gedanken festhielt, daß Henry sie gern hatte, und wie sie sich mit einer Flasche Wodka Mut machte, auf Bella schoß und sofort, von Entsetzen und Angst gepackt, die Flucht ergriff und das Gewehr wegwarf. Aber er konnte sich beim besten Willen nicht vorstellen, daß diese stämmige Frau ein Messer schwang, immer und immer wieder zustach und in Blut watete, eiskalt die Kleider wechselte und all ihre Spuren sorgfältig beseitigte. Deshalb war er keineswegs überrascht, als er sie sagen hörte: »Damit habe ich nichts zu tun.«

Trotzdem hatte er das Gefühl, weitere Fragen stellen zu müssen. Immerhin hatte sie kein Alibi für den Nachmittag, und Mrs. Rainbirds Tod kam ihr sicherlich sehr gelegen.

»Ich weiß nicht, welche Vorteile ich jetzt noch aus ihrem Tod ziehen könnte. Ich hätte sie vor achtzehn Monaten umbringen müssen. Sie wußten beide seit Wochen, daß ich kein Geld mehr habe. Und ich machte ihnen klar, daß ich sie ins

Gefängnis bringen würde, wenn sie mich hinhängen. Sie wußten genau, daß ich es ernst meinte.«

Nachdem Troy ihr die Aussage noch einmal vorgelesen hatte, setzte sie ihre Unterschrift darunter, und Troy postierte sich vor der Schlafzimmertür, während sie ein paar Sachen zusammenpackte. Sie erschien mit einem kleinen Koffer, ihrer Handtasche und einem unförmigen Regenmantel. Sie war nie eine attraktive Frau gewesen, aber zumindest hatte sie bis heute über ein gewisses Maß an Vitalität verfügt. Jetzt jedoch wirkte sie vollkommen erschöpft und alt, selbst ihr Haar schien grauer geworden zu sein. Als sie die Treppe herunterkamen, ging eine Tür auf, und Barnaby spürte, daß sie sich an ihn drängte.

»Phyllis.« Henry rollte in die Eingangshalle, Katherine hielt sich dicht hinter ihm. »Was, um alles in der Welt, ist hier los? Was ist passiert?«

»Das wirst du noch früh genug erfahren.« Ohne ihn eines Blickes zu würdigen, lief sie zur Tür. Troy rannte ihr nach. Barnaby drückte die Tür hinter ihnen zu und drehte sich zu Henry und Katherine um.

»Tut mir leid, daß ich Ihnen das sagen muß, Mr. Trace, aber Miss Cadell hat gerade ein Geständnis abgelegt – sie hat Ihre Frau ermordet.«

»Das ist nicht möglich!« rief Katherine verblüfft.

Henry schien es die Sprache verschlagen zu haben. Nach einer Weile fragte er leise: »Sind Sie sicher? Da muß ein Irrtum vorliegen. Ich kann das einfach nicht glauben.«

»Ich fürchte, es besteht kein Zweifel.« Barnaby öffnete die Haustür. »Wir haben sie verhaftet. Vielleicht möchten Sie sich mit einem Anwalt in Verbindung setzen.« Er verabschiedete sich und stieg zu Troy und Miss Cadell in den Wagen.

7

Barnaby saß hinter seinem Schreibtisch. Er schob die *Tranquillada*-Akte beiseite und konzentrierte sich auf seinen Kaffee. Vor ein paar Minuten hatte er mit dem Krankenhaus telefoniert und erfahren, daß sich Dennis Rainbirds Zustand nicht geändert hatte, er sich aber weiterhin ganz wohl fühlte. Das bezweifelte Barnaby. Das bezweifelte er sogar sehr. Sobald Dennis Rainbirds Erinnerungsvermögen zurückkäme, würde er sich nicht mehr wohl fühlen, bis der Mörder seiner Mutter gefaßt war. Barnaby war sicher, daß Dennis über all das, was seine Mutter über andere Leute in Erfahrung gebracht hatte, auch Bescheid wußte. Und was, außer einer andauernden Geistesverwirrung, konnte ihn jetzt noch davon abhalten, sein Wissen preiszugeben? Deshalb hatte Barnaby je eine Wache vor dem Krankenzimmer und neben dem Krankenbett postiert.

Barnaby hatte den Zeitungsartikel über die Voruntersuchung im Todesfall Bella Trace vor sich liegen. Jetzt kannte er die Wahrheit und erinnerte sich an seinen ersten Eindruck, daß irgend etwas nicht so recht zusammenpaßte. Er las den Artikel noch einmal Wort für Wort durch, in der Annahme, dieses Gefühl hätte sich inzwischen in Luft aufgelöst, aber er irrte sich. Ah, egal ... das war jetzt nicht mehr wichtig.

Um ihn herum herrschte geschäftige Aktivität, und ständig klingelte irgendwo ein Telefon. Die Fleet Street interessierte sich ebenso wie der Sender BBC für die Vorgänge in Badger's Drift. Obwohl bis jetzt noch kein Aufruf an die Bevölkerung ergangen war, meldeten sich etliche Leute, die natürlich erpicht darauf waren, eine wichtige Rolle bei einem derart dramatischen Ereignis zu spielen, und versorgten die Polizei mit Informationen und Angeboten.

Überall stapelte sich Papier. Jedes kleinste Detail wurde notiert, und alles, was bis jetzt noch nicht auf Karteikarten übertragen worden war, flatterte von Schreibtisch zu Schreibtisch. Analysen und Berichte aus dem Labor wurden an die Ermittler in der Baracke durchgegeben. Eine stark vergrößerte Karte des Dorfes und der Umgebung hing hinter Barnaby an der Wand. Auf den Fernsehbildschirmen war ein Lokalreporter zu sehen, der Mrs. Sweeney und Mr. Fenston interviewte, den Seniorpartner des Bestattungsinstituts (»Wir bieten Trost in der Stunde der Not«). Die Dorfbewohner gaben Polizisten Auskunft, wo sie sich zur Tatzeit, also zwischen drei und fünf Uhr nachmittags, aufgehalten hatten. Die in einem solchen Fall üblichen Routinearbeiten wurden gewissenhaft erledigt. Und obwohl Barnaby wußte, daß all die Dinge getan werden mußten, weigerte sich sein Verstand, die Details der Ermittlungsergebnisse aufzunehmen.

Seiner Ansicht nach gab es fünf Verdächtige (er hatte sich entschieden, Henry Trace auszuschließen, und Lessiter hatte ein bestätigtes Alibi), und diese fünf bewegten sich in einem bedächtigen Tanz vor seinem geistigen Auge. Wo er auch war, mit wem er auch sprach und was er auch tat, der Tanz ging weiter. Er trank seinen Kaffee aus – und sah diesen albernen Frosch wieder.

Es war kurz vor neun Uhr abends. Er kritzelte eine Bestellung für den Straßenverkauf des chinesischen Restaurants auf ein Papier – Ingwersuppe, süß-saure Garnelen, Reis und Frühlingsrollen, kandierte Äpfel – und gab sie gerade weiter, als das Telefon klingelte.

»Eine Mrs. Quine möchte Sie sprechen, Sir. Sie ist in einer Telefonzelle. Ich habe die Nummer notiert.«

»Gut . . . Mrs. Quine?«

»Hallo? Was ist los . . . hat Ihnen der Kerl in dieser Baracke nicht ausgerichtet, was ich gesagt habe? Über diesen Lacey?«

»Doch. Ich habe die Nachricht erhalten.«

»Wieso strolcht er dann immer noch im Dorf herum? Soll er uns erst alle aufschlitzen und in Stücke schneiden, bevor ihr eure Hintern in Bewegung setzt und etwas unternehmt? Ich hab' gesehen, daß er frech wie Rotz auf das Haus zugegangen ist.«

»Wir auch ...« Barnaby hielt inne. Um ihn herum schrillten die Telefone, eine Schreibmaschine klapperte, draußen hielt ein Wagen mit quietschenden Reifen. Er hörte nichts von alldem. Er konzentrierte sich voll und ganz auf eine einzige Kleinigkeit. Es gab nur noch ihn, das Telefon und Mrs. Quine. Seine Kehle war staubtrocken, als er fragte: »Sie meinen, Sie haben gesehen, wie er auf das Haus zuging?«

»Das hab' ich doch gesagt, oder? Der andere Polizist sollte ihnen das ausrichten. Er ging über den Gartenweg zur Hintertür. Er hatte den ollen Overall an und die Mütze auf dem Kopf. Ich würde ihn überall erkennen.«

»Um wieviel Uhr war das?«

»Also ... *Die fliegenden Ärzte* waren gerade zu Ende, und die nächste Serie hatte noch nicht angefangen. Ich war oben, um die Betten zu machen – deshalb konnte ich ihn sehen. Durch das Schlafzimmerfenster. Lisa Dawn machte Tee in der Küche.«

»Ja«, sagte Barnaby und wunderte sich selbst, daß seine Stimme so ruhig blieb, »aber wie spät war es da?«

»Das war um ... äh ... fünf vor vier.«

Barnaby richtete sich auf und umklammerte den Hörer fester. Mrs. Quine plapperte noch eine ganze Weile weiter, aber ihre Worte prallten an ihm ab. In seinem Kopf war alles in Aufruhr. Fünf vor vier. Lieber Gott. Fünf vor vier. Ein paar Worte sickerten zu ihm durch.

»Haben Sie diesen neugierigen Kerl vom Jugendamt zu mir geschickt? Lisa Dawn war ganz durcheinander.«

Mrs. Quine gingen die Münzen aus, und das Freizeichen ertönte. Barnaby machte sich auf die Suche nach Inspector Moffat, um sich Durchsuchungsbefehle zu beschaffen. Als er durchs Vorzimmer marschierte, brüllte er: »Troy!« Der Schrei war sicher noch auf dem Rindermarkt und im Café an der übernächsten Straßenecke zu hören. Sein Sergeant unterbrach seinen glutäugigen Flirt mit der Polizistin Brierley, sprang auf und rief ebenso laut: »Sir!«

»Den Wagen. Setzen Sie sich in Bewegung!«

Troy gab noch einmal ein donnerndes »Sir!« von sich und rannte los. So mag ich's, dachte er, als er den Parkplatz erreichte und in den Fiesta sprang. Mit heulender Sirene und Vollgas. Der Fall war gelöst, der Schurke auf der Flucht, er und Barnaby blieben ihm dicht auf den Fersen und hielten die Handschellen bereit. Aber der Chief Inspector wurde langsam alt. Zu seiner Zeit war er vielleicht flink gewesen, aber heute ... Also mußte Troy dafür sorgen, daß die Halunken hinter Schloß und Riegel kamen. Er war ein zäher Bursche – einer der ganz harten Männer. Und später würde Barnaby eingestehen: »Ohne Sie, Sergeant, hätte ich nicht ...«

»Um Himmels willen, sitzen Sie nicht rum, Sergeant! Fahren Sie los.«

»Ja, Sir.«

»Nach Badger's Drift, und schalten Sie die verdammte Sirene aus.« Von langsam fahren hatte er nichts gesagt, und Troy drückte aufs Gas, als sie die Stadt hinter sich gelassen hatten.

»Was ist los, Sir?« Barnaby erzählte es ihm, und Troy pfiff durch die Zähne. »Menschenskind, dann haben wir ihn also.«

»Behalten Sie die Straße im Auge.«

»Aber ... die Sache ist ziemlich einleuchtend, nicht wahr?«

»Ganz gewiß gibt es einiges, was er uns erklären muß.«

»Ich hoffe, er ist nicht abgehauen. Er war nicht zu Hause, als ich vorhin im Cottage war.«

Nur noch einen Handvoll Leute lungerten vor dem Rainbird-Bungalow herum. Der Übertragungswagen des Senders war auf dem Weg zum nächsten Drama. Es wurde allmählich dunkel. Sobald Troy auf den Feldweg einbog, sahen sie, daß Licht im Holly Cottage brannte.

»Er ist daheim.«

»Sie brauchen nicht zu flüstern, Sergeant.« Barnaby stieg aus. »Ich denke, das Scheinwerferlicht hat ihm längst verraten, daß wir im Anmarsch sind.«

Die untergehende Sonne tauchte das Haus in gnädig sanftes Licht und umrahmte die dunklen Bäume mit Gold. Eins der Fenster im oberen Stockwerk reflektierte das rote Abendlicht. Troy blinzelte und dachte: Es sieht aus wie ein Klumpen Blut.

»Lieber Himmel, nicht Sie schon wieder.« Michael Lacey stand auf der Schwelle und musterte sie unfreundlich. Er biß von einem dicken Brot mit Käse ab. »Sie hören wohl nie auf? Wirklich, es ist mir ein Vergnügen, Steuern zu zahlen – das heißt, wenn ich jemals genügend verdiene, um Steuern bezahlen zu müssen.«

»Wir würden Ihnen gern ein paar Fragen stellen.«

Er gab ein leises Ächzen von sich, aber es klang unecht. Ein Teil des Spiels. Er hielt ihnen die Tür auf. »Kommen Sie rein, wenn Sie müssen. Aber man hat mir bereits Fragen gestellt – einer Ihrer Leute war vor knapp einer halben Stunde hier.«

»Dann wissen Sie vermutlich schon, daß Mrs. Rainbird zu Tode gebracht wurde.«

»Zu Tode gebracht wurde? Wie wunderbar, so schön altmodisch!«

»In einer brutalen Art und Weise.«

»Ich hoffe, Sie rechnen nicht damit, daß ich aufrichtig zerknirscht deswegen bin. Sie war eine gräßliche Frau. Fast so widerlich wie ihr Goldjunge.«

»Wirklich? Ich wußte gar nicht, daß Sie sie so gut kannten.«

»Ich kannte sie nicht gut.«

Hochnäsiger Kerl, dachte Troy, Mrs. Quine sagt was anderes. Barnaby fragte Michael Lacey, wo er am Nachmittag zwischen drei und fünf gewesen war.

»Bei der Arbeit.«

»Wollen Sie uns das ein wenig näher erläutern?«

»Eigentlich nicht. Trotzdem danke.«

»Und wenn jemand sagt, er hätte Sie um kurz vor vier Uhr im Garten von Mrs. Rainbird auf dem Weg zur Hintertür gesehen?«

»Würde ich sagen, daß er zum Augenarzt muß.«

Barnaby zeigte ihm eines der beiden Formulare, die er sich im Polizeirevier hatte ausstellen lassen. »Mr. Lacey, ich habe hier eine Vollmacht, das Haus zu durchsuchen.« Bei diesen Worten veränderte sich Laceys Miene schlagartig. Das wischt ihm das Grinsen aus dem Gesicht, dachte Troy und zeigte selbst einen Anflug von einem Lächeln. »Ich hoffe«, fuhr Barnaby fort, »daß Sie sich in dieser Angelegenheit kooperativ zeigen.«

»Das können Sie nicht tun!«

»Dieses Papier ermächtigt mich dazu, fürchte ich. Sergeant ...« Barnaby deutete mit dem Kopf auf die Treppe, und Troy verschwand ins obere Stockwerk. »Würden Sie mich bitte in die Küche begleiten, Mr. Lacey?«

Er durchsuchte gründlich die Küche, während der Hausherr an der Spüle lehnte und ihn verdrossen beobachtete. Danach nahm sich der Chief Inspector das Zimmer mit dem Sofa und den Regalen vor. Er zog die Taschenbücher aus den Fächern, hob den Teppich an. Lacey hockte auf einem der unbequemen Stühle. Troy kam herein und sah seinen Boß mit einem, wie er glaubte, kaum erkennbaren Kopfschütteln an. Der Chief Inspector beendete seine Arbeit und wandte sich dem Mann am Eßtisch zu. Lacey sagte: »Wenn ich die heftige

Geste der Verzweiflung richtig deute, dann hat Ihr erfolgloser Sergeant auch nichts Bedeutsames ausgegraben. Ich würde vorschlagen, Sie ziehen fröhlich Ihrer Wege und lassen mich in Frieden.«

»Nächstes Zimmer, Troy.« Der Sergeant nickte und machte sich auf den Weg. Lacey sprang auf die Füße.

»Das ist mein Atelier. Ich möchte nicht, daß meine Arbeiten durcheinandergebracht werden. Da drin ist nichts außer meinen Bildern.«

Troy rief: »Die Tür ist verschlossen, Sir.«

»Brechen Sie sie auf.«

Michael Lacey lief auf den Flur und hielt Troy zurück. Der Sergeant grabschte erfreut nach seinen Handgelenken und verdrehte ihm die Arme auf den Rücken.

»Schon gut, Sergeant, schon gut.« Barnaby schlenderte gemächlich auf die beiden zu. »Er geht nirgendwohin, nicht wahr, Lacey?«

Troy ließ Lacey los, der die beiden Polizisten böse anfunkelte. Aber in diesem Blick lag mehr als Wut. Lacey hatte Angst.

»Warum schließen Sie die Tür nicht einfach auf, das würde uns allen eine Menge Schwierigkeiten ersparen.«

Lacey hörte nicht auf ihn, und Troy rammte mit der Schulter die Tür. Nach dem vierten Anlauf gab sie nach. Er hob die Tür in den Flur und behielt dabei Lacey, der wie erstarrt am Treppengeländer lehnte, aufmerksam im Auge.

Barnaby betrat das Atelier. Es sah harmlos und im Vergleich zum Rest des Hauses aufgeräumt aus. Etliche Bilder standen an der Wand, einige waren mit Schnüren zusammengebunden. Die Staffelei, auf der sich offenbar das Bild befand, an dem Lacey momentan arbeitete, war mit einem Tuch bedeckt. Der Fußboden war sauber gefegt, und der Geruch von Terpentin und Harz lag in der Luft. Gläser mit Pinseln reihten sich ordentlich auf einer schlichten, auf Böcken liegenden Tischplatte, und in einer Ecke stand ein Gasofen.

Troy hatte sich mit gespreizten Beinen im Flur aufgebaut und war auf alles gefaßt. Über seinem Kopf brummte der Stromzähler wie eine gefangene Biene. Er sah auf. Dünne graue Kabel schlängelten sich aus dem kleinen Kasten. Komisch, einen Stromzähler in einem Privathaus zu sehen. Die Mieter in den Gemeindehäusern hatten natürlich welche. Wie fast überall war auch dieser zu hoch oben, und er machte ziemlichen Lärm. Troy drehte sich um und sah sich das Ding genauer an. Es war nicht der Stromzähler, der so laut brummte. Auf dem Ding saßen Unmengen von Fliegen; dicke, ekelhafte Schmeißfliegen. Sie drängten sich auf irgendeinem Gegenstand, der hinter dem Stromzähler klemmte. Troy stellte sich auf die Zehenspitzen, um besser sehen zu können.

»Chief...« Barnaby eilte zu ihm. »Sehen Sie – da oben.«

»Holen Sie einen Stuhl und irgend etwas, womit wir es anfassen können.«

Troy kletterte mit einem schmutzigen Küchentuch in der Hand auf einen der Eßzimmerstühle und zog das Messer aus dem unzulänglichen Versteck. Die Klinge war voll mit dunklen Flecken. Die Fliegen erhoben sich schwerfällig, entfernten sich jedoch nicht allzu weit vom Objekt ihrer Begierde. Als Troy Barnaby das Messer zeigte, setzten sie sich auf seine Hand. Barnaby sah Lacey an, der langsam auf sie zukam und das Messer erstaunt anstarrte.

»Können Sie uns erklären, was das hinter Ihrem Stromzähler zu suchen hat, Mr. Lacey?«

»Nein, das kann ich selbstverständlich nicht.«

»Gehört das Messer Ihnen?«

Da sich Lacey in Schweigen hüllte, versetzte Troy ihm einen unsanften Stoß. »He – der Chief Inspector hat Sie etwas gefragt!«

»Ich weiß nicht ...« Er schaute genauer hin und verzog angewidert den Mund. »Ja ... das ist das Messer, das wir beim Gemüseputzen benutzen.«

»Und wo haben Sie die Kleider versteckt, Mr. Lacey?«

»Was?«

»Den Overall, die Mütze, die Handschuhe. Die Strumpfhose.«

»*Die Strumpfhose?* Wofür halten Sie mich? Für einen Transvestiten?«

»Die Kleider, die Sie trugen«, fuhr Barnaby unnachgiebig fort, »als Sie Mrs. Rainbird töteten.«

»Als ich ...« Lacey blieb der Mund offen stehen. »Sie phantasieren. Das können Sie mir nicht anhängen. Ich habe viel von korrupten Polizisten gehört. Vielleicht haben Sie das Messer selbst hier versteckt. Sie könnten gut vorher schon einmal hier gewesen sein, als ich außer Haus war.«

Barnaby drehte sich um, um ins Atelier zurückzugehen, und Lacey stürmte davon. Er schubste den Chief Inspector brutal beiseite, boxte Troy gegen die Brust, so daß er das Gleichgewicht verlor, und flüchtete durch den Flur in Richtung Haustür. Troy rappelte sich auf, setzte ihm nach und erwischte ihn neben dem Polizeiauto. Als Barnaby sie erreichte, war Lacey mit Handschellen gefesselt. Troys Gesicht war vor Anstrengung und Stolz gerötet.

»Steigen Sie ein, Lacey.«

Der Festgenommene richtete einen starren Blick auf den Chief Inspector. Neben der Angst und der Hoffnungslosigkeit entdeckte Barnaby noch etwas anderes in seinem Gesicht, etwas Beunruhigendes, was er jedoch nicht genau benennen konnte. Troy verfrachtete Lacey auf den Rücksitz, und Barnaby legte das Messer in den Kofferraum.

»Haben Sie einen Schlüssel, mit dem wir das Haus absperren können?«

»Es ist nie verschlossen.«

Sie fuhren los. Als Troy vor der Kreuzung Church Lane und Street die Geschwindigkeit drosselte, kam Katherine mit zwei Hunden um die Ecke. In dem spärlichen Abendlicht konnte sie Barnaby gerade noch erkennen. Sie lächelte. Dann entdeckte sie ihren Bruder auf dem Rücksitz und rief entsetzt: »Michael!« Sie lief über die Straße auf den Wagen zu. Er hob die gefesselten Handgelenke und beschrieb mit den Händen ein Viereck vor seinem Gesicht. »Sieht aus, als wär' ich ziemlich abgemalt!« rief er. Troy trat aufs Gaspedal.

8

Es war dunkel, als sie im Revier ankamen. Michael Lacey wurde über seine Rechte belehrt und gefragt, ob er irgend jemanden anrufen wolle. Er lehnte ab und sah sich interessiert um. Er schien sich ziemlich schnell von dem Schrecken erholt zu haben. Als Barnaby ihn dem Verantwortlichen des Zellentraktes übergab, trat er sogar mit einem gewissen Übermut auf. Barnaby hörte, wie er Witze machte und Toast, Tee, einen Grillspieß, Apfelkuchen und Eiscreme bestellte. Der Chief Inspector erkundigte sich, wie es der anderen Inhaftierten ging.

»Gut. Sie schläft wie ein Baby und schnarcht, daß die Wände wackeln.«

Barnaby ging in sein Büro, wo Troy den Bericht über die Hausdurchsuchung fertigstellte. Es war zu dunkel, um die Suche nach den Kleidern des Mörders einzuleiten, aber gleich bei Tagesanbruch würden sie damit anfangen. Noch mehr Papiere hatten sich auf Barnabys Schreibtisch neben dem kaltgewordenen chinesischen Menü angesammelt. Es bestand keine Notwendigkeit mehr, die Berichte der Kollegen sofort zu lesen. Der Mörder saß hinter Schloß und Riegel. Der Chief Inspector stellte sich ans Fenster, betrachtete den schwarzblauen Himmel mit den funkelnden Sternen und überlegte, woher dieses ungute Gefühl kam.

»Sir?« Troy hielt ihm den Telefonhörer hin. »Miss Lacey ist am Apparat.«

»Ja? Hier spricht Detective Chief Inspector Barnaby.«

»Was ist passiert? Was haben Sie mit Michael vor?«

Barnaby gab ihr Auskunft. Eine Weile herrschte Schweigen am anderen Ende der Leitung, dann fing Katherine an zu schreien. Barnaby hörte sie stammeln: »Nein ... nein ... er konnte nicht ... es ist nicht wahr.« Henry Trace nahm ihr den Hörer ab.

»Erklären Sie mir genau, was vorgefallen ist, Barnaby. Aus Katherine kann ich nichts Vernünftiges herauskriegen. Liebling, bitte ... es wird alles gut. Versuch dich zu beruhigen ... wir können nichts unternehmen, wenn wir nicht wissen, was los ist.«

Barnaby sagte sein Sprüchlein noch einmal auf. Er hörte Katherine kreischen: »Ich möchte ihn sehen ... Henry, ich *muß* zu ihm.«

»Können wir ihn sehen, Chief Inspector?«

»Ich schlage vor, Sie rufen morgen noch einmal an, Mr. Trace. Wir haben ihn gerade für die Nacht in die Zelle gebracht.« Katherine schluchzte immer noch hysterisch, als Barnaby auflegte.

Er lehnte sich auf seinem Stuhl zurück und schloß die Augen. Er war müde, aber nicht auf eine gesunde Art. Er war das, was seine Mutter »fix und fertig« nannte – erschöpft und ausgelaugt, ohne etwas vorweisen zu können. Aber was fiel ihm ein? Natürlich konnte er etwas vorweisen. Er hatte den Mörder von Iris Rainbird gefaßt. Und morgen würden sie die blutbesudelten Kleider finden. Lacey konnte nicht weit in diesem Aufzug gekommen sein. Wahrscheinlich hatte er sie in dem Weiher im Wald versenkt. Dieser Gedanke erinnerte ihn an die Wasserpfütze im Schuppen der Rainbirds. Er fühlte sich auch, als hätte er Wasser im Gehirn. Und seine Eingeweide rumorten. Sein Magen war nie zufrieden. Wenn er ihn fütterte, beschwerte er sich, und wenn er ihn nicht fütterte, beschwerte er sich auch. Aber alles war bestens. Abgedroschene Phrasen, die ihm sonst nie in den Sinn kamen, drängten sich ihm auf. Ein sonnenklarer Fall. Mörder auf frischer Tat ertappt. Kein Problem.

Er warf das chinesische Essen in den grauen Metallabfalleimer und hievte sich aus dem Schreibtischsessel. »Ich hab' genug«, sagte er zu niemand speziellem. »Wir sehen uns morgen.«

Troy, der während der Zwölf-Stunden-Schicht regelrecht aufgeblüht zu sein schien, sprang auf, begleitete Barnaby zur Tür und hielt sie ihm auf.

»Ein ereignisreicher Tag, stimmt's, Sir?« Er strahlte zufrieden.

»Das können Sie laut sagen.«

»Ich meine«, Troy hielt auf dem Weg über den Parkplatz mit Barnaby Schritt, »wie oft in Ihrem Berufsleben haben Sie schon zwei Mörder an ein und demselben Tag gefaßt? Das ist doch wirklich einmalig, finden Sie nicht, Chief?«

Barnaby schloß seinen Wagen auf.

»Guter Gott«, plapperte Troy weiter, »mir sind schon einige Lügner in meinem Leben untergekommen, aber dieser Lacey ...«

»Gute Nacht, Sergeant.«

Troy warf ihm noch einen glänzenden Blick durchs Fenster zu. »Ein sonnenklarer, schnellstens gelöster Fall, nicht wahr?«

Er sah dem blauen Wagen nach. Komischer alter Kauz, dachte Troy. Gelänge ihm ein so sensationeller Doppelschlag, würde er Drinks für alle spendieren, und der Schlüpfer von Miss Brierley läge noch vor dem Morgengrauen in seinem Handschuhfach.

In der Nachbarschaft war alles ganz still, als Barnaby in seine Garage fuhr. Verträumte Vorstadt. Hinter ein paar Fenstern flimmerten Fernseher, aber die meisten unschuldigen Menschen schliefen bereits tief und fest und sammelten neue Energien für die tägliche Fahrt in die Stadt.

»Bist du das, Tom?« rief Joyce wie immer.

Er blieb einen Moment im Eingang stehen und sah den Garten und die Umrisse der Bäume an. Die Blätter raschelten im Nachtwind und glänzten silbern im Mondschein. Er war froh, daß die Blumenbeete im Dunkeln lagen. Er hatte seit vierzehn Tagen nicht mehr im Garten gearbeitet. Er würde Joyce bitten, am Wochenende Unkraut zu jäten. Das erinnerte ihn daran, daß er das Wochenende vermutlich im Büro verbringen mußte, und mit einem Mal bot ihm das leise Seufzen der Bäume keinen Trost mehr. Er ging ins Haus.

»Ich habe dir Suppe warmgehalten.« Joyce trug einen Morgenmantel und Hausschuhe, und ihr Gesicht war ungeschminkt und sauber.

»Oh ...« Barnaby schlang den Arm um ihre Taille. »Du hättest dir keine solche Mühe machen sollen.«

»Wie war dein Tag?«

»Es ging so.« Barnaby nahm die Suppentasse.

»Leider ist es keine selbstgemachte.«

Barnaby trank dankbar von der Suppe. Sie schmeckte wundervoll. Natriumglutamat. Erlaubte Konservierungsmittel. Farbstoffe und all die angsteinflößenden E-Zusätze mit verschiedenen Ziffern. Herrlich.

»Du hast doch nicht vergessen, daß Cully am Wochenende kommt?«

»Doch, das habe ich.« Barnaby leerte die Tasse.
»Möchtest du noch etwas davon?«
»Ich hätte nichts dagegen.«
Sie brachte ihm die gefüllte Tasse, aber bevor er trinken konnte, legte sie die Arme um ihn. »Tom?«
»Mmm.«
»Du siehst traurig aus.« Sie zog seinen angegrauten Kopf an ihren Busen. »Möchtest du ein bißchen kuscheln?«
»Ja, bitte.« Er küßte sie. Sie schmeckte süß nach Zahnpasta und der Babylotion, die sie als Feuchtigkeitscreme benutzte. Plötzlich war er von Dankbarkeit erfüllt. Heute und jeden Tag durfte er, gleichgültig wie schlimm die Arbeitsstunden auch gewesen waren, nach Hause kommen. Er strich ihr übers Haar und setzte hinzu: »Und nicht nur, weil ich traurig bin.«

9

Es war ein wunderschöner Tag für eine Hochzeit. Mit Sommerjasmin verflochtene Hopfenranken zierten die Steinbögen der Kirche, und an jeder Bank waren altmodische Blumensträußchen befestigt. Der Altar war mit Tuberosen bedeckt. Die unvergleichlich schöne Braut trug schimmernde Seide und Spitze. Der Bräutigam fuhr im Rollstuhl den Mittelgang hinunter und kam vor den Stufen der Kanzel zum Stehen – die Braut drehte sich zu ihm um, sah ihn an, und ihr Gesicht erstarrte zu einer Maske des Entsetzens. Auf seinen makellosen Schultern saß ein grinsender Totenschädel. Der Vikar sagte: »Liebes Brautpaar . . .« Die Kirchengemeinde lächelte. Niemand schien etwas Ungewöhnliches zu bemerken. Die Glocken läuteten. Und läuteten. Und läuteten.
Barnaby tastete auf seinem Nachttisch nach der Uhr. Es war erst halb sechs, um Himmels willen. Er nahm den Hörer

von der Gabel. »Barnaby«, brummte er. Er hörte zu und war plötzlich hellwach. »Allmächtiger ... haben Sie Bullard angerufen? ... Nein ... Ich komme sofort.«

Joyce drehte sich verschlafen zu ihm. »Liebling ... was ist los?«

Er war schon aus dem Bett gesprungen und zog sich an. »Ich muß weg ... du brauchst nicht aufzustehen.«

Sie setzte sich auf und klopfte die Kissen zurecht. »Aber du mußt doch ein Frühstück haben.«

»Die Kantine öffnet um sechs. Ich hole mir was von dort.«

»Wie lange ist sie schon tot?«

Doktor Bullard zog die Decke über Phyllis Cadells starres Gesicht. »Zwei, vielleicht drei Stunden. Irgendwann am frühen Morgen ist sie gestorben.«

Barnaby ließ sich schwer auf die Toilette sinken – außer der Pritsche gab es sonst keine Sitzgelegenheit. »Guter Gott, George, das hat uns gerade noch gefehlt. Ein Todesfall in der Zelle.«

»Tut mir leid.« Bullard lächelte – er wirkte ziemlich munter für die unchristliche Zeit. »Ich kann sie nicht wieder zum Leben erwecken. Nach allem, was man so hört, ist sie so auch besser dran, die arme Seele, denkst du nicht?«

»Das ist nicht der springende Punkt.« Barnaby schielte auf die Gestalt unter der Decke. Er wußte, was Bullard meinte. Was hätte Phyllis Cadell noch zu erwarten gehabt? Die Qualen und die Erniedrigung eines öffentlichen Gerichtsverfahrens. Jahre im Gefängnis. Im Alter einsam und ungeliebt. Und die ganze Zeit müßte sie mit dem Wissen fertig werden, daß Henry und Katherine glücklich in Tye House lebten. Trotzdem ...

Der diensthabende Sergeant kam in Barnabys Büro und schloß die Tür so vorsichtig, als wäre sie aus Glas. Er warf einen einzigen Blick auf die Gestalt hinter dem Schreibtisch, das genügte ihm. Während des ganzen Gesprächs starrte er auf den Fußboden.

»Also gut, Bateman, bringen wir's hinter uns.«

»Ja, Sir. Es war nicht . . .«

»Und wenn Sie jetzt sagen, daß es nicht Ihre Schuld war, drehe ich Ihnen den Hals um.«

»Sir.«

»Erzählen Sie von Anfang an.«

»Also . . . ich nahm die Gefangene in Empfang, aber noch bevor ich die Haftpapiere ausfüllen konnte, fragte sie mich, ob sie die Toilette benützen dürfe.«

»Sie haben sie doch nicht allein gehen lassen, oder?«

Bateman räusperte sich. »Die Sache ist die, Sir. Miss Brierley und Miss McKinley waren damit beschäftigt, eine Leibesvisitation bei ein paar Nutten vorzunehmen, die wir im Bezirk aufgegriffen haben. Ich habe einen Mann mit der Gefangenen mitgeschickt, zumindest bis zur Tür . . .«

»Na großartig, Sergeant. Brillant. Und der hat sie durch die Tür beobachtet, wie? Er konnte sehen, was sie im Schilde führte?«

»Nein, Sir.«

»Natürlich nicht. Hat sie irgend etwas mitgenommen, als sie zur Toilette ging?«

Bateman schluckte schwer und drehte den Kopf zum Fenster. »Ihre Handtasche.«

»Sprechen Sie lauter. Ich verstehe kein Wort.«

»Ihre Handtasche, Sir.«

»Ich glaube das nicht.« Barnaby vergrub sein Gesicht in den Händen. »Erzählen Sie weiter.«

»Na ja, ich füllte die Haftpapiere aus, dann führte ich sie in die Zelle. Vorher listeten wir noch auf, was sie bei sich hatte, und stellten ihr eine Quittung aus. Dann brachte ich ihr eine

Tasse Tee. Bei meinem ersten Rundgang schlief sie tief und fest.«

»Und wann hat sie die Tabletten geschluckt?«

»Mit dem Tee, nehme ich an. Sie muß sie aus dem Röhrchen genommen haben, als sie in der Toilette war. Sie hatte eine Strickjacke mit Tasche an und ein Taschentuch bei sich. Als ich den Inhalt ihrer Handtasche überprüfte«, versuchte Bateman sich zu verteidigen, »fand ich ein Röhrchen mit Schlafmittel, es waren sechs Tabletten drin. Sie fragte mich sogar, ob sie eine nehmen darf. Sie war ganz schön raffiniert ...«

»Sie war jedenfalls ein verdammtes Stück raffinierter als Sie, das ist mal sicher.«

»Wenn das Röhrchen ganz leer gewesen wäre, hätte ich Verdacht geschöpft.«

»Die Tatsache, daß sie überhaupt so etwas in ihrer Handtasche hatte, hätte Ihren Argwohn wecken müssen, Mann. Oder glauben Sie, die Leute schleppen Schlaftabletten einfach so mit sich herum, als würde es zum täglichen Leben gehören?«

»Nein, Sir.«

»Wann haben Sie gemerkt, daß sie tot ist?«

»Bei meinem dritten Rundgang, Sir. Kurz vor fünf. Mir fiel auf, daß sie nicht mehr atmete. Ich habe sofort den Polizeiarzt gerufen, aber es war zu spät.«

»Wenn sie nicht mehr atmete, war es, verdammt noch mal, natürlich zu spät.«

Der Sergeant murmelte jämmerlich: »Ja, Sir.«

»Sie sind bei der Polizei ebenso gut zu gebrauchen wie ein Suspensorium im Nonnenkloster, Bateman.« Schweigen. »Dafür werden Sie degradiert.« Pause. »Und das ist erst der Anfang.«

»Wenn ich ...«

»Sie sind vom Dienst suspendiert. Sie werden benachrichtigt, wann Sie zur Anhörung erscheinen sollen. Bis dahin möchte ich Ihr Gesicht hier nicht sehen. Und jetzt verschwinden Sie.«

Kaum hatte sich die Tür hinter dem armen Tropf geschlossen, stürmte ein junger Constable herein. »Es geht um den Häftling in Zelle drei, Sir. Er möchte eine Aussage wegen gestern nachmittag machen.«

»Ich nehme an, Sie sind lange genug bei der Polizei, um das allein und ohne großen Wirbel zu erledigen.«

»Tut mir leid, aber er will nur mit Ihnen reden.«

Der Häftling in Zelle drei beendete gerade sein Frühstück und wischte seinen Teller mit einem Stück Brot ab. »Einen Stern für den Komfort in diesem Haus, Inspector, aber die Küche hat eindeutig zwei Sterne verdient. Ich weiß gar nicht mehr, wann ich ein besseres pochiertes Ei gegessen habe.«

»Sagen Sie, was Sie zu sagen haben, und beeilen Sie sich damit.«

»Ich würde jetzt gern heimgehen.«

»Spielen Sie keine Spielchen mit mir, Lacey!« Barnaby ging auf die Pritsche zu und beugte sich so weit zu dem Mann, daß ihre Gesichter nur noch wenige Zentimeter voneinander entfernt waren. »Ich habe die Nase voll von Ihnen.« Er sprach langsam und ruhig, aber der Zorn, der von ihm ausging, war beinahe mit Händen greifbar. Lacey wurde blaß und wich ein Stück zurück. Die transplantierte Haut blieb unverändert und sah aus wie ein rosafarbener Seidenstreifen. »Und ich warne Sie«, fügte Barnaby hinzu, »wenn Sie mich gestern angelogen haben, sind Sie in ernsten Schwierigkeiten.«

»Ich habe nicht gelogen ... das heißt theoretisch.« Jetzt sprudelten die Worte nur so aus ihm heraus – ihm saß eindeutig der Schreck in den Gliedern. »Ich sagte, daß ich am Nachmittag bei der Arbeit war, und das stimmt auch. Ich habe erste Skizzen für ein Ölgemälde gemacht, das ich von Judy Lessiter malen möchte. Ich hatte es mir schon vor einiger Zeit vorgenommen, und gestern mittag rief Judy an, um mich daran zu erinnern. Wir arbeiteten im Garten der Lessiters.«

Barnaby holte ein paarmal tief Luft – er hatte Mühe, seine Wut im Zaum zu halten. »Arbeiten Sie nicht gewöhnlich zu Hause?«

»Skizzen kann man überall machen, und außerdem hat sie mich zum Mittagessen eingeladen. Eine anständige Mahlzeit schlage ich nie aus.«

»Wann kamen Sie bei ihr an?«

»Etwa um eins. Kurz nach zwei fingen wir mit der Arbeit an. Ich zeichnete bis vier, dann tranken wir Tee, aßen Kuchen und so, und anschließend arbeitete ich noch ein bißchen weiter. So um fünf bin ich gegangen.«

»Und warum«, erkundigte sich Barnaby gepreßt, »haben Sie mir das gestern nicht erzählt?«

»Na ja ... ich weiß es ehrlich nicht.« Michael Lacey schluckte nervös. »Ich vermute, ich war wie vor den Kopf geschlagen, als Sie das Messer fanden ... ich geriet in Panik, und ehe ich begriff, wie mir geschah, verfrachteten Sie mich in Ihr Auto, und plötzlich saß ich hier in dieser kleinen grauen Zelle.« Er versuchte ein Grinsen. Der Chief Inspector sagte kein Wort. »Und je länger ich es aufschob, um so schwerer fiel es mir, mit der Sprache herauszurucken. Ich hielt es für besser, bis zum Morgen damit zu warten und erst einmal zu schlafen.« Ein langes Schweigen entstand. Schließlich erhob sich Lacey von der Pritsche und fragte unsicher: »Kann ich jetzt gehen?«

»Nein, Lacey, Sie können nicht ›jetzt gehen‹.« Barnaby trat ein paar Schritte zurück. »Eines will ich Ihnen noch sagen: Sie haben verdammtes Glück, ich hoffe, das ist Ihnen klar. Ich kenne Männer, die Ihren Kopf schon längst ein halbes dutzendmal an diese Gitterstäbe geschlagen hätten, wenn Sie sie so an der Nase herumgeführt hätten wie mich gerade.« Er knallte die Tür zu, verschloß sie von außen und warf den Schlüssel in das dafür vorgesehene Fach.

Als er die Treppe hinauf zu seinem Büro zurückging, wurde ihm bewußt, mit welcher Heftigkeit er immer wieder seine Hände zu Fäusten ballte. Er stellte sich ans Fenster und bemühte sich um Fassung. Sein Gehirn war in Aufruhr, seine Haut brannte, ein stählernes Band schien sich um seine Stirn zu schließen, und sein Magen bockte wie ein wild gewordener Mustang. Ihm war schlecht vor Wut und Frustration. Aber wirklich enttäuscht war er nicht. Ihm war schon von dem Moment an, in dem Lacey das blutverkrustete Messer fassungslos angestarrt hatte, bewußt gewesen, daß das alles zu einfach, zu simpel war. Auf frischer Tat ertappt. Kein Problem. Ein sonnenklarer Fall.

Er setzte sich auf seinen Schreibtischsessel und schloß die Augen. Allmählich beruhigten sich sein Herzschlag und sein Puls. Er atmete langsam und gleichmäßig. Fünf lange Minuten verstrichen, und er zwang sich, weitere fünf Minuten sitzen zu bleiben. Dann fühlte er sich wieder normal, und mit der Normalität kam überraschenderweise auch der Hunger. Er sah auf die Uhr. Wenn er sich beeilte, konnte er seine Arterien mit einer Ladung Cholesterin und ein paar Spiegeleiern aus der Kantine traktieren und trotzdem Judy Lessiter erwischen, bevor sie zur Arbeit fuhr.

10

Die Lessiters saßen beim Frühstück. Trevor, der nicht nur schlecht gelaunt war, sondern auch von Schmerzen in der Leistengegend geplagt wurde, schlug grimmig auf sein weichgekochtes Ei ein. Es rächte sich, indem es das Dotter auf seine

Krawatte spritzte. Judy lachte. Trevor rieb mit der Serviette über die Krawatte und funkelte seine Frau wütend an, die seelenruhig und mit träger Gleichgültigkeit eine Seite des *Daily Telegraph* umblätterte.

Sie machte wieder ihre Mätzchen. Letzte Nacht war ihre Tür verschlossen gewesen, und als er angeklopft hatte – ganz leise, damit Judy nichts hörte –, hatte Barbara durch die Tür gezischt: »Verschwinde, du geiler, alter Bock. Kannst du denn an gar nichts anderes mehr denken?« Er war zwei Stunden in seinem Zimmer umhergelaufen, hin- und hergerissen zwischen Lust und Wut, und hatte Judys Anwesenheit im Haus verflucht. Er hatte sogar daran gedacht, die Leiter aus der Garage zu holen, zum Fenster seiner Frau hinaufzuklettern und in ihr Zimmer einzubrechen. Guter Gott – Judy hätte es mitbekommen, wenn er sich dazu hätte hinreißen lassen. Tränen des Selbstmitleids sprangen ihm in die Augen. Er erinnerte sich daran, daß er erst vor achtundvierzig Stunden in ihren Armen gelegen hatte. Die Nacht war beinahe so aufregend gewesen wie die vor ihrer Hochzeit. Erst jetzt wurde er sich bewußt, was für ein Narr er gewesen war. Sie hatte den Sex immer nur benutzt, um ihn am Gängelband zu führen wie einen armseligen Ochsen, dem man einen Ring durch die Nase gezogen hatte. Aber es gehörten zwei zu diesem Spiel. Sie würde schon sehen, was passierte, wenn sie das nächste Mal Geld für Kleider verlangte. Oder für die Verlängerung des Abonnements im Fitneßclub. Da konnte sie zetern und jammern, soviel sie wollte.

Judy Lessiter rührte in ihrem Kaffee und sah verträumt aus dem Fenster. Sie trug das Kleid, das sie am Abend zuvor in High Wycombe gekauft hatte. Es hatte ein grauweißes Rautenmuster und einen weißen Rüschenkragen. »Die Rüschen umrahmen Ihr Gesicht wie ein Bild«, hatte die Verkäuferin gesagt. Judys unförmige Beine steckten in blaßgrauen

Strumpfhosen. Sie hatte sich ein Fläschchen Rive Gauche und Lidschatten geleistet und heute beides großzügig, aber ziemlich ungeschickt aufgetragen. Die ganze Nacht hatte sie die Ereignisse des letzten Nachmittags wieder und wieder durchlebt, und auch jetzt ließ sie alles noch einmal Revue passieren.

Mittags hatte sie sich den Kopf zerbrochen, wie sie sich die endlos lange, einsame Zeit bis zum Abend vertreiben sollte, aber dann, so etwa um ein Uhr hatte sie, gestärkt durch einen kleinen Sherry, allen Mut zusammengenommen und Michael Lacey angerufen, um ihn daran zu erinnern, daß sie schon über eine Woche nichts voneinander gehört hatten und daß er doch ein Bild von ihr malen wollte. Was hatte sie schon zu verlieren? Zu ihrer Überraschung und Freude erklärte er sich auf Anhieb bereit, zu ihr zu kommen. Er sagte sogar: »Ich wollte mich gerade bei dir melden.«

Sie nahm eine Quiche aus dem Gefrierfach, steckte sie in die Mikrowelle, badete hurtig und probierte in aller Hast drei verschiedene Kleider an. Sie experimentierte sogar mit Barbaras Make-up. Eine halbe Stunde später stand Michael mit einem Skizzenblock vor ihr und forderte sie prompt auf, sich das Gesicht zu waschen.

Sie brachte die Quiche in den Garten, und er zeichnete sie zwei Stunden lang mit raschen, entschlossenen Bleistiftstrichen. Er war ganz auf seine Arbeit konzentriert, und sie bemühte sich, still zu sitzen und ihn nicht die ganze Zeit anzusehen. Er riß viele Skizzen von dem Block ab und warf sie weg. Nicht wütend – er ließ die Blätter einfach auf den Boden fallen wie ein Baum sein Laub. Um vier Uhr häufte sich Papier um seine Füße, und er steckte ein halbes Dutzend Zeichnungen in seine Mappe. Judy kochte Tee, und sie setzten sich auf die Holzbank, die die Zeder umgab, tranken Tee und aßen Ingwerkuchen.

»Kann ich eine von diesen haben?« fragte sie und hob ein paar ausgemusterte Skizzen auf.

»Nein.«

»Oh, aber Michael«, sie betrachtete eine Zeichnung, »sie ist wunderschön.«

»Sie ist grauenvoll. Alle sind schrecklich. Versprich mir, daß du sie verbrennst oder in den Papierkorb wirfst.«

Sie nickte betrübt und schenkte ihm Tee nach. Er schlug seine Mappe auf und reichte ihr nach einer Weile eine der gelungenen Skizzen. »Die hier kannst du behalten.«

Es war alles da. Der traurige Zug um den Mund, die schönen Augen, die plumpen Finger, die die Teekanne hielten, die kräftige und doch nachgiebige Nackenlinie. Er hatte die Zeichnung mit M. L. signiert. Sie war naturgetreu und unbarmherzig. Sie fühlte, wie ihre Augen brannten und ihre Kehle eng wurde, wußte aber, daß ihn nichts mehr gegen sie aufbringen würde als Tränen. Sie blinzelte ein paarmal.

»Hey, Judy ...«, sang er leise, »don't be afraid ...« Er stellte seine Tasse ins Gras und berührte ihren Arm. »Du solltest von hier wegziehen. Weg von diesem jämmerlichen Paar.«

Sie verschluckte sich fast an ihrem Tee. »Das ist leichter gesagt als getan.«

»Ach, ich weiß nicht. Wenn ich durch Europa reise, werde ich jemanden brauchen, der mir die lästigen Dinge abnimmt und Modell sitzt. Vielleicht nehme ich dich mit.« Und dann küßte er sie. Auf den Mund.

Jetzt schloß Judy die Augen wieder wie gestern bei diesem Kuß. Sie roch die Zedernnadeln und den süßen Ingwer, sie spürte dieselben feuchten Kuchenkrümel an ihren Fingerspitzen und hörte die Amsel singen. Der Kuß hatte nur den Bruchteil einer Sekunde gedauert. Und hundert Jahre. An diesen Augenblick werde ich mich ein Leben lang erinnern, schoß es ihr durch den Kopf, aber noch ehe sie den Gedanken zu Ende gebracht hatte, war alles vorbei.

»Ich habe dich gefragt, ob du noch Kaffee willst.«

Judy sah ihre Stiefmutter ausdruckslos an. »Nein, danke.«

»Trevor?«

Keine Antwort. Barbara bediente sich selbst, blätterte die letzte Ausgabe von *Country Life* durch und warf sie angewidert beiseite. Noch mehr von diesem Schwachsinn, und sie lief in wollenen Strumpfhosen und Schnürschuhen durch die Gegend. Kein Mensch las diese Zeitschrift. Sie wanderte sofort ins Wartezimmer. Barbara beschloß, das Abonnement zu kündigen und dafür eine ›pikante‹ Zeitung zu bestellen. Das würde den Blutdruck der alten Knacker in der Praxis ein bißchen in die Höhe treiben. Sie knabberte an ihrem gebutterten Toast und warf einen verstohlenen Blick auf die Krawatte ihres Mannes. Was für ein Morgen! Erst die Attacke auf das unschuldige Ei und dann auch noch Judy, die aussah, als wäre sie einem Reklameposter von McDonald's entsprungen. Sie sah auf ihre mit Diamanten besetzte Armbanduhr – sie mußte nur noch sechs Stunden bis zum nächsten Schäferstündchen warten. Es klingelte.

»Wer, zum Teufel, kommt jetzt, am frühen Morgen?«

»Ich mache auf.« Barbara schlenderte hinaus und kam in Chief Inspector Barnabys Begleitung zurück.

»Wissen Sie eigentlich, wie spät es ist?« fragte der Doktor aufgebracht.

»Miss Lessiter?«

»Ja?« Judy stand unbeholfen auf wie ein Schulmädchen.

»Was ist?«

»Ich hätte nur ein paar Fragen an Sie den gestrigen Nachmittag betreffend, wenn Sie gestatten. Wo Sie waren, was ...«

»Es war bereits gestern jemand hier, der nach alldem gefragt hat«, schnaubte Lessiter.

»Ist schon gut«, sagte Judy. »Es macht mir nichts aus, alles noch einmal zu erzählen. Ich war den ganzen Nachmittag hier. Ich hatte frei. Und mein Freund Michael . . . Michael Lacey war auch hier. Er hat ein paar Skizzen für das Bild gemacht, das er von mir malen will.«

»Können Sie mir sagen, wann die Verabredung getroffen wurde?«

»Ich rief ihn an . . .« Barbara Lessiter verdeckte unzulänglich ihr Lächeln mit der Hand. »Und er sagte sofort: ›Gerade wollte ich mich bei dir melden.‹« Sie warf den beiden Menschen am Eßtisch einen trotzigen Blick zu, der ihre Verletzlichkeit noch offener zutage treten ließ. »Warum ist das so wichtig?«

»Jemand hat ausgesagt, daß Mr. Lacey dabei beobachtet wurde, wie er um vier Uhr nachmittags Mrs. Rainbirds Haus betrat.«

»Nein!« rief Judy erschrocken. »Das ist nicht wahr. Es kann nicht sein. Er war hier mit mir zusammen. Wieso lassen ihn die Leute nicht in Ruhe? Immerzu versuchen sie, ihm Schwierigkeiten zu machen.«

Diesmal machte sich Barbara nicht mehr die Mühe, ihr spöttisches Grinsen zu verbergen. Judy wirbelte herum und deutete auf ihre Stiefmutter. »Sie sollten sich lieber mal mit der da unterhalten. Warum stellen Sie ihr nicht ein paar Fragen?«

»Mir?« Belustigt und erstaunt.

»Fragen Sie sie, wo ihr Pelzmantel ist. Und wozu sie fünftausend Pfund braucht. Fragen Sie sie, weswegen sie erpreßt wird.«

Barbara sprang mit einem wütenden Schrei auf und schüttete Judy ihren Kaffee ins Gesicht. Judy kreischte: »Mein Kleid! Mein neues Kleid!« Doktor Lessiter packte seine Frau und hielt ihre Arme fest. Judy stürzte aus dem Zimmer, und ihr Vater schleuderte Barbara von sich und lief ihr nach. Mrs. Lessiter sank auf den nächsten Stuhl. Eine Weile sagte niemand etwas.

»Also, Mrs. Lessiter?« meldete sich Barnaby schließlich zu Wort. »Weshalb werden Sie erpreßt?«

»Das ist kompletter Unsinn. Ich weiß gar nicht, wie diese dumme Kuh auf so eine absurde Idee kommt.«

»Vielleicht sollte ich Ihnen sagen, daß wir eine Menge Unterlagen aus Mrs. Rainbirds Haus sichergestellt haben – Briefkopien und andere Dokumente.« Diesmal dehnte sich das Schweigen noch länger aus. »Wäre es Ihnen lieber, wenn ich Sie mit aufs Revier nehme?«

»Lieber Himmel, nein! Warten Sie ...« Sie ging zur Kommode, nahm sich mit zitternden Händen eine Zigarette und zündete sie an. »Vor etwa einer Woche bekam ich einen Brief von ihr.«

»Einen mit ihrem Namen unterschriebenen Brief?«

»Ja. ›Ihre Freundin Iris Rainbird.‹ Auf ihrem scheußlichen lila Briefpapier, das nach verwelkten Blumen stinkt. Sie schrieb nur, daß sie wüßte, was vor sich ginge, und wenn ich nicht wolle, daß mein Mann all die schlüpfrigen Details erfährt, müßte ich fünftausend Pfund bezahlen. Sie gab mir eine Woche Zeit, das Geld aufzutreiben, und wollte dann wieder mit mir in Kontakt treten.«

»Und warum das alles?«

»Ich habe eine Affäre mit David Whiteley.«

»Ich verstehe.« Barnabys Gedanken arbeiteten fieberhaft. Sie könnte die Frau im Wald gewesen sein (kein bestätigtes Alibi) und David Whiteley der Mann (ebenfalls kein Alibi). In dem Zeitraum, in dem Miss Simpson umgebracht worden war, hatte sie eine Spazierfahrt gemacht. Und sie hätte sich, gerade noch, durch das Fenster in der Speisekammer zwängen können. Er zögerte und überlegte, wie er die nächste, besonders delikate Frage in Worte kleiden sollte, aber sie nahm ihm die Mühe ab, indem sie erklärte: »Wir haben seinen Wagen benützt. Er hat Liegesitze. Er sagte mir, wo er arbeitete. Ich fuhr hin, versteckte mein Auto hinter einer Hecke oder unter Bäumen, und wir kletterten für eine halbe Stunde in seinen Citroën.«

Eins zu null für Sergeant Troy, dachte Barnaby. »Und Sie denken, daß Iris oder Dennis Rainbird Sie bei einer solchen Gelegenheit gesehen hat?«

»O nein.« Sie schüttelte den Kopf. »Unmöglich. Aber einmal ... wir hatten uns für drei verabredet, aber Henry hielt ihn den ganzen Nachmittag im Büro auf. Als es fünf Uhr wurde und ich sicher sein konnte, ihn zu Hause anzutreffen, fuhr ich hin.« Barnaby fiel der Eintrag im Notizbuch wieder ein: Mrs. L. fährt mit ihrem Wagen in die Garage von W. Und der rote Stern.

»Wir waren eigentlich übereingekommen, uns niemals bei ihm zu treffen, weil es zu riskant war, aber ich konnte nicht warten, verstehen Sie. Ich mußte ihn haben.« Sie sah Barnaby herausfordernd an. »Ich nehme an, das schockiert Sie.« Barnaby gelang es, eine vorwurfsvolle Miene aufzusetzen. »Und er war genauso schlimm wie ich. Er ließ mich nicht einmal aus dem Auto aussteigen. Danach gingen wir hinauf und fingen noch mal von vorn an.«

An dieser Schilderung war nichts Liebevolles. Sie benutzte nicht einmal den tröstlichen Euphemismus »Liebe machen«. Liebe, so wie Barnaby sie verstand, spielte in diesem Arrangement wahrscheinlich nicht einmal eine Rolle. Er fragte noch, ob sie sich am gestrigen Nachmittag gesehen hatten.

»Ja. Wir trafen uns um halb vier. Er brachte den Mähdrescher weg, deshalb stand uns der Citroën nicht zur Verfügung. Wir mußten uns mit dem Vordersitz meines Honda begnügen. Wir waren ungefähr eine Stunde zusammen, denke ich.«

»Vielen Dank, Mrs. Lessiter, Sie waren sehr kooperativ.« Barnaby drehte sich zur Tür. »Möglicherweise muß ich noch einmal mit Ihnen sprechen.«

»Sie wissen ja, wo Sie mich finden.« Sie drehte sich auch um, blieb abrupt stehen und starrte über Barnabys Schulter. Ihr Mann stand auf der Schwelle. Barnaby sah ihm ins Gesicht, als er vorbeiging. Zorn und Triumph schienen in seinem Inneren um die Vorherrschaft zu kämpfen.

Als die Haustür hinter dem Chief Inspector ins Schloß fiel, sagte Trevor Lessiter: »An deiner Stelle wäre ich mir nicht so sicher, ob du nach wie vor hier zu finden bist.«

»Wieviel hast du gehört?«

»Mehr als genug.« Zorn und Triumph machten einer tiefen Befriedigung Platz. Er musterte sie eingehend und unterzog sie einer genauen Prüfung. In letzter Zeit kam sie jeden Morgen ohne das, was sie Kriegsbemalung nannte, zum Frühstück. In den ersten Monaten ihrer Ehe hätte sie das niemals getan. Jetzt zeigte sich ihr wirkliches Alter. Einen solchen Gimpel wie ihn würde sie nicht so schnell wieder finden. Aber vielleicht brauchte sie das auch gar nicht. Wenn sie richtig spurte. Tat, was man ihr sagte. Sie hatte zuviel Zeit für sich, das war das Problem. Zuviel Zeit und zuviel Geld. Zuallererst würde er ihr das Taschengeld streichen. Außerdem mußte sie in Zukunft ohne Auto und ohne Mrs. Holland auskommen. Ein Haus dieser Größe sauber und in Ordnung zu halten, für drei Personen zu kochen und die normalen Pflichten einer Arztfrau sollten sie einigermaßen auf Trab halten. Und er würde sicherstellen, daß sie ihn nicht mehr so kurz hielt. Jede Nacht einmal, und wenn ihm danach zumute war, auch öfter. Außerdem gab es da noch ein paar interessante Variationen, die er im Casa Nova kennengelernt hatte. Sie konnte das alles lernen, damit er nichts entbehren mußte. Natürlich würde er weiterhin in den Club gehen – schließlich konnte er die kleine

Krystal nicht enttäuschen –, aber natürlich nicht mehr so oft. Er dachte an das viele Geld, das er in den letzten Jahren dort ausgegeben hatte, während seine Frau ... Er erinnerte sich an seinen Blutdruck und versuchte, ruhig zu bleiben. Ja, das Miststück hatte eine Menge gutzumachen (die ewig verschlossene Tür, die häufigen Kopfschmerzen, die bissigen Bemerkungen), aber sie würde Wiedergutmachung leisten, oder sie mußte gehen. Er sah das geschmacklose, schäbige Loch wieder vor sich, in dem sie vor ihrer Hochzeit gehaust hatte. Das hätte ihm von Anfang an zu denken geben müssen. Sie würde alles tun, um nie wieder so tief zu sinken. Sie würde in Zukunft nach seiner Pfeife tanzen. Er malte sich voller Freude seine rosige Zukunft aus und erklärte seiner Frau die neue Situation.

Barbara hörte zu, während er eine Bedingung nach der anderen aufzählte. Hin und wieder wippte er auf den Fußballen und kratzte sich mit gespreizten Fingern den Schmerbauch. Er erwartete, daß sie in Zukunft dies und das tat. Sie würde der unförmigen, froschäugigen Göre Judy eine liebende Mutter sein und die Klagen seiner von Bazillen verseuchten Patienten geduldig anhören und sich liebevoll um sie kümmern. Selbst viergängige, selbst zubereitete Menüs kamen zur Sprache.

Sie dachte an das Erpressungsgeld, das sie oben in ihrer Handtasche hatte. Viertausend Pfund. Und sie hatte noch ihre Uhr, die sie verkaufen konnte. Sie könnte genug zusammenkratzen, um ein Haus anzuzahlen. Aber was für ein Haus wäre das? Ein winziges, heruntergekommenes Ding wie das, in dem ihre Eltern nach wie vor wohnten, falls sie überhaupt noch am Leben waren. Das wäre ein bißchen viel verlangt, nur um sich an jemandem zu rächen. Und womit sollte sie die Hypothek bezahlen? Was für einen Job würde sie in ihrem Alter schon bekommen? Natürlich konnte man Zimmer vermieten, wenn man ein eigenes Haus hatte. Mit freiwilligen Extraleistungen, falls es gewünscht wurde. Aber wenn sie sich schon den Rest ihres Lebens mit einem widerlichen Kerl im Bett herumwälzen mußte, warum dann nicht hier im Luxus? Sie konnte immer die Augen zumachen und von Capri träumen. Oder von Ibiza. Oder von der Côte d'Azur.

Sie schaute aus dem Fenster auf das grüne Gras, auf dem die Tropfen der Sprinkleranlage glitzerten. Auf die blühenden Bäume und die Terrasse mit den Sonnenschirmen, den Tischen und Blumenschalen. Dann ließ sie den Blick durch das Zimmer schweifen. Dicke chinesische Teppiche, bequeme Sofas, Onyx-Tische. Und dafür brauchte sie nichts weiter zu tun, als jemandem etwas vorzumachen. Das war zu schaffen. Schließlich hatte sie ihr Leben lang nichts anderes getan.

Sie sah ihn an. Er war wirklich in Fahrt. Angriffslustig blitzende Augen, ein paar Schaumbläschen auf den Lippen und ein boshaftes Grinsen. Sie würde ohne eigenen Wagen zurechtkommen müssen. Drei Autos in einem Haushalt waren lächerlich. Eine Kündigung für Mrs. Holland und die drastische Verkürzung der Stunden für den Gärtner, das waren die ersten Maßnahmen, die in diesem Haus ergriffen würden. Es konnte Barbara nicht schaden, wenn sie erfuhr, wie es war, jeden Tag hart arbeiten zu müssen. Und auch nachts ihre Pflicht zu tun. Die Zeit des Schmarotzens war vorbei. Ah – das hatte ins Schwarze getroffen. Zumindest hatte sie jetzt begriffen, wer in diesem Haus die Hosen anhatte. Sie kam mit einem liebevollen Lächeln auf ihn zu, streckte die Hand aus und legte sie sanft auf seinen Arm. »Verpiß dich, Pookie«, sagte sie.

11

Barnaby saß am Ende der Church Lane in seinem Wagen. Die Fenster waren heruntergekurbelt, und die Sonne wärmte sein Gesicht. Er dachte nach.

Laceys Alibi war, wie er es erwartet hatte, bestätigt worden. Der Mann hatte Iris Rainbird nicht ermordet. Trotzdem hatte er versucht abzuhauen. Warum? War er wirklich in Panik geraten? Hatte er Angst vor einer Intrige gehabt? Davor, daß ihm ein Unbekannter das Verbrechen in die Schuhe schieben wollte? Eine plausible Theorie. Barnaby hatte schon erlebt, daß mutigere Männer wegen weniger durchdrehten. Lacey war losgerannt wie ein geölter Blitz, dennoch hatte Troy, der sich erst vom Boden aufrappeln mußte, ehe er die Verfolgung aufnehmen konnte, den Mann nur wenige Meter vom Haus entfernt erwischt.

Barnaby sah die Szene wieder vor sich – Laceys Gesicht. Erst Verwunderung. Dann Panik. Und noch etwas. Sie hatten sich angesehen, kurz bevor Lacey auf dem Autorücksitz gelandet war, und Barnaby hatte etwas in seinen Augen gesehen. Was? Barnaby geriet ins Schwitzen, als er sich verzweifelt an diese wenigen flüchtigen Sekunden zu erinnern versuchte.

Plötzlich wußte er es. Erleichterung – Lacey hatte befreit aufgeatmet. Nach dieser Erkenntnis ließ Barnaby die Ereignisse im Holly Cottage noch einmal Revue passieren. Lacey rannte, wurde gefaßt – und zwar früher, als es nötig gewesen wäre – und war erleichtert. Und wann genau war er losgelaufen? Nicht, wie man meinen könnte, als das Messer entdeckt wurde. Minuten später – in dem Augenblick, in dem Barnaby wieder ins Atelier gehen wollte. Das mußte es sein. Sie hatten etwas im Holly Cottage gefunden. *Aber sie hatten nicht das gefunden, was Lacey unbedingt vor ihnen geheimhalten wollte.*

Barnaby stieg aus und überquerte die Straße. Sein Mund war trocken, und sein Herz klopfte wild. Er stellte sich das Atelier vor. Ordentlich aufgeräumt. Professionell. Tischblöcke mit Holzplatten. Pinsel und Farben. Nichts Auffallendes, aber als er über den Feldweg lief, gewann er mehr und mehr die Überzeugung, daß ihn seine Ahnung nicht trog.

Das Holly Cottage wirkte kälter und unwirtlicher denn je. Barnaby öffnete die Haustür und rief: »Miss Lacey!« Er hielt es für unwahrscheinlich, daß sie hier übernachtet hatte, aber falls doch, wollte er sie nicht erschrecken. Niemand antwortete. Er trat über die Schwelle ins Atelier.

Alles sah genauso aus wie gestern. Er hob die Gläser, Tuben und Tiegel hoch, öffnete sie und roch daran. Sie schienen nichts Ungewöhnliches zu enthalten. Die Pinsel waren nur Pinsel. In dem Eckschrank stapelten sich Bücher und Kataloge. Er schüttelte alle aus. Kein belastender Brief fiel auf den Boden. Da waren ein Fläschchen mit reinem Alkohol, ein paar farbverschmierte Lumpen, einige saubere, zusammengefaltete Tücher. Auf dem Fensterbrett stand nichts. Barnaby sah sich die Bilder genauer an.

Er wußte selbst nicht, was er erwartet hatte. Iris Rainbird hatte Laceys Bilder häßliche, grelle, gewaltsame Machwerke genannt. Barnaby war sich im klaren, daß diese Bemerkung eine gemeine Hoffnung in ihm geweckt hatte, Lacey sei ein talentloser Maler. Diese Hoffnung wurde jetzt zerstört.

Das erste Bild, das er in die Hand nahm, war das Porträt von Dennis Rainbird, und es war umwerfend. Die Farbe schimmerte, als wäre sie ganz frisch. Die Mischung aus Grau und Ockergelb erinnerte Barnaby an klebrigen, feuchten Lehm. Aus der Nähe besehen wirkte das Gemälde unfertig, fast roh, aber wenn man sich ein paar Schritte entfernte, erwachten die Feinheiten plötzlich zum Leben. Dennis trug ein Hemd mit offenem Kragen, dessen Umrisse genau wie die seiner Hände mit dem dunklen Hintergrund zu verschmelzen schienen. Die zarten, vogelgleichen Knochen unterhalb des Halses schimmerten durch die dünne Haut. Die Flächen des Gesichts waren mit dicken gelben Strichen gemalt, die auf wundersame Weise die Illusion von lebendigem Gewebe mit allen Unebenheiten hervorriefen. Der Mund war straff und der Blick nach innen gerichtet und spiegelte die geheimen Gedanken wider. Der Maler hatte viel mehr auf die Leinwand gebracht als Dennis Rainbirds äußere Erscheinung. Er hatte seine Herzensgeheimnisse offenbart. Kein Wunder, daß seine Mutter das Bild verabscheut hatte.

Ein anderes Porträt. Eine alte Frau mit einem Veilchenstrauß. Ihre Augen lagen tief in dem verwitterten braunen Gesicht. Ihr Ausdruck zeigte die Würde des Alters, obwohl ihre Lippen ein unbeschwertes, jugendliches Lächeln umspielte. Dort, wo der Tau noch auf den Veilchenblüten saß, war ein Hauch von Silber zu sehen. Es gab etliche abstrakte Bilder und ein paar Landschaften. Barnaby empfand widerwillige Bewunderung für den Künstler. Jetzt kam es ihm keineswegs mehr eigenartig vor, daß sich Lacey keinen Deut um das schäbige Haus scherte, wenn er all die schönen Bilder im Kopf hatte.

Kornfelder mit Klatschmohn, ein Ufer, über und über mit Wildblumen bedeckt. Zwei dieser Bilder hätten in Miss Simpsons Garten entstanden sein können. Alle waren Meilen entfernt von dem dezenten Naturalismus, den Barnaby und seine Kunstfreunde mit ihren Aquarellen anstrebten. Hier wölbte sich ein metallisch leuchtender Himmel über beinahe farblosen Stränden, Gebäude flimmerten in der Hitze, Gärten quollen über mit üppigen Pflanzen und Blumen; alles in goldenes Licht getaucht. Barnaby lehnte die Bilder an die Wand, und die Sonne schien von den Leinwänden zu strömen und strahlende Muster auf den Holzboden zu malen. Die abstrakten Gemälde waren riesig und schlicht. Dicke weiße Farbschichten und in einer Ecke ein explodierender Stern. Galaktische Ringe von immer intensiver werdender Farbe verengten sich zu einer teerschwarzen Flamme. Barnaby fand auch eine Zeichenmappe – er öffnete sie und zog ein paar Blätter heraus. Skizzen von Judy Lessiter, hastig hingeworfen, aber voller Leben. Dieser Anblick riß Barnaby in die Wirklichkeit zurück.

Er sah sich die Gemälde noch einmal an. Sie schienen keine Geheimnisse zu enthüllen. Nichts deutete darauf hin, daß sie unter Verschluß gehalten werden müßten. Als er zurücktrat, stieß er an die Staffelei. Sie kippte zur Seite, und das Tuch rutschte herunter. Barnaby stellte die Staffelei wieder auf und hängte das Tuch darüber. Plötzlich fiel ihm auf, daß das Bild auf der Staffelei eine andere Form hatte. Er war sicher, daß gestern eine größere Leinwand hier gestanden hatte. Das hieß, daß inzwischen jemand hier gewesen sein mußte und das Bild weggeschafft hatte.

»Bringen Sie Lacey zu mir.«

»Jawoll, Sir«, rief Troy zackig, trabte zur Tür und polterte die Treppe hinunter. »Mitkommen.« Er schloß die Zellentür auf und wies mit dem Daumen in Laceys Richtung. »Bewegen Sie Ihren Hintern. Der Chief Inspector will mit Ihnen reden.« Er sah, daß der Gefangene seine Jacke aufhob. »Und das da brauchen Sie nicht«, setzte er hinzu, »Sie gehen nicht aus.«

Michael Lacey achtete nicht auf den Sergeant, drängte sich an ihm vorbei und lief eilends die Treppe hinauf. Troy holte ihn ein und bemühte sich ärgerlich, wieder Herr der Lage zu werden. Die Polizistin Brierley hatte ihn über den dramatischen nächtlichen Zwischenfall in Kenntnis gesetzt, aber er wußte nichts von Laceys Alibi und war felsenfest davon überzeugt, einen Mörder vor sich zu haben. »Seien Sie bloß vorsichtig, ja?«

Der Häftling setzte sich vor Barnabys Schreibtisch, ohne dazu aufgefordert worden zu sein, und sah sich interessiert um – die Telefonanlage, die Karteikarten und die Fernsehmonitore.

»Also hier spielt sich alles ab. Sehr eindrucksvoll.« Er bedachte Barnaby mit einem selbstbewußten, boshaften Lächeln. »Heute nacht in meinem Bett werde ich sicher besser schlafen als hier. Ich vermute doch, ich kann wieder in meinem eigenen Bett schlafen, oder?«

»Ihr Alibi für die Tatzeit ist zweifelsfrei bestätigt worden, Mr. Lacey.«

Der junge Mann erhob sich. »Also kann ich gehen?«

»Nur noch einen Moment.« Er nahm wieder Platz. »Ich war heute morgen noch einmal in Ihrem Cottage, um die Durchsuchung zu beenden.« Keine Reaktion. Keine Angst. Kein Erschrecken. Nicht einmal Unsicherheit. Der Junge hat seine Haut gerettet, dachte Barnaby. »Ich glaube, daß bei Ihrer Verhaftung eine andere Leinwand auf der Staffelei in Ihrem Atelier stand als heute – es war von einem Tuch verdeckt.«

»Das bezweifle ich. Ich wollte gerade mit einem Porträt von Judy Lessiter anfangen, wie Sie wissen. Ich arbeite nie an zwei Dingen gleichzeitig.«

»Trotzdem hatte ich diesen Eindruck.«

»Dann täuscht dieser Eindruck eben, Chief Inspector. Hat es Ihnen Spaß gemacht, sich bei mir umzusehen? Was halten Sie von den Bildern?« Noch ehe Barnaby antworten konnte, fuhr er fort: »Ich werde es Ihnen sagen: Sie verstehen nichts von Kunst, Sie wissen nur, was Ihnen gefällt.«

Die überhebliche Annahme, daß er nichts anderes als ein plattfüßiger Bulle und spießiger Banause war, brachte Barnaby auf die Palme. »Im Gegenteil. Ich verstehe eine Menge von Kunst, und ich denke, Sie haben ein bemerkenswertes Talent.«

Er beobachtete Laceys Gesicht. All die Streitsucht und Hochnäsigkeit verschwand. Der junge Mann strahlte vor Freude. »Ja, ich hab' Talent, nicht wahr?« Seine Stimme drückte keinerlei Arroganz aus, nur Stolz und ein wenig Unsicherheit.

»Sie haben eine brillante Technik. Waren Sie auf einer Kunstschule oder einem College?«

»Was?« Er lachte laut los. »Ein Semester ... das war genug. Lauter hochgestochene Wichser. Es gibt nur eine Möglichkeit, etwas zu lernen – man muß die großen Meister studieren«, erklärte er ernst. »Ich werde in den Prado gehen. In die Uffizien. Nach Wien, Paris, Rom und New York fahren. Und lernen.« Es entstand eine lange Pause, dann sagte er: »Stimmt etwas nicht, Inspector? Sie sehen so ... so verstört aus.« Da Barnaby nichts erwiderte, stand er auf. »Ist es in Ordnung, wenn ich jetzt gehe?«

»Was? Oh.« Barnaby erhob sich ebenfalls. »Ja, Sie können gehen.«

Michael Lacey schlenderte zur Tür. »Entschuldigen Sie, Sergeant Troy. Sie sollten den Mund lieber zumachen, sonst fangen Sie sich noch was Scheußliches ein.«

Troy klappte die Kiefer zusammen und starrte die Tür, die sich hinter Lacey geschlossen hatte, fassungslos an. »Warum, zum Teufel, lassen Sie ihn gehen, Sir?«

»Er war den ganzen Nachmittag mit dem Lessiter-Mädchen zusammen.«

»Aber ... Mrs. Quine hat ihn gesehen!«

»Sie hat jemanden gesehen, da bin ich sicher. Jemanden, der einen Overall und eine Mütze trug wie Lacey. Die Frage ist nur«, murmelte Barnaby, »warum der Mörder nicht Nägel mit Köpfen gemacht und auch die Kleider im Holly Cottage versteckt hat, wenn er so darauf erpicht war, Lacey die Sache in die Schuhe zu schieben.« Troy begriff, daß sein Boß nur laut nachdachte, und hielt den Mund. »Sie können nicht weit sein. Der Mörder hatte nicht viel Zeit. Mit ein bißchen Glück finden wir die Sachen heute noch. Ich gehe ins Labor und sehe nach, ob es etwas Neues gibt. Ich bin in zehn Minuten zurück. Holen Sie inzwischen einen Wagen, ja? Und nehmen Sie einen Eimer und eine Schaufel mit.« Troy öffnete wieder den Mund. Barnaby drehte sich an der Tür noch einmal zu ihm um und setzte mit einem grimmigen Lächeln hinzu: »Wir fahren an den Strand.«

12

Troy fuhr über die A 21 (Hastings und Saint Leonards) nach Turnbridge Wells und setzte das Gespräch fort, das er bei den komplizierten Auf- und Zufahrten unterbrochen hatte, um keinen Wegweiser zu übersehen. Er und Barnaby hatten über die letzten Berichte aus dem Labor diskutiert.

»Aber diese ... Fasern, die Nylonspuren, die man unter ihren Fingernägeln gefunden hat, deuten die nicht darauf hin, daß sie das Gesicht des Mörders zerkratzt hat?«

»Nicht unbedingt. Wenn Sie sich eine Strumpfhose über den Kopf ziehen, bedeckt nur ein kleiner Teil davon Ihr Gesicht. Das heißt, ein gutes Stück von dem Ding hängt herunter. Vielleicht hat sie das erwischt.« Er lehnte sich zurück und schloß die Augen und stellte sich – nicht zum erstenmal – den schrecklichen Moment vor, in dem Mrs. Rainbirds Besucher aus dem Wohnzimmer verschwand, vielleicht unter dem Vorwand, zur Toilette zu gehen, um wenige Augenblicke später wiederzukommen und mit einem Messer auf sie einzuhacken. Die Tatsache, daß er mittlerweile wußte, wer diese Person war, machte die Szene noch grausiger. Troy kam auf die Funde in der Scheune hinter dem Bungalow zu sprechen.

»Das muß die Decke aus dem Wald gewesen sein, Sir ... die schwarz-grünen Fasern, die in dem Schuppen gefunden wurden.«

»Ziemlich sicher.«

»Ich nehme an, sie dachten, es wäre sicherer, sie im Wasser zu versenken, als sie zu verbrennen. Weniger verdächtig.«

»Vermutlich. Ich habe das Gefühl, sie ist im Weiher in der Nähe des Holly Cottage. Und vielleicht finden wir dort auch die Kleider.«

»Und einer der Rainbirds hat Wind davon bekommen, wem die Decke aus dem Wald gehört, und versucht, Druck auszuüben.«

»Das denke ich auch. Ein ziemlich gefährliches Unterfangen. Miss Simpsons rascher, effizienter Tod hätte sie warnen müssen. ›Ein Mörder scheut vor einer zweiten Tat nicht zurück‹, Troy.«

»Ist das wieder Jane Austen, Sir?« fragte der Sergeant, während er durch Lamberhurst brauste. »Es kann nicht mehr weit sein ... Die Decke muß ziemlich schwer zum Tragen gewesen sein.«

»Ja. Wahrscheinlich hatten sie einen Plastiksack oder eine Mülltonne mit Rädern. Und die Kleider sind sicher auch in dem Sack oder der Tonne verschwunden.«

»Alles ein wenig riskant. Bei hellichtem Tag und so.«

»Ah – aber sie sind in Panik. Die Dinge stehen nicht günstig für sie, Troy. Ihre Zeit läuft ab ... und zwar schnell.« Aus den Augenwinkeln sah er, daß Troy den Kopf zu ihm drehte.

»Was? Wollen Sie damit sagen, daß Sie wissen, wer die Morde begangen hat?«

»O ja.«

»Beide Morde?«

»Alle drei.«

»Aber . . . das verstehe ich nicht.«

»Passen Sie auf den Verkehr auf, Mann.«

»'tschuldigung, Sir.« Troy konzentrierte sich auf die Straße, nach einer Weile fuhr er fort: »Phyllis Cadell hat Mrs. Trace umgebracht, das ist doch sicher, oder?«

»Ich denke nicht.«

»Aber sie hat doch gestanden! Lieber Himmel, sie hat sich das Leben deswegen genommen.«

Barnaby schwieg, bis sie Saint Leonards erreichten. Als sie sich dem Meer näherten, bat er seinen Sergeant anzuhalten und fragte einen alten Mann mit grauem Schnurrbart nach dem Weg nach De Montfort Close. Troy folgte den Anweisungen des Alten und blieb vor einem weißen Häuschen mit ordentlichem Vorgarten, der sich von denen der anderen Häuser in nichts unterschied, stehen. Barnaby stieg aus und winkte Troy zurück, der Anstalten machte, ihm zu folgen.

»Werden Sie mich nicht brauchen, Sir? Für das Aussageprotokoll?«

»Kaum. Ich verschaffe mir hier nur Hintergrundinformationen.«

Als er allein war, dachte Troy angestrengt über Barnabys rätselhafte Bemerkungen nach. Seiner Meinung nach machte das alles keinen Sinn. Nicht den geringsten. Lacey mußte es getan haben. Das Lessiter-Mädchen deckte ihn. Es war ja nicht zu übersehen, daß sie verrückt nach ihm war. Statt Lacey laufenzulassen, hätte Barnaby die Kleine wegen Beihilfe einlochen sollen. Genau das hätte er, Troy, getan. Wer, zur Hölle, sollte sonst der Mörder sein? Dennis war in seinem Bestattungsinstitut, Lessiter war im Casa Nova zugange, Mrs. Lessiter und David Whiteley trieben es in dem Honda, Katherine war mit Henry zusammen. Und wenn ein und dieselbe Person beide Morde begangen hatte, dann kam Phyllis Cadell auch nicht in Frage – sie war sicher nicht die Frau aus dem Wald, deshalb hatte sie auch keinen Grund, Miss Simpson zum Schweigen zu bringen. Und zudem (in diesem Punkt gab Troy Barnaby recht) hatte sie glaubwürdig geklungen, als sie den Mord an Miss Simpson abgestritten hatte. Wenn man einen Mord gestand, hatte es wohl wenig Zweck, einen zweiten zu leugnen, oder?

Sie mußte diejenige gewesen sein, die Bella Trace erschossen hatte. Troy strengte sich an, um sich an die Einzelheiten des Zeitungsartikels zu erinnern. Sonst hätte niemand von der Jagdgesellschaft den Schuß abfeuern können, das war bei der Untersuchung eindeutig klargestellt worden. Katherine war im Haus und machte Sandwiches ... also war Phyllis Cadell die einzige ... Moment mal! Troys Gedanken schwirrten in alle Richtungen wie aufgescheuchte Ameisen. Von einer der verdächtigen Personen war nie die Rede gewesen. Wo war Barbara Lessiter, als Bella Trace ums Leben kam? Nicht bei der Jagdgesellschaft (das wäre ein umwerfender Anblick gewesen), aber sie hatte kein eindeutiges Alibi. Und sie hätte die Gelegenheit gehabt, Miss Simpson umzubringen. Und Mrs. Rainbird. Sie war mit ihren Zeitangaben, was ihre Schäferstündchen mit Whiteley betraf, nicht gerade präzise gewesen. Und die Geheimhaltung ihrer Affäre wäre in beiden Mordfällen ein starkes Motiv. Aber Bella Trace, um Himmels willen? Was konnte ihr Tod Barbara Lessiter nützen? Andererseits – warum sollte Phyllis Cadell eine Tat gestehen, die sie nicht begangen hatte? Das machte keinen Sinn.

Troy knirschte mit den Zähnen. Er hatte mit Barnaby die ganze Zeit an diesem Fall gearbeitet. Die Verhöre mitgeschrieben und die Berichte und Analysen aus dem Labor gelesen. Was Barnaby gesehen und erfahren hatte, wußte er auch. Und es machte ihn wütend zu hören, daß sein Boß die Lösung des

Rätsels bereits parat hatte. Troy schlug mit der Faust aufs Armaturenbrett und jaulte auf, weil er sich dabei weh getan hatte. Was hatte er übersehen? Betrachtete er die Dinge aus einem falschen Blickwinkel? Das könnte sein. Er sollte sich eine unorthodoxe Denkweise angewöhnen, eine neue Richtung einschlagen. Ein paar Atemübungen konnten nicht schaden. Er mußte sich beruhigen und noch einmal von vorn anfangen.

Barnaby stand auf der roten Vordertreppe und betätigte den Türklopfer. Eine alte Lady machte ihm auf. Sie sah ihn an und spähte über seine Schulter auf den Wagen. Sie machte einen kummervollen, müden Eindruck.

»Mrs. Sharpe?« fragte Barnaby.

»Kommen Sie herein«, sagte sie und wandte ihr Gesicht ab. »Ich habe Sie schon erwartet.«

TEIL VIER

Aufklärung

1

Während der Wagen durch die vornehmen Straßen von Sussex und über Land raste, durchdachte Barnaby nochmals den Fall, den er trotz der anderen Morde immer als Simpson-Fall in Erinnerung behalten sollte. Er war zu einer Lösung gelangt, die er für richtig hielt, und das Puzzle war bis auf ein kleines Teil komplett. Er rief sich die fragliche Szene noch einmal ins Gedächtnis. Er erinnerte sich so lebhaft, daß er fast Wort für Wort wiederholen konnte, was gesprochen worden war. Das Problem war nur, daß dieses kleine Teilchen seine Lösung vollkommen über den Haufen warf. Trotzdem konnte er dieses Detail nicht ignorieren oder so tun, als wäre es nicht vorhanden. Irgendwie mußte es in alles andere eingepaßt werden.

Troy entspannte sich ein wenig, als sie Turnbridge erreichten. Der Mann fährt wirklich gut, dachte Barnaby. Trotz all der Rügen, die er seinem Sergeant wegen seines übertrieben rasanten Fahrstils erteilte, wußte er sein Geschick und Fahrgefühl zu schätzen. Barnaby beobachtete ihn und registrierte, wie oft er die Straße hinter sich im Rückspiegel überprüfte – sein Blick huschte vom Spiegel auf die Straße, von der Straße in den Spiegel, vom Spiegel ...

»Das ist es!«

»Sir?« Troy wandte sich für den Bruchteil einer Sekunde seinem Boß zu. Aber Barnaby sagte nichts. Troy, der mit seinen Atemübungen und Grübeleien nicht das geringste erreicht hatte, hakte nicht weiter nach. Auf keinen Fall wollte er dem alten Fuchs die Genugtuung gönnen, altväterliche Belehrungen auf eifrig gestellte Fragen abzugeben und über die erstaunt aufgerissenen Augen seines Untergebenen zu lachen. Ganz bestimmt würde er ihm von selbst alles mitteilen, wenn er die Zeit für gekommen hielt. Bis dahin, nahm sich Troy vor, sollte er eben seine Schlußfolgerungen für sich behalten. »Direkt nach Causton, Sir?«

»Nein«, entgegnete Barnaby. »Ich bin seit halb sechs morgens auf den Beinen und komme um vor Hunger. Wir halten in Reading und essen etwas. Es besteht kein Grund zur Eile.«

An diese Worte sollte er sich später noch lange erinnern. Aber er konnte nicht ahnen, daß eine alte Lady in dem Ort, den sie gerade verlassen hatten, mit tränenüberströmtem Gesicht zum Telefonhörer griff und eine Nummer in Badger's Drift wählte.

Das Zelt war riesig. Die Seitenwände flatterten und blähten sich, während sich ein halbes Dutzend Männer mit Heringen und Hämmern abmühten, um es zu stabilisieren. Vierundzwanzig Kisten Champagner und zwölf Tische auf Böcken standen neben aufeinandergestapelten Stühlen in der Nähe bereit. Der sorgfältig gepflegte, edle Rasen, der unter den Zeltbahnen von schweren Stiefeln zertrampelt wurde, verströmte bereits den warmen Duft, den man in allen Zelten wiederfindet.

Als Barnaby die Terrassenstufen hinunterstieg, entdeckte er Henry Trace, der zwischen Blumenlieferanten und den Leuten des Partyservice hin- und herrollte, nickte, lächelte, Anweisungen gab und sich bemühte, nicht im Weg zu stehen. Barnaby suchte Katherine Lacey.

»Oh, Chief Inspector.« Henry manövrierte seinen Rollstuhl geschickt über das Steinpflaster. »Wie nett. Sind Sie hergekommen, um uns Glück zu wünschen?« Sein Lächeln verblaßte, als er das Gesicht des Polizisten sah. Er hielt den Rollstuhl in einiger Entfernung an, als könnte der Abstand die Nachrichten irgendwie mildern, die Barnaby mitgebracht hatte.

»Es tut mir sehr leid, Mr. Trace, aber ich habe schlechte Neuigkeiten.«

»Ist es wegen Phyllis? Das weiß ich bereits ... man hat uns angerufen. Ich fürchte, es macht einen gefühllosen Eindruck, daß wir die Feier nicht absagen, aber die Vorbereitungen sind schon so weit gediehen«, er deutete mit einer umfassenden Geste auf das Zelt, »daß ich beschlossen habe ...« Seine Stimme brach ab. Die beiden Männer sahen sich lange schweigend an. Entsetzen zeichnete sich auf Henrys Gesicht ab.

Barnaby begann schließlich zu reden, ganz sanft und leise, aber er wußte, daß er die grausamen Worte dadurch nicht erträglicher machen konnte. Troy, der sich immer gewünscht hatte, eines Tages miterleben zu dürfen, wie einer der oberen Zehntausend eine gehörige Abreibung bekam, wandte den Blick von der in sich zusammengesunkenen Gestalt im Rollstuhl ab.

»Können Sie mir sagen, wo sich Miss Lacey im Moment aufhält?« Barnaby wartete, wiederholte die Frage und wartete wieder. Er war drauf und dran ein drittes Mal zu fragen, als Henry Trace kaum hörbar flüsterte: »Sie ist zum Cottage gegangen ... Jemand hat angerufen.«

»Was? Hat sie gesagt, wer angerufen hat?«

»Nein. Ich ging ans Telefon ... es war eine Frau, ich glaube, sie war sehr aufgeregt. Ihre Stimme klang ziemlich alt.«

»Guter Gott!« Barnaby setzte sich augenblicklich in Bewegung. Troy lief ihm nach. »Lassen Sie den Wagen stehen ... querfeldein geht's schneller.«

Sie nahmen die Abkürzung durch den Garten von *Tranquillada,* stürmten an dem erschrockenen Constable vorbei, der am Tatort beschäftigt war, und rannten durch das Tor in der Hecke. Barnaby zwängte sich durch die Haselnußbüsche und bahnte sich einen Weg durch den Wald. Er lief wie der Wind und stieß ärgerlich die Steine und Äste beiseite, die ihn behinderten. Troy hörte ihn brummen; »Verdammter Idiot ... *verdammter, verdammter Idiot!«* Da er nicht wußte, wen Barnaby damit meinte oder was er überhaupt vorhatte, rannte er einfach mit.

Henry Trace saß reglos in seinem Stuhl auf der Terrasse. Das geschäftige Treiben um ihn herum ging weiter. Schachteln mit Champagnergläsern und Körbe voller Tischdecken und Servietten wurden an ihm vorbeigeschleppt. Ein hübsches Mädchen in einem pinkfarbenen Overall hängte gerade eine Girlande aus Nelken über dem Torbogen auf. Sie sang bei der Arbeit. Henry schloß die Augen und wappnete sich gegen die nächste Welle des Schmerzes. Sie rollte langsam auf ihn zu, aber gleich darauf schien sie ihn mit aller Gewalt in Stücke zu zerreißen.

»Entschuldigen Sie, Sir.« Pause. »Sir?«

»Ja?«

»Ich habe noch viele Blumengirlanden übrig und dachte, daß sie sich an der Balustrade der Terrasse gut machen würden, man könnte sie dann die Treppe hinunterfluten lassen ...«

Er sah das Mädchen blicklos an, dann das Zelt, das inzwischen mit bunten Fähnchen dekoriert war. Leute liefen hin und her und schrien durcheinander. Die Stühle wurden ins Zelt getragen. Er mußte irgend etwas unternehmen, um diese Dynamik aufzuhalten. Obwohl er zu Gott betete, das alles möge nur ein böser Irrtum sein, wußte er, daß er die Wahrheit gehört hatte. Alles, was Barnaby ihm erzählt hatte, paßte zusammen. Es mußte stimmen. Aber was sollte er jetzt dem Mädchen sagen? Er betrachtete ihr freundliches Lächeln.

»Ja«, sagte er und drehte seinen Stuhl zum Haus, »es wäre hübsch, wenn Blumen über die Treppe fluten würden.«

2

»Gehen Sie in die Küche«, rief Barnaby, »ich sehe oben nach.«

Alle drei Schlafzimmer waren leer und sahen genauso aus wie immer: das kleine mit dem schmalen Bett machte einen unverändert spartanischen Eindruck, das große war chaotisch. Barnaby schaute auch im Schrank nach und war gerade dabei, die große Truhe auf dem Treppenabsatz zu öffnen, als er Troy schreien hörte. Er raste die Treppe hinunter und fand seinen Sergeant im Atelier vor. Troy stand vor der Staffelei und starrte wie betäubt auf das Bild.

»Aber ...« Er wandte sich bestürzt seinem Boß zu. »Wer ist das?«

Barnaby warf einen Blick auf die Leinwand. An der Staffelei lehnte ein Umschlag, auf dem stand: »An alle, die es betrifft.« Er schnappte sich das Kuvert und lief aus dem Zimmer. Troy folgte ihm mit hochrotem Gesicht.

Im Flur riß Barnaby den Umschlag auf und überflog hastig die Seiten. Dann stürmte er in die Küche. Etwas, was aussah wie Petersilie, war über den Tisch verstreut. Und ein modriger Geruch lag in der Luft. Es roch nach Mäusen.

Troy beobachtete unsicher seinen Boß. Der Mann sah aus wie ein geprügelter Hund. Er sank auf einen Stuhl und schüttelte den Kopf, als müßte er quälende Gedanken oder ein lästiges Insekt vertreiben. Dann stand er auf und sah sich benommen um. Er stopfte den Brief in die Tasche und rannte von einem Raum zum anderen. Dabei gab er kein einziges Wort von sich. Troy hatte das Gefühl, daß Barnaby ganz vergessen hatte, daß er auch noch da war. Nichtsdestotrotz blieb er ihm auf den Fersen, als der Chief Inspector aus dem Haus und in den Wald lief. Troy, dem unangenehm bewußt war, welche Wirkung das Gemälde auf ihn ausgeübt hatte, stolperte ihm nach. Barnaby wechselte die Richtung, drehte sich um, lief wieder ein Stück zurück und wandte sich wieder in eine andere Richtung.

Zu spät, zu spät, war alles, was er denken konnte, als er den Wald absuchte. Die wertvollen Sekunden rannen ihm durch die Finger wie silbriger Sand. Bilder zogen an seinem geistigen Auge vorbei: ein Bildschirm mit Zeitanzeige; die Sekundenbruchteile tickten schneller, als es das Auge erfassen konnte. Eine nasale Computerstimme zählte: »Fünf. Vier. Drei. Zwei. Eins. Null.« Die letzten Körnchen tropften durch ein Stundenglas. Und über allem sah er sich selbst und Troy entspannt am Mittagstisch in Reading sitzen – Vorspeise, Hauptgericht, Käse, Dessert und Kekse, Kaffee – möchten Sie noch eine Tasse, Sir? Warum nicht? Kein Grund zur Eile. Wir haben alle Zeit der Welt. Wo, zur Hölle, war die Stelle? Er versuchte sich zu erinnern, ob es ein besonderes Merkmal gab. Ein Grenzstein vielleicht. Nein – da war nur die Orchidee, mit der alles angefangen hatte, und der Stock mit dem roten Band, aber den hatte man möglicherweise schon vor Tagen entfernt. Es gab nichts ...

Gott, diese Parasole an dem Baumstamm hatte er schon einmal gesehen. Verdammt, er war im Kreis gelaufen. Er blieb stehen und nahm nur am Rande wahr, daß Troy an seiner Seite war. In seinem Bewußtsein hatten nur der eigene hämmernde Herzschlag und der intensive Schmerz, den er verursachte, Platz. Sein Jackett war naß vom Schweiß und die Haut in seinem Gesicht von Brombeerdornen aufgerissen. Er schnappte nach Luft wie ein Ertrinkender. Er stand ganz still und zwang sich, ruhig nachzudenken.

In diesem Augenblick sah er die üppigen Büschel Nieswurz, und er wußte, wieso ihm die Parasole so bekannt vorgekommen waren. Nur wenige Meter weiter entdeckte er das Gebüsch, das die Mulde abschirmte. Er ging auf die Sträucher zu, seine Schritte verursachten keinen Laut auf dem weichen Waldboden.

Er stand vor der Mulde. Eine große Fläche war platt gedrückt. Glockenblumen und Farnblätter waren geknickt. Katherine Lacey lag in den Armen ihres Geliebten. Sie schmiegten sich aneinander wie Kinder, die in der Wildnis verlorengegangen waren und Trost suchten. Ein Glas war ihr aus der leblosen Hand gefallen. Sie trug ihr Brautkleid aus gestärktem elfenbeinfarbenem Satin. Der Schleier wurde von einem Kranz aus Wildblumen festgehalten. Die reich mit Staubperlen bestickte Schleppe floß wie ein glitzernder Bach von ihren Schultern und verlor sich in der Dunkelheit. Ihre bemerkenswerte Schönheit war selbst im Tod ungetrübt. Während Barnaby sprachlos dastand, schwebte ein großes Blatt von einem Baum und legte sich auf ihr Gesicht. Es glänzte auf der wächsernen Haut und bedeckte ihre blicklosen Augen.

3

»Es ist sehr freundlich, daß Sie mich besuchen, Chief Inspector.«

Barnaby lehnte sich in dem Ohrensessel zurück, ein Teller mit Pflaumenkuchen und ein doppelter Whisky standen in Reichweite neben ihm. »Ganz und gar nicht, Miss Bellringer. Ohne Sie hätte es, wie Sie selbst einmal bemerkten, diesen Fall gar nicht gegeben.«

»Ich hatte das Lacey-Mädchen immer im Verdacht, wissen Sie.«

»Ja.« Barnaby nickte. »Man ist geneigt, die nächstliegende Lösung zu verwerfen, aber meistens ist sie die richtige.«

»Und als Ihnen bewußt wurde, daß sie nicht allein zu Werke ging . . .«

»Ganz recht. Dann wurde klar, wie alle drei Morde begangen werden konnten.«

»Die Sache mit Phyllis Cadell betrübt mich sehr. Eine schreckliche Tragödie. Trotzdem verstehe ich nicht alles. Wieso, um alles in der Welt, hat sie eine Tat gestanden, für die sie nicht verantwortlich war?«

»Das ist ziemlich kompliziert.« Barnaby nahm einen Schluck von seinem Whisky. »Und ich muß Jahre zurückgreifen, um das zu erklären. Genaugenommen fing alles in der Kindheit der Laceys an. Erinnern Sie sich an Mrs. Sharpe?«

»An das Kindermädchen? Ja. Die arme Frau. Sie haben ihr das Leben zur Hölle gemacht, glaube ich.«

»Das hat mir Mrs. Rainbird auch erzählt. Offenbar waren die Kinder ein Herz und eine Seele, solange sie klein waren; sie heckten immer etwas aus und standen füreinander ein. Als sie älter wurden, änderte sich alles. Es gab nur noch Zank und Streit. Es war so schlimm, daß die alte Nanny Sharpe, sobald die beiden alt genug waren, um für sich selbst zu sorgen, wegzog, um ein bißchen Frieden in ihrem Häuschen am Meer zu genießen. Ich glaubte diese Geschichte zunächst, denn es gab keinen Grund, sie anzuzweifeln. Und das Verhalten der Laceys machte sie noch glaubwürdiger. Ich selbst hatte einen häßlichen Streit mitangehört. Aber die Unterhaltung mit Mrs. Sharpe vermittelte mir ein ganz anderes Bild.«

Er aß einen Bissen von dem exzellenten, fruchtigen Pflaumenkuchen und spülte mit Whisky nach. Im Geiste saß er wieder auf dem harten Sofa und sah die vielen Fotos von den lächelnden Laceys vor sich. Mrs. Lacey als Kind und junge

Frau, Hochzeits- und Tauffotos. Die Kinder in beinahe jedem Alter – immer zusammen und wachsam.

»Sie war die Stärkere«, sagte Mrs. Sharpe. »Sie geriet ihrem Vater nach.«

»Nicht gerade ein umgänglicher Mann, soviel ich gehört habe.«

»Er war schlecht!« Mrs. Sharpes hageres Gesicht lief rot an. »Ich kann mit dem modernen Unsinn, daß Menschen durch irgendwelche Erlebnisse verdorben werden, nichts anfangen. Es gibt Leute, die schon schlecht auf die Welt kommen, und er war einer von ihnen. Er hat meiner armen Kleinen das Herz gebrochen und sie in den Tod getrieben. Sie war ein so liebenswertes Wesen ... so freundlich und sanft. Und er hatte andere Frauen ... und dieses raffinierte Ding, mit dem er schließlich auf und davon ist, soll er erst nach Madeleines Tod kennengelernt haben? Das habe ich nie geglaubt und werde es auch nie glauben. Er hat sich die ganze Zeit schon mit ihr herumgetrieben, da bin ich mir ganz sicher.«

»Der Junge war mehr wie seine Mutter, was?«

»Er verehrte sie. Er hat mir so leid getan. Er versuchte, tapfer zu sein ... sie zu beschützen, aber er konnte seinem Vater nicht Paroli bieten. Gerald war ein gewalttätiger Mann ... einmal warf er Madeleine ein Bügeleisen nach, und Michael sprang dazwischen. Es traf ihn mitten im Gesicht. Daher hat er die Narbe.«

Barnaby schüttelte den Kopf. »Das wußte ich nicht.«

»Aber Katherine war genau wie ihr Vater. Und er hat sie verlassen – ohne einen Blick zurückzuwerfen. Eine weniger starke Person wäre auf ewig am Boden zerstört gewesen, aber sie ... na ja, sie war eben ganz der Vater. Oberflächlich besehen nicht. Er war großtuerisch und gab immer an ... sie zog sich eher in sich selbst zurück, aber im Wesen war sie wie er. Launisch und einen eisernen Willen. Und als der Vater weg war, widmete sie Michael ihre ganze Aufmerksamkeit. Und er, der arme Junge, klammerte sich nach dem Tod seiner Mutter verzweifelt an sie. Man hätte nie geahnt, daß er der Ältere war. Sie war Mutter, Vater, Schwester und alles andere für ihn. Manchmal habe ich mich gefragt, was ich überhaupt bei ihnen tat, abgesehen davon, daß sie eine Aufsichtsperson brauchten, weil sie noch minderjährig waren.

Michael fing an zu malen, als er ungefähr vierzehn war. Ernsthaft, meine ich. Er war immer gut im Kunstunterricht, und sie redeten auf ihn ein, daß er ins College gehen soll. Er war auch eine Zeitlang dort, aber dann gab er es auf. Er sagte, dort wären nur Schwachköpfe. Und Katherine stärkte ihm den Rücken. Sie redete ihm ein, er würde mehr lernen, wenn er durch Europa reist, in Galerien, Museen und ähnliches geht. Das würden alle Künstler tun, sagte sie. Jedenfalls ging das so bis kurz vor Katherines siebzehnten Geburtstag. Michael war zwei Monate vorher achtzehn geworden – da begannen die Streitereien. Auseinandersetzungen zwischen Heranwachsenden, dachte ich. Immerzu machten sie sich wegen irgendwas Vorwürfe, und jeden Tag warfen sie sich Schimpfworte an den Kopf. Sie schrie ihn an, er flüchtete aus dem Haus. Und trotzdem, Inspector«, sie beugte sich vor, und ihr Tonfall wurde ganz ruhig, »ich hatte die ganze Zeit das Gefühl, daß etwas nicht stimmte. Ich spürte, daß die Zuneigung zwischen ihnen noch genauso stark wie früher war. Die Streitereien erschienen mir irgendwie gekünstelt ... unecht.

Eines Nachts konnte ich nicht schlafen und wälzte mich bis drei Uhr im Bett herum. Schließlich stand ich auf und ging hinunter, um mir einen Tee zu kochen. Ich kam an Katherines Zimmer vorbei und hörte seltsame Geräusche ... leise, erstickte Schreie. Ich dachte, sie hätte einen Alptraum und öffnete leise die Tür. Ich schaute ins Zimmer.« Ihr Gesicht wurde heiß bei der Erinnerung daran, und sie bedeckte es mit beiden Händen. »Danach konnte ich nicht mehr im Haus bleiben. Ich erklärte den Traces, daß die Kinder – ich sah sie immer noch als Kinder an, verstehen Sie? –, daß die Kinder zuviel für mich seien und daß ich mich in den Ruhestand zurückziehen wolle. Meine Schwester war ein paar Monate zuvor gestorben und hatte mir dieses Haus hinterlassen. Meine letzten Wochen in dem Cottage waren anders als die Zeit davor. Sie brauchten sich nicht mehr zu streiten, um mir Sand in die Augen zu streuen. Sie machten sich nicht mehr die Mühe, ihre Gefühle füreinander zu verbergen. Es schien ihnen nicht einmal in den Sinn zu kommen, daß das, was sie taten, nicht richtig war. Es war für sie ganz natürlich, verstehen Sie? ... Nur eine neue Dimension ihrer tiefen Zuneigung. Sie sahen nicht ein, daß ich gehen mußte. Warum ich mich nicht für sie freute. Ein paarmal dachte ich über die Möglichkeit nach, bei ihnen zu bleiben ... in gewisser Weise waren sie immer noch meine Babies, und ich hatte ihrer Mutter versprochen, mich um sie zu kümmern, aber dann sprach Katherine von ihrer Europareise. Sie wollten dahin fahren und dorthin ... ich weiß nicht, ob es einen Ort gab, den sie nicht besuchen wollte. Ich fragte: ›Und wer soll das alles bezahlen?‹ Und sie meinte: ›Henry natürlich.‹ Und Michael sagte: ›Kate kann Henry zu allem überreden.‹

Sie standen Arm in Arm am Küchentisch. Und plötzlich wurde mir bewußt, wie stark sie zusammen waren ... Sie bauten sich gegenseitig auf. Man konnte es beinahe sehen ... die Energie floß regelrecht zwischen ihnen hin und her und wurde immer gewaltiger. Ich hatte Angst. Ich dachte, daß nichts sie aufhalten konnte. Was auch immer sie wollten, sie würden es bekommen ...

Jemand hat mir den Zeitungsartikel über die gerichtliche Untersuchung nach Mrs. Traces Tod geschickt. Es schien eindeutig ein Unfall gewesen zu sein. Aber dann fand die

Verlobung statt, und als ich hörte, daß Miss Simpson gestorben ist, konnte ich nicht anders, als mich zu fragen ... Wenn ich mich mit der Polizei in Verbindung gesetzt hätte, wäre der dritte Mord vielleicht nicht passiert. Aber ich wußte es nicht, verstehen Sie? Es war nur ein Gefühl. Und wie hätte ich sie verraten können? Ich liebte sie ... es waren Madeleines Kinder.«

Nachdem Barnaby soweit gekommen war, entstand eine lange Pause. Miss Bellringer nickte ernst. »Allmählich wird mir einiges klar.« Sie goß sich Whisky nach und fuhr fort: »Aber ich verstehe noch immer nicht, wie einer von ihnen Bella getötet haben konnte.«

»Mir erging es anfangs wie Ihnen, ich konnte es mir auch nicht erklären. Ich las den Bericht über die gerichtliche Untersuchung so oft, bis ich ihn in- und auswendig kannte. Und alles stimmte so genau mit Phyllis Cadells Geständnis überein, daß kein Grund bestand, Zweifel anzumelden. Und trotzdem war etwas an der Geschichte, das nicht so recht zusammenpaßte. Ich grübelte tagelang darüber nach, bis mir schließlich ein Licht aufging. Ich bin zwar in der Jagd nicht bewandert, aber eines war mir doch klar, nämlich, daß ein Treiber nichts in der Nähe der Schützen zu suchen hat, sondern ihnen viel eher das Wild zutreiben muß. Also warum waren Michael Lacey und Mrs. Trace zusammen? Und wieso hat er sich überhaupt der Jagdgesellschaft angeschlossen? Er tischte mir eine Geschichte auf, daß er damit Geld verdient hat, aber das war weit entfernt von der Wahrheit. Er war dort, um Mrs. Trace vom Rest der Gruppe wegzulocken. Er hatte die Aufgabe, sie zu isolieren und auf diese Weise zur deutlich sichtbaren Zielscheibe zu machen. Katherine saß im Gebüsch auf der Lauer – wohlgemerkt, wir haben nur die Aussage ihres Bruders, daß sie sich in der Küche von Tye House nützlich gemacht hat –, und zu einer vorher abgemachten Zeit, die

Katherine einen gewissen Spielraum ließ, wurde der Mord begangen.«

»Einfach so?«

»Beide Laceys waren erfahrene Schützen. Mrs. Rainbird wies mich darauf hin. Und bei dem Tumult mit den kläffenden Hunden und den aufgeregt umherrennenden Menschen konnte sie sich leicht auf und davon machen, ohne bemerkt zu werden. Michael, ganz der hilfsbereite Junge, lief los, um einen Krankenwagen zu rufen. Und jetzt kommt der zweite Punkt, der mir Kopfzerbrechen bereitet hat. Bei einem derartigen Unfall würde jeder zur nächsten Straße rennen und an irgendeine Haustür klopfen, aber Michael lief zum Tye House. Also zu einem Ort, der möglichst weit weg vom Unfallort war. Wieso telefonierte er nicht vom ersten Haus in der Church Lane aus? Oder vom Holly Cottage, das beträchtlich näher war? Dafür kann es nur einen Grund geben. Er wollte die Ankunft des Krankenwagens so lange wie möglich hinauszögern. Auf keinen Fall konnte er riskieren, daß kompetente Mediziner rechtzeitig eintrafen, um Bellas Leben vielleicht doch noch zu retten.«

»Ja . . . mir leuchtet ein, daß alles so gewesen sein könnte . . .« Miss Bellringer war so von Barnabys Bericht in den Bann gezogen, daß sie mit einem Stück Pflaumenkuchen auf der Gabel dagesessen hatte, ohne einen Muskel zu rühren. Jetzt stopfte sie den Kuchen in den Mund und fragte noch kauend: »Aber . . . was ist mit Phyllis' Geständnis?«

»Sie hat sich schlichtweg geirrt – wenn man ihre enorme emotionale Anspannung, ihre mangelnde Schießpraxis und den vielen Wodka in Betracht zieht, ist es eigentlich kein Wunder, daß sie ihr Ziel verfehlte. Es würde mich nicht wundern, wenn sie meilenweit daneben geschossen hätte. Aber durch einen der verhängnisvollen Zufälle, die sich manchmal im Leben ereignen, stolperte Bella gerade in dem

Moment über eine Wurzel, in dem Phyllis schoß. Lessiter erwähnte den Sturz bei der gerichtlichen Untersuchung. Eine andere Erklärung kann es nicht geben.«

»Aber wenn Dennis beobachtete, was geschah, dann muß er auch gesehen haben, daß Bella wieder aufstand. Nachdem Phyllis die Flucht ergriffen hatte, meine ich.«

»Das kann ich mir auch vorstellen. Aber das werden wir erst genau erfahren, wenn er wieder vernehmungsfähig ist. Mich würde es jedoch kein bißchen wundern, wenn die Rainbirds Phyllis Cadell bluten ließen, selbst wenn sie wußten, daß sie unschuldig war.«

»Gräßliche Menschen.« Miss Bellringer sah sich ängstlich in ihrem vollgestopften Wohnzimmer um, als wollte sie sich vergewissern, daß kein Wort nach außen dringen konnte. Sie bückte sich, hob Wellington auf ihren Schoß und drückte ihn an ihre flache Brust wie einen wertvollen Talisman. Er streckte steif seine Pfoten von sich. »Und der Mord an Bella – war das der erste Schritt in ihrem großen Plan?«

»Bestimmt. Sie hinterließen einen Brief, in dem sie alles genau erklären.« Ein voller Wut verfaßter Brief. Auf den ganzen sieben Seiten bedauerten sie lediglich, daß sie Miss Simpson gegenüber nicht hatten abstreiten können, an dem fatalen Freitag nachmittag an ihrem geheimen Platz im Wald gewesen zu sein. Barnaby sah keinen Grund, seine betagte Gesprächspartnerin noch mehr zu verletzen und all die Beschimpfungen zu wiederholen, die das saubere Pärchen ihrer Freundin zugedacht hatte. »Ich glaube, Sie selbst sagten einmal etwas von ›schlechtem Blut‹ in der Familie Lacey. Ich weiß noch, daß ich das damals ziemlich melodramatisch fand – als könnte Schlechtigkeit genetisch weitergegeben werden wie blaue Augen oder rotes Haar! Aber jetzt ... jetzt bin ich mir nicht mehr so sicher. Beide waren ihrem Vater offensichtlich sehr ähnlich. Sie benutzten die Menschen mit eiskalter

Berechnung, und wenn sie erreicht hatten, was sie wollten, wandten sie sich ab von dem von ihnen verursachten Schmerz und Unglück und suchten sich das nächste Ziel.«

»Ziel?«

»Verzeihung ... das nächste Opfer. Sie brauchten Geld, eine Menge Geld. Es genügte ihnen nicht, in Ruhe und Frieden zu leben, bis Michael mit seinen Bildern Erfolg haben würde. Und ich zweifle keinen Augenblick daran, daß er sehr erfolgreich geworden wäre. Er war außerordentlich begabt. Nein – sie wollten reisen. Die große Europatour. Venedig, Florenz, Amsterdam, Rom. Und überall wollten sie so lange bleiben, bis Michael von der künstlerischen Atmosphäre durchdrungen war. Und sie planten, sich im Ausland niederzulassen – wahrscheinlich hatten sie vor, als Mann und Frau zusammenzuleben.«

»Und Henry?«

»Ah ... der Ärmste. Ich fürchte, sein Ableben hätte nicht lange auf sich warten lassen. Ich glaube, er hat schon eine gewisse Dosis der Substanz zu sich genommen, die Ihre Freundin getötet hat. Es war sicher kein Zufall, daß er an dem Abend, an dem Miss Simpson zu Tode kam, nach dem Essen eindöste. Und das tat er nicht nur bei dieser Gelegenheit. Henry sagte wortwörtlich zu mir: *›Das passiert mir in letzter Zeit öfter.‹*«

»Ich sehe ein, daß es wichtig für sie war, an diesem Abend unbemerkt aus dem Haus zu kommen, Chief Inspector. Aber ich verstehe immer noch nicht die Sache mit dem Hund.«

»Das ist ganz einfach. Sie ging mit ihrem Brief an Notcutt's zum Briefkasten, warf ihn ein und traf Michael auf dem Feldweg zum Holly Cottage. Sie gab ihm den Hund, und er nahm ihn mit nach Hause, während Katherine Ihrer Freundin einen Besuch abstattete – mit welchem Ausgang, wissen wir leider nur zu genau.«

»Sie muß eine ganze Weile bei ihr geblieben sein, um ... um sicherzugehen ...« Miss Bellringers Gesicht verzog sich kummervoll. »Tut mir leid ... all diese Einzelheiten machen es so real.«

»Wäre es Ihnen lieber, wenn ich nicht weitersprechen würde?«

»Ganz und gar nicht, aber eine kleine Stärkung kann ich schon gebrauchen.« Sie setzte Wellington auf den Boden, schraubte die Whiskyflasche auf und goß etwas davon in ihr Glas. »Darf ich Ihnen auch noch ein Schlückchen dazugeben?«

»Danke, nein. Um zum Bienenstock-Cottage zurückzukommen – Katherine mußte bleiben, bis Miss Simpson den vergifteten Wein ausgetrunken hatte. Dann ging sie zu ihrem Bruder, um den Hund abzuholen, und ab da übernahm Michael alles weitere. Bestimmt hatten sie vorgegeben, beide mit Ihrer Freundin sprechen zu müssen. Was sie zu ihr sagten, werden wir nie erfahren. Vermutlich flehten sie sie an, Stillschweigen zu bewahren, und baten um ihr Verständnis. Möglicherweise versprachen sie sogar, die Beziehung abzubrechen. Sie waren beide großartige Schauspieler.« Sein Tonfall wurde härter, als er sich an Katherines tränenreiche Vorstellung erinnerte, als sie von Benjys langsamem Dahinsiechen sprach.

»Emily muß dieses Gespräch zuwider gewesen sein. Sie war sehr heikel. Also hat Michael ...?«

»Ja. Er blieb, bis sie das Bewußtsein verlor, dann machte er die Wohnzimmertür zu, damit Benjy sein Frauchen nicht sah und anfing zu bellen. Er wusch Katherines Glas ab, ließ aber das von Miss Simpson stehen. Natürlich hofften sie beide, daß es als natürlicher Tod angesehen würde, aber für den unwahrscheinlichen Fall, daß doch eine Untersuchung stattfinden würde, sollte man nur ein Glas mit Miss Simpsons Fingerabdrücken und einem Rest des Giftes finden. So wäre es auch gewesen, wenn Sie nicht ...«

Miss Bellringer wurde rot. »Also war die Markierung im Shakespeare auch nur ein Fingerzeig für alle Fälle?«

»Ja. Das Buch lag aufgeschlagen auf dem Tisch. Vielleicht schaute sich Michael ein wenig um, während er wartete. Die Zeilen müssen ihm ins Auge gefallen sein, und sie erschienen ihm passend. Er zog seinen Bleistift 6 B aus der Tasche. Wer von beiden durch das Fenster in die Speisekammer kletterte, stand nicht in dem Brief. Aber er macht deutlich, daß das Lessiter-Mädchen großes Glück hatte und gerade noch dem Tod entronnen ist.«

»Judy? Das verstehe ich nicht.«

»Sie ging zum Holly Cottage, als Katherine bei Ihrer Freundin war. Sie hat Michael sogar durchs Fenster gesehen, aber sie hat nicht gemerkt, daß der Hund im Haus war. Wenn sie geklopft und der Hund gekläfft hätte ...«

»Armes Kind. Ich fürchte, sie ist geboren, um unglücklich zu sein. Es gibt solche Menschen.«

»Ja.« Barnaby nickte. »Sie wurde von den Laceys benutzt wie jeder, der ihre Wege kreuzte. Zum Beispiel war es sehr wichtig, daß Michael den Nachmittag, an dem der Rainbird-Mord geschah, mit ihr zusammen verbrachte. Ich erinnere mich, daß mein Sergeant sagte, er hätte großes Glück gehabt, daß er mit einem Alibi aufwarten konnte. Aber mit Glück hatte das nicht das geringste zu tun. Es war ein entscheidender Punkt des Plans, daß er sich ein sicheres Alibi verschaffte. Das Messer wurde im Holly Cottage deponiert, nicht um, wie ich zuerst dachte, Lacey in Verdacht zu bringen, sondern um die Aufmerksamkeit auf jemanden zu lenken, von dessen Unschuld der Mörder wußte. *Und der beweisen konnte, daß er unschuldig war.*

Selbst wenn Judy nicht bei Michael angerufen hätte, wäre

er mit ihr an diesem Tag in Kontakt getreten. Seine ersten Worte bei dem Telefonat waren: ›Ich wollte mich gerade bei dir melden.‹ Und natürlich mußte er bei den Lessiters arbeiten, damit das Messer in seinem Haus ›versteckt‹ werden konnte. Dem Brief nach zu schließen, sollte ein anonymer Hinweis bei der Polizei eingehen, der eine Hausdurchsuchung zur Folge gehabt hätte. Aber Mrs. Quine kam ihnen zuvor.«

»Was für ein riskantes Unterfangen, in den Kleidern ihres Bruders bei hellichtem Tag herumzuspazieren!«

»Sie kam aus dem Holly Cottage und ging durch den Wald. Zweifellos hätte sie den Plan nicht ausgeführt, wenn ihr jemand begegnet wäre und ihr von Angesicht zu Angesicht gegenüber gestanden hätte. Aber aus der Ferne, mit hochgesteckten Haaren und der Mütze, konnte man sie sehr leicht für Michael halten.«

»Der ein unumstößliches Alibi hatte.«

»Ganz recht. Sie mußten ein gewisses Risiko auf sich nehmen, denn Mrs. Rainbird hatte ihnen nur bis zur Hochzeit Aufschub für die erste Zahlung gegeben.«

»Sonst hätte sie die Bombe platzen lassen?«

Barnaby lächelte. Miss Bellringer würde ihm fehlen. »Mehr oder weniger.«

»Aber Dennis hätte doch bestimmt nicht den Mund gehalten, oder? Besonders nicht nach dem Mord an seiner Mutter. Was hatten sie mit ihm vor?«

»Michael sollte sich um Dennis kümmern. Er kam nur mit dem Leben davon, weil er sein Geschäft eine halbe Stunde früher als sonst verließ. Wir begegneten Lacey hinter dem Haus. Er gab vor, auf dem Weg zum Pub zu sein, aber jetzt wissen wir, daß er in Wirklichkeit dafür sorgen wollte, daß Dennis seine Mutter nicht lange überlebt.«

»Sie müssen vollkommen verzweifelt oder in Raserei gewesen sein.«

»In der Tat. Wenn sie gründlich nachgedacht hätten, wäre ihnen klargewesen, daß alles auffliegen würde, wenn Katherine von jemandem gesehen worden wäre – selbst aus der Ferne. Wer aus dem kleinen Kreis der Verdächtigen ähnelte Michael in Größe und Statur so sehr, daß man ihn mit ihm verwechseln könnte?«

»Aber sie hat doch sicher auch für ein Alibi gesorgt.«

»So gut wie. Sie sagte, sie habe Pilze gesammelt. Auf dem Küchentisch stand ein Korb mit Pilzen. Und sie waren frisch, ich habe daran gerochen. Sie hatte natürlich keine Zeit, sie aus dem Wald zu holen, den Mord zu begehen, zu duschen, sich umzuziehen und so weiter. Aber wenn Michael die Pilze schon am Vormittag geholt und im Holly Cottage bereitgestellt hat ...«

»Ahhh.« Miss Bellringer nickte. »Das muß die Erklärung sein.«

»Nachdem sie sich gewaschen und umgezogen hatte«, Barnaby sah das Mädchen wieder in einem ironischerweise schneeweißen Kleid vor sich, »huschte sie durch die Vordertür aus dem Rainbird-Bungalow – natürlich vergewisserte sie sich vorher, daß niemand in der Nähe war – und klopfte dann von außen so kräftig an, daß sie die Aufmerksamkeit auf sich lenkte. Mrs. Sweeney, die das Klopfen hörte und beobachtete, wie sie die Pilze auf die Treppe legte und ging, nahm an, wie jeder es getan hätte, daß sie auch über die Straße und den vorderen Gartenteil gekommen war.«

»Aber die blutverschmierten Kleider ... die Mütze und alles andere. Und sagten Sie nicht auch etwas von einer Decke? Wissen Sie, was damit geschehen ist?«

»O ja ... die Decke lag zusammengerollt an der Hecke im hinteren Gartenteil. Michael holte sie dort ab, als er von den Lessiters zurückkam, und versenkte sie wieder im Weiher, aus dem sie die Rainbirds ein paar Tage zuvor gefischt hatten. Die

Kleider packte Katherine schlicht und einfach in den Korb mit den Pilzen und nahm sie mit. Es war ein sehr großer Korb, und als ich ihn in der Küche sah, war er gerade mal halbvoll, also war noch genug Platz für die Sachen. Von den Rainbirds aus ging sie zum Holly Cottage, versteckte das Messer – fast zu gut, wie sich später herausstellte –, deponierte die blutigen Kleider vorübergehend im Wald und kehrte zum Tye House zurück.«

»Was soll das heißen? Was meinen Sie mit der Bemerkung über das Messer?«

»Wir hatten eine Durchsuchungserlaubnis für das Haus. Wenn sie das Messer in die Küchenschublade oder in Michaels Schlafzimmer gelegt hätte, wären wir vermutlich nie ins Atelier gegangen. Später fanden wir dort nämlich den entscheidenden Hinweis.«

»Sie dachten bestimmt, daß Sie überall suchen würden, Chief Inspector.«

»Normalerweise tun wir das auch, aber Lacey setzte, wie ich später begriff, alles daran, uns aus dem Haus zu locken. Ich konnte mich nur kurz im Atelier umsehen, und mir fiel nichts Außergewöhnliches auf. Aber als wir mit dem Wagen durchs Dorf fuhren, begegnete uns Katherine. Ihr Bruder rief ihr zu: ›Sieht aus, als wär' ich ziemlich abgemalt‹ und beschrieb mit den Händen ein Viereck um sein Gesicht. Ich hielt das für gespielte Tapferkeit, aber die Botschaft hätte nicht deutlicher sein können. Was ist schon gemalt, wenn nicht ein Bild? Und warum schloß er das Cottage nicht ab, wenn es so viel enthielt, was für ihn von großem Wert war? All seine Arbeiten waren dort, und er behauptete, er würde die Haustür nie zusperren. Irgend etwas mußte aus dem Atelier entfernt werden, aber wenn die Tür verschlossen gewesen wäre, hätte nur Katherine, die einen Schlüssel besaß, Zugang gehabt. So konnte jeder ins Haus, und wenn wir etwas bemerkt hätten, wäre der Verdacht nicht zwangsläufig auf Katherine gefallen.«

»Ja . . . das leuchtet mir ein. Aber was wurde entfernt? War es ein Bild? Wieso war das so wichtig?«

Barnaby nippte an seinem Whiskyrest, lehnte sich wieder zurück und überlegte, wie er seine Antwort formulieren sollte. Er erinnerte sich noch allzu gut an das Bild und hörte Troys Schrei: »Aber . . . wer ist das?« Es war wie ein Schlag in die Magengrube gewesen, und er war fast ebenso bestürzt wie Troy, als er das Bild sah. Katherine Lacey war praktisch nicht wiederzuerkennen. Es war der erotischste Akt, den er je gesehen hatte. Sie lag ausgestreckt auf dem breiten Bett, und obwohl ihre Pose auf einen postkoitalen Augenblick schließen ließ, waren ihre Glieder nicht entspannt oder gelöst. Die Gestalt schien nichts als Stärke und Kraft auszustrahlen. Ihre Haut glänzte vor Schweiß, die Beine und Arme pulsierten vor Energie, und man hatte den Eindruck, auf der Leinwand die Bewegung zu sehen. Die hingestreckte Frau wirkte gierig und unheimlich. Barnaby fühlte sich an eine Gottesanbeterin oder eher an eine lauernde Schwarze Witwe erinnert – verführerisch und tödlich. Sie sah auf dem Gemälde größer aus als die Frau, die er kannte. Hals und Schultern waren dick und kräftig, ihre Brüste prall, der Bauch stark gewölbt.

Trotz allem war das Gesicht das erschütterndste. Es war das Gesicht einer Frau in Raserei: die feuchten roten Lippen verzogen zu einem grausigen Lächeln – gierig, wollüstig und grausam. Die Augen glitzerten vor ruchloser Befriedigung. Nur ihr Haar war erkennbar, aber selbst das schien ein Eigenleben entwickelt zu haben, es wand sich wie Schlangen in einem Nest. Barnaby hatte das Gefühl gehabt, daß diese Frau jeden Augenblick von der Leinwand springen und ihn verschlingen würde.

Miss Bellringer wiederholte ihre Frage. Barnaby, der spürte, daß ihm bei der Erinnerung an das Bild das Blut ins Gesicht geschossen war, erwiderte: »Es war ein Porträt von seiner Schwester, das wenig Zweifel an der Art ihrer Beziehung ließ.« Kein Wunder, dachte er, daß das schmale Bett immer unberührt ausgesehen hat. Wahrscheinlich hatte sie seit Mrs. Sharpes Auszug kein einziges Mal mehr dort geschlafen. Und jetzt wußte er auch, warum Katherine nicht in das viel größere, freigewordene Zimmer umgezogen war.

»Sie waren ganz schön gerissen ... und dann dieses schreckliche Ende.«

»Ja. Eigenartigerweise sagte mein Sergeant schon sehr früh etwas, was ein Fingerzeig hätte sein können, wenn ich nur so viel Verstand gehabt hätte, ihn zu erkennen. Ihm war aufgefallen, daß Mrs. Lessiter sehr unfreundlich über Lacey sprach, und er meinte, es wäre nicht das erste Mal, daß eine verheiratete Frau in der Öffentlichkeit so tut, als könne sie ihren Liebhaber nicht leiden, um die Leute zu täuschen.«

»Die Laceys waren jedenfalls sehr überzeugend.«

»Mmm. Da war eine Episode, die mir großes Kopfzerbrechen gemacht hat. Troy und ich ...«

»Ich mag den Mann immer noch nicht.«

Barnaby lächelte zurückhaltend und fuhr fort: »Wir gingen zu Fuß zum Holly Cottage und hörten, daß sich die Laceys anschrien und schrecklich stritten. Später, als ich ziemlich sicher sein konnte, daß sie die Täter waren, wußte ich beim besten Willen nicht, wie ich diese Szene einordnen sollte. Warum spielten sie das Theater, das nur für die Öffentlichkeit bestimmt war, weiter, wenn sie allein waren? Das machte keinen Sinn. Ich fürchte, die Tatsache, daß ich die Auseinandersetzung mitangehört hatte, hat die Lösung des Falls sogar behindert. Aber als wir von Saint Leonards zurückfuhren, fiel mir auf, daß mein Sergeant ständig in den Rückspiegel schaute, und da wurde mir klar, daß der Streit meinetwegen inszeniert worden war. Wir waren zwar hinter der hohen Hecke verborgen, aber sie konnten im Spiegel, der an der Ausfahrt angebracht ist, sehen, daß wir auf das Haus zugingen.«

Lange sagte niemand etwas, dann meinte Miss Bellringer: »Das war's dann also? Das letzte Teilchen fiel an seinen Platz.«

Barnaby trank sein Glas aus und aß den letzten Bissen Kuchen. Erst vor zwei Wochen war seine Gesprächspartnerin in seinem Büro gesessen, hatte in ihrer riesigen Tasche gekramt und ihn mit blitzenden Augen angesehen, aber ihm kam es vor, als wäre dies vor langer Zeit geschehen. Was hatte sie gerade gesagt? Das letzte Teilchen? Ja, so mußte es sein. Das vage Gefühl, daß es noch ein loses Ende gab, mußte er wohl seinem angeborenen Zweifel an einer ordentlichen Welt zuschreiben.

Es gab nichts mehr zu sagen. Er stand auf. Lucy Bellringer tat es ihm gleich und streckte ihm die Hand entgegen. »Leben Sie wohl, Chief Inspector. Es war sehr anregend, mit Ihnen zusammenzuarbeiten. Wie ich mich jemals wieder in der langweiligen Alltagsroutine zurechtfinden soll, weiß ich wirklich nicht.«

Barnaby drückte ihr die Hand und erwiderte aufrichtig: »Ich kann mir nicht vorstellen, daß in Ihrer Gegenwart irgend etwas langweilig sein kann.«

Als er zum Rastplatz ging, auf dem er seinen Wagen abgestellt hatte, kam er am Friedhof vorbei. Er zögerte einen Moment, dann ging er hinein. Er umrundete das Gebäude, passierte das Tor in der Buchsbaumhecke und steuerte den Teil mit den frischen Gräbern an.

Auf einem häuften sich noch Kränze und bunte Blumenbouquets, das andere war abgeräumt. Nur eine Vase mit roten, intensiv duftenden Rosen stand unter dem schlichten Kreuz.

EMILY SIMPSON
eine liebe Freundin
1906–1987

Barnaby stand eine Weile im Schatten einer Eibe und hörte dem Krächzen der Krähe zu, dann drehte er sich um und eilte davon.

Sie hatten das Abendessen fast beendet. Cully hatte verschiedene Delikatessen mitgebracht. Hühnchen in Weinsauce. Broccoli. Junge Kartoffeln. Wasserkresse. Köstlichen Zitronenkuchen. Und jetzt stand eine Schachtel mit kleinen Florentinern auf dem Tisch, die sie zum Kaffee aßen. Barnabys Magen, hin- und hergerissen zwischen Ungläubigkeit und Erregung, brummte leise. Cully verteilte den Rest einer Flasche Côtes de Gascogne und erhob ihr Glas.

»Auf euch, Leute.«

»Ich trinke auf Beatrice«, erwiderte Barnaby. Seine Tochter probte gerade das Stück *Viel Lärm um Nichts* und war glücklich, auch in den großen Ferien in Cambridge bleiben zu können, wenn sie dafür an eine große Theaterrolle kam. In der Wahl ihrer Kleider schien sie ein wenig gemäßigter zu sein, aber immer noch wirkte sie sehr extravagant. Sie trug einen dreiteiligen Herrenanzug aus den fünfziger Jahren – grau mit weißen Nadelstreifen –, und ihr pflaumenblaues Haar war kurzgeschnitten. Ein Monokel steckte an ihrem Revers. Sie wirkte aggressiv, sexy und, wegen ihrer Jugend, ausgesprochen rührend. Barnaby hatte mit Joyce nicht über die Einzelheiten des Simpson-Falles gesprochen – das hatte er sich für die erste gemeinsame Mahlzeit mit Cully aufgehoben. Und sie hatten sich alles höflich, aufmerksam und nachdenklich bis zum Ende angehört. Jetzt kam Joyce noch einmal auf das Thema zu sprechen.

»Ich dachte immer, daß ... derartige Dinge ... ihr wißt schon, was ich meine ... nur in ärmeren Familien vorkommen.«

»O Ma, sei nicht so heuchlerisch. Wenn du damit die Arbeiterklasse meinst, warum, um alles in der Welt, sagst du es dann nicht? Außerdem stimmt das gar nicht. Es gibt eine ganze Menge Beispiele, wahre und erfundene, dafür, daß es Geschwister aus der Oberschicht miteinander treiben.« Cully knabberte an einem Florentiner. »Genau wie die arme Annabella.«

»Was?« rief Barnaby und stellte vorsichtig seine Tasse auf den Unterteller.

»Wie bitte, heißt das, nicht ›was‹.«

»Was soll das heißen, die arme Annabella?«

»Annabella aus *Tis Pity* ... Du weißt schon.«

»Nein, das weiß ich nicht. Klär mich auf.«

»Also wirklich, Dad ... Ich hab' meine ganze Seele in dieses Stück gelegt ... es war meine erste große Rolle ... *Tis Pity she's a Whore.* Du warst da und hast es dir angesehen, und du erinnerst dich nicht mehr daran?«

Doch, jetzt fiel ihm alles wieder ein. Eine abgedunkelte Bühne, plötzlich flackern Fackeln auf. Viel Brokat und stark geschminkte Gesichter wirbeln aus den Schatten. Schreckliche Bilder mit Blut und Tod. Seine Tochter in einem weißen, blutbesudelten Gewand; Dolche bohren sich in lebendes Fleisch. Ein Herz, aufgespießt auf ein Messer. Grauen über Grauen, Tod und Zerstörung, genau wie er es vor kurzem in Mrs. Rainbirds Bungalow gesehen hatte. Und die inzestuöse Leidenschaft von Annabella und ihrem Bruder Giovanni. Barnaby sah wieder den kleinen Bücherstapel auf Miss Simpsons Telefontisch vor sich. Shakespeare, *The Golden Treasury.* Und die Theaterstücke der englischen Renaissance.

Cully deklamierte verträumt, ihre heisere Stimme vibrierte

vor verhaltener Trauer: »Eine Seele, ein Fleisch, eine Liebe, ein Ganzes . . .«

Barnaby betrachtete sie mit väterlichem Stolz und Bewunderung. Er nahm seine Tasse wieder in die Hand. »Ja«, sagte er, »genauso ist es.«